中国当代文学经典必读

国代学典

中当文经必读

ZHONGGUO
DANGDAI
WENXUE
JINGDIAN
BIDU

吴义勤 ◎主编　崔庆蕾 ◎点评

2022中篇小说卷

百花洲文艺出版社

图书在版编目（CIP）数据

中国当代文学经典必读. 2022中篇小说卷 / 吴义勤主编. — 南昌：
百花洲文艺出版社, 2023.10
ISBN 978-7-5500-5237-6

Ⅰ.①中… Ⅱ.①吴… Ⅲ.①中国文学 – 当代文学 – 作品综合集
②中篇小说 – 小说集 – 中国 – 当代 Ⅳ.①I217.1

中国国家版本馆CIP数据核字（2023）第138825号

中国当代文学经典必读·2022中篇小说卷

吴义勤　主编

出 版 人	陈　波	
责任编辑	余丽丽	
书籍设计	方　方	
制　　作	何　丹	
出版发行	百花洲文艺出版社	
社　　址	南昌市红谷滩区世贸路898号博能中心一期A座20楼	
邮　　编	330038	
经　　销	全国新华书店	
印　　刷	江西千叶彩印有限公司	
开　　本	850mm×1168mm 1/16　　印张 27.5	
版　　次	2023年10月第1版	
印　　次	2023年10月第1次印刷	
字　　数	330千字	
书　　号	ISBN 978-7-5500-5237-6	
定　　价	59.00元	

赣版权登字　05-2023-197

邮购联系　0791-86895108
网　　址　http://www.bhzwy.com
图书若有印装错误，影响阅读，可向承印厂联系调换。

我们该为"经典"做点什么？

吴义勤

当今时代，对经典的追怀和崇拜正在演变为一种象征性的精神行为，人们幻想着通过对经典的回忆与抚摸来抵抗日益世俗和商业化的物质潮流。在这一过程中，一方面，经典作为人类文学史和文明史的基石与本源，其价值得到了充分的认同与阐扬；另一方面，经典的神圣化与神秘化又构成了对于当下文学不自觉的遮蔽和否定。可以说，如何面对和正确理解"经典"，正是当代中国文学必须正视的一个问题。

什么是经典呢？就人类的文学史而言，"经典"似乎是一个约定俗成的概念，它是人类历史上那些杰出、伟大、震撼人心的文学作品的指称。但是，经典又是无法科学检验的主观性、相对性概念。经典并不是十全十美、所有人都认同的作品的代名词。人类文学史上其实根本就不存在十全十美、所有人都喜欢、没有缺点的所谓"经典"。那些把"经典"神圣化、神秘化、绝对化、乌托邦化的做法，其实只是拒绝当下文学的一种借口。通常意义上，经典常常是后代"追认"的，它意味着后人对前代文学作品的一种评价。经典的标准也不是僵化、固定的，政治、思想、文化、历史、艺术、美学等因素都可能在某种特殊的历史条件下成为命名"经典"的原因或标准。但是，"经典"的这种产生方式又极容易让人形成一种错觉，即"经典"仿佛总是过去时、历时态的，它好像与当代没有什么关系，当代人不能代替后人命名当代"经典"，当代人所能做的就是对过去"经典"的缅怀和回忆。这种错觉的一个直接后果就是在"经典"问题上的厚古薄今，似乎没有人敢于理直气壮地对当代文学作品进行"经典"的命名，甚至还有人认为当代人连写当代史的权利都没有。

然而，后人的命名就比同代人更可信吗？我当然相信时间的力量，相信时间会把许多污垢和灰尘荡涤干净，相信时间会让我们更清楚地看清模糊的、被掩盖的真相，但我怀疑，时间同时也会使文学的现场感和鲜活性受到磨损与侵蚀，甚至时间本身也难逃意识形态的污染。我不相信后人对我们身处时代"考古"式的阐释会比我们亲历的"经验"更可靠，也不相信，后人对我们身处时代文学的理解会比我们亲历者更准确。我觉得，一部被后代命名为"经典"的作品，在它所处的时代也一定会是被认可为"经典"的作品，我不相信，在当代默默无闻的作品在后代会被"考古"挖掘为"经典"。也许有人会举张爱玲、钱锺书、沈从文的例子，但我要说的是，他们的文学价值在他们生活的时代就早已被认可了，只不过新中国成立后很长时间由于意识形态的原因我们的文学史不允许谈及他们罢了。

这里其实就涉及了我们编选这套书的目的。我认为，文学的经典化过程，既是一个历史化的过程，又更是一个当代化的过程。文学的经典化时时刻刻都在进行着，它需要当代人的积极参与和实践。文学的经典不是由某一个"权威"命名的，而是由一个时代所有的阅读者共同命名的，可以说，每一个阅读者都是一个命名者，他都有命名的"权力"。而作为一个文学研究者或一个文学出版者，参与当代文学的进程，参与当代文学经典的筛选、淘洗和确立过程，正是一种义不容辞的责任和使命。事实上，正是出于这种对"经典"的认识，我才决定策划和出版这套书的，我希望通过我们的努力，真实同步地再现21世纪中国文学"经典化"的进程，充分展现21世纪中国文学的业绩，并真正把"经典"由"过去时"还原为"现在进行时"，切实地为21世纪中国文学的"经典化"作出自己的贡献。与时下各种版本的"小说选"或"小说排行榜"不同，我们不羞羞答答地使用"最佳小说"之类的字眼，而是直截了当、理直气壮地使用了"经典"这个范畴。我觉得，我们每一个作家都首先应该有追求"经典"、成为"经典"的勇气。我承认，我们的选择标准难免个人化、主观化的局限，也不认为我们所选择的"经典"就是十全十美的，更不幻想我们的审美判断和"经典"命名会得到所有人的认同，而由于阅读视野和版面等方面的原因，"遗珠之憾"更是不可避免，但我们至少可以无愧地说，我们对美和艺术是虔诚的，我们是忠实于我们对艺术和美的感觉与判断的，我们对"经典"的择取是把审美和艺术放在第一位的。说到底，"经典"是主观

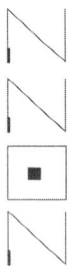

的，"经典"的确立是一个持续不断的"过程"，"经典"的价值是逐步呈现的，对于一部经典作品来说，它的当代认可、当代评价是不可或缺的。尽管这种认可和评价也许有偏颇，但是没有这种认可和评价，它就无法从浩如烟海的文本世界中突围而出，它就会永久地被埋没。从这个意义上说，在当代任何一部能够被阅读、谈论的文本都是幸运的，这是它变成"经典"的必要洗礼和必然路径，本套书所提供的同样是这种路径，我们所选的作品就是我们所认可的"经典"，它们完全可以毫无愧色地进入"经典"的殿堂，接受当代人或者后来者的批评或朝拜。

感谢百花洲文艺出版社对我的经典观的认同以及对于这套书的大力支持，感谢让这个文学工程可以在百花洲文艺出版社这个平台美丽绽放。我们的编选仍将坚持个人的纯文学标准，而为了更好地阐析我们的"经典观"，我们每本书将由青年学者对每一篇入选小说进行精短点评，希望此举能有助于读者朋友对本丛书的阅读。

目　录

从前的初恋 /

/ 王 蒙

缘 起

从前，有这么两个孩子，一个是男孩儿，一个是女孩子。

他们是唱着"我们的青春像火焰般地鲜红，燃烧在布满荆棘的原野，我们的青春像海燕般地英勇，飞翔在暴风雨中的天空"长大的。

他们也都曾唱着"兄弟们向太阳向自由，向那光明的路"向着高压水枪与刺刀冲锋。

从前，就是说七十多年以前了，一次，曾经，仍然，最初的，爱。

后来，他，也就是我，找到了曾经写下的这一段故事，稿纸已经变黄、变脆，文字依旧完好。

二十世纪五十年代，文具店的蘸水钢笔、稿纸、骆驼牌与北京牌墨水，还有少年王蒙的写作，经受了相当长期的考验。倏忽一别，六十六年。

为它写下三首七律诗：

往事深情恋逝川，稚文六十六年前。钟声荡漾黄昏夜，口号高扬碧落天。一笑一颦全历历，初肠初意俱端端。少年挥洒多雄论，鲐背重温更俨然。

陈迹苍茫两万①天，关山踏遍人翩翩。初温犹热暖米寿，往事无常思百年。感遇柔情称进取，应无俗态益欣欢。屈指九旬读少作，一词一字亦涟涟。

一切悉熟自在身，少年英气正纯真。青春万岁犹回味，组织新人继沉吟。往事如歌声未老，今宵说梦语何亲！为有文学多记忆，风风雨雨砺初心。

---

① 两万余昼夜，指六十六年的时间。

但想不起写作的确切时间。应是一九五六年稿吧，根据是一九五六年一月全国主要出版物由竖排改为横排，而作者书写使用的是那一年市场开始提供的大张单面横写500字型格纸，此前的稿纸都是折叠双面竖写小张的。这一年公布了首批简化汉字，文稿上写的却是大量不规范的民间简体字。

如果确是一九五六年，那么有趣之处在于，它与同年的《组织部来了个年轻人》，互通互生互补互证同胎同孕异趣。

给过一家刊物，回答是"不拟用"，退还。然后六十六个春秋来去，从北京西四北三条（报子胡同）、北新桥到乌鲁木齐南门、团结路，到伊宁市解放路、新华西路，到北京前三门、北小街、奥森公园……经过了"日月推移时差多，寒温易貌越千河"（引自旧作）的迁移，许多东西都丢失了与淘汰了，此旧稿却完整地、寂然冷然地保存着，坚守着，与我为伴，我再没有翻起过它。它与我共度了两万多个不平凡的日夜，比我本人更静谧、耐磨、沉得住气。

它是我的纪念和从前，直至今日。

至于文稿内容，写的是七十多年前的事。七十年后心血来潮，打开，热气与稚气腾腾。它是往事，是昨天，比昨天远，但比前天近。仍然保留着笑容、多情、歌曲、好梦，包括"最宝贵的"（一九七九年我的复出小说的题名），包括一条条大义凛然，永生永世，天地人心，必须、笃定、坚决、当然。

我尽量少动原文，原汁原味。日记体，是因为一九五六年前五六年，我确实坚持写过详尽的日记。此后小说写多了，公务事务也大增了，日记基本失守失踪失忆，写也不成样子了。小说与公务事务，对于日记，是推动也是妨碍。不太忙也不太不忙的人可以试着写点小说，不然就写点日记手记，留点印迹。

到了一九五六年，写作此稿时，参考了抄录了移用了几年来的"非虚构"日记，包括某些日子的天气标记，应该都是有根据的。从前的真实日记，写在三十二开横线笔记本上。在《组织部……》轩然大波之时，我写

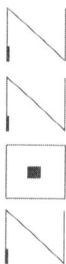

下了孪生的《初恋》。

往事如烟？非烟？那么请问：你是谁？你是不是文学地写了下来？你生活得很急很热，你写得很动情很火，晾了一点一个甲子，它仍然乒乒乓乓欢蹦乱跳。文章何处哭秋风（李贺）？如火如荼势如虹，且掬黄河泼大墨，文心文气岂雕虫！

1951年12月23日　星期日

再有一个星期，光荣的、伟大的、深沉的一九五一年就要过去了，时间如飞，小心自己不要落在时间的后面啊。

到了冬天，到了新年，我就想起雪，白白的、可爱的雪，雪使世界庄严而纯洁。今年寒冷偏偏来得晚，一场正经的雪还没下呢。

一九五二年我就年满十八岁了的，的确，年龄自有它的真理，我从来没有像现在这样地感觉到，我已经大了，我已经是一个年轻力壮的小伙子，我有多少力量、又有多少幻想啊。

从前我为自己年龄太小而羞耻，好像一株小树，没有发育好，就生长到伸展到风暴里去了，结果年龄，嗯哪，妨碍了我的工作，这样一说，我觉得自己不免失笑于众。众精灵、老干部，革命与战争培育出来的精明与犀利的一代，他们怀疑地打量我并且信且疑地询问我的岁数，当别人窃窃私语"团区委来了一个小娃娃"的时候，当我不能参加某些正式党员的会议的时候——我入党三年多了，岁数不够，还没有从候补党员转正，我总羞愧于自己为什么小，如果大一点，就更可以有所作为了。

现在呢，不再想这些，没有人怀疑我不是二十多岁。区委书记老伴，办公室的老田大姐，从一开始一直称呼我为"老刘同志"，工作里，我已经显示了一点点沉着与老练。本来嘛，成为脱产干部已经三年了。

环顾四周，朋友、亲人们，也已经有了许多变化。爸爸和妈妈离婚了，这很好，也很不容易，结束了旧社会遗留下来的几十年的残酷和痛苦的变态，固然还有尾巴。最近几个月，我首次在家里感觉到了平静和幸福。姐姐从学校出来，走上了工作岗位，她变得沉稳而且严肃。上次她批评我不该对一些不那么重要的事情兴奋与入迷：滑冰、小说、唱歌、欣赏风景……说话也不应该动不动夸张激动。她提出要把更多的精力集中到工作和学习中，对极了。她还告诉我，她已经有了一个男性好朋友了。

过去我觉得，她虽然比我大一岁半，可是我帮助她在政治上"进步"起来的，而最近，我越来越感觉到，许多地方，是我需要向她学习了。

还有学校里的一些同志，中学的团总支干部们，我与他们的亲密，超过了与本机关的同事们。说实话，他们身上的担子够重的。一个中学生，每天七节课，团区委给他们布置了繁重的任务。就说两次军事干部学校招生吧，他们下了课后与校长们一起做新生审查工作，同学们对他们的要求又特别高，一次早操缺席，同学们就会说他们是"带头作用不够"。结果呢，一个学期结束了，他们的考试成绩比一般同学还要强，甚至于，他们学会的新歌与集体舞、新诗与新知识，即使是读报，也比其他同学们读得更多。

市委领导彭真同志说了，大讲学生党员干部的负担如何如何繁重，是没有意义的，前所未有的繁重任务，你靠谁去呢？只有一个办法，要吃点苦，必须加油努力。

市委领导的指示让新民主主义青年团的干部惭愧而又振奋。

我常常回忆今年年初参与的中学生党员积极分子培训班的情形，这些孩子们自我检查起来，比谁都沉痛，眼泪会在检讨会上流下。不，这是保尔·柯察金式的对自己的苛刻与无情。他们如果发现自己身上有一些不利于党的缺陷，他们会万分地痛苦。高兴的是，培训班结束后，他们一一地入党了。小李还送我一本"革命日记"，其实是我应该送他们一点什么纪念品的。我也怀念参军上了干部学校的同志们，前天，收到建群的信，他们马上要开赴朝鲜前线了。而省立高中的地下党第一支部书记，参军以后立即保送到沈阳的空军学校，他将驾驶着战鹰在蓝天白云中万里飞翔，与敌人短兵相接，瞬时胜负存亡生死。我羡慕他们，也祝福他们。

我们这里的张昌，常常嬉皮笑脸地叫他们"小干部"，我不喜欢。老有老的伟大，小有小的庄严，不容亵渎，不容轻薄。

我自己呢，不知道从哪里说起。我们的书记黎银波近来几次颇有深意地对我说："你很不错，你真的大了……"可以想象，比我大十七岁，抗日战争前"一二·九"时期就参加了地下党的她，对于火暴的小人儿刘夏

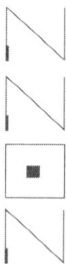

有多少期待。

　　一年当中有多半年我参加全区的一揽子中心任务，没有更多的时间取得她的理解与指导。但是她的敏锐与友情，她对旁人的观察深度，使我相信她永远了解着关注着指引着我。

　　我爱一揽子的突击任务、中心任务，它像火焰一样地把干部把群众燃烧起来，平常想做而没有做成的事情，一下子就做成了。

　　我也怕这一类工作，一开动，我就必须连基层的党支部带团支部一起抓。有个别党支部的老爷故意与我这个毛孩子找麻烦。"立仁"厂的支部书记不执行区委的指示，我与他吵了一架，我很难过，虽然区委领导支持了我，我仍然长久地不安。我们毕竟是团结起来到明天的最后斗争中的战士，英特纳雄耐尔，等待着我们一道去实现。

　　……朝天每日地开会、写材料、谈话、听报告、读文件，但是一年过去，我好像更爱玩了。对不起，正是玩——让我真切感动地体会到，我们用双手正在建立着的新生活的幸福。有时候周六晚上开了一晚上会，我仍然愿意会后用十分钟走到近处新盖好的电影院的门口看看。美艳的灯光照耀着鲜明的影片广告图片，图片上的中苏影星与散场后走出来的欢喜的人群，脸上仍然停留着关注、沉醉、迷恋与感动，我分享他们的兴奋与满足。我觉得如此轻松快活，生活中给我们的不仅是压弯脊的任务加任务。我还爱音乐，一唱起歌来就进入了一个远远更伟大与悲壮的殿堂，更辽阔与深沉的世界。

　　"我们生在美丽的祖国原野，我们生在劳动战斗的地方……"

　　这是《人民日报》上刊载的歌颂斯大林的歌。我喜欢这两句歌词的情调。

　　（插话：后来不喜欢斯大林了，一直喜欢从前歌颂斯大林的歌曲旋律与歌词。）

　　这一年，我看了许多小说，普希金的诗，巴甫连科的《幸福》，法捷耶夫的《青年近卫军》。也许我还不能够充分理解它们，但我是忠实的，我爱书，我要按照书本来做。我坚信生活应该像书上写的那样美好，那样崇高而且纯洁。如果还没有完全一样的美好纯洁，那就正是对于革命与日常工作的期待。我不满足自己，我想的是对自己的全盘重塑和推进，我要的是近卫军队长奥列格，队员万尼亚、邬丽娅，和《幸福》里的伏罗巴耶夫式的人格、品性、美好与圣洁的精神世界。

天啊，我写了那么多，每天记日记，记得多，做得不够。

我必须结束日记了，我还要赶写原教会学校现第九中学教徒们对于教会自传、自立、自养三自革新运动的反映材料。

后来想到了的是

革命高潮的特点之一是革命群众革命志士的年轻化、低龄化，咸与革命，不分老幼。影片《小兵张嘎》《红孩子》《闪闪的红星》，演唱、歌剧、连环画等艺术形式中表现的《刘胡兰》《鸡毛信》《王二小》，已经脍炙人口。同时党在国民党统治区的中学里也发展建立了地下组织，包括一个学校的数个平行党支部与党的外围组织"民主青年联盟""民主青年同盟""中国青年激进社"。为了迷惑敌人，隐蔽自己，故意弄出了些翻新的花样。但地下革命组织力量的分布是不均衡的，有的学校革命力量雄厚，如北京的河北高中，从"一二·九"运动时期就有了不容小觑的革命力量。有的学校反动政治背景强大，如军阀政客张荫梧担任过校长的北平四存中学，还有洋教会学校、专业学校，基本上没有革命力量的种子。再有就是，学校中，学生中的地下党员，远远多于老师中的地下党员。

北平是和平解放的，最初一两年，各校大体由原班人马留守管理，同时，在各校积极建党建团，起初也是学生中的团组织建立与发展更迅速。青年喜革命，革命育青年，三番五次后，青春燃火焰！这样，该时期的中学，大量党的任务，很大程度上通过各级团委团总支团支部代为至少是配合协助进行。中学生参军、参干、南下到新解放区，一直到参加五一、七一、建国各种纪念庆祝大典活动，中学师生这一群体的组织工作，许多是由团委系统运作的，直至此后逐渐向各校派遣了领导干部，改造了原来的中学格局，取消了私立、教会学校，实现了从男女分校到男女合校的转变，中等学校党政系统健全有力了，上述模式，乃告结束。

1952年1月2日　周三　晴

有七个学校送来了自制请柬，请我去参加他们的除夕晚会，结果没有

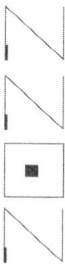

去成，那天晚上，区委书记召集全体干部，传达区各界代表会议①决议，中心是反贪污的问题。

今天报纸上刊登了毛主席在中央人民政府新年团拜会上的讲话，毛主席特别强调：现在开辟了一条新的战线——"反对贪污、反对浪费、反对官僚主义"的战线。

新的一年是在紧锣密鼓的备战气氛中来到的。

1952年1月31日 周四 晴 风

我又被抽调到区节约检查工作组，与区委组织部、宣传部的联系学校支部的同志一起，抓本区中小学的"三反"运动。

今天晚上，我受命去旁听了男二中节约检查委员会②负责人与查办重点人物廉维仁的谈话。廉是留用旧总务主任，有名的"三只手"，几天来检查账目中发现疑点四十余处，说是竟有购买坤袜的发票混在体育用品支出项目中。他们的谈话进行了四个小时。廉维仁谈笑风生，若无其事，后来进入具体账目质疑，他竟然装聋作哑地推托什么"年老昏聩"。我实在忍不住想插几句嘴，揭露一下，想起了领导的叮嘱，贪污浪费发生在我们机构的内部，开始揭盖子恰如京剧《三岔口》，几只手在黑暗中摸索攻防试探发力，作为区委干部，要从倾听各方、观察分析、调查研究做起，切不可凭主观印象，轻易有所倾向表态。而我的在场，我的全无表情，我的认真记录，我的莫测高深，已经是推动运动进展与获胜的一个因素了。

参加完这次谈话，夜里十一点半，接着参加了校节委会碰头汇报，直搞到次日一点多。

从学校出来，迎面大风，街灯吹得抖抖颤颤，明明灭灭，沙石打脸堵嘴，我穿着的旧军大衣一吹即透，前胸冰凉，这才想起，没吃晚饭，饿呀，嘴一动，吞进去的是大口冷气。更蹬不动自行车了，只好下车推着走，瑟缩地弯腰，把上身弯到车把上，一步步地艰难移动。

---

① 在全国尚未建立正规的各级人民代表大会与政协会议的时候，有些地区先期举行了各界代表会议，履行人民议政参政职能。

② 在用搞运动的方式推动社会改革时，各单位会成立临时的领导机构，其用意包含了让原有的领导成员接受运动的临时班子领导，发动群众对他们进行检查考验。

街上稀稀拉拉地走过一些人，他们竖直拉紧了大衣领子，用手捂着嘴说话，随风送来一些声音，好像也是在说什么"老虎""坦白""攻守同盟""斗争会"。中华人民共和国成立两年三个多月，毛主席屡次敲响了贪污腐化、脱离群众、蜕化变质、重蹈覆辙的警钟。一九五二年一月，全国五亿多人口，有一亿在反贪污。

有的商店仍然灯火通明，隐约听见人声嘈杂，门口停着汽车，是叫违法资本家胆寒的工商检查组乘坐的。这边的运动叫"五反"："反行贿、反偷税漏税、反盗骗国家财产、反偷工减料、反盗窃国家经济情报"。我们那边的"三反"，则是"反贪污、反浪费、反官僚主义"。两大战场，相呼应，相配合，相促进，连成一片、惊天动地。

古老的封建社会，贪污中饱已经是千年万人痼疾，看来是有一拼。

大风里我默默地向同道的同志们致敬，我们是友邻部队。我也默默地想念朝鲜前线的同志，向吕建群小鬼致敬，他们会比我们艰苦得多。

于是我的冻饿似乎给了我一点安慰，我并没有在五十年代的艰苦奋斗中只知享受北京的舒服日子。我有了劲，把自行车推进了区委会。

回到我的办公桌前，桌上有同志们给我留下的馒头与熬白菜。碗底下压着一张纸条，上写"你母亲来电话，说你好久没有回过家了"。老天，我是该看望老娘亲啦。

饭菜已经冰凉，办公室的炉火，剩下星星余温，我拿起饭菜走到廊子上，看到秘书室里开着明晃晃的灯，便走了过去。

秘书室里生着一个特大号日式"新民炉"，我将拿过来的菜碗放到炉盘上，把馒头烤在炉边，拉过一把椅子，坐下，唏嘘着烤手。区节委会秘书室的同志还没有睡，与我聊天。身上的寒气渐渐消失在懒人的暖意里，哈欠于是连连袭来。这时我听见一声快乐的孩子气的叫喊：

"刘夏同志！"

我揉揉眼睛，转过头，从大文件柜后面看到了一个女学生，她个子不是很高，我看到了她的天真的目光、浅浅的酒窝、永远的笑容，和最能表现出她的良善、朴素、稚气与纯洁的上唇微凸的紧兜着的小嘴。我认出了这是女六中高中一年级的党员，学生会主席凌蕊园。她的略显肥大的供给

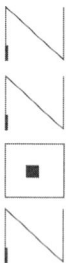

制干部通用的所谓苏式系带"列宁服",并不能遮蔽她的活泼伶俐的身躯。她叫着我的名字,他乡遇故知般地向我伸出手,她一边笑一边急急地说:"记得我吗?认出来了吗?你怎么这样晚才过来?"

我不解地问:"你……怎么……在这里?"

她说:"区委调我来,利用寒假期间到节委办做统计员。已经搬来两天了。他们说这几天你都是早晨七点钟就走了,晚上十二点才回来。你可真忙啊!"

她说我真忙,我欢喜,除了旧中国遗留下来的垃圾废料,新中国的每一个成员,谁不是在与时间赛跑,在与时间拼命呢?

"你也忙啊,都快午夜两点了。"

"我其实没事。大家都不睡觉,我也不想睡觉。我帮着黄大姐整理简报。"说着她看到了炉盘上的菜碗,她说:"这样热怎么能热得了?"她到文件柜中拿出了她自己的白地红花的搪瓷缸子,不管我的阻止,把熬白菜倒进去,挑开炉顶中间的圆盘,把搪瓷器具放入火炉,立即,冒出了白菜的热气与香味。

不眠之夜咏叹调

这是什么样的美好?这是什么样的热潮?这是什么样的奋斗?什么样的青春,什么样的咏叹调?

每一刻钟都要推进局势,每一刹那都要争分夺秒,两三天可以完成一周计划,我们确立了方向目标!

时间、时间、时间,时间属于作为,时间属于热血,时间属于激情、理想、冲锋、奔跑,时间属于智慧,时间属于经验总结,改进,再改进,调理,也有微调,时间属于真正的、深沉的、严肃的头脑!

人类浪费了太多的岁月,阶级社会野蛮,丛林法则消耗,小农意识愚昧,历史从今夜,开始上道,生活从今晚,全新创造!幸福从今夕铺染,大楼从今晚建高!血汗哺育鲜花,口号夹杂欢笑,不眠的是从未有过的心愿,不眠的是美梦正在成真,比奇妙还奇妙,每一颗心都在发光发热燃烧跳跃!为了救中国只能拼死拼活,梦也要梦中国的伟大复兴起跑,读读《红楼梦》就知道了,寄生的懒惰的消费的麻木,只能靠铁与血的人民革命扭转面貌。

……不仅仅是七十年后的咏叹,更是七十年前活报。我曾入迷于青年艺术剧院的建院剧目《爱国者》，我常常感动于另一篇文学叙事作品的命名："战火中的青春"。啊，战火，啊，青春，青春在战火中光热燃烧。我也要写党委会里的青春，青春在党的拼死拼活、日理万机、开天辟地、重塑广宇中发功出力成熟欢笑。

早在写作《初恋》的同时，我尝试了话剧的写作。又入迷于契诃夫的《万尼亚舅舅》《三姊妹》与《樱桃园》的烦恼，而且我痛感生活到处提供着舞台的氛围、角色的对白、戏剧的激情、舞美的魅惑与感动的功效。我的话剧第一幕写的是加班加点的不眠之夜，办公室，紧急的汇报与通报，请示与批复，钟声响了，电话铃响了，暗藏的敌特露出了马脚。一位少年制止了阶级敌人的阴谋，天快要亮了，郊区的鸡啼传到城市，风雨如晦，五更鸡叫。又一个不眠之夜推动了生活的进展，又一个不眠之夜战胜了敌对的军统、中统、蓝衣社、CC系、中央情报局、一贯道。还有圣母御使团和所有的坏蛋，七尺男儿经历了重生，生活经历了创意，国家经历了水涨船高，霞光万道。

我觉醒于革命再革命的机关，可不是等因奉此的干瘪的衙门。这里应该是何等浪漫，何等献身，何等摩顶放踵，何等呼风唤雨，何等改天换地，何等旭日东升，何等社会主义、共产主义、集体主义、大爱无疆、英特纳雄耐尔，在最后的决战斗争中，我们一夜未眠，又一夜睁大了眼睛……

我的话剧第一幕稿，曹禺老师看了，他请我到家里吃了午饭，为我的没有后文的第一幕叹气把头摇。

后来就有了组织部的故事和故事以后的故事，延续着，再延续着，很长见识，很好了，我的文学生涯陆陆续续，突然掀起波涛。

她扶着我的椅背，解释说："都在开夜车，我也不愿意一个人去睡。"

在我们旁边打着算盘的老周指着她吓唬说："这小人儿好不听话，现在不注意养精蓄锐，等忙起来你想休息也不可能了……"

我拿起半边热半边凉的馒头就着已经烫嘴的菜吃了下去，脑中浮现

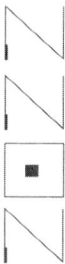

了她去年暑假在初中毕业生的联欢大会上讲话的情景。她现在穿着白衬衫、灰色系带列宁服与藏蓝裙子，她的样子像是素有做报告经验的干部，她信心十足，声音洪亮，她喜欢说："这样，我们……那么，我们……"

我想起来了，这是个特殊的学生，上小学时就加入了"民联"，一进中学就入了党。一九四九年秋天，团中央根据中央的指示建立少年儿童队（后改名为少年先锋队），她担任女六中首任"少儿队"大队长，她在中山公园音乐堂全市的第一个建队大会上，在军号声中上台领到了红领巾与大队长的三道杠袖标，当场佩戴。后来当选初中部学生会主席，再后来是高中部学生会主席，再后来兼任团总支副书记，再再后来兼任党支部委员。这样的党、团、队、学生会贯通的学生干部，似乎再没有第二个人。

当然，一年后，她不兼任少年儿童队的"干部"了。

为什么要把她调到区委来呢？这里并不是适宜中学生度寒假的地方，虽然她是党员，而且我知道她比我大一岁，但是我认定她还是孩子。不，不要和我比，我不是，我没有童年，没有少年，我只有革命，再革命，革一辈子命的命。她应该在冬天与她的同学同伴一起到什刹海冰场滑冰，或者靠着火炉去读《把一切献给党》与《卓娅和舒拉的故事》，她应该参加青年宫的合唱团舞蹈队，她应该与女生们去跳房子、踢毽、抓子儿……我甚至想给区委区政府提意见，对于使用学生党员的寒假时间，要慎重。

她从我的表情上看出了点什么吗？她说："我们支部还有两个同学调到区工会参加'五反'去了，工人们发动起来，揭发老板的罪行。是我们自己要求的，我们给支部写了几次信，要求参与运动，接受阶级斗争的教育。"

我嗯哼了一下，说："该休息了。忙起来，够受的！"

她睡去了，我没有睡。我打开日记本，现在已经是三点过一分了。是的，现在，已经不是一月三十一日，而是二月一日了。日记中的许多今天，应该写作昨天了。《国际歌》里唱的是"团结起来到明天"，现在，当然就是明天。啊，明天你好！

1952年2月3日 星期日 晴

昨天晚上，本来要在七点钟，去市委汇报，后来汇报改在九点，我"轻闲"地与小周、小李唱起歌来。我们唱影片《幸福的生活》的片尾曲——《幸福之歌》，"不在那遥远的彼岸，不在汹涌的波涛那边，我们的幸福和我们在一起，就在我们美丽的祖国"。世界上还有更好的歌词吗？

最初大家都唱第一部，后来小周唱一部，小李唱二部，我唱三部。我们的三重唱唱得很完美，每唱完一遍，就自我鼓掌。也许主要的不是歌，而是影片，是影片反映的二战后苏联哥萨克人集体农庄的生活。每唱一句，就可以联想到无数美丽的画面，联想到赛马、大西瓜，女主席毕百灵，女子群舞《红莓花儿开》……于是我们忘记了贪污分子和不法奸商，浸沉在幸福的憧憬里。这幸福对我们，好像还有点陌生，但是唱歌的时候我们觉得，再开一个夜车，再在寒风里往市委跑一个来回，等次日早晨，太阳一出来，所有的憧憬，就都会实现了。

凌蕊园胆怯地推开门，我们停止唱歌，招呼她。她说："我被你们的歌声引来了，到这儿第一次听见唱歌。"我说："其实也常唱，只是最近，没有时间。"她眼珠转了转，问："为什么你们这样忙？"小李反问："谁又不忙呢！"我补充说："忙里偷闲，唱点歌，那是最好不过，时间充裕，老唱，又有什么意思？"她点点头，主动地说："让我跟你们一起唱吧。"

她唱了。唱得很安详，嗓子有些放不开，声音发颤，一丢丢沙哑。也许她不是个善于唱歌的姑娘，但我听了舒服，她的歌声里有内在的激情，过多的热情压迫着她，使她反倒唱不痛快，这是一种沙瓤味儿的嗓音，听多了，不知为什么，我觉得你会落下泪来。

远还没有尽兴，小周小李就走了，他们得去基层。凌蕊园对我说："你们真好。"我问："好什么？"她说："……又忙，又唱歌。"我说："那你别上学了，和我们一道工作吧。"她问："你们要吗？"

我不明白，她说话的声音为什么这样动人，比唱歌更好听，不是朗诵，胜似朗诵，不是话剧对白，胜似对白。

后来她参观我的办公桌。看见玻璃板底下压着的姐姐的相片，赶快把目光离开那里。她非常敏感，不看男生珍藏的女生照片。我说："这是我姐姐。"她一怔，大吃一惊，眼睛一眨一眨，思索着说："她也姓

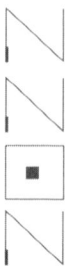

刘，嗯，不，她是你妹妹。她才十九岁。"我问："你认识她吗？"她说："当然了，五〇年，她在高二，我在初二，我们一起参加过关于保卫工作的学习。"我听说她认识我姐姐，挺高兴，再告诉她："她真是我姐姐。我只比她小一岁。"她不能理解地问："那你多大了呢？"十九减一，我难道还要计算吗？我不好意思地说："虚岁十九岁。"她坐到椅子上："我以为你至少二十二了，这么说，你比我还小……"

我那时脸红得很厉害，不希望再对我的岁数研究推敲下去，她却又问："你为什么那么小？"这一句问话让我的心都融化了。我吐吐舌头："这话怎么回答？"她笑了，用手指敲一下额头："我是说，你为什么这样小——做了干部、领导？"我简略地回答："需要嘛。"又用话岔开，"唱歌吧。你独唱一个吧。"

她深思着，好像没听见我的话。她托着腮，脸上突然出现了迷惑和忧郁的色彩，眉头微皱，又放开，我仿佛听见她自言自语："我真差……"

过了一会儿，她转头微笑着望向我，我再要求："唱歌吧。你独唱一个吧。"

她定了定神，答应了。

她说："我唱一个德国民歌，是讲一个童话……"于是，她用近似朗诵的歌声给我"讲"：

> 谁知道很古老的时候，有雨点样多的故事。
> 这寂寞而幽静的莱茵河，飘荡着清凉的晚风。
> 美丽而又鲜明的落霞……

我才被她的歌声吸引，她忽然停住，小声说："不，我不唱了……"我看看她，脸色不太好，我慌忙问："你不舒服吗？"她摇头。我给她倒了一杯水，她推开了。

秘书室黄大姐，隔着院落叫她的名字，她说"得干活了"，就跑出去。才走了几步，又回来，"刘夏，我想起来，能借给我一本书看吗？小说，不要太厚的。"

……今天下午难得有空，我回家了，恰恰姐姐也在。我问起凌蕊园，姐姐说："她很好。"又说："挺懂事的。"又说："她特别随和，跟谁都处得来。"又凌乱地说："她朴素，真正的朴素，无论是穿衣服，无论是说话，无论是做事情，都没有一点点矫饰……她参加革命很早，一九四七年上小学的时候就加入了民联，但她从来没有表现过自己。我很少看见这样朴素的女学生。"姐姐已经不是学生了，就用过来人的口气评论她。

我静静地听着，觉得姐姐说得很对，我希望她再多说一点，我情愿一小时一小时地听她讲凌蕊园的事情。但她没有再说。

晚上，我带弟弟去什刹海滑冰场，他是第一次去，我是第三次去。冰场真是个火热的地方，冬天是不敢进冰场去的。在灯光底下，在红红绿绿地飘扬着的围巾当中，连日睡眠不足的疲劳，被互相追赶的滑行与外刃兜圈除去了，我劲头十足地学着滑冰。跌了再爬起来，手套湿透了，汗水也湿透了内衣，人人都像火车头一样地喷着热气。弟弟学得很快，眼看就要超过我了，我觉得自己有一点笨拙。

1952年2月9日　星期六

一星期匆忙地过去，"三反"运动进入紧张激烈的阶段。星期一，团市委给中学生团干部举办了一个报告会，由市店员工会领导章纯久讲资本家进攻的各种事实，他讲得好动人啊。今天，《人民日报》上登出了章纯久因受贿被开除党籍的消息，他原来是一只小"老虎"。所有听过他报告的人都怔了。

正像秘书室老周预言的，凌蕊园最近是"想睡觉也没有时间了"。她做统计工作，等各基层的数字报上来，再统计全区数字。基层的报上来，往往要到每晚八时以后，她连续几天都是早晨四五点才睡下。我每天晚上开会回来，总去看看她，怕打搅她的工作，就站在旁边，烤一烤火。我本来十分粗心大意，那次却"指导"了她，她复写表格的时候，只用了一个大头针——把日式美浓纸与复写纸叠起来，最多一次可以复写四到五张，复写过程中，靠下面的几张纸很容易歪斜滑动走形，我告诉她，应该两边都用大头针别死。她感谢我。

前天夜里我把一本苏联小说《少年日记》拿给她，我说："书是拿来了，怕你没有时间看。"她说有时间。

（插话：少年日记最难忘，少年心事仍牵肠，少年情节全无影，少年

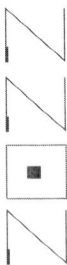

记忆仍堂堂。）

1952年2月10日　星期日

今天一天没有休息。

我常想：我并不羡慕别的年轻人，甚至包括苏联的年轻人的美好愉快生活。人应该美好，人应该愉快，又不单单是美好，不单单是愉快，人还需要艰苦，需要挑战，需要咬牙，需要坚忍，需要逢凶化吉，遇难成祥。我没有少年时代，十一岁作为"进步关系"，即尚无组织身份的革命人，与本市地下党建立了固定联系，十四岁加入了党，不久就参加了工作。这种早熟也许是可爱的，我也曾为之骄傲称意，或者，也许是艰难的、过分的；会有各种人戳你的脊梁说这并不可取。但这已经是事实，是历史，是从前，也是后来：各有各的命，各有各的百味杂陈，各有各的得失苦乐。我什么也不换！我就是我，不是吹着口哨、哼着歌曲、梳着发型、穿着皮夹克、吃着馆子的他她你您。我愿意这样生活，从自己有思想，就全部献身在改造生活的伟大事业里边。我喜欢提前、努力、加油，预先做到旁人认为我做不到甚至是不能尝试的事情。

以后呢？将来呢？现在的世界是现在不是将来，现在的中国需要的是苦战。等生活里没有了地主、联合国军、五毒俱全的资本家与贪污分子，等中国的经济走上富裕……后来的少年们就会获得真正日益轻松的幸福与发展了。

我把这个意思讲给凌蕊园，算作对她那次问我为什么那么小的答复。她同意我的话，后来说："可是你太瘦……"

1952年2月12日　星期二　大雪

昏昏一觉醒来，到处白得耀眼，大雪无声无息飘飞，无声无息抹去了大地上一切杂色。

早晨，骑车走过大街，雪花温存地触摸我的脸；晌午，斗争会开得正紧，雪花轻轻地敲打窗户；半夜，拖着疲惫的步子回机关，雪花清凉地挑起精神。最后我们都睡了，雪仍然下着下着，不辞辛苦，覆盖黄河长江……

1952年2月13日　星期三　雪

早晨，起了一阵风，太阳露出头来，人们从屋里走出，眯起眼睛，紧接着阴云漫过来，雪下得更大了。

今天进行第一阶段的工作总结，节委办公室主任表扬了我，说我了解情况细致，发现问题及时，我高兴。饭后我到秘书室去看凌蕊园，她正在灯下读《少年日记》，黄大姐在一旁打毛衣，问我："来找小凌吗？"我说："不，我来找你。"她挤一下眼说："我有什么好找的。"我提出一个要问的事由，她草草回答了一句，就开始数毛衣的针数，同时比画着对我说："小凌这个同志真好，她来秘书室几天，人人都说她好，没有一个人不喜欢她。"她还要说下去，凌蕊园跑过来制止了。

凌蕊园向她问毛衣的打法，我无事可做，看看火炉里的火烧得不旺，就拿起烧火棍起劲地通火。哗啦啦，天呀，我把炉算子捅歪斜了一点，燃烧着的红煤落到了铁盘上滚动，我非常惶恐，凌蕊园熟练地用通条棍把算子自下而上地端起，恢复了原来的位置，又向上抬了抬，火炉转危为安。我按她的指导，添了些小块的煤。

我说："我们出去溜达溜达好不好？"她有点迟疑，我又低声请求，我说，"走吧。"

（插话：我已经想不起来了，后来许多年过去了，她说，我的那两个字"走吧"，说得非常委婉，腹腔共鸣深沉诚挚，无与伦比。

似乎一辈子，我的喉咙里再没有出现过那样动人的发声了。）

我们穿过区委大院的后花园。那边有一个小侧门。花园里新安装了一副双杠。走过那里，我突然心血来潮，我说："你不是说我太瘦了吗，可是我会练双杠啊。"于是我掸掉了双杠上的雪，在上边做了几个悬垂举腿动作，然后曲臂直臂前后悠甩起来。我极力并直腿，挺起胸，摆正姿势，避免横向摇动，尤其是从双杠上一跃而下，发挥出了我双杠运动的最佳水平。她淡淡地说："挺好的。"我也就安静下来了。

推开侧门，胡同里静悄悄，一个戴大毡帽子的老人推着一车冻柿子过来，车上点着的电石灯摇摇欲灭。我请小凌先出门，我挨着她也走了

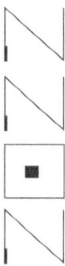

出来。我买了两个柿子。上半年我们改供给制为包干制，每月除了饭费以外我还有七块多零花钱。我把柿子给了她一个，她笑了，说："好，我拿上，回办公室再吃。"

我闻到了雪夜的一种醉人的气味，清爽而又洁净。有雪花本身的潮湿，有从人家烟囱里飘出的木柴与炭火气息，似乎也有晚饭的暖和与亲切。吃饱晚饭和为次日的早饭午餐准备好了食材的人是多么福气！还有小凌的发香，似乎混杂着颜色深红的中华药皂的香药气。我还感觉到了一种能够把所有的这些冬天的抵御寒冷的生活味道糅合起来活跃起来的类似早秋的莲荷的味道，我相信它是从天空降落下来的，只有雪天才闻得见。或者，对不起，不好意思，会不会它是从小凌的身上散出来的香气呢？啊，我脸红了，心跳了，我低下了头。

"你在……"她可能觉得我有点不对劲，她有点奇怪。

"下雪的晚上，有一种芳香，在我们身边。"我说。她没有出声。

"你疲累了吗？你好像不太想说话了。要不我们回去？"

她摇摇头说："今天接到了电话，我叔叔被开除党籍了。"

什么？我本来应该大吃一惊，但是在运动的高潮里，听到点事情，我没有大惊小怪。发生了任何事情也许都不足为奇，你只消弄清，它是怎么发生的，为什么发生的，往下该怎么样发展。

过了会儿她告诉我，她叔叔在上海工作。叔叔原来是新四军的干部，他们的联系有限，然而她的上学，她的一家走向革命，她从小学时代就加入了党的外围组织，这一切都决定于叔叔的存在、叔叔的信仰、叔叔的言说。她说："我一直认为，他是最好的、最了不起的人物，他对我特别好，那个德国歌也是他教给我的……那时我觉得，一个共产党员，几乎就足以拯救与改变大半个世界。然而，世界的改变不是一劳永逸的，改好了，如果不注意，也许又变回来。前一个月已经听说他在'三反'运动里暴露了问题，我很苦恼，现在，现在说是查出来了，他……贪污了抗美援朝的捐款。"她说不下去了。

我们都皱起了眉。她难过地问："这是可能的吗？他原来那么好，后来，那么坏了。他曾经在我的日记本上题词，他题写的是：百炼成钢，学习刘胡兰、赵一曼、罗莎·卢森堡、卓娅。他是这样题写的呀！"

我没有说话，我知道用不着对她讲阶级斗争的规律、与腐败分子的界限；我也不想说，现在正是政治运动如火如荼的高潮当中，而一个人犯了错误，到底问题有多么严重，现有的揭发材料是不是全靠得住，这需要到运动后期慢慢做出冷处理。她的话也触动了我的心，有些人，有些事情，让我心头流血。幸福的暖心的生活里，也有冷水浇头与针刺心窝。

我们一起缓缓走到胡同口，看到路灯下面打冰出溜的孩子，凌蕊园想往回走了，我的目光扫过滑倒在冰上的孩子。我说："人人都在成长变化，有的人会变好，有的人会变得不太好，还有人会变坏。屈原的诗说：'何昔日之芳草兮，今直为此萧艾也？岂其有他故兮，莫好修之害也。'——从前的香草，变成了后来的臭草，谁让他们不注意自己的修养呢？我们也不能放松自身，不能学坏人坏样子……

"芳草，经过了各种风雨云雾、虫灾蝗害，能保持住少年时期的纯洁与忠诚？这并不是一件容易的事情。'三反'运动让我们懂了许多，不要以为革命的道路笔直平滑，不要以为明朗的天空下边没有阴暗的坑洼。"

她站住了，睁大了眼睛，看着我，她的两眼上蒙着一层悲哀的光泽，她激动地说："刘夏，你说说，我能吗？我能永远保持你说的那种纯洁和忠诚吗？"然后她咬紧嘴唇，转过脸去。

这时，我才知道她叔叔的事对于她的刺激有多么大，甚至于也可以说是打击有多么沉重。我站立在她的对面，看着她，紧握住她的手，我说："你怎么了，你怎么会这样提出问题？我们有一颗真正的共产党员的心，我们什么都不怕。如果有缺点错误，就一定能够改正。生活中的一切曲折，比如你叔叔的情况，考验我们，教育我们，冶炼我们。我们更有经验，也有决心，迎接一切风浪。你的叔叔，就是你的叔叔嘛，他做的事他负责。如果他确实是对不起党，对不起人民，对不起妻子儿女后人，我们要从他的身上吸取教训……但是你无论如何，仍然要等一等，看一看。"

她慢慢听着，呼吸，吐出的气凝聚成一朵朵的白雾，她想说话没有说，向前走。登上区委会大门的石阶，她用一部分手指握了一下我的手，她说："谢谢。"

我们走进院落，她要回秘书室，我要到团区委。我向她挥手说"再见"，在雪花中感到了从未有过的温暖，也有些微的忧患。党内查出了贪

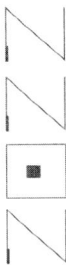

污分子，这不奇怪，为什么是纯洁的凌蕊园的叔叔呢？我其实也别扭。我没有注意到黎银波同志正在我们的办公室门口注视着我们，我走过去，她说："都在一个大院，各进各的办公室，还要说'再见'吗？"她笑了。

我脸红了。

1952年2月15日　星期五　晴　（中午记）

为什么我这样骄傲、幸福？起床的时候恨不得喊几句口号，庆祝充实忙碌工作日的开始。

走路的时候，我向阳光下的白雪致意赞美，多留几天吧，暂时先不要化成水流。

在学校里，许多人向我打招呼。校长主任老师同学，都认识我，都知道我对于他们学校，不是完全不相干与不重要的，我是他们知道的人。

回到机关，连接了好几个电话，有许多事情人们要问我，我要回答他们并且再问他们。和人和生活和工作和大事小事国家社会市委区委，我都连接得非常紧。

除了我，还有着多少个这样的十八岁、十九岁、二十啷当儿岁的快乐光明、天马行空而又脚踏实地、吭哧吭哧的青春吗！

1952年2月15日　（夜，补记）

我好像有了一种神奇的充溢的力量，在紧张的工作生活里，不觉得一丝疲劳。而且，我盼着做更多更多的事情。

从明天，每天清早，一定要跑步做操，把又冷又新鲜的空气大口吞下去。我要买几个笔记本，一本记时事摘要，一本贴剪报，一本记读书心得，一本记对于任务、政策、方法、作风的感想与体会。再买一本呢……我要试着，在上面写几首诗。我早就想写诗了，老是不敢，再不写，实在是辜负了生活，辜负了我自己的蓬勃兴旺，噌噌噌地向前，四面笙歌，八面来风，感动与情愫如浪涛起伏涌动。

我想出去走走逛逛，我觉得

不如坐下来整理我的思想；

我想与同龄友人通个电话，

又觉得不如先读完报上的文章；

我想到雪地里多跑八百米，又觉得

不如写下这一天的感想；

我想重新听一遍王昆、楼乾贵，

却又想不如干脆自己高歌引吭。

天啊，我的诗是不是太小儿科了呢？

如果，一个人打开自己的心灵，常受感动，多思索，就会发现那么
多好事情，新鲜而又有趣的事情正等着他去做，去写，去唱，去喊，那就
做去喊去吧！如果发愤做到了能做的一切，也许，也许他成了一个——
英雄。

1952年2月19日　星期二

明天，所有的学校都要开学了，据说，开学头几天还不能上课，大
家忙于"三反"，许多事情还没有准备好。我问凌蕊园："什么时候走
啊？"她说："还不知道呢。"我告诉她，学校不会马上上课，心里希望
她多留几天。

报上又刊登了美国军队在朝鲜和我国东北散布细菌的消息。大家气愤
极了。护士学校全体团员给团区委来信要求去前线，参加抵御细菌战的工
作。有一个孩子，带头写了血书，有二十多位同学咬破了中指在血书上签
名。银波同志和她们谈了话，劝她们安心学习，听候祖国的召唤。她们对
于帝国主义的仇恨，移山倒海。

1952年2月21日　星期四　晴　小风

她走了，也没有告诉我一声。

晚上回来，银波同志把我的《少年日记》拿给我，不需要说什么，我
只是连忙点头。又不由得愣了一下，女六中不是二十五日才开始上课吗？

我翻开书，夹着一纸小条：

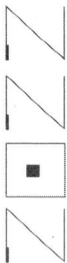

我走了，再见。书还没有看完，先不看了，谢谢你。

区委会真是个伟大的、难忘的地方。

蕊园，午后

我一遍又一遍地看着这两行字，从这几十个字里，感觉到她的亲切、成熟和朴素。还有，我能不能说呢？我深深地有了一种感觉叫作亲近。亲近，就是又亲又近，在中国共产党一个大城市的区委会里本来也不会有陌生与遥远，工农劳动大众的特点正是联合起来，亲近如一人。我仿佛听见了她淳厚的声音，仿佛看见她热情而礼貌地向我伸出手。我感觉到了，她丰富的毫不做作的内心情绪的流露，这流露又是有分寸的。而且，她的纸条的字迹有一种中学女生少有的干练劲儿。于是我忽然想到，许多地方，我要向她学习……

教育局指示各学校尽早上课，银波同志说，这次运动以后，学校青年团的工作要更围绕着学好正课与建设调整学校的党政领导班子进行。团中央一位副书记指出，团在学校的工作，不要捣忙。捣忙？不太懂他的江苏宜兴吴语。似乎是说团的活动不要干扰学校的教学秩序。我不太舒服。我的思想，同时正围绕着那张小条飞快地旋转，恍惚中听见黎银波同志的这么些话。

但是我仍然明白，由学生团总支管那么多事，出头露面那么多的时代，快要过去了。

1952年2月24日　星期日　（早晨）

这个世界有了一个笑容，到处是她的喜兴。这个世界有了一个声响，到处是她的声音。这个世界有了灵巧与清澈的目光，到处都有对你的关注。这个世界每天唱二十四小时歌，苏联、德意志民主共和国、瞿希贤、马可。睡梦里也响起了歌声，你的、她的、我的歌声。世界人间天下家国主义，一切都变得更加美丽、温柔而又正义弘扬，德行高尚，强大辉煌，礼花绽放。

1952年2月24日　（深夜又记）

几天来，无论什么时候，都想着凌蕊园。

我想她。在火一样的"三反"运动中，我们的心不知不觉地连在一起。饭后三言两语，午夜短促问候，成为艰苦的生活里最宝贵的相互鼓舞和慰安。而我们之间的了解，也好像超过任何长期共事的朋友。她走了，就走了吗？我们长久地见不到面，她念书，我工作，"因公联系"的时候握一握手，是这样吗？

我有许多好朋友，他们比我年龄大得多，而那些年龄相仿的，我往往觉得他们太小孩。凌蕊园是我有生以来，第一个同辈的最好最好的朋友，我们可以挽着手参加生活与战斗。谁也不知道，这种对于朋友的想念，不，不说"想念"，就说想吧。想比想念这个词淳朴亲热得多，它有多么甜，又有多么苦。

"我想你了！"一声呼唤与多方的回应在世界上回荡，天开了，云散了，红日高照，万花千草，都在成长开放，所有的河流，发出了哗哗啦啦的奔流的轰响。

1952年2月25日　星期一　大风

我打开日记本，坐在写字台前，钟摆嘀嘀嗒嗒，把时间送走，大风在窗外狂叫，我的心像风下的海洋一样波涛万丈……

我明白了，我明白了！

我真傻，到今天才明白。我害怕，我还可能再多糊涂几天。刘夏同志，无论如何，你要平静一点，慢慢地讲……下午在长安大戏院，参加了全市中学教员控诉贪污分子大会，当场把二中的廉维仁逮捕了，同时，宽大了几个坦白自首的贪污分子，"免予处分"。会后，不知道为什么，我没有和别人一起坐电车，我独自在寒风中回去。我已经预感，有许许多多的事情在等待着我。

会开完是七点钟，虽然全市都处在"三反""五反"的紧张斗争里，长安街的夜晚仍然有一片太平繁华的景象。道路做了新的整修，马路牙子换了一色的预制件产品，国营商店和合作社的门面也开始了金碧辉煌的装备。长安大戏院旁，是首都电影院，新片子开始预售票了，排队买票的人竟站了一里长，笑声此起彼伏。我匆匆提着书包走过，路灯把我的影子一时送在前，一时送在后。我向红绿色彩霓虹灯"首都"两字看了一

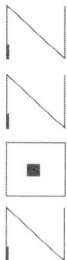

眼，叹了口气。挺想看一次电影，已经一个多月没进电影院了。这时又想起了一直萦绕在心里的凌蕊园，对了，与她一起看一场电影该有多么好！如果和她一起看场电影……

还没想下去，这幸福已经使我受不了了。我愿意提前几小时去排队，买两张三角钱一张的，二楼前排正中最好座位的票。我们坐在一起，聊一聊学校里发生的事，灯黑了，我感觉到她的呼吸和目光，我能不能拉住她的手？新片开始映出，我们与影片里的主人公共同经历愁苦与快乐，我们都平心静气地看着，我懂，你应该比影片的角色更加耐心，你已经是年轻的老干部了。

我将因为她在身边而看得更感动，更入神。我的胸膛里有担忧也有祝福，有期待也有坚决。结束了，片子最后是幸福与平安，掌声中丝幕落下来，绒幕也落下来。我们走在长安街上，"长的是长安街"，《人民日报》上刊登过一首这样的诗，第一句就是：长的，是长安街。人们将会在长安街的漫步中谈电影、谈生活、谈前进、谈朝鲜战争。我的幻想入微，就像真的和凌蕊园看了一场电影，然后走在长安街上。我的脚步变得轻快，我的眼神变得明亮。

这是为什么呢？我想着的老是凌蕊园。凌蕊园，我轻轻念了一下凌蕊园三个字，马上笑出了声。

"你……"

好像忽然一个人闯来告诉了我，四顾无人，血液流动得更快了，我也想到，那么自然地，一点没有准备地想到："我……"当那个字一从心里出现，当我再次自言自语，听到那个"啊——咿"字，眼泪哗地涌了出来。

不知怎么，我马上想到了我的童年，没有幸福的童年时代。想起了有一次，父亲和母亲打了架，地上倒着破碎的家具，父亲在冬夜穿着一身薄衣服走了，母亲伏在枕头上呜呜地哭，姐姐吓得缩在橱柜后一动不动。

我也想到了一个又一个冬天，在六七级西北风里，在北平街头冻死的饿殍，和"叫街"的乞丐，拿着石头砸着自己的胸口，哭诉着走投无路的悲哀，如果迎面看到一位有钱人走来，叫街的乞丐突然拿出一把刀，把自己的脸孔割上一道，满脸鲜血地跪在"行好的老爷太太"面前，哭诉着"有剩的给一口吃吧！"用他们职业化的口音调门发声，听起来却像是"人眼扭是秤嗯横迪，给一寇迟拔……"。

我的童年没有和睦和温暖，没有温饱和游玩，我从小就知道了人生的艰难与人与人间的残酷，我多么渴望着真正的忘我的爱……在落华生与冰心那里，隐约有一丝丝爱，在巴金那里，有火一样的爱，在鲁迅那里，有痛苦与坚毅的爱。

紧接着，也许是同时？谁知道那一刹那，万种心思的出现次序呢？三个星期以来，和凌蕊园相处的记忆，像闪电一样迅速地从心中展示，相见、白菜汤和大火炉、瓷缸子、歌——东北风，莱茵河寂寞而幽静，颤抖和微哑的嗓音，第一次散步，胡同口打冰出溜的小孩子，直到最后"告别"的纸条，她在条上写"谢谢你"，她的署名并没有写姓……十八年来第一次有女生给我写信只签名字，没有写姓，这很重要，我要为之泪下。

二十几天来，我们在一起时，她说的和我说的每一句话，她唱的和我唱的每一首歌，她的和我的面部闪过的每一个细微的表情，都留下了痕迹。我们一起坐过、走过的屋子和街道上的每一个物件，我都能不差毫厘地全部回映清楚，像一个大合唱，像一组镜头与画片，像一阵又一阵雪与雨，包括"三反"和"五反"，总结材料和数字统计，还有深夜不眠的温暖与活力，直至契诃夫与他的妻子莫斯科大剧院的巨星克尼碧尔，都深深印在心里，永远不会被无情的岁月消磨。契诃夫终于与克尼碧尔结婚了，却没有足够的时间在一起，三年后，契诃夫病逝。

她呢？她，我觉得她也对我好，这个发现或者说这个判断给我难以形容的骄傲和喜悦。她难道不是关心我吗？她问我为什么那么小，说我"可是你太瘦"，她的在场见证了我的存在、我的年轻幼小、我的绝非肥头大耳的傻瓜、我的聪明、我的思索、我的瘦削、我的革命加多情气质。再想下去我微微有点害羞了。我第一次知道，一个美丽的姑娘的抚爱是多么动人，多么令人眷恋，多么使灵魂变得崇高而且丰富，一句话，她证明了感动了我的存在，她是我活过不平凡的少年时代的见证与标志。

我也能使她骄傲的！我还很幼稚，没立过功劳，不怎么光荣。我的上衣缺两个扣子，头发老是梳不顺。实在算不上什么，不，我还远远不是我自己，远远就是还差个十万八千里。但有了她就一切不同了，这与四年前的入党一样，开始了我的新生命。我有许多惭愧，只是决不气馁，我相信我的忠实、我的聪敏、我的深思、我的力量，对不起，力量有待于爱情与

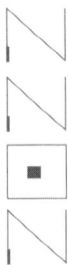

理念的发动。爱情是情，也是理念，是理论和信念，最见一个人的高尚还是卑微，诚挚还是奸诈，智慧还是愚笨，鄙俗还是高洁。

从西单走过天安门，到了东单，再从东单走到东四，到区委会了。我不回去，我又从铁狮子胡同向西走，那条路两旁长着高大的洋槐，很安静。我踏着积雪，走来走去，重新想起那已经想过的事情，想了又想，想了还想。

在雪后的北京大街上走路，是这样开心，还觉得自己有点神气，叫什么来着？昂首阔步，精神十足，路通千里，四面八方，时间是我们的，年龄是我们的，事业是我们的，美梦是我们的，北京市、一二三四五区、路灯和交通红绿灯、汽车站和商店的招牌，都是我们的。你好，白雪，你好，北京，你好，爱的梦，你好，长安街、东单、东四三条、六条、八条、铁狮子胡同……你好，主要是你。欧薮喽密奥（意大利语）——我的太阳！

1952年2月26日　星期二　（早晨记）

一个人，在古老美丽新生的北京市城区大道上，在雪后走上三小时，谁能有这样的豪兴和诗意，这样的眷恋和温暖，这样的如歌的行板？

然后躺下，做了一夜的梦。

梦见在大森林里开庆祝"三反"胜利大会，贪污腐化一扫而光，光明灿烂，日月经天。

我问银波同志，这是什么地方？她说，这儿是热带。我看见了大象、犀牛、孔雀、群猴。梦中断了，又看到了小学五年级的级任①刘老师，他的脸上贴着橡皮膏。我当时很清醒地想起，他是在日本宪兵队的虎口里被害的。他怎么来了……我在冰场上滑冰，滑得非常快，于是围上一圈游人，欣赏我花样滑冰的技巧，凌蕊园却没有来，我哭了。用手揉着眼睛，有人掰开我的手，一看，是凌蕊园，她穿着桃红色的裙子。我说："天这样冷，穿裙子行吗？"她说："天冷什么？现在已经是春天了。"我回头，果然看见如茵的绿草，听见小溪淙淙的流水声。这时我飞起来了，怎么搞的，我会飞了呢？我长出了翅膀，穿过树林，穿过山岭，穿过月光，穿过快乐的风，穿过歌声，是马可的《我们是民主青年》，是歌剧《刘胡兰》里的

---

① 级任老师，现称班主任。

"交城的山来，交城的水"。是"东北风啊，刮呀，刮呀，刮晴了天啊晴了天"，是"天翻身来地打滚，仇人今天见了面"，我飞到了战火纷飞的前线，"我们是投弹组，战斗里头逞英豪"……我飞翔着穿过了交响乐伴奏的大合唱，苏联《共青团员之歌》："听吧，战斗的号角发出警报，穿好军装，拿起武器……亲爱的妈妈，请你吻别你的儿子吧……"

一觉醒来，做过那么多梦。这使我有点激动，又有点不安，也许还有点惆怅，有点忏悔。

一代人，活得这样足实，这样热火，这样飞翔，我相信，我们相信，我们永远相信！

1952年2月26日 （晚上记）

一晚上有些忧郁，我好像变了，整天发狂地想着，想着梦，想着"三反""五反"，想着会议，想着苏联、市委和华北局，到处是她。我相信她也做了梦。我的少年时代就这样结束了吗？在大合唱中？结束得这么早！不，我不怕，我经历的是少年的爱，春天的花，是多么地香，秋天的月，则多么地亮。不，这不是香港传过来的歌的原词。少年的我是多么快乐，美丽的她——沉稳的她、深沉的她、奋斗的她，而且是温柔的她，她是怎么样的呢？她是天使，她是淑女，她是大队长！我们都要长大，我们都会长大，"我们祖国，多么辽阔广大！"我们的年月辽阔光明！真希望自己多做几年无忧无虑的孩子，真希望自己已经是顶天立地的壮士！是个孩子，不是孩子，早已不是孩子，是先锋队、是后备军、是阶级的战士、是投弹手、是国士、是党人，力拔山兮，气盖世！时不利兮骓不逝。骓不逝兮挥长鞭，追风逐电马长翅！

然后我读书，我思索，我总结思想，我读大部头哲学与社会发展史，《资本论》。读通了《资本论》，那时候的刘夏，百战百捷，无敌于天下。

睡觉以前，仍然要到雪地里走一走，至少要跑三千米。

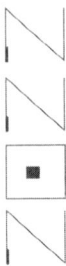

1952年2月29日　星期五　晴

明天就是美妙的三月了，今天太阳特别好，谁都觉得阳光是在把自己照耀，严寒就要消逝，春光正在明媚。为什么小小的，俗俗的春、光、明、媚四个字会让一个猛志入云的青年含泪？当我看到，各处貌似干枯的树枝和树干，它们的叶蕾蓓蕾蓄势待发，已经可以想象满树的桃李杏与樱桃花了。

每年春天都好像特别短，未及受用，匆匆已满。今年可一定要特别认真，注意地迎接春天。早晨，做完早操，我跑到胡同空场上大声唱歌，越唱声音越大，我觉得，凌蕊园在她的学校多少也能够听到一点。过了一会儿，小风吹过，我仿佛听见一个嗡嗡的回音，也许那是凌蕊园答复我的歌声吗？我跑着跳着等着回去。到了理论学习时间，我拿起精装厚书《联共（布）党史简明教程》，忽然想象，也许她不那么在意我呢？她可能根本没有想到诗与梦的故事，对于一个学生来说，当然最重要的是考试的分数和体育体能达标。我们的工作在向配合正课学习方向转移，庆祝会、联欢会、开幕式和接二连三地响着吹奏乐送别参军的日子正在收减。我的热情，我的快乐，我的苦恼，岂不都随风飘逝？那太可怕了，那太惨了，我不敢想下去，又忍不住想。就像童年时候等待妈妈回家。天黑了，没回来，是不是被汽车撞了呢？早晨的理论学习没有学下去，无论如何，不能把思想集中到书上。下午开会的时候，脑子也常常开小差。

参加工作以来，从来没有因为什么"个人问题"影响过学习，现在是怎么了呢？我翻开少奇同志的单行本《论共产党员的修养》，我要向"修养"求援，我要向党的教导求助。

1952年3月2日　星期日

从家里吃晚饭回来，团区委办公室只剩下黎银波同志一个人，这个星期日比较空闲，都各自玩去了。银波坐在火炉旁，把电灯拉近，正在看放在膝头上的小说，她的头发湿漉漉的，大概刚洗过。看书当中偶尔用手摆弄头发。她见到我，把书翻过去，问我："回来了？"

"你怎么没和老韩去玩？"我问。

"等着你呢。"

"有事吗？"我赶快脱掉棉军大衣，在她身旁坐下来。"没什么。"她随意地说，问我，"快回来了吧？"（指从区委的中心工作回到团委。）我点点头。"三反"已经进入复查甄别定案总结阶段，快收兵了。

"这一段，真够忙的。"她说。把右腿搭到左腿上。

我觉得，她只是随便找找话说罢了，她正在观察我。

莫非她觉察到了什么？

"小鬼，越来越大了。"她富有深意地说，脸上隐藏着狡猾的笑容。在这敏锐的好心的领导同志面前，我好像有了依靠，动荡的心思初次平静了点，我不能隐瞒也不该隐瞒什么，我向前拉了椅子，叫了一声"银波同志"，她仰起头，凝视着我，默默地等待着。

我慌乱地开始说话，不知道往哪里放我的手。"最近，我好像……我是说，我……常常……"我断断续续讲着。

"说吧。"她轻声劝我，把两手交叉在膝头，耐心倾听。

我鼓起勇气，"银波同志，我……爱她，爱上了凌蕊园。"我终于说了，不知道怎么说的。党员、团干部，还是原来的队干部，银波当然也熟悉。我第一次公开了自己的心事，整个世界完全变了样儿，我豁出去了，我已经做出了重大的决定，我准备迎接命运的恩宠或者嘲笑，抚摸或者一脚踢到腔上，踢出三十里铺——"提起个家来家有名，家住在绥德三十里铺村"，"有心拉上两句话，又怕人笑话"。这样昏沉沉地过了一会儿，睁大了眼，不急促也不眼红，期待着银波的说法。

1952年3月2日　星期日　（又记）

我已经完完全全变成一个大人了。银波同志后来讲了许多，许多我都听不清楚，我只记得她的声调是平和的关切的严肃的。她有好几次叫我小鬼，她用几句话打中了我的心：

"没什么，小鬼。如果爱就爱吧，别怕，别胡思乱想。本来是一件挺好的挺美的事嘛。不过，也许还是可以等等吧，时间，会帮助人。一切的好与不太好，都需要时间的检验。她毕竟还是中学生。是的，我也认为她不一样，她与别的孩子不一样。她能处理一切……她现在，已经是学校的

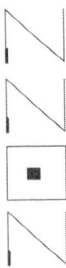

一个管事的主任。你们还小。你还是正在探寻……"

谢谢银波同志，谢谢！

1952年3月3日　星期一

是的，我还小。

如果我的心里有了爱情的种子，那就深深地埋藏起来吧，经过春风化雨，种子就会发芽，也许先静静地等待着。你革命革得很急切，你入党入得很提前，一粒种子，会长出一片、几片、一树的叶子。叶子慢慢生长，从前，以后，后来，终于……成为一株高大的、受得住风吹雨打的苹果树。

何必让瞬间的春风吹乱自己的头发？何必让种子在浮土上太早地发芽？

1952年3月4日　星期二

为什么不能说呢？九岁，我看电影《不求人》，我看到周曼华饰演的角色在类似蒸馒头的家务事中的干练和辛劳，为什么是那样地打动我的心？我忽然想到，我长大了，也会有一个媳妇儿，像周曼华一样，勤劳、俊秀、利索、奉献、长头发，抹着额头汗水，抿着嘴角，招人疼爱，美丽而又辛苦。

不能说的还有刚解放，地下党刚刚公开，团市委刚刚在东长安街8号成立，第一任团市委书记荣高棠号完房子立马调离随军南下，第二任书记刚刚接手，新成立的青年文工团排练歌舞。刚刚调到团市委的我被邀去看彩排，我看见了另一个白净如玉的她，见到了她看着盼着我的微笑……她是燕京大学法语系的党的外围组织成员，她会弹钢琴，她又分配到舞蹈队去了，这次彩排中，她一直对着我笑，再笑，又笑，还笑。我痴想了前后大约三十七个小时，七十二个小时我沉浸在她的笑靥里。然后。我笑了。

还有过一个人，她梳着两个小辫子。一次我突然找借口去找她，在见到后的第一分钟，我也笑了，清爽，如水，如空气，空空如也。

（插话：与她们分手都已经七十多年矣。

不，我不能再告诉自己什么了。我不能再写下什么了。）

晚上六点多钟，我去文具公司买红铅笔。出门了。看见一排女学生迎面而来，忽然听到了她的声音，"刘夏！"

她离开女伴，向我跑来，我被这意外相见的惊喜搅得迷乱，靠在文具店门口的电线杆子上。她穿了一件半新的赭石黄皮夹克，显得英武而俊秀。就是这身衣服，使我没有认出她来。

这一瞬，我似乎，初次正面靠近看清了她的脸，才知道，她多么美丽，她睁大眼睛的时候，出现了双眼皮。她的鼻子匀巧而且清秀。她在微笑的时候，有浅浅的酒窝隐现。从她的脸上看不出丝毫一点拙笨疑惑琐碎怯懦，像在太多的颇有些畏缩躲藏的少女身上看到的那样。她让人觉得的是毫无保留的友善和透明的纯洁。如果我再多看一会儿，恐怕双脚就支持不住自己的身体了。我转过头，我想是这样的一瞥，有多么暖心、舒心、适意、惬意，你把所有的表达美好心情与深深感动的言辞全部用上吧，把俄罗斯语的"夏思列夫"（幸福）与英语的"孩波伊"（快乐）也都抢出来吧，我永不满足，永不嫌多，永远牢记。

嗫嚅地回答她的招呼——她曾经招呼了你，你却没有回礼。我不知道应该怎样回答你，已经感动得旋天匐地。已经感动得山高水长，已经感动得悄悄哭泣。

"明有儿工夫，我去区委会看你们吧。"她可能好像这样说，我欢喜得声音发颤，忙不迭地说："欢迎，太欢迎了"，我的口齿，怎么似乎不太清楚。除了她的声音，我再也没有力量听别的、想别的、说别的了。

1952年3月5日　星期三

一夜没有合眼，四点钟起了床，给她写了信。

　　小凌，你走了，我天天想你。

　　春天就来了，你喜欢春天的草地吗？三月来了，马上会有一片绿草地，大得没有边，我们去玩上一天好不好？我们坐在草地上，我拉手风琴，你唱歌，白云从我们头上飘过。唱完了，我们谈一谈，我要把我关于人生的思想，告诉你。或者你常常思念的是大海吧？我们活了这么大了，没见过海，总会有一天，坐在毛泽东号巡洋舰上，迎着朝阳，一起朗诵着普希金的《致大海》："大海啊，你自由的元

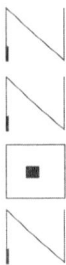

素……"浪花飞扬，打湿了我们的衣衫。

还有呢，我们一道去参加青年城的建设，在沙漠上建造花园，有一次你受了凉，生了病，躺在雪白的病床上，我去看你，你睡了，我踮着脚悄悄走过去，带给你一束小红花。

过了好些年，好些日子，再也没有恶霸、间谍、贪污分子了，也用不着在"三反"运动中开夜车了，那时会开一个庆祝共产主义实现的大舞会，几万个红绿灯照着所有的朋友，他们都来参加舞会。我们一起跳舞吧，先跳狐步舞，再跳华尔兹，还要跳探戈、伦巴，当然我是很笨的，常常走错步子。我一定会用心地努力地跳，只和你一个人跳。从黑夜跳到天明，从北京跳到上海，我老是邀请你，邀请你。

你答应吗？

你的朋友 刘夏

3月5日

写完信，天还黑。我跑到大门口，悄悄拔下门闩，推开门，看到弯弯的小月，我揣着信，向邮局走。寒风把我的眼泪吹干，在这黑夜的最后一刻，我祝福凌蕊园，祝福银波，祝福吕建群，祝福黄大姐，祝福老周、小李、小周，祝福姐姐和她的朋友，祝福一切为缔造新生活而憔悴了的好人，有一个甜甜的梦。

没想到，今天就接到了她的电话。日记刚写完，电话响了。她的声音十分微弱，像在遥远的地方，她说："今天中午我接到信了。"沉默了一会儿，又说，"你忙吗？"我没言语，沉默了一会儿，她说："星期六晚上到学校来找我好吗？"我啊了一声，沉默了一大会儿。她说，再见，把电话挂上了。整个接电话的过程中，我竟没有说出一句话来。

我真笨！

为什么她的声音这么小呢？在一个女子中学的宿舍里。可是她那么快就回了电话。

今天是星期三，离星期六还有三天，三天，七十二小时，这是多么漫长。

1952年3月8日　妇女节　星期六

我喜欢三月八日，我喜欢妇女节，它也是我的春天节。许多年在这一天，骑车走过金鳌玉蝀桥，你一定会发现了全面的解冻，你看到了满太液池的碧波，你看到有几艘小游艇已经下水。

一直盼望着天黑下，汇报会偏偏开得很长，刘校长一开头就是一个钟头，我简直急得要哭。会散了，我吃了几口饭跑出门，忽然想起自己的头发太乱，又连忙跑回宿舍，生平第一次对着镜子认真拢头发。向晚的街头非常恬美，行人似乎都用羡慕的眼光投向我，我羞了。传达室工友说，凌蕊园在团总支书记的办公室，我进去，发生了意外的事情。

借着昏黄的灯光，我看到她躺在床上，白色的医用棉被齐胸盖着，头上裹着纱布。我进屋的时候她脸向里，我轻咳了一声，她转过头，马上流露出笑容，强作无事，坐了起来。她说："真好笑，晚上我和周露老师（专职团总支书记）一起去吃门钉肉饼，吃完饭在街上溜达，被马给撞了……才破了点头皮，不要紧。"我觉得她是故意说得这样轻松，我怯怯地走近床铺，让她躺下，我的动作不大自然，不知道怎样表达一个男孩的柔情和关心。她没躺，拉过枕头靠上，继续说她被撞的经过。

"一个解放军同志骑的马惊了，大家都躲开，我正和团总支书记谈话，说到了区委，说到了黄大姐，说到了你，一下就被撞蒙了。睁开眼，好些人围着，那个解放军同志脸上掉着豆大的汗珠子，我忙说，没撞着，别着急。"

她微闭了一下眼，摸了下额头，我退后，在离床一定距离的椅子上坐下。

不知道哪一班，在开周末晚会，有音乐声飘进来，是波兰集体舞曲："有位姑娘去到林中寻找红莓果，寻找红莓果，寻找红莓果……"我轻轻地和着乐曲哼哼了几声。

"疼吗？"我指着头问。她摇摇头。"上课了？"我问。

"早上课了。先生讲得非常好。"沉默了，我又小声问："过得怎么样？"她一笑，过了一会儿，她忽然说："星期二，我看到了你……"

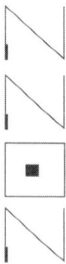

“什么，是……在文具店门口吗？”

“不，那是星期三。星期二，在先农坛。”

“匈牙利！”我们一起喊道。那天有匈牙利文工团的访华演出，最精彩的是他们跳的"瓶舞"，每个女演员头上顶着一个瓶子，唱道："快快和我结婚（梭发米发梭梭）……今天就当新娘，明天就是母亲了，再晚就要变成老太婆（梭梭拉发米瑞多）。"

回忆是美丽的

那时候是一个高潮。二战的发生，在法西斯匪徒面前显现了世界各国共产党人的英勇无畏。斯大林格勒的血战，列宁格勒的坚持，中国东北的抗日联军，华北敌后的八路军，土耳其共产党员诗人希克梅特把红旗悬挂在纳粹军人占领的市政厅楼顶上，他的诗句说："中国所有的风帆，都充满了风。"还有西班牙共产党的领导人伊巴露丽。

而中国革命的胜利，更是国际共产主义运动的高潮中的高潮。僵尸化旧中国凤凰涅槃，到处是红旗，到处是秧歌，到处是锣鼓，到处是《喀秋莎》，凌蓉园已经唱过了；还有捷克斯洛伐克的"快把小鼓咚咚地敲起来"，保加利亚的"唉，我们辽阔的原野，辽阔的原野，啊，我们亲爱的巴尔干山"，罗马尼亚的《多瑙河之波》，波兰的"弄脏了泉水就不是好姑娘"，匈牙利的作曲家李斯特和巴托克，阿尔巴尼亚的《你含苞欲放的花》……中华数千年，什么时候那样开放过？打开收音机，就是广播俄语讲座："这是什么？这是书籍，那是什么？那是铅笔……"

文艺的记忆也是历史与地理的记忆，歌舞的演出也是政治格局的花花绿绿，还有爱情、友情呢，你的爱情，你的浪漫，你的人生，来了，去了，起了，伏了，笑了，泪了，小说了，畅销了，丧失了。

仍然相信，仍然想念，仍然难舍，仍然闪光，仍然挥手示意，仍然仍然，明年我将衰老，谁的青春都不是吃素的。

她勇敢地抬起眼睛："我看了你的信。"我怀着紧张的期待注视着。"你写得真好。"她低下头。

这时我多么想，走过去拉住她的手，但是我没有胆量。时间就这样慢慢过去了，我偶尔说两句，她偶尔说两句。我们谈得很轻，很少，我们互相听见了许多许多。在无声中，在窗外传入的不知为何的声响中，在似有似无的谈话中，有一个旋律，有一个鼓点儿，有一支小曲儿，奏响了，唱出了，摇曳着。

我应该是自制而有礼的，于是说，我该走了。她点点头，当我要出去的时候，她叫住了我。

"我的叔叔到北京来了，他说，他要申诉。"

"哦，怎么？"我皱起眉。

"他来找我，我没见他，他又写了信……说是……"她紧紧闭着嘴唇。

想了想，我告诉她："还是应该见他，至少他可以改正错误，做一个好人。斗争是贪污分子的时候，我们是严厉的，对于承认了错误的人，我们其实宽厚而且仁慈。你是他的侄女，为什么不能关心他，帮助他呢？"

她想了想，点点头。

我回到机关。把一切告诉给银波，也告诉小李小周，我一点也不想隐瞒了，我爱得高高兴兴、亮亮堂堂、轰轰烈烈、风风火火。我只愿意得到别人的祝福，今天夜里。凡是听说了我的故事的人，都在笑着，谈论着，找我握手。我回忆着这次见面的经过，努力记住一切，我忽然害怕，如果，有一天，连这样的记忆也会淡漠起来呢？

我更加明白了，一个人在没有去世之前，他当然活生生地欢实；一个记忆在没有消逝之前，它当然刻骨铭心牢记；一团火在熄灭以前，它当然是在呼呼地燃烧。

生活，就是面对。快乐，就是信任。幸福，就是勇气。

1952年3月10日　星期一　晴

今天参加了两个学校的庆祝"三反"胜利大会，会上对这次运动查出来的贪污分子，做了极宽大的处理。这些贪污分子听到，将要宣布对他们的处分的时候，脸唰的一下白了，两腿簌簌发抖。而等他们听到免于法律处分、退赃的标准不按物价上涨的幅度增加的时候，一个个痛哭失声。

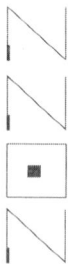

昼夜不停地干了几个月的"三反"运动，表现了决心，表现了希望，表现了紧张，也表现了宽容。"三反"和"五反"陆陆续续要结束了。由于银波同志与党委交涉的结果，我不等整个工作完了，过两天就离开"节委办"回团区委做我的老工作去了。我有一种即将回家的兴奋感觉，我的新的生活阶段要开始了。我痛切感觉到现在的一切就是在创造自己的一生，我的幸运在于早早地独立地创造生活、创造此生、创造属于自己的选择的人生了。即使是最熟悉的工作，要的是挖掘出自己的全部潜力，努力的人、深爱工作的人、工作中成长和学习的人有福了。

我买了一双新皮鞋。

1952年3月11日　星期二

托人给凌蕊园带去了一个小条：

> 那天晚上以后，我更知道，和你在一起，是多么快活，我恨不得天天和你在一起，看着你，听着你说话。但是，哪能这样呢？你每天上课，学习并不是不吃力，而我，工作又那么多。我说，最好平常我们谁也不要想谁吧，你忙你的，我忙我的，越忙越好，然后见面了，我们拿出成绩来，一瞧，都不错啊。

小条最后，我请她星期六晚上，一块看个电影。苏联片《在和平的日子里》，我看到的广告画，是苏联的海军故事。

1952年3月15日　星期六

从早晨我十分焦灼，昨天排了一中午队，买下来大华电影院今晚的两张票，可她来不来呢？我觉得她看了小条，应该回复我，中午给她打电话，叫了好久才通，结果她在开学生会执委会，晚上下班以后再打，仍然没找到。我决定到学校去找她。

这时小李从传达室拿来了她的信，小李举着信和我开心，非要我答应请客才把信给我。我急得要命，而且好像有点不安，我夺了信，一个人跑到后花园，双杠底下，心跳着拆开信，看了头一句，就慌乱了。

刘夏同志：

　　所有的错，所有的错，全在我。

　　我的眼花了，从头又看。笔记本上撕下纸，字迹凌乱，很多修改后加的话，我还没有完全绝望，继续看下去：

　　区委会的相处，你给我的帮助是难以计算的。你写信来了，写得那么高尚，那么真诚，那么温暖。我觉得我收到的不是信，是诗，是闪电，是春天的雨。一个幼稚的、肤浅的、容易冲动的女学生，除了响应你，难道能摇头说"不"吗？我激动起来了，我从来没有收到过，也没有想到过，恐怕今后也收不到这样美好的信笺了。你是写信的专家，你的信无法阻挡。我被大风吹来吹去，来不及思索，愿意一切按你的意思。

　　但是还有时间，过了第一分钟，总还有第二分钟，过了头一小时，总还有另一个钟点。时间帮助了我，唤醒了我，理智比情感更强，我只能说，我不行啊，我怎么行呢？

　　看到这里，我知道，是不一样的情形了。我困难地读下去：

　　我比不上你，真的，那天知道你比我还小一岁的时候，我无地自容。我是个中学生，和女伴们一起跳集体舞，玩猜领袖，但是，我告诉你，我的日子并不容易过，每时每刻都有一种巨大的羞耻，鞭挞着我。我已经十九岁，才上高中一年级，我的知识贫乏得可怜，我的考试成绩不那么理想，也许可以原谅自己，分出来许多精力，做政治工作。提起政治工作，又怎么能比你呢？这些还好说，最使我不能安宁的，是同学对我的信任和爱，她们什么事都找我，什么话都和我说。有一次，先生出作文题："我最敬爱的人"。竟有同班同学写了我，在敬爱后边，她写上了我的名字。我觉得深深地对不起她们，昨天一个同学问我一道几何题，我也不会。

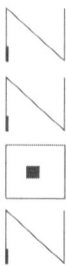

我常想，幸福还不是我的，现在还不是我的。我没有权利，我没有办法，我没有时间也没有能力，按别的轻松如意的方式想。

我抬起头，看见了黯淡下去的天空，我问，就是因为这个吗？你不行？为什么我觉得你了不起！正如你所讲，同班的同学，已经认定你是她们最敬爱的人。这样的评价，是随意的吗？

我知道，这样做会使你痛苦，请相信，我也并不好受，但这样更好。

我想说，你了不起。

天啊，我刚刚自言自语，我在说："你了不起！"这是什么，是同气相应，还是碰巧接上了火？"灵台无计逃神矢"，这回是鲁迅。

在未来长远的路程上，您一定能做出点什么……生活不会苛待您，您会有更好的朋友和伴侣。那时候，您能够同意我了，至于我，有您的那封无价的信，已经够了。我让它伴随我，一生永世，在我十九岁的时候，收信。

我已经够开心的了。

凌蕊园

3月14日

就这样，她称呼同志、您、署名凌蕊园，写完了信。

1952年3月16日　星期日　阴　风

起风了，北京的春风是可怕的，谁要到街上走一遭，回来满身是土，包括耳朵眼儿、鼻孔与眼角。我回家了，在家里听广播、洗衣服、擀面条、聊天，一切都觉得没意思。妈妈说我脸色不好，我不愿意他们看出来，故意表示高兴，和姐姐弟弟玩扑克，我常常看错了牌。下午，待在家里实在烦闷，去新华书店看书，翻翻这本，翻翻那本，哪本都很好，哪本都看不下去。打开一本《普希金诗集》，莫斯科外国文书籍出版局出版，戈宝权译，有一首叫作《我曾经爱过你》：

　　我曾经爱过你，爱情，也许，

　　在我的心灵里还没有完全消亡，

　　但愿它不会再打扰你……

还有人人会背诵的：

　　假如生活欺骗了你，

　　不要悲伤，不要心急……

　　看了几句，泪珠在眼眶里打转。跑出新华书店，往机关走，等啊等，等到上了电车，车开了，忽然想起背包丢在书店，只好在头一站下了车，重新跑回书店，取了背包，回到机关，一个人也没碰见。我觉得非常疲倦，就到宿舍拉了棉被躺下，一会儿想再写一封信，一会儿自尊心绞痛了，决定不再想她。风一阵阵，越来越大，隔着门缝、窗户缝，撒下一道一道的黄土。

从前的北平——北京

　　现在很多人不知道了，一九三七年日军与汪伪占领下的北京，是叫作北京。一九四五年，先是美军在天津塘沽登陆，然后开着吉普、道奇大卡车把美军运到了北京，并将日伪时期的靠左行车规则，在二十四小时内改成了美式的靠右行车。接着，"国军"开进，北京改名北平，属于第十一战区，司令孙连仲。

　　北京北平的春天风沙极大，小学老师在课堂上就这样讲，北京的市容与天气是："无风三尺土，有雨一街泥。"南社名流黄节诗曰："一尘黄不上丁香，似雪翻风风却黄。日日好春风里过，令人梅雨忆江乡。"

　　到了二十一世纪的今天，什么都不一样了，除了故宫北海颐和园天坛一些名胜，我已经常常是人在路上，在高楼大厦摩天建筑之中，不知身在何处。

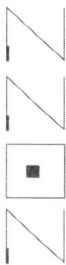

好像地安门大街改的样子稍微少一点。一九四八年底，地下党给我们支部的任务是以"华北学联"名义组织高中男生数十名，以"童子军"军棍为武器，在解放北平的巷战基本结束、国民党军溃散、解放军尚未接管进驻行使管理之前，要靠我们这些潜伏的革命力量保卫地安门商业街区，避免青黄不接之时，商家遭到暴民恶徒哄抢。

对于地安门大街，我一直是情有独钟，分外在心在意的。

至于前门大街，近年注意恢复古城风貌，甚至恢复了一股节有轨电车，但更给人印象的不是老北京，而是新时代新北京对于老北京的认真追忆，辛苦经营召唤。平安大街更是如此。民国时期的老北平，西城区平安里这个重要的公交车站，并不存在，相当于平安里车站的是太平仓，在平安里南近处，有轨电车从太平仓向东拐，走大约一站路后往北拐弯，进入如今的平安大街，走厂桥、东官房、北海后门、地安门等等。平安大街的设计与建设，无声无息。

再回来说北京的风，那时有一种风，老百姓叫作"下黄土"，应该是从境内外的黄土高原吹过来，然后落到许多角落。风带来了无孔不入的黄土，风又使盛开的丁香一黄不染。成也春风，败也春风，净也春风，脏也春风。此诗还证明了那时风大黄土大的时节是四月丁香季。

那时北京的夏天，雨前有燕子与蜻蜓在大街上低飞，雨后更是到处蜻蜓，夜晚是萤火虫打着小灯笼。孩子们称蜻蜓为留离。冬天，西北风吹过电线，发出的声音鬼哭狼嚎。白天，成大群、结大队，飞满北京天空特别是北海团城一带最多的是大声喧哗的乌鸦。

[王蒙插诗：昨日京城昨日鸦，当年黄土当年沙。七十（载）文字犹激越，雨打陵园不败花。]

黄节的诗我是一九六三年在前辈学者钟敬文教授家悬挂的条幅上看到的，他设宴欢送我远走新疆。他家的墙上与咏风诗并排，还有一幅诗，表达一种含蓄的、类似对于红颜知己的情愫。忘年交黄秋耘大兄见了这另一首诗，对我不断地说"赵慧文，赵慧文"，说的是拙作《组织部来了个年轻人》中的一个女性角色。

诗语诗人，波流未止。

星星点点亦模糊，犹忆曾然语似珠。日夜七旬东逝水，小王不忘话当初。

1952年3月17日　星期一　晴

真的过去了吗？使我这样激动，使我幸福，这样使我痛苦的一切，无声无息无踪影了呢。

怎么那么空啊，好像一所大房子。本来有人、有火炉、有钢琴，有各样的摆设和书画。现在什么都没有了。空空的。没有东西可以填补。

各校团组织，交上本学期工作计划。年轻人，火热的心，跟随着毛泽东前进！我却不能集中精力阅读，我不是个好干部吗？不，不可以这样，绝对不可以。

1952年3月18日　星期二　晴

天好了，天暖了。为了抗拒细菌武器，各地开展了爱国卫生运动。我们今天下午进行了彻底的大扫除，我负责擦玻璃，打了一盆水，揾湿了抹布，使劲擦，站在凳子上，擦高处。一边擦一边哼哼歌，想用歌分散悲伤，想起了那个晚上，说是"又忙又唱歌，真好"。说对了，这就是我们的梦。于是不等这个歌哼完，就哼哼起《白毛女》的插曲，《白毛女》插曲也使人渴望爱情。我的喉咙又哽塞了，赶快转而哼哼我最爱的《运盐小调》，"捎带上一把南路货，去到那三边把盐驮。哎嗨哟，哎嗨呀"，里面还有一段"额咧咧咧"，是模拟吆喝驴子的声音。这个幽默的歌似乎也不像当初那样使人快活。那个单纯地听边区盐贩吆喝驴的快乐时期，已经一去不复返了。

（插话：已经有许多离别，已经有许多"一鞠躬，再鞠躬，三鞠躬。清明扫墓墓安然，往事多端未可言。此身或旧心难老，姑写小说泪若泉。依旧文章依旧情，他生话旧不朦胧。绵薄难尽雪花舞，孩气童心慰此生"。）

1952年3月20日　星期四

好像不相信那些理由，太暧昧，太过分，我不相信如此丰满的幸福突然变成了弥漫的悲苦。

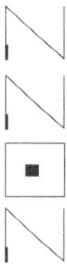

天气暖得那么早，女学生穿着红毛衣到户外来了。百货公司的货物添了很多新品种，"五反"以后，经济生活更加繁荣兴旺。

1952年3月22日　星期六

和她约会了今晚一谈，在她的一位同学家里，我初次脱下了棉袄，换上春装。周末的街道非常拥挤，无论是坐在新电车上的老头，提着医疗包的妇人，水果摊前大嚼着的孩子，大家都显得满足而快活。在朝鲜战争的炮火和斗争贪污分子的怒吼声中，人民已经感觉到大建设时代就要到来。我也快乐，也许更快乐得多，我为祖国的前进是那样激动，所以，因为，国家民族正在踏开大步前进，我的激动与快乐的心情特别希望与人共享。

她的同学住在国家一个部的宿舍，宿舍盖高楼，有人楼上愁。我首次进入九层楼的宿舍，看到了城市的面面灯火，灯光密密麻麻，令人觉得奇异和感动。这套宿舍是从前兰花饭店旧址，等我找到这个讲究的地方的时候，星星已经出现在暗褐色的天空。我被引导进入一个漂亮的房子，凌蕊园正在沙发上看画报。她介绍说这家同学的父亲是一位大艺术家，名声如雷贯耳，她提到了一些作品标题，我连连点头。然而，现在这里，艺术家的妻子不是凌蕊园的要好的同学——也是我认识的一个团干部——的亲生母亲。她的亲生母亲是封建包办婚姻的不幸遗存角色，遗迹消失了，待在他们的家乡广东潮州。女儿与生母相距遥遥。

有些孩子，从小已经是一江春水向东流，同时还是八千里路云和月。

而会客室的墙上挂着一批艺术家与周恩来总理的合影，还有齐白石的画，有秦怡的大照片，有影片《一江春水向东流》的剧照，还有《魂断蓝桥》的主角费雯·玛丽·哈特利的照片，看不出费雯·丽的签名是手写还是印刷。最惊人的是，用相当大的镜框，装着一张小幅炭笔素描，上面的签名，是法国共产党党员，大画家巴勃罗·毕加索。

坐在这里，我有一点点不一样的感觉，我的呼吸平稳了些，表情也雅致了些。

"看了信了吗？"她问。

"看了。"

这是一个高级的会客间，我还没有到过这种地方。是的，人生有很多层级，有更多的故事，留下许多照片，许多动静痕迹。

"你了解我吗？"

"我……不能说不了解。"

"你高兴吗？"

"我们生活在这样的大变化的时代，一切的一切，一日千里！太阳出来了，满呀嘛满山红。我们能不高兴吗？不高兴的倒霉鬼啊，让他们作孽去吧。青年团的任务是学习，学习，还有学习，是培养全面发展的共产主义新人。是的，"我咬了一下嘴唇，"我只知道生活本来有多么的好。"

说话当中，我不觉流露出一种酸涩的味儿，我其实不希望这样。

她觉察了，皱起眉头，阴影从脸上掠过。

她不看我，小声地执拗地开始说："对不起，我知道。我觉得你特别好。'同志'，这个称呼对于有些人，可能无所谓，但是，'同志'是一切话语里最能感动我的。我叫你，刘夏同志，我愿意尽我的微小的力量和你一起，我愿意为你做一些事情。我不知道，比同志更亲密的名词，何况你那么早就参加了工作，你不容易。我接到你的信了，我只有一个想法，你是好的，我不能让你失望，不能使你受伤，我觉得如果不回应你，就违背了我的心，对自己的同志的爱，当然，也许用不着说这些了，有什么可说呢？"

她难过地轻轻地喘气，我慌了，我请求说"原谅我"，我不知为什么，伸手打开了又一个立式的台灯。

她摆一摆手，她说：

"请求原谅的当然是我，虽然我只是一个中学生，对于爱情我不是全无所知，我知道那是多么珍贵多么严肃多么艰难。我得考虑一切，我不能随随便便，为了做出过的应许，我应该献出自己的生命，我能吗？我不能马马虎虎。

"很想和你谈我的过去，只说一点点，我曾经寄住在亲戚家，在我十三岁那一年，我的刚刚四十岁的父亲去世了，妈妈有慢性病，当时说法是我爹患了'猩红热'。有一天听到亲戚与他们家的人说闲话儿，我知道了，他们说我是白吃饭的。当天晚上我离开了亲戚家，在城里转了一宿。我说的是济南，有一条大街叫四大马路。第二天早上，迷迷糊糊经过一

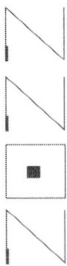

个大院子，门框贴着招收童工的告示。于是我当了工人，折页子，干了两年半，直到我叔叔从外地回来，供我继续上学。就是这个叔叔，出了事情。我有时候，执拗得可怕，改不了，现在，我这样一个各方面都差的人，各方面都落在别人后面的时候，我觉得是耻辱，人可以不幸，但是不可以耻辱。不，还是说不清我的意思，总而言之，有一个力量命令着我，责备我吧。也许你以为我太不可理解。"

她说不下去了，双手捂住了脸。

她是工人，她是工人阶级，咱们工人有力量！

听着无限诚挚的诉说，坐在这间陌生的屋子的沙发上。我觉得，自己对她的了解，刚刚开始。

不要只知道自己，更要知道别人。

原来以为，一切都明白了，其实一切还都模模糊糊，她的说话，给我的印象，也还不是非常清晰的确定的，但我已经被她执拗的愿望感动，坚决而又美好。她对自己的要求，也正是更炽烈和深厚的，无怪乎同班同学会那样敬爱她。我同情和理解了她本来是个要强的女孩子，甚至于我要说，正因为我喜欢她，就不能不充分尊重她的意愿，不能用自己的表现刺激她。

这时她又问：

"刘夏同志，你说，最重要的是什么呢？"

我不知道，从何回答，反正她的用意是，现在，对于她最重要的是学习，是班上校里的工作，是她叔叔的问题……反正不是爱情。那我还能说什么呢？

我把话题转向了闲聊。聊到天气，聊到新近流行的歌，聊到北海游船下水，很快地我们轻松起来了，话很多，很活泼，就像什么事也没出现一样。我真愿意和她一起聊下去。但是时间大概已经很晚了，她的那个同学敲门走进了屋子，她瘦瘦高高的，广东潮州人，大眼睛，非常明亮。我自惭形秽了。过了一会儿，我和她都向主人告辞。那个同学介绍我们看了一下楼下的小花园。我们看了，树木已经发芽，同学向我讲述了花开季节会多么美丽，我当然相信也会意。然后离开了这个在我的一生中只有一次机遇逗留的地方。我推着车送凌蕊园走了一段，到了该分手的路口，她叫我快走，她说："再见。"

我难受了，想起那次在本院里道"再见"来，反身骑上自行车，飞快驶过深夜街头的寂静。

1952年3月23日　星期日

我永远地默默地想着，不再悲苦，不再埋怨，一切都有当然、必然、自然。从她那里知道了同志两个字的价值。最主要的是什么？我懂得她的意思了，你时时刻刻应该思索的正是这个问题，你忘记必须用行动做出回答的正是这个问题。最主要的难道是，一起逛逛公园和看电影，一起吃两个门钉肉饼？最主要的是战斗，是前进，是学习学习再学习，是明天，永远在一起，永远有共同的幻想和忧虑，有共同的奋斗和成果。我希望她好，她希望我好，最主要的是还要加倍努力，最主要的是要活得光彩，不能玷污了我们小小年纪已经经历过、思索过、煎熬过的不幸的但也是崇高的一切。

主要是什么，此生永不能忘。

1952年3月25日　星期二

晚上和银波同志谈了，在她的屋子里，我极力用平静的语调叙述经过，说完，她找出来外国糖果招待我，点着头叹息，又笑起来了。她称赞说："刘夏，你们有点柏拉图的味道。现在，斗争激烈，胜利与建设匆忙，没有留下太多的柏拉图式思考与对话的时间和空间了。很好，你们还有一点，长着头脑的人是幸运的。人要活，还要思考与选择活，还要总结与改进你的活。我们太忙了。说真的，我欣赏你们的多少有一些的柏拉图主义。"

……然后她说："在我十八岁的时候，也无缘无故拒绝了第一个追求者，那是个很好的人，会画画，会法语，比我大许多岁……"

她想起往事来了，迷惘地望着绿色的灯罩，接着说：

"也不是无缘无故，我梦想的是更伟大的事情，我没有准备好。谢冰心说过，她最烦的是《红楼梦》，整天姐姐妹妹，哭天抹泪。不，这与文学史与文学评论不是一回事，冰心有她的时代与个性。我其实也是差不多，我不喜欢《西厢记》的腔调、《牡丹亭》的堆砌、《罗密欧与朱丽叶》的闹腾，不希望爱情来得这样简单，直不棱登。我渴望的是对自己的

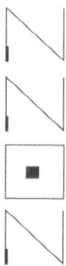

要求，那时我刚刚参加民族解放先锋队，国家在苦难中。也许，许多时候，许多个姑娘，除了拒绝第一个追求她的人，不能有别的办法吧？日寇长驱直入，你这个时候恋什么爱！也许以后就是以后了。"

她凌乱地说着许多"也许"。我懂了，生活里还有许多也许，当你碰到困惑和艰难的时候，你就想想苏格拉底、柏拉图、亚里士多德，直至车尔尼雪夫斯基他们的追求吧。

银波同志走近我，摸着我的头，又一次说"小鬼大了"。然后，"你很好，你是个好的党员，可惜有点多愁善感，也许你太文学了，心不仅要像火一样热烈，还要像钢一样坚强。人生的道路上，你还会碰到许多事，应该非常乐观，非常男子气地对待。别害怕不顺利，不顺利使人坚强，刺激人鼓起最大的力量。当然，一切对于你来说，还在未来，你要准备未来，你要创造未来，你要赢得未来……不能让未来的也许是十分伟大的可能性从你的指缝里溜走。"

银波的话使我有点不好意思，从银波的房子里走出来，我好像真的有力多了。个人生活的事情，应该已经不能震撼我。我会跨过它们，我知道生活中，最美的是最初的念想。无论遭到了什么，失去的总是没有得到的多，我已经了解了一些事了，再也不是小孩子了。

回到办公室，拉开灯，拿出各校团组织的工作总结和计划，自言自语地责备自己，工作荒废得够多的了，然后专心致志，一篇一篇地看这些材料，把意见和疑问记录在工作笔记上。

结　语

初恋是珍惜的文物吗？放了一年又一年，呵护了十载又十载，仍不古董，却是新章。初恋是少共CY的成长，是真正的成人节，是更透更彻的而立之年。初恋是海平线上出现的一艘舟船，非雾非云，若隐若现。初恋是第一次高歌，无谱无弦，无伴奏无轻弹，催人泪下，令人无眠。初恋是冲动，是洗礼，是净化，是远离腐恶轻薄的誓言，是决心保证，永远忠诚与贡献，责任与自律、自爱与爱怜。初恋是精神的提升，初恋是朝霞和旭日，是一阵风？是一声"八九"节气带来春光信息的雁唳。初恋是爱的培育，爱的发芽，爱的生根，爱的世界，奠基兴建。

初恋是永远的温习，回味，从最初到最后，从啼哭到哀乐，从做梦到惊醒，从笑笑到酸苦，从泪迹到光照安息。初恋不会遗失，初恋不会失联，初恋不会淡漠，初恋永远陪伴。

成是初恋，不成也仍然是初恋。永远再见了，我的初恋，不会再见了，也是初恋，就算是忘了吧？忘了什么呢？忘的不是别的，只是初恋。

初恋热气腾腾，温柔缠绵，兴高采烈，枝叶纷披，攀缘提升，登峰望远，好云好雨，好人好心，好的故事，好的纪念。

在抬头不见低头见的时候，说过"再见"。再见不是告别，是等待重逢，"你好""早安""别来无恙""同干一杯吧，我的不幸的青春时代的好友"（普希金），欢呼：你丝毫也没有变，"从前这样，现在还是这样！"（苏联电影插曲）

在混乱的箱箧之中，在未知的颠簸飘摇里外，在已经有了许多个告别与痛哭的经验之后，七十年忆龄存货，依然活泼生动，仍然就在眼前。

初恋是一个声音，是电话里的慰安，初恋里还有许多打电话的故事，有些许的私密，下次，等我有了机缘，再专门写给文学的期刊。

特别是，尤其是，在苏联人说是俄罗斯波波夫、意大利人说是意大利马可尼、英国人说是英国亚历山大·贝尔，而美国国会二〇〇二年六月十五日做出269号决议、确认是美国人安东尼奥·穆奇发明了的电话里，稿纸上的主人公相信，仍然会一次次响起你的声音。你的声音在电话里是如此动人，温存，沉稳，不无矜持，略有犹豫，欲说还休，谛听敬肃，心语耳语，有声无声。你的声音在电话里得到了完美无瑕神奇与熨帖的表现。

我想，电话机里的声音的混响，声响的后浪前浪，抵御了战胜了一切的胆怯畏惧试炼袭击磨难。

一只小鹰在天上飞翔，又一只小鹰飞翔，两只小鹰颉颃，小鹰成双，小鹰分开了，再见，不是两两，不再成对成双，仍是一只加一只小鹰飞翔……

一只小鱼在水里游航，又一只小鱼在水里游航，两只小鱼游航，两只小鱼成双，小鱼徜徉，小鱼分别了，再见，不是两两，不再成对成双，也还是一只加一只，在那里游航。

必然，飞跃，成长，有人惦记，有人占据你的前心后心、左脑右脑，

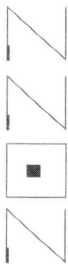

有人得到你的赞美追求和欣赏，有人逼迫你变得更好一点更美善光亮。于是，一江春水泛来，却尚未成渠，水到渠未成，成就的是一片生机，一片汪洋，草色遥看近却无，春花秋月永无了，花事无边风光好。

一声咏叹，又一声咏叹，二重唱，小合唱，美声，南梆子，保护了战斗的号角；有掩护的开火，有冲锋的炸药包，有卧倒也有奋起，有礼赞，有微笑，有柏拉图的理性，马克思的科学社会主义，也有文学的多姿，更有狙击手的十环连击，百发百中……

韶光应是最童真，朝日彩云万物新，
陶然最乐汗滴土，倜傥应推歌入云。
风寒苦斗贪污犯，日暖欢拥生动春，
涤荡污泥与浊水，花红柳绿更欣欣。

天真孩子稚无眠，热烈青春诗畅酣，
革命党人期大任，太平百姓盼丰年。
轻声且问卿心曲，或愿携行我梦圆？
未敢轻说诚有幸，与君然诺重如山！

几个月后，我想念，我相信，我觉得，我似乎，终于接到她的电话了。有说，其实电话机也是爱迪生发明的，好的，爱得死发明了它？迪迪生也随它去，它值得欢呼赞美。从前，对于爱情最重要的是书信，是旧手帕上题诗，贾宝玉。后来就是电话了。现在是微信。爱情不应该林黛玉那样艰难，也不应该微信表情那样便捷轻率。最好的亲近的随时的声音，传递在爱谁谁发明的德律风——telephone——电话机里。

我总坚信记得，你说呢？她在电话中说过：她已经被邀请，九月二十三日凌晨一时三十分，她要上天安门观礼台，参观本年国庆阅兵的预演，包括礼花、礼炮、焰火。她们的集合时间是九月二十二日，二十三点十五分。

我在区里工作，我知道得更多，我知道此后还有第二次预演，还要加上各界群众游行的彩排。不巧的是，我的参观票是二十七日凌晨的，我说。二十三日的预演，观众里没有我，我预祝她看得满意。

在电话里，她笑了，咯咯咯咯。

一！二！三！四！

原载《人民文学》2022年第4期

点评

　　跨越半个多世纪的光阴，又一篇多年前的王蒙作品被发现、被呈现在读者面前，这篇写于1956年的作品，描绘了一段纯真、热烈而又曲折的青年人的懵懂恋情。值得注意的是，这是一篇与王蒙代表作《组织部来了个年轻人》有着千丝万缕联系的作品。两部作品不仅写作时间大致相同，在构思上也有内在联系。这使得这篇"新"作品有了非同一般的文学史意义。

　　《组织部来了个年轻人》讲述了青年干部初入组织部观察到了一系列不良风气，并与之作斗争的经历，展现了青年人在工作实践中的曲折成长。这是故事的主线。故事另有一条线索，即主人公林震与赵慧文的情感关系。两人作为同事，互有好感，赵慧文欣赏林震的斗争精神，林震则在赵慧文那里找到了不同于刘世吾、韩常新等人的更契合自己价值观的工作理念和人生信仰。然而，赵慧文已经结婚有了家庭，尽管家庭生活存在问题，但她仍然克制处理了这份可能的感情。这是小说中另一条重要的未及展开的副线。而这条被抑制的副线在《从前的初恋》中得到了彻底的释放。主人公刘夏同样是一名满怀激情和理想的革命干部，他在工作之余同凌蕊园产生了感情，作品的主体即围绕男女主人公对彼此的青睐、爱恋展开，写透了青年人爱情之甜蜜之痛苦之希望之失落，将《组织部来个年轻人》中的爱情叙事充分展开。两部作品一部重在展现年轻人的革命工作实践，一部重在展现年轻人的情感生活。互为补充互为回响，展现了1950年代青年一代的精神世界。由此，这部穿插补充了许多当下内容和叙事元素的作品，不仅具有当下意义，同样具有不凡的回望1950年代文学的历史意义。

（崔庆蕾）

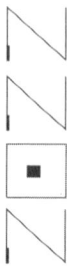

白釉黑花罐与碑桥/

/迟子建

楔子

又来了个姓赵的。

他四十上下，黑红粗糙的脸，平头，额头有颗斑驳的黑痣，穿一身不大合体的藏蓝色西装，红领带，紫袜子，黑皮鞋。为来鉴宝特意刮过胡子吧，唇髭间泛着收割后的青光。他怀抱一个半尺来高的三足龙纹云鼎，说这是西周的青铜器，当年宋徽宗被金人所掳带到三姓的，他的远祖是宋徽宗后人，所以这宝贝在他家传了好多代了。

我懒得多看一眼那明显造假的玩意儿，鼎上的龙纹张牙舞爪，粗鄙不堪，这可不是西周的线条，我毫不客气地对他说："东西不必放下了。"

他细长的眼立刻瞪成圆眼了，半是威胁半是乞求地说："您不仔细瞧瞧？也不问问我姓啥？"

"你当然姓赵了。"说完这句话，我见他手上毕露的青筋，瞬时瘪了下去，而先前它们血脉偾张，像一条条奔向猎物的蛇。

我眯起眼，享受南窗送来的金子般的阳光，这是西周的阳光，北宋的阳光，也是今朝的阳光，无须鉴定，千秋万代。

那人咳嗽一声、叹息一声，再咳嗽一声、叹息一声，最后"唉——"地长叹一声，绝望地走了。他走得深一脚浅一脚的，脚步声杂沓不堪。一个人泄了气，腿脚就不利落了，再加上他穿的新皮鞋，与那身别扭的西装一样，显然是急就章，与他的脚怎能合拍。

我从哈尔滨到依兰两天了。退休这五年，我驾驶一台越野吉普车，在黑龙江各地寻古探幽，也发挥专业优长，免费给人鉴宝，渐渐地在民间有了些名气。因为经我鉴定为真品的一些私人藏品，得到了国家级文物专家的认可，拥有宝物的主人一夜暴富。

我不做文物贩子，虽说利润空间很大，这倒不是怕违法，而是我资金不够雄厚。我只购藏经济能力承受得起又令我心仪的器物，比如金代的双鱼花枝铜镜、清乾隆年间的粉彩山水画盘、明代的青花瓷碗以及民国的各类酒壶。

当收藏成为一种热潮时，各地的古玩市场也悄然兴起，抱着捡漏心理的收藏爱好者成为这里的常客。但摊主们兜售的器物，十之八九都是赝品。而之前在穷乡僻壤，有些宝物真的不为人识。有农人用明代万历年间的花鸟漆盘去盖咸菜坛子，还有人把辽代的上马酒壶给小孩子当尿壶。细究起来，这样的人家祖上没有不发达的，而后辈又没有不落魄的，以为自家不曾拥有稀罕物。

爱好收藏的，最痛心的就是逢着心爱之物却无力纳为己有。比如我曾在阿城乡下一户人家，见到一个盛黄烟叶的罐子竟是金代的白釉黑花罐，其器型端庄古朴，色彩典雅高贵，釉面似有月光隐隐浮动，就像个穿着丝绒旗袍的气质美女，在勾人魂魄地望着你。罐身的牡丹与枝叶勾勒得富贵又妖娆，像是要从罐中飞出来爬上谁家的窗棂，为这罐子平添了一份浪漫，让人怦然心动。见我要出高价收购这个罐子，老乡顿悟此非浊物，连说这是他心肝，陪他大半辈子了，不卖。几个月后我再去，房屋还在，但主人已不知所终。

我已是第三次来依兰了。因为北宋的赵佶赵桓二帝曾被囚于此，这当年的五国头城里，不仅流传着很多关于他们的传奇故事，前来鉴宝的人里标榜赵姓的也不少。仿宋徽宗赵佶的书画作品，一如陈年枯叶，有点收藏风就飞出来了。

还记得我第一次来，有个酒气熏天的男人，拿着一页泛黄信笺，愣说是宋徽宗写给金高宗的密信，价值连城，给他两万他就出手。见我不理，他抖着信笺说，瞧瞧这有筋无骨的瘦金体，只有他妈的不爱江山爱花鸟的徽宗才写得出来啊，你看走了眼，可别后悔呀。我抢白他，花鸟不是江山

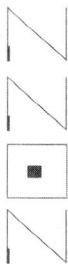

吗？而我第二次来，有个肥胖的自称姓赵的艳服女人，袖着一方褪色的粉绸，说这是徽宗皇后韦贤妃用过的。而这次竟有人仿造西周的鼎蒙我，委实让人不爽，这分明是嘲弄我的专业才能。

其实我这次来还是有收获的，得了一盏曾任依兰镇守使的抗日名将李杜将军的台灯，要知它照亮过多少黑暗的夜晚啊。李杜因尊崇李白杜甫，把原名李荫培改为李杜。他的二夫人王者培在东北很有名气，是个舞刀弄枪的女侠，传说她爱上了李杜将军，但李杜有夫人，于是刁难她，说除非你打下城门塔上的鸽子，才会考虑。王者培手持双枪，砰砰两声，一双鸽子自塔顶坠下，成了她婚礼的爆竹。此行我还得了一幅曾任依兰道尹的莫德惠的字。日本侵占东北时，莫德惠正在苏联，他闻此消息，放声大哭。清末依兰城门上"东北重镇，中外通衢"的横额，就是莫德惠题写的。

依兰山岳环抱，多有庙宇。这里水系纵横，除了浪漫汇合的牡丹江和松花江，还有散发着竹笛般清音的倭肯河和巴兰河。来这儿的游客，看山有山，观水有水，寻古有古。依兰在金朝设路治，称胡里改路。乾隆年间，这里就是著名的通商开放市场，有大码头，商户林立，贸易繁荣。光绪年间设依兰府，后为依兰县。它别名"三姓"，源自满语"依兰哈拉"，满语中依兰为"三"，哈拉为"姓"，当地不少百姓还习惯叫它的老名字。而不管历经了哪朝哪代的风云变幻，依兰最为世人所知的，还是徽钦二帝在这里"坐井观天"的囚禁岁月。

送走最后一个鉴宝人，我正打算出旅馆寻个吃杀猪菜的地方，林蓓来电，也不问我在哪儿，张口就发脾气，说你快滚回来吧，我可受不了你妈了！

林蓓比我小九岁，是我现任妻子，已是一家企业的副总了。她年薪比我高，长相不俗，自我们结合，母亲一直看她不顺眼，觉得我找了个跟王姝同路的女人，好不到哪里去。

王姝是我前妻，貌美如花，性格活泼，在一家医院做护士，女儿十岁时，我发现她和一个有家室的官员有染，于是提出离婚，王姝欣然同意，我们平分财产，女儿共同抚养，也算分得寂静和体面。

被戴过绿帽子的男人再找女人，总觉是走夜路，有姿色的都觉得是鬼，让人脊背发凉。

我是在一个朋友的聚会上遇见林蓓的，她鹅蛋脸，黑黑的眼睛，剑眉，红唇，一头秀发，身形高挑，衣品极好，举止得体。朋友说她刚离婚，前夫是搞动力学研究的专家，出轨女博士，林蓓一怒之下离了婚。我想我们有相似的情感经历，再组家庭，定会彼此珍惜。但母亲见她第一眼就不喜欢，说你当自己是拎着金箍棒的孙猴子啊，怎么又招了个妖精来家？但我迷上林蓓，不顾母亲反对再婚了。林蓓那时是企业的中层干部，常陪老总出差，母亲说她一准是跟别人撒野去了。婚后林蓓才跟我说，其实她是个丁克，前夫本来也是，说好了不要孩子一起走到底的，可婚后他就改主意了。前夫出轨，也是想刺激她主动离婚，好再婚生子。林蓓说她之所以没婚前说，是因为坚信我这样有襟怀的人文学者，不在乎这个，再说我有孩子了。林蓓虽然给我戴了人格的高帽子，但我依然不爽，觉得她心机重。母亲知道林蓓不想生孩子的坚定意志后，气得大病一场，尽管不喜欢她，但还巴望着再得个孙子呢。

林蓓性格强势，业务能力强，人脉广，一路升至副总，风光无限。我们在经济上各自独立，她的钱主要消费在奢侈品店、美容院、高端餐厅和海外游，而我乐意把钱用于收藏、购书和国内自驾游。林蓓过了五十岁后，气质大不如从前，也许是企业复杂的人际给折磨的。她打电话时，我常听她对张三说李四的坏话，转而又对李四说张三的不是，简直是个面具女王。还有她近年睡眠差，大把掉头发，黑眼仁少白眼仁多了，她跟我说话翻眼珠时，感觉她眼里堆着肮脏的雪。

母亲一直怀疑林蓓在外面有人，所以只要我离开哈尔滨，她就把保姆打发走，要林蓓回她那儿住，名曰陪伴，实则监视。这不林蓓控诉大中午的，母亲让她回去喝人参乌鸡汤，说是入秋后得补了，不然缺营养，头发掉光了，人家还以为她儿媳妇要去当尼姑。我明白母亲并不是真的关心林蓓的身体，她就是要占领她的午休时间，因为母亲跟我唠叨过，她听说出轨的上班族，通常是利用午休时间，在快捷酒店或办公室鬼混，晚上回家跟没事人似的。

无论是前妻王姝还是现任林蓓，我都无感了，相信她们对我也一样。我现在的家，就像一个开放的码头，为着利益，什么船都可以靠港。王姝退休后常带女儿过来，她鼓励我收藏，不是欣赏它们独有的文化价值，而

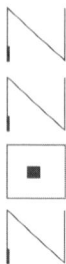

是为着我们的女儿着想，说这是软黄金，能作女儿的传家宝。这话对自甘放弃生育后代的林蓓来讲，字字诛心，所以林蓓喜欢挥霍钱财，反正无人继承。林蓓一身名牌地走出家门时，我总觉她像稻草人一样，身上没有血肉。

挂断林蓓的电话，我没心情去寻杀猪菜馆了，想着旅馆斜对面有一家砂锅豆腐店，随便对付一口算了。

依兰晚秋的风儿与哈尔滨一样，由润而滑的丝绸感，蜕变为凉而硬的金属感了。没有都市高楼的层层阻隔，风儿更自由也更凌厉，吹得人睫毛忽闪。小城依山傍水，草木气息浓，汽车尾气少，空气清冽干净，让人神清气爽。我进了小店，点了一个排骨豆腐砂锅，两张葱油饼，全部消灭掉，只觉身体动力无穷，很想出去撒撒野。刚好有食客在讲巴兰河，说这段去那儿看五花山的人不少，我便想去巴兰河景区转转。

主意已定，我赶紧回去退房，驾车奔向巴兰河。

我的背囊中备有常用的急救药品，还有指南针、防水火柴、手电筒、望远镜、搪瓷杯和水果刀等野外生活工具，以及瓶装水、食盐、糖果、压缩饼干等。对爱读书的我来说，包中还少不了一两本书籍。

出了旅馆向西不远，是一条商业街，城镇化改造中，很多地方的房屋被粉刷成一个颜色，比如土黄色，依兰的这条街就是这样。这颜色在我记忆中，仿佛火车站专有。好在土黄色的建筑物上，有五颜六色的牌匾，无论冬夏都绚丽夺目。超市、银行、浴池、药房、烧烤店、冷面馆、渔具店、鲜奶吧、佛事用品店、理发店等依次排开，这生活的花朵，即便是在新冠疫情中，也不凋零。

快出城时，见到一处建筑工地上，两台挖掘机正在作业，一个工人在瓦砾中叼着烟撒尿，他旁边站着一条摇头摆尾的黑狗。这路段大货车和摩托车明显多了起来，它们体积不同，气势却一样，跑起来蛮气十足，这都是路上的祖宗，我小心翼翼避让着，到了哈肇公路才松口气。而上了依兰旅游公路，那就是走上幸福大道了，路况很好，车少人稀，风景也美，我把车窗摇下，听着原野的风声。

依兰旅游公路有三十多公里长。中秋和国庆将近，正是游客青黄不接的时节，往来车辆极少。夏候鸟大都迁徙了，偶尔从草丛飞起的一两只禽鸟，也都飞不高。它们有的是因出生晚，体力不行，难以展翅高飞，有的则是因伤或衰老得飞不动了，还在北地苦熬。命好的在落雪前挣扎着南飞，或是被候鸟保护站收留，命差的就葬身于寒流，那丝绸般的羽翼就此在天空消失。当我放慢车速，贪婪地呼吸着山野清风的时候，一只成年苍鹭忽然从水边半青半黄的草中拔头而起，它栽楞着翅膀，飘飘摇摇地跟着我的车子飞翔，随时随地要栽倒在地的模样，一看就是受了伤。

我最不喜欢的鸟儿就是苍鹭了，不是因为它嘴长脖长、细脚伶仃，一副刻薄相，而是因为母亲常把我跟它类比。苍鹭捕食时会像岩石一样，待在一个地方久久不动，静待猎物，所以当地人也叫它长脖老等。它不挑食，撞上什么就吃什么。母亲说我在婚姻上就是个长脖老等，不知道四处寻觅好姑娘，傻呵呵地撞上王姝就娶了王姝，撞上林蓓就娶了林蓓。所以每次路遇苍鹭，我都会加快车速掠过，仿佛是甩掉了母亲的嘲笑。

我到巴兰河景区时是午后三时，太阳已向西了。在一座挂着红灯笼的山庄停下车，我跟庄主说想租个橡皮艇漂流巴兰河，留着一撇小胡子的他瞪着我说："兄弟这是啥时候啊，都快下霜了，还上水里整啥浪漫！"

我说那你还守着这山庄干吗？

他又瞪了我一眼，说："收秋啊。"

我以为他在附近种植了庄稼，再交流才明白，这两年因疫情，山庄一关再关，游客锐减，生意难做，就巴望着中秋和国庆假日时，看五花山的人带来个小高潮，收个游客的秋。我问他这两个节日的客房预订情况好吗，庄主害了牙痛似的抽着嘴角说不咋样，预订中秋节的只有四间房，还都是普通间。国庆节的稍好一些，两个小套房都订出去了，普通间也有五间。他说要是搁前些年，这儿的客房闲的时候少，可现在整座山庄，只有五个客人。三个年轻的是来拍五花山的摄影爱好者，一对老夫妻是银婚旅行，他们消费都不高，实在没啥赚头，勉强维持员工开支。

我好说歹说，庄主就是不肯租橡皮艇给我，说早过了漂流季了，今年水又大，后天就是中秋节了，万一我有个闪失，他们踩了假日游安全的地雷，那可就遭殃了。他建议我住下，可以出去转转山，看看奇峰异石。他说当年跟宋徽宗发配到依兰的九个侍女，因不堪金兵凌辱，在巴兰河投水而亡，魂灵化作秀丽的山峰，离这儿不远，日落前可探寻一下。有人说男人看了这九女神峰，会交桃花运呢。

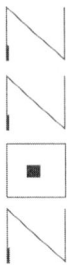

我没有好气地说："交桃花运的男人哪个不被桃花水淹死！"

庄主哈哈笑着拍着我肩膀说："兄弟这是蹚过桃花水受过伤哇。"

见我对九女神峰不动心，庄主又说这附近还有蘑菇，可挎个篮子采山，用自己采来的蘑菇，去厨房做个鲜蘑炒白菜片，再弄个清炖细鳞鱼，来上一壶老酒，这个夜晚就是仙女来陪，咱都不干！

巴兰河景区的山庄还有不少，可是日色渐暮，我还想趁亮出去转转，再说庄主是个有趣的人，所以不想再寻别处，先办了入住。

我肩挎背囊出门的时候，庄主嘱咐我注意野兽，天黑了就回来，别往密林中走，万一碰见黑熊，这家伙冬眠前正要储存能量，我这么大块的优质蛋白，它是不会放过的。

秋风是大自然的调色师，巴兰河两岸的山峦和原野，被它点染成了花园。杨树的叶子黄了，但它黄得参差，土黄、鹅黄都有，不像白桦树跟个富翁似的，披挂着满树金币似的金黄叶片。柳树叶子的颜色最丰富了，半青半黄的有，半红半粉的也有。最红的要数柞树了，它那蝙蝠似的叶片油红油红的，像上了蜡。落叶松的松针就两种色，落地的是深褐色的，还在树上的是浅黄色的。只要一阵风吹过，你看林间吧，简直是天女散花，斑斓的秋叶满天飞。但这样的绚丽，是大自然的回光返照，因为秋叶终归飘零，褪掉颜色，成为腐殖土的一部分。我踩着林地厚厚的落叶，感觉是踏着油彩前行，脚下流光溢彩的。

庄主诳我，这时节哪还有蘑菇啊，我不止一次以为发现了榛蘑，可凑近一看，总是落叶，榛蘑和落叶在长相上酷似。兜兜转转了一小时，只找到几个半干的桦树蘑。我爬到半山坡时，太阳开始下沉了，夕阳仿佛一个气韵饱满的歌者，一旦它开嗓，晚霞就缕缕飘出了。我掏出望远镜回望山庄，想看看沐浴着夕阳的它，是否成了金殿，这时我意外地发现了一条船。

这条船停泊在山庄东侧的一棵大杨树旁，面向巴兰河。船是木船，不是那种为游人预备的橡皮艇，也许是山庄员工用来捕鱼的？要知道住进这里的游人，谁不渴望灶上的河鲜呢。这条黑黢黢的船，在我眼里比任何一道晚霞都绚丽，再次点燃了我漂流巴兰河的热望，而我有数的几次漂流，都是在日光里。想想太阳落了山，避开庄主和游人，悄悄推船入水，来一个月夜的漂流，独享一条河，听水声、风声和落叶声，该多享受啊。

锁定了船的方位，我不再登山，而是席地而坐，目送夕阳。秋天的太阳落得就像疾驰的车轮，滚滚向前，一刻钟左右，大半个身子沉下去了，再七八分钟，夕阳完全不见了，它在最后时刻留下了对天空的热吻，玫红与金黄的晚霞弥漫在西边天。但这是黑夜最觊觎的吻，用不了多久，它们就会被吞噬。

山庄客人少，不必在意会撞上花前月下的人。所以太阳一落，我就起身下山，一直到巴兰河畔，只碰见个忙活着往洞里藏松子的松鼠和几只被我惊飞的苏雀。晚霞消散，夜色渐起。那条船半新，还有腥味，看来是打捞河鲜的船，船桨不像我想象的怕客人乱用而藏在别处，桨就在船舱贴心地放着，而且船尾接近水面，我毫不费力地推船入水，开始漂流。

入水后我才发现船在山庄的下游，所以更不用担心庄主会看见我了。我摇船离岸时，感觉是个成功逃学的孩子，直想放声歌唱。山庄灯火旺盛，可等我划了一段，在河流转弯处回身遥望时，山庄的灯火就像一团渔火了。

巴兰河是由山泉水汇聚而成的，非常清澈，虽然夜色迷蒙，但在水浅处，还能隐约看见河底的卵石。河道初始宽阔，大约十五六米宽吧，但转了两三个弯之后，它忽然收紧了心，河面变得狭窄起来，也就六七米的样子，伸出手臂能抓到岸边的柳树探过来的枝条。水流变得湍急，我努力保持着平衡，不让船过于摇摆。

船行七八里后，月亮升起来了，照得巴兰河像大地的闪电似的，瞬间亮了起来，猛然间觉得河上鱼群飞舞，仔细一看，却是形形色色的落叶。落到水里的叶子，不甘命运的，可以随着巴兰河汇入松花江，心性更高的，没准还能汇入黑龙江呢！

月亮初始光华满面，但它在夜空没骄傲多久。当船行至一处宽阔的水域时，天突然阴了起来，月亮被云彩遮住了。先是片状云像羽毛似的撩拨月亮，也顺带给它们点染了春心，令片状云红了脸庞。但随着铅灰色的块状云堆积而上，月亮逐渐沦陷，挣扎着发出微光，最后被浓重的乌云彻底埋葬了，河面骤然黯淡了，风也起来了。山里的天气就是这样，几分钟前还云淡风轻，转瞬却是狂风暴雨。

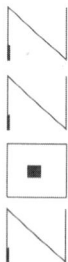

先前漂流时，我还嫌夜晚太过恬静，波澜不惊，少了刺激。现在狂风一起，两岸的树疯狂摇曳，呼啦啦作响，像一颗颗手榴弹，要炸毁这暗夜似的，再加上野鸟惊叫，暴雨如注，河面雨雾蒸腾，波涛翻卷，小船剧烈颠簸，我立刻兴奋起来。

可这激情没有持续多久，雨越下越大，河面一片模糊，分不清哪儿是岸，身上阵阵发冷，我打算结束这冒险的夜漂了。我吃力地辨认着方向、寻找上岸之地时，船被一个大漩涡击得侧翻，船舱进水了，这让我分外紧张，因为我并不会水，如果没有了船这双脚，我在河里就失去了心脏。

我渴望闪电的出现，这暴雨的先遣军，是天空的手电筒，会让我在瞬间辨明哪儿适合靠岸。可是闪电是夏天的轻骑兵，到了秋天就偃旗息鼓了，不再亮剑。我睁大眼睛仔细观察，发现眼前是墨色和灰青色交织的色团，我判断出大面积的墨色是岸，而呈带状分布的灰青色，则是河流。只要朝着墨色方位，感觉船不太颠簸时，说明那是水流相对平缓的河段，就可靠岸。

然而船侧翻时涌进的河水与持续的暴雨倾入，使得积水已没过我脚踝，船开始渐渐下沉。当我意识到不妙时，也不管身处什么样的河段，赶紧朝着浓重的墨色划去。

在我努力靠岸的过程中，船又雪上加霜地"咣当"一下撞上了什么，这让我肝肠欲裂，头晕眼花，跟着似有一只大鸟掠过，它的翅膀扫着我的额头，像是重重地给了我一拳，生疼生疼的。我想鸟儿飞去的方向一定是山，山就是岸，而那是墨色区域，我判断的方向应该没错。可是风越来越大，船像是被撞傻了，原地打转，剧烈摇摆，只两三分钟，就彻底倾覆，把我抛入冰冷刺骨的巴兰河。

上半夜：白釉黑花罐

救我上岸的是个四十多岁的男子，他相貌平平，刀条脸，八字眉，小眼睛，扁平鼻，目光黯淡，面无血色，穿一身铁灰色的衣服，黑胶鞋。我睁开眼睛时，已在他的窝棚中了。松木杆搭起的窝棚像个大斗笠，扣在巴兰河畔，一团月亮似的火，在窝棚中央发光发热，像一颗勃勃跳动的大心脏。

他对我说的第一句话是，来了。

我躺在一堆干草上，问坐在火堆旁的他，这是哪儿？

巴兰河啊，他说，你在河里翻了船。

我说知道这是巴兰河，可这是哪一段呢？我说出了投宿的山庄名字，问这里离那儿有多远。

他说巴兰河就像一个人的身躯，缺了哪段都没好活的，所以河流是不分段的。至于我提到的山庄，他从未听说过。

我说看来你不熟悉巴兰河景区，你是过路的渔人？

他告诉我他是个窑工，祖上就是干这个的。

我说依兰这地方还有烧窑的吗，我怎么没听说过？那你是给建筑工地烧红砖的了？

他用看待俗物的眼神，同情而又失望地扫了我一眼，说他是烧瓷器的。

我想他这是守窑场的了，刚想打听这里几孔窑，烧窑的土黏性大，从哪儿运来，成品的瓷器又销往何处，窑工站起来，或者说从我面前升起来。我不算矮，但他比我还高出一头呢，似乎要把窝棚给戳破了！他走向一口草编的箱子，取出一套藏青色衣服，嘱我换上，说要出去看一下窑火，一会儿回来给我煮点吃的。

我望着窝棚顶那个苹果大小的圆孔，它既可走烟，也可瞭望天光。看得出夜色沉沉，雨还没停，因为火堆时常发出吱吱的叫声，那是圆孔坠下的雨滴，牺牲于烈火的声音。

我脱下湿衣服，换上他给我的那套。衣服叠得整整齐齐，散发着淡淡的香味，好像由女人打理过。上衣是对襟的，裤子是散腿的，料子像棉又像麻，轻极了，软极了，干爽又妥帖，穿上很合体，像是专为我预备的，因我没窑工那么高，也比他胖，显然不是他的衣服。我从脱下的上衣闻到淡淡的盐味，从裤子嗅到了令人沮丧的臊味，看来我拼命挣扎时没少流汗，而且吓尿了裤子。

那条翻了的船漂哪儿去了，我该怎样跟庄主交代？夜漂时我将背囊搁在舱里，船出了事故，它自是不保，里面的救急物品，此刻已成了河里的怨鬼。我记得只有手机不在背囊，放在了上衣口袋，连忙将手伸向那儿，可是我没摸到硬的东西，却摸出一条柔软的小鱼，因为上衣的布料密闭性好，兜里还存着一汪水，尽管小鱼气息奄奄，尾巴却还像将尽的烛火一

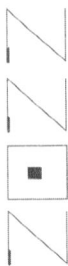

样，吃力地摇摆着。想想这条莽撞的小鱼误入口袋的网叫人怜惜，窑工救我一命，我理应救它一命，我捧着小鱼走出窝棚，顶着细雨，把它放归巴兰河。

窝棚搭在岸边的柳树丛中，距巴兰河也就八九米，如果没有那团火透出的微光，我可能没有勇气走向巴兰河了。河对岸是黑魆魆的望不到边际的山，哗哗的流水声听起来像野兽发出的饥饿的叫声。

我给小鱼放完生，回去时窑工已坐在火堆旁的木墩上，专心致志地煮着什么了。窝棚里弥漫着一股奇异的香味，像肉香鱼香又像花香果香，总之是复合香味，强烈撞击人的嗅觉神经。

我坐在窑工对面一截磨掉了皮的圆木上，望着火堆四周那圈不规则的青石，说你围挡这圈石头，是怕火蔓延烧了窝棚吧？窑工点点头。我又问这些石头是从巴兰河取来的吗？窑工说河里的石头不适宜围火，它们被河流冲刷后会有空隙，遇热可能爆炸，所以这些石头都是从山上采来的。窑工这样说让我心安许多，巴兰河的石头，在我眼里已是地雷了。

窑工煮好了吃的，拿出一只粗瓷新碗，说是单为来客预备的，先给我盛上，又拿出一只旧碗，给自己盛上。他端给我，说趁热吃吧，你这一路过来，也是辛苦。我端起那碗像汤像茶又像糊糊的东西，迫不及待地喝起来。怎么形容它呢，它不像食物，而像凝聚的光，入口后身上立刻暖了不说，先前灰暗的心，忽然间明媚起来，人在瞬间变得愉悦。我对窑工说，我从未吃过让人这么高兴的东西，它是酒吗？窑工说，你说它是啥就是啥。

我问他有手机吗，我想借用一下，给家里报个平安。

窑工意味深长地看了我一眼，说你到了这儿，还用报平安吗？

我说倒也是，现在家里很少用固话了，我妈和我老婆的手机号码都存在手机里，你就是借给我手机，我也拨不出号，只知道她们一个是移动的，一个是联通的。不过我还能记起我妈的手机号尾数是99，她想活得长久嘛，我老婆的号码尾数是88，她这个做企业的，身上每个细胞都做着发财梦。

发完牢骚，吃完东西，我觉得身上暖洋洋的，有股说不出的幸福感，特别想听听窑工的故事，我问他祖上从何时开始烧窑的。

他放下瓷碗，双手合十，循环摆动，做出前浪推后浪的手势，说他曾祖的高祖、高祖的高祖、再高祖的高祖、再再高祖的曾祖、再再再曾祖的曾祖，是相州很有名的窑工，他烧的瓷器，整个相州都在用。

他这连环套似的高祖和曾祖，简直是迷魂阵，立刻把我绕迷糊了，我说那得好几十代了，不是干到古代去了吗？

他没理我，说就这么说吧，他远祖是给宋徽宗烧瓷器的，你总该知道这个喜欢写字画画的皇帝吧？

我说黑龙江人谁不知道徽钦二帝——赵佶和赵桓呢？依兰是他们当年"坐井观天"之地啊。

我好为人师地跟他说，提起坐井观天，并不像后世有人理解的，徽钦二帝被金人投进井底囚着，实际上这个"井"，是地窖子，地窖子知道吗？是半地下的窝棚，这里大半年的冬天，冒烟泡儿一刮，人会被冻僵的，地窖子北面封堵，南向开矮窗，能见天光，抗风抗雪，那时老百姓多住这样的屋子。而到了夏天，徽钦二帝住的是四合院。我说这番话时，显然把窑工当成了外来的。

窑工用手指弹了一下瓷碗，它发出一声明丽的叫声，让我疑心瓷胎中藏着一只夜莺，他说地窖子谁不知道呢。窑工问我，你知道他们是怎么到的五国城吗？

我说徽钦二帝从汴京被俘北上，先抵达的是燕京，就是现在的北京，之后再到上京，也就是如今的阿城，最后又从上京被发配到胡里改路的五国头城，人们习惯叫它五国城，就是依兰了。我说在上京，金主竟让徽钦二帝穿孝服，拜祭金人祖庙，封赵佶为昏德公，赵桓为重昏侯。

窑工叹息一声说，宋太祖灭了南唐，不是也封李煜为违命侯么。

我说是的，还有传言说宋徽宗是李煜转世的呢，两个皇帝结局惊人相似，且艺术成就都高。不过颇具讽刺意味的是，把侮辱性封号送给徽钦二帝的金熙宗，最终被自己的堂弟完颜亮刺死，也被降封为东昏王。完颜亮篡位为帝，他骁勇过人，才华盖世，我喜欢他的两首咏雪词，"天丁震怒，掀翻银海，散乱珠箔。六出奇花飞滚滚，平填了，山中丘壑"，气象浩茫不是？还有"锦帐美人贪睡，不觉天孙剪水，惊问是杨花，是芦花"，又柔肠百结不是？但金史对这个海陵王评价不高，他嗜杀好色，说他"三纲绝矣"。一般人能够记得他，是因他将国都从上京迁到燕京，成

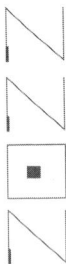

为入主北京的第一个王朝，不过完颜亮结局也不好。

窑工对我欣赏完颜亮的词显然不忿，他先是说，这样的人哪有好结局呢，之后吟哦"春花秋月何时了，往事知多少""问君能有几多愁，恰似一江春水向东流"，说这才是千古流芳的句子。窑工谈吐不凡，我怀疑他并不是干力气活的。他用木棍拨弄了一下火，很奇怪的是，他的脸庞遇到火光，不是红了，而是青了，像抹了一层水泥。他说徽钦二帝被俘到北方的路线，你说得不差，但你知道他们到了五国城，还剩多少人吗？

我说那时行路靠的是车马和步行，据说一行三千多人从汴京出发，最后到了五国城，只剩几百人了，被金兵打死的，以及冻死的、饿死的、病死的、自尽的都有。就说这巴兰河吧，传说宋徽宗的九个侍女，不堪金人凌辱投河了，她们死后化作了秀丽的山峰，我要是去看九女神峰，还不至于在巴兰河翻船吧。

窑工说那是传说吧，能活到五国城的，哪会轻易就投河呢。

我说倒也是啊，嫔妃们随着徽钦二帝被押解到这儿，谁人不是庶人？她们自知来后没有好命，想死的在汴京就死了。史载徽宗帝到了这儿，除了被金人霸占的嫔妃，他依然拥有皇后和妃子，徽宗一生有八十多个孩子，在五国城不是也得了六子八女吗？

窑工说是啊，要说金人对徽钦二帝也算优待，虽然他们失去自由，但吃喝不用愁，也有杂役侍奉着。北宋亡了，徽宗第九子赵构建立南宋，金人可拿徽宗钦宗做人质，要挟南宋割地。

我说是啊，女真人可是绝顶聪明的。

你是女真人的后代？窑工问时，目光泛着寒光。

女真人，那是多少辈子之前的事儿了，我是满人。

祖上是，就是。窑工这样说的时候撇着嘴，似乎对我不认祖有些不齿。

那您祖上来自中原，一定是汉人了？

窑工说他祖上从汴京跟徽宗帝到的五国城，自然是汉人了。他说这话时，眼睛忽然变得明亮、清澈和温柔，他也开始回归正题，给我讲祖上烧窑的故事。

跟着徽钦二帝来到五国城的，除了他们的皇后、嫔妃、杂役，还有道人、僧人、石匠、花匠、画工、织娘、窑工等等。宋徽宗钟爱艺术，他所藏的字画和历朝文宝，被俘时多为金人劫掠，这对徽宗来说，跟失去江山一样令他痛心。徽宗钦宗被俘，史称"靖康之耻"，而能忍下奇耻大辱的人，自不是凡人。窑工说徽宗的不凡在于，他这颗心是肉做的不假，但滋养这团肉的血脉，是笔墨纸砚，是五色斑斓的颜料，是能让泥坯脱胎换骨为精美瓷器的窑火，甚至是花香鸟鸣和月光星光。他带来这些身怀绝技的匠人，就是带来了血脉。尽管他不再享有锦衣玉食的日子，但有了这些，还能活下去。

我插言道，其实金熙宗和完颜亮，包括他们的叔父金兀术，也都崇尚汉人文化，他们押解徽钦二帝北上，从中原带来这些匠人，也有借鉴他们优良技艺的意图吧。

窑工说那是自然，好东西谁不稀罕。

窑工说他祖上到了五国城，因是匠人得到优待。与其他男性俘虏被编入兵籍、集中在巴兰河畔不同，他和徽宗钦宗以及皇室的人，住在靠近胡里改江的地方。

那时金人所用的瓷器，多来自现在的河北和辽宁一带，以白瓷、黑瓷和酱釉瓷为主。这些碗盘、瓶罐、灯盏等瓷器的胎骨较为笨重，杂质多，瓷化一般，釉层较薄，不够均匀，是日常所用的粗瓷，跟北宋官窑的那些精美瓷器相比简直天壤之别。金人喜欢汉人的瓷器，勒令被俘的窑工烧瓷。就在巴兰河畔，当年有七孔窑。烧窑用土，一部分取自巴兰河畔黏性较大的滩地土，一部分取自东山北角矿化的灰土。从中原来的窑工，在瓷器的刷花和刻花上，技艺高超。汉人相对比较喜欢花鸟人物的装饰，金人虽也对植物情有独钟，但偏爱描画动物，窑工说他祖上烧过一窑的碗，专为金兵用的，碗壁描画的都是奔腾的马。

我说那你祖上烧的瓷器，徽钦二帝能用上吗？

窑工说他祖上是窑工的头领，每年总会有那么一两次机会，见到徽宗，当然金人不会让他主动拜见的。金人从皇帝到小卒，都知道被俘的这个亡国之君懂艺术，所以对他也算宽待。

窑工说他祖上有时故意烧坏一两窑的瓷器，说是只有徽宗明白症结在哪儿，求见徽宗，加上给通融此事的金人一点贿赂，事情也就成了。窑工说他祖上觐见徽宗时，总要带两三件烧坏的瓷器，以示请教，见了徽宗长跪不起，徽宗也不唤他起来，因为除了跟他一起被俘的人，没谁跪他了。

金人崇尚黑白色，罐子和瓶子白釉黑花的居多，但无论材质还是纹饰，都不够精良，而汉人窑工烧制的白釉黑花器物，在保持金人瓷器古朴粗犷的基础上，施以温润的釉色和细腻灵动的纹饰，所以巴兰河窑烧制的瓷器，那时很为人们喜爱。

窑工说他祖上携带烧坏的瓷器时，总要夹杂一件私藏的精美器物，徽宗见了，欢喜又怅惘。欢喜的是饱了眼福，怅惘的是这样的器物，必须尽快砸烂毁掉，以免引起麻烦，因为金兵一直看守着他，他只能留下那些有缺憾的器物。

窑工说他祖上说徽宗曾慨叹金人也是懂得美的，黑白色是万古不朽的颜色。

徽宗曾让窑工的祖上偷着给他烧过三件器物。一个是带老虎图案的瓷枕，因为他总做噩梦，据说虎能辟邪，远离噩梦。窑工说他祖上烧虎枕时，为了让徽宗能用上，只得往残次了烧，枕窝凹凸不平，釉色深浅不一，老虎的样子倒是栩栩如生。徽宗枕了这虎枕，据说睡得踏实了些，噩梦少了，但境遇的噩梦却是无法摆脱了。

我说那个噩梦他怎能摆脱？宋徽宗一直幻想南归。"彻夜西风撼破扉，萧条孤馆一灯微，家山回首三千里，目断天南无雁飞。"这是徽宗在五国城写的诗，有研究者依照"破扉"二字，说徽宗的住屋四处漏风。其实这是与汴京皇宫东京城做的一个心理比较，在富丽堂皇的宫殿面前，柴门小院无疑是破的。

窑工说这倒也是，徽宗忘不掉东京城，唤我祖上烧的第二件器物，就是在一只梅瓶上给他呈现皇宫的建筑。我祖上说这可难坏了他，虽说他几次进宫，但那一重又一重的殿堂，他又不是都去过，只能凭印象勾画。徽宗那时爱去的是延福宫，写字、画画、赏舞、弄琴、夜宴，延福宫的东、西门上"晨晖"和"丽泽"的名字，也是徽宗起的。但徽宗跟我祖上说，梅瓶上不可缺垂拱殿，至于延福宫之类的，皆可省略。而垂拱殿是听政之地，他以前并不醉心的地方。窑工说他祖上最后以大庆殿与垂拱殿为主体，在一只青灰的梅瓶上再现了昔日皇宫风貌。为了使它留得下，只得往瑕疵品上做，最终瓶身歪斜。徽宗看到那只梅瓶，见殿堂倾斜，老泪纵横。这只梅瓶他送给了儿子，钦宗看到熟悉又摇摇欲坠的殿堂，也是泪水沾襟。

我说是啊，金兵南渡黄河时，徽宗匆匆禅位于长子，可是钦宗在位仅一年零两个月，就亡了国啊，也不知徽宗传的是皇位还是火坑。

窑工似乎对这句话很反感，蹙了蹙眉。

为了缓和气氛，我说其实您祖上应该烧一对梅瓶，除了皇宫，再描绘一下徽宗在位时建的大花园，据说园子亭台楼阁，奇花异草，鹿鸣呦呦，水声潺潺。但金兵打来，这座花园成了宋兵抵抗的营地，他们拆屋烧火，杀鹿为食，大花园就此毁了。

窑工说，你还嫌他们流的泪不够多吗？他起身出去，我想他这是又去看窑火了。

一刻钟后窑工回来了，我小心翼翼地问，这窑里烧的什么器物，何时出窑，我能否一饱眼福？

窑工冷冷地说该让你看的，一定看得到。

我明白他没说出的下一句是，不该你看的，就别惦记着。

窑工接着讲他祖上给徽宗烧的第三件器物。说他祖上最后一次见着徽宗，是徽宗驾崩前一年的春天。徽宗大约明白称帝的九子康王赵构不会全意与金人斡旋，让他和钦宗归乡，虽说赵构的生母韦贤妃也被掳，但他是无用的了，而钦宗是徽宗长子，康王还是忌惮的。徽宗开始筹谋后事，他悄悄交给窑工祖上一把牙齿，有六七颗，这都是他来五国城后掉的。严寒的冬季少见果蔬，再加上心情沉郁，未老先衰，他掉齿很厉害。窑工说那些牙齿残缺不堪，有的发黑，有的发黄，虫蛀蛇咬一般，但徽宗视若珍宝，这是他唯一能牢牢在握的骨肉啊。他请窑工祖上研磨了这些牙齿，施釉时兑进去，烧制一只白釉黑花罐，还特别叮嘱，这只罐子不能落入金人手里，他的骨头难以归乡的话，有朝一日这只罐子回到汴京，也算归乡了。

我知道北宋官窑瓷器，在色彩调配上，有时为彰显皇家富贵色，会将上好的玛瑙、翡翠和玉石，研磨成粉入釉，烧出的瓷器釉色温润明亮，艳而不俗，尤其那花朵般绽开的开片，若是釉里含了这样的成分，有玛瑙成分的开片像是夕阳下的山谷，有翡翠的像是一池荡漾的碧水，而如果那玉石是白色的，开片仿佛就有月光浮动了。但在釉料里添加牙齿粉末，前所未有，或许只有徽宗想得出来。

窑工说牙齿粉末兑在白釉里，烧制白釉黑花罐，一定是徽宗深思熟虑的。一是这罐子大抵是金人所用器物的形制，在五国城不招人眼；二是黑白色高贵肃穆，适宜安放灵骨；三是牙齿粉末兑进白釉不显眼，能完美地融合。

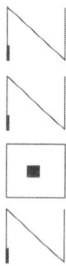

徽宗将那把牙齿给了窑工祖上后，还说他未登基时曾到过相州，见过窑工祖上一家，他父亲是窑工，母亲是远近闻名的织娘，貌美如花，都是身怀绝艺的人，所以他得了天下后，下旨将他们一家从相州迁到汴京，专为皇室做事。可惜这个令人惊艳的织娘，生子不久就死了。徽宗嘱咐这只罐子烧成后，不可再来，要把白釉黑花罐当命看着。如果他薨了，他能够回到汴京，就把它埋在汴河畔，此外，嘱咐他不可与女真人结亲。

我说看过史料，当时跟着徽钦二帝北上的汉人，有不少与女真人通婚的。人们说这一带的姑娘漂亮，与基因改良有关呢。

窑工没搭理我，继续讲故事。他说也怪了，他祖上在石头上研磨徽宗那几颗糟烂的牙齿时，空中不断有鸟儿飞过，那正是夏候鸟北回时节，鸟儿多也自然。但有一只天鹅，却把叼着的一只蚌壳丢了下来，恰好落在石头上，蚌壳张开后闪闪发光，里面竟有一颗圆润的珍珠！这颗珍珠不是纯白色的，而是微微泛粉，仿佛浸了血。窑工的祖上喜极而泣，他将这颗珍珠和牙齿一起研磨了做釉料。

白釉黑花罐进了窑后，几乎每天一场雨，雨后必现彩虹，横跨窑上，就像给这泥壶似的窑加了一条七彩的提梁。七天之后，这只罐子同其他器物一起出窑了，罐子没有瑕疵，白釉润泽，釉色均匀，泛着微光，似乎能照亮黑夜；黑花枝繁叶茂，细腻油亮，每朵花蓬勃得似乎带着响声要从罐子中飞出来，实乃绝品！窑工说他祖上珍藏起这只罐子，遵照徽宗嘱托，没有和女真人结亲，但徽宗第二年归天后，他祖上也无法南归了，永久留在北地，白釉黑花罐只得代代相传了。

我说徽宗不是魂归故里了吗？宋高宗赵构最终和金人议和，南宋以割地和处死抗金名将岳飞为代价，让羁留北地的赵构生母韦皇后得以护送徽宗棺椁离开五国城回到他朝思暮想之地。金人也给徽宗改了封号，追封为"天水郡王"，钦宗为"天水郡公"。

窑工哼了一声，又拨弄了一下火，火光跳跃，可他的面色却愈发青了。而且让我惊异的是，我并没见他往火里续柴，可这团火一直在燃烧，好像拨火棍隐藏着一座柴山。

窑工说看样子你是个文化人吧，应该知道金人虽不像后人说的那样，在宋徽宗晏驾后，把他炼成了灯油，用于金兵营地的照明，但他确实被火烧了，韦皇后护送的棺椁，其实只是几截烂木头，并无灵骨。他慨叹徽宗圣明，他的灵骨就像他的字画一样，最终还是以艺术的方式流传。

我问那只白釉黑花罐去了哪里？

窑工晃了一下身子，看一眼火，再看一眼我。

如果窑工所述故事不是虚构的，我大胆揣测，他那不知多少代前的祖上，那个由美丽织娘生下的孩子，跟着徽宗来到五国城的窑工，是徽宗的骨肉。宋徽宗是个风流皇帝，与李师师的传说自不用说，如果当年北宋的相州真有那样一个美丽织娘，叫徽宗动了心，他又怎么可能不揽美人入怀呢？徽宗一生有八十多个孩子，除此之外，没纳入宗室的子女也有，窑工所说的远祖，如果不是徽宗与织娘的儿子，徽宗不会把自己的牙齿给他，也不会嘱托他将来把这只罐子埋在汴河旁，更不会要求他不可与女真人通婚。

我不敢把这种揣测说与窑工，怕他羞愤。

窑工沉默片刻，忽然把目光移到我身上，说你真的想看那只白釉黑花罐？他说这话时，带着颤音。

我迫切地站了起来，拱手作揖，说实在太想看了！

窑工起身示意我坐下，让我闭目片刻，说如果我擅自睁开眼，非但看不到白釉黑花罐，很可能就此失明。他这话把我吓得不轻，再顶级的文物，也抵不过拥有一双凡眼，感知这大千世界的色彩。

我坐下后紧闭着眼，就像一只长脖老等，雕塑似的一动不动。我感觉身前的火更旺了，有炙烤的感觉。听不到窑工的脚步声，但感觉他离开了，因为有一股微风从耳畔拂过。大约一刻钟后，我的耳畔再次感到微风拂过，跟着传来窑工的声音，说睁开眼吧，只许看，不许问。

我是个胆小鬼，怕眼睛瞎了，窑工说完这句话，我又等了十几秒，才缓缓睁开。窑工坐在我对面，隔着一团火，默默举着白釉黑花罐。可人的火一定懂得我的心意，火苗瞬间收回金红的舌头。

那个罐子怎么说呢，第一眼看，我就有眼熟的感觉，无论器型还是花朵和枝叶的纹路，都像刻在记忆中似的，可一时又想不起在哪儿见过。在火光的映衬下，罐身的白釉仿佛巴兰河水在如歌流淌，梦幻般的黑花牡丹则如振翅的蝴蝶。白的白出了水似的，黑的黑出了油一样，真是摄人心

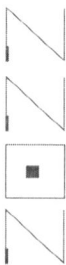

魄。什么叫一眼千年？你看了这只罐子就懂得了。遵照窑工说的，我不敢发声，目不转睛地看，可最后我越看越朦胧，原来泪水已盈满眼眶。

窑工可能察觉到我无声地哭了，他捧着罐子走到我面前，轻声说你闭上眼，闻闻它吧。

我再次合上眼，闻到了罐子泛出的一股淡淡的黄烟味，这味道立刻唤醒了记忆，怎么与我在阿城乡下看到的农人家的白釉黑花罐一个味道啊。我很少为美而打寒战，因为世上让人惊悚的美罕见，但这次我打寒战了，而且一发不可收。

窑工在我打寒战的时候，捧着罐子走了。等我再睁开眼睛时，他手中的白釉黑花罐不见了，它从哪儿来又去了哪儿，我一无所知，而窑工又坐在了我对面，就像我刚见到他时一样。火光龙蛇一样起舞，可他的脸仍是青的。

窑工对我说，除了白釉黑花罐，徽宗帝还有一件宝物在民间流传，这个故事的专有权不在他这儿，如果我想听，得去下个渡口。

我问，是什么宝物？

窑工没告诉我是什么，只说能讲这个故事的人，离窑厂也就三里路，他可以带我去，问我是否愿意。

我说当然了。

窑工说，那你去那儿，要换回自己的衣裳吗？

我说自己的衣裳被火烤干了，当然要换回了。

窑工又问，那你带着这只碗过去吗，你已经用了它。

我说天下何处无碗，留着给来这儿的人用吧。

窑工说那我先出去，等你换完衣裳，咱就上路吧，记得路上不要和我说话，以免惊着夜鸟。

我换回自己的衣裳走出窝棚时，雨已停了，月亮悬在中天，莹白光洁，丰腴动人，照亮了巴兰河。窑工在前引路，我跟在后面，我们沿着巴兰河畔的蜿蜒小路，走了大约半小时，终于看见一座透着光影的棚屋。

窑工说到了，你自己进去吧，我回去看窑火了。

就在窑工转身踏上回程之际，我忍不住在他背后问了一句，您姓赵是吧？

窑工像被雷击似的摇晃了两下，没有回头，也未回答，继续走他的路。他跟跄的步态，使他的背影看上去就像变幻的音符，在深秋的夜晚，弹着迷离忧伤的旋律。

下半夜：碑桥

一进棚屋，先闻到一股浓烈的腥气，一个女人正坐在火炉旁用刀刮鱼。听见我进来，她漠然抬了一下头，懒懒地扫了我一眼。

她看上去个子不高，圆脸，淡眉，细长的眼睛，微塌的鼻子，嘴大，龇着两颗大板牙，可以说有点丑。棚屋中央吊着一盏油灯，她手上的鱼鳞闪闪发光，好像手在下雪。她的年龄难以判断，看她半白的头发，你可以说她五六十岁了，可看她的脸，额头和眼睑无一皱纹，双颊也不塌陷，皮肤紧致，像二三十岁的女子才有的。尽管她看上去很健康，又有油灯和火光映着，但脸色发青，倒像个陶俑。

她对我说的第一句话是，你没带碗来，拿什么吃饭？

我说碗放在窑工的窝棚中了，我怕有人像我一样落水，上岸后没个喝热汤的东西。再说了，手掌合起来就是一只碗。

她发出一阵奇怪的笑声，说你还穿着自己来时的衣裳？

我说你怎么知道的？

她再次发出一阵奇怪的笑声。这笑声怎么说呢，有点像看穿谜底后得意的笑声，又有点像走投无路、茫然四顾的苦笑。

我说窑工叫我过来，是来听故事的。

她继续刮鱼，垂着头说她知道的故事比巴兰河底的石头还多，不知我想听的是哪一块？

我说想听宋徽宗的故事，窑工告诉我除了白釉黑花罐，徽宗还有一件宝物在民间流传。

女人"噢——"了一声，说这个故事很长，都后半夜了，你既来了这儿，天亮前得把你渡到对岸去，这个故事能不能讲完两说呢，你能接受没尾巴的故事吗？

我点点头，说快十月份了，天亮得不早了，现在是下半夜，什么故事四五个小时也讲完了吧？再说我没想渡河啊，对岸是哪儿我也不知道，我去那儿干吗？天亮后我去寻公路，在公路上截个方便车，回我投宿的

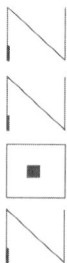

山庄。

女人说你不想渡河，来这个渡口就是为了听故事？

我说当然了。

她说那得等她刮完了鱼再说，有两个要渡河的等着吃鱼呢。

我问他们在哪儿。

她抬了一下头，淡淡地说还不是渡口。

我说夜半三更的，怎么还有人渡河？

女人不语，加快了刮鱼的速度。我仔细看鱼，发现它们是一个品种，身形粗短，圆脑袋，黑眼睛，蓝鱼鳍，红尾巴。我叫不出鱼的名字，它们看上去肉质肥厚，想必味道一定鲜美。

我环顾棚屋，发现它与野外搭建的棚屋只开两扇窗的不同，它在东南西北各开了方形小窗，北窗和东窗有些黯淡，但南窗和西窗透着朦胧的月影，让我以为镶的是毛玻璃。待走到南窗，用手轻抚，才发现这是鱼皮窗。鱼皮虽薄，但韧性十足，它纹理细腻，手感滑润，感觉浮在上面的月亮流着蜜。

女人见我对窗子感兴趣，问我，见过这样的窗吗？

我说只在书里见过，据说宋徽宗冬天住在五国城的地窖子里，所用的窗纸就是鱼皮做的。风雪夜夜吹打，发出的声音就像瓷器碎了，加深了徽宗的漂泊感和孤寂感。

女人说宋徽宗住的屋子，最初窗纸用的不是鱼皮，后来他到五国城的第三年涨大水，住屋进了水，不得不暂时迁到巴兰河畔的一个高岗上，她曾祖母曾曾祖母的曾曾祖母、再曾祖母的曾曾祖母、再再祖母的曾曾祖母的曾祖母，总之好几十代前她的祖上，是胡里改江流域鱼皮工艺高手，她做的鱼皮筏、鱼皮衣、鱼皮碗、鱼皮箱、鱼皮窗远近闻名。徽宗在她那儿初见鱼皮窗，爱极了它。水灾过后，徽宗带回鱼皮窗纸，镶嵌到窗上。

说起水灾，女人慨叹那时的五国城没什么堤坝，三年五载就会涨场大水，她说你不是读书人吗，没在书里看到过这事？

我说倒是知道东北过去流传着"狗咬奉天，火烧船厂，风刮卜奎，水淹三姓"的谚语，这个三姓说的就是五国城。这里是三江汇合处，四周高，中间低，人等于住在釜底，夏季雨水旺时势必遭殃。

啥叫狗咬奉天？女人饶有兴致地问我。

我走向她说，说是努尔哈赤逃难时被围困在草丛，追兵放火烧他，这时一只黄犬，突然冲入草丛，它吸足了河水，将水吐在努尔哈赤身上，熄灭火焰，使他得救。可努尔哈赤得了天下后，封赏时落下了黄犬，奉天城的狗都为它鸣不平，夜半狂吠，搅得努尔哈赤不得安宁。他想来想去，原来是忘了黄犬的救命之恩，赶紧封它为守护神，自此努尔哈赤才睡上了安稳觉。

女人看来不相信这个故事，她嘀咕一句，进了狗嘴的东西，吐得出来吗？

她的话对这类传说可谓是一针见血的批评，我暗自笑了，赶紧给她讲火烧船厂的故事，目的是引她如此臧否。我说吉林在旧时称船厂，做工的都是流放犯，受尽了监工的折磨。有个不堪凌辱的流放犯，有一天杀了监工，官府便砍了流放犯的头。工友们把流放犯埋在船厂的高岗上，当夜风雨大作，电闪雷鸣，流放犯的坟，忽然窜出个大火球，飞到船厂，它烧了，传说是火神爷为流放犯鸣冤。

女人终于刮完了鱼，她用一把干草擦了刀，缓缓起身对我说，火神爷要是抱打不平，不该烧船厂，那是人活命的东西，该烧的是还活着的黑心监工和官府里治流放犯死罪的人。

她这一起身，我发现她比我想象的还矮，也就一米五的样子。她把刮好的鱼放进一个大瓦盆，转身舀了水缸的水，洗净鱼，把它放进灶上的锅里，再将洗鱼的污水泼到棚屋外。她做这一切的时候干净利落，甚至有点愉悦，因为她轻轻吹起了口哨。

女人泼过污水回来，看了看锅里的鱼，复又坐下，指着她对面的一只草蒲团，唤我也坐下，说现在可以给我讲徽宗留下的另一件宝物的故事了，起头还得从鱼皮窗说起。

徽钦二帝被囚五国城的第三年夏天，不是涨大水了么，他们的住屋淹了，墙壁湿淋淋的，像是挂满了泪，火炕的灶眼浸在水里，也没法生火，只得转移。女人说她那几十代前的祖母，就叫她舒氏吧，那年十七岁，刚好和她父亲游猎到巴兰河畔。

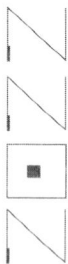

我插言道，那他们是女真人了？这一带曾有海西女真和野人女真，他们是哪一支？

女人用刀子似的目光扫我一眼，似乎带着"嚓嚓"的响声，我感觉脸皮就像她先前刮着的鱼鳞，生生被揭掉了，疼极了！她直言你这是哪辈子的说法？

我意识到那时应该还没这说法，连忙说对不起。

女人说你们这些肚子灌了墨水的人，就是好画圈圈，咋分你能让谁少胳膊缺腿？女真就是女真嘛。奚落完我，她气顺了，接着讲故事。

女人说舒氏母亲早亡，她自幼跟着父亲过着居无定所的渔猎生活。他们春夏秋季打鱼，冬季上山打野兽，他们用制作的鱼皮制品和获取的名贵兽皮换取生活日用品。虽然风来雨去，日子过得也还不错。徽钦二帝因水灾转移之地，刚好是那年他们打鱼之地。

打鱼人夏季住得很简单，就是这种用松木杆和树条子搭建的棚屋，外面抹一层混合了干草的泥，防风防潮又防雨。棚屋南向开一扇小窗，用鱼皮做窗纸，东向开一扇小门，野兽就是靠近，也伤害不了人。而他们夜晚用来照明的，是青石凿就的熊油灯。

徽钦二帝喜欢五国城的春夏，因为熬过冬天，他们不必穿那膻烘烘的羊皮袄，也可去院子走动了。但因为有金兵把守着，他们也走不远，只能看看院子的树和花草，还有飞来的蝴蝶和鸟儿。风和日暖的时节，他们就更梦想回汴京，那里的日头暖和的时候多，有暖日头的日子才好过啊。

这场大水让徽钦二帝转移到一处金兵营地，这里没有院墙，面临巴兰河，徽宗给了金兵看守一些酒钱，获得短暂的自由，能到树林走走，还能到河边和打鱼人说说话。

据说徽宗遇见舒氏，是个雨后的黄昏，天空出现了双彩虹，看守他的金兵因为打了一只野兔，正吃野物纵酒狂欢，根本顾不上他。

徽宗走出营地，到了巴兰河畔。他发现河边有个蹲伏着的梳发辫的女子，穿着月光一样颜色的长衣，紧裹臀部，正在洗着大张银白的东西。那时双彩虹已有一道隐遁了，另一道依然像条彩带环绕着，仿佛给天下所有女人预备的发带，所以徽宗觉得这个女子很美。待他走到近前，舒氏听见脚步声回过头来，徽宗看见了他在宫中从未见过的女人的脸，首先是肤色，不是那种没有血色的白腻，而是黑红色的，像熟过头的李子,而她的嘴唇跟红牡丹一个颜色,格外娇艳。她的额头有点鼓,所以眼睛显得幽深,鼻子微塌,像一片开阔的浅滩。她五官平凡,但眼睛闪烁着与众不同的光,焕发着一种特别的美。

舒氏见了徽宗问他是谁,但徽宗没听懂,她说的是本族语。舒氏意识到他是汉人后,改用汉语问他是谁。徽宗说他住在高岗的营地,从城里来躲水的。舒氏笑了,露出一口密实雪白的牙齿。徽宗没见过牙釉质这么好的女人,闪着丝绸一样的光泽。徽宗暗自感慨,这姑娘的嘴里燃烧着怎样的窑火啊,才冶炼出这比瓷器还要精美的牙齿。

舒氏站了起来,徽宗除了为她的气质所动,还喜欢她穿的及膝长衣,它色泽微黄,质地柔软而光亮,袖口、襟口、托领上镶嵌着花朵纹路的图案,前胸和后背则是大团大团的云纹图案,徽宗想,怪不得刚看到她时觉得云彩落在了她后背上。后来徽宗知道,这是鱼皮衣。

舒氏在河水中洗的是桦树皮,她说要给自己做条桦皮船。徽宗不知这种树皮能当造船的材料,很是吃惊。舒氏说经过处理的桦树皮,不仅能造船,还能写字画画,当纸用呢。徽宗正要问她有没有现成的桦树皮可让他写字,一只黑狗远远跑来,对着徽宗狂吠,跟着黑狗急急走来的,是个手握鱼叉的老汉。

他是舒氏的父亲,长方脸,宽额头,眼睛不大,头发稀疏,脸颊的皱纹就像泥地的车辙一样深。他满怀敌意地看着徽宗,大声跟女儿说着什么。舒氏先是喝住狗,然后告诉父亲,这人是来躲水的,住在高岗的营地。当然这是之后舒氏告诉徽宗的,当时他们的对话他一句都听不懂,舒氏的父亲只会讲几句汉话,凡是他肯定的人和事,他只会说个"好",反之则是"不好"。

舒氏的父亲望着头发稀疏花白、缺了好几颗牙、目光浑浊、一脸倦怠的徽宗,说了句"不好",吩咐女儿回去做晚饭。

舒氏带着黑狗走了,最后那道彩虹消失了。舒氏的父亲接续着洗桦树皮,徽宗问了他很多话,他们从哪儿来住在哪儿?巴兰河的鱼哪一种最好吃?山上那种像蓝色铃铛的花儿,多长的花期?还有那一个姿势立在水边的长脖子大鸟,叫什么名字?舒氏的父亲对所有的问题,只回两个字

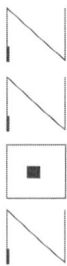

"不好"。

徽宗帝什么女人没见识过? 可那个夜晚, 他想了舒氏一夜。她笑起来露出的那口雪白的牙, 是他来到五国城后, 看到的最明亮的景象。跟着徽宗一起被俘的嫔妃和宫女, 有病死的, 有给金人做奴的, 还有被金兵霸占的。更令徽宗痛心的是, 有的被投入了"洗衣院", 那跟进妓院没什么两样, 能留在他身边的没几个女人了。随徽宗来的郑皇后, 受尽折磨已殁, 好在还有韦贤妃伴他左右。但在躲水的那段日子, 韦贤妃得了湿疹, 最怕见风, 整日待在营帐中, 徽宗难得一个人出去透气。

金兵知道徽宗是插翅难逃, 但生怕他万念俱灰, 万一在树林用裤腰带勒死自己, 或是投了河, 他们损失了这个可以从南宋赵构手里争取最大利益的至高法器, 等于丧失土地, 自己也会掉脑袋, 断不敢掉以轻心了。徽宗再出营帐时, 他们就监视着。但看押他的金兵很快发现, 徽宗去巴兰河畔, 不过为了看舒氏, 这让他们又松懈了。而舒氏的父亲得知徽宗是个亡国之君, 再见他时, 又总有兵卒尾随, 自家女儿是安全的, 对徽宗再无敌意, 反而和舒氏一样, 对他多了一份同情。他们请徽宗来棚屋喝茶, 吃刚捕捞上来的鲤鱼做的杀生鱼, 当然还有酒。就在舒氏父女的棚屋里, 徽宗看到了令他无比动心的鱼皮窗, 他说那是上天赐予的纸, 太阳和月亮是这纸的天然画笔, 把最美的影子印在上面了。

讲故事的女人铺垫了很多, 还没进入徽宗留下的另一件宝物, 可我不敢贸然打断她的话了。她讲到这里时, 起身看了看煮的鱼, 从两只摆在灶台的碗中取出一只, 说其中一人喜欢吃嫩的鱼, 火候到了, 先端一碗给这人送去。我注意到那碗和我在窑工那儿用过的一模一样, 无论形制还是色泽, 应该是一孔窑烧出来的。

女人出了棚屋送鱼的时候, 我很好奇锅里的鱼, 因为敞锅煮着, 却没有蒸汽旋起, 好像锅底的柴始终没把它煮沸。待我起身凑到近前, 发现锅里的水, 竟像丰水期的巴兰河水, 喧嚣沸腾着, 那些鱼却没一条离骨脱刺, 依然头是头、尾是尾的, 在沸水中自由地游弋, 这令我吃惊不小, 难道它们还活着?

我以为女人送一碗鱼, 十分八分钟也就回来了, 可是半小时后, 鱼皮窗上的月影位移了, 她才神色黯然地两手空空回来。我问那只碗呢? 她说渡河的人不带碗过去, 拿啥吃饭? 看来她已把一个人送到对岸了。

我很想问她, 是什么人在后半夜渡河, 那人去的地方没人烟吗, 为什么要带一只碗? 但我转念一想, 黑夜发生的事情, 往往是不可言说的, 何况我还期待她快点切入正题，不然天亮前就听不完这个故事了，我还想在太阳升起后回到山庄呢。

不等我催促，女人坐下来，我也坐回草蒲团，故事又像星星一样在黑夜中闪烁了。

舒氏见徽宗随手折根柳枝，就能在巴兰河畔的沙地上，画出栩栩如生的花鸟，便把熟好的桦树皮裁成画纸，用鹿筋串起来，送给徽宗。

其实涨水转移时，即便一片混乱，看守徽宗的人没把别的东西带来，纸张笔墨砚台却是一样不少呢。因为都知道徽宗是书法和绘画的天人，他的字画不仅金熙宗和完颜亮欣赏，军中将领也视若珍宝，求之不得。看守他的金兵随便求徽宗写个字，描画一朵花或一只鸟，都能去市面换钱。所以监管他的人也形成恶习，手上不宽绰了，就想方设法讨要字画，得到了两眼放光，待徽宗和和气气，有求必应；得不到就百般刁难，春光大好却限制他出门，把三顿饭减为两顿，不给他烧开水泡茶，污损他的衣物，将鸟粪撒在纸上，夜半砸铁惊扰睡眠本不好的徽宗等等。

自古以来好人的好心眼，多半是相似的，可恶人的恶点子，却是五花八门。徽宗喜洁，爱惜字纸，被逼无奈，只得硬着头皮，潦草写上几个字，或是画上一只呆头呆脑的鸟、一朵傻里傻气的花儿。

话说徽宗得了舒氏送他的桦树皮本子，如获至宝，金兵带到营帐的笔墨，也就派上了用场。徽宗为了换取更大的自由，给看守他的人都画了一枝花，所以徽宗再去看舒氏时，只有一人远远跟着。

舒氏的父亲哀怜这个曾经的人上人，所以见着盯梢的金兵，总会以酒肉款待，这样徽宗可以看舒氏怎样做两头尖中间宽的柳叶形的桦皮船。徽宗很吃惊桦木做成的船架上，将桦树皮一张压着一张覆盖上，只用木钉和鹿筋线连缀，再刷上一层松脂，船就做成了。这船轻巧极了，有股桦树皮特有的清香气，徽宗特别想乘它下一回水，但它是舒氏为自己量身定做的，只容一人，所以徽宗只能眼巴巴地看着舒氏驾着桦皮船在巴兰河捕鱼，感觉她仿佛骑在了一条大白鱼的背上。

徽宗还喜欢看舒氏用染色的鹿皮给鱼皮衣的下摆和领口镶上花纹和云边。而她用的染色颜料，都来自山里，是花花草草和植物浆果的汁液榨取

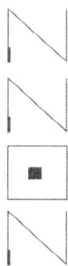

的，这让徽宗佩服得不得了。

徽宗就用舒氏制作的颜料，在桦树皮本子上画画，他把在山上见到的花草和野鸟都画上了。舒氏父女看了，赞叹他长了一双神手，好像能读懂花鸟的心思似的。

舒氏调制的颜色令徽宗无比喜爱，那朱红色艳而不俗，是野草莓和红百合混合成就的；金黄色明亮而不刺眼，是由金莲花和黄花菜榨取的；淡紫色温暖雅致，它用的是马莲花和蓝靛果的浆汁；墨绿和浅绿是最养眼的，它们是从各类青草和树叶中提取的。

最神奇的是什么呢？徽宗说他在汴京时，可用玉石和珍珠粉做颜料，舒氏说这有何难，巴兰河有玛瑙石，把它研磨了还不是一样？还有山上风化的石头，有赭黄色的，鹅黄色的，还有深青色和淡绿色的，打成粉末，不都是好颜料吗？

徽宗一听高兴极了，可舒氏的父亲不高兴，女儿为了给徽宗做植物颜料，总是贪黑，觉也睡得少了，如果再采石做颜料，更别想睡囫囵觉了。父亲埋怨她时，舒氏说水灾过后，这个浑身捆扎着无形绳索的人就会走了，看他衰老成这样了，估计也熬不到回汴京的那一天了。这个夏天宁可少打些鱼，也要满足一个爱写字画画的老人的愿望，舒氏的父亲感动于女儿的善心，便不再说什么了。

舒氏父女养了一条狗，还养了一匹栗色马，迁徙时用于驮运物资。舒氏的父亲心疼女儿，亲自骑马上山，采来可以做颜料的石头，日夜帮着研磨。徽宗得了这珍贵的颜料，就在桦树皮本子的花朵和河流上，再点缀上石粉，那画就仿佛有了光，更加美了。

徽宗感念舒氏父女，说桦树皮本子上的画，他们随便选，想留多少张就留多少张，这个拿到集市上，比打鱼换的钱多。舒氏说这画好是好，但桦树皮是引火材料，遇火就着，哪怕画中有千万条河流，也救不了花鸟，逃不出灰飞烟灭的命。

徽宗立刻联想到纸上的字画，感慨说纸也是火的俘虏，金兵打入汴京，最令他痛惜的，是他珍藏的历代字画，有的被卷走，有的被焚毁，说到这儿徽宗满眼是泪。

舒氏安慰他，说她倒有个主意，他们的祖先，把画都用斧凿，刻在岩石上，将泥土和兽血混合的颜料涂上，再涂上天然植物胶。岩画不怕烈日暴雪，不怕火烤雷击，上面的鸟儿都拥有铁一样的翅膀，花朵也拥有铜铸似的花瓣，日月就跟天上的一样了，万古长青。

徽宗就跟舒氏父女上了山，先观摩了两处岩画。他发现岩画中动物图形居多，再就是日月、花草和作法的巫师。说来也是奇，徽宗四处撒目他中意的岩石时，一天日落时分，在西山半山腰，发现了一块特别的岩石。它不像其他岩石连成一体，而是独立着，从乱石中凸起，颜色也和它周围的不一样，不是赭色和浅灰色的，而是深青色的，像是被谁切割过，看上去像书也像碑。

徽宗一眼相中这块岩石，他仔细看它的纹理，发现它本身就是一幅画，从中看得出云海、江河、房屋、动物和花鸟。徽宗觉得这是上苍赐予自己的一块身后可立在墓前的碑，他说看到它，自己的骨头可能要扔在五国城了。

接下来的日子不用说了，只要不是刮风下雨的日子，徽宗就跟着舒氏上西山，这里离金兵的营地也不远。那块青石能看出图形的地方，舒氏帮着徽宗，只是用凿子加深印痕，保留它们天然的纹理，云彩还是云彩，花朵还是花朵，河流也还是河流。最终徽宗只在空白处描画了一枝蓝铃花，一棵松树，一只大鸟，然后精心雕刻出来。蓝铃花是巴兰河寻常的野花，蓝紫色，像一串小铃铛，风吹它时，仿佛花儿在铃铃响，徽宗喜欢这花儿。松树和大鸟是咋来的呢，那段涨水，江河水浑，自古浑水好摸鱼啊，鸟儿一群一群地飞到巴兰河，吃得那叫一个美，羽毛都跟缎子似的，光光亮亮的。可是有一只大鸟落单，它不和其他鸟一起在河边捕食，而是独自待在西山。徽宗当时发现那块青石时，它就站在侧向的一棵松树下，面向落日，好像夕阳是它的美食。之后徽宗每上西山，它总像侍卫似的，在那棵松树下立着，一动不动，也不怕斧凿的声音，徽宗就把松树和鸟，刻在青石上。你知道那是只什么鸟吗？

女人讲到这儿问我，起身去看锅里煮着的鱼。

我说能像岩石一样立着的鸟儿，是苍鹭，这儿的人都叫它长脖老等。我这次来依兰的路上遇见一只，它栽楞着膀子跟着我的车，一看就是受了伤，迁徙不了了。

你没停车救它？女人歪头问我。

我摇摇头，告诉她因为母亲嘲笑我在爱情上像只长脖老等，逮着什么

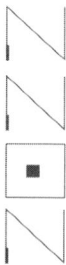

吃什么，所以对它有怨恨，没搭理它。

女人扫我一眼，说不救生灵的人，要是生灵救了他，岂不白活一世？说完拿起另一只碗，说火候和时候都到了，她得把另一人渡过去。女人盛了鱼往出走的时候，叮嘱我不要偷腥，她很快就回。

人的好奇心能产生无穷的创造力，造福苍生，但有时好奇心也是万恶之源，容易把人引向深渊。

女人不让我偷腥，可我偏偏在她出了棚屋后，起身走向灶台。锅里剩下的几条鱼，依然跟它们下水时一样姿态优雅地游着，而且它们变了颜色，蓝眼睛，绿鱼鳍，鱼尾则是明黄色的。最让人抵御不了的诱惑是，这鱼散发的奇异香气，撞击心扉，麋鹿被烹制的香气也敌不过它。没有筷子没有碗，我眼疾手快地在一条鱼将尾巴摆出汤面的时候，拽着鱼尾，将它从滚沸的汤里捞出，站在灶旁享用美食。我先吃头，继而掉过来吃尾，最后吃鱼身的时候，感觉它已经成了一块软糯的蛋糕，我甘之如饴。

这条鱼吃得我想哭，它美得无法形容，而且我没吃到任何一根刺和鱼骨，没有遇到抵抗的鱼肉，沦陷的注定是食客。我意犹未尽，正犹豫着是否偷吃第二条的时候，女人突然回来了，她跟窑工一样，走路几无声息，我赶紧手忙脚乱地坐回去。

您这么快就把客人送走了？我有些结巴地说。

女人说外面月色正好，巴兰河风平浪静，渡船好撑，客人又急着走，所以顺风顺水过去了。

她像上次出去一样，没有带回碗来，想来把碗给了乘船的人。我觉得这碗颇为诡异，这是船家推销给客人的碗吗？是不是加在船费和饭钱里了？我刚想委婉问她，女人俯身看了看锅里的鱼，说你偷吃了鱼？我不好意思地抿嘴笑了，这是我上岸后第一次笑。小时候我偷吃糖果被母亲发现时，也是这样笑的。

女人说你偷吃了东西，更得把你送走了，你也没碗，送不送得过去两说了。

我说我不渡河，听完故事等天亮了，我就回山庄去。

女人看了一眼鱼皮窗上月影，说时候不早了，得抓紧给你讲故事。

那块青石有了自然的山河和云影，又有了刻上的松树和花鸟，徽宗觉得它既是能经风雨的作品，也可作他的碑了，所以在青石背后，刻了个不大不小的瘦金体的"佶"字。他称霸天下时人们避他名讳，谁敢称"佶"？所以徽宗即便不刻"赵"

字，汉族人看到这块青石，也会想到他。徽宗画的桦树皮画，他只留了一张，余下的都送给舒氏父女了。除此之外，他还多写了几幅字赠予他们。徽宗唯一的请求是，看护好这块青石。

秋天水撤了，徽宗离开营地。舒氏父女送给他两张鱼皮窗纸，徽宗回去后就使上了。传说有月亮的晚上，徽宗从上面看得见月影，还能从月影里，朦胧瞅见舒氏的脸。徽宗喜欢上了舒氏，要搁在汴京，他相中的女人，哪个敢不从？可是在西山，他和舒氏单独在一起，想轻抚一下舒氏的脸都没可能。传说有一回他丢下凿子，手刚伸出，那站在松树下的苍鹭，就飞起来落在他和舒氏之间，像一堵墙挡着，徽宗再不敢造次。

舒氏能骑马，懂狩猎，会打鱼，独自穿行在山河间毫无惧色。女人说徽宗离开时，站在巴兰河畔仰天长叹，一个女人都如男人般英武的王朝，那股凛然决绝之气，岂是沉迷于花前画坊的他所能抵御的，蒙受靖康之耻，似也是必然的。

徽宗死在五国城后，巴兰河边的西山上，这块碑就像不倒的月份牌，岁岁年年仁立着。从舒氏这代开始，家族一代又一代的人，无论游猎到哪儿，不忘护卫这块碑。几百年的风霜雨雪，让青石上的天然纹理和雕刻痕迹都减淡了，但你仔细看，还是能看出山水花鸟，看出瘦金体的"佶"字。直到清咸丰年间，有一年巴兰河涨水，把一座木桥冲毁了，复建时人们想造一座稳固的石桥，石匠去山上采石时，发现它是天然的桥墩，就把青石搬运到山下。

从那以后，依兰这地方，别的河流到了夏季，三年五载的，像松花江、牡丹江、倭肯河，该涨大水还是涨大水，但这块青石碑做了桥墩后，简直是定海神针，巴兰河风平浪静的，别的河流遭遇枯水时，它也依然丰满，融冰后永远利于灌溉，两岸庄稼丰收，牛羊肥壮，人丁兴旺。更奇的是，这块青石碑的桥墩，月亮好的夜晚会发出光亮，夜航的船家都把它当作灯塔。人们认为这是祥瑞之光，所以求婚求子求财的人，恶疾缠身渴望起死回生的人，为讨吉利，都爱在月圆时分划船穿越这个桥墩朝拜。那个"佶"字因为刻在青石下方，终年浸在水中，亲吻这个字的，是游鱼和水草，这个字得了清流，也算脱了俗。而那些山河和花鸟图案，也大都处于

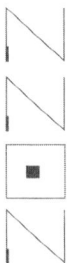

水面下。只有雕刻的鸟的翅膀，完全浮出水面，有人说那是自由的象征，也有人说是飞黄腾达之意，所以服刑者亲眷和求官的人，也来朝拜。

女人停顿片刻对我说，听说品行不端的人朝拜这个青石桥墩时，船到近前会突然起漩涡，让你不能靠前，甚至把船掀翻，但心地善良的人，尤其那些淳朴的相貌如舒氏的女子经过桥墩时，它会泛着温柔的光，流水也会发出悦耳的声音，像是谁在抚琴而歌。

我按捺不住，急急地问，这座桥在哪儿？叫什么名字？

女人说这座石桥就在巴兰河上，离这儿不远，一百多年了依然稳固，人们还在用它。因为传说这块青石桥墩是徽宗给自己刻的碑，所以人们都叫它碑桥。

能带我去碑桥看看吗？我热切地说。

你已经看过了，女人起身说，你不记得自己在巴兰河撞上青石碑了吗？

难道是我犯了错，所以桥墩没发光，才翻了船？我这样问她的时候，忍不住浑身哆嗦，因为我意识到眼前这个看似活生生的人，拿着无形的绳索，要把我捆绑到另一世界。

女人比我矮，可她突然起身，往棚屋外拽我的时候，力大惊人。我顺从于她，没喊饶命，只问她舒氏最后怎样了？

女人说天的黑脸皮就要变白了，不能再给你讲了，你要是能渡过去，见着舒氏自己问吧。开头我问你能不能接受没尾巴的故事，你不是点头了吗，你说哪个故事不残缺呢？

我机械地跟着女人到巴兰河畔时，意识到死神降临，血液仿佛凝固了，身体像木头一样僵直，任她摆布。女人把我带到一条幽蓝的船上，将我戳在船头，就像稻草人一样。她则在船尾，低沉地说着我完全不懂的话。之后船像是被岸给烫着了，"嗖"的一下，离岸而去。我见巴兰河就像一张巨大的鱼皮窗纸，颤颤地印着最后的月影。

我不知自己将被渡往何方，岸越来越远，水越来越长。

还是楔子

我苏醒的时候，首先感知世界的不是眼睛，而是耳朵和鼻子。也就是说，我的听觉和嗅觉依然敏锐，并驾齐驱冲在前面，视觉神经也许倦怠了人间风景，尽管我想努力睁开眼睛，可眼皮沉重得就像棺盖，怎么也掀不翻它，我就在枕头上晃悠脑袋，希望能助我拔出视觉的泥淖。我听到"哗哗"的雨声，看来外面雨下得很大，还闻到来苏水的气味，证明我此刻在医院。

有脚步声盖住了雨水，想必是个壮汉进来，那脚步声"咚咚"的，像在擂鼓，铿锵有力。跟着是"咣咣"的跺脚声，好像谁要在地上刻上一连串的惊叹号似的，一个男人惊喜地叫骂着："妈的你个死人，脑袋能动弹了，我就说阎王爷见你岁数不大，饭没塞够呢，不会要你吧！你还算甜和人，醒得正是时候，今儿八月十五，我能轻松喝口酒吃块月饼啦！"他接着"大夫大夫"地叫着出去了。

脚步声弱了，雨声又像春日的青苗似的，喜人地冒了出来。急雨转小雨了吧，雨声"沙沙"的了。

这人出去不久，我终于睁开了眼睛。开始感觉到的是白花花的一片，好像世界撒满了盐，又像铺遍了雪，更像飞满了谎言。很快这白色被身体的阳气给驱逐殆尽，视线中的东西逐渐变得清晰，我能看见自己躺在泛黄的白床单上，盖着浅蓝色的被子，穿蓝白条纹的病号服。左侧床头柜上摆着一台心电监护仪，右侧立着白色点滴架，上面吊着一个空瓶。窗子在右侧，努力望去，可见窗台摆着两盆茂盛的绿萝。而当我努力坐起来，发现窗外雨中的树，还挂着几片枯黄的叶子，好像在告诉我你还阳了，我们却要去了。

我住在一层，从水磨石地面、陈旧的窗户以及斑驳的墙面上，看得出这是一所简陋的乡镇卫生院。虽然未见阳光，但这是人间无疑。

两个男人一前一后走了进来，前面的五十上下，中等个，不胖不瘦，黑红的脸，小眼睛，头发乱蓬蓬的，右耳吊着一只松松垮垮的白口罩，穿一件很旧的棕色单皮夹克，皮面磨得多处泛白，像是长了牛皮癣。他叼着一支没冒火的烟，指着我说："这么快自己能坐起来了，真行！"听他熟悉的声音，我明白这就是先前进来的人。他身后跟着一个穿白服戴白帽和浅蓝色医用口罩的医生，他又矮又胖，走路呼呼直喘，谢顶，看上去年纪不小了，他指着穿皮夹克的男人问我："认识他吗？"我摇摇头。

穿皮夹克的男人说："大夫，我昨儿把他送来就说了，我不认识他，

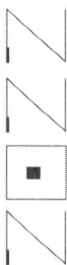

可你们不信！妈的这世道救了人，咋这么爱遭怀疑！"男人长吁一口气，对我说他叫王骏，骏马的"骏"，不敢说是我救命恩人，因为是一只受伤的长脖老等，先发现的我。他先嚷着让我赔他名誉，再嚷着让我赔他烟钱，说我昏迷的这十几个小时，他在卫生院外抽了四包烟，自己都快被熏成腊肉了。他说很想现在抽支烟庆祝一下，但在病房抽烟会被罚款，所以只能干叨着过过瘾。

原来这是中秋节的早晨了。

医生问我："你是哪儿的人？"

我说是哈尔滨人，退休后没啥事，前几天驾驶一辆越野吉普车出游，先是到了依兰，然后去了巴兰河景区，入住一个山庄。过了漂流季，可我想下水，庄主不同意，我见一条船停泊在岸边，便偷船夜漂，后来下了雨，我在河上什么也看不清，模糊中仿佛撞上桥墩，之后被一个窑工救上岸，他在上半夜给我讲了一个故事；下半夜出了月亮，窑工又把我送到摆渡人那里，听了另一个故事。窑工是男的，摆渡人是女的。

王骏害了牙疼似的"嘶嘶"叫着说："依兰过去是打狐狸部的天下，你这是遇见狐狸精了吧，这一带哪有烧窑的？还有现在公路铁路这么发达，谁还走水路啊，多少年都没有摆渡人了！"

我激灵了一下。

王骏告诉我，他是大货车司机，常年带着媳妇跑运输。昨天上午他们拉着一车秋白菜去哈尔滨，途经巴兰河时，他老婆发现一只长脖老等跟着车，好像腿脚不利落，飞得颤颤悠悠的，没过多久跌落在公路下，她老婆说它一定是受伤了，于是喊他停车。

王骏说这只长脖老等，是我真正的救命恩人。他老婆快接近它时，它突然又哆嗦着低飞了几米，把她引向河边草丛。她过去一看，除了长脖老等，还有一个人躺在那里，虽然我脸色灰青，一动不动，但她用手在我鼻子下一试，还有气呢，于是喊他过去。王骏背着我，他老婆抱着长脖老等，回到车上。

他们先救人，把我就近送到一个镇子的卫生院。王骏说他没想到我身上没有任何可证明身份的东西，没有手机和身份证，没有一分钱，裤兜只有湿透后干成一团的纸和两根牙签。他们判断我是溺水后被冲上岸的，医生怀疑我是自杀或是被害，先报了警，派出所来人对王骏做了询问笔录，在我没有苏醒前，他不得离开，住院押金都是王骏垫付的。而那车秋白菜，只好由他老婆一人运往哈尔滨。

王骏说好在他老婆能干，驾驶技术不错，跑长途时他们经常轮流开。但万分倒霉的是，她平安抵达后，刚卸完货，就赶上哈尔滨来了疫情，现在城区全员核酸检测，老婆和车被困在那里，住在小旅店，今年中秋节只能望月团圆了。王骏苦着脸说天公不作美，这阴天下雨的，估计月亮也难见。

我连声对王骏说对不起，先前他嚷着我赔他名誉和烟钱，那是他的幽默，我更应赔偿他爱人因疫情、人车被困在哈尔滨的间接损失。我表达这样的心愿时，王骏一撇嘴说："我要是接受了你这样的赔偿，我老婆还不得骂死我！她心眼好那是出了名的。我刚才打电话告诉她你醒了，她刚排队做完核酸，喜得直说今晚要多吃一块月饼！"

我愧疚地说："都是我害得你们中秋不能团圆。"

王骏说："团圆又不在这一日，明年不是还有八月十五吗？你知道我老婆最担心啥吗？她怕你醒来后会失忆，我一会儿得告诉她，你知道自己姓啥、住哪儿、开啥车，脑袋一点都没短路！嗨，老天爷真是保佑你，让你遇见她，遇见长脖老等，万一我一脚油门过去了，你遇着这样的天气，没吃没喝的，在野外失了温，就得玩完！"

夜漂时我卸下背囊，这是最大失误，里面准备的一切急救物品，想必都付诸东流了。王骏掏出手机，让我给家里报个平安，可亲人的电话都存在我手机里，没有一个号码我能记全。而我离开手机绑定的银行卡，也无法偿还王骏帮我垫付的医疗费。一部手机不见了，生活居然半停摆了。

医生让护士给我送来一份白米粥和一碟咸菜，嘱咐我少量进食，我来自哈尔滨的话，可是属于疫区来的人，院长不在，他有责任督促我把十四天内的行程回顾一下，做个登记。

王骏说我醒了，派出所也解除了对他的怀疑，他本应赶到哈尔滨去，老婆一人带着台大车在外面，他还是不放心。只是现在进哈尔滨要持24小时内核酸阴性报告，这乡镇卫生院做不了，他还得去依兰做，最快四五个小时出结果，再加上去哈尔滨的路程，估计折腾到那儿，也得后半夜了。

王骏长叹一声说："算了算了，一个人过个清静的节也不赖！还有

老婆把受伤的长脖老等托付给我了，我一直守着你，顾不上这只鸟，现在得打听一下，附近哪儿有野生动物保护站，早点送过去。"

王骏出去了，医生也出去了。

吃过粥和咸菜，我感觉身上有了力气，可以下地走了。虽说腿依然发软，感觉是踩在棉花堆上。

我住在抢救室，对面是医生办公室。我一出来，就见那位医生敞着门，正给一个干瘦的佝偻腰的男人看病。他见了我摘下听诊器，先是嘱咐我戴上口罩，说是病房床头柜的抽屉里备有一沓，然后问我，写完十四天内的行程了吗？我说没有纸笔，请帮我提供一下，我到院子转转回来就写。

医生说："王骏在太平房看鸟呢，你得好好感谢他，真没见过这么好心肠的大货车司机呢。"

我反身回抢救室取了口罩戴上，走向院子。

太阳还没露头，但雨停了，空中堆积着深灰浅灰的阴云。太阳怎会死呢，可阴云一直妄想着做它的裹尸布。

卫生院是栋长方形的砖瓦结构的平房，院子也是长方形的，栽种着七八棵杨树和柳树。院子东侧有个花圃，花儿多半枯萎，只有两株黄色菊花，挂着几朵将落未落的花。菊花的边缘像被烧焦了，已然惨淡，花心强撑着，但颜色也不鲜亮了。花圃前有个破烂不堪的长椅，还有两个污渍斑斑的圆形石凳。

院子西侧是座砖木结构的小房子，人字形屋顶下，有一块白地黑字的匾，上面的"太平房"三个字，居然是瘦金体的。这房子清灰水泥涂抹的墙面，对开的铁皮门，矮矮趴趴，像个门岗。门开了一扇，我进去时，王骏正在喂长脖老等。

太平房大约五十平米，正中央有两张光亮的木板床，大概是停尸的地方，床前各置一个黑黢黢的瓦盆，看来是烧纸用的。因为屋子只开了一扇西窗，窗口很小，天又阴着，所以里面昏暗不堪。

受伤的长脖老等蜷缩在西窗的墙根下，见到我伸了伸脖子。我不确定它是不是我没有救助的那只，如果是的话，它的善行对我来说，是卡在我喉咙的一根永久的刺。我不知是否应该感激它，因为在医学意义上我失去知觉的那个夜晚，我的思维从未有过地活跃，我在上半夜看到了精美绝伦的白釉黑花罐，在下半夜听到了凄美的碑桥故事。如果夜能更长一些的话，我也许还能见到更绮丽的风景。

我不知眼前的长脖老等是不是宋徽宗刻在青石上的那只，它的眼神仿佛活了千年的样子，是那么的笃定安详，好像深藏着高山和大河，我和它四目对视时，被它的气质打动了。

王骏依然是把口罩吊在一只耳朵上，他说你刚缓过阳，不该戴口罩，本来气就不够使。见我走路有点哆嗦，他以为我除了身子虚，也是因为进太平房有点恐惧，便安慰我说医生告诉他了，这太平房利用率很低，因为附近乡镇的老人死了，亲属们习惯在家停尸，然后再送火葬场。进太平房的，大都是活到中途出意外而没抢救过来的，一年没几个。所以昨天没地方安置长脖老等，医生就想到了太平房。王骏说在医生眼里，太平房和产房没啥区别。

这只长脖老等伤在右腿，裸露的伤口像片玫瑰花瓣。王骏说这不像在岩石擦伤的，倒像是中了偷猎者下的铁丝套，它奋力挣脱时伤及皮肉。王骏说它实在聪明，知道跟着人类的车子求救。而它不仅自救了，还救了我。只是它将来被送到保护站后，虽能保命，但一个冬天被迫做了留鸟，明年即便好了伤，野外生存能力降低，秋天能不能南迁，成不成老鹰嘴里的食物，也两说呢。

王骏慨叹完，他手机的视频铃声响了，王骏说："是我老婆，你刚好认识她一下。"他说着接通视频。

透过手机屏幕，我见一个穿红花毛衣梳齐耳短发的圆脸女人，笑微微地面对我们，她问王骏："你干啥呢？"

王骏笑呵呵地说："你救的人和鸟都在太平房呢，我先给你看看长脖老等吧。"他把画面切到鸟身上。

女人说："看上去不精神啊，得早点送到保护站。"

王骏说："是了，我刚打听好了，下午就送走。"然后将画面切到我身上。

女人看着我说："人比鸟精神啊。"她笑了起来。

我刚说了一句谢谢，女人就说有啥谢的，你得感谢长脖老等，不是它发现你，你早没命了。女人说王骏告诉她了，我家人的电话都在手机里，想不起来了，她说如果我愿意，可以把家址告诉她，她上门报个平安，

反正做完核酸也没啥事。我心想林蓓哪会像她这样，时刻惦念自己的丈夫，我就是失踪一周她也未必感知到。而母亲则不一样了，只要是传统节日，我在哈尔滨都会陪她，在外地则必给她打个电话问安。要是今晚她没接到我电话，再打过来无法接通，非得急死不可。我也不客气，拜托女人去南岗邮政街我母亲家一趟，报个平安。女人说刚好她住在海城街的一家小旅馆，离那很近，让我把详尽地址给王骏，他微信给她，她即刻出发，到时让我们母子视频一下。

四十分钟后，我和王骏刚要离开太平房，他爱人发来视频讯号，说已到我母亲家。八十多岁的母亲防疫意识真强，武装到牙齿了，不仅戴着口罩，还戴着一个护目镜，这使她看上去怪里怪气的。她见着我先骂了一句"瘪犊子"，说疫情期间她本不该让外人进的，可听说我漂流翻了船，手机不见了，只好冒险给人开门。她警惕性极高，见王骏在我身边晃悠，问他是谁，我是不是遭绑架了？我说当然没有，这两个人是夫妻，我的救命恩人。

我让母亲把医疗费帮我先给女人，母亲斩钉截铁地说："没门，你肯定是遇到诈骗的，受到要挟了，我给你报警，你告诉我在哪旮旯？"真让人哭笑不得。

我只好退而求其次，让她把林蓓电话给我，母亲又骂我一句"瘪犊子"，说你就知道惦记媳妇！母亲说林蓓一清早给她打电话，她今儿出不来了，因为小区有确诊患者的密接者，人都给圈在家里隔离，两天才能出来买趟菜。

母亲教训我说："你一天就知道在外逛游，还有心思玩水？也不知林蓓是不是一个人隔离在家？她给我打电话时，我咋听见好像有男人的咳嗽声呢？"

我说真有男人代替我在家咳嗽，我情愿在外当个散仙。

母亲撇着嘴，再骂我一句"瘪犊子"，说你不怕绿帽子压扁脑袋呀。王骏和他老婆听后，齐声笑了起来。

母亲年轻时是演驴皮影的，也就是皮影戏。行当使然吧，她爱操控人，喜欢发号施令，父亲唯命是从，他也是因迷恋母亲塑造的角色而爱上她的。所以父亲去世的时候，母亲在殡仪馆给他做告别仪式，就是请她的几个老伙计演了一场父亲最爱的皮影戏《鹤与龟》，因为这是出动物寓言轻喜剧，参加葬礼的人被剧情感染，笑声不时泛起，父亲就踏着母亲为他营造的笑声上路了。

父亲走后，考虑到母亲年事已高，我请保姆前去服侍，可母亲很快给打发了，说她能走能蹿的，屋子本就不大，不能再多个放屁的人。待到近几年她记忆力衰退，几次忘关水龙头和燃气阀，她哀叹着岁月不饶人，自请了保姆，声言要在有生之年，花掉自己所有积蓄，不给后人留半个子。唯一带不走的是房子，她早已更名到我女儿名下，为此母亲还刺激过林蓓，说你要是养活个儿子，这房子我就留给孙子了！林蓓嗤之以鼻地说，哪座房子最后不是坟墓呢？母亲气得直捶胸，讥讽道："照你这么说，你妈就不该生你不是？"我永远记得林蓓听后非但不恼，还动情地拥抱了母亲，说："您真是我妈，我就这么想的。"

母亲见王骏和登门报信的女人一脸忠厚，说的不像是排演过的，而我状态自然，终于相信他们不是骗子。问清他们帮我垫付的医疗费数额，她即刻付给女人，还多拿出两千，让她通过王骏转我，说一个大男人在外身无分文，寸步难行，不过她声明这钱我得还她，看在我是她亲儿子的份上，利息她就不要了。

钱的事情交涉完，母亲说她早晨接到一个陌生男人来电，他说你儿子的电话怎么打不通，只好找您了。他手里有件宝物，人都说是金代的，好像跟宋徽宗有关，想请你鉴定一下真伪，他出鉴定费。母亲责备我不该把她电话告诉给外人，未等我解释我从未泄露过她电话，母亲又说，别以为宋徽宗当年在咱这儿被囚了几年，就谁都能捡着宝贝，做梦去吧！

母亲对宋徽宗的画不屑一顾，收藏在辽宁博物馆的《瑞鹤图》和北京故宫的《芙蓉锦鸡图》她都看过，说那画中品而已，布局乏力，也不脱俗。尤其是《瑞鹤图》，群鹤弯着脖子飞翔，缺乏气韵。而且群鹤之下的宫殿看不到底部，等于失去根基，颇不吉祥。她说要说那时期的画儿，还得是王希孟和张择端。但宋徽宗的书法她认为绝了，空灵深邃，每一笔都含着泪似的，像是一出生就活了一辈子的人的笔力，笔笔如柳又笔笔如钢，旷世难得。

母亲叮嘱我与所谓的持宝人打交道要小心，这里骗子很多。

与母亲视频通话结束后，医生见我状态不错，准我出院。这样中秋节午后，我和王骏带着长脖老等离开卫生院。

王骏说你死里逃生，大过节的，天又这么凉，咱得吃点好的和热乎的。这样我们寻了一家小馆，吃热腾腾香喷喷的羊蝎子火锅。刚踏进店门

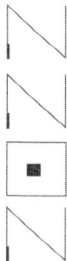

时，店主见王骏抱着长脖老等，以为我们是来私卖野物的，两眼放光，说正愁八月十五没野物下锅呢，连问多少钱。王骏瞪着眼说："我看你像野物！"店主再不敢提这茬。

王骏酒量一般，只喝了二两烧酒就兴奋异常，我遵照医嘱滴酒未沾。酒是话篓子，大多的人喝多了话就多，王骏也不例外。他告诉我他老婆是后找的，他总跑长途，前个老婆在家太寂寞吧，跟一个开杂货铺的好上了。王骏说老婆的私人领地被别人侵占，他这辈子不想再碰了，立马离婚，他们唯一的男孩归他，由他母亲照看。

王骏说现任老婆比他小五岁，极其善良，本来许了一户人家，但快结婚时发现得了子宫癌，虽是早期，但得摘除。手术后恢复不错，但她没了"育儿袋"，那家解除了婚约。王骏说他有儿子了，不在乎传宗接代，就娶了她。婚后她一直跟他跑车，车上备有炊具，在各个高速路服务区，老婆给他做饭的情景，是大货车司机最为羡慕的。王骏说人也真是怪，他跟前个离了，但她日子过得不如意时，他也心焦，毕竟她是孩子的生母啊。再说他和她婚内时，在外有时十天半个月见不着老婆，也曾在高速路服务区的小旅店接受过找上门来的服务。王骏慨叹说生为女子不易，好像女人天生就得是贞节的，男人胡来后只要对家好，一切可以忽略不计了。王骏说现任和前个老婆处得不错，两人一起赶过集呢。唯一让他难受的是已上初中的儿子不认后妈，她对他一万个好，也换不来一个好，她常偷着哭，这两年也常咨询做试管婴儿的事情，让他心惊肉跳的。因为他这岁数不想再要孩子了，再说做试管婴儿遭罪又烧钱。

我苦笑着说："我现在的老婆也是后找的，我也被戴过绿帽子。"

王骏哈哈笑着拍了下我肩膀，说："难兄难弟啊。"

从小馆出来，我雇了一台破烂不堪的私家车，先和王骏送长脖老等。这家野生动物保护站在山中，规模不大，有两头黑熊、一头驼鹿、几只狐狸和狍子以及形形色色的鸟。它们非瘸即瞎，或是伤了翅膀，看了让人难过，是极难回归大自然的动物了。

接待我们的人六十上下，一嘴黄牙，说话南腔北调的，不像本地人。他按照惯例做完登记，动员我们认领这只鸟，支付饲养费，他们可定期把长脖老等康复的图片发给我们。见我们犹豫，他鼓噪说断掌的黑熊，是某某老板认领的；那只瞎眼的狐狸，是个患癌的女士认领的。他们认领了这样的动物，发财的发财，康复的康复。

王骏问那一个月得多少钱啊？

工作人员说这只长脖老等伤在翅膀，相当于一辆汽车马达坏了，治疗和饲养费，一个月少说得四百块。它今年就得在黑龙江过冬了，你们可以先捐半冬的钱，三个月，一千二百块，我可以开收据，还能盖红章。

王骏表情复杂地看了我一眼，先给长脖老等拍了段视频，再拍了几张照片，说是留个念想。

母亲借给我的两千块，因我手机和银行卡未恢复，王骏只得给我现金，我在羊蝎子小馆花掉二百三，雇车用了四百，如果再支付一千二，所剩无几了。我跟工作人员说，我先捐六百，余下的看它的恢复情况再说。

工作人员大喜过望地说："六百也中，我一眼看出你是个好人！"

我数出六百块，递给工作人员时，王骏突然拽住我，说他需要现金，让我串给他，他用微信转账给对方。工作人员眼巴巴地看着那六百现金，虽不情愿，还是加了王骏微信，接收了六百块。谁想他开完收据，却说忘了公章在另一个同事那儿，锁在抽屉里，这人回城过节了，他也不好撬锁，所以无法盖章了。我嘴上说着没关系，但心里觉得六百块钱事小，可他的言谈举止，让人对这家保护站缺乏信任了。我要来他电话，说未来会和他联系的。

出了保护站，我和王骏仿佛参加完好友的葬礼，有股说不出的沉痛，上车后并排坐在后面，彼此无话。偏偏赶上我雇的司机是个直筒子，他嘲笑我们："你们也算吃了半辈子的盐了，咋这么幼稚？把长脖老等送到这儿，等于献上了八月十五的大餐，我敢保证，你们前脚走，后脚人家就会拿刀抹了它脖子，炖了下酒！"

王骏轻轻拍了一下我的肩膀，说他也有这个担心。一般的保护站，是不会强求爱心人士认领野生动物的。所以他留了一手，给它拍了视频和照片，还用微信转账，留下捐款记录。

王骏说人没有长得一个模样的，鸟也一样。隔个十天半月的，他会和工作人员视频一下，看它是否活着。见我不语，王骏又说："你先捐

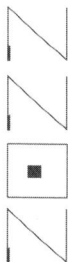

了六百，眼下它的命是没问题了，保护站得留着它，继续让你捐钱。可是如果你一直捐，我最担心的是，明年它伤好了，可以南迁了，也未必给它放归自然。最让人不敢想的是，万一没伤再给它弄伤，继续钓好心人的钱，我们反倒是让它受折磨了。"

我说先别把事情想那么坏，这一带我常来，如果这家做事不规矩，我会把它解救到另一个地方，我承诺会尽快。

王骏说那就妥了。

但司机听后不悦，说："你们给一只鸟随便撒六百块，我这一趟往返，少说也得两百公里，大过节的谁爱出车？我最开始要五百，你们非砍下一百，难不成我还不如那只鸟？"

我可不想司机中途撂挑子，赶紧说："师傅咋也比鸟金贵啊，"忙从口袋抽出一百，探过身子，把它放到副驾驶座位上。

司机歪头看了一眼粉红色的百元钞，像看着一块可人的蛋糕，眼神立刻温柔了，说："那就谢谢大哥了。"

送完长脖老等，我又把王骏送到一家服务区旅店，他说和老婆约好了，她拿到核酸阴性报告后，明早驾车离开哈尔滨，去那儿接他。想起他刚跟我说过的在高速路服务区做过的龌龊事，他下车时我忍不住在他肩上狠抓了一把，有点警示的意思。

王骏一脸坏笑地说："抓我啥意思，不想让俺好好过节不是？"他嘱咐我手机恢复后，别忘了加他微信，他会把长脖老等的消息发给我。

与王骏分手后我倦意袭来，一路昏睡到山庄。

暮色渐浓，雨又来了。我走进山庄时，庄主正和一个客人搭讪，他见了我像鹅一样"啊啊"大叫："老天爷啊，你可回来了！"

原来，我当夜未归，他还以为像我这种自驾游的人，去别处耍了，并没在意。第二天上午还不见我影子，而他发现我的车子却还在停车场，感觉事情不妙，于是调取山庄外的监控录像，发现我去了河边，而那儿的一条渔船不见了，断定我是偷船漂流了。想着我在哪儿平安上岸后，就会回来的，所以没有报警，一直等到现在。

我跟庄主连声抱歉，说那条船撞散了，我会赔偿的。我没回房间，而是要了一把伞，先去了停车场。我的越野吉普与我相依为伴，在外就是我流动的家，我迫切地想看到它。可是停车场的几台车，全都是陌生的，我反身去问庄主，我的车怎么不见了？

庄主瞪大眼睛说："这咋可能呢，昨晚我还看到了呢。"

我说那你看看监控，谁动了我的车子？

庄主一龇牙说："真是不巧，昨天我调取完监控，系统就失灵了，这大过节的，杂事一堆，还没顾上修呢。"

庄主的话让我觉得自己的车子跟我一样出了事。

我要求庄主报警的时候，他提出来可以让保安先带我在附近找找，说是以往也发生过类似的事情，有时附近村镇淘气的半大小子，会趁人不备潜入山庄，撬了客人的车子开出去，耍够了再扔在山庄附近，这样客人找得到，除了浪费点汽油，也没啥损失，所以都不会报警，而我驾驶的越野吉普车，是他们爱下手的目标。

庄主的话更让我觉得他知道我的车在哪儿。

在庄主的安排下，山庄保安嘟嘟囔囔的，很不情愿地骑着摩托车带我去寻车。天已黑了，雨还没停，风起来了，我的雨披被风掀起，脊背阵阵发凉。摩托车灯照着前方的雨，亮闪闪的，仿佛大把大把的伤心泪。车行四公里左右，在一片开阔的杨树林中，我发现了自己的车。车门和后备厢均被撬了，那盏我收来的李杜将军的台灯被砸烂了，莫德惠的字也被撕碎了。见我痛心不已，保安鄙夷地说一盏破灯和一幅破字，有啥稀罕的？我骂他你懂个屁！想着他没有拐弯，一路径直把我载到这儿，我认定他和庄主是损害我车的同谋，怒不可遏，一把将他按倒在地，骑在他身上，威胁道："你不说实话，我就让你过不去八月十五！"保安吓得嘴都哆嗦了，连说大哥对不起，这一切可都是庄主让我干的。

原来庄主发现我偷船失踪后，很快有人在下游发现了那条被撞坏的船，还有人陆续发现河面的漂浮物，手电筒、药品等。就在山庄附近的柳树丛，也发现漂来的一本被泡烂的书，庄主由此断定我是死了。一个入住的客人在他这儿发生意外，无论如何都是灾难，会面临意想不到的官司和赔偿。这两年的疫情本来就让从事旅游业的人难挨，再不能雪上加霜了。

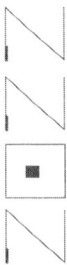

因我不是网上订房的客人，所以庄主只要把我入住登记的纸页撕掉，再把近三天来山庄的监控删除，将我的车神不知鬼不觉地移出，我的死就跟山庄无关了。

保安说车子是庄让他撬锁开出来的，庄主许诺他，车上有啥值钱物就拿着，算是报酬。结果他一分钱也没找到，只发现了一盏旧台灯和那幅看起来像从废纸堆找出的字，他一时冲动，拿它们撒气了。保安说他可以赔我一盏新台灯，至于那幅字，他可以求他儿子的书法老师写幅新的给我，你要啥字就给你写啥字。

我松开保安，欲哭无泪。那本漂到山庄柳树丛的书，是宿白先生新版的《白沙宋墓》无疑了，这是此行我带的书。

保安瘫在泥水里，瑟瑟发抖。我将他拉起，说你回去吧，就跟庄主说我找到车，直接开车回哈尔滨了。

保安站起来，摇晃了几下，乞求我不要告发他，他若丢了这个饭碗，一时还没有好的去处，家里老人看病和孩子上学的钱，都会成问题。我答应他此事到此为止。

我踏上自己的越野吉普车，待保安驾驶摩托车远去，才缓缓启动。

后半夜雨停了，月亮却没出来，我本想开到依兰，可是走到中途，燃油耗尽，只得停在半路上。其间有车辆经过，我也下去求救，但没有车子停下来，这更让我觉得遇见王骏夫妇是多么神奇和温暖的事情。

两日后我回到哈尔滨，因所居小区还没解除封闭，便去了母亲那儿。母亲见我憔悴不堪，赶紧让保姆给我煲鸡汤。她说这岁数的人了，以后就长点记性吧，别心血来潮做危险运动了。当晚我还和林蓓通了电话，讲了此去依兰的遭遇，她却当神话来听，建议我去看一下精神科医生，说她可以帮我网上预约。

半个多月后，我身体完全恢复，身份证、电话、银行卡等信息也恢复，于是驾车第四次来到依兰。

参观五国城遗址的这天雨雪交加，几无游人。园内的靖康之变历史展室和仿造徽钦二帝生活的地窖子，都不是我感兴趣的。

五国城遗址围墙一角，有两方躺倒在荒草中的二龙戏珠石碑，也叫九孔透龙碑，这才是我此行最想看的。这是四年前从老牡丹江大桥水下打捞出的两块石碑，属于官至三姓副都统、二品大员的墓碑。据史料记载，从1743年开始设立三姓副都统后的近170年间，历史记载的副都统就有五十位。凡副都统退休后，会被召回京颐养天年。能在地方立墓碑的副都统，都是任期未结束就故去的人，或病或是意外。据说上世纪六十年代末牡丹江大桥初建，工人在就地采石时发现的。那年代的碑都被当作"四旧"，无人保护，所以他们就拉下山，做了建桥材料。而拥有这种墓碑的人，通常是任职期间功勋卓著者。

望着这两块面貌苍苍的石碑，想着它们曾做了牡丹江大桥的基石，半个世纪来在波涛中渡着往来的人，我不由想起女人给我讲述的宋徽宗碑桥的故事，感慨万千。细雨夹杂着斑驳的雪花，落到二龙戏珠石碑上，是那么的美，又那么的凉。就在此时，王骏通过微信，转我一幅照片，是野生动物保护站的工作人员发给他的。

救了我的长脖老等，在铁丝网围起的棚屋里，如灰衣骑士，站在一根像是被熊啃得齿痕斑斑的枯木桩上，醉心地望着什么。它的黄嘴巴比之前娇艳了，肩上的棕栗色蓑状长羽也格外有光泽了。我想知道它如此痴迷地在看什么，将它目之所及的角落局部放大，竟在墙角的一堆干草中，发现一只眼熟的白釉黑花罐。

原载《钟山》2022年第3期

点评

迟子建在《白釉黑花罐与碑桥》这部中篇小说中设置了一个现实与历史的对话结构，"我"置身于当下的现实生活之中，因着个人专业和爱好在历史中不断寻访。故事的主体为宋徽宗在"靖康之难"后幽居北地的一段历史，借助于"我"月夜漂流不幸落水后的昏迷状态，抵达了历史深处，想象与构建了宋徽宗的一段生活史。宋徽宗作为历史人物充满传奇色彩，他的不爱江山爱书画的传奇经历，使他成为一位独特的国君。这部作品着力恢复和想象的是他作为一个艺术家的精神内面，尤其在沦为阶下囚的境遇下，他的丰富的情感和内心的矛盾。白釉黑花罐与碑桥虽为历史传说，但也较为形象地映照出一个传奇历史人物的丰富内心，宋徽宗以牙齿融入白釉黑花罐寄托他对故土的无限恋恋与哀思，他与舒女的奇遇生成一座历史的碑桥，两者都

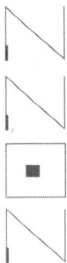

使他的情感得以安放，也使他的形象更为丰满。而"我"与"长脖老"在现实中的得救无疑同样也获得了心灵的抚慰，现实与历史，虽山水千重，但仍然有着令人惊奇的共通性。时间长流，而人心人情不灭。

（崔庆蕾）

五湖四海/

/王安忆

一

她不知道日子怎么会过成这样！

他们原本是水上人家，当地人叫作"猫子"。这个"猫"可能从"㹟"的字音来，溯源看，是个古雅的字，但乡俗中，却带有贬义。安居乐业的农耕族眼里，漂泊无定所的生活，无疑是凄楚的。"猫子"自己，并不一味地觉得苦，因为有另一番乐趣，稍纵即逝的风景，变幻的事物，停泊点的邂逅——经过白昼静谧的行旅，向晚时分驶进大码头，市灯绽开，从四面八方围拢，仿佛大光明。船帮碰撞，激荡起水花，先来的让后到的，错开与并行，"猫子"们都是有缘人，相逢何必曾相识。夜幕降临，水面黑下来，渔火却亮起了。

修国妹出生于二十世纪五十年代末，他们这些船户已就地编入生产队，虽然还是水上生计，但统筹为渔业和运输。活动范围收缩了，不如先前的自由，好处是稳定。小孩子就在岸上的农村小学读书，大人走船的时候，歇在学校。就这样，修国妹读完高小，又在公社的完中读到初三毕业。这个年纪，又是女孩子，算得上高学历，父母也对得起她了，于是回船上劳动。这年她十五岁，读过书，出得力气，相当于一个整劳力——其时，船务按田间作业计工计酬，人依然住船上，背地里还被叫作"猫子"。没两三年，分产承包制落地实施，他们分得船和船具，原来就是他们的，归了公再还回来。东西的价值算不上什么，重要的是政策。她家从事运输，集体制的运营，在计划经济内进行，接货送货固定的几个点。

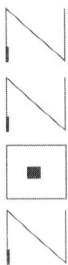

但是沿途几十里，水道分合，河汉连接，无数村庄人户，哪条船没有点私底下的捎带？鸡雏鸭雏，麦种稻种，自酿的米酒，看亲做亲的婆姨。三角五角的脚费，总归是个活钱。所以，"猫子"的家庭其实是藏富的。要是下到舱里，就能看见躺柜上一叠叠绸被褥，雪白的帐子挽在黄铜帐钩上，城市人的花窗帘、铁皮热水瓶、座钟、地板、墙壁、舱顶全漆成油红，回纱擦得锃亮，好比新人的洞房。倘若遇上饭点，生火起炊，摆上来的桌面够你看花眼：腊肉炒蒿子菜、咸鱼蒸老豆腐、韭菜黄煎鸡蛋、炸虾皮卷烙馍，堆尖的一盆盆，绿豆汤盛在木桶里，配的是臭豆子、腌蒜薹、酱干、咸瓜……这是看得见的，还有看不见底的，就是银行折子。数字有大有小，但体现了"猫子"的眼界，在人民币差不多只是簿记性质的日子里，他们已经涉入金融，似乎为改革开放自由经济来临，提前做好了准备。

张建设遇到修国妹的时候，她虚龄二十，在乡里就是大龄女了。"猫子"的身份不能说有，也不能说完全没有，影响恰当恰时的说亲。中学时，有男同学喜欢她，约她到县城看电影。并不是一对一，而是齐搭伙，几个男生几个女生，心里知道只是他和她。回学校的路上，天已经黑了，意兴不像去时的振作，便散漫开来，变成络绎的一条线。他俩落在最后，不说话，只是有节奏地迈步，身体轻盈，飞起来的感觉。事情却没有后续。少年人的感情本来就是朦胧的，同时呢，乡镇上人又早熟，一旦涉入恋爱便与婚姻有关，所以就不排除现实的原因，大概还是"猫子"的偏见作祟。

有一次，行船到洪泽湖一个小河湾。这时候，乡镇企业遍地开花，四处都是小工厂的大烟囱。运输业随之兴隆，建材、原料、产品、半成品，货装到不能再装，吃水深到不能再深，远远望去，走的不是船，而是小山样的载重。这是白天。晚上呢，河道上满是夜航船，呜呜的汽笛通宵达旦。那是去湖南岸糟鱼罐头厂送酒糟，当地特产大曲，据学校的老师说，《清史稿》就有记载。托水的福利，多条河流交集本县境内，有名目的淮、浍、沱、涡、濉，无籍录的溪涧沟渠就数不清了。家家有酿酒的私方，计划经济时代，兼并合营成全民所有，到市场化的年月，一夜之间，大小糟坊无数。宅院、巷道、街路、河滩，铺的都是酒糟，县城上空，云集着酵醋的气味。修国妹家的船到了南岸，卸货掉头，回程途中，经过叫管镇的地方，从乡办棉纺厂接单。精梳下来的落棉打成帆布包，装够一船，已是下午二三点。沿岸找僻静处停靠做饭，岸上几行旱柳，棵棵都是合抱，出枝很旺，连成厚密的屏障，却传来鸡鸣狗吠，就晓得有村庄。叫爹妈在舱里午眠，修国妹独自在甲板点炉子坐水。这边淘米切菜，那边锅就开了，下进米去，不一时，饭香就起来。仰脸望天，日光金针雨似的洒落，沙啦啦响，其实是风吹树叶。忽看见树底站一条细细的身影，像她在芜湖读师范的弟弟，不禁笑了笑。铁钩划拉出炉渣子，掺着未烧尽的煤核，铲到瓦盆里，将沸滚的饭镬移过去捂着，换了炒勺，倾了油瓶，一条细线下去，嗞啦啦响起来。煎三五条小鱼，炒大碗青菜，臭豆腐早焖在饭里，然后叫，吃饭了！扭头看，那孩子还不走，觉得好玩，玩笑道，吃不吃？他真就来了。一溜碎步跑过斜坡，跳上船。一张案板，正好一边坐一个，不知道的以为一家人。大约有半年光景，接连到管镇接货送货，就也经过这里，那孩子掐算准日子似的，准在柳树林里，船靠岸，就钻了出来。有时带几棵菜、半碗酱，有一回，他娘也跟来了。晓得是来看人的，也晓得很称心。下一次来，带的不是菜和酱，而是两磅毛线、一块灯芯绒料，几近下聘的意思。修国妹的妈私下里还请先生对了俩孩子的八字，水上人都有点信命。是她不答应，第一眼看他像她弟弟，一直当他弟弟了。虽然他比她早生半年，可"弟弟"不是以年月断的，她那亲弟弟也就小一年多点，因隔年又有了妹妹，于是，妈背上一个，她背上一个，好比是他妈，缘分就不一样了。

第三次，用另一种算法，也是第一次。她还在妈肚子里，停泊沫河口，老大们聚了喝酒，也有女人怀胎的，众人起哄指腹为婚。那条船是什么地方的不知道，老大姓甚名谁也不知道，就当一句戏言过去了。山不转水转，十八年后，同一个停泊地再遇见，老大还是老大，女人还是女人，当年的人种却开花结果，正巧一个男一个女，也都读了书，在船上帮衬，那个约定霎时间就回来了。年轻人都是浪漫的，这戏文般的由起，彼此生出好奇。但走船的生涯踪迹无定，恋爱中人最怕离别，一年时间过去，竟没有再见面，却出来一个张建设。

七八月的淮河，水涨得高，船从双沟新桥底下过，她站在舱顶做引导。双沟在苏皖交界，水域很宽，多条支线汇集，并齐河口，收紧了。只听马达汽笛，此起彼伏，万舸争流的气象。她一个小女子，水红的短裤褂，赤着足，手里挥动小旗，左右前后竟都按她的指点，避让错行。张建

设就在对面的甲板，船帮贴船帮，摇动着，擦过去，上下看看，照面了。

两条水泥轮机船大小和载重差不多，张建设却已经是老大，登门拜访，是父亲出面接待。来客虽是初见的生人，但吃水上饭的都是一家亲，并不见怪。因带的礼厚，金华火腿、符离集烧鸡、阳澄湖蟹、东北天鹅蛋大米，另有两副女人的金镯子，上海老凤祥的铭记，就晓得是个走四方的后生，也猜出几分来意。有待嫁的女儿，断不了说亲的人。修老大读过几年塾学，经历新旧社会，到了今天，明白时代的进步，自己是受益的。儿女的事情，且是这样的大事，就不敢行包办的老法。女儿从来没有应许过一回，旁人说他没有家长的威权，他嘴上辩解，暗地里却是高兴的，出于舍不得的心。这一回，和以往不同，没有拉纤的中人，自推自，是开门见山的意思，他就有些失措了。一边让座，一边嘱女人办酒菜，先称客人大兄弟，后改口大侄子。两个年轻人倒很坦然，仿佛认识许久似的，互问姓名和学校，发现虽不属一个县份却有共同的熟识，无非是同学的同学、朋友的朋友，表亲的表亲。他插不进话，显得多余，讪讪走开去，到后舱理货。再回到前甲板，两人却不说话了，一个低头摆碗筷，一个举着酒瓶子，割瓶口的蜡封，眯缝着眼，躲开嘴角烟卷的烟。修老大不禁恍惚起来，因为看见了年轻时候的自己和孩子妈。下一回，是他登张建设的船。按规矩，要物色媒介，有当无过个手续，自己的女人也是这样说来的。可是，什么也代替不了做父亲的眼睛，有生以来头一回聘闺女，桩桩件件都要亲力亲为。

张建设的船保养得不错，新做的防水，马达也好使，尤其是日志。进货出货、行驶里程、途经地名、收支账目，分门别类记得清楚整齐，让修老大汗颜。赶紧合起来，不看了。船上用了小工，远房的表亲，洒扫就也干净。只是舱里有些乱，被褥有时间没拆洗了，衣裳洗是洗了，却不叠齐收好，而是搭在一根铁丝上，就像没洗过一样。中午饭是乡下人的粗食，小工的手艺，整条的河鲤鱼、整个的肘子、大块豆腐，都是一个煮法，炖！炖到酥烂，料下得足，口味十分带劲。一老一少两个老大，面对面吃喝，酒上了头，说话的声气大起来。老的说：大侄子的船什么不缺，独缺一双女人的手！小的应：女人好找，知己难寻！老的道：知己不是"找"，是"相处"的！小的又应：伯父听没听过"一见钟情"？老的摇头：这就难了，天下哪有这般准的事？小的抬手拦住：您别说，我真就对上一个！何方人士？近在眼前，远在天边。这话怎讲？老的有些酒醒，眼睛直看向对座，那个人是忍笑的表情，其实清醒得很："近"是距离，却隔座山，就"远"了。什么山？老泰山！这话说得俏皮，两人都笑一笑，停住了。听见小工在岸上吹笛子，掺了鸟的啁啾，声长声短的。张建设收起笑意，双手端一盅酒，肃然道：从此以往，伯父您就是我的亲父！修老大耳朵里嗡嗡响，喝干酒，翻过盅底，亮了亮。就这样，吃完饭，送上岸，看日头向西，白日梦似的。事后难免懊恼，太没身份，至少也要拉锯二三回合。这后生确实有鼎力，一旦上船，舵就到他手底下，让人不得不折服。

渐渐知道，"您就是我的亲父"这句话，不是无来由的。张建设父母早亡，相隔仅半年，都是哮喘病。船上人最易得的两疾中的一疾，另一项是关节炎，因常年生活在潮冷的环境里。并不是绝症，照理不至于丧命，但时断时续，累积起来，最终吊在一口气上，其实是风湿走到心脏。那一年，张建设和弟弟张跃进，一个读中学，一个读小学，都未成人。有人出主意，报个虚岁，送大的当兵，每月津贴供养小的。可是当兵的名额让大队书记的儿占去了；再有人想到结亲，哥哥成家，弟弟也算有了怙恃，但头无片瓦、足无寸地的"猫子"，八尺长的汉子都难娶媳妇，更遑论未成年。如此，只剩一条路，列入五保，生产队养到十八岁。兄弟俩穿着孝衣，额上系着白麻，眼泪和了土，满脸的泥，就差一具枷，就成了听从发配的犯人。到末了，大的那个直起身子，开言道：叔叔伯伯费心，从今起，我就下学，请队上派工，大小是个劳力，倘挣不出我们兄弟的粮草，先赊着，日后一定补齐！说罢，拉了小的跪地磕响头。其时，身子没有长足，还是孩子的形状，说话做事已有几分大人的做派，比他爹妈都强。人们私下里说，那两口子都是软脚蟹，想不到下了一个硬种。所以，张建设比修国妹长一岁，学历却矮两级。

这是一段凄苦的日子，弟弟住读学校，他在大队运输船做小工。大队的船往往走的长线，出行十天半月不在话下。上岸第一要去的地方就是小学校，等弟弟下课，将些攒下的吃食塞到书包，手掌心摁进几个分币。十来岁抻个头的年龄，每回见，衣裳裤子都紧一紧，直至脚指头顶出鞋壳外。就地脱下橡胶防水靴，看那小脚丫子哆嗦着套上，转身打赤足走了。第二去的就是自家的破船，泊在河湾里。揭开油布一角，爬进去，黑洞

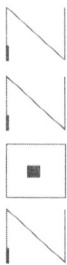

里无数只眼睛射向他，是破绽的口子。船和房屋一样，没有人气顶，便一径颓圮下去。他抱膝坐下，四下里一片静，仿佛神灵出窍，又仿佛魂兮归来。父母的遗物，所谓遗物就是被褥衣服，清点无数遍了，可用的拣出来，实在糟烂用不上的也烧了。板壁墙上，他们兄弟的奖状——三好学生、普通话比赛、年级最优，揭下收在藤条箱，垫着桌椅床柜架起来，依然受了潮。母亲的针线匣子，一枚银顶针，氧化变成黑色，他取出来，戴在中指上，其余一并放入藤条箱，垫几块砖瓦，再架高一层。舱顶的漏是补不起来了，路上拖来的油毛毡压上去。他相信，总有一天，张家人还会在这船上过自己的营生。

万事开头难，起初是咬着牙一天一天熬，熬到某个阶段，就渐渐尝出些甜头。越拉越紧，扯头就开的绳结；锚链直溜溜下去，手臂忽的一麻，扎到底了；眼看对面船迎头过来，打个满舵，闪过了；喝酒划拳，船工们的荤笑话，岸上的大姑娘小媳妇，他甚至交了相好，一个寡妇，带一群儿女，鞋都露着小脚指头，让他想起自己。替人捎带——逐渐地，他也有了自己的私活，就问有没有穿剩的鞋，到地方一股脑儿扔上去，扔下来的却是新鞋，麻线纳的底，钉了胶皮，后帮子也镶了皮，晓得是水上人的脚。走船人哪个没有沿岸的风月，因为他小，就要受人起哄，先是红脸害臊，惯熟后便嬉笑打闹，欣然接受。可他是读过书的人，晓得爱情和同情的分别，也晓得鱼水之欢和天长地久孰轻孰重，还晓得此一时彼一时。

十八岁那年，他从大队船上出来，单立门户。自家船稍作修葺，货舱重铺一层水泥，重置马达、柴油机、锚链、缆绳，新添一座船钟，从蚌埠旧货市场淘来的，不知道哪艘海船上的物件。这些贴补可说都是拾来的废旧零散，一件一件集起来，再一件一件交割，多的换少的，少的换多的，大的换小的，小的换大的，倒手无数个来回，终于变无用为有用，凑合成三五成新。大队拨给几单货运，他又自谋了一些。邓小平同志主政国事，政策宽松。耕作还有统购统销约束，捕捞和运输，尤其后者，本来就属集体经济权限，其时就更自由了。他驾着船走在河道，船钟当当地敲，穿越马达轰响，回应汽笛长鸣，凌空回荡，仿佛来自天庭的清音。他很快博得名声，不止因为是最年少的老大，主要在于人品。行业其实是江湖，"水上饭"的道更深。辖地的管治只不过是名义上，具体事务还是人情款曲，随时日久渐渐成公约，俗话叫作"行规"。他出道早，难免受欺，倘若不开蒙，或就一辈子屈抑，抬不起头，如他这样，心明眼亮，却可以从弱到强，由浅入深。父母在世，他只是看；父母离世，便是亲历；到如今，独驾一条船，则有了感悟。归纳起来天下祸福无论大小轻重，端底就一个"争"字，落到水上世界，不外争河道，争先后，争上下游、顺逆风。两相对峙，总是强者取胜，强中有更强，所谓山外有山，天外有天，永无止境，但有更高一筹的，就是不争！所以，反其道而行之，守着一个"让"字，让掉的那些利好，用"勤"补上，计算起来，也并不见得有亏缺，倒积蓄起人缘。老大之间有了纷乱，往往请他做仲裁，这时候，"理"就出台了。"理"这东西，本是天下为公，却很怕霸蛮，扛不住会偏倚，有句村俚说得好：秀才遇到兵，有理说不清。好比一物降一物，霸蛮还怕一件东西，就是"让"，于是，他这样不争的人才有胜算。他自认在弱势，但弱势有弱势的活法。他相信，这世上既然容下一个人，必有一份衣食，不是天命论，是人生来平等的思想，他到底和父母辈的人不同，也是时代的进步。下一年，国家经济继续松绑，一系列开放政策脚跟脚下来，普惠大众，他的人生从此焕然一新，之前做梦都不曾梦到的，这里又有些命运的成分，他不信也不成。

分产承包手续完毕，下到船里，过去的日子扑面而来。父亲掌舵，母亲在舱外打水，铅桶哐哐地响。擦得锃亮的甲板，照得见他跌跌爬爬的身影，腰里系一根绳子，另一头系在妈的腰上。接着是弟弟，小小的红红的小脚丫子，打着滑，船上的孩子都是这么长大的。此时此刻，他忽然发现已经长大到这船盛不下自己了，猛一鼓气就撑破它，好像鸡雏撑破蛋壳。船帮的木板朽烂了；甲板下的龙骨断裂，凹陷下去；水泥防水层不是这漏就是那漏，不定什么时候，一觉醒来，船从身子底下滑走，人在水上漂。旧换新的时候到了，他想。

决心下定，即开始筹措。这些年走船，虽是以工分计，仅够他和弟弟的口粮，但私拉的单子，分账多少有他几个零钱，后来独立出来，暗地的收入又多了些，合起算一份。再一份是身下的船，或只能当废旧货出手，如何折扣都有限。忽然闪念，购买者多半化整为零，分门别类，赚其中的利润差价，为什么不留给自己赚呢？想到这里便按捺不住，说干就干，先收拾打包，星期天张跃进从乡镇中学回家，兄弟俩搭手，河滩上支起油布棚，归置日用的琐碎，转眼间底舱挪空，直接将顶掀了。这是张建设

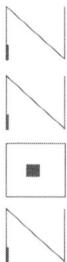

拆解的头一条船，多年以后往回看，可算他事业第一步。事情不出预计，单是轮机部分，就抵得旧船的整价；墙板、地板、顶板、箱柜，作堆卖，又是一价；烂掉的龙骨，集拢卖个柴火价；锚链、绳索、篷布、油毛毡、大小铆钉、合页、锁扣，三不值两，也是个数目。承包制下，船户都在修葺，都是用得着的物件，不出三日，剩下一个船壳子。翻过来，涂上防水漆，就这么倒扣着，旁边是父母的坟头。"猫子"们的墓，只能做在河滩的斜坡，真叫作"死无葬身之地"。他特别留下那只船钟，好像有了它，就会有船，早和晚的事情。这份钱添上，新买一艘，不过十之三四，余下的大缺口，用什么补上呢？

当晚，睡在油布棚里，棚顶漏进星月，是个一无所有的人了。心里并不觉得沮丧，反是轻松。枕下的船钟嘀嗒走秒，数着时辰，一夜无梦。村烟鸡鸣里醒来，被盖让露水打湿，头脸也是湿的。望天边朝霞，就知道是个晴日头。拉根线绳，晾上衣服被褥，小泥炉生火煮面，搅进油盐酱醋，热滚滚下肚。就着河水涮了锅碗，再细细洗漱，睡乱的头发梳齐，整整衣裤，提一只人造革小包，上路了。离开水道，天地变得宽广，似乎没有边际，陡然间，人被解放了，同时，也生出渺茫，不晓得前面什么等着。可是，一步一步走过去，自然看得见，他信的就是这个。现在，他从返青的麦田间走上公路，稍等片刻，班车来了。近午时分，汽车驶过水泥大桥，迎面一座拱门，塑成三面红旗的形状，就晓得进县城了。下了桥，农田迅速向后退去，两边房屋稠了，将车路挤得越来越窄，跑着马车、牛车、拖拉机、汽车、手推车，自行车在车缝里游龙似的穿行。柴油机的马达、汽车引擎、喇叭、铃铛，此起彼伏，牛和马最安静，沉着地迈步，勿管前后左右如何催促谩骂，按着自己的速度和路线。还有轮子底下溜达的猪啊狗的，从容闲散，俨然地方的主人。班车沿途停靠几次，下去些人，又上来些人，下去多，上来少，渐渐只剩二三人。卖票的看他，好像问去什么地方，他不回答，因为不知道要去哪里。他自来的活动范围都在河道周围，经过无数大小城镇，也只在临水的边际，没有进入中心区域。此时，班车通过壅塞的进城道口，街面疏阔，而且齐整，东西纵向为主干道，南北横向断开的多是小街，鱼骨似的排列。这是整体的结构，从局部看，小街由住家和摊贩组成，此时已到收市，就寥落下来。干道则为公家的营业，从车窗望出去，玻璃的门窗，门楣上的招牌，招牌上的大字，虽也人迹罕至，却是威严的气派了。一行字进入眼帘：中国农业银行供销合作总社。心中豁然开朗，此行的目标有了。过两个路口，一转车头，熄火了，剩余的人清空，他不敢停留，跟着下去，看见墙上的红漆鬼画符似的涂着：客车总站。他才晓得，已经走到再也无法走的尽头。回到路口，站定了，认准方向，直接奔银行大门去了。

初起的念头是存钱，身上的家当卸了，即可翻转腾挪。推门进去，当门三个窗口，都空着，后面的磨砂玻璃墙里，似有绰绰的人影。他"喂"了一声，好些时间，方才有人隔墙应道：中午休息，下午一点办公。抬头看看，壁钟走在偏出正中一刻的地方，他决定就地等待。慢慢在厅里踱步，活动活动手脚，一边看墙上的张贴，每个字至少看过两遍，窗口有了动静。就在这等待的几十分钟里，张建设改变了主意。

张建设走到第一个窗口跟前，探头问道：哪里办理贷款？窗口里的女人抬起头看向他，仿佛被惊着似的，说不出话。停一停，问是私人还是公家的业务。他一笑：可公可私。女人脸上的表情更警惕了：什么意思？他回答：农村联产承包制，既是集体也是个体，您以为公还是私？女人皱皱眉头，以为抬杠寻事的。街上少不了闲人，俗称"街华子"，专找女营业员搭讪，面前这一个又不很像。黧黑的皮色，肩背厚实，出大力的样子，衣服穿得板正，扣到领口，显见得乡下人进城。面上和悦，那几句答辞却藏着机锋，就不是乡下人的简单。有些摸不着路数，只觉得不可小觑。女人站起身，转回到玻璃墙后头，压着声说了什么，再出来，则尾随一个戴眼镜的男人。那男人矮下身，凑在窗口看出去，他也矮下身，就脸对脸了。里面人问知不知道贷款是怎样的事，他侧身指了墙上的告示：上头都说了的！正是农业贷款的宣传书，里面人不由笑了。这项政策下来有段时间，紧锣密鼓张扬，并不起效。农村人都是做一口吃一口，实在不得已才会背债，渐渐地凉下来，不想忽然间竟来了一个。紧接着，窗口里面递出一连串问题，姓名生年、户籍所在、教育程度、家庭成员——看起来是主事的，他对答如流，但当问到有没有抵押物这一项，陡然卡住了。他涨红脸，挠挠头，咧嘴笑了，露出一口整齐的白牙。男人直起腰，和女人相视一眼，都见出对方的好感，女人说：若无抵押，有担保人也可以。

最后，是由大队书记做了担保。张建设父母去世那年，武装部来征兵，有人撺掇报张建设，私心里多少为减轻负担，五保户的支出平摊在各

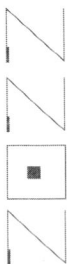

家各户头上，紧巴巴的年月，压根草都有分量，结果去的是书记的儿子。自觉得从孤雏口中夺粮，心里藏了愧疚，还是要归到那年月的难处。儿子是回乡的知青，书读到半拉子，倒落得肩不能挑，手不能提。本以为吃上军饷，终身都是国家的人，无奈扶不上墙的泥巴，三年时间，列兵去，列兵回，连个党籍都没争到。私下曾经想过，倘若换了张建设，不定会有怎样的前程。他看好这孩子，单是这一条，就敢做担保人。往返几趟，办下贷款，差不多同一时候，书记大伯替他找到卖家。这时节，船家们都在晋级装置，一手兑一手，一条半新旧的机轮船兑到他名下。修国妹父亲前去视察的，就是它。

二

　　张建设和修国妹来往走动半年，正式喝了订婚酒。船上人家因是过着流动的生活，多半亲戚少，尤其张建设，连个家长都没有。请书记大伯做大人，和修国妹父亲母亲并为上首，下首坐了两人的弟妹，再加书记带来的小子。复员回家几年，还穿着军装，说普通话，看起来很像下来巡视的干部。他当兵在徐州卫戍部队，驻扎军分区大院，外勤站岗放哨，内务则洒扫庭除，替首长做些杂役。首长都是战争中过来，吃过苦的人，作风朴素，也没有架子。儿女们就不同了，养尊处优，难免有些浮浪。当兵的也是年轻人，有样学样，总会沾染习气。操场上玩球，肢体冲撞，几个言语回合，摘了帽子，抹下腕上的手表，参谋和列兵的区别就在有没有手表，然后或单挑，或群殴，打得起烟。传到坊间，就得了"丘八"的名称。徐州历史很久，人物说话颇有古风。那里生活三年，见过些世面，又怕家乡人不知道，因此滔滔不绝，席上的话让他全包。那两个弟弟一个妹妹只有听的资格，三个大人初次见面，拘着礼，低声细语地客套。修家母亲敬了盅头酒，硬挣着回去炉灶，换张建设上桌，替二位爷搭桥。三人静静地喝酒，耳朵里净是聒噪，书记大伯到底挂不住，对张建设说：你是个有主张的孩子，成家立业了，莫忘记提携同年兄弟！张建设抬手向下首用力一划：都是我的弟弟妹妹，谁敢说不管？修家爹爹眼圈红了，他的头生女要让这人娶走了，仿佛看见吃奶娃娃腰里系根绳子在甲板上爬，爬着，爬着，背上又驮个小的，蜗牛似的，发顶扎两根小辫，是蜗牛的犄角，眨眼的工夫，长成个大姑娘，姑爷都坐到跟前了。真是割肉啊，由不得生出恨意来。可是呢，俗话说得好，女婿是半儿。他倒是有儿子，可儿子没长兄总归孤单，所以听见那担当的誓言，又是欢喜的。

　　婚事定了，成亲又过了一年。这一年里，银行的贷款还去大半，又积攒下迎娶的费用。前边说过，乡镇企业大兴，尤其苏南地区，人口稠密，农地紧凑，与几座工业城市相邻，无论发展的需求还是条件，都在龙头。继而向北延伸，越过省界，一径带动起来周边。物流几十倍上百倍增量，旧路不够用，新路不及开，高速公路还是遥远的传说，内河运输就夺得先机，变成主要渠道。计划经济的行政区划打开了边际，水网连通起来，左右逢源。拘泥得久了，外面世界的大和远就让人生畏，多还是局限在原先的地盘上活动。张建设却不怵，他的线路拉得很长，从淮河穿过洪泽水域，到高邮湖、邗江、六圩，顺长江到江浦、秣陵关、江宁镇，回进皖地。皖南这一片，本来就富庶，如今又腾飞发展，成经济重镇。走过这些地方，张建设的经验是，发达地区一定从江河而起，再向沿海伸延。他读过书，鸦片战争之后签订《南京条约》，五口通商——广州、福州、厦门、宁波、上海，按下西方列强吞噬中国这一节，但说现代化速度，却是历史转折，社会的突变。在他头脑里，"海洋"是个象征性的概念，带有理想的色彩，离现实很远。现实是，地方大，人就小；地方小，人就大！看得出，张建设不是好高骛远的人，比起保守主义，他又要稍稍往前多看一步。于是，在这内河航运兴隆昌盛之时，他预感到更可能只是蜜月期，很快便结束了。抬头看，岸上的标语牌，赫赫然映入眼帘：要致富，先修路！沟渠填埋，农田等不及收成，压路机便开过来，打夯机的轰鸣昼夜不停，盖倒了船的轮机声。他已经看得见，陆路代替水路，车代替船。到那一天，旧的生计就将被新的代替，具体不知道究竟是哪一种，但他笼统地认识到，天下事物都是共生灭，同呼吸，就看你把不把到脉！

　　迎娶修国妹，他的船油漆一新，舱里满满当当。玻璃门的柜橱、梳妆台；大件有自行车、缝纫机，俗话叫"两轮一转"；小件是气压热水瓶、三五牌台钟、双面绣的插屏；当然少不了"三金"，金项链、金耳环、金戒指。修国妹的嫁妆有得一比。床上绸缎面湖丝绵被子、珠罗纱白地隐花帐子、羊毛毯、羽毛枕；地下铜锁铜包角的樟木箱、红木的套桶和脚凳、黄杨木的婴儿摇床都备下了；穿的有呢大衣，男式海军蓝，女式玫瑰红；

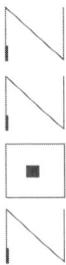

新款羽绒衣，也是一蓝一红；衬绒夹袄，男装驼绒，女装羊羔绒；牛皮鞋，高帮、低帮、棉、单、凉、拖；单是锅就十来件，钢精的、生铁的、搪瓷的，双耳的、单柄的，煎、炒、炖、煮；成套的碗盘、茶碟、酒壶酒盅，各有几十头；顶别致的一盒西式餐具，大小刀叉勺，嵌在紫红平绒托上。一样一样送上甲板，摆起来，罩了桌面大的喜字，展销会似的。喜酒摆了十条船，大船三席，小船两席。两边的客人多是同行业。修老大行船日子久，结识在三四代以上；张建设走得远，都有隔了省的朋友来贺礼。下午三时开宴，入夜八九点还未散去，条条船掌了灯，河湾里点了火似的，红彤彤一片。直到东方露白，才一艘艘相继离开，马达突突响着，渐渐远去，消失在晨曦中。

这场夜宴，可说象征了水上运输的黄金时代。拉不完的货，接不完的单子，卸载的空船，被厂家拉住不放走，又装一载到下一家。沿河挤挤挨挨着大小码头，码头后面，新厂连老厂。天际线改变了形状，原先平缓的弧度上，凸起许多锐角，视野变得狭窄。听觉呢，也是壅塞，岸上是机器的隆隆声，岸下是船的马达和鸣笛。直至暮色下沉，夜色渐深，方才消停。这是他喜欢的时刻，水面疏阔许多，喧哗收敛起来，星月仿佛升高了，船尾拖了细浪，心里格外安宁。白昼里麻木的知觉此时恢复了，甚至更加灵敏，似乎，万物都在发力：潜流在码头的木柱间绕行，鱼排籽、孵卵、破膜，地龙拱土，水蛇蜕皮，鸟族在枝头求偶……他以为在梦里，烟头的亮是梦里一个醒，带他回到现实。于是，听见自己的脉跳，舱里面妻子的鼻息，胎儿在母腹翻身打滚儿，他是个拖家带口的人，不由笑了，这无声的笑也进了耳朵！头顶上三星排列，时辰不早，烟蒂扔出船帮，"噗"的一声。叫出小工守夜，换进去睡了。小工是从江苏地界泗阳找来的，也是个孤儿，原先在乡里的麻刀厂做，受不了那个气味，宁愿当"猫子"，硬跟着船过来。

头一个孩子生在船上，取名舟生。其时，他们在巢湖那边，皖南比皖北发达，运费几乎翻番，一单接一单，几上几下，回程的日子一推再推，终于挨过日子，分娩了。修国妹可说自己给自己接生，母亲生弟妹的时候，她就在跟前，看不看都进眼睛里。生完了，就轮到张建设。想不到，没经过女人事的男人，竟然会侍奉月子。猪蹄炖得起膏，鲤鱼熬成牛乳，黄糖水打溏心蛋，莲子红枣粥，茼蒿菜煮水，用来煞油腻，苹果掏去芯子隔水蒸，也是压火气。第一口奶是他吸出来的，夜哭郎是他起来抱着摇到天明，母子俩的洗涮也归他，隔壁船的老大笑话说：男做女工，越做越穷！他回答：我这个女人命旺，破得了天戒！船驶到临淮关，和老岳家碰头，已经二月二龙抬头。婴儿出世剃胎毛的日子，按规矩是由舅舅动推子，可舅舅在县中学读书备高考呢，还是张建设自己来。外婆绞线头的小剪子，一绺一绺，又有人戏谑：修理地球啊！他笑接下句：锦绣河山！多半亲力亲为，他和舟生最亲。

日子过得快而且满，娶了娘子，生了儿子，攒了票子，舅子小姨供进城上学，自己的兄弟则送走当兵。这时节，生计多了，西线又开战，太平世道谁愿意出征打仗？参军的热便凉下来。这张跃进少小缺爹娘管教，天生也不是读书的料，要不是做哥哥的辖制，怕已经辍学上船了；也是还张建设自己的少年心愿，听书记大伯的孩子说话，晓得虚多实少，还是有触动。这一批征兵是新疆驻防，内陆的人听起来，远到天尽头似的。这里单军服上身，发下的已经是棉和毛的，看到那一双大头靴，方才有些释然。他忘不了张跃进顶出鞋的脚指头，那是软肋。安顿下几个小的，还有一个大头，就是允诺书记大伯帮衬的，他的同年兄弟。起先，那兄弟看不上他的帮衬，问娘老子"借"了钱，和战友参建水泥预制件厂，不到半年，钱打了水漂，战友们一个个跑得看不见。于是，书记大伯亲自押解到跟前，求个小工的营生。他怎么敢！不知道谁雇谁。来回寻思几遍，最后给明光镇的窑厂，也是他的客户，牵线做个销售主任。家家户户盖房造屋，砖瓦先是紧缺，接着过剩，因为四处都在开窑。临高望去，东南西北的大烟囱，吐出滚滚黑烟。出窑的时辰，有电的地方拉了线路，高支光的灯泡大放光明；没电的则扎起火把，映红半爿天。再一眨眼，满视野破土动工，或者从无到有，或者推了旧的盖新的，真叫作眼看着起高楼，眼看着楼塌了！建材就又走俏了。

张建设做了这中人，实是心里打鼓，随时会出事似的，有一段时间，都不敢再往明光那边接单。过后传来风评，竟然很好，颇有作为的气象，方才松一口气。

书记大伯的儿子，大名李爱社，小名社会，和张建设的名字一样，听起来就知道什么时候出生，一九五八年，月份还大些。到底走过外码头，开了眼界，又操一口普通话，乡下人称普通话为"标准语"，代表着官

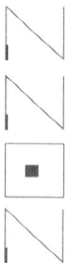

方，已经起了三分敬。这时节，如方才说的，砖瓦的市场，一时买方，一时卖方，要有眼力，看得准风头，顺风和逆风各有理据，这就要靠说辞了。刚从泥里拔出脚杆子的庄稼汉，眼和嘴都是拙的，缺的正是他这号人物。慢慢地，张建设接续上这头的老关系，有时看见李爱社，穿一身西服，打着花领带，来不及照面，好容易过上话，口气里是救济自己，给他生意做。所以，就又不从那里走了。

这一段日子，无意中留下纪念。那是在洪泽湖，搭了个年轻学生，上船就支起架子画风景，时不时放下画笔，端起照相机按快门。张建设忽然兴起，说替我拍一张，学生说好，让他站船头，稍许端详，快门"夸哒夸哒"连着两响，结束了。下船时，他没有收捎脚钱，写了邮寄的地址。十天半月以后，这事都忘到脑后面，照片却收到了。两张小，一张大，附了底片，拍得很好。仰角的镜头里，他手撑在胯上，身后蓝天白云，前景里看得见舱房的屋檐，檐下面还挂了一卷缆绳，就知道是在船上。他们老家的男女，生相都标致，似乎有南亚人的种气，高鼻梁，宽额头，双眼皮的多，张建设也是，神情轩昂，无限风光的姿态。

现在，张建设的计划是上岸。他们还在青壮年，岳父母却是向晚的年纪。两位大人都有肺弱的迹象，关节也开始变形，使他想起自己早逝的爹和娘。看见舟生腰里系着绳子，被母亲牵着在甲板上蹒跚学步，想到的是自己，他们不能世世代代做"猫子"。并不是对身份抱有成见，如今，谁敢小视张建设呢？漂流的水上生活总是无根之萍。古代圣贤说，无恒产者无恒心，他是个有恒心的人。和存在决定意识的唯物论反过来，意识决定存在，就是要用一颗恒心创造恒产。不能说是自小的立志，提早十年，莫说十年，五年，三年，甚至仅仅一年前，他也不敢去想，可是，如今不是有实力了吗？从这里说，恒心又是从恒产里起来的，还要回到唯物史观。就像先有鸡还是先有蛋的问题，其实是个循环的关系。所谓上岸，落实到行动，很简单，就是造一座屋。钱不是问题，建材对别人也许是问题，对他却不是。做运输，没少和砖瓦、水泥、钢筋、木材的供应商打交道，人脉很广，难处在于"地"。他们被人蔑称"猫子"，这"猫子"两个字从词源上看没什么不是的，硬生生让这营生背上污名，归根究底，就是无地。无地则无籍，无籍则无名，无名则无族，而为乌合之众。张建设倒没有改写历史的远大目标，他向来没有目标，只有计划。计划的第一步，也是基本的一项，就是地。

地，这一件事情，唯有一个人能办，谁？还是书记大伯。书记是岸上人，统管七个平地生产队再加两个水上生产队。联产承包，分田到户，一系列改革，公社还原为乡镇，生产小队还原为自然村，在生产大队的基础上联合自治。这样大队便成为国家行政系统的末端，同时，计划经济体制也在这一节涣散开去。大队书记现在叫村长，出自于民选。农村的事情，哪一朝哪一代，明里暗里，主导性的力量总是来自宗族。书记的李姓是大姓，所在也是大村，几乎占大队人口一半，无论上级任命，还是现在的民意，都和它有关联。书记大伯和张建设不是族亲，在后天的缘分，一个由另一个抚孤，另一个呢，眼看到了托老的时候，生亲不如养亲。在这通常的人情底下，有更深的渊源，两个都是人中的龙凤，嘴上不说，内里却惺惺相惜，视对方为忘年知己。所以，张建设才有胆开口，向书记大伯要地，地可是乡下人的命！

多少也应了世事变化。分田的时候，借了县里测量局的人和尺子，连地埂地边都不放手，横来竖去地丈量。但种田的兴头很快被工业热潮盖过去，春种秋收周期缓慢，收益有限，哪里比得上机器！零散的地块又三三两两合起来开厂。土地流转中，实际面积又被利润统计盖过去，价值就有了涨缩。书记大伯在村子低洼处，近河滩的位置，切下半亩地。张建设不能让书记大伯为难，他以高于通常的钱数向村委会买下三十年租期。这时节，土地市场没有过明路，凭借约定俗成，民间的交易其实相当活跃。

张建设的财力足可以造楼，但只盖了五间平房，他不愿压过村人，尤其书记大伯的风头。村人们收留了他，他永远是谦卑的。龟缩在庄子台基底下，仿佛稍不留意就踩平了，渐渐地起来一股子生气。白墙黑瓦，前后各留一块园地，南院窄些，铺了砖，贴墙排几行盆栽，海棠、芍药、月季，大瓣的花，姹紫嫣红。北院种菜，支起架子，上面豆角、茄子、西葫芦，底下南瓜，一盘一盘，中间是豌豆荚，绿生生的。

修国妹的二胎就生在这里，取名园生，听起来像男孩，但要看这"园"字，就知道是个女孩无疑。虽然有生育制度管辖，船民们却依旧多生多养，水上饭总是风险大，人口就是保障。反正，船一开出，无有定所，谁也不认谁。集体制解体之后，就更自由了，"计划"内的政策对于他们基本失效。但张建设依法缴纳了超生罚款，他不能让自己的儿

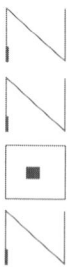

女"黑"掉，接下来，户口落到何处？什么事难得倒书记大伯呀！人场官场，可谓
纵横家。土地使用权和所有权，宅基地和"地上物"烩在一锅，分盛碗里，你中有
我，我中有他！还是拜世道所赐，八十年代开初，所有物权都在重新定性定量，事
实上就是再次分配，变通的渠道很多，左右逢源，最终以居住地开立户籍，由这初
生儿顶了门户。将来，张跃进复员转业，小弟大学毕业，小妹呢，也正在高考，
带走水上户口，落回来就是陆上人。世事难料，后来谁也没有回来，连园生都离
开了。张建设算得上思想超前，结果，还是被历史抄了近道，那真是和时间赛跑的
日子。

　　两位大人安置进新房，舟生留下，吃奶的园生缚在母亲背上，再出船去。头一
个孩子修国妹连尿布都没怎么换过，这一个从落地起就黏在身上，自然宠溺得多。
两个都有一方偏袒，谁也不受委屈，是理想的家庭。那小工幼年吃苦，压抑住了，
以为不会长了，想不到上船后放开吃喝，发起来，蹿得和张建设一般高，身子是少
年人的细弱，秉性却很稳重，也随张建设。不像人家的小工，称主家"师傅"，而
是叫"爸"，修国妹却是"师娘"，排阵有点乱，意思是对的。时间久了，两人真
仿佛认了一个大儿子，就把"小工"叫成名字，后来又变"大工"，听起来是"大
公"，像日本人。岳父母上岸，原先那条船修补修补，让"大工"掌舵，跟着张建
设，装一样货，吃一锅饭。渐渐地，园生下地走路了，腰里系根绳子拴在她妈身
上。有一日，叫大工吃饭，人没有来，下一顿也没来，问他怎么吃的，低下头期期
艾艾说：今后自己开灶，不劳累师娘了。两人共同"哦"一声。修国妹想，孩子大
了，有了相好，要娶媳妇了；张建设想的是，大工要做小老大了。算起来，大工跟
了他们四年半，萝卜干饭当出师了！于是，当下拟定船租，比惯例少抽一成，再分
出一些货单。看他的船渐渐走远，马达声哒哒地击着水面，很久很久，难免是惆怅
的。大工的离去却打开思路，他何不多买几条船，招几名老大，按比例收益？多年
的经验告诉他，单凭自家，即便从昼到夜，再从夜到昼，不过挣一份衣食，过日子
尽够了，也只是过日子。张建设的心要比寻常日子大出那么一点，通常叫作事业心
的一点。以目前的财力，额外置办船是吃力的，当然，倾其所有也凑得起来。可是
他不想回去那个捉襟见肘的草创时期，吃二遍苦，多年的勤力都白费了似的。再讲
了，事业是他的，多少有私心的成分，不能为自己侵害人的利益。这些朴素的守
成的计算，其实体现出"有限公司"的初级思想。书本上的教条，在他是切身体

会，也意味着一个乡下人正走入现代经济社会。

他去到县城农业银行。还清最后一笔贷款，已经过去三年时间。推进玻璃门，还是那个营业厅，窗口里也是过去的面孔，但他却像经历了翻天覆地，不再是原先的他，几乎有洞中一日世上千年的心情。贷款部的男人依然是那一个，还贷时又见过两面，知道他姓姚，副科的职级，就叫姚老师。倒不是虚称，因真受教过的，就是发放给他第一笔贷款，带有启蒙的性质。姚老师没变化，只是眼镜框架变黄，显出老旧。姚老师从窗口看见他，绕到前厅引他进办公区，两人握一下手，显得很郑重。如今，农业信贷已经普及，业务迅速增量，但张建设是第一个客户，又是按期清偿的第一笔，就有开张大吉的意思。姚老师记得他的名字，此时却和印象有点不同，好像长高了，或许是真的，民间说法：二十三，蹿一蹿。算起来，最近一次见面时，他正二十三。但更可能是岁数的原因，原先的小年轻，长成汉子了。

这一回申请贷款，有抵押物了，两条机动运输船，加五间平房，还有良好的信用记录，这比什么都有价值。这又推进了张建设的认识，诚信比实物更重要。临近中午，他邀姚老师吃饭。姚老师虚让两回，答应下来。张建设先行一步，去到新起的酒楼"水上人家"占位，点菜，到后厨捞一条鱼，摔在砧板，亲眼看着开膛破肚，才又回到座上，从二楼窗口往下看。他的县和修国妹的同在淮河沿岸，她在北，他在南。他靠过那里的码头，记得满城的酒糟味，空气都是发酵的，有一种丰腴，而他的地方因是在下游，受淹频繁，就要贫瘠得多。这县城原先只一条大街，向两边分出横巷，所以说它像鱼骨。中华人民共和国成立初期，拓宽一个交叉路口，设置行政机关，渐渐开出一些国营店铺，成为中心地带。到六十年代，建起一幢百货大楼，所谓"大楼"，不过两层，却是县城的制高点。他和修国妹订婚那年，来这里逛过。两人先下馆子吃饭，一盘爆炒猪肝，一盘爆炒腰花，特别对乡下人的口味。然后去百货大楼买结婚的物件，看见柜台里有白瓷碟子，问多少价钱，女营业员也不回，说：不卖！修国妹说：凭什么不卖？女营业员说：不卖就不卖！一里一外地对嘴。百货大楼的女营业员，都是天仙，凡人够也够不着的，可天仙变起脸来，比厉鬼

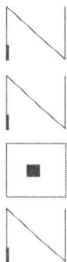

还快，原来是"画皮"。修国妹平日显不出，这时节连他都惊呆，竟然这么嘴利，句句占理。女营业员哭了，梨花带雨地，又恢复天仙模样。就有人出来劝和，里面人哭着说：难道你要买我身上的衣服，我也要卖给你？于是明白，那白瓷碟子本是个盛器，里面的螺丝帽、螺丝钉，才是出售的商品。两人走出门，站在台阶上笑了半天。忽听有人说：一个人笑什么？原来姚老师来到了。赶紧起身让座，问喝哪种酒。姚老师说酒不喝了，下午要上班。于是招来服务员，泡一壶顶级黄山毛峰，冷盆也上来了。面对面和姚老师吃饭，有一点恍惚呢！似乎不太真实，同时呢，又再自然不过，仿佛之前所有的日子，都是奔着此情此景来的。

姚老师是街上人，出身一般人家。父亲在机械厂做工。母亲没有正式职业，有时在澡堂卖水筹子，这里的澡堂，兼营热水店；有时到县医院做清洁；儿女未成人自己又年轻的时候，到河码头拉过水，一只汽油桶的水五角钱。在这个几万人口的江边小城，就业的机会十分有限，他们这样的老户算是好的，路数多人脉广，就找得到活计。姚老师是长子，家里尽力供他读书，高三那年正逢"文革"上山下乡，就近插队城郊。出身清白，本人又努力，巧的是，第二年地区办五七大学，便推荐上了。原则是哪里来哪里去，但也有几个按需分配，他就在其中。先是在底下供销社，再到县农行，加起来已有十年光景，算得上业内的老人。底下一串弟妹，乱世里长大，没学到本事，倒混了习气，进不去厂子，又不肯务农，高不成低不就的，最后都闲在家里吃娘老子的。如今，因这大哥的人脉，一个个有了事做，大集体、小集体，总归是饭碗。父母方才歇下来，舒心一段。紧接着，就是男大当婚女大当嫁，除妹妹出门子，余下四个兄弟加他自己，都是进人口的。姚家只有小两间房的地皮，张建设悟过来，城里街上，也有地的难处——大的结婚占一间，二的占第二间，上辈人挤回原籍，幸而那里留了一间旧屋，等三的娶亲，挤出的就是他了。从单位分了一间宿舍，刚搬过去，四的媳妇说定了。二和三可没那么好商量，也是没办法——一个在码头做搬运；一个也在码头，名义"纠察"，实际是水警下面不入编的社会管理，类似民兵的组织，不发制服，臂上套个红箍，手里持一根警棍，再衔一枚哨子，就是全部的装备了。权力却很大，客轮乘载的大多是乡下人，畏首畏尾的，于是分外嚣张。领着上客走队形，非走直了不算，下客则相反，要将人群驱散，放羊似的漫在河滩。一早一晚两班航次，余下的时间便是抽烟打牌。这种行当专会培养粗恶，所以，这一个最难缠。老大的权威靠实力支持，本来资源就有限，分摊到各人更微薄了。姚老师是家中唯一读过书的，接触的都是斯文人，脾性磨软了，怕的就是硬上的那种。无奈之下，给四的赁了私房，替他交租金。这样，三又不干了，要与四对换，两兄弟便闹起来。外头没消停，里头又起波澜，姚老师的允诺，他媳妇不认。幸亏平时攒下些私房钱，支应了这头，再对付那头……

听姚老师絮叨家事，张建设极为震动，想不到日子竟然过成这般窘急。他向来以为丧父丧母是天谴般的惨事，不料想有父有母可生出如许烦恼纠葛。他以为城里人不必挂虑衣食，却是比衣食更无从解。所以，他想，人世就是苦，不论从哪里起因，又在哪里生成，终是要面对和克服。

这一趟，不只从农行贷款，更要紧的，和姚老师做了知己。两人相差整十岁，这个距离在青少年几乎是隔代，但人向中年，却是平辈的兄弟，随着社会上的进退，甚至会重排长幼的序列，他们之间渐渐显现这样的趋势。张建设始终不改口"姚老师"的称呼，可是有时候，是他替姚老师做主张。其时，他买下三条二手船，将其中成色新的租给姚老师的四。这四是兄弟中最末的一个，家中所有被上面几个层层盘剥，到他则殆尽无余，大哥的人情也用到头了，这也是姚老师格外帮他的原因。这四本来有些随大的，本分，指望他多读几年书，有个公家的工作。但家庭是那样的氛围，出一个姚老师已经是奇迹，初中勉强毕业，在手管局做临时工。手管局底下挂靠无数单位，多是作坊式小企业，打铁铺子、石灰窑、渔具厂、五金店，五花八门，没个主项，总之，凡够不上国营工农商部门的，都归到它。所谓"临时工"，其实就是杂役，仓库守更巡夜、拉板车送运货、安装门脸、烧水扫院，任人差使，学不到手艺，还受憋屈。却不耽误找对象，这家的子女，包括姚老师本人，都遵循国家婚姻法规定，男二十，女十八，准时嫁娶，年龄又压得紧，一个挨一个，容不得喘息。张建设提出这办法，一是为姚老师解困，二也是看四的老实可怜，要是二和三，他就不敢担责了。

四的船，重上一遍防水漆，舱房尤其刷得簇新。四的对象是街上人户，现在，张建设知道城里生活的局促，格外送一架缝纫机和自行车，当年娶修国妹时候的"两轮一转"。喜宴办在姚家老屋，排了一巷子桌面，

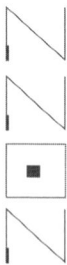

是给四撑腰，不叫哥哥们欺负，也给大的长了威风。张建设和修国妹被请到上桌，和两家大人，还有姚老师的领导同席。虽是最年轻，但领导带头，都称呼老大和老大师娘，害他们不停地起身敬酒，一杯一杯喝下去，师娘面不变色，老大倒有些撑不住了。

现在，张建设连他自己，总共五条船。对于一个刚起步的船东，恰如其分，输也输得起，赢呢，眼前的路长得很呢！

三

修国妹的弟弟修国华，家里叫作小弟，晚她一年半。因底下一年半有了修小妹，母亲要哺乳，就把他交给大的了。修国妹七岁上小学，他只五岁半，也跟着去学校。乡下的小学，有一半是托幼，家中管不及的孩子，送去消磨时间。他们是住宿，男女不分横排睡一张大床，因为挤，也因为铺盖不足，都打通腿，姐弟俩就合被窝。爹妈走船，十天半月看不见人，那小的白天还好，有许多事情分散注意，到夜里想起来，直哭直哭，怎么哄也哄不住，招来许多嘲骂，被叫作"哭死宝"。大的自然不依，一句回十句，一人对十人，那张利嘴便从此时炼成的。后来上到三四年级，学校翻盖了房子，分出男女宿舍，她的被窝进来小妹，出去小弟，刚治好的夜哭症又发作了，这一回是哭他姐姐。修国妹就隔墙骂，骂那些耍笑他的人，骂到小学毕业。大的二的上公社中学，剩下最小的。这修小妹是另一个路数，不单自家姐姐，天下人都是她姐姐。来到不久，已经钻过所有姐姐的被窝，让所有姐姐梳过小辫。哥哥姐姐走，她非但没有眷恋，反是窃喜，因为自由了。姐姐要管束她，哥哥呢，让人难堪，被叫作"哭死宝的妹妹"。她不像姐姐那样抗击，而是回避，撇清关系，佯装没感觉，表示"哭死宝"是"哭死宝"，自己是自己。一方面，是和兄姐分开长大，难免感情疏离；再一方面，独享父母照顾，多少有些自私。总之，他们三个，合力看，上面两个亲，底下一个独；分开说，则两头强，中间弱。整体上是平衡的。

"哭死宝"却也有自己的优势，读书。若非此长，即便姐姐扶助，也难立足。少年人群是个蛮荒社会，遵循丛林原则，弱肉强食。学习毕竟是校园生活的主流，就可出奇制胜。在乡下小学里并没显出山水，男孩都是后发，他又比人小一岁半年纪，走路都不稳，铅笔握得住吗？只能勉强跟上，不至于脱班。到了完中情形大改，每学期考试都往前排几位，初中三年级便名列第一，免试晋升高中。这时节，姐姐回船上帮父母干活儿，小妹小升初，也是修国妹的主张，如他们这样吃水上饭的人家，要想在岸上谋个立足之地，读书是个途径。知识青年上山下乡，村里也派到学生落户，大多是颓然的，偷鸡摸狗，糟践庄稼，乡人们都以为堕落不可救，修国妹看到的恰恰是，这些人另有一种命运，他们迟早回城里去，开展前途。修国妹自诩读过书的人，比周围人有眼界，晓得天地的广大，人在里面的小，唯其如此，才会有机缘，虽然不知道前面有什么等着，走过去，说不定哪一时迎面撞着，可不是吗？她遇着了张建设。

小妹其实不是读书的材料，可她喜欢集体生活的热闹，也受集体欢迎，属社会型人格，和小弟分处两极。他们长得不像，很少有人认出是兄妹，没人喊小妹"哭死宝的妹妹"，事实上，"哭死宝"的诨号没人知道，现在叫的是"白先生"。他长得白，船上人很少见这样的白皙，一个男孩生成瓷样的皮肤，简直是浪费，所以，这"白"字里就有一点戏谑。"先生"则是同学们封的，老师有事外出，常常让他替班上课。开始也有彪悍的男生欺他，也曾哭过，但老师不依。高中的男生站起来和男老师一般高，有时候就要讲武力，面对面地开打，几次过后，便怵了。"白先生"的地位渐渐成为公认，小妹不再回避亲缘关系，还特意告诉人们，"白先生"是哥哥，虽然从不称他哥哥，总是"小弟小弟"地叫。这就换作"白先生"躲她，严格说，躲她身边一双双眼睛，那眼睛都会逼人的。女孩子通常早熟，又盛行一种风气，和高中生交朋友。"白先生"可说是学校的精英阶层，长得好，还是同学的哥哥，正合乎戏文里的风月情节。"白先生"上面的姐姐，下面的妹妹，都是强势的人，使他格外对女性生畏。面对小妹一帮同学，真有羊入虎口的意思。这场追逐中，小妹最得意，既有脸面，又有实惠，因都来巴结她，争相做她挚友。她有意无意地，拿哥哥做人质，索取好意，心里却清楚"白先生"的斤两，无论表面多么风光，终是个无害无益的家伙！

小弟高三毕业，正逢全国恢复高考，进了省城的工业大学。积压十年的考生一并拥入高等学府，他是应届，又早读书，班上最年长的那个，

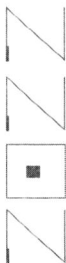

差不多生得下来他。"白先生"自然做不成了，即便同学，他们这些小的，也属无名之辈。一九七七、一九七八年的校园，是"文革"前初高中、人称"老三届"的天下。从动荡年代过来，经历社会实践，抱着改变现实的激情，书生造反，只在务虚。于是，创建社团，组织论辩，出报出刊，演戏演剧，一时间风生水起，如火如荼。小弟们插不进嘴也插不进腿，走道都是擦边，除去课业别无其他。这样的边缘状况，到了大三大四，逐渐起了变化。还是那句话，校园生活终以向学和求知为主流，也意味着教育回归正途，小弟修国华有点脱颖而出的意思了。乡镇中学的头名状元，在来自全国的生源中，至高不过中游，头年打基础，次年起跳，第三年便腾空而跃。他的专业是电气工程，任课老师建议他考研，转计算机方向，其时，计算机在中国还在普及阶段，国外已经呈现新业态。小弟的学习禀赋，体现在专一，他特别能够集中注意力，亦步亦趋地进到深处，却不太具备联想的能力，触类旁通，简单说，就是路子窄。老师的建议确实挺有针对性，拓展知识领域，改造思维模式，同时呢，也指出下一步的目标。靠他自己是想不到的！

暑假回家，姐姐结婚，他第一次见到张建设。他又拔了个子，姑舅两人站在一起，舅子高出半掌，体魄上，不及姑爷的半身。细长的身条，脸更白了，架着副眼镜，比姚老师的款新。张建设暗想：不像修国妹的弟弟，倒像儿子！小弟则觉得姐夫和姐姐很配，都是有力气有主张的人，罩得住自己。

下一年，小弟本科毕业。因本校的计算机专业是新创，程度有限，还是老师做主，放弃直研，引荐报考隔省的大学研究院，通过笔试面试，顺利录取。过完暑假，即去就学。本可以走水路，开自家的船，沿途有几个货点，方便接应，还可看风景，好比古人赶考。可他也许用脑过度，或者是环境影响，逐渐养成晕船的毛病。听起来挺奇怪，水上人家的孩子不服水。因为这个，他连续几个寒暑假不回家，修国妹结婚，回来了，是住在书记大伯家里。所以，就改陆路。

去省城上学，是修国妹送的，这时候不巧，舟生未满百日，挂在奶头上，就由张建设出勤。小妹自听说有南京之行，便一径闹着也要跟去。大人都不同意，是从盘缠计算，节俭里过来，眼下的日子都觉得造孽了。修国妹向以为这个妹妹和他们两样，有"街华子"的浮浪，不是根性里带来的，而是风气所致。她和上面两个相差没几岁，可就这几岁里社会转变，从不足走向有余，是好事情，却也让人不安。内地镇市的物质世界尚可估量，省城就难说了。小妹多次起意到合肥看小弟，都被扼制住了，这一回无论如何不肯罢休。多少出于无奈，修国妹转念想，到大学里走一走，或许激发上进也不一定。小妹很聪敏，即便心思不在读书，也混到居中。其实呢，还是宠溺心作祟，在她眼里，弟弟妹妹永远长不大。有了舟生，自己做了母亲，照理他们也长了辈分，可却相反，一并做了她的儿女。最后，就站到小妹这边。张建设对大学不熟，内心难免生畏，身子是只能人帮，不能帮人，有小妹一同探路，总归踏实些，却又不好忤逆岳父母，等修国妹态度出来，事情就定了。

这三个人搭长途车到蚌埠，天已向晚。先在火车站看班次，买第二日的票。离开售票处站在马路牙子上，张建设想吸支烟，就有女人拥上来，拉他们住店和吃饭。走过两条街才算突围，剩下零星三四，尾随两个路口不见了。张建设知道凡车船码头都是法外之地，有不可测的危险，宁愿走远，到中心城区住一家大宾馆。他们一行都没进过宾馆，一推门，迎面而来几个外国人，以为去了不该去的地方，张建设撑持着率先往里走，那一伙人不及后退，差点让行李箱绊了，后面两个小的紧跟，小妹差不多是从对面人的腋窝底下过去的，只听一阵"索来索来"的疾呼。此时，却又迈不开腿了，光从上下左右照射，隐隐地传来音乐，水晶宫一般。恍惚中，有人引他们到服务台前，里外的男女也都是水晶人似的，闪闪烁烁。办好手续，乘上电梯，升、升、升、停，门打开。声光电收起，地毯上的栽绒发出一层薄亮，却是又深又软，把脚步声吃进去。在静谧中走过一扇扇紧闭的房门，门上刻着号码。三人分作两间，张建设和小弟一屋，小妹自己一屋。各自收拾了再聚一起，商量吃饭的事。张建设问弟妹们，"索来索来"什么意思，是不是责怪他们无礼？两个小的告诉说，恰恰相反，是向他们说"对不起"。张建设说：那还是咱们失礼了！

说一会儿话，便出门乘电梯下楼。适应的缘故，大堂里的灯光不像起初那么炫目，玻璃门外则一片灯海，车和人行在其中，都带了一束光似的。沿街走去，挑一家门脸敞阔，挂红灯笼的。果然轩敞得很，横竖排开，几乎有上百张桌，因是现烫现吃，就可从容照应。铁镬子嵌在桌面里，隔成太极图似的两部，分红汤和白汤，名为鸳鸯火锅。他点了牛

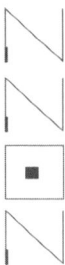

羊肉、鱼虾海鲜，再加各样蔬菜、粉丝面条，又格外端上七八种蘸料。小弟心生不安，问姐夫花多少钱，张建设说，钱挣来就是为花的，重要的是物有所值。小妹说声"吃"，便下了筷子。他喜欢热辣辣的红锅，小弟却沾不得星点，只在白锅里涮，小妹则红白锅穿梭来回，小弟就嫌她混淆了辣和不辣，小妹不理会，兀自左右互动。于是招来服务员加一双筷子，令小妹分食，这才安定局面。同行不出一日，张建设已经领教这一对姨舅被惯得不轻，一个不经事，另一个专惹事，到社会上去，各有各的难为。他并不生嫌隙，倒是羡慕有父有母的孩子，不像他们兄弟，茕茕孑立。张跃进去部队已经三年，还未探亲一回，平时不怎么想起，想起就有一股辛酸，好在热气遮脸，花了眼睛，慢慢地，喉头的堵下去了。

　　吃完肉菜，下一束挂面，七分熟捞起，拌进作料，再喝两碗汤，盘碗都干净了。结账离桌，走出门，凉风兜头吹来，一身透汗，脚下轻快，就在街上漫走。不知不觉中，转上岔路，路灯逐渐稀疏，终至全无，倒也不见得黑，因为有天光。两边的房屋矮下去，路也宽阔了，风鼓荡起来，却是湿润的，就有点沉，贴着人的脸和身子。前面绰约断续地灯亮，横陈一道高堤，愈走愈近，只看见大柳树间拉着电线，缀着五颜六色的小灯珠子，底下一溜摊位，衣服鞋袜、日用百货、南北干鲜。接着一段小吃铺，自己拣了鱼肉蔬菜，过了秤，交给掌厨的，或煎或炒，或汆或烤，热火烹油地，十分蒸腾。走过去，又是衣服鞋袜。小妹走不动了，眼巴巴地来回看。暗夜里的灯本来就有一种诡谲的色彩，光影交错中的织物，花团锦簇，真仿佛羽衣霓裳。和百货公司橱窗里的展示不同，一是量多，二是款式奇异。摊主大多态度倨傲，不在乎买卖，其实志在必得。像小妹学生模样，不挣工资，又没大人陪伴，只不过解个眼馋，更不会搭理了。女老板绕出摊位，也不开口，抬起胳膊肘子，人就顶到一边去了。小妹哪里受得了这个，胳膊肘顶回去。女人倒吃一惊，又笑了，捉住小妹的手，凑到亮处翻来覆去看，说勾了面料上的丝。小妹抽不出手，任女人一个指头一个指头捋过去，纵然有千百句厉害话要说，却让眼泪噎住。最后，女人松开手，说道：要买才能摸！还在小妹身上摸一把，言语和动作透露出猥亵，小妹终于哭了。已经走远的张建设和小弟折转身找她，见她僵直着身子，站在树影的暗处，看不清脸，觉得有事，却想不出什么样的事。张建设说：看中什么了，咱们买！小妹说：不要！扭头就往来路去，那两个疾步跟随。张建设想再看河上的船，却也只得走了。走到宾馆，分头进房间，张建设和小弟说了会儿话，这妻弟本来口讷，和姐夫又生分着，不过是敷衍。于是，相继洗漱，各自歇下了。张建设注意听隔壁小妹的房间，没任何动静，反有些不安，倘若有个短长，怎么向修国妹交代？势必早去早回。明日出发，当晚夜车返回，家里还有许多事，缴贷款，收租金，船上的马达要保养，筹划着给舟生办百日酒，想到舟生，不禁生出万般的欣喜，忽然间归心如箭。

以下的行程都按张建设计划走，将小弟送进学校，立即领小妹奔车站。小妹没提什么意见，听从姐夫安排，这也有点反常呢！顾不上多想，晚上八时整，登上京沪线快车，向北去了。火车启动，有一段经过市区，华灯夹道，广告和路牌在空中勾勒出红绿的线条和立方体，旱桥下的车流是光的河，惊鸿一瞥，不夜城滑出视野。晨曦中，车到明光站，张建设先下去搭船，修国妹在码头等他，留下小妹，独自北上。

下一年暑假，小弟回乡探亲，就已经是陆上人家，不再有晕船之虞。家中常住只有爹妈，但处处有姐姐的手：专给他辟出的单间，桌椅床柜，一应用物俱全；白粉墙上贴了各样奖状证书，从小学、中学到大学；藤书架上是学过的课本，还有闲书，以武侠小说为主。自此，每年寒暑两假他都回来。不晓得姐姐在哪片水上，饭桌上的鲜菱角、野茭白、鸡头米，分明走船人放下的；房间里的新跑车、随身听、澳洲的羊羔皮，种种稀罕，不也是走四方的采买？临近岁末，姐姐姐夫带着小外甥，一帮人呼啦啦进门，他倒跑开了。至亲就是这样，不见想，见时躲。隔年的寒假，添了园生的啼哭，小弟向来怕吵，从功课里抬起头，寻到摇篮跟前，用眼睛瞪视，瞪到她收声，忽地笑了，才知道彼此是喜欢的。再到暑假，园生已经满地走，牵着绕到屋后，穿出山墙间的夹弄，上了堤岸。抱起园生，看河上的船，仿佛看见了自己，也像园生这么高矮，负在姐姐背上。后来，下地走了，一根绳子拆两股，分别系在姐弟腰里，再合一股系在舱门的柱上，就像一对拴着的蚂蚱。拖拽着跌倒爬起，脸对脸唱《拍手歌》，船在身下摇，竟一点不晕呢！再后来呢，园生换了舟生，一个跟船走了，一个留在岸上。都是姐姐的亲骨肉，喊他舅舅的人，但和那一个亲，这一个远，就像姐姐和姐夫的区别。总之，每每回家，都有变化。

这三年里，小弟硕士毕业，直升读博。小妹头年高考落第，下年再

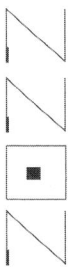

落第，直到这年，考上皖南一所师范。姐夫手下的船翻了倍，自己的那一艘雇了船工，专做几家老客户，不为生意为的情分。县里买下商品房，受政府奖励，落了城镇户口。二老留恋这院子，弃船上岸，还没住热乎呢！因此姐姐一家先过去，舟生眼看上小学，县里的学校自然好过镇上的；园生呢，要进托儿班，乡下可没有这个。修国妹不跟船了，管岸上的交道，兼顾孩子。好比快刀切菜，顺遂的日子总是疾速的，回头看，都要吓一跳，竟然走出这么远。不单是他们，四周围也都变得不认识。县城拓展了，原先城关的分洪闸一下子到了中心区域，成为地标；土路铺上柏油，栽种行道树，甚至立起信号灯；平地起来高楼；码头的河滩修筑台阶，辟出方场，围一圈花坛；露天汽车站现在建了玻璃钢顶棚，底下一排排连椅，日光投进来绿莹莹的，班次增添十数趟，公路向四面八方辐射、交汇，输送人流和物流……

无数河汊被填埋，主干水道变得拥簇，往来繁忙，显得格外兴隆。事实上，别人也许没注意，却躲不过张建设的眼睛，他看到，水运的总量在迅速下降。不说别的，轮渡客就在减少；数一数停泊点的船家，也在减少；最关系生计的，货单在减少。连他这样的老码头，都吃过退订，也有的，是买他面子，勉强维系着，同样躲不过他的眼睛。陆路比水路时间短，运载多，吃用开销低，汽车就像公路破出膜的鱼子；反过来，汽车又催生公路，他不也买了一辆上海牌小车？更要紧的，就是乡镇厂式微。这一波兴起的都是织印、建材、五金、小化工企业，流程简易粗疏，快速获利的同时也快速污染环境，河面上肉眼可见柴油漂浮，码头上水客的号子声不知何时沉寂下来，替换的是打井的钻机轰鸣。街上人家，院子里巷道里，甚至机关驻地，都在开凿地下水。国家垂直省、地、县，一路设置环保部门，眼看关闭潮就要来临，内河里的船运也到收尾。就在这时候，发生一件事情，张建设的转折不能说直接起因这里，但却是关键性的推动。

这就要说到李爱社了。张建设不是介绍到明光镇上的窑厂做销售？头两年业绩不错，人脉铺得很广，都有浙江的订单。浙地的自由经济分外活跃，温州那一带从来没有消停过个体买卖，旧时代叫作投机倒把，军区都动用直升机冲击交易市场。世道轮转，到今天却应了潮流，成为先驱，连山林、海岛、河湾都允许私人买卖。俗话说，穷算命富烧香，自古来"淫祀"的传统，收敛几十年，这时候又续上香火。乡里村里，街里巷里，起来无数寺庙，一边是砖瓦需求量大增，另一边则用地紧凑，供应不足，于是四处进货，听起来也合乎情理。张建设每回遇书记大伯，多是喜讯。最近的消息，是在上海开发业务，虽有夸张之嫌，但这是个勇进的时代，只有想不到，没有做不到，所以也信了。其实，以张建设的眼光，是可看出破绽的，他多少有点存心的，半睁半闭地，让开了，不想让书记大伯扫兴，或者，也怕给自己惹麻烦。可是现在，麻烦来了。那窑厂里有张建设的熟人，否则也不能走人情，事后知道，李爱社主管销售，从簿记看，收益涨幅明显，但至少一半用于推送渠道，并且不断扩大，相应之下，汇款就有限了。工人日夜加班，一批批出货，上船上车，一溜烟儿地不见影，打水漂似的。当然，三角债已经遍及全社会，到处都是讨债的人，谁也脱不了钳制。但是，刨去正当的债务，或多或少，总也有盈余，否则，办企业为什么？李爱社的做派和口气都是宏大的，高屋建瓴，乡下人哪里是对手！每一次结算都被他吓回去了，这样，终于到了发不出饷也开不了工的日子。李爱社造下的亏空，即便在账面上也盖不过去。那些浙江、上海所谓的铺货点，他声称投资失败，全是虚拟，实际是吃喝交际，再加受骗上当。这才叫山外有山，他设套，人家设套中套，箍桶似的越箍越紧，终于逃不过了。民间的习俗是讲私了，第一，老百姓怕见官；第二，打官司费时费钱还伤面子；最后，就算胜诉，把人打进大狱，就算两清了。窑厂的本钱，一半集体，一半集资，关门熄火，于公于民都不好交代。厂领导商议，还是要找个居中的人顶事，冤有头债有主，顺藤摸瓜，就到了张建设这里。张建设先吓一大跳，紧接的念头是，他逃不掉的，两边都是他的人！于是，毫不犹疑，一口应承。他没有去李爱社家找人，生怕他父亲难堪，但岳父母却上来了，说书记大伯去了家里，都哭了。就知道，不能有片刻拖延。

事情简单得很，两个字：还钱！说起来，张建设有了事业，钱却不如没事业的时候凑手。怎么说，那时候，哪怕只有一块钱，也是自己做主的；现在，百万家财，却是套在人家手里，所谓"人家"，或者银行，或者房产商，或者发货送货的上家和下家，有他欠人，也有人欠他，需要变现了，才能挪动。最终，他决定卖船。因是急着出手，降了一二成；单方面中止期约，又补偿租户违约金，所以，三不值两，一条船不够，再加一条，把李爱社的饥荒平掉了。这一切都是张建设和窑厂直接过从，事主

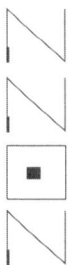

都没有露面。交割完毕，张建设即登门书记大伯家，报告结果。大伯低着头，发顶花白，原本一条壮汉，却已经是老人了。张建设想到那句老话：你养我小，我养你老。但不好出口，人家是有儿子的，要他养做什么？自己受的恩情，做儿子都不够还的。说不出话，屋里屋外看一遍。大伯不抬头也知道他看什么，遂说道：那冤孽去了南边！其时，"去南边"往往是奔前程的意思，心想，李爱社要东山再起。紧接又怀疑起来，起得来吗？究竟不好细问，也不便多留，像是邀赏似的，说了声：保重，大伯！起身走了。下了台子，过去村道那边，进自家小院。房前屋后打理得更加齐整，豇豆棚、葫芦架一层高一层低，底下爬着南瓜藤，已经结纽，二老的日子很兴旺。朝屋里喊了声：走了！岳母跑出门，就只看见一个背影，上了河岸。

李爱社的事故，让张建设提前收拢船东的生意，卖船的经历又一次敲响警钟，内河运输的黄金期在颓势上，他们的机动船也老旧了。而且——这些日子他放空船任意漂流，不知不觉中从淮水到洪泽湖，再到运河、邗江、长江，直下江西九江，临鄱阳湖，烟波浩渺中折转，溯源而上。原先密集的河汊多半填地修路，主河道架上许多新桥，涨水期里，河面淹到桥台，稍大些的船只便无法通行，行话叫作"闷桥"。于是，尚存的支线就拥挤不堪，就像城市交通高峰时段的堵车。他不赶趟，就总是让和等，看一条大船从洞口露头，渐渐出来，舱棚顶上站一个小女子，短裤短衫，抬腿举手，嘴里嚷嚷着，不觉笑起来。因为想起修国妹，初次遇见的样子，大不过这孩子的年龄，心里就又着急起来，不知道此时此刻，她带了舟生园生在做什么。于是开足马力，左突右进，竟然在一团乱麻中挤出缝，针似的穿过去了。从小没有家的人，总是特别恋家。

张建设还去看了姚老师。姚老师调往公署分行任贷款部主任，随了升职，底下的弟妹情况也改善许多。弟弟们搬出老屋，乡下的父母便回城安居，本来在船上住的四弟，在城关买下农村人的宅基地，造起三层楼房，县城扩大，又将城关乡纳进，倒成了中心区域。那条船还在手里没放，张建设只当送他，租金有一期没一期的，当年脚无寸土之地，如今横跨水陆两界。姚老师迁往公署所在地级市，住进银行自建的商品小区，象征性收取费用获得产权，房屋装修得像五星级酒店，又收拾得干净，进门是要脱鞋的。穿了尼龙袜的脚一步一打滑，姚师母的性情也变贤淑了，亲自下厨，中午饭是在家里吃的。

姚老师胖了，眼角的鱼尾纹抻平，至少年轻十岁。最明显的是精气神，轩昂起来，像个做大事业的人。不知道本来如此，还是文明风气陶冶，姚老师家的菜式非常清淡，在出力人嘴里，可说索然无味，恨不能张口要一碟咸菜下饭，但看起来姚老师家不会有咸菜。酒是好酒，师母却限得很紧，姚老师呢，量也减了，二三盅就上头，眼圈红红的，仿佛要流泪。张建设说到转向的计划，诚恳请求：还要请您帮忙！姚老师回答了一句奇怪的话，等一些日子过去之后，再回想，方才明白其中意味。姚老师说：我和你张建设的交道，最是清白！

半年以后，张建设投入新行当，就是拆船。不出他所料，内河上的营生正发生变更：货运上了陆路，客运呢，演变成旅游项目，兴隆的土木工程诞生出另一碗水上饭，挖沙！载着起重机和链带的挖沙船，像坦克，又像炮楼，威风凛凛行走河道，似乎象征一种前所未有的力量的雄起。淘汰的旧船先是流向二手市场，再从二手市场溢出，流向废旧物处理。到了这里，价格几近倒挂，送的要向收的缴钱。姚老师透露给张建设信息，地方政府开发工业园区，选址在淮浍涡三河交集处，开始启动招商引资。发展是硬道理的草创时期，农村土地流转活跃，可说是最低成本。趁此机会拿地，远算近算都是划算，问题是拿来以后怎么办？一不能闲置，二是必在实体经济范围，越出去就需要无数批文——如今，专有一行，倒卖批文，都是通天的人物在做。姚老师告诉说：像我们草根社会，见都见不到其中最末的一个！

也是机缘，年前，张跃进回家探亲。走的时候还是孩子，此时长成一条汉子，个头比哥哥高，肩膀也宽起来，说话有胸音。没有穿军装，穿的是便服，一件皮夹克。新疆那地方，九月下雪，非皮毛不可抵御，所以，就是寻常物件。果然，拉开行李箱，一件一件取出来，帽子、手套、靴子、围脖、羊毛毡子、狗皮褥子，整张的狼皮，眼珠子绿莹莹的，像在看人。堆了一床，屋子里顿时弥漫了动物油脂的膻味，老少都惊呆。反过来，张跃进也是惊呆，少小失怙，记忆中，就没有家，忽然间，平地冒出热乎乎一大伙子人，上有老，下有小，他还做了叔叔。那舟生眼馋他的夹克、军靴、军帽里印着的番号，粘在腿跟前，胳肢窝夹起来，跨到脖颈，就这么在村道上走。张建设跟在身后，渐渐走到前面，领上了河岸。

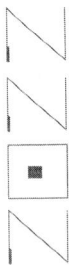

兄弟俩并排站着，同时从兜里掏出烟，互相看看，哥哥取了弟弟的，陌生的边地的牌子，对了火，抽一口，几乎呛着，异族的气味，咳几声，咽下了。两人没有多的话，只看堤底下的船，哒哒的马达声响，仿佛从很远处传来。幸而有舟生天问般的发问，两个大人都不及回答，方才不至于冷场。不过，亲兄弟之间，再生分也是血脉偾张，烫心！老家的院子里住了两天，便随兄嫂去城里的新楼，比平房逼仄，但居高，可远眺。张跃进再一次惊叹，这小县城和大都市有何差异！当年新兵出发，就在两条街外的武装部上的卡车，望过去，找了半天，才看见鸡窝大小的一个院落，夹在楼缝里。

那几日，有一搭没一搭地，张跃进也知道了张建设的规划，就说部队里有一个老乡兵，是县委大院的子弟，早一年复员转业，走前家里就定好工作，水利局做科员。他正想看战友，哥哥不妨也去，兴许能得到什么信息，张建设说好。两人扒拉些干鲜水产，事先并不通知，凑个星期天，直接拍上门，果然逮个正着。亲不亲，战友情，两人见面，一个大拥抱，推开来，你一拳我一脚，再拥抱。反复数次，气咻咻地歇手，这才看见门口还站着一位。张跃进介绍是哥哥张建设，战友亮着眼睛道：原来是你哥，早听说了，大胆创业勤劳致富，上过县榜的！张建设说不敢当。张跃进又惊呆，哥哥已成名人。这一天余下的时间里，都是战友和张建设说话，张跃进倒成了陪客，他并不觉得受冷落，还高兴自己能为哥哥扩展人脉，不定帮得上多少，总是聊胜于无！

战友比张跃进长两岁，叫海鹰，是干部家孩子常起的名字。"海鸥""海燕""海鸽""大海""小海"，他们大院，就有两个"海鹰"，幸亏不同姓，否则就要搞混了。父母是从总参下到省军区，再到地方人武部。那一年，海鹰小学三年级，说一口北京话，人长得白净，在县城里显得很突出。应该说，县委的子弟因政治地位，相对优渥的物质生活，多有一种轩昂的精神。海鹰又更特别些，从小生活在大城市，完全没有本土气息。这些外来的家庭对儿女都有着长远的规划，他初中毕业没升高中，直接入伍了。一是上山下乡运动还未过去，上面的哥哥和姐姐都当兵，按政策他跑不了插队落户，于是未雨绸缪；再则，军队出身，子承父业，下一代多半也是从戎的道路；事实上，还有第三条，部队系统好比一个大家庭，自己人总是方便照顾的。海鹰很快入党，提干，无奈他不喜欢军旅生活，不像北京大院里长大的哥哥姐姐，他在地方上，就算县委宿舍，还是避不了"老百姓"习性——

这是从战争年代流传下来的社会分野的称呼。所以，海鹰就养成散漫不受拘的个性，在参谋一级上复员转业。本来有机会到公署和省城工作，但也是自小生活的影响，他就喜欢这个地方呢！早已经学会本地话，时不时地，遭到哥姐笑话。比如，硬币说成"毛疙"，头发说成"头毛"，盛饭叫作"垛米"。他交下了朋友，不只干部子弟，也有"老百姓"。这就是他的好处，没有门户之见，甚至，"老百姓"的吸引更胜一筹。后街背静的巷道，鹅卵石路面，自行车轱辘"格楞格楞"响，喊着同学的名字，柴门"吱"一声开了。杂院里，东家西家的披屋，挤出巴掌大的空地，支着铁鏊子，底下烧着树枝。面糊划一圈，竹签子一抹，再一挑，"啪"，翻个身，一张薄饼出来了。晚上留饭，吃的就是它，当地人称"烙馍"，卷进配菜——桌上至少七八小碟，小鱼、虾干、肉丝、蒜薹、芫荽、黄瓜丝、腌萝卜、臭豆子、鸡蛋皮……老话说，隔锅饭香，也怪他们家的伙食太过程式化，主食分干和稀，菜分荤素，从饭堂打来，盛进搪瓷缸，提回家直接上桌。母亲一来上班，二来没手艺，难得下厨，不是生就是煳，他家的锅都是煳底的。他和他的朋友，在哥姐的眼睛里有点"俗"，也是"老百姓"的同义词。但有一项，不得不服气，那就是，这些朋友，勿论男女，长相都十分周正。前面也说过，可能临水的缘故，还是要远涉种族，此地人样貌好。朋友中有一个姑娘，传说正和海鹰处对象，这大概是他要回来的最主要原因。早恋，也是地方上的一个特色。就这样，张建设认识了海鹰，由此，走进县委大院。

四

这是一段激情四射的创业生涯，走过的路可用一句旧诗作形容："山重水复疑无路，柳暗花明又一村。"拿地，立项，验资，注册，企业建制，技术引入，设备购买……曾经帮过的人，现在都成了帮他的人。驾着上海牌小车，在纵横交错的公路行驶，自觉像一只蜘蛛，将散落的人和事网织起来。脚踩油门，简直要飞起来。身后的喇叭一迭声响，催促他不得有一时喘息，他催促前面的，也不让有一时喘息。都是急切切的心，赶往各自要去的地方。间或想起家人，他们在做什么呢？大的上学，小的

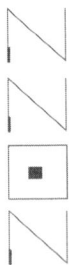

上托儿所，他们的娘，得一日的闲空，满城里找房子。他们要租一间办公室，只一间，因是从底层做起，就紧着手脚。修国妹也开一辆车，比他的高一级，桑塔纳，插空就开到乡下园子。二老种的瓜豆，结了果实，来不及采摘，落地再长新一茬。船上人都眼馋青绿，盆罐里栽葱韭蒜薹，舱顶下挂一只竹笼，里面是青蝈蝈，叫出来的声，也是碧翠。闺女来，必载一车的新鲜菜蔬，再打回头。顺道接回孩子，做一桌好饭，等他回家。小弟小妹读书，都在近边的城市，最远的张跃进。新疆那地方，仿佛天边，但男子汉大丈夫志在四方，可不是，有升迁营级的迹象了。人人安稳妥帖，十年——莫说十年、七年、五年，甚至仅仅一年前，都想不到的圆满。他毕竟年轻，又正在风头上，难免忽略某些迹象，等到后来，回想起来还是有破绽可查的。

说起来和正事无关，不过是旁枝末节，那就是小妹。自去芜湖上学，头一年寒暑两假都未探家。第二年，学期中间忽来一趟，称是实习路过，第二日便拔脚出发了。下一年，小弟博士三年级，得到公派美国的名额，临行前的假期，家人嘱他到芜湖，带小妹同行。到学校宿舍，却说人已经退学。再到学生部，辅导员是新留校的研究生，都没见过修小妹，只知道是勒令退学。接着就到了校办，刚接手人事的老师检出档案，竟然记录有一次警告、一次察看，原因统是违反校规，甚至受警方训诫，具体情节没有体现，为保护学生，不影响以后发展，通常都隐去了。小弟大惊，也不敢追问，在他有限的社会常识里，退学、警告、训诫，这些词汇全不存在。匆匆回家，不敢告诉爹妈，怕吓着他们，只和姐姐说了。修国妹初也是一惊，静下来又觉正在意料之中，小妹从来不是个安分的人。她先瞒了张建设，让小弟送两个孩子上学校和幼儿园，自己开车去乡下，记得小妹上次来家，哪里都没去，倒去了爹妈处，兴许留下什么线索。父亲在园里收南瓜，直接抱了磨盘大的一个装进车后备厢。母亲问小弟小妹到了没有，修国妹说小弟到了，小妹在考试，再说上年回过一次，今年就不定了。母亲告诉她，来到的那日，先去她大伯家，自己家里只站了站，丢下些东西就走了。哪个要她东西？要她的人！母亲说。修国妹是什么心，玻璃心！瞬间明白小妹专来打听李爱社，那么，十有八九往南方去了。果然，转身到书记大伯家，问李爱社的地址，说有生意上的问题咨询。大伯扯下一张日历纸写给她，说，那回小妹咨询李爱社，这回换了大妹，也要咨询李爱社，他倒成了香饽饽！修国妹更有底了，放下两瓶洋河大曲，告辞了。

晚上，张建设回家，修国妹才将这一段的你来我往说出来，接下来就要看他的了。大忙的时候添乱子，心里惭愧，言语上难免迟滞诘屈，绕了一时，对方终于听懂。接过字条，见是广东东莞，盘算盘算：正巧，在广州买了一辆蓝鸟，连人带车就开回来了。修国妹直想道一声谢，夫妇之间到底说不了这样见外的话，停了停，叹出一口气：我们家的人真不省心！张建设抬头看了她，正色道：什么我们你们的，一家人！修国妹红了眼睛，起身叫来小弟，两人轮流询问一番。这小弟眼皮子底下的都看不见，隔好多层，越问只有越糊涂，就放他睡觉去了。关起门继续讨论，数点出许多往事，都是危险的。一味想象，除去害怕，并无补益，便收起话头，打点了睡觉。次日早晨，张建设带了个司机，直接驶往蚌埠火车站。车留下，等到了广州，提出蓝鸟，两人换手开回蚌埠，再各开一辆。修国妹为他们计划，铁路、高速、找人、自驾返程，黑不宿，白不歇，也要十个早晚。没料想，第七天夜里，出门的人就到家了，带回一个人，不是小妹，是李爱社。

小妹晚生于上面两个，连头带尾不过三年和五年，差不多是挨着，却像两代人。因是最末的那个，爱娇的日子仿佛没尽头，永远当她小。她也仗着"小"，任意索取，多少有些盘剥家人的感情，也可见出，秉性里缺少忠厚。某种程度上，是要归于社会的潮流，自我觉醒，个性解放，启蒙运动往往这里开花，那里结果，思想革命普惠大众，总是最利己的那部分。所以，就让她有理由随心所欲，百无禁忌。稍作一点规矩，便反讥为"过时"。家里这些人，她唯一有些忲张建设。同属于过时的人物，但不得不承认张建设自有独到之处。比如，对她的着装，别人多啧啧称奇，张建设却质疑说，想出蝙蝠衫的人未必见过蝙蝠，真要见过未必会学样，脚蹼连到手指头，瘆人不瘆人？当时不服气，不多日子，这一款悄然收场了。关于牛仔裤的意见则是建设性的，横掌劈在膝盖处：这里铰一剪子才好走路行动！果然，时间过去，真兴起破洞的风潮，位置正在张建设劈过的地方。歪打正着里或许有点先知的意思呢。从时尚趋势延展到事业，也是此一步看彼一步，彼一步看此一步，退一步进两步，拉锯似的走到今天。即便小妹这样没有历史感的人，偶尔都会掉头望一眼来路，觉得像做

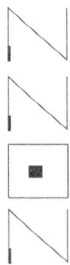

梦。她也是在船上出生，腰里系一根绳子，牵在母亲腰里，甲板上爬来爬去。有一次，翻出船帮，直落水里，让邻船老大的晾衣竿子钩住衣后襟挑回来了。二三岁的记忆，经大人们反复说起，方才有印象，却是另一个自己。

据李爱社说，小妹告诉他——他不能辨真假，小妹的话很离奇，不大像现实中发生；同时呢，合情合理，可是小妹自小爱编瞎话。父母的偏心一半因为她小，另一半就是瞎话骗来的。那些甜蜜的陷阱，连修国妹都防不住要踏入，别说老实颟顸的双亲。再说了，瞎话也无大碍，做个好梦都是欢喜的，就只当小孩子淘气，谁料想如今却不敢信她了。小妹告诉李爱社，到师范上学，是为减轻家庭负担，虽然紧着吃用，从不曾限她，可毕竟复读两年，等于多吃两年白饭，很不好意思——这就是小妹迷惑人的地方，富于感情色彩。事实上，从没断过向父母兄姐讨要，还不包括背地里姐夫的接续，小姨子张嘴，能回绝吗？还要瞒着老婆，修国妹是要追个究竟的。于是，她说，无奈之下，走上勤工俭学的道路。也是风气使然，班上老板的女儿，也在餐馆端盘子呢，听人说，她老爸出去吃饭，出手的小费就够她半年打工的收入。她修小妹也端过盘子，学校周围最不缺就是饭馆，补充食堂伙食的不足，大家称之"黑暗料理"。她打工的"海南鸡饭"是个连锁店，大老板在新加坡，从来不露面，各家分店由小老板负责经营。有一次，小老板去向大老板结算盈亏，特让她陪同，因大老板不太会说中文。要知道，新加坡教育有英语华语两类，中产阶层往往读英校，大老板就是其中一个，所以，需要翻译——他说的英语。别人没什么，张建设倒想起送小弟转车蚌埠，宾馆门口外国人"索来索来"的说话。正想着，李爱社忽一拍案：就这么着，和大老板对上眼！

修国妹笑起来，权当韩剧，往下走吧！然后，李爱社继续说，大老板在市里买一套房，让修小妹住，虽然离学校远些，但不必打工了，余裕正够补上路途的耗费；再讲，公寓的环境当然好过集体宿舍，小妹是个重视生活体验的人！听到这里，大家都笑一笑，这话说得新鲜，也很准确，到底是南方来的人。李爱社继续往下：对外说帮亲戚看家，偶尔，也回去睡一夜，打个幌。那大老板从此也不住酒店，有了落脚，样样妥帖。然而，百密也有一疏！原来，小妹在学校有男朋友。即便和大老板同居，两人依然维系着关系。一半障眼法；另一半，大老板不经常来，大多时间是一个人，难免寂寞。那孩子有几次到女生宿舍找人扑空，耳边又吹来风声，接下来，无非是吵架、盯梢、堵门、赎身似的交付分手费，还是咽不下这口气，竟然以卖淫报警。总之，地震一般，就算校方不勒令退学，小妹也只有一个"走"字。从爆发到平息，大老板都没有露面，又过一段日子，新房客上门了，这才知道公寓并非"买"，而是"租"，且租期已满——事态变得严重，同时呈现真实性，听的人收起谐谑的态度，紧盯着李爱社。

然后，就是寻人的旅程，凡有连锁店的城市，小妹都去了，于是知道，有连锁店的城市都有一个家，男主人总是在出差。最后，小妹去了新加坡，这一节又有些不像了。出国，即便是新加坡这样的亚洲华人国家，对于国内人也是难以想象的。可是，想不到不等于做不到，国门开放了，左右都有远渡重洋的人，他们家不也有个小弟，去的还是美利坚？落实到小妹身上，却又成了妄语似的，她凭什么呀？无论如何，情节到了高光阶段，李爱社也激动起来。小妹在新加坡终于找到大老板的家，照顾到里外面子，小妹称自己是来读书的学生，那大婆——单这一地，就有大婆、二婆、三婆——开始很冷淡，抱着警惕的态度，后来，渐渐松弛下来。小妹年轻无邪，出言天真，带来很多趣闻，要知道，大婆、二婆和三婆的生活是很沉闷的。终年炎热，四季不分，镇日闲坐，菲佣包揽所有的杂务，只有两个去处，一是教堂，二是购物。教堂每周一次礼拜，购物呢，也是单调的，只有夏装，秋冬装也有，供旅游出行用，但外面的世界令她们害怕，冷和肮脏。她们最爱说"肮脏"这个词，旅馆肮脏，饭店肮脏，厕所是肮脏之最，除了自己家，都是肮脏的，只能守在家里，做什么？麻将。大老板若是在，这种概率很低，正好一桌。其余时候让最长的女儿充数，可人家要上学，上学的年纪刚过，就要拍拖；底下的儿子，喜欢运动……现在，小妹补上了缺口。小妹在新加坡的日子，大多是在麻将桌旁度过，小妹心想：难道这就是嫁入豪门的生活？再有大老板——中间回来，进门看见小妹坐在牌桌旁，不禁吓一跳！大老板在中国西装革履，堂堂一表人才，在这里，则汗衫短裤，夹趾拖鞋，汗湿的头发底下，露出谢顶的迹象，摘掉金丝边眼镜，裸着一对水泡眼，是她要嫁的男人吗？他们私底下外出，去的是牛车水，令她想起中国大小集贸市场，还没有这样的热。大排档里吃福建炒粉、蚵仔煎，也是热，汗流水爬的。他答应给她一笔钱，足够做个小生意，她还了个价，说要做中等生意，拍板成交，第二天她就

离开了。

之后的讲述渐趋于平淡，小妹得手这笔钱，回家问了李爱社的地址，掉头就往东莞去了。对于自己的经历，李爱社说得很简略，做过工厂、贸易、餐饮，都是与老战友合伙，小妹来到的时候，正在一家台资企业高层管理的位置，他替小妹寻工几家公司，需从办公室小妹做起，这"小妹"不是那"小妹"。小妹没有应工，见过大世面的人，东莞这地方显然盛不下她了。修国妹问小妹看起来如何，李爱社回答乍见面没认出来，细细看原来是瘦了，化了妆，穿得很新潮，比先前漂亮许多，也成熟许多。说罢看了修国妹一眼，仿佛将两人做比较。这姐妹俩分属不同的类型，姐姐任哪里都是圆和饱满，杏眼，桃子脸，苹果般的腮帮；妹妹则处处尖利，单脸的吊梢眼，几乎插入两鬓，薄削的鼻翼，双颊也是薄的，锥子似的下巴颏。以乡下人传统观念，姐姐无疑好看过妹妹，现代美学却不同意，会给小妹两个标签：时尚和性感。所以，小妹便刻意强化。眼影抹得很重，鼻影粉也是，唇膏用一种巧克力色，在雪白的粉底上重新画出一张脸，神秘的魅惑的惊艳。李爱社停了停，犹豫着，欲说还休的样子。修国妹心跳得很快，又不敢催他，只是静等。

小妹来东莞，不是一个人！李爱社终于吐口。那个人是谁？修国妹问。就是她原先的男朋友。听见这回答，修国妹倒笑出来：这才叫起大早赶晚集！李爱社正色道：这就是大妹妹和小妹的不同，你讲的是目的，她讲过程，好比"看山是山，看水是水"到"看山不是山，看水不是水"，最后又是"看山是山，看水是水"！修国妹更要笑了，张建设止住她，问，两个人怎么相处的？这话问得很含蓄，但都知道其中的意味。李爱社说，同来同往，同进同出。回答也很微妙，接下去就不好深究了。此时，张建设和修国妹才注意打量面前这个人。自打窑厂那场官司之后，他们第一次见到，两边都只字未提。这边是顾忌那边脸面，那边却也无一点愧色，就更不好说了。和所有南方来人一样，也是黑，在李爱社，黑里又有一层黄，长膘的缘故吧，肚腩起来了。腰里束一个尼龙小包，除此没有其他行李。看出对方两人的疑惑，向后一靠，说道：这次回来是看看内地有什么项目，可以与沿海地区合作。去南方的日子，见识了开放的社会，就觉得过去太拘着手脚，错过许多机会，现在也还来得及，当迎头赶上！话题进入另一个领域，修国妹并不关心，张建设则敷衍着，问他倾向于哪个行业，有没有预期计划，或者范围设定。得来的回应是，你张建设有用得着他的地方，尽管开口！好的，张建设说。从东莞一路过来，就已经了解李爱社的状况，没什么可商量的，远兜近绕，最后还是张建设。好在，新起的公司里，位置是宽裕的，只是不敢委以实权，便专配了虚职，公关科科长。听起来过得去，却不涉及业务。至于小妹，修国妹叹气道：看造化了。继而又说：倘若那个男同学真娶了她，也算正途。张建设不禁笑出声来：什么时代了，照联合国年龄划定，还是青年人，却老八股脑筋！修国妹不服气：圣人怎么说？男有份，女有归。张建设笑得不行：说你老脑筋，你就倚老卖老。修国妹正色道：千条江河归大海，不信我们走着瞧！张建设晓得女人是特殊物种，不按规矩出牌，凭的是感觉。不再与她争，但两人都同意瞒着父母。问起来，只说去了新加坡。二老不知道新加坡在哪里，张建设解释"南洋"。"南洋"就懂了，戏文里有"下南洋"的说法。之后，过一节编一节，蒙混过去了。

回想起来，这几年像做梦似的。一夜间，沿河滩十数里地都归了自家；又一夜间，滩上排满废旧船；再一夜间，卷扬机开来了，焊割的电火闪得半天亮；旱坞、水泥路、一间跟一间工棚，接连冒出地面；随之而来的是人，空手的、带工具的、单个的、携家带口的……开头，修国妹还给工人们烧饭做菜；自己忙不过来，就雇人，先一个，后两个三个四个，脱出身打扫饭堂。饭堂也在扩大，一间，两间，三间。她掮起扫帚转眼被抽走，说"老板娘我来"。现在，遇人都称"老板娘"，她不喜欢这称呼，可是怎么办呢？又不能堵人家的嘴。只有一个人称她"师娘"，就是从泗阳跟来的小工，如今叫大工。他也上了岸，公司里管收旧船，车辙水路，四面八方，所以难得见。还有一个不称"老板娘"的，李爱社，叫的是乳名"大妹妹"，她也不喜欢，就躲着走。渐渐地，和工地疏远了。

他们又搬家了，从公寓迁进别墅。也是一夜间，县城扩得很大，周围的几个乡都划进，行政改为"区"。别墅坐落城北，靠近淮河，倒和修国妹原先所属的县域接近，东南风的季节，能嗅见酵酸的气味，眼前就浮现那铺了酒糟的横竖街巷，赤膊的男人用木耙推着热气腾腾的褐色渣滓，河面上吹来湿漉漉的风，小城上空便氤氲笼罩。太阳当头照下来，看出去的景物仿佛漂移流动，恍恍然的，心里有一股郁塞。现在，这股子郁塞却是想念的。装饰新家打发了时间，她开车到蚌埠、南京，甚至上海，挑选

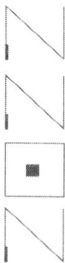

家具、窗帘、墙纸、灯具，带回图样给张建设看，张建设看过后说，很好！是相信她的眼光，多少还有一点点敷衍。有几次，修国妹希望他同行，一起定夺，他实在脱不开身，只能联络当地的朋友陪她。那些朋友尊称她"张太"，虽然听不惯，但总比"老板娘"文雅些。他们称她家"张公馆"，这就叫人忍俊不禁了。挑选好东西，从仓库或者产地直接发货，回家等着查收即可，余裕的时间还可游览。

　　进到大城市，她就有些怵开车，动辄得咎。逆行、压线、大转弯小转弯，外地牌照的禁忌更多，幸亏有张建设的朋友。她坐在副驾驶一侧，看窗外的街道，只觉得人多、车多，熙熙攘攘，说不定就有一个是小妹呢！小妹杳无音讯，她的心情也很复杂，既等消息，又怕消息，不知从什么时候开始，小妹的消息总是凶多吉少。抬手拉下遮光屏，景物变得绰约。

　　朋友引导，她去到许多名胜，领略许多奇境，大开眼界。看的地方多了，难免混淆，反倒平淡了，却也有不期然的感动，比如上海青浦的一家木器厂。老板与她称得上安徽大同乡，但在皖南，黄山脚下的休宁县人，木匠出身。自明清时候，盐业兴隆，商贾人家聚集，修宅造园，所谓徽式风格的建筑群指的就是那里。近些年，社会主义新农村的规划拆除大片老房子，老板他便将些窗棂、门楣、屏风、照壁收了往上海出售，先是几件几件，后来竟一幢一幢，梁椽檩条编了号，运过来整体复原，供给会所公馆——那可是真正的公馆。赚了些钱开工厂，专做仿古家具，渐渐有了名声。那工厂离市区很远，地名也很含糊，就走了些弯路，到地方已近中午，老板请吃便饭。说是便饭，也铺满了圆桌面，老板娘掌勺，做的都是家乡菜。隔一条长江，就和修国妹的地盘不相同。臭鳜鱼、咸肉冬瓜、炒青蒿、土鸡清汤。夫妇俩都长一张团脸，很喜气的样子，装束打扮，待人接客还是乡俗的风气，饭碗压得瓷实，菜盘堆尖，西瓜在井水里冰镇，切成大块，刚咬个芯子便夺走递上新的。修国妹想起她和张建设创业的经历，他们都是生逢好时代的人，凭靠一双手打下小天地。出于这心情，她格外多买几件东西，一具立柜、一张案子、两把官椅、四个绣墩，还有一条长凳，原木锯板，带着疤眼，自有一种野趣。可见得，老板并不拘泥仿古，也吸取现代因素，另辟蹊径。

　　定好发货的时间地址，互留姓名电话，下午三四点往回走。和来路一样又错了方向，车上人笑说这一天是鬼打墙日。车开进村落，门户关闭，鸡犬无声；下车走几步，见几个老年人坐在树荫里，趋前问路，彼此都听不懂话，是口音的缘故，也不尽然。磨了一会儿，知道已经过了地界，到了江苏，所以文不对题。村道边有一座小庙，门前独立一株银杏。按惯例，相对处，原先应还有一株。推断下来，那庙至少缩去一半，地形也改变了。题额却是新写，赫赫四个字："觉海禅寺"。仿佛有所来历。寺门虚掩，推进去，迎面一座佛，他们几个皆不通法，"韦陀""药师""托塔天王"地乱猜。暗处忽有声音起来：阿罗汉也！这才看见斜侧矮几后坐有一僧人，面前排着香烛、签筒、认捐簿子、纸笔砚台，还有一具木鱼。就商量抽签，每人买一对红烛、一束线香，点燃供上，依次跪在蒲团上，先磕头，再摇签，哗啦啦跳出一支，忙忙拾起，到和尚处兑签文。修国妹也凑兴摇了一支，题为"春兰秋菊"，请师父解释。本想替小妹求的，句句倒像说自己。兰菊称不上花魁，都是清远的品格，虽然季季绽开，但只是个中平签。修国妹自以为好命，同时又是劳碌的命，所以就很认。那师父却说，中平签其实最好。为什么？修国妹问。师父笑道：女施主有没有听过这句话，月满则亏，水满则溢？修国妹不禁"哦"了一声。

后来，修国妹时常想起这句话。可是，怎样才叫作"满"呢？张建设的拆船厂正式挂牌，用"舟生"取名。舟生这年十二岁，修国妹怕小孩子根子浅，顶不起，反而折福。张建设又笑话她老脑筋，执意用这两个字，不仅体现了事业起源的历史，同时呢，可不是吗？舟生无疑要接他父亲的班！从现在起，舟生就被当作"接班人"培养。小学毕业，张建设托人送去江苏常州一所重点中学读书。修国妹是舍不得的，她自己幼年在寄宿中生活，知道孩子的社会有多少粗粝野蛮，她的强悍有一半是在那时磨成的，才能护佑小弟，不让受欺凌。内心里，她有些把舟生当小弟，或者反过来，把小弟当儿子。正由于母亲的心情，她看出这两个孩子秉性不同，舟生颇有几分胆气，三九天里，和小伙伴打赌，光着身子扎进河里。于是就有另一种担忧，怕他闯祸，想到这里，她倒宁愿他受点委屈，也不做蛮霸的"老大"。舟生初入学的时候，周末开车接回家，周日晚再送去。为往来方便，专在芜湖市买一套商品房。计划安排很快作罢，这所升学为目标的完中，制度十分严苛，堪比军队。周六周日都排了课时，每月只半天休息，临近考试，半天也没了。而考试又格外多，期中考，期末考，模拟

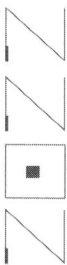

考，测试考，小考大考，周考月考。她只能掐准中午或晚上的饭点，在校门口小餐馆，叫一桌菜等人出来。时间总是局促的，舟生打仗一般到厕所换上干净衣服，匆匆吃到一半，上课和自习的铃声透过高音喇叭传过来了。修国妹一个人坐在桌边，等服务员打包埋单，然后带着一摞餐盒，还有一包脏衣服——团着舟生的体味，只有做母亲的才嗅得到，驱车回程。在这惶遽的见面中，舟生长成威武少年，像父亲年轻的时候，又不全像，因要高过半个头，显得颀长，骨肉匀停，是没有受过劳力之苦的身体。看着他，不由惊喜地自问：是我的儿子吗？儿子长大了，让人高兴，但也变得生分，话少了许多，甚至，一顿饭的时间都没有交谈。最后，吃饭取消了，只剩下换洗衣服的交割。这是和母亲。和父亲呢，也是生分的，表现在一种敬畏。他崇拜父亲。公司每月开例会，逢舟生在家，就带去旁听。毋管听进听不进，都能一坐到底。修国妹问会上说些什么，也是与他热络的意思，他回答得很简单，三言两语，似乎将母亲排除在业外。有一次听他称呼父亲"张总"，"张总"也欣然接受，心里好笑，觉得挺装的，不免生出嫉妒，因父子间有默契。不过，有一点让她扳回局面，那就是，凡要钱要东西，舟生都是向她张嘴，所以，到底还是和妈妈亲。

　　不管怎么说，养育舟生的经验告诉她，不能和儿女分开。后来，园生由她做主，在本地小升初，就出自此心。当然，还是吸取小妹的教训，她不能让园生脱离自己的视线范围。她也知道园生和小妹不同，换一换，肯定要遭到抗拒，但园生却是顺从的。看起来，更可能性格使然，环境不过外因而已。园生出生在家境上升的日子，张建设遵从古训"富养女儿穷养儿"，没有要求，只一味满足。丰裕中长大的孩子，说得好是物欲淡泊，不好则是缺乏进取心。中学的女生，多半虚荣，又在这样的社会，县城调改为县级市，上了城市化的轨道。理发店变成美发中心，澡堂变成洗浴城，百货大楼变成购物商圈。"商圈"这个词最形象，街市真的一圈一圈扩开。取的都是欧陆风的名字：维也纳广场、巴黎春天、罗马大道、爱丁堡城堡。分支出佛罗伦萨小镇、巴塞罗那风情、爱琴海、多瑙河，管它在哪里，去过没去过。入夜时分，华灯齐放，外挂式电梯升降，上下穿梭。和这些名字同样，国际潮流衍生在地时尚，繁殖品牌，要多少有多少。小女孩恨不能一夜长成大人，可脱去校服，这些校服不知从什么渠道采办的，无一不是臃肿灰暗；到了周末，倘若在街上遇见她们，准保认不出来，以为是小姐。城里面也有了酒廊、夜店和迪斯科舞厅，里面活动着真正的小姐，都是外乡人。就是口音这点事将这小姐和那小姐区别开来。园生镇日一身校服，冬季棉，春季单，还戴起近视眼镜，像她的小舅。修国妹想，他家祖上定是读书人，偃息多少代，如今得逢时运，冒出青烟。和小舅不同，园生虽然近视眼，学习却只在中游。多半也是环境造成，大人不是没要求吗？生活又舒适，养成疏懒的性子，凡事没个争夺，无可无不可。修国妹和张建设都是逞强的人，少见这样的怠惰，有时也着急，再一想，他们这么吃苦，不就为下一辈享福吗？

前面说了，工业园区选址在淮、浍、涡交汇两岸三地。自清中期始，黄河水枯改道，借此河口转入南北大运河，即成要道，直至二十世纪六十年代，往来还很繁忙。但因泥沙俱下，历年淤塞，行不得大船，渐渐式微。如今遗留三座石桥，就是当年盛景的证明，列为当地文物保护。岸上星散几家粮油店，一座水泥三层楼房，山墙上写着省属粮库的字样，从外形窥察内部结构，大约几度改造以变化用途，终也挽回不了命运，彻底荒废下来。张建设早就瞄准这地方，无论租还是买，船从水上过来，拆成散件直接走陆地出去，又有大片的滩地作业，至于地上物，则大可废物利用。旧楼房供仓储，以此为中心，扩建食堂、宿舍、办公楼，再延伸店铺、旅社。新业兴起，周遭自然形成小社会，纵然有一天，拆船没了市场，附属或成主体。张建设就是这点与人不同，眼睛总能看前一步，谈不上远大，只这一步就足够转开舵了。这一步也是时局所赐，国企正清负清偿，从头来起，否则怎么敢小虾吞大鱼？他没有野心，是行动派，当年一无所有进城去，不知道前面等着他的是什么，但是一步一步走过去，自然看见了。

现在，张建设要行动了。迎头第一件事，是资金。他有钱，当然远不够投资，更重要的，他懂得用于投资的钱不是从自己口袋里掏出来，而是从银行贷出来。贷得越多，信誉越好，也越贷得出。于是，选一个星期天，再去找姚老师。经过又一轮城市化改制，县级市变为区，划分给两个地级市管辖，他所在的区正纳入原先的公署，延续了之前的行政隶属。

这一次的造访却不太顺利。他先去到姚老师家，公寓门紧闭，按几遍铃，并无应答，于是再去姚老师上班的银行。银行搬了地方，扩大门面，

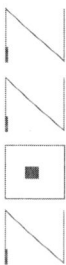

营业厅如酒店大堂，顶上一排排牛眼灯，底下大理石地面映着人影。信贷部的窗口闭着，想起是周日，除存取款部开一扇窗，其他都停业，只得退回来。最后，还是门口的警卫，曾经见过几面，悄悄与他说，姚科长出事了。虽然早生出狐疑，还是"咯噔"一下，顿时不知所措。稍定定神，问什么样的事，警卫没有直说，大概也说不清楚，但告诉姚科长现在的住处。其实就在原先的片区，但不是大户型的高层，而是后面的老院子。这新住宅原来以机关宿舍旧地参建开发，半福利半商品，科级以上职员都有权申请，但公务员的工资距离买房，即便大大低于市场价，也难以企及，银行显然是高收入人群，所以能够轻松拿下。

穿过一片空场，场上堆着建材和建筑垃圾，缝隙间裸露出枯黄的草皮，显得颓败。走进连排平房的夹道，两边的门都敞开着，贯通前后。星期天的早晨，家家在洒扫和烧煮，小孩子溜着旱冰鞋追赶，铁轮子擦过水泥路面，"哗哗"地响。阳光照射，气氛倒是蒸腾。越往后去，越拥簇，刚入职不久的青年，二三人合住，或者新婚夫妇独一套，还有房屋置换进来的社会人口，成员多而且杂。东西和人从门里漫到院子，再漫到巷子，索性盖起披屋，几乎把过道堵死。他侧着身子拐几个弯，走到不能再走，倚墙搭一个小院，盖了玻璃钢顶棚，就知道是姚老师家了。敲几下门，没人应，再要敲，门上忽开一扇小窗，把他吓着了。窗里是姚师母的脸，罩在玻璃钢的蓝光里，看起来很奇异。里外对视着，双方都没说话，门开了一条缝，他侧身进去了。院子很小，不过三四步深，放了几盆花草，也泛着蓝光。是个小小的横套，门厅一头卧室，另一头并列厨房厕所，地方局促，收拾得却十分干净，但更显出冷清。他把手上的东西放下，蒲包里是虾蟹，礼品盒是参片和虫草。姚师母向地上打量一番，吐出这么一句话：只有你来看我们。

中午饭在姚老师家吃的，张建设下厨，带来的蟹蒸了，虾是余了调酱油醋，炒一盘蔬菜，冰箱里有现成的肉馅，和面包了饺子。单身生活的训练，虽然歇了多年，一旦上手全回来了。主客二人开一瓶洋河，对饮起来。因为酒意，也因为难得有人说话，姚师母变得饶舌。张建设插不进嘴，就只是听，想这女人不容易，跟姚老师并没享多少福。先是拉扯小叔子姑娘，终于熬出头，却遭遇事——从姚师母滔滔不绝的诉说，他终于明白姚老师犯的事名是受贿。信贷部总是有许多人围着，已经不像当年，他初次见姚老师的时候，谁也不敢试水。现在，供不应求，难免会有疏漏，姚老师就受了举报。师母说，一个小小的科长，手里有限几个钱，得不着的以为你欠他，得着的发起来，也未必想到分给几个红利！张建设不由得脸红，自己分明也是其中的一个。师母倒没有这个心，一味地喊冤，将对面人当作知己。看她眼皮肿着，不知道流了多少泪，此时涂上配色，有点像戏台上俊扮的面相，头发蓬着，演的是苦情。建设，她喊他的名字，你听说没有，命里七斗，莫求一升，你姚大哥就是个穷根，怎么得来，怎么还回去。她摊开手，转着身子：一眨眼空空荡荡！我是尽其所有退赔，少让他在里面受罪，最后算作九万贿款，一万一年，九年刑期。将跟前的菜盘往中间一推：只有你，建设，还来看我们！她的笑容让张建设害怕，避开眼睛，向四处看看，问：孩子呢？他知道姚老师有一个女儿，在省城上大学。师母回答，依然沿着话头：建设你和姚老师最清白！张建设想起同样一句话，出自姚老师的口，不禁有些激动，端起酒杯：我敬师母一杯！师母一仰脖，干了，继续说：你要小心，"飞鸟尽，良弓藏；狡兔死，走狗烹！"张建设方才想起师母是中学语文教师。是的，他应道，又问：女儿什么时候毕业？一年半，师母回答，接着方才：你是能人，做庸人一世平安，能人就不一定了！师母半个身子伏倒在桌上，一瓶酒见底，她一人喝了十之七八，不能再喝了！他站起身，说：女儿毕业，我这里永远给她留着岗位！师母抬起头，仿佛从梦中醒来，看向他，动着嘴唇，最后说出一句话：建设，你要小心！

张建设去了一趟省监狱。姚老师并不如他想的颓唐，由于起居规律，生活俭朴，面色倒比在外面清朗，显得年轻。看到张建设，说：我知道你会来！监狱管理有序，尤其对这类经济犯，晓得之前做过大事业，有身份，就格外给予些方便。接见是在一间大厅，摆了许多小桌，亲友见面说话，仿如自由的日子。两人说了很多，姚老师感叹：这是个群雄竞起的时代，机会和陷阱一样多，要步步留心。意思和师母一样，但环境不同，深浅也不同，多少是痛楚的。张建设留了一笔钱，记在大账上，供姚老师买些需要的吃用，告别说：以后再来！姚老师回答：欢迎欢迎！两人都笑了。张建设发现姚老师其实是风趣的人，过去绷得太紧，不大觉得，如今松弛下来，露出真性情。

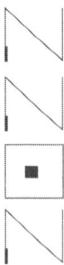

五

追溯起来，事情变化从小弟归国开始。舟生上中学也是同一年里，多少因为牵挂的缘故，让她忽略了端倪。小弟公派美国读了博士学位，再读博士后，延宕下来，由公转私。那一年，美国向中国移民发放大量签证，本以为小弟会因此变换身份，长期居留，不承想，他偏偏回来了。起初，可说风光无限。国门打开，地方上不乏出境深造的青年，但小弟是衣锦还乡第一人。县长都出面宴请，特意要见父母亲大人，感谢养育一个好儿子。这二位一生未曾见官，坚辞不受，结果就让大姐和姐夫代表了。到场还有一个人，与小弟同行的女同学。席面上，修国妹说了些礼节性的话，此外就只是应答。她倒也不怵，但没有太大的谈兴。小弟本是个闷嘴葫芦，这些年在美国生活也没锻炼出什么新气象。没去过的人以为大码头，身在其中才知道，人地两疏，四顾茫然，更加局促逼仄。具体到小弟，美国就是个实验室。告诉你都不相信，连迪士尼都没去过呢！自然说不出什么见闻。似乎比走之前更木讷些，眼睛直直地看人，实在被恭维得紧了，就看姐姐，竟是可怜的。幸而有张建设，懂酒场的规矩，代小弟喝敬酒，又敬对方，还挺会逗趣。那女同学是个大方人，也有些量，不主动出击，但来招接招，添了些气氛。否则，局面就尴尬了。逐渐地，张建设和女同学成了主角，修家姐弟这边清静下来，两人都松一口气。

小弟回来，是应聘美国在上海的一家分公司，说休息几日再去报到，一日挨一日的，就不提上班的事了。住在姐姐姐夫的别墅里，那里有的是房间，还都套了浴室，吃饭也是现成。虽然雇了烧饭的女人，但小弟的吃食，修国妹顿顿亲手调制。眼看着他脸上长了肉，也添了血色。有一日，看他在阳台，扶着栏杆吹口哨，是一支未曾听过的曲子，轻松愉悦的旋律，跟着也快活起来。上海公司的事情似乎都被忘记了，修国妹有几次想起来，打算提醒一声，话到嘴边又滑过去，其实呢，也是有意忽略。小弟则没有一个字说到的。姐弟俩都很满意这样的生活，有时搭伴去常州看舟生，再有时和园生逛街。比较起来，小弟和园生在一起更有趣些。舟生个头与舅舅一般齐，骨架却硬朗结实，气度也强悍，小弟在跟前，难免瑟缩了。园生是个女孩，百事与她无关的样子，近视眼镜后面，目光迷蒙，小弟喜欢耍她，耍的套路很幼稚，也很单调，不外乎藏起东西任她乱找不到，或者要这个给那个，比如去麦当劳，现在，二三线城市也有麦当劳了——辣椒酱当番茄酱，翻来覆去的几招。

园生就吃这个，每一次都像第一次，大惊和大喜，舅甥俩乐此不疲。逢到年节，舟生从学校回家，再接来乡下的老人，满当当坐一桌子，修国妹依次看过去，缺一个小妹，但有人顶了缺，这人就是小弟的女同学。

女同学名叫袁燕，不知谁起的头，都称她燕子，反是小弟，依然叫大名，很郑重的态度。关于袁燕，小弟提及不多，修国妹怀疑他本来了解的就少。燕子是个爽朗的姑娘，很快就和家里人稔熟起来。她说，父母是邢燕子一代的下乡学生，"燕子"这名字大约显见得从这里来的，落户在皖南与苏北交界的天长县，按后来上海知青子女回沪政策，满十六岁子女可有一名回沪指标，她一九八〇年到上海，读完高中，考入大学，录取的法律专业，大三年级公派留学美国，硕士阶段换了会计专业，公费转自费，继续学业。她和小弟认识就在这时候，一家华人超市，小弟结账后走反方向，从收银处回进商场，再要出去被保安拦住，正不知所措，燕子来了，从一满车方便面和老干妈底下翻到收银条，这才脱身。接下去是找车，小弟又忘了自己的车型、颜色和车牌号，因是刚买的二手车。两个人推着购物车东西南北几个来回，到底没找到，燕子就送小弟回去，发现两人的宿舍只隔了一个街区。第二天，小弟收到警局的罚单，原来他停车不合规矩，被拖车拉走，让他去交赎金领车，又成了燕子的劳务。一生二，二生三地，最后成一对恋人。他俩的学校在美国中部的俄克拉荷马州，美国大陆的腹地，幅员辽阔平坦，校区还算是个小社会，校外几乎就见不到人。刚去的日子，需要应对学业和生活种种繁缛，比较充实，等安定下来，一切归于常态，就不免感到沉闷了。同是异乡客，加上邂逅的方式，在这乏味的地方，称得上传奇呢，结缘再自然不过了。

从某种程度上，小弟回国是因为袁燕回国。上海的聘约更像是和袁燕，而非小弟，最大的可能是作为袁燕入职的条件，小弟得到一份或者半份工作，工作的内容也或许和专业有差异。这样的配置的身份，总归让人不舒服，即便像小弟隐忍的性格，也很难忽略，如此就可以解释小弟迟迟不去赴任，一日一日延宕。回到家，且又是非比往昔的家，小弟出国前基本在寄宿中度过，没有太多对日常生活的概念，此时方才体会个中滋味。姐姐像小妈妈，他打小就很黏她，在姐姐的照应下，他忽然意识到这

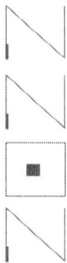

些年的苦楚，真是孤单寂寞。后来有了袁燕，好些了，可能好到哪里去呢？一个人的寂寞变成两个人的。袁燕的兴趣比他广泛，广泛又怎么样？至多不过开车出游，风景是好的，却更让人惆怅。还有同学间的聚会，各家带一个菜，他和袁燕算是一家——他们各自退租原先的房子，合租一套单元，男女同居有一半从经济出发，当然，还有情欲，健康年轻的身体的正当需要，最初的刺激过去，趋于平常，就是单纯的生理性质了。聚会中，小弟是最寂寞的那个，出言干枯，行为乖僻，理工男大都是这样的。与人交道，不晓得怎样开始，开始了又不知道怎样结束，自己都为对方难堪。倘不是袁燕主动出击型的性格，他大约一辈子交不上女友。现在，同样为袁燕不平，必须和无趣的他朝夕相处。出游、聚会，再有购物，仿佛回到事情的原点，他和她不就是购物遇上的吗？仿佛暗示生活的周而复始。尽管叫人提不起精神，但没有袁燕主张，他也不会做出回国的重大决定。小弟的人生都是被推着走的，他不会拗着来，从某种方面看，算得上顺其自然。是服从的原因，还是命运照顾，他没有遭遇过危险，比如像小妹这样，小妹已经几年没有音信，爹妈渐渐不再问了。他们也相信顺其自然，不是小弟天性里的消极，而是世事磨砺，变得通达，不知道就当它不存在，再说了，没有消息就是好消息。若不是这般苟且，做父母简直死路一条。

袁燕在上海上班，每两周来一次，就像一对通勤的夫妻。修国妹将整个三层清理出来，重新装修一遍，等他们正式结婚后搬进去。两人的关系看起来也是稳定的，摩擦少不了，有几次，闭紧的房间传出争执的声音。说是争执，其实就是袁燕一个人发言，最后，摔门走人结束。修国妹决意不管他们的事，可到底放不下，听几句壁脚，正合她的猜测，是为小弟工作。还有几回看燕子脸上有泪痕，趋前要问，未及张口，那人就如受惊的燕子，"嘟"一下飞走了。不问也能体会袁燕的委屈，想她应聘这个公司，大约有一半替小弟谋职，兴许原本有更多的选择，不得已放弃了。这是个独立上进的女孩子，比小弟强。修国妹很清醒，小弟需要的就是这样的人，尽管内心有点妒忌，妒忌两人的好。也因此，袁燕和小弟龃龉，她心情是复杂的，又忧虑又有一点窃喜。但终究是理性的人，依着劝和不劝散的古训，依然循喜事的规矩，先上门觐见袁燕的大人，再接来他们家，双方正式会晤，摆了订婚酒。

按知青子女的政策，袁燕在上海有了户籍，父母退休便落叶归根。无论政策和人情，都是从此出发，但善政之下，具体的处境却各有苦衷。知青子女落户，首先要征得原生家庭的同意，大家都知道，上海人口稠密，住房紧凑，本已经达成平衡，再介入新因素，和谐面临危机。往往这一关上，就遇到阻碍，欣然接受的也有，断然拒绝的更有，大多数情况是有条件协议，所谓"条件"无非不参加房屋分配。袁燕回来的时节，祖父母都已离世，叔伯家就靠不上了，好在外公外婆还在，做得了主，户口顺利迁入。说是外公外婆，其实是舅舅舅妈家，面上和气，内里却处处设防，老人家守持中立，也费了苦心。人事之复杂，堪比一个小社会，足够成年人招架，莫说十六岁的孩子。即便在这样局促的环境里，袁燕依然认识到大城市的优势。夏天晚上，和邻居小伙伴——与人亲善的性格帮了她，到哪里都交得上朋友——一伙小姑娘走过弄堂，满地铺开竹榻躺椅，简直插不进脚。穿出弄口，一阵凉风扑面而来，身上立刻滑爽了。是海上的风，沿着楼宇间的狭缝，溜过细长蜿蜒的直街，到了黄浦江面，激荡起来，将她们的裙子鼓成一朵花。江边防波堤几乎全被恋人占满，一个钻进去，臂肘顶开，然后一个一个进去，别人拿她们没办法，傲娇的蛮横的年龄。凭栏望远，风里灌满江水的咸腥，江鸥飞翔，带着一点亮，轮渡突突突驶过去，对岸黑压压的农田，几根大烟囱。对面人看过来，就能看到她们身上镶着的光的轮廓，是城市之光。只要三分钱，三分钱怎么也省得下来，上学的公交车少乘两站，七分钱就变成四分钱；早点吃一根油条尽够了，省下一个咸大饼，又是三分钱；系辫子的玻璃丝，手帕，小塑料钱包，稍微紧一紧，三分钱买一个轮渡的筹子，就可以从浦西到浦东，再从浦东到浦西，随你几个来回。船到江心，回头看，殖民时期的欧式建筑呈弧度排列，石砌的塔楼、窗檐、廊柱、拱门，仿佛古代征战的工事，囚禁着抵抗失败的俘虏，失去王位的太子公主，野蛮人登上宝座，床幔里躺着压寨夫人……海关大钟敲响了，钟声是新政权的颂歌，旋律分解成单音，夜空中的拖尾，流星似的，消逝在天际，阁楼上闷热的睡眠由此添了梦境。当然，单靠这个是不足以支持的，袁燕有着相当务实的头脑，生来如此，还是生活造就。她明白，自己实际就是一个楔子，将父母在这城市里挤出去的空间重新再挤回来，艰苦是艰苦，她又不是生于斯长于斯，谈不上什么乡愁。

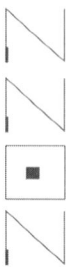

上海给她另一种赠予，她的衣服鞋袜是上海产的；她家的菜肴是上海式的，什么都要放些糖；她多少是存心，说话尖团音不分，这让她和她们一家与众不同。遥望的光荣是一回事，身在其中又是一回事，正因为如此，她更珍惜大城市生活的价值。对上海后天培养的喜爱，使她很冷静地将它视作一种回报，回报她小小年纪寄居外亲的屈抑和惶遽。

高中毕业，袁燕考上大学，住进学生宿舍，但户口也随人迁出。前后脚地，表弟占住阁楼上她的床铺。表面上看，是退出来，事实上是更深地介入，她有了独立的身份，不再依附于人。外公外婆日渐苍老，更仰仗舅舅舅妈照顾，父亲母亲来上海，都落脚在袁燕的宿舍，母女合睡，父亲则到男生那边找一张空床。许多本地学生原则上住校，却宁愿走读，也要回家。除夕夜，在外公外婆家吃过团圆饭，三口人来到空荡荡的校区。万家灯火，春晚的歌舞声从窗口流出，会合在城市上空，仿佛与他们无关。分离两年，时间不长，却是关键阶段，她从孩子长成大人，彼此变得生分，在一起，没太多的话说。她在心里向老天发誓，要替父母在上海垒个窝。大三那年，外公外婆家房子动迁，她听到消息即去居委、街道、拆迁办，出示原有户籍，并让邻居写证明信，她的户籍目前虽然归入学校，但实际是房屋的同住人。舅舅舅妈自然不情愿，可挡不住外甥女的一句话——大学毕业，她将合理合法回到原有户籍。同时呢，让渡名下一部分利益，要不是舅舅收留，怎么能进上海？她说。于是，得到一笔补偿款，加上父母的积蓄，还有她做家教的收入，多一点是一点。同学牵线，董家渡买下一间棚户，只八九平方米，却是私产房，想不到第二年又逢拆迁，这一回就得到一套一室户的简易工房。远虽远，但按照城区扩大的速度，很快就接近中心地带。父母提早办了退休，回到上海，她呢，公派美国。二十世纪的九十年代，所有事情似乎都有着既定的步骤，自行错落次序，既不超前，也不落后，向着目标走去。目标也是既定的，潜在于行动之中，可以将它归为运势，但并不因此减免困难，这就要看你能不能克服。

袁燕决定回国，是有考虑的。她知道，"人生来平等"的美国，可说对移民最无偏见，但凡事都分先后，第一艘登临新大陆的"五月花号"，决定了英格兰天主教的首席位置，像他们这样非我族类，需从败势求优势，那就是母语和母国。周围的同学多有归去的意向，也多止于务虚，只有袁燕投出简历，大部没有消息，几次面试，都无疾而终。她并不失望，有当无的，一份一份地投寄，不期然间，接到聘任。立即辞去现职，收拾行李，带了小弟上路。当然，在谋求发展的大前提下，异域生活的沉闷也是不可忽略的因素。同时呢，中国正逢活跃的变革时代，上海既不是深圳的全新，又不是内地的古旧，恰正处于新旧交集，前生今世和未来衔接的节点。她不像根生土长的父母一代，对这城市有执念，而是抱客观的态度，能够充分认识其中的机遇。

自从将十六岁的女儿送去上海，父亲母亲就再不干预她的决定。回来上海，难免会有惋惜，他们还等着她结婚成家，和很多家长一样，去美国帮着带孙子呢！美国是个神奇的地方，寄予人们许多想象。但也称不上十分失望，女儿在身边终究有照应些，尤其是这样的女儿，有哪件事她看错做错过的？况且还带着一个毛脚。他们见过小弟几面，袁燕领去家里一次，外面吃饭又一次。他们都喜欢这个白面长身、轻声细语的男孩子。有同样的留学背景，重要的是他苦孩子出身，他们不愿高攀，儿女亲家如何交往？后来，男孩的姐姐上门拜访，更留下好印象。修国妹并不是成见中乡镇企业家的老板娘，满身名牌，披金戴银，当然，开了一部好车。他们不懂车，只看见这辆车的漂亮和干净，车里走出的人却很朴素。厚密的头发剪到齐耳，削薄的刘海儿下一双清澈的眼睛，显得年轻。白衬衫、牛仔裤，系带跑鞋，像一个女教师。后备厢里装满新鲜瓜蔬、自家腌制的腊肠咸鲞风鹅，还有一屉素馅包子，说是她自己蒸的，当场吃了两个，烫嘴。他们甚至觉得这姐姐比袁燕更像女儿。修国妹对他们也有一见如故之感，让她想起当年大队的下乡学生，上了岁数就是这般模样，从颠簸的日子过来，受许多煎熬。他们两人乘一班长江轮离开上海，因学校不同，落户地就也不同，上码头就分开，各在县辖底下南北两个公社。但两人都是乒乓球手，业余一级和业余二级，二十世纪六十年代，全国上下大力推动乒乓球运动，于是就在县级比赛中碰面，然后结缘。说起年轻时候的往事，脸上有了神采，肤色光润起来，其实，他们不过比自己年长十来岁，半代人的差异，姻亲关系则是上下辈，她原本代表父母出面的。修国妹从做父亲的容貌看见袁燕的轮廓，端正的脸模子，下颌略略见方，显得有点硬，但唇型的曲线是柔和的。颀长的身材却随母亲，因父亲是中等偏低，想到乡里有俗话，爹矮矮一个，娘矮矮一窝，便很为袁燕庆幸，继承了双亲的

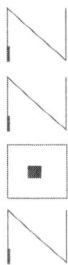

优点。

后来，两人争相说话，结果母亲占上风，修国妹想，将来袁燕和小弟，大约也是这样的力量对比。母亲告诉她，他们替县乒乓球队打出成绩，升级地区队比赛，再借用到省队，但迟迟不能转成正式编制。你知道，体育是青春饭，她说，耽误不起时间，眼看小队员一茬一茬起来，他们不能在一棵树上吊死！赛事里度过的年头，已经错过几轮招工，于是，他们做了一个选择——修国妹认定出于女方，袁燕也像她，杀伐决断，是竞技运动之大要。他们毅然离开省队，回各自生产大队。原先的集体户凋零了，或去工厂，或推荐上大学，也有迁移走一去不来，这段日子，母亲脸上浮起红晕，总是他——指着父亲，三小时自行车路来她地方，再三小时车路回自己地方，有一回，河上的石桥冲塌了，就又多两个小时绕路，父亲插进嘴：幸好搭上一辆拖拉机！母亲又接过去：到的时候已经半夜，听到门响，同住的女生吓坏了，你知道，她看着修国妹，那女生一人的时候，常有痞子敲门呢！我知道，修国妹说。

半年后，大批次招工来临。这时候，他们的运动特长又用得上了，倒不是体育，而是文艺，文体一家嘛！事实上，也是一次杀伐决断。天长和江苏接壤，江苏和上海接壤，淮南则是安徽内陆，地理上远一步；但是，淮南煤矿开创于二十世纪三十年代，总部设在上海，渊源上近一步。再有一项胜数，就是农业户口进入城镇，称得上改换门庭，你知道！我知道，修国妹说。没什么可犹豫的，双双去了淮南矿务局，一个在子弟中学教"音体美"，另一个，即袁燕的父亲，下到煤矿机械厂生产科，逢到系统职工乒乓大赛，分别代表学校和工厂出征。这时候，他们生疏了球艺，兴趣也淡了，渐渐退出，一个转任语文老师，一个改做供销。就在这一年头结婚，年尾生下袁燕。修国妹暗中一算，小小弟九年，心有触动，男女相差三、六、九，乡俗以为忌讳呢！再想，什么时代了，鬼都投胎做人，张建设又要笑话她老脑筋，随即放下。看跟前二位，就觉得袁燕这位新人类，和他们旧人通了款曲，变得亲近了。

应修国妹邀请，袁家父母来她家县城的别墅。小弟去接未来的岳父母，舟生接爷爷奶奶，孩子们向来这样称外公外婆。他这年十八岁，刚考得驾照，特别喜欢开车。园生本来要跟小舅一起去接人，修国妹不让，怕挤着了大人。先有些不悦，但很快过去，听母亲使唤搬这搬那，打点客人的食宿。这孩子性子忒好，让人又喜欢又担心，想她将来要嫁给什么人，能不受欺负。向晚时分，小弟的车到了，却没有袁燕，说公司加班，晚些自己来。修国妹难免介怀，自己的大事不上心，只推给别人。人多事多，忙起来便忘了。张建设自小失怙恃，没有亲家见面的环节，总归缺点什么，这回就可补上。又是家中的独子，两位老人分外重视，洗浴梳头，穿了新衣服，拘手拘脚的。好在燕子的爸妈岁数矮一截，合着长幼尊卑的礼数，恭顺得很，渐渐也放开了。张建设从来把修国妹家当自己家，老的是爹娘，小的是弟妹，担着长子的身份。经他做主，当晚是亲友会，关起门不对外，下一日才是订婚宴，摆在酒楼里。张建设的意思还是，说是家常饭也请厨师来办，修国妹却不同意了，坚持亲力亲为，让帮佣的女人打下手，又叫来大工做采办运输。凡师娘开口，大工他立时拍马赶到。食材都是新鲜，做法全是老土荏子。红泥炉子托着双耳陶罐，炖的红菜：走地鸡、四对猪蹄、鲍鱼海参；生铁架上铜铫子，是白汤：千岛湖的大鱼头、河蟹剁成两半、条虾、蛤蜊、蛏子；炭锅里是全家福：猪肚、鸡鸭血、蛋饺、鱼圆、肉圆、冻豆腐、白菜、粉条；鳌子上是烙饼，卷着馓子、炸酱、土豆丝、炒鸡蛋。无数小碟子间插在硬菜底下的空档里，臭豆子、老香干、酸萝卜、油辣子、芝麻盐、煮花生、腌蒜瓣，数不过来。在这乡下的桌面上头，是枝形吊灯，一周一周的花苞状的灯泡中间，一束水晶流苏，直垂下来。上海来客惊呆，想不到社会发展得神速。这小小的县城，不要说和大城市比，即便是美国白宫，他们从电影电视里没少见白宫，那塔状的素白的一座，里面又能如何？一路驱车过来，已经见识许多奇峻的建筑，黄金顶、紫琉璃、翘檐挂了铃铛、大红的斗拱、锥尖上立着一只五彩公鸡……都说上海是都会，把内地都叫成"巴子"，乡下人的意思，他们自己才是"巴子"呢！今天，"巴子"进城了。

酒和饮料是用小车子推上来的，那小车就像外国电影里的马车，高背、敞篷、车斗里各式各样的盛器，送到跟前，让自己选。他们哪里知道什么是什么，只觉得眼花。张建设说：喝来喝去，还是中国的白酒最适口！说着，拔出一支细颈瓷瓶，瓶身上写着"五粮液"，于是舒出一口气。等修国妹从锅灶忙完，落了座，这两人才有到家的心情。有她在，

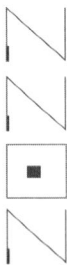

这晶莹剔透的天界方才回到人间，与他们有了关系。当然，张建设也很好，处处照应，且不显山不露水。比较他和他们，更可喜的是他和岳父母之间，并不多话，爷儿俩脸对脸接火点烟，吐出一口，回肠荡气的。喝酒呢，也不碰杯，举起来眼睛看眼睛，仰脖干了，互相照一下杯底，贴心！不是俗话说的"半子"，是"多年父子成兄弟"。难免联想起自己，那毛脚也很好，但不会成这样的翁姑。同时呢，也觉得女儿有眼光，会看人，不单看本人，还看背景。这样想，是因为亲家比女婿更让人满意。

酒热饭饱，主客稔熟起来，张建设说：看袁爸袁妈很年轻，身体也好，何不出来做点事！"袁爸袁妈"的称呼是港台的习俗，从电视剧和生意上的交游学来，用在这里很贴切，名分是两代人，年龄只在一半，不大好叫。袁爸笑道：我们都不是有大志向的人，年轻时或许有一点气性，也让生活磨没了，能回上海，有落脚地，有退休金，人生不过如此！张建设说：我并不是让二位发挥余热的意思，从早到晚，镇日守在家中，多少有点闷气。袁妈说：他不嫌闷气，天天去公园看人下棋，上午一班，下午一班！袁爸不服：开门七件事，都是我的业务，什么时候耽误过？袁妈也不服：开门七件，闭门可是无数，我又何曾耽误过？一句去，一句来，两口子永恒的对嘴，怨艾中小小的得意。正说着，袁燕到了，席上难免乱一阵，错落交替着起让，她就近挤在园生的末座，隔了桌面向对面的长辈们点一点头，修家的老人没什么，袁家的则欠了欠身子，收住口角，人们再纷纷落回原位。修国妹看出这家大的怕小的，感情有些疏远，于是尽力周旋，不使冷场，无奈两位就此沉寂，激励不起来了。修国妹暗自叹息，不意间，桌底下有手伸过来握住她的，是袁妈的手，就知道对方领她的情。

再吃喝一轮，张建设对了袁爸说：若不嫌弃，助我一臂之力如何？袁爸木瞪瞪看他，不晓得正话还是反话。张建设接着说：袁爸是资深供销，公司就缺这样的角色，你想，整条船收进来，拆零了销出去，上家和下家中间穿针引线，走的是命门，自己家人才牢靠呢！只见袁爸的眼睛一点一点亮起来，脸也红了，袁妈的手在发烫。修国妹紧紧回握一下，喉头几乎哽住，心里为老公叫好，真是个知冷知热的人，又担得起肩胛。这话题看似新起，其实接着前茬，抬举了大人，也是给小的脸面。袁燕却不屑：我父亲——"父亲"二字让修国妹颇为刺耳，看她一眼，袁燕浑然不觉，兀自说下去，父亲做销售是上个时代，如今形势大变——张建设做出一个阻止的手势。未及出声，"父亲"抢先开口了：万变不离其宗，比如乒乓球、球、拍、赛规都有变化，可战略战术，还是进攻和防守！袁燕显然很少受爸妈抢白，涨红了脸，强笑着：乒乓是小球，真正衡量体育标准的是足球篮球。"父亲"也笑了：女儿，不要看不起爸爸，中美外交怎么开始的？乒乓球，小球推动大球！话扯得远了，却很机智，大家不禁鼓掌，事情就这么定了。

正式的订婚宴放在"水上人家"，张建设当年请姚老师就在那里，名号还是那个，形制已经大改。酒楼变成园林，绿树葱茏，原先有个水塘子，如今是一面湖，烟波浩渺，往东南连接到小溪河，小溪河至远可抵洪泽湖，那就没边了。餐厅分布在树林竹篱、亭台楼阁、湖心岛，他们包了一处水榭，额题"渔舟唱晚"，对面是人工垒砌的山崖，一匹瀑布直泻而下。廊下可垂钓，收获的鱼虾送到灶上现做。晚霞渐尽，渔火亮起，张建设凭栏望去，想起圣人的话："逝者如斯夫！不舍昼夜。"仿佛看见多少时间过去，瞬息之间，所谓白驹过隙。可人事变故，又沧海桑田，不可预测。拿姚老师说，跌宕起伏，眼看触底了，半年前保释出狱，究竟柳暗花明。此时此刻，带了妻女也在席上。书记大伯老两口儿，李爱社一家，是张建设的大媒，牛不喝水强按头结了婚，倒沉下心来，年前生了个小子，做父亲的人，就不敢乱来。张跃进的战友海鹰，早两年辞去公职，过到公司做了副总，媳妇就是中学同学，本来家里最看不上眼的一对，有出息的都忙事业去了，倚靠的还是身边人，这时，也跟着儿子儿媳来凑热闹。单这三家，就是一桌首席。次一桌是自己家。第三桌，公司里的人，不是头面上，都是贴身的庶务，比如大工；比如张建设的司机，即姚老师家的"四"；帮厨的女人；整理园子的花木匠，拖家带口全上了桌。

事先，修国妹迫着小弟穿西服、白衬衫，打领结。袁燕呢，穿的是一袭闪光缎的长裙，外面压了件宽肩窄袖的小西装，真是一对璧人，神仙眷侣。修国妹拥住他俩，推到袁家爸妈跟前，那爸妈不由得退一下，表情有些瑟缩。张建设接过人来，送去未来的翁姑，这两位倒坦然得很，做父亲的在儿子后脑掴一掌：人模狗样！大家都乐，袁燕脸上也闪过一点笑影，遂又收起了。别人没觉得什么，修国妹却感到不安，这个开朗的姑娘，

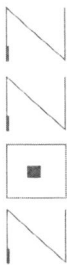

今天晚上，不只今晚，还有前一日，甚至更早些，变得矜持，不像她了。座上人都在兴奋中，小孩子前后奔跑，争着投食给水里的鱼，青壮年开始划拳行令，老的叙起往昔，少不了称颂主人家的好光景。轰轰烈烈之下，修国妹也按捺心事，酒意上来，心跳得又轻又快，她坐不住了，一手持瓶一手端杯，穿梭敬酒。吉利的话想都不想，自己跃出口去，好比口吐莲花。最后，敬到张建设，换了个大杯，碰在面前人的杯沿上：张建设，我们家的功臣，要是没有你，不会有我们的今天。我代我爹妈、弟妹、舟生园生，还有我自己，谢谢你！旁边的园生，她向来没见过母亲这样夸张的举止，皱起眉头：妈，你喝多了！众人这才感觉女主人确有些过量了，可在场的谁不是醺醺然、陶陶然，说话没个斤两。翻江倒海中，唯有一人，就像强台风的风眼，纹丝不动——修国妹汪着泪的眼睛里，人和物都在打转，围着圆心，袁燕的脸。她自知醉得不轻，心里却明镜似的，一清二白。之后，她足足睡了两天，方才驱散酒意，很奇怪的，那一点警醒也退去了，再想不起来。

按乡下人的公约，订婚比民政局登记还算数。小弟这边的彩礼自然不在话下，令人惊诧的是，袁燕那边，竟然拿出三十万元的陪嫁。如她父母这样的阅历，不吃不喝，又能有多少结余？修国妹是从那日子过来的，晓得凭力气吃饭的有限。私下问小弟，小弟一脸懵懂。收，不落忍；推呢，怕伤人的自尊。最后还是收了，来日方长，从此就是一家人了，这么想，心里略好过一些。走了旧礼，再行新法。修国妹专去上海，约袁燕到卡地亚买一对戒指，铂金上镶细钻，另有一对纯金无装饰的，正式结婚再拿出来，由新人互相戴上。

这桩大事办妥，接下来考虑的是小弟的就业。拖了年把，上海外企那头显然不再预留位置，和燕子间的争端平息了，修国妹就是从这里估摸出形势。看起来像是燕子妥协，另一方面也可视作放弃。因此，和谐的局面就变得可疑。但是，不已经订婚了吗？修国妹对自己说。要紧的是，小弟必须要有个工作。最近便的，就是自家企业，以前不敢夸嘴，如今，他们大可称得上企业！张建设没二话的，立刻任命技术部主任，无论电气工程、自动控制、计算机数据，都不出小弟的专业，转天就去上班。公司总部建在三河口，粮库的旧址，目前只是一幢三层水泥预制件的楼房，但业务十分繁忙，人进人出，车来车往，周遭的商业服务逐渐带动起来，就有了复兴的气象。从别墅过去，四十分钟车程，小弟先还勉强，拖延着，修国妹硬是将他送去按倒。三天打鱼两天晒网地过了一段，有些喜欢上了。姐夫罩着，手下人都服他管，又真有几手，见识过现代化的工业运作，不能全用，只那么一点点，也足够了，所以就是轻松的。天天回家，吃姐姐做的饭，高速没有覆盖全境，走的是公路，虽然颠簸，却有风景可看。最重要的一条，自家的公司，不必依仗袁燕。小弟再孱弱，也是独立的人格。就业的忙碌中，时间过去大半年，无论当事者还是局外人，忽然发现，这两人的婚礼，停止了进度，滞留原位。待后续跟上，再度纳入议事日程，不巧突发一件事，又延宕下来。谁也没预料到的，小妹回来了。

六

姐妹俩面对面站了一会儿，小的一跺脚，大的眼圈红了，紧接着，怀里塞进个包裹，低头一看，是个婴儿。密匝匝的眼毛盖着，嘴里含着个奶嘴，睡得没事人似的。

修国妹一肚子的问题，让这“包裹”堵回去了：这些年在哪里、做什么、过得如何，等等。回来的头几日，就在房里睡觉，包裹里除了人，还有奶粉奶瓶、纸尿裤、婴儿润肤液，所有行李都在这里。从孩子头皮上的胎脂看，刚足月的样子，食量却很大，眨巴眨巴眼，一满瓶奶就见底，吃饱就睡。母女俩像是欠了上辈子的觉，还都打呼噜，一声高一声低。小的进食还在顿上，大的就没个准了，白日黑夜，开门坐到餐桌跟前，也不说话，等着上吃的，好像住店的客人。有几次大的小的碰上饭点，做母亲的眼睛横过来，落在孩子身上，睡眼惺忪里忽然闪出一道精光，霎时间又收回，继续低头在碗里，然后再进去睡。修国妹装没看见，心里宽一下，小妹再出格，也还有舐犊之情。孩子吃饱了，吐出奶嘴，看着喂她的人，睫毛展开一排翅子。修国妹觉得有点不对，又说不出什么不对，背脊上有点凉。把人抱到窗户边，日光底下，那一对滚圆的眸子，颜色变成很浅的黄褐色，好像夜里的猫眼。双睑很宽，噘起嘴唇，也是滚圆。真是个洋娃娃，修国妹暗自说道，紧接着被自己吓一跳。可不是吗？这娃娃是个洋种！修国妹胸口打鼓一般，怦怦地响。解开襁褓，胖乎乎的胳膊腿，小肚子，也是浅褐色。赶紧裹起，竟有些发怵。她离开窗口的亮地，走到小妹睡觉的房间，隔了门听见鼾声。怀里的小东西也睡熟了，排翅似的睫

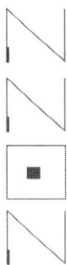

毛合上，投下一片阴影。这几天似乎又长大些，日前刮净胎毛，青森森的头皮又发茬了，隐约打着卷似的。修国妹茫茫然踱开，脊背上的凉意忽变成燥热，身上烫得很，原来人还抱在手上，沉甸甸的。放下在摇床里，还是园生小时睡的，从老房子搬别墅，一股脑儿卷来，想不到这时候用上了。

修国妹没有把这惊人的发现告诉人，现在，家里大多时间只有她和帮厨的女人，其余不是上班，就是上学，一律晨起暮归。张建设隔三岔五出远差，从一地到另一地。袁燕倒比往常回来勤了，除周末外，中间还会有一二宿。登记和婚礼继续延宕，其实办不办也无所谓，都当她是家里人，修国妹也不像过去那么守旧。偶尔想起，心里会顿一顿，但很快转到小妹身上，放下了。小妹结束这种日夜颠倒的沉睡，恢复三餐一觉。修国妹把孩子交还给她，看她喂食、洗涮、换尿布，还是负责的，却不见她哄逗嬉耍，连笑容都十分少见。倒是那种锐利的精光，时不时闪烁一下。不知不觉中，修国妹也被传染上了，她审视摇床里的人，带着一种苛责：这东西究竟从哪里来的？视线移向小妹，小妹转过脸，避开了。修国妹暗自冷笑，一个娘肚子里出来的，心连心，谁不知道彼此！

这一天，修国妹推门进小妹的房间，看她收拾东西，不由一惊，脱口道：你要走！小妹抬头，两人又面对面，姐姐凄然想到，这几天的吃和睡还没养胖你！小妹的脸白得像纸，透得进光，鼻梁上暴出青筋。又想，月子里落下的根，再怎么养也难了。

姐姐，小妹开口了，都记不起小妹什么时候叫过她"姐"，口口声声"大妹妹""大妹妹"，生气的时候，则连名带姓"修国妹"，显得很严正。小妹咽了一下，接着说：姐姐是世界上最好的人！修国妹厉声道：你别给我来这一套！小妹叫道：姐姐总是让我们，帮我们，是我们心里的靠山！修国妹打断她：我才不要做"靠山"，难道欠你们什么吗？小妹强硬起来：你是大的，大的就要管小的！修国妹跟着嚷：你什么时候服过我管？你什么时候当我是大？小妹跺脚：当不当你大你就是大！修国妹也跺脚：你当你小？小妹连连跺脚：比你小，比你小！修国妹跺得更响：我当我的大，你当你的小，井水不犯河水。小妹回不上嘴，动手撕扯，修国妹用力一挣，小妹坐倒在地，号啕起来：帮我带孩子，帮我带一年，我保证领她走！修国妹气急道：人在跟前你都走得开，一年以后，你能来？小妹仰脸闭着眼睛，使劲地哭。修国妹的眼睛也湿了，依稀看见小小的小妹，和小弟争，争不赢；

还窥视到那双小吊梢眼，掀起一下又合上，狡猾的小表情。眼睛干了，跟前是青黑的眼圈、凹陷的脸颊，发顶上竟然有几丝白。哭喊停止了，因为没力气，剩下激烈的抽搐，那身子薄得，纸片似的。时光流逝，童年的爱娇，终也抵不过人生遭际！眼泪下来了。两人静静地哭了一会儿，修国妹反手将门锁别上。

两条路由你自选，修国妹说，眼睛不往小妹看，凭声气知道那边渐渐平息下来。一条路，你走你的，但是必须把事情向爹妈交代清楚！我有什么事情？小妹哑着嗓子说。修国妹一笑：你很好，都是那冤孽的事，不能从石头缝里蹦出来！小妹回道：十月怀胎，肚子里落下的，老天爷的事！这强词夺理无疑是小妹特有，她倒不生气，反有点释然，过去的那人没有绝迹，回来了些，于是又笑了：南瓜还要扑个粉，天下万物哪一样不是出自于雌雄相合？也有单性遗传！修国妹说：那你就和咱爹妈说明白这个遗传道理。小妹翻了个白眼，还要强辩，被修国妹止住了：第二条路，什么也别说了，把人带走！小妹嗫嚅道：带哪里去？修国妹说：该去哪儿去哪儿！小妹不作声了。修国妹不禁有些得意，从小到大，从来没有钳制过这个妹妹，小弟也没有，他们向来都是输家。于是，见好就收，留下一句：不用现在回答，什么时候想好再说！跨过地上的包裹行李，出了房间。想了想，还是把门反锁，钥匙揣在口袋里。小妹不是个认理的人，倘若一味来蛮的，怕是挡不住她。

这一日的午饭和晚饭，都是帮厨的女人送进去，里面的人倒也安静，没有发生抵抗的行为。第二天安然度过，第三天也是，修国妹看出人已经辖制住了，便开了锁，却不敢走开，坐在底下餐桌边听动静。午后，大人小孩都歇着，修国妹有一时盹着，猛醒过来，对面是小妹的脸，相隔一张长桌，又远又近地看她，便将眼睛迎上去。两人都不开口，就像小孩子的游戏，"我们都是木头人，不许说话不许动"。最后，还是修国妹撑得住，小妹先说话。有没有商量？她说。当然，修国妹说，都是大人了，讲道理的。小妹移开眼睛看了窗外，庭院阳光下，晾竿上的衣衫在飘动，五颜六色，蝴蝶似的。小妹说：我要不走，你怎么和爹妈说？她用下巴颏点了点摇床的方向。修国妹眼睛不抬：地沟里拾的！小妹逼近一句：你拾

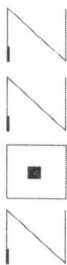

的！这就是小妹，惯会甩锅。但紧要处依了自己，枝节让她一步又有何妨？好！她说。显见的小妹舒出一口气，心里冷笑，真让她走，她也没地方可走，不如顺坡下驴！这样，一大一小留下了。老家的爹妈过来，看到小妹，欢喜都来不及，来龙去脉就不问了。至于孩子，乡下人向有拾猫拾狗的习惯，拿命当命，见怪不怪。看那小东西哪里都是圆鼓鼓的，还取个小名叫"核桃"，至于大名，修国妹做主，姓她姓，是她拾的嘛！交一笔钱落下户籍，从此家中添个人口。

私下里，修国妹问了孩子出生日期，才知道，其实还在月子里。于是调羹做汤，从头补起，小妹的脸圆润起来。有一回，见她坐在院子的葡萄架下，树荫盖了一身，怀里裹着个东西，一拱一拱的，原来是小家伙在吸奶头。小妹早已经没奶水了，母女俩在过嘴瘾呢！修国妹悄悄退回屋子，没有揭穿，却生出欣慰，小嘴叼上奶头，就再甩不脱了。这是没人的时候，当了人面，走路都要绕道，十分嫌弃的样子。然而，做了母亲总是有改变，瞒过别人，瞒不过修国妹。小妹的目光柔和了，不像过去，刀子一般。更重要的，母爱使她快乐起来，跟着随身听唱歌，神情怡然。她唱的多是粤语和英语，略微透露一点过往经历的信息。姐妹单独相向，会讨论孩子的未来，说未来太远大，只是眼下的一日一日，许多问题接踵而至。比如，开口说话怎么叫人？讨论的结果是，叫修国妹"妈妈"，小妹是"小姨"，舟生园生即"哥哥"和"姐姐"，张建设呢，就是"爸爸"。说到此，小妹严正了脸色，看着姐姐，问出一句话：姐夫知道？修国妹反问：你说呢？小妹被问倒了，别过脸去。修国妹想，到底有她难堪的一节。张建设在小妹，至少是一半的父亲，真正的父亲她可是不忌惮的，任着性子坑蒙拐骗。既然话说到这里，修国妹就建议，等张建设在家，一并谈谈小妹的前途。姐姐说，晓得你在社会上有自己的人脉，但比不上自己家的人，路是窄些，心是诚的！很少有的，小妹没有回嘴。

这天晚上，将闲人驱出去，三人坐齐了。小妹佯装不在意，其实是有些局促，到家后头一回与姐夫面对面。修国妹和张建设相视一眼，想的是同一件事，终于把这人拿下了。停了停，张建设哈哈笑起来，修国妹问，笑什么呢？张建设说，许多年前，他和小弟小妹三人在蚌埠，正要进酒店，迎头撞上一伙老外，只听对方口口声声的"索来索来"——小妹你还记得？小妹点头，脸色却很茫然，不知道如何说起这事。张建设接着往下说：以为骂我们挡路，其实呢，是"对不住"的意思！修国妹倒第一次听说，笑道：要反过来，骂你们当客气话，才尴尬！可不是，张建设对看小妹：所以，读书少就吃亏，我顶羡慕你们这些受过教育的人，我和你姐姐没碰上好时候，只能拼力气！小妹说：姐夫你可不是靠力气拼的，你有好头脑。张建设认真道：一个好汉还要三个帮呢，现在有你姐姐，你哥哥，加上你，就满三个了。修国妹伸手搡小妹一把：听出来吗？有戏！小妹梗起脖子：还没说完呢，到底谁帮谁！张建设说：你帮我！小妹回过去：姐夫就是好汉啰！修国妹在她头顶掴一掌，张建设宣布：面试通过，聘任法务部主任。小妹住嘴了，有些惊呆，事情这么简单。张建设又说：照理和你哥哥平级，但他多做了两年，待遇高你一成，以后看业绩再调。这两人没回过神来，那边一拍案：散会！

修国妹暗自吐一口气，小妹是个没定性的人，难保她从此安分，但眼下总归有了着落，过一日算一日。好在她有软肋，就是核桃，天下儿女都是父母的软肋，但谁知道小妹是不是天下的人呢？权且当她是吧，就不怕降伏不了。稍稍定心，却又隐隐有另一种不安，现在，他们全家都拴在一条船上了！可是，这不就是家族企业吗？她对自己说，多少释然了。

小妹上班头一桩事是学开车。修国妹送她去报名、注册、缴费、认师——自己考驾照时候的同一位。原来国企的货卡司机，关停并转后开了一爿驾校，那阵子，随着汽车工业勃兴，驾校遍地开花，经过几轮竞争，大浪淘沙，出局了。卖了营业牌照，也不去别处，就在易主的生意里做教练，老东家给新东家打工，多少是存心，让人不自在。但手艺好呀！他向学员吹牛，当年学车，底座架起，轮盘空转，就是三个月！看小妹跟了师傅去，那背影是驯服的，驯服得叫人起疑。修国妹骂自己神经过敏，转身坐回车里。返程路上，从三河口作业区绕一下，远远地，只看见一片扬尘，遮暗了日头。与河滩地平行一二里路，才渐渐走出去，回到清朗的天地间。张建设的事业真的做大了，大到她都不敢看，远超出她的眼界。张建设和她说起生意上的事情，已经听不懂了。但是，放眼望去，哪里不是日新月异？昨天这样，明天就是那样，他们还不算什么，一路下去，皖南、苏北、苏南、浙北、浙西、浦东，可说越演越烈。她都想不起原先的地貌和作物，以及天际线，连同她自己，想起来也是惘然。

顺遂的日子总是过得快，核桃一天一天长大，顶着一头羊毛似的鬈

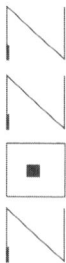

发。修国妹极力梳平，紧紧扎两个小辫，沿额角别上一溜发卡，看着她浅褐色的瞳仁，想：这到底是谁啊！孩子笑得咯咯响，打个鲤鱼挺，险些蹿出去。修国妹感觉到她的力气，暗自说了声：野种！被自己吓住了。园生的同学来玩，自从有了核桃，那些小女生来得勤多了，争相抱她，十分抢手。小孩子都是人来疯，这一个又格外爱热闹，动静特别大。小姑娘喊她"洋娃娃"，让修国妹听见，心又是咚的一跳，仿佛道破玄机。她对园生说：以后少让同学来。园生问：为什么？园生近视镜片后面的小细眼，开阔的眉间，鼻翼两侧，哪里都显出宽扁，核桃则是凹凸有致。修国妹认识到不同人种的差异，基本可分作两类，一种平面，一种立体。这是外部，内部呢，就体现在性格上了。落实到园生与核桃，前者和缓，甚至有些怠惰；核桃则是躁急，随着年龄增长，这样的异禀将越发显现。虽然是"拾"来，为什么别人家拾不来，偏偏是她们家？这么想，就钻牛角尖了，但修国妹已经刹不住车，她紧张兮兮，疑窦丛生。先当帮厨的女人泄漏出去什么，她可是亲眼看见小妹带核桃回来的，第二天找个由头打发了。再然后，轮到袁燕。燕子这一向回来得不怎么规律，有时候两三礼拜看不见，又有时，比如近几日，则反过来，天天来，替舟生申请美国大学，帮忙填各种表格。舟生挺喜欢这位舅妈，"舅妈"两个字又让她想到，两人的婚宴拖延下来，始终没办。这念头闪一下即过去，因有更迫切的事端。核桃的来历连小弟都蒙在鼓里，燕子也从不问，就是这一点让人不安！分明有所察觉，为避免难堪，索性沉默。有谁聪明得过她！修国妹看着吊灯底下的两个人，埋头在一桌面的表格，偶尔吐几个外国字。燕子忽抬起头，转向修国妹：姐姐你和我说话吗？意识到自己出了声，且不知道说的什么，窘极了。遮掩着，起身端茶送到桌上，不料舟生叫起来：拿走拿走，水洒下来了！燕子斥责舟生：怎么和妈妈说话的！修国妹端回茶杯，生出些妒意，好像儿子归了人家。有了这成见，燕子的嫌疑就更重了。事实上，燕子不知道是假，不在乎是真。在她这代人，又是出过国，并不以为单亲妈妈稀罕，只是看见全家口风闭得铁紧，才当不知道。

修国妹想到搬家，搬去哪里？芜湖。早几年，舟生在常州读书，为方便接，市区里曾买过一套公寓，基本空关，供公司里人出差时候落脚打尖。事实上，住酒店更便捷，极少用得上。不如出手，添些钱在市郊买一幢别墅。张建设也赞成，并不因为核桃，核桃算什么事？谁爱嚼舌头谁嚼去，他的心意是在发展。内河里的船家，终年在水网周转，那些无名的支流，纵横交错，岔口套岔口，够几辈人进来出去，倘若天人合一，逢得机缘——他说起那年送小弟上学，在蚌埠淮河大坝的夜晚，星月满天，坝脚下是乌泱泱的黑水，腾腾地奔流，流去哪里？洪泽湖、高邮湖、邵伯湖、邗江，那就是入了经籍的水系，再要天人合一，就到了长江。长江，是一次大机缘，所以叫作"天堑"。不说山海，只说省界：江苏、安徽、江西、湖北、湖南、重庆，沿途又分出干流，向西有汉江、乌江，向东呢，黄浦江，黄浦江的造化就大了，直向东海……修国妹听张建设说话，好像第一次认识他，这是谁啊？心这么高，都飞到天上去了！

接着就是找房子，江北新开发的工业园区，房地产紧跟旺起来。大小中介来不及开门店，举着牌子直接站在高架匝道底下，稍流露些意思，立即跨上摩托，引了去看房。所谓看房，其实看的是工地。打夯机轰隆隆震得耳朵疼，塔吊悬在头顶来往，戴了安全帽，危险地攀爬在没有扶栏的水泥墩。手脚并用登上楼顶平台，直起腰，看见前方白茫茫一条，有汽笛声传来，顿时心情疏朗。这就是张建设神往的长江，气象宏大，内河不可同日而语。船上长大的人，总是和水亲，此时，仿佛回了家。她摘下安全帽，风吹乱头发。那风走过远路，将细碎分散的能量收集起来，变得浩荡，可气味是一样的，带着泥土和青苗的气味。中介的年轻人，穿一身黑西装，脚上的白跑鞋粘了泥灰，顶着蓝黄相间的头盔。这一带，遍地跑着这样的铁骑兵。他不明白这个客户为什么要上房顶，上了就不下来，"阿姨阿姨"地喊她，絮絮叨叨着客厅、卧室、卫浴、前后花园。她一句听不见，满耳都是风声，江鸥的扑翅和鸣叫。终于，修国妹转过身来问，什么时候交房？犹犹豫豫说了个日子，晓得他也不能做主，便不再为难，说声"好"，探着路下楼。已经到饭点，工地没有人了，机械停歇，静寂中，好像换了人间。她这才注意四周环境，房屋间距、空地面积，还查看水泥型号、钢筋粗细、地基的深度，他就知道不是一般的"阿姨"。本来不指望买卖成交，多少次看房都是没结果，这就叫作概率，不料想"阿姨"要约下定的时间，简直喜出望外，小脸涨得通红。一句话的工夫，万事大吉，铁骑兵跨上摩托，鸟一样飞走了。修国妹踏着满地的瓦砾沙土，走回自己的车，忽然"扑哧"笑出来，从什么时候开始的，买房就像买白菜

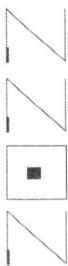

萝卜，提起来就扔进篮子，做梦似的，恍惚里，一个自己看着另一个自己。她坐进车，点火发动，开走了。

现在，她要去公寓看看。张建设的意思，卖它不如等着它升值。沿长江一带，前景向好，就这几年，房价翻倍不止。再说，手里的活钱足够全款付清。修国妹倒不因为吝惜钱，只是觉得造孽，心里不安，房子不是白菜萝卜，"白菜萝卜"又来了，自己真是个过时的人！张建设说，他不是钱不当钱，而是看得透钱的物性，其实是个活物，会缩水，会起泡，"通货膨胀""泡沫经济"就是从这里来的，唯有不动产可以和通胀赛跑。这就不是修国妹懂的了。还是回到具体的现实，那就是，房子要人气顶，一旦空下来，便颓圮了。张建设又和她解释不动产的本质，比如房子，价值主要在地，而不是地上物，水泥、钢筋、砖瓦，要多少有多少，地却只少不多，俗话不是说物以稀为贵？这道理修国妹是懂的，他们水上人家向来对土地怀有崇敬的心，可是转化为"投资""增值"一类的概念，又茫然起来。她务实地想到，这么几处房子，单是收拾都顾不过来呢！张建设没话说了，就是笑。讨论到这里，决定卖是要卖，但不必急赶着，非抢在买别墅之前，再说，也要等出价合适对不对？

修国妹好久没去公寓了，小区甬道上的停车明显多了，几乎占了一半，余下的勉强容纳两车交会。水池干涸了，露出生锈的喷水眼。树木有日子没打理了，变得凋敝，草坪则裸出褐色的泥土。巡视的保安也看不见了，只有拾荒者在垃圾箱里搜拣。零落几处阳台晾晒着衣物，在风中飘荡，原本居家的温馨，反增添了冷清。走进单元门洞，谁家门里传出油锅爆炒的声音和气味，稍许驱散些荒芜。修国妹家的公寓在顶层，走上去，两边的公寓多是紧闭，金属的镂花拉起蛛网。看起来，大部分房屋空关，她的不也是吗？业主们，就像张建设说的，是为投资置产。走到自家门前，掏出钥匙开锁，推进去，面前陡地大光明，睁不开眼睛。向南一排玻璃幕墙，正对着正午的日头。在玄关换了鞋，走上晶亮的柚木地板，湖面似的倒映着投影。墙角的沙发蒙了布单子，揭开来，掀起一片细尘，在空中打着细小的旋。餐桌上一层薄灰，抹一把，手上却是干净的，是漆水的反光。卧室拉着双层窗帘，眼前忽然黑下来，适应几分钟，橱柜床具渐渐浮凸轮廓。她摸到壁上的开关，灯亮下生出一点夜色，翠蓝地金银撒花的床罩，踏脚地毯的波斯图案，乳白镶金的梳妆台，荷叶卷边的镜子里的修国妹，又仿佛一个自己看着另一个自己。赶紧退出去。走到次卧，按惯例设计成儿童房，其实舟生已经是少年了。一应用物全是原木颜色，涂了清漆，透出纹理和疤节，想象中的森林小木屋。她和舟生总起来算，不过住过三五夜，一切都是簇新，真舍不得出手呢！留给园生结婚用？想到这里，都要笑出声来，这园生年纪小不说，还开窍晚，什么时候嫁人？到她嫁人社会又不知变成什么样。一个人在房子里穿梭，浴室的地砖壁砖三件套，全是白陶瓷，雪洞似的，生冷生冷。打开热水器，放些水，雾气起来，漫出些暖意。厨房是不锈钢主打，散发出兵器的刀光剑影。找到一包方便面，水在锅里沸腾，面块带着调料一并沉下去，辛辣鲜浓的香气顿时弥散开来。她合上锅盖，又一遍想，房子要人气顶呢！

回去之后，和张建设商量，要不，先住到公寓，慢慢等别墅交房。张建设说，有这么着急吗？修国妹说：这核桃见风长，转眼听得懂人话。张建设笑起来：未必，我看她憨得很，只园生一半，舟生的百分之一！修国妹听他贬核桃不够，顺带把园生也捎带进去，讥诮道：你儿子天下第一！不是你的儿子吗？张建设反问。园生不是你女儿？修国妹也反问。当然，张建设答。静下来，再又缓缓道：女孩子家，笨一点是她的福气。修国妹说：你指我的吧！张建设说：你又不笨！可是我福气好啊！修国妹认真起来，两只杏眼睁得溜圆，看着对面的人。那人禁不住又笑起来：福气好吗？好在哪里？修国妹越发认真：跟了你就是福气！那人正了神色，肃然道：是我的福气。说到此处，两人都有些激动，还有些窘，因流露感情感到害羞。夫妻间就是这样，时久天长，越发怯于谈爱。收起话题，两人分头做各自的庶务，搬家的事暂且搁置了。

舟生的事按部就班，先收到学校的录取，正是小弟和袁燕就读的那一所，然后申请护照签证，租房子，订机票，兑换货币。几乎袁燕一手操办，修国妹只是置办行李。小弟出国的携带，也是她收拾打点。那时候，没几家做西装的店铺，都是买的现成，面料也不对，穿起来像乡镇企业老板——他们家可不是乡下人出身的老板？现在不同了，她带舟生到上海老锦江的礼服店定制，其中有一套燕尾服，却被否了。袁燕说西装其实是商务职员的工作服，燕尾服出席的大场面，别说留学生，一般人都接触不到。舟生不愿要了，修国妹怎么肯由他，母子僵持不下，最后解铃还须

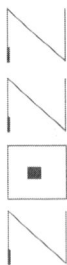

系铃人，袁燕发话，说不定呢，导师的生日、婚礼、音乐会、教堂……好，带上黑色三件套，其余留下。做父亲的，别的没意见，唯有一件，就是鞋，绝不退让。于是，单的、棉的、室内室外、山地雪地、运动休闲，张跃进伸出窟窿的脚指头，是永不泯灭的痛楚。这些鞋也是袁燕帮着挑的，修国妹装箱打包，不免要想，这鞋里的心结，燕子知道吗？临近出发的日子，袁燕向总公司争取到一项差事，正好与舟生同行，多少缓解旅途上的挂虑。小弟当年出国是二十五岁，舟生才满十五，修国妹难免要生悔意，可她一己之力怎么挡得住时代潮流？少年人但凡有可能，都往国外读书，赶早不赶晚，原先是读研，后来是本科、中学、小学，更急的，娘肚子里就跑了去，等着落地。到了机场，她虽不舍，还撑得住，想不到的是张建设，舟生进海关那一刻，竟落泪了。她还没见过他落泪，只见他一手掩面，另一手挥赶着，一迭声地说：快走快走！看舟生和袁燕前后相跟走向关口，排进出境的长队，不期然间，又一次想到，儿子不是自己的，归了别人。这别人不是那别人，是孩子的舅母、自己的弟媳，可是，真的是吗？她几乎不能肯定了。

小弟和袁燕的事涌上心头，驱散了舟生离开的伤感，但也是折磨人的。正狐疑不安，张建设提出一个建议，这建议从某种方面确定了那两个的事实婚姻。张建设说，是不是让袁燕的父母搬到芜湖的市区公寓住？修国妹说，从上海搬到三线城市，人家愿不愿意？张建设说，上海也分三六九等，他们的房子像个柴棚。修国妹说：你去过他家啦？这话出口，两人都吓一跳似的顿住了，停一停，张建设回道：不是听你说的？修国妹依稀记起自己向家里人描述过那一次造访。张建设解释：公司总部早晚落地沿江城市，袁爸跑业务也方便些！修国妹不作声了，房子有人住好过无人住，住的又不是外人，是亲家。不久，袁爸袁妈就搬了过去，上海的房子出租，每月得几百元租金，虽然经济已经不是问题，但这不就是过日子吗？搬家公司的车上卸下的，也是过日子的杂碎，拆下的纱窗、油毛毡，那藤条箱大约是从下乡时候用起的，甚至还有一把生煤炉的蒲扇，连修国妹都觉着多余了，心底又有一点感动。眼看着公寓被填满，原先的流光溢彩暗淡下来，同时呢，有了烟火气。修国妹和小弟帮忙收拾，中午，袁妈摆了一桌饭菜，有现烧的，也有事先备下，随车带来，天晓得她是端着一锅鸡汤。吃饭时，就要提到去美国的袁燕舟生。袁爸问小弟，为什么不一起去玩玩？小弟的回答，令在座人很意外，他说：那地方我再不要看它一眼！修国妹这就知道小弟的留学经历并不那么愉快，要不是袁燕，他是下不了决心回来的。

　　安顿下袁家父母，姐弟俩驱车返回。先在市中心盘旋，红绿灯闪烁，身前身后车水马龙，小弟说：这和美国有什么两样！好不容易绕到匝道，经环线上了高架，从高楼齐腰驶过，看得见窗户里昼夜开着的白炽灯，人行天桥到了脚底，就这么将城区抛在下面了。小弟又一次说：和美国有什么两样！他变得飞扬，这大约是美国唯一的馈赠，速度。他喜欢驾车，再长的车程也不会生倦。身居技术部主任，本该人家替他开车，可他还替人家开，送这送那。无事的时候，一个人漫游，随机上一个匝口，沿高速而去，去到不知什么地方。反复变道，总能回到出发的地方。修国妹说：美国总有一点好处吧！他回答：有，高速公路，我们也有了。修国妹就没有话了。姐弟俩向来说得少，做得多，有一颗贴己的心。和小妹正相反，来去都在口舌上，却隔着肚肠。但是说到了汽车，小弟有些停不下来，他接着说：美国人是汽车人——这话怎么说？修国妹不禁也来了兴致，紧着问道。有一回，从芝加哥回学校，下了高速，车忽然熄火了，路边是一座教堂，对了，是个礼拜日，一群教民做完弥撒走出来，你知道，他对姐姐说，美国人，尤其美国男人，绝不能看见一辆车停着不走的，于是，趋向前来，帮着检查，结论是必须送汽修厂，你猜怎么着？修国妹说不知道。大家一起推车走，沿途不断有人参加进来，推了两公里，一直推到地方。两人笑起来，修国妹说：看起来，美国的好处还不少！小弟点头又摇头，不知同意还是不同意。姐弟俩难得这么畅快地聊天，所以都很快乐。

　　汽车走在高速公路上，飞越过无数河流：襄河、沙河、女沙河、池河、小溪河、沫河……从半空中往下看，它们变得多么小。船呢，玩意儿似的，里面的人在过家家，有爸爸妈妈、兄弟姐妹，摆桌吃饭，安床睡觉。她就是在这片水域里出生长大，昼行夜泊，想起来就像上辈子的事，其实呢，不过十数年的工夫！不要说她们姐弟，连舟生，不也是叫舟生吗？现在，舟生去到美国，那个公路和汽车的国家。小弟的话匣子打开了：在我看起来，世界上所有人，不论男女老幼，就分两类：一类喜欢美国，我就叫他们"新人类"；一类不喜欢美国，叫"旧人类"。修国妹觉得这说法很有趣，有意探讨：比如——小弟说：我和你是旧人类，小妹

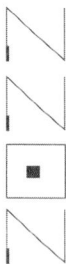

是新人类。修国妹说：小妹并没有去过美国。小弟说：不论去没去过的！修国妹接着问：舟生呢？小弟说：舟生还小，没定性，显不出来，好比初生的鸡雏，不辨雌雄！修国妹大笑，想不到小弟也是风趣的，笑过了，问出一句心存很久的话：袁燕属哪一种人类？小弟没有立刻回答，方才的活泼收起了，正色道：我倒没有把她归进去呢！后半段路程是在沉默中走完，两人都没再说话。

七

核桃一岁半的时候，新别墅交付了。围绕她的闲话，早平息下来，坊间自有一种吸纳异质的能力，尤其小孩子最没成见，外边人看着稀罕，叫一声"小外国人"，四周的小朋友就一迭声喊起来：中国人，中国人！但搬家已成定势，不只为核桃，张建设的拆船公司也在芜湖市里租下几层写字楼，供企划、法务、销售几个部门办公。小妹搬过去，小弟留在三河不动，园生还有半年高中，不愿意中途转学，也不动。修国妹到乡下动员爹妈搬进城，生活便利，又好照顾小的。前一条理由不被认可，后一条很有说服力，就依了。修国妹想的是把小院退给村委，书记大伯说不容易得来，手续都全了，说不定哪天用得上，暂且就托大伯看管。收下一季瓜菜，满满塞了两辆车，一并开进城里老别墅。原先的帮佣打发了，老人家不惯差使人，样样都要自己来，这一桩，就依了他们。隔日，修国妹便和小妹核桃去到芜湖的新别墅。

搬迁的日子里，张跃进转业回来，军队到地方，按规定降半级，在行署教育部门任科长。走的时候一个人，回来一家三口，媳妇是部队驻地的居民，原籍湖南，父母是当年农垦的场工，自己读了师范，子弟小学做老师，如今转到地市中学。修国妹以为两口子中至少有一个会在自家的企业里谋个要职，有些担心小叔小婶生隙，张建设沉吟道：美国洛杉矶是高速公路上的城市，以车代步，有不成文的规矩，一家人不乘一架车！你的意思是——修国妹问——鸡蛋不能放一个篮子。就是这个意思。修国妹释然了些，又好笑道：好像你去过洛杉矶似的！张建设就笑笑。张跃进的女儿比园生小两岁，初中一年级，沿着哥哥家孩子的起名习惯，叫作疆生。也许水土的关系，长得有几分维吾尔族人的模样，眼睫很浓，一双大眼睛，和核桃一起，好像亲姐妹。多少因为这个，修国妹很欢迎她来玩，园生周末过来，阶梯般一溜姑娘，领着上街看电影买东西吃麦当劳，众人眼里一个幸福的母亲。

公司分部开张，凑着十周年的日子，举办庆典。从装修起，张建设就不让去现场，说要给个惊喜。修国妹按捺不住，开车到写字楼下，玻璃幕墙上张了篷布，透出灯光。后面的车摁着喇叭催促快走，绕个圈回来，还是那样，篷布后面的灯光，汽车喇叭大作，索性放弃探究，只等那一日来临，揭开谜底。再说啦，她也藏着个惊喜呢，看谁的惊喜更胜一筹！好像回到小时候，和弟妹玩耍，此刻则带有闺中戏的意思。他们真是配着了，多年夫妻，彼此都无倦意。这一段时间，又好过又难挨，仿佛出阁前夕，甜蜜的不安。幸亏时不时地打岔，转移些注意力。舟生回来度圣诞假，修国妹想起小弟留学的时候，家境不像现在，哪里能说回就回？袁燕从上海带来一棵雪松，于是就有了圣诞树。平安夜，小孩子都来了，除自家的几个，李爱社的一个，海鹰的一个，园生的同学，姚老师女儿的孩子，与核桃一般大小，客厅地毯上坐满了。上海的蛋糕点心，铺了一桌，最受欢迎的却是修国妹的麻叶，面皮上撒了芝麻盐，油锅里炸出来，一箩一箩，没个够。吵着要过通宵，未到子时就都睡着了，喊起大的，抱走小的，留宿的留宿，回家的回家，瞬间走空，余下一地糖纸、礼品的包装、圣诞树的彩带挂饰、小孩子的玩具车。修国妹一件件拾起，归置在墙根，免得第二天早上绊了脚。见沙发后面横着一卷包裹，俯身细看，原来是舟生，蒙了沙发上的毛毡。想叫他起来上床睡，又怕扰了觉，就不动他。静夜里，听得见他的鼻息，细细的，小猫似的。这么长大的一个人，还是她的小儿子，骨肉连着骨肉，心连心！

到那日子，修国妹带了袁爸袁妈，踏进大楼，升降机电掣一般，耳边呼呼的风响，停下，开门，站在了中央圆厅。挑空三层，玻璃穹顶上蓝天白云，底下一个平台，停一艘木船，外壳漆水斑驳，挂着几缕水草。走近去，看后舱压着货包，前舱檐下，甲板支着案桌，桌上有酒有菜，人却不知去哪里了。修国妹想，这情形好生眼熟，分明在哪里见过，陡然间，视线模糊起来，恍惚间，饭桌边有了两个人，一个是爹，一个是张建设，正交接自己的终身大事。她抬手抹一把脸，人不见了，看得更清，那不是从小长大然后出阁走的水上屋吗？她叫一声：张建设！喉头哽住了。众人都鼓起掌来，穹顶下弹出一串气球，五色缤纷。她给张建设的贺礼在庆典结

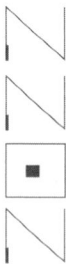

尾时亮出，是一具船钟。早年张建设从蚌埠旧货市场买来，又从旧船拆下，张建设自己大概都忘了，修国妹却一直收着，几度搬家都留下来了。事先，专去上海找了个亨得利钟表店的老师傅，换了表芯，擦拭一新。这一回，轮到张建设湿了眼眶。

千禧年轰轰烈烈来临，这具有天象意味的转折，落实在修国妹的纪年，那就是核桃四岁；园生升高三，备考大学；舟生呢，在美国提前完成本科学业，去到另一所学校读研；小妹三十七岁，大约因为前一段感情挫折，至今单身未婚；小弟三十九，袁燕三十，保持现状，既没有登记，也没有办酒，过着两地通勤的同居生活——修国妹想，如果有了孩子，兴许可推进事态？可是袁燕并没有受孕的迹象。

现在，袁燕来芜湖的时间多了，人家的父母在这里呢！再则，也给公司帮点忙。小弟还是在三河上班，住县城的老别墅，独享爹妈的照顾。没有小妹争宠，也没大姐的管束，倒十分自在。乡下人讲虚岁，三十九当四十，就是半大的生辰，姐夫送他一辆雪铁龙吉普，很中他的心意。一踩油门来了，再一踩走了，到底是和姐姐亲，和老的吃饭穿衣是好的，但是有什么话说呢？这一段，袁燕替公司争得一个大单，美国军用运输船。张建设很看重这笔生意，倒不是多大的进账，而是意味着开拓海外市场。所以，决定随袁燕同往，亲自谈判。舟生在相邻的大学城，也召过去，已经到了熟悉业务的时候，将来这一切都是他的！再加上小妹，就像多年前，送小弟去省城上大学，小妹非跟着去不可，她总是被外面的世界吸引。不过这回是姐夫主动安排，法务部主任嘛！三个人走后，家里剩下修国妹和园生、核桃，小弟来了，就载上她们兜风，都能开到上海，住个一两夜。核桃骑坐在舅舅的脖颈，园生和妈妈跟在身后，她高出修国妹一个头顶了，一行四人走过南京路步行街。江风浩荡，载着万点灯火，一层层过来。核桃挣着下地，在防波堤观景台疯跑，园生前后堵截，两人的衣裙在风中，蝉翼般的透明。修国妹和小弟凭栏望着远处的渡船，亮晶晶的小窗格子里，飘出乐声。他们就像一家人，是的，他们本就是一家人，美国那边的人，也是一家人！修国妹暗暗一惊，她想到哪里去了啊！在这璀璨的天地间，人都变得有点不像。小弟的衬衫吹得顺风篷似的，下摆抽出裤腰，她看到一个开始发福的中年人。观景台上人越来越多，大半是游客装束，也有附近的居民，穿着睡衣拖鞋，大小几口，居家的安详平和。这才是一家人呢！修国妹想，胸口怦怦地跳。

美国一行人回来了，谈判很成功，张建设什么时候不成功了？因为时差，还有亢奋的情绪，他白天黑夜不能入睡。修国妹凌晨醒来，听客厅里的踱步声，裹件衣服下楼，看张建设在绕圈走路，走得很急。头发洗过，没有梳平，此时爹起来，就像一头困兽。修国妹叫他，倒把他吓着了，原地一跳，回头看她，眼睛灼亮，她不由得也一惊。有几分钟时间，两人屏气站着，仿佛要重新认识。他舒一口气，她接着缓下来，问吃点热乎的怎么样。他先摇头，是觉得不对症，再点头，反正闲着也是闲着。她转进厨房，点火煮水，打进四个鸡蛋，加两勺白糖，端上桌。他说声"谢谢"，她笑道：这么客气！他也笑：美国人的做派，时不时地，谢谢，谢谢，说溜嘴了，到机场踩了老太太的鞋，应该说对不起，出口还是谢谢！她嗤鼻道：美国真厉害，十来天工夫，就叫人改性情！自觉得出言促狭，便换了话题，问舟生怎么样，能派上用场吗。张建设的脑袋在碗口上摆了摆：傻！怎么会！修国妹不服。张建设说：古人有言，"橘生淮南则为橘，生于淮北则为枳"，就是这个道理。她不禁好奇了：美国人傻吗？他又说：我们乡下人也有话，"人大愣，狗大呆，包子大了都是菜"，说的就是那地场的人！她紧追着问：到底怎么个傻？他放下吃空的碗，靠到椅背上，热食使人放松，变得慵懒：就说吃饭，中国餐馆也学洋人，单人单份的客饭。两个美国人，照理各点一种，凑成两个菜式。他们不，面对面，一人一盘红烧肉！她同意说：是有些愣。舟生也学得这脑筋——说到这里，张建设又气又笑：燕子带给他几张碟片，我也不懂，什么"重金属"，是他喜欢的，不想就像烫了手似的，说是盗版碟，触犯法律！修国妹大笑起来，舟生拒绝袁燕的东西，格外让她开心。因笑得太放肆，张建设诧异地看向她，这才止住。此时，两人之间忽然一阵透亮，窗户纸似的。晨曦照进来，映暗了厅里的灯。修国妹伸开双臂，朝天打个哈欠，起身回房间继续睡觉。

园生高考一日一日临近。她不像哥哥天资聪慧，又是女孩，家人的期望不高，在普通中学读书，没经历压榨式的应试训练。性格散漫自由，其实未必坏处，但晋升晋第的社会主流，却不是少年人抵挡得了。从县中到芜湖高中，学校和学业都是新人新事，需从头来起，大概还和青春期叛逆有关，园生忽变得进取。可基础就是那样，方法也欠科学，周围都是拼搏

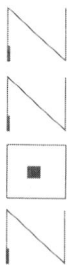

的人，更上一层楼谈何容易。每逢模拟考排名，或因位置前移兴奋，反之沮丧。压力刺激内分泌，在她这样丰腴的体质就是肥胖，于是又多了一个问题，每天都要过磅，减则喜，增则恼。她迁怒母亲的基因，为什么非遗传给她，哥哥却继承父亲。继而是，哥哥上重点中学，自己没有。事情迅速演变成分配不公，性别歧视，不是吗？妈妈总是说，没关系没关系，上了大专又怎么样？你这话敢对舟生说！园生顶撞道，连"哥哥"的称呼都没有了。近视镜片后面的小细眼鼓着一包泪，更显得肿泡。做妈的又生气又心疼，又帮不上忙，还着急。她也就敢对母亲无礼，父亲还让她生畏，修国妹为此暗自庆幸，总算有个怕的人，要不怎么镇得住！

园生的同学也不来玩了，修国妹以为只是功课的紧张，后来发现她们已经变成竞争对手。不只是排名先后的追赶，还有信息资源。有一日，园生在饭桌上。园生很少上桌，都是送到房间里，像五星级酒店，修国妹几乎都见不到她，想舟生住校，独自度过青春期，做父母的倒缺了一课。园生说，班上有个同学的父母够上了题库的关系，得到许多题型，所以步步都能踩到点。修国妹这才知道还有"题库"这东西。袁燕说：所谓"题型"不过是鸡生蛋蛋生鸡，有迹可循。园生横过去一眼：哪里都少不了你！修国妹喝止道：怎么说话的！无意看见对面的小妹——对了，这是周末，全家人都到齐。核桃在桌肚里钻来钻去，小妹在笑，张建设低头往嘴里扒饭，好像没听见，小弟呢？小弟眼睛避开，好像怕着什么。受了抢白的袁燕，没有回敬，大人不把小人怪的表情，吃完碗里几口，离开了。桌上人似乎都松一口气，重新开始说话，她发现，屋顶底下，其实弥漫着一股敌意，冲着谁来的？她不想知道。

园生报了几个补习班，有限的课余时间也填满了，难得在家，也锁在房间，像是佛堂里的闭关——她对核桃说，又赶紧收起，生怕一语成谶，真要做世外人。核桃懂什么，只知道玩和吃。现在，与她做伴的是疆生，周末和假期，搭小弟或者大工的车过来这边。本是来找园生的，无奈园生不见客，好在有大伯母同核桃。她们三个挺投缘，再加上小弟，家中老小，都叫"小弟"，他一律都应。这样组合，也是一家人。前面说过，疆生与核桃更像姐妹，但肤色不同。疆生和园生都是白皙的，核桃呢，越来越显黑，不是严格意义的黑，而是颜色深。小弟载她们三个，车开得飞快，两个小的尖叫着。修国妹看疆生，好像看到以前的园生，轻松、快乐，而且随和，感叹地想，孩子不长大才好。可是，像小弟这样，永远是个小弟，也不好吧？心事就又起来。车出了高速匝道，驶在堤上公路，放缓了速度。底下是河道，走着机帆船，远望过去，小小的。两个孩子指点说：看，一个小娃娃！可不，水上漂的，也是整整齐齐的人家。她想告诉说，她们的爸妈、爸妈的爸妈，再往上去，大约还有曾祖、高祖，就是在那豆荚般的舟船里过活，说出来她们未必相信，就不说了。

车离开河岸，在国道省道盘桓，远兜近绕，就到了老别墅。她时不时过来看一眼，或者自己开车，或就是搭顺风车，像今天这样。即便这样频繁地来去，仍然吃惊它的变化。原先的花草山石都挖掉了，留下那一池子水，接了皮管做灌溉用。前院栽几棵果树，枣、李、桃、杏，还有一棵无花果，树底下是菜豆架，分在甬道两边。后院砌了双眼土灶，一具柏油桶改制的炭炉，专做熏腊用，屋檐下挂着的腊肠、风鸡、臭鳜鱼，就是产品，白色马赛克贴面已成烟黑。墙脚垒了鸡窝，外形不出乡土风气，功能却十分现代，遥控的自动门，底部也是自动，升高推出，拾蛋和清扫，再收回，显然出自小弟的设计。走进楼里，底层格局未有大动，因老人腿脚不便，住着餐厅边的保姆房，其实只睡觉用，大多时间在屋外活动。厅里添置一台投影电视，屏幕几乎占一面墙，镇日开着，无人看，但不开却不行。楼上是小弟的天地，一间主卧，并不睡人，布置成机房的样子，电脑、路由器、扫描打印，一列排开；次卧为音响室，喇叭主机低音炮，航空椅和沙发供听音坐卧，地上还扔了个睡袋；床呢，安在朝北的客房，床上床下齐整干净，竟至于简素。修国妹下意识转头嗅嗅，想要嗅出点什么，什么都没有。

屋顶底下的人各得其所，过得不错。二老壮年便露出端倪的风湿病，如今丝毫不见踪影，腰背直起了，脸面光滑。但是，修国妹却看出一种苍老，潜在于表面的健硕之下，那是什么状态呢？她在心里问自己。每一回，当她试图开口，话到嘴边总是拐个弯，小弟他——说出半句，便被母亲接过去，好得很，好得很，就是忙，或者，就是懒，怎么办呢？生来享福的命，不像大妹妹你和小妹，说到这里，话头又转了，小妹她也是好命，有人帮衬，你最劳碌！她瞅见母亲在看核桃，眼光里很奇怪地带着嫌弃，核桃的小手在外婆膝上扶着走过，外婆本能地掸了掸她触碰的地方。

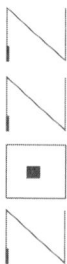

他们不是不知道，是不想知道，面对一个新世界，已经放弃了解。安居的生活其实让人颓唐，吃水上饭的，多少都有五湖四海的气势，现在收敛起来，变得谨慎了。就这样，修国妹放心又不放心地离开，回去自己的家。

高考将至，全城笼罩着紧张的空气。考场附近的道路车辆禁行；酒店客房抢订，为考生住宿和午休；出租车也在抢订，随即就有高考经济出台，住宿餐饮交通一条龙服务。园生变得暴躁，动辄发怒，大家知道她找碴儿，都绕道走避开。核桃虽小，也觉出气氛不同平常，仿佛要与这压抑作抵抗，一早起来，走进走出地大声唱歌。园生受了吵扰，冲出房间，一溜烟儿下楼，揪住核桃劈头盖脸打去。核桃何尝受过这个，惊吓之下，都不知道叫喊。修国妹听到响动赶来，只见两人脸色大异，一个赤红，一个煞白。先在小的背上拍几掌，吐了几口饭食，号啕出声。转身对付大的，人早跑回房间，将门踢上，修国妹抢进一只脚顶住，硬是推开。园生一头栽到床上大哭，修国妹反舒了一口气，说：你哭出来倒是好的，憋得死人！屈身坐在床沿，听哭声从强到弱，有声到无声，渐渐变成饮泣。底下的那个被帮佣的女人带走，家里只剩母女俩，终于静下来。又过了些时间，修国妹说：起来。迟疑一会儿，园生翻身坐起了。两只眼睛肿得像桃，因为哭，也因为失眠。洗澡去！修国妹又说。园生下了床，不一会儿，浴室开始放水，门缝钻出一缕缕雾气，做母亲的威严也一点点回来了。这一天，她们没有说话，走个对面也当没看见，侧身让过，陌路人一般，但是一张桌上吃饭了。核桃却是怕了她，再不敢大动，速速吃完，下了座，远远站着，用眼睛瞄着这边。修国妹看她可怜，并不去理睬，人，自小要有个忌惮。园生就缺这个，原先还不敢对她父亲放肆，不知什么时候起的头，也不放在眼里了。

吃过晚饭，修国妹说：园生跟我睡！话出口，心里却是不安，不知道她来不来，要是不来，自己的面子往哪里搁？这一日的规矩也白做了，正上下忐忑，园生竟然推进门来。眼泪都冒上来了，自己的儿女啊！她撑持着，一点不露，不能失了身份，还有，万一哪里做得不妥，人又退回去，简直如履薄冰。园生将枕头扔在床上，她到底没守住，扯过来，和自己的并拢。园生背对着躺下，她闻到女儿的体味，洗发液、浴皂、润肤露人工复合的层层香气底下，唯有母亲才觉得到的乳臭。她极想抚摸这身子，却没胆子，浑身都是刺，青春期的芒刺。门推开了，探进一个小脑袋，核桃抱着自己的小枕头，挨到床跟前。修国妹刚要伸手，人已经一骨碌上来，滚进腋窝里。修国妹搂住核桃，另一只手试探着伸到那一个的颈下，没有遭到反抗，于是往身边紧一紧。现在，她们母女就又在了一起，跨越青春期，青春期是个什么东西啊！将骨肉生隙，亲人变仇人。核桃打着小呼噜，这孩子倒是心大，不记仇。她觉得到园生的脉跳，均匀，轻盈，有弹性，骚动的青春也有静谧的时刻。园生动了动，修国妹屏住呼吸，由她翻身，身子贴住身子。心肝！她又要掉眼泪了。园生闭着眼睛，问出一句话：她是谁？修国妹好像被施了定身术，不能自主，停一时，回答道：妹妹。园生不说话了。修国妹又说：小妹妹！园生的反应则是轻轻的鼻鼾，她睡着了。

修国妹睁着眼睛，暗夜中的房间有些变形，床啊、橱啊、转角柜、窗帘和窗帘盒、壁灯、画的边框，都有些不像，动静也是另一种。白昼里的无声变得有声，这里响一下，那里响一下，好像有什么秘密要说出口，到嘴边又刹住。

清早起来，一切都回到原状。园生备考进入冲刺，校内课程，校外补习，回家再加时，通宵达旦。她长了黑眼圈，体重急剧增加，满脸疙瘩，脾气像个火药桶，随时爆炸。但是有那一晚的妥协，修国妹心里有了底，也生出策略，那就是当进即进，当退即退。她想，舟生并没让她受过这些磨折，也正如此，她和女儿更亲。说起来，父母真是贱骨头。好容易挨到上考场，煎熬中度过三日，园生把课本、教辅、题册，装进一口破缸，拖到院子里，点上一把火。看神情，像是满意的，又像彻底放弃。修国妹不敢问她，她倒自己问上来：你就不想知道我考得怎么样吗？修国妹以为是找碴儿，转而想：怕你吗？挑衅道：无所谓！园生说：你就对舟生有所谓。修国妹说：也无所谓！园生说：你像做妈妈的吗？听嘲笑的口气，知道警报解除，正色道：无论你们长成什么样的人，都是我的儿女！园生嗤一下鼻子，表示不相信，走开去了。修国妹用火钳将飞出来的纸片捡回缸里，灰烬飘起来，仿佛被日头融化，不见了，天特别蓝。好了，她对自己说，好了，一劫渡过，接下去还会发生什么？天知道。可做人不就是这样，一劫连一劫，渐成正果。

修国妹说要犒劳园生，让她选一个地方旅游。小弟帮着在网上搜索，

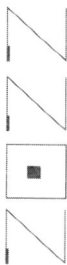

有各种游学，夏令营，遍及欧美。但想到要去陌生的地方，结交陌生人，园生就打怵，说要疆生跟她同行。结果是她跟了疆生，去乌鲁木齐的外婆家。一月以后，两人晒得黑黢黢的回来，录取通知也到了，本市师范历史系的走读生。在园生，无论资质、基础，以及努力程度，都恰如其分，合乎她的天命。不攀上，不伏下，细水长流。园生安静下来，回到原先的平和驯顺。修国妹则多有一重欣喜，那就是女儿不会离开身边到她看不见的地方。

这边山重水复，柳暗花明；那头，张建设的事业则一路勇进。公司如他期望顺长江东去，直抵上海崇明。崇明岛南港与浏河口相望，沿岸一溜滩地，行政区划属江苏省界，许可、注册、地价地税，均按江苏国资辖制，对内陆企业就有多种便利。张建设占得先机，盘下一块地，建了船坞，挂出分公司牌子。于是，往来苏、沪、皖三地，最忙碌紧张时候，连续几周不回家。三河的地方，只做小型船只拆解，机构随之压缩，名义上公司本部，实际已剩空壳，但为享有新区优惠政策，继续保持注册地身份，真正的中心转移至芜湖办公楼。技术部则向沪地延伸，在崇明另立项目开发部，专业性弱化，余下零碎的行政庶务。小弟不擅长此项，又乐得清闲，推诿给底下人，就是大工。大工算得上企业的老人，但生性老实，从不曾有僭越的念头，凡事都要请示，找不到张建设就找师娘。修国妹虽然不懂，但喜欢他的笃诚，尽力上通下达，因而多少也知道些三河的前后。同一地的分公司，当门立着水上人家的旧船，只开幕时一见，之后再没有去过，所以倒是隔膜的。那里由小妹掌管，张建设任命她做执行副总裁，代总裁行使职权，直接向他负责。早出晚归，正好错开时辰，核桃差不多把她忘了。难得碰面，两人像不认识似的。小妹本来最好没有这人，渐渐地，真骗过自己，以为和她没瓜葛。后来，修国妹想起，觉得是一个征兆，预示变局的开端，那就是，亲的远，疏的近。

这一天，袁爸袁妈上门，修国妹不禁道一声"稀客！"。两家有日子没走动了。在修国妹这边，顾虑是袁家住他们的房子，有巡查的误会。那边大约也出于同样的原因，受人恩惠难免瑟缩了。此时，修国妹一边将客人往里让，一边想着，是为袁燕和小弟的事吗？她注意到，袁爸形容大不同以往，身穿一件休闲西服，褐色的细格子，底下是牛仔裤、旅游鞋。袁妈的穿着依然朴素，是雅致的朴素。修国妹不认品牌，却认气度，两人比初见面时候，年轻至少十岁。神情的改变尤为显著，变得轩昂。带来的礼物一件件摆上茶几，家中老少每人都有，连帮佣的女人都不漏掉，最后，是一串钥匙。修国妹接在手里，又熟悉又陌生，见她纳闷，袁妈笑道：自己家不认自己门！修国妹这才"哦"一声，明白了，可是——修国妹困惑地看着对方。

袁爸欠起身，拍拍对面人握了钥匙的手，修国妹忽生一个念头：放在过去，他哪里会做这样的举动！大妹妹，袁爸说。过去他也不曾这么叫过她。大妹妹，谢谢你借我们房子住，住了有十年吧，到了完璧归赵的时候！我们呢，袁爸继续说，在安徽的时间倒比在上海的长，异乡总归不是故乡……她发现袁爸原来很会说话。可是——她狐疑地开口，被截住话头：上海人嘛，还是要回上海！修国妹模糊想起他们是上海人，没错，当然，上海到底是大上海！袁爸摇摇手：不，不，大妹妹不要这么说，现在世道变了，就拿你这套别墅比，上海也是少见的，可是，人是有乡愁的！修国妹又想起袁爸袁妈是知识青年，知识青年就爱这套说辞，不禁微微一笑。这一笑大概透露出一些讽意，袁爸脸色沉了沉，靠回沙发，简捷道：我们决定退休，张总奖励一套公寓，给我们做巢。好一会儿她才意识"张总"就是张建设。现在喊什么人都是"总"啊"总"的，于是又笑了。那是应该的，她说。袁妈说话了：世上多少应该最后变成不应该，我们心里有数的！这句话说得通情理，修国妹说：我们也有数的，袁爸付出许多辛苦！袁妈说：一家人嘛，也是自己的事业。"一家人"几个字不知怎么变得刺耳，修国妹不无尖酸地想，这"一家人"是哪"一家人"！袁家两位仿佛听得见她心里的话，收了口，表情矜持起来。仿佛耳目去掉一层膜，修国妹清醒发现，张建设给袁家在上海买房，就像当时请进他家公寓，事先未透半点口风。当然，没什么的，房子算个什么事？白菜萝卜似的。

时间在沉静中过去，帮佣的女人过来，凑着修国妹耳畔问：客人吃不吃饭？她一惊，原来到饭点了。袁家父母也醒过来，起身告辞。主人只是虚应，并不强留，送到院子外，看二位上车，是一部宾利。隔了车窗，修国妹突然说：燕子和小弟的事情还是办了好！车里的人石化般停住了，修国妹又说：虽然新风气，不讲究，手续却不能少，生孩子，报户口，读书上学都需要的。车里人动起来，一个低头摸索安全带的扣，一个抬手调整后视镜，可是修国妹扶着车窗看着呢！实在挨不过，袁妈支吾道：他们不

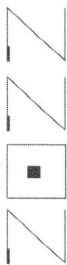

计划要孩子吧！修国妹"哦"了一声。袁爸转头笑着：形式不重要，有事实就行。说罢，拉上车窗，一溜烟地走了。修国妹胸口打鼓似的，"事实"两个字也是刺耳的。

吃过饭，核桃午觉，帮佣的女人也歇下了，园生还未下学，一个人坐着，满屋子阳光，明晃晃的。脉跳平缓了，心里清水似的，看得见底。她起身出门，太阳当头，小虫子转着圈，嗡嗡地响。篱笆墙上的蔷薇正开到盛时，就是它招来的虫子，想着下年要换一样种植。到车库开出自己的蓝鸟，上到路面，沿甬道向小区门口去。家家院子绿荫笼罩，鲜花盛开，鸟在枝叶间鸣叫，还有婴儿的啼哭，更加衬托午后的静谧。

车在市区盘旋一阵，犹豫着上高架，交互穿梭内外环线，再下来，已是城外。从江岸北向，走一段国道，又上匝口，凌空而越。她一径向前，四下里没有参照物，不知有多么快，只觉得在天上飞。高速公路是另一种水系，通往四面八方，没有到不了的地方。超车的喇叭声从极远处传来，其实就在咫尺，可不，一眨眼到了跟前，又一眨眼，看不见了。有一阵子，与相邻车道的座驾并齐，看那车轮转成风火圈，摆脱了地心引力。要是看得见自己，也是二郎神一般。这固体的坚硬的河道，携带一股霸凌之气，穿透空间，这虚无形影其实是假象，它有着高密度的物质集群，否则怎么解释地球悬挂不坠落？或许可说因为速度，公转和自转的惯性所致，那车轮子都离地三尺！下一个问题来了，推动的手在哪里？你或者回答说，隐匿于肉眼不可见处，世界由多重纬度组成，所以才是高密度嘛！人在维度和维度的缝隙出入，就像子弹在弹道飞行。很可能，世界上所有的生命都寄身于高速，高速公路是一座多维空间的模型，它将不可视变成可视，就像基因在序列编码中显形。那些速度爱好者，比如小弟，自己都不知道，他们真正的身份，哲学家！将存在的杂碎过滤干净，只剩下本质。

车窗两边是青白的天空，起一点皱褶，是云，移动着的皱褶是飞翔物，拖拽出浅黑的弧线，暗示球状的地形、大气层、万有引力。河道是未经过提炼的原形，高速公路是形而上。前者是感官世界，后者是理性思维。即便如修国妹的具体的人生，在速度里也体会到一种抽象的快意。她熟练地变道，进出匝口。农田和房屋升起来，又沉下去，天际线忽近到眼前，很快又推远到目力所及之外，只剩一抹烟灰。迷蒙中，仿佛海市蜃楼，依次呈现小小的弧度，是桥，一座，两座，三座。越来越近，看得见桥洞，桥洞里汩汩的，好像要挤破似的，她终于明白她要去的地方。车滑向匝道，卷扬机的轰鸣替代了高速路面车轮胎的摩擦声，车窗顿时蒙上一层颗粒，听得见沙啦啦的击打。她看见河流，罩在暮色般的粉尘中。车沿河滩缓缓行驶，前后窗变成铅色，视力反而尖锐了。她看见巨大的吊件在上方移动；焊割的火焰发出白炽的电光，被扬尘洇染成团状；钢缆在机器上打卷，一盘盘的；船板从车顶横过去，构件的格斗里积存了河泥和藻类——她并不后退，反而向里开去。地面凹凸不平，车身颠簸，弹起来，再落下来。有人向她喊话，没有声音；有人挥着安全帽，神情急切；还有人试图拦截，随即闪开。她怀着一种奇怪的心情，似乎负气，自虐，小孩子的淘气，往作业区深处趋进。吊车笨拙地掉头，显然是要避让她，可比不上她灵活，又有盲区，险些撞上。车身重重地跳一下，几乎倾翻，她硬是顶过去，在交叠的割件上走，最后，停在一架侧舷的纵骨底下，再开不动了。车窗急叩着，一张变形的脸紧贴玻璃，她认不出是谁，从张合的嘴形看出，叫的是"师娘"。车门拉开，伸进脑袋，果然是这个人，大工。

不由分说，大工解开修国妹的安全带，扶她出来。她挣了一下没挣脱，惊讶大工的力气和倔强，本以为他是温顺的。大工强使她离开驾驶座，推进后座，自己坐上去，从钢架里倒出来，掉头转弯，摸索着轮下的路径。一张张粗粝的污脏的脸从两边车窗退去，她想对他们笑，却流出眼泪。她看见后视镜里大工的眼睛，专注地看着前方，知道他也看见自己。她并不遮掩，尽情地哭。作业区越退越远，终至看不见。不知道什么候，车上了高速，天青日白。

八

这天晚上，张建设回家了，在玄关换鞋。门外檐下的灯从背后照过来，身形动作让人想起他年轻的样子。修国妹想，男人到底不见老啊！进到厅里，大光明底下，脸面清瘦了，也显出后生。当地站一会儿，有些局促地举步向里走去，经过修国妹身边，手在她肩上按一按，迅速收回，说：洗澡！等这边回头看，人已经上楼，不见了。这个澡洗了很长时

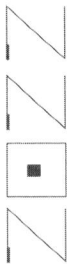

间，浴室里传出响亮的水声，吸进鼻腔喷出来，在喉头深处激荡，再喷出来。动静很大，不免有些夸张，尤其在修国妹耳朵里，就是做作的。最后，以尿液在马桶陶瓷壁的冲击结束。张建设裹着毛巾浴衣出来，一团湿热雾时间涌进卧室，朦胧中，修国妹低头坐在床沿。他绕到里侧，怕惊着她似的，轻了手脚上床。那边的人站起身，他脱口问道：你去哪里？洗澡！修国妹回答。他"哦"一声，挥手道：去吧！有事吗？她问。有什么事？什么事没有！他说，滑到被子底下。修国妹进了浴室，地砖上一汪汪水，马桶里积了半腰淡黄液体，她嗅了嗅，然后按下扳手。四下里充斥了健硕的男人体味：尿臊、汗臭、脚气、口气，掺和了肥皂、洗发液、沐浴露的人工香精。是久违的缘故，还是添加新成分，熟悉里的陌生。她刷了马桶，拖干地砖，擦拭一遍浴缸、镜子、台盆、淋浴房的玻璃门，用过的毛巾扔进洗衣篮，换上干净的，甚至清洁了壁上的瓷砖、下水口的毛发。浴室里的雾气收敛了，看见镜子里的自己，这是谁啊？等她洗漱完毕，推开门，以为床上人已经入睡，不料那人一骨碌钻出被子，半坐起来，倒吓一跳。

吵着你了！她说。哪里？他笑一下，带点讨好的意思：累急了，反而睡不着。看她还站着，拍拍旁边的枕头，示意上床来，她竟窘起来。走近床跟前，推开被子，坐上去，靠了枕头，也半坐着。两人都小心地，不碰到对方，那熟极而生的身体，亲到骨头缝里，才会如此疏远，疏远到来世，三生石上邂逅。他开口了：忘记和你说，我在上海买一套公寓，给袁家父母，算作退休金吧！应该的！她说。要是喜欢，也给你买一套！他说。她回答：一家人，分什么你的我的！他听出话里有话，解释说：我的意思，我们也买一套。她笑起来，他惊诧地转过脸，不知道笑什么。修国妹止了笑：我们买房子，好像买白菜，你一棵，我一棵，个人都一棵！他说：置业嘛，不动产最能保值。修国妹心想，他还是他，脑子转得快，一下子把话引开了。听他继续往下说：通货膨胀是经济发展的动能，不发展不膨胀，不膨胀不发展，发展的红利就用来填补通胀的缺口，所以，发展就是和通胀赛跑，看谁跑过谁！修国妹说：不发展的人，没有红利吃，却要让通胀缩水财产，不是净吃亏了？张建设又看她一眼，想她真是没变，聪明，一眼就看得到症结。所以我们是幸运的人，得历史先机，跑在经济运行的轨迹上！他说。深更半夜，两口子在床上谈经济学，其实有点滑稽，可是总要有点说头，说什么不可以！

说话让他们消除紧张，隔阂打通，仿佛回到过去的日子。那时候，他们无话不谈。张建设坐直了，说：崇明那地方，就好像去过似的，地土风水人情，都很相近。不看大的，只看小处，有一种草头饼，你知道是什么？苜蓿，他们叫红花草，用来肥田的，捣成浆，和进麦面，揉紧了，拍扁，上笼隔水蒸，吃过吗？都吃过，叫名不同，籽籽松，荒年里的口粮！草木同种同族，地方呢，他们的"堡"，南堡，北堡，固堡，我们叫"铺"，头铺，三铺，十里铺，汉字却是一个，"堡"！我们省有"三河"，他们有"三江"，这样就明白了，因为水的缘故，我们这些人，就认水！东南西北，江河湖海，水流到处，就是我们的家！

修国妹抱膝坐直了，听他说得豪迈，也有些激动，插言道：这就应了山不转水转的古训！张建设靠回枕上：水是船上人的前缘。你很会说话！修国妹夸奖，却透出讽意，实不是存心，有些懊恼，想自己为什么总是言不由衷，让彼此扫兴。方才掀起的热情平息了，气氛复又冷淡下来。伸手关了床头灯，说了声：睡觉！不料也是讥诮的，讥诮"睡觉"两个字里的秘辛。他们早已经没了房事，却还挤在一张床上。修国妹重又开灯，起身下床，说：我换个房睡。张建设说：何必。她说：这样的年纪，应该分房了。她整了整睡乱的地方，抱起枕头，走去门口，听身后面的人说：无论分不分房，这世上只有你我做夫妻。修国妹站住脚，拉开的门合上，就好像听另一个自己说话：上海的房子我不要了！她奇怪怎么把话又扯回买房不买房，可是，话头不就是从房子上扯出来的吗？床上人不作声，她又听见自己的声音：戏文里唱，黄金万两，抵不上真心一个！床上人说话了，仿佛隔了一条河，从对岸传过来：舟生、园生的份额，一分不会少。核桃呢？她在河这岸说。视如己出！对面人说。话又扯远了，却又是在最最芯子里。修国妹"哦"了一声，接着问出一句：袁燕呢？这个问题其实有些促狭，可一张口，自己蹦了出来。夜色真是可以遮丑，多少不堪的人和事，都浮上水面。那人回答：一家人何分你我他！修国妹说：也是，小弟的媳妇嘛！张建设想起结婚前，在县城百货大楼和女店员对嘴，唇枪舌剑，不减当年啊！愣神的工夫，修国妹早推门走出去。

天亮起床，张建设已经走了。仿佛有意让修国妹清净，一段日子里，

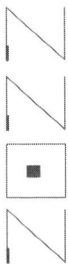

小弟不来，小妹不来，袁爸袁妈迁走，她搬进公寓，单立门户，袁燕也不来。再过一段，似乎觉得修国妹养息好了，小弟来了，小妹来了，袁燕重新走动起来，甚至，张建设回家也比之前频繁，隔三岔五地，出现在玄关，弯腰换鞋，手指头钩着小黑皮包，一晃一晃进来了。年节时候，爹妈上来，偶尔地，袁爸袁妈也到场，热腾腾吃一餐饭，再各自上路。汽车在院子外面打火发动，错开让过，互相道"再见"。喧哗平息，静谧像夜雾般漫起。修国妹立在门廊的罩子灯下，一边是园生，一边是核桃。园生长成清秀的少女，核桃则应了跟谁像谁的说法，胎里带来的种气化去了，剩下一点遗韵，正够长成个漂亮的小孩。正是黏人的时候，须臾不离，腻着修国妹，倒让她喜欢，按乡下习俗，是做祖母的年纪了。

尘埃落定，生活回到或者说重启常态。园生中科，大学的课业总是舒缓的，成绩并非硬指标，随竞争压力解除，园生回到原先散淡的性子，人际关系中颇受欢迎，又增添自信。看她恬静的样子，想不到曾经发生过惊涛骇浪的一幕，即便发生过，也安全着陆了。接下来，核桃临到就学，已经在本校区注册报名，新书包也买来了，小妹忽然来家，要让核桃进上海国际学校。修国妹看着小妹，不晓得又是哪一出，"国际"两个字，却引起她的注意，有一些隐匿的怀疑涌上心来。为什么？她问。她以后总是要出去的，舟生不也出去了吗？小妹回答，挑衅地望着大姐。大姐说：费用很高，从现在起算，都够打个金人！钱不是问题，张建设缺钱吗？小妹笑道。修国妹觉出明显的敌意，屋里没有别人，只她们姐妹，小妹恨她！这么小的人寄宿不成！她连鞋带都不会系。此言既出，不由得自问，何其然，她们家的孩子都要人帮系鞋带了。小妹说：当然不会寄宿，我们搬去上海住，张建设给我买房了。修国妹忽然发现，小妹不称"姐夫"，直呼"张建设"。当然，对他们从来"大妹妹""小弟"地乱叫，谁也不曾计较，张建设到底是外亲！修国妹心思全在称谓上，似乎没有听见买房的消息。小妹见她神情恍惚，终是顾虑的，收敛了气势，放低声说：我带核桃在上海，周末来看你。修国妹糊涂中有一丝清醒：你要认核桃了，很好，很好！小妹仿佛软弱下来，说：我虚龄四十，不指望婚姻成家，就母女一起过吧！这话说得有些凄楚，修国妹看了她，挑染的头发剪成短式，颈后倒削上去，妆容精致，米白西装下细格子七分裤，赤足穿一双镂空平底鞋，隐隐透出脚指甲油贝壳般的光泽。她还没去上海，已经是个上海人了。小妹接着说：上海那地方，单身妈妈有的是，谁都不稀奇，还很光荣！表情又昂然起来。那是！修国妹说。她那张脸，小妹指指核桃的房间，人在里面午睡呢——她那张脸，藏也藏不住，上海人也认混血！这是她们之间，第一次说出这个词。修国妹却没注意，只连声应道：是的是的！思路滞后在上一个话题，就是买房的事情。前回买给袁家父母，这回买给小妹，果真是白菜萝卜！她笑着说：你姐夫也问我要不要在上海买房，我说不要。小妹被打断话头，一时反应不过来。修国妹接着说：我又不是上海人，去那里做什么，你说呢？小妹忽然发怒了：为什么不要？置产呀，投资呀，房子比货币保值！修国妹笑道：你和你姐夫说的一样话，谁跟谁学的呀？小妹说：天下人谁不知道，常识嘛，有什么学不学？修国妹说：我也有常识，听说过吗？家有千千屋，日卧三尺。小妹点头：你的常识很好，我们比不上你。修国妹追一句：你说的"我们"是谁和谁？小妹语塞，即刻回一句：所有人和所有人！姐妹俩你看我，我看你，静了一会儿，小妹脸上露出狡黠的笑容：大姐——修国妹想，叫她"大姐"呢，凡叫"大姐"的时候，都没好事情。大姐，我和你说，张建设是个人物，你不看紧，我就拿下了，肥水不流外人田！小妹向来这样说话，不伦不类，不能当真，也不能全当假。所以大姐也笑着：你试试看！小妹伸出手指点着：你说的，我就不客气了！大姐说：出水才看两脚泥，我倒要看看你的本事！姐妹俩斗着嘴，嘻哈里过招，你来我往，最后，修国妹正色道：有句话，你信也好不信也好，无论走到哪里，世上只有我和他做夫妻！小妹有点变色，强笑着：肯定？修国妹也变了颜色：板上钉钉！小妹要出言，被大姐挡住：我再告诉你，唯有我和他做夫妻，才会有你，有小弟，有爹妈，有众人；我和他这个扣解开，就都散了！话说到这里，就没前路了，各干各的去。

生活继续，不经意时，修国妹会想：日子怎么过成这样？不容她细究，就有事端来打岔。乡下规划社会主义新农村，要将宅基地征收，再按份额下划各户，分配新建小区的所得面积。书记大伯专为这事上门，张建设在上海崇明岛，赶不回来，电话里说了话，又嘱咐修国妹，不论大小巨细，全权由书记大伯定夺，再一条就不必交代了，好好招待。大伯倒不见老，头发推成板寸，衬衫外面套了卡其布马甲，脚上旅游鞋，很显时尚。只是酒量不如先前，烟也差不多戒断，喜欢谈保健的知识，显然上过

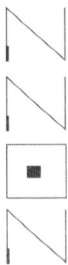

很多课程，说到兴奋处，便流露昔日领导的气派，让人想起过去的书记大伯，同时呢，也意识到那时光一去不返了。继任的村书记是大伯的本家侄孙，还是在族系内的传递，但大伯依然有多项不满，往前溯，涉及分支间的宿怨；当下看，则广泛到政策面，也见出书记大伯多少是失意的。就说"社会主义新农村"，书记大伯称作"排屋"——楼上楼下，电灯电话，固然好，"大跃进"时候，大妹妹你还在娘肚子里，就奔着去的。但是，"大跃进"后来不是收势了吗？大食堂紧接着饿肚子，猪呀羊呀，都是长腿的生灵，怎么约束它？鸡鸭下的蛋，白花花一河滩，谷囤、石磨、粮种、菜籽，也是一大摊，这才是农民的日子，现在都要重新投胎了。

修国妹说，住进楼，人就不必像过去那样劳苦了。大伯摇头不语，显得伤感。修国妹想为大伯解难，主动表态，他们的宅基地本是从村里来，自然回村里去，不能占村民的利益……书记大伯拦下她：大妹妹别骂我倚老卖老，听一句老人言——当年根据土地流转条例，办过手续，合法合规，该是谁就是谁，如今要还回去，真不好归纳。修国妹说：我依大伯的。书记大伯说：你家这处院子，占地不大，如果置换一室户，不需交补一分钱；补两万元，可得两室户；再加四万元，就是三室户。我们农民就这么点地产做保障，钱这东西，就是张纸，二十年前，十元钱可买上好的一担米，如今，两餐饭都不足，房子却是不动产！修国妹又听见"不动产"这个词，张建设说，小妹说，现在书记大伯也说，看来都在进步，就她是个落后人。可不是，所以，我劝大妹妹，还是舍钱得房。修国妹已经明白书记大伯的意思，商量着说：大伯的话很在理，放弃实在可惜，索性要个三室户，还是托给大伯，事实上，这些年都是您照应着，才没有荒废！书记大伯说：我回家和你大娘议议。修国妹说：我找大娘去，我的意思是，索性过户给大伯家，打理看管也方便，什么时候要用，再还我！书记大伯说：你我之间好说，世人眼里就难了，当以权谋利，占用宅基地，宅基地可不是玩的，有几个小子，为了它，竟然要把城市户口转回农村呢！修国妹说：从源头起，我家院子，还是得了大伯的优惠，就算彻底给您，也是物归原主，再说了，大伯您现在卸甲归田，也是一介百姓，有什么以权谋利的嫌疑！看书记大伯的神情还是有些犹疑，又补充道：张建设就这么说的，不相信，你们通个话！当下拿起手机，按一串键，交到书记大伯手里。两人在电话里说了一阵，只见书记大伯眼圈渐渐红起来，关上机，喝了一满杯，什么话没有，欠起身要走。修国妹哪能让他自己回去，一定要送他。最后那杯喝得急了，有些上头，摇晃着又坐回去。扶了修国妹的胳膊站定，慢慢出了院子，坐进车便盹着了，要不是箍了安全带，前额就要点到膝盖，这才显出老态。修国妹想，书记大伯这样的年纪，至多买些保健品，付点学费，其他有什么开销？还不都为了儿孙？那李爱社在张建设这里占个虚位，晓得是个无底洞，就不敢太纵容，生怕积重难返，拉下饥荒，等于按着他不让作乱，家里人也不能指望太多。据说他媳妇开了家棋牌室，摆十八桌麻将，其中一桌是他专用。另还有两个闺女，嫁得都不怎么样，只够顾自己的。书记大伯倘若向张建设开口，定不会遭拒，就是抹不开面子，这一会儿上门，不知道下多少决心。车到地方，将人扶出来，送到门外，书记大伯都没有虚邀一下，背了身挥挥手，进去了。修国妹掉过车头，过老院子家后，听见里面"哗哗"的洗牌。再过一个院墙，也是洗牌，一直响到巷口。拐弯向里，看见河岸，耳边的骨牌声方才清净。水位低了，堤岸就高起来。播种的季节，对面的田地却没有开犁，芒草长得很高，白蒙蒙的。开出一二里路，没遇着个人，麻将声则又续上了。她觉得气闷，降下车窗，忽嗅到一股气味，来自极遥远的地方，空中传来，又仿佛记忆深处泛起，终于辨认出是酒糟的发酵。那是她的老家，离此地仅十来里路，却分属两个县境。像她这样的"猫子"，漂流水上，别以为就没有故土观念。他们也是有原乡的，只不过转化成另一种感官的接触，比如嗅觉。那刺鼻的酵酸，就是！日头底下，烘热的，酒糟里的曲子蒸发出来，醺醺然的，整座城都醉了。载得满满一船，破开水面，走到哪儿都是它，于是，一条河也醉了。卸去多日之后，舱底刷得发白，睡里梦里还是它。此时此刻，她的车正循它而去。

头顶的高压线纵横交错，轮下是水泥沙石的道路，坡岸铺了沥青，所有的弧度都取直，变得坚硬和锐利。这是一个新世界，只有气味还是老样子，下午三时左右的阳光里，格外旺盛蓬勃，仿佛有形，空气里颤抖的光，书面语叫作"氤氲"，就是它！路有些不平，车轮轻柔地弹跳，嗝嗝嗝的。正走在两县的过界，常是三不管地段，修得马虎，甚至有几处断头，只得下到村道。庄子空了，房屋的梁架和椽条抽走，门板、窗框、砖瓦也拉走，乡下人就是这样，惜物。房屋都敞开着，只留个空场。单从空场，也能看出过日子的用心，灶台上的描花；地坪上的水磨石；壁上的瓷

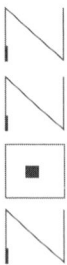

砖；窗洞挖成扇形、拱形、六角。山墙和山墙的夹道，只能一个人侧着身过，仿佛看见打地基时候的争夺，寸土不让。井圈周围的青苔枯死了，一片黑，就知道多久没人打水。树迁走了，剩余几棵病老的残桩，疤眼里却发出新枝，绿汪汪的一丛，有什么用呢？说时迟那时快，推土机轰隆隆开来了。驶出村落的废墟，上去公路，酒糟的发酵味又来了。方才阻在庄子外头，渗不进来，原来，那庄子还有墙呢！她想起小时候，听老大们讲古，为防备流寇袭击，凡人集聚的地方都筑墙筑碉楼，铁桶似的箍起来，书上写作"固若金汤"，青壮年轮流守夜望风，稍有动静便烧柴起烟，叫作"烽火台"。在这危险的故事里，小孩子睡着了。

车走在圩上，圩顶的路又宽又平，倘不是那一具闸门，她都认不出来了。这里也有故事，新故事。她出生的那年，洪水泛滥，为保蚌埠，开闸放水，淹了半个县境，所以就叫分洪闸。前方高楼耸立，和上海有什么两样？她下了高架，开进市区，顺着柏油路直走，很快乱了方向。想看日头，日头挡住了，光从楼缝里透出来。围着楼群绕圈，来到一个圆场，中间是花坛，足有两层楼高，周边辐射出无数纵路。她放缓车速，沿着环形线走，过一个路口，又过一个路口，不晓得开过几个路口，她已经转晕了。忽然之间，路的尽头，呈现白亮亮的一条，是河！方向回来了，车却已经过去。绕一圈再来到这里，拐进去。昔日的地形从覆盖物底下升起来，升起来。装了酒糟的拖车咯噔咯噔走在卵石的街路；铁匠铺叮叮当当，大锤跟着小锤，击在砧板，炉火熊熊，火星子四溅；相邻的杂货摊叫卖"拴猪拴羊的链子"；火烧店吆喝的是"天上龙肉地下驴肉"；小男孩的赤脚板"噼啪"响，抢车上的酒糟、煤块、烟草、豆饼、饴糖……都是送往码头装船的货物，然后是大人的驱赶，鞋底可是比脚板响亮、犀利，而且粗暴。喧哗声起，酒糟味倒散开了，藏到某个秘密洞穴，不见踪迹。

处理好乡下的院子，接下来是芜湖那套公寓。小妹搬去上海，并没有带走核桃。其实也是一时兴起，追逐"单身妈妈"的时尚，事实上，她简直怕核桃。核桃更怕她，怕被带走，小妹来到，核桃就躲。就读的事情还是按原计划，在家门口的小学。早晨起来，她伏桌吃饭，修国妹坐在身后替她扎小辫。头发硬而且厚，梳子犁地似的扒，拉得脑袋向后仰，眼梢吊到额角。然后，牵着手送去学校，下午时候再牵回来。有一次接人时候，修国妹被老师请到办公室谈话，因为核桃和班上男生打架，把对方的牙磕掉了。因是乳牙，自己会长出新的，所以惩罚性地赔偿一点，重点在于文明教育，难道是野蛮人吗？修国妹向老师做了检讨，心中却有几分窃喜，不怕核桃被欺负了。路上问事发缘由，原来那男生带头喊她"小外国人"。修国妹说：这也算不上骂名！核桃说：你不是不让人叫我这个？修国妹低头看她，她也正看她，小心眼儿里什么都知道呢！倘要是个笨人还好些，偏巧聪明剔透，俗话说的，头顶心敲，脚底板响，受的磨砺就多了。

近些日子，修国妹变得容易伤感，从老家故城走一趟是这样，想到核桃的未来是这样，去旧公寓收拾善后又如此——公寓里空空荡荡，看不出有生活过的痕迹，热腾腾的烟火气竟不留一点余烬，说过去就过去。这年暑假，园生和疆生结伴去美国游学，是舟生替她们在网上报名。两个女孩走后的日子，她在惶遽中度过，以为再也见不到，就像舟生。舟生两年没有踪影，他爸爸，袁燕，还有小妹，走马灯般往那里去，张建设也叫她去的，她负气说：不去！她变得爱生气了。园生两个回来，没有缓解心情，反是难过，竟然掉了眼泪。园生跺脚道：你看你，你看你！她强笑道：我以为你不回来了！园生说：哪个要在美国！疆生也说：哪个要在美国！核桃学舌：哪个要在美国！

生活继续往下过，核桃升二年级，园生毕业，在本校的附中做老师，有了追求她的人。男孩子白净脸，瘦高个儿，有些像她小舅，还让她想起，做姑娘的时候，船在叫管镇的地方停靠，柳树林里的少年。多么久远的情景，却仿佛眼前，如今也是个中年人了。小弟早已脱了年轻时节的形骸，甚至比修国妹还显年纪。三河的作业收尾了。当地环保部门早发出警告，经斡旋收回，再警告，再收回，屡次三番，终因河道淤塞，进不来大船而告结束。在地的公司总部关闭，迁移芜湖，与分公司合并。说是合并，其实是收归，上属变下属。办公楼被浙江老板租下，改成洗浴城，也能看出，三河一带已经聚集起商业消费群落。小弟还住在老别墅里，驱车芜湖上班，顺道就到大姐这里。小妹去了上海，周末也来。张建设两头跑。袁燕从外企辞职，自己注册一家咨询公司，业务涉及风投，小妹告诉修国妹，实是挂在舟生公司底下。修国妹不听她的，兀自走开去，小妹追着身后喊：你要把你的份额划出来！她回头说：将来都是舟生的！舟生

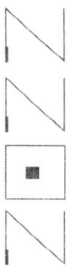

自己呢，要，还是不要？似乎是冷淡的。他不回家，似乎在躲，躲什么呢？他们母子真是隔心了。不只他们母子，她还和所有人都隔着。这家里每个人都比她知道得多，只不和她说，她也不问，知道多有什么益处呢？

即便有些情节在眼前上演，她也抱定不知道。不知道是说好还是不说好，这些人常常从四面八方汇集这里。修国妹说不上欢迎还是不欢迎，有利有弊吧。不来终有些冷清，来呢，热闹是热闹，可却是危险的，随时可能发生不测。你一言我一语，话来话去，渐渐露出机锋，仿佛是隐语和谜语，飞镖似的，从四面八方投射，在空中交互穿行。先是全方位作战，小妹、小弟、袁燕、园生、张建设——张建设总是最早退出，小弟其次，园生第三，她半懂不懂，搅一阵浑水不得要领，就觉得无趣，剩下小妹和袁燕。两个人相对而坐，碰杯送盏，谈笑风生。偶尔几句入耳，说的是情，又有几句入耳，就是向生死，这就玄了，前生今世，孽缘、怨偶、恨爱，参禅似的。忽然怒起，杯盘都在桌面跳一跳，砰砰响，然后一个离开，另一个也离开。也不告辞，仿佛屋里的人都不是人。门外相继响起车的引擎声，开走了。又有时候，可以坐到入夜，只听得开瓶的声音，软木塞子弹飞似的，酒汩汩流进玻璃杯。两个醉醺醺的人，路都走不了直线，总是张建设做代驾。车灯扫过窗户，将房间照得透亮，再收起，寂灭在黑暗里。

年节的家宴，规模就大了。修家二老，袁燕的父母，张建设兄弟一家，最近一次，就添上园生小男友的父母，与张跃进的妻子同行，都是做老师，在中学和幼儿园。职业的缘故吧，显得后生，仿佛下一辈的人。长的一桌，幼的一桌，修国妹和张建设招待主桌，底下的就是小鬼当家。就缺舟生一人，修国妹解释说，美国人不过中国年，所以没假期。心里明白，即便有假期，他也不回来。铺两张大桌面，其乐融融，都说老的福气好，小的争气，追根溯源，归结长女婿有为，所以家业两兴。回应众人称颂，张建设道，自小失怙，和弟弟孤苦相依，所以这一生最重视亲缘，就像树，枝叶茂盛，根才扎得深，根深才能叶茂，现在，又要发新绿——他向园生和小男友点点头：顶有成就感了！一番话出口，人人感慨，纷纷举杯，尤其小男友的爸妈，自己还是个孩子，现在要做上辈子人了，羞红了脸，接受左一个右一个敬酒。修国妹往底下一桌看，袁燕低头不语，小妹面露微笑，她都想打她。还好，随座上举杯，呵呵叫起好。修国妹松下一口气，她其实是害怕的，怕什么？不知道，却知道张建设不会让她害怕的事情发生。无论多么复杂的形势，都在他的控制中。就是因为这个，她把自己的命交给他。辞旧迎新的时刻，安然度过。许多绕不开的关隘，也都一一过去。生活已经上轨道，单凭惯性就足够排除阻力，一往无前。

有这一餐年饭垫底，修国妹变得淡定了。她原本是个镇定自若的人，曾有一度慌神，世事磨炼，又恢复常态，以不变应万变。真是活到老学到老啊！园生的婚事提上议事日程，也占据她的时间和注意。自家那套公寓，修国妹曾闪念做园生的婚房，挂在中介，这时竟有了下家。不禁有释然的心情，她有点忌讳它呢！小男友家有一处小两居，旧是旧一点，可足够小两口自己住，等有孩子了再换新的不迟。修国妹极力主张他们独立门户，一可以治治园生的懒筋，二也是，她对自己都不敢说的，园生还是离开这个家好。才露小荷尖尖角的人生，娇嫩清新，需小心保护。她越来越喜欢园生的小男友，似乎是将对小弟和舟生的感情寄予他。这个小左撇子，和园生并排坐着吃饭，右手牵左手。他学的物理，子承父业，在中学教书，加上园生，一家都是老师，也叫修国妹喜欢。她读书少，特别崇敬学问，听两个孩子讨论唯物主义唯心主义，高深不可测，忍不住插嘴问这问那。园生嫌她烦，那孩子则耐心地解释，告诉她两者都是对世界的认识，区别在于，一种是物质性，另一种是精神性。问什么是物质，什么是精神。男孩再解释，物质看得见摸得着，精神则相反，无形无影。这么说，修国妹有些懂了，"哦"一声走开，生怕自己忒不识相，打扰了二人世界。背过身细想，觉得十分有趣，如要替世间物分类，她当属于唯物主义，因所做的一切，都是以实际为目的：父母、弟妹、儿女，还有丈夫，衣食住行。但也不尽然，为什么是这些人，而不是其他，街上过的陌路，这就要涉及感情。感情这东西看不见摸不着，可是心连心，心不也是无形无影？问题还是那个，为什么对这些人而不是别的人有心？修国妹思忖良久，得出一个字：命！就是命啊！命又是什么？缘分。前世里的恩怨，这可不更无痕迹了！她难道是唯心主义了吗？看窗下阳光里一对小儿女，不知道哪一根藤上结出的瓜豆，然后，再结瓜结豆，无形的变成有形，无情变成有情，这世界还是物质的！脑子乱了，却是愉悦的乱，而且轻盈。天地扩得很大，人在其中，都能飞上天。仿佛花木的扬絮，不知道在哪里着

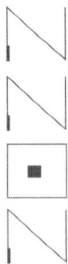

床，就有了因缘。

年轻人的爱情简单明了，水到渠成，关系确定即谈婚论嫁。时代也变了，脱跳出俗套，走的新路数。先在民政局登记，然后拍婚纱照，再办喜宴。鲜花搭成拱门，父亲挽着女儿走出，交到新郎手里，修国妹想幸好不是她送园生，否则不知道哭成什么样子，败大家的兴致。随即想起小弟，就缺这一节，于是断了后续。所以，老人言必称周礼，这礼数实是不能错，就像庄稼必须在季上，否则便没有收成。

园生出嫁，三天后回门，之后就极少见到了。做母亲的骂她没良心，但也高兴小两口儿和美。家里的情形还是原样，时而只有核桃与她做伴，时而外面住的人陆续到来。有一回，小妹带了一位先生，说是朋友。那"朋友"长得人高马大，相貌堂堂，神情举止却不甚相称地有些瑟缩。小妹安顿他落座，手里捧一杯茶，就再没有动弹。看起来是怕小妹，周遭环境也让他生畏。修国妹见他拘束，要去照应，被小妹喊住：别管他！是自己人的口吻，"朋友"更不知所措，几近惶恐。饭菜上桌，先不敢动筷，然后便只埋头，周围的人和事全不关心。修国妹纳闷"朋友"的来路，和小妹什么关系，上门有什么事吗？她放弃了追究。现在，家里有一种狡黠的气氛，表面平静，底下暗潮涌动，随时可能兴风作浪。因为园生不在的缘故吗？年轻人令人生畏，是出于对纯洁青春的忌惮。现在，大家说笑的声音放大了，措辞变得露骨，修国妹想，幸亏，幸亏园生出嫁了！上海"朋友"渐渐吃足了，放下筷子，抬头看周围，表情茫然，似乎不知道如何来到这个地方，水晶宫似的。惊诧的眼睛，很像袁爸袁妈第一次造访。当然，现在不同了，修国妹相信，他们的家也是水晶宫。饱食让他松弛，脸相和手脚变得有些粗笨，身上西服的化纤面料，口音中的村俚，修国妹已经能够分辨沪语中地区的差异，大约是崇明岛上出身，三十上下的年龄，没经过世事，看不懂晶莹剔透的厅堂里，正发生着的事端。这些体面人却有一股隐晦的粗鄙，和他们乡下人相反，乡下人的粗话里，其实是天真，甚至稚气。"朋友"坐不住了，在椅上动着身子，要起来又不敢。小妹的手按在他肩膀，时不时拍一下，一下比一下重，仿佛敲打他，又仿佛敲打的不是他，而是另一个，在她眼睛朝向的地方，什么地方？他不敢看。这些人本来是面熟的，职场上一言九鼎，现在脱去躯壳，裸出肉身。说话随便，激烈之处像是有仇，陡然间又成莫逆，亲得不得了，随即翻脸，骂将起来，紧接哈哈大笑，一个向另一个扔去盘子，那一个接过来扔给第三人，他也被扔到了，手快地接住。这一接，修国妹看出了机灵劲，并不像表面的颠顶。这阵势把核桃吓住了，钻进修国妹怀里，但很快就乐起来，因为人们都在笑。连大大，她称张建设"大大"，大大也参加了这场扔盘子游戏。张建设就像个杂耍演员，正手接，反手接，转个身接，抬起脚从胯下接。她本来是惧他的，可现在一点都不了。大大变得可亲，而且滑稽。核桃尖声叫着，拍手鼓掌。修国妹握住两只小手，往怀里紧了紧。她的毛茸茸硬扎扎的脑袋，顶着自己的下颔，心想，明天要去理发店，给她做个负离子烫，把卷发拉直了。

修国妹相信凡事都会有个结局，但没有想到是这样的结局。意外发生在崇明作业场，张建设检查一部废钢船，两个气割工正在分解舱口围板中块，长四点二米，宽一点二米，高零点八六米，重两吨。张建设一时技痒，推开其中一名工人，扶着割炬一端操作起来。年轻的日子又回来了，两手空空，但又什么都在一双手上，有的是力气和胆气。那割炬趁手得很，四点二米的割缝里一气走到三米，钻出吊孔，还不歇手，继续切割余下的一点二米。此时，几米之外地方，一架三吨克灵吊车吊运块件，碰撞到另一件中块，都是一二吨的重量，引起地面震动，张建设的割炬正走到头，看见一片乌云压顶而来，却动弹不得，纳闷想，发生了什么？即遮蔽在黑暗之中。

原载《收获》2022年第4期

点评

《五湖四海》是一部以改革开放为主题、深度呈现改革开放发展史的"大部头"中篇作品，体量上也接近于长篇。小说故事的发生时间正是改革开放在中国大地全面展开，市场经济逐步取代计划经济的历史节点，政策调整带来的天翻地覆的变化随着小说的展开得到了淋漓尽致的呈现。

尽管有如此宏大的主题，但王安忆的落笔却是在一户贫苦的水

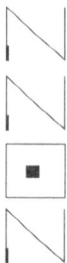

上人家，孤苦伶仃的张建设、张跃进兄弟幼年失去亲人，被村长大伯收养。此后，张建设作为兄长凭借自己的吃苦耐劳、善良包容、灵活经营，打拼出自己的一片天地，成为富甲一方的老板。张建设的发家史并不仅仅是个人英雄主义的战斗史，同样是时代政策不断调整的结果。比如他的第一艘船是通过贷款购买的，没有这样一个政策，他就无法完成这重要的第一步。他的事业不断节节高升，正是改革效应不断显现的结果。作者巧妙地将宏大的时代改革同个人事业发展融合在一起，以小见大，展现了改革在中华大地写就的锦绣华章。

此外，在这部作品中，王安忆以细腻的笔触在更为纵深的时代景观中展现了改革给人的精神和性格带来的巨大变化。小说的主要笔墨集中于张、修两大家族、两代人的生活和命运。财富的积累改变着整个家族的生活，他们的活动空间由水上而至地上，由乡村而至城市，由国内而至国外，不同的文化和观念交叠而来，汇集在这个大家庭内部，引起阵阵涟漪。作品通过修国妹这一重要人物，对这些变化进行了深刻的审视。作品在主人公张建设突遭变故中戛然而止，虽然呈现开放态，但这一突变式的收束仍然意味深长，传递出一种反思的意味。

（崔庆蕾）

浮 图/

/葛 亮

一

警员走进来时，看到连粤名正给牛排浇上黑椒汁。他看到警员，并无意外，仍执刀叉慢慢切下一块肉，送到嘴里。

连粤名自认是个老饕。按常理，这刁钻的口味，多半是训练而来。而他却是浑然天成。自幼在北角住着，那里先是上海人，后来是闽南人排闼而来，便被称为"小福建"。

他们住过的地方，叫作"春秧街"。据说是因为一个姓郭的福建籍富商命名。这富商是印尼华侨，以制糖起家，致富后想在香港拓展业务。本来是打算兴建炼糖厂。不料填海造地后，海员大罢工和省港大罢工相继爆发，劳工不足，经济萧条，郭氏唯有改作住宅发展，建成四十幢相连的楼房，人们就以"四十间"指称该地，后来政府将"四十间"所在的街道命名为"春秧街"。

连粤名搬出春秧街已很久。自打从南华大学毕业，他便想要离开这里。在澳洲读了博士，回到香港。娶了西半山长大的袁美珍，在薄扶林道买了一个小单位。他才觉得是给自己洗了底，做了真正的香港人。可他一年里，总有三不五时，要做回福建人。多半是因了九十多岁的阿嬷的召唤。每月初一、初八、十五及各路神佛圣诞。电话先打过来，要他回到乡会庵堂吃斋。这边稍有犹豫，便是劈头盖脸的一顿骂。有时他因事情去不了，下次见面，得被阿嬷念上十天半月。无非是长房长孙，不肖不贤，愧对先祖之类。直至数到上梁不正下梁歪，就是回忆和女人跑掉的阿公。眼

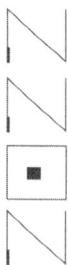

睛一红，便是一把浑浊老泪。连粤名心里慌得直叹气。袁美珍一边敷着面膜，在脸上拍打，一边幸灾乐祸地说，你这才真是躲得了初一，躲不了十五。

这一天，袁美珍却也跟他来了。只因是大日子，观音诞。只见庵堂里热闹，人头涌动，犹如置身岁晚的黄大仙祠。香火愈来愈鼎盛，乡会数年前终凑够捐款，置下三个相邻单位，一千余呎，有了小厅和厨房，安好佛像和坛位，让神明在这寸土寸金的香港宜居，夜深出窍施法，亦舒适安稳。

"名仔！"他阿嬷来了香港近五十年，仍然是一口坚硬的乡音。这口乡音被她从福建带来了香港。人人都说入乡随俗。这北角的人，都有这么一段相似故事。二十世纪四十年代，连粤名的阿公和二叔公，跑到印尼讨生活，开理发店，每月寄钱回乡维持家计，和阿嬷相见相会只能约在香港。那时中国与印尼还没建交，香港是个中转站。二十世纪六十年代，阿嬷带了家当，携父亲和阿公团聚。阿公却没出现过，听闻是和一个外侨女人去了金山。好在有福建乡会帮衬，阿嬷人又争气，在春秧街开了一爿成衣铺，竟然就将几个子女都养大了。立业成家，各有所成。

可阿嬷就偏偏改不了这一口乡音，早年被人讪笑，如今上年纪倒得了气壮。偌大的庵堂，对着连粤名呼呼喝喝。旁人就说，连阿嬷，阿名好歹是个教授，不是青头仔啦。阿嬷便道，教授又如何，还不是我的孙！连粤名坐在乡会的小厅里，看阿嬷一头稀疏白发，露出了红色头皮，坐姿没有老态，竟是雄赳赳的，天然便是领袖模样。手脚竟比一众中年妇人更为麻利。一边包着膶饼，一边和乡里谈笑。又因为耳朵有些背，说话声量就更大了些，洪钟似的。

每到观音诞，这些福建女人日出时分便来到庵堂，掀起大饭盖，准备下锅煮百人斋菜。太阳升起之时，乡里已穿起佛袍，与方丈住持，同赞佛颂文。中段休场，乡亲端上水果、甜汤。倒也有条不紊。

连粤名坐在缭绕的烟火里，看头顶悬着"巍巍堂堂"和"慈航普度"的牌匾。功德箱上摆着供果和闪烁不定的莲花佛灯。如今都要环保，那灯里装的是电池，是真正长明的。连粤名好像又回到了儿时，跪在蒲团上被阿嬷摁下，纳头拜佛。那时的庵堂，没有现在排场。袁美珍坐在她身边，埋着头，只是一味地划着手机，也不说话。即使来了许多年，也并没有融入妇人的群体。不似连粤名的发小祥仔的老婆，早和老少查某们打成一片，按说人家还是个茂名人。阿嬷和这个孙新抱（粤语，孙媳妇），表面上客客气气，再也没有多的话讲。既然当自己是客人，便宾主自在好了。

庵堂里竟也有一台电视，放着内地的电视剧，是部古装片。他是不看电视的人，里头的女明星他竟然也认得，因为偷税漏税，上了八卦报纸和网站的头条。在这个宫斗剧里，演的是个委屈的角色。眼神里却是藏不住的凌厉，不消说，还是要赢到最后的。其实也没什么人看。乡里叔伯，木然对望、闲坐。呆呆的眼神交流，以闽南语交谈，向对方借火，抽一口烟。

"莫再看咯，来啊，来啊，准备绕佛啦！"诵经最后，阿嬷出来对连粤名呼唤，如同命令。倒没正眼看袁美珍。袁美珍将手机收起，站起来，面无表情，跟着连粤名。在场男女老少都要在庵堂绕场数周，脸色端庄肃穆。这是旁人不甚理解的信仰和仪式，积年成俗。

连粤名走到了大街上，深深地呼了一口气。他的鼻腔里，残留着很浓重的香火味。自然，他手上还拎着阿嬷亲手制的腯饼和芋粿。走到了春秧街上，他觉得轻松了一些。袁美珍约了旧同学喝茶，他便也不急着回家。先到"同福南货号"买上一斤年糕，顺便问一问大闸蟹上货的档期。眼下香港市面上的蟹，都说是阳澄湖的，自然不可尽信。这间老字号，总还是靠得住。然后呢，便是到隔壁"振南制面厂"，买新造的上海面。如今卖地道上海面的铺头，越来越少。这街上，再有就是对面和"振南"打了数十年擂台的"双喜"。总也不分高下。连粤名是吃惯了"振南"。上海面软滑弹牙，和香港盛行的广东面是大相径庭。广东的碱水面硬而干，咬劲足，却不合北角人的口味。他和袁美珍，便吃不到一起去。创办这"振南"的人叫李昆，其实呢，倒是个地道的广东人。传说青年时曾追随北洋政府的国务总理唐绍仪任侍从官，故熟悉其喜爱的面食。后来在坚拿道东开设"振南"，吸引了一班居港的上海人，便将面厂搬到有"小上海"之称的春秧街，也养刁了后来的福建人的胃口。福建呢，本不是美食之乡，可是有先前上海人的讲究，加上东南亚华侨的诡异的洋派。这春秧街上的味道，是断不会寂寞的。上海南货店内有售的咸肉、火腿、咸菜、年糕，闽地有名的鱼丸、肉丸、蚵仔、芋粿、绿豆饼，也一应俱全。话说广东菜精致可观，连粤名在心里头，却另有自己的一番分庭抗礼。这是春秧街几

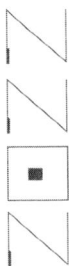

十年的生活，给他锻造出来的。及至这里，他摇摇头，觉得是一条舌头，阻挠自己成为地道的香港人。

这样想着，连粤名一路踱到了马宝道，这里的排档后方兼卖印尼香料杂货。自有一些南亚人的土产。像印尼虾片、千层糕、自家制咖喱、沙嗲、辣椒酱、新鲜椰汁马豆糕等。掌铺的已是第三代，是个戴着苹果耳机的年轻人。看连粤名挑拣沙茶酱料，有些不耐烦，说，这些货都是过年时进的，没什么新鲜的了。从里间出了一个妇人，认出了连粤名，说，教授，多时没来了。妇人是印尼本地人，嫁给了这华侨家族，还保留了传统的装束。她絮絮地说着。连粤名自然是识趣的人，便问她生意可好。她便说，这种街坊生意，可谈得上好不好？有口饭吃就是了。

这时候，天有些暗了。连粤名本来已经走到了地铁口，忽然想起了什么，就又折到了英皇道上，走到了一幢大厦前面。他抬头看到"丽宫"二字，晃一晃神，走进去。

二

南华大学，入了黄昏，另有一番热闹，是周末回校的学生们。又有各色的社团散落在校园里，派发着传单，招募新的会员。连粤名穿过黄克竞平台，看这些年轻人的脸上，一径是喜洋洋的，哪怕一些门前寥落的社团。一个武术学会的男孩子，穿着练功服，向着他跑过来，规规矩矩地鞠了一躬。他并不认识。一问起来，才知是大一的新生，上过他的高分子物理大课。正寒暄，旁边一只毛茸茸的金刚狼，手里拎着一大袋外卖的饭盒，急急匆匆地向cosplay（扮装）学会摊位走过去。人潮涌动的，是电影协会的，原来正在报名临时演员。听说国际大导演要到"南华"来取景拍戏，拍二十世纪四十年代的香港校园。自然要一班学生仔扮演大半个世纪前的好男好女。他想他读书的时候，也曾有过的临演的经历，是在一个著名品牌的广告里。那时青春无敌，他尚有一头茂盛的好头发。他禁不住摸摸自己的头顶，心里苦笑一下。

到了明伦堂跟前，他对着门口的落地玻璃，整理了自己的仪容。他做这里的舍监已经一年有余。因学生出出入入，以身作则已近乎本能。这时候，一个男孩推开门，趿着人字拖，从里头出来，一边打了个悠长的哈欠。抬眼望他，有些措手不及。旁边看更的陈叔便道：路仔，打游戏到成晚，刚刚困醒，这下正好给教授撞到。男孩哈欠打到一半收不回，脸上便是个茫然惊讶的表情。连粤名心里想笑，便也宽宏地说，唔好唔记得食饭。

他随电梯到顶楼，掏了许久找到钥匙，打开门。屋里响着叮叮咚咚的琴声。他知道是女儿回来了。《水边的阿狄丽娜》。他站在门边，略阖上眼睛，听了一会儿，不觉间在心里打着拍子。他想，当年思睿赢了全港钢琴大赛的青少年组亚军，就是这支曲子啊。一个硬颈的细路女，手指一触到琴键，就柔软下来了。她是有多久没弹过这首曲子。是的，升了中五，忙于考学，思睿就不怎么碰钢琴，由它蒙尘。最近又捡起来了。她去年刚刚做上执业牙医，连粤名托相熟的中介，为她在北角盘下了一个铺位开诊所。在渣华道，地段好，价钱也算公道。思睿说，做牙医好手势，要灵活。便又开始练琴，锻炼手指关节。她说，一样的轻重缓急，人口中三十二颗牙齿，就是两排琴键。

爸。琴声停了，他睁开眼，思睿站在他面前。女儿眼窝淡淡的青，看上去有些疲惫。收拾得倒很利落，是准备出门的样子。

连粤名说，晚饭不在家里吃？

思睿躬下身，将短靴的拉锁使劲向上拉，一面轻轻应一声。

连粤名将手上的东西放在桌上，说，和林昭？

思睿说，岳安琪回来了。

连粤名说，哪个岳安琪，是那个中学同学？不是全家移民去加拿大了吗？

思睿说，回香港来了。

连粤名愣一愣，说，嗯，吃完饭早点回。对了，给你买了马拉糕，还热着。吃一口再走。

思睿摇摇头，打开门，说，不吃了，太甜。

连粤名看着门带上，把买的东西一样样拿出来。高丽菜、红萝卜、豆干、芽菜、芫荽、冬菇、猪肉、虾米、蚝仔。

这时候听到门一阵闷响，继而听见高跟鞋重重落地的声音。他从厨房里出来，看见袁美珍一言不发，将手提袋扔到了沙发上。待她站起，又好像当他是隐形人，袁美珍径直走到房间，换了衣服就往浴室去。这时她倒

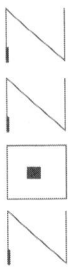

看了连粤名一眼，说，又整膶饼。连粤名说，系，观音诞，到底是个节。

浴室里响起哗啦啦的水声。连粤名想一想，从环保袋里拿出那双拖鞋，摆到了擦脚垫上。水红色的鞋，上面镶着花形的水钻，在暗处也熠熠地发着光。

他满意地看一眼，叹口气，回身去厨房。

待浴室里的水声停了，厨房里正逸出馅料爆炒的香气。因为后加了紫姜母，便有一丝清凛气，从满锅的膏腴中破茧而出，激得连粤名打了个喷嚏。他将馅料盛出来，摆到饭桌上。

好大阵味。袁美珍一边快步走过去，将客厅的窗户打开了，一边擦着湿漉漉的头发。她说，风筒时好时坏，唔记得落去俾师傅整。

连粤名说，买个新的喇。

袁美珍不睬他。他看见袁美珍，走到鞋柜跟前，在里头翻找。这才发现她赤着脚。所经之处，地板上是一串浅浅脚印，水淋淋的。

他想一想，说，我买给你新拖鞋哦。

袁美珍回身看一眼，说，几十岁人，着咁样嘅色，发乜姣。

连粤名愣一愣说，我系"丽宫"买嘅。

袁美珍的手停住，抬起头，眼神恍惚一下，说，丽宫？仲未执笠（粤语，今指商铺收摊，引申为倒闭）。

她又重新翻找起来，翻出了一双旧年旅行时从酒店带回的拖鞋，穿上了。

连粤名坐下，将膶饼揭开，包上了馅料。递给袁美珍。袁美珍不接，问他，你唔知我减紧肥？

说完，便回房间去了。连粤名望着妻子略臃肿的体态，消失在走廊尽头。过了一会儿，他听到了一个陌生女人的声音，从房间里传出来。他知道，袁美珍又开始直播了。

袁美珍走进房间时，没忘随手关掉客厅里的大灯。连粤名便坐在黑暗里头，只有房间四角射灯昏黄的光，聚拢在他身上。像个光线诡异的小剧场的舞台，他坐在台中央，抬起手，开始吃那块膶饼。炒得时间长些，馅料气息渗透，五味杂陈。他看射灯的一线光，正照在那双新拖鞋上。方才鲜艳的红，也在暗中收敛了。小颗的水钻，到底是棱体，挣扎着将一些光芒折射出来，微弱而锋利。

连粤名想，丽宫，还没有执笠啊。

那年，他回到香港，给袁美珍买的第一样东西，就是一双丽宫的拖鞋。

说起来，也是少年任气。彼时，他在墨尔本大学已拿到博士学位，便被曼彻斯特的一家汽车公司录取，做了维修工程师。一切都在往好的方向发展，唯有感情一无进展。连粤名是个心里坚定的人，可在男女的事情上，没什么主张。读研究所时，大约在域外的缘故，女人是不缺，澳洲的女子又豪放些。他的室友，是个内地富二代，风流子弟。带着他也算吃了几次"洋荤"。然而，不知是因家庭传统，在感情上是没有投入的，总以为非我族类。他家境又很一般，对讲求现实的华裔女子，也无甚吸引力。后来到了曼城，是个老牌的工业城市，人口众多，气息却阴冷。有凋落的古堡和废弃的仓库。他所住的公寓，是个纺织厂的旧厂房改建的。他住得高，从窗口望出去，能看见默西河与广阔的荒野，河水流得慢，也仿佛是凝滞的。这里的人际便更冷漠些，日常也有着不必要的客气。让他本拘谨的性格，在南半球火热的锻造后，慢慢冷却。对于女人，也一样。性似乎亦无可无不可。他满足于精谨且无聊的工作，就这样过去了两年。若说平日里有什么期盼，可能是公司出门的第一个街角右转，进入一条后巷，那里有一间中餐厅。老板是成都人，餐厅上写的是京川沪菜馆。对贪新鲜的外国人来说，中国的各式菜系，并无太大分别。但大约是原乡的缘故，这家菜的口味十分浓重。对讲究清淡的粤广人说，原本是南辕北辙，但在这冷却的城市，尤其是冬日，这菜馆火热的气息，渐渐让连粤名爱上了。一碗酸辣汤先暖了胃，麻婆豆腐、回锅肉和口水鸡，每一样都是让味蕾有记忆的。吃惯了，久了，他索性懒得自己做，便将这间叫"蓉香"的中餐厅当了食堂。渐渐和魏姓老板熟了，老板便也知他不爱热闹的性格。在他下班前，提前在餐厅最靠里的两人桌上，放上"留位"的牌子，等着他来。但到了节假日，如圣诞，西人举家团圆。因生意清淡，许多中餐厅便入乡随俗休了业。"蓉香"却还开着，连粤名婉拒了同事的邀请，没有地方去，仍来了。餐厅里只有两三位客，老板送他一个菜，又递给他一本书。书的装帧很粗糙。他翻开扉页，才看得出是本诗集。他抬起头，老板轻轻

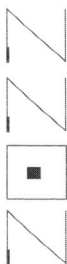

地说，是我写的。他脸上还未露出恍然神情，去迎接这个满身油烟气的诗人的新身份。对方已满面羞赧，对他使劲摆摆手，让他不要声张。他打开其中一页，上面有一句诗："思乡的火车开远了，再看不见，我哭了/是被空气中的辣椒味，熏的。"

多年后，他对袁美珍提起魏老板的这句诗，她说她已经记不得了。

他和袁美珍，初识在这间中餐厅。照常是热闹的工作日夜晚，他收工，默默地坐在餐厅最里面的小台，吃一碗钟水饺。吃到一半，老板太太走过来，抱歉地说，连生，这位小姐等很久了，都没有桌子空出来。能不能和你搭个台？他没说话，头也没有抬，只是将面前的碗盏，向后撤了一撤。就听见有人拉动椅子，然后坐下来。他闻到一种若有若无的香气，不禁仰一下脸。看对面的人，正将一条水红色的围巾取下，小心地叠起来。他听到一把女声，用广东话叫了红油抄手，临了轻轻说了"唔该"。声音明晰利落。这时候，他吃完了，一边叫老板埋单，一边将手绢拿出来，擦擦眼镜上的雾。站起来，余光看到对面客人。是个很年轻的女孩，眉目十分平淡，有粤广女生常有的黄脸色。留着这年纪女生常有的长直发，将眉目也遮住了一些。

过几天的晚上，连粤名正吃着饭。听到有人用英文问，先生，介不介意搭个台？他抬起头看，原来又是前些天的女孩。她将头发束成了一束马尾，戴了副金丝眼镜，穿身黑色套装，人看上去成熟干练一些。若有若无的气息，却还是先前的。

连粤名没有说话，只是将面前碗盏，向后撤了一撤。女孩坐下来，要了一碗宜宾燃面，加了个开水白菜。便开始叮叮当当地涮洗碗筷。连粤名心里暗笑，他想，这多此一举的卫生行为，全世界大约只有老派的广东人才会认起真。自己去国许久，早就忘了。没想到在异国他乡，会看到一个后生女这样。女孩收拾好，给自己倒上一杯茶。沉默了一会儿，忽然问，先生，你吃的是什么？

连粤名愣一下，闷声道，灯影牛肉。

女孩又问，好吃吗？

没等他答，对面竟然伸出一双筷子，夹起了一块牛肉。这突如其来的举动，让连粤名吓了一跳，他一抬眼，皱起眉头，看女孩正咀嚼着那块牛肉，嚼得很仔细。然后她用纸巾擦一擦嘴唇，喝口茶，说出了自己的结论，还不错，就是辣了点。

连粤名没来得及收回自己的目光。女孩说，听先生的口音，是广东人。

他正犹豫要不要答她。女孩却接口道，我来猜一猜，你是，香港人？

连粤名的眼里的一丝光，暴露了心事。女孩兴奋地说，我猜对了吧。

连粤名点点头。她说，香港人的广东话，才有这样的懒音。我大学时读的应用语言学，算是行家呢。

这一刻，她平淡的脸，忽而生动，泛起了红润。就连脸上浅浅的雀斑，也有了生气。然而，很快，她的神情又似乎暗淡下来。这时，她的面来了，她用筷子将面和肉臊拌开，拌匀，拌了许久。却停下筷子，并没有吃。

连粤名吃完了，站起来去埋单。忽然听见女孩说，我也是香港人。

连粤名转过身，看一眼，对她说，你点这个牛肉，可以交代厨房少辣。

以后，连粤名再吃饭，便经常有这女孩和他搭台一起吃，即便是在客少的时候。有广东籍的老跑堂，打趣说，袁小姐，又来同连生撑台脚！

连粤名听到，脸上便使劲一红。倒是袁小姐，大大方方地答，系呀！

他便知道，女孩叫袁美珍。从香港到曼城大学读一年制语言教育的MA学位，读完了想要留下来，应聘却屡屡碰壁。用她自己的话说："在英国教人英语，是要关公门前耍大刀吗？"

她第一次和连粤名说话，自作主张，吃了连粤名的菜，也知造次。那天她应聘了最后一家公司，做好了失败就回港的准备。却不晓得，第二天就收到了录取通知。她的工作，是为来曼城读大学的预科学生，培训英文。她说，连生，你是我的福将。好彩我那天晚上，吃了你的牛肉。

连粤名也知道，这是无根据的恭维话。但不知为何，心里却也隐隐地高兴了。

因是两个人吃饭，大家可以多吃一个菜。花样也就多了，搭配上也就花一些心思。若一个叫了牛佛烘肘，另一个便叫白油豆腐，荤上托素；若一个叫了水煮鱼，另一个便叫樟茶鸭，浓淡总相宜。两人收工的时间不同，若一个先到了，便等另一个，等来等去，总是时间不经济。便又自然留下了联系方式，先到的先点，说了自己想点的，等对方搭上一个。连粤名有时先到了，电话说了自己点的，估摸袁美珍要配上什么。等她说出来，跟自己想的一样，瞬间便生起孩童般的开心；若不一样，那刹那的失

落，也是孩子的。

再吃下去，便是默契了。一个可以帮另一个点。晚来的那个，多是工作上有牵绊，便会说给先来的听。一个说，一个听，就着一筷子菜，一口茶水，说说听听，一顿饭也就吃完了。

到了埋单时，连粤名有时仍不惯西人作风，心里大男子主义些，觉得自己年长，又工作长些，推推让让自己给付了。女孩却坚持要和他AA制，一两次后，竟然发了脾气，将自己的一份钱拍在桌上，扬长而去。一次走得急了，留下了一副毛线手套。连粤名追出去，人已不见了。

晚上，连粤名就着光，看那副手套，已经很旧了，泛起了浅浅的毛球。他将右手伸进去，竟然能戴上，想袁美珍小小的个子，手却不小。只是在食指的指尖位置，有一个小洞，是脱线了。他看着自己的指肚，因为工作磨出的老茧，从这洞里透出来，硬铮铮的。

再一年的除夕，"蓉香"总算歇业了一天。魏老板却将连粤名请到店里，说一起过个节。连粤名说，唔好客气。我是一支公，你们两公婆团圆，我阻手阻脚。

魏老板说，我要回四川了，算给我们饯行吧。电话那头静一静，又笑笑说，你又知道只有我们两公婆？

连粤名走进店里，看见除了魏老板夫妻在，还有袁美珍。只在店中间摆了一台，袁美珍落手落脚，帮前帮后。倒显得只有连粤名一个人，是客。四个人，吃到一半，喝得也微醺。魏老板摇摇晃晃起来，唱"一条大河波浪宽"，又唱"我的中国心"。叫连粤名唱，他推托说不会唱，魏老板举着酒杯，不放过他。他只好也站起来，唱《狮子山下》，可真的五音不全，唱得席上的人都笑起来。袁美珍接着他唱第二段，竟是清亮的嗓，好像甄妮的原声。

魏老板忽然跑到厨房里，又跑出来，手里举着自己的那本诗集，上头都是油烟痕迹。翻到一页便念，恰好念到那句：

> 思乡的火车开远了，再看不见，我哭了
> 是被空气中的辣椒味，熏的。

这诗歌，被他的四川口音念出来，再加上几分醉意，其实有些滑稽。但忽然，就看见袁美珍的眼睛闪一下，伏在桌上哽咽起来，后来竟哭到失声。魏太太将手放在她肩膀上。魏老板止住她，说，别劝，哭出来，就舒服了。

最后一道菜，是魏老板亲自端上来的，说，这道菜是给我们，也是给你们做的。

连粤名一看，是一盘"夫妻肺片"。

三

这个除夕夜，袁美珍便随连粤名回了公寓。

在灯底下，连粤名看看女孩的脸，终于伸出手去。他先摘掉自己的眼镜，又摘掉女孩的眼镜。没有眼镜，眼前人其实有些模糊了。他捧起了女孩的脸，终于吻上她，唇舌碰上的那一刻，忽然有些热辣的味道，从味蕾渗入。他愣一愣，想起是夫妻肺片的余味。

待事了了，连粤名坐在床上，才觉得赤裸的肩膀有凉意。怀里的女人仍是真实温热的。

他回想，对于床事，袁美珍并不陌生，且相当主动。在身体缠绕的细节间，往往知道自己努力争取快乐。待她高潮时，平淡的五官间，便焕发出异样的光彩。这让连粤名既惊且喜。他想，这个女孩好，懂得如何取悦自己，便省去了让别人取悦她的麻烦。

第二天清晨，他醒来，看见女孩穿着他宽大的睡衣，正坐在窗前翻看什么。他看了看，发现是他从家里带来的一本相册。带来了许久，他从未打开过，甚至不知放到哪里去了。但此时，他似乎并不怪袁美珍动了他的私隐，反而觉得她异乎寻常地亲近。他悄悄下了床，打开抽屉。将一副崭新的毛线手套递给了袁美珍。这副手套，上面绣着奔跑的麋鹿。每个指尖上，都有一颗圣诞果。其实他圣诞前就买了，时常放在包里，却一直不知如何拿给她。袁美珍接过来，戴上，将将好。她大概也看见了圣诞果，故意用凉薄的口气说，不知是哪个女人不要的，给了我。连粤名未及辩白，她却扑哧一声笑了，说，多谢。我这倒没有哪个男人不要的，送给你。

他们两个，便依偎在床上，继续看那相册。袁美珍看到一张，是他大学时拍的一个广告。那时青春澄澈，尚有一头茂盛的好头发。她伸出手，

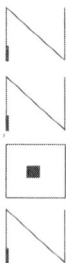

摸摸连粤名开始稀疏的头顶，他避一下。袁美珍说，怕什么，贵人不顶重发。又看到了一张，指着问连粤名。连粤名看着照片上面相严厉的老人，轻轻说，这是我阿嬷。袁美珍仔细看了看，说，阿嬷的鞋真好看。

连粤名从未注意过阿嬷穿的是什么鞋。这时看看。是黑底的绣花拖鞋，上头镶着水钻。他看袁美珍看得目不转睛，笑笑说，你不嫌老土哦。

袁美珍静静地，半晌才说，老东西好，稳阵。春节，连粤名第一次给袁美珍整了腥饼吃。

料自然是东挪西凑的。两人走了几家超市，又跑去了市中心皮卡迪利花园，在唐人街里转了两转，才勉强凑齐了。只是石蚵唯有改用生蚝，桶笋则以佛手瓜勉强代替。

晚上，袁美珍看连粤名用面粉加水，使劲搅打，到了韧劲上来。这才烧上煤气炉，坐上一只小平锅。将那面团在锅底一旋，再一擦，便是一张薄如纸的饼皮。手势娴熟，魔术似的。袁美珍眼睛亮一亮，把他的手拿过来，放在自己膝头，说，没想到啊，连生，这手粗粗大大，倒巧得过女人。

连粤名笑笑，说，我跟阿嬷长大。我们福建人家常东西，自小眼观手做，哪有不会的。

袁美珍便道，坏了，那我要是学不会，将来怕要被你家里怪罪。

连粤名柔声说，我们俩，一个会就行了，另一个负责吃。

同居了一年后，连粤名才知道，袁美珍在西半山长大。待他知道时，她已经决定回香港。

袁美珍是家中长女，母亲早逝，父亲再娶。但辛德瑞拉的古老的桥段不适用她的人生。她早早从甘德道搬离出来，从此靠自己。上学跟政府贷款，留学一路打工。在旁人眼里，类似经历的，总代表对富有家庭的叛离，是所谓"作"。一番辗转，折腾够了，便是尘归尘，土归土。前面的种种，都是为最后的好日子做铺垫。可她并不是，她回到了香港，除了见了病危父亲最后一面，还放弃了继承权。

她对连粤名说，她始终没恨过父亲，也不恨后母。只是，她不理解，阿爸为什么在母亲死后，会娶一个和母亲性情截然不同的女人，并且安然走过这么多年。这是对她阿母的否定，也是对她人生的否定。

尽管，她有着和父亲极其相类的面目，这使得她作为女性，在相貌上从未有过优势。但她很确信，出身寒微的阿母在这个家中，已经了无痕迹。能证明阿母在这个世界上存在过的，唯有她自己。

她给连粤名看母亲的遗物。其中有一枚景泰蓝香盒，外头镶着金丝绕成的枝叶，覆盖着莫可名状的月白花朵。打开来，是张圆形小照。照片很老了，上面印着一抹胭脂。黑白界线已不分明，灰扑扑。但辨得出，相中人不是闽粤女子的面相。很圆润，清秀，倒有几分江南女子的情致。眼里含笑，有主张。

连粤名又闻到香盒里荡漾出一丝气味，和袁美珍身上的，竟是一样。幽远的花香。袁美珍说，这是素馨的气味。母亲一生只用这一种香，应时的花，插在鬓上。谢了，便攒起来，叫人焙干、磨粉、制成香。

如今用香的人，制香的人，都没有了。她要留着母亲的气味。好在Gucci推出A Chantfor the Nymph（仙之颂），前调正是素馨。她便一直用这款香水，用了很多年。

母亲是存在过的。她证明的方式，也包括让自己独立艰辛地活着。她说，母亲一生所有，都是她自己挣来的。

连粤名说，那你，愿意回香港了？

袁美珍说，以前，我不回去，是因为没有底。如今有了你，我就有了底。

料理完后事，两个人便在北角租了处唐楼，在明园西街。房子是阿嬷一个同乡老姐妹的，几十年的牌搭子。她老伴儿是上海的工厂主，二十世纪五十年代来香港。到老了两人整天吵架，不胜其烦。就买了两个相邻单位，除了吃饭，各安其是，省得相看两厌。三年前老先生寿终正寝，老太太隔壁房子便空着。如今租给连粤名，租金要得很便宜。说是两个年轻人，壮一壮阳气。

两个人住下来。家具都是现成的，虽是老派，酸枝鸡翅木，看着却有说不出的砥实与可靠。连粤名看袁美珍不嫌，便放下心来。他的履历

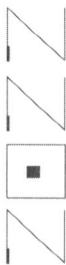

很好，又有留洋经历，未几在母校南华大学谋到助理教授的职位。拿到工资当天，心里也踏实，他陪着袁美珍好好走了一回北角，沿着电器道，一直走到英皇道。一路走，一路讲。哪里是他读过的小学，哪里是他常去的戏院，哪里是他爱吃的大排档。袁美珍望着皇都戏院，斑驳的红墙和浮雕。她说，要说这里也是香港，前许多年，我住过的那个，倒不像香港了。

连粤名带她拐进一处暗巷。巷道悠长，走着走着，整个黑了下去。连粤名就牵上她的手，一片密实的黑里，辨认彼此呼吸的轮廓，向前走。走着走着，豁然开朗，竟是一片温黄的灯光。光里是一面墙，墙上五色纷呈的一片。原来是个单边的横门铺，整面墙都是柜，琳琅的都是鞋。高处四个字"丽宫绣鞋"。连粤名说，阿嬷自打到了香港来，拖鞋都是在这里买的。他拿出那张照片，给老板看。光头老板看一眼他，说，阿名，好耐冇见。都话你读番书唔翻来喇（粤语，好久不见，都说你去国外读书不回来啦）。

连粤名笑笑说，老板替我挑一对。

老板仔细辨认，说，带水钻嘅，阿嬷呢款唔好揾，俾啲时间我。买多对？

连粤名又笑笑。老板看一眼袁美珍，醒目道，得！稍等。

半晌，老板出来，捧着一双说，小姐好彩，仲有一对。阿嬷嗰对，鱼戏莲荷。呢对仲好意头，连理枝。

袁美珍脱了鞋，将这对鞋穿上，尺码刚刚好。水红色的缎面上，绣了葱茏的枝叶。将两脚并拢，鞋上的枝条便彼此相连，一体浑然。

从丽宫走出来，袁美珍说，你好嘢，先前送了我手套，如今又送鞋。我上下的手脚，都被你捆住了。

连粤名不说话，只是笑着望她。

回到家，两人心生默契，一拥一抱，便向床上走去。大得不合情理的宁式床，原本在卧室里是突兀的，这时却让他们如鱼得水。转转间，喘息都是炙热。其间起伏与攀升，有些硬的床板，硌着他们的脊背与胸腹，倒有些凌虐的快意。将到高潮处，连粤名忽而抽出身体。袁美珍不情愿地坐起身，看见他急灼灼，从包里拿出那对鞋，给袁美珍穿上。女人净白身体，脚上是艳红的两点。他的欲望顿时膨胀，冲撞间，有些不管不顾。动作猛了，鞋便落到了地上，"啪嗒"一声。他没有停，将女人抱起来。却踩到了鞋上，只一滑，鞋飞了出去。琳琅水钻脱落，撒了一地。他怔住，心神一恍，泄了力气，用抱歉的眼神看袁美珍。女人没说话，伸出手臂，只管紧紧揽住他的颈。

因为孙住在这里，阿嬷来得便勤。来了，先去探老姐妹，手里捧着一颗柚。

到了连粤名的屋里，看尚算窗明几净、企企理理。这天连粤名去大学教课，只袁美珍一个人。阿嬷含笑看她，温言软语。袁美珍看着这老太太，身腰朗直，样貌和照片很像，可又说不出是哪里不像。阿嬷说了一句，便站起来。一低头，看见床底下的绣花拖鞋，莹莹地，泛着水红的光。另有几星灿然，在最内的深暗处闪一下，又一下，是散落的碎钻。

她便回过头，对自己的老姐妹说，你就好喇。前些年牌桌上赢你的钱，几个月租金给你赚回了本。

老姐妹刚想为自己辩白，却见阿嬷改用了莆仙话，说，有手有脚，不出外做事，租金都是我孙一个辛苦挣来。

老姐妹愣住了，却看她脸上并无愠色，相反似是一种欣然神情，像在分享一桩可喜的事情。阿嬷满面含笑，继续说，淡眉眼，高颧骨，是个男人相。名仔命硬，将来少不了苦头吃。

老姐妹怔怔，偷眼望一下近旁的袁美珍，似乎并无反应。她便也以莆仙话，悄然说，不好这么说自己的孙媳妇啦。

阿嬷挑挑眼，微笑道，没过门，算得什么媳妇。

老姐妹看袁美珍笑盈盈，便也大起胆子，一瞥卧室里宁式大床，说，过门儿有什么要紧。我可是听得见，这日日夜夜的，怕是你要先得一个曾孙呢。

阿嬷回过身，用慈爱神情看着袁美珍，说道，我预备摆酒，怕是人家家里无人来。

袁美珍笑着牵起阿嬷手，敬一杯茶。自己捧起另一杯，将一种东西，在自己心底挤压，碾碎，然后就着茶水咽下去。

往后的几十年，阿嬷一直以为袁美珍听不懂她晦涩的家乡话，甚至当

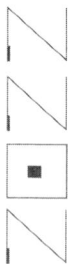

着她的面，和别人说些日常体己。那日，袁美珍当真希望不懂。连她都低估了自己的语言天分。回香港的第一个月，她有意无意，听连粤名和阿嬷的几通电话。那天阿嬷微笑看她，说出来的，她听得真金白银，一字一血。

两个月后，袁美珍在港大山下的坚尼地城，看定一个单位。面积很小，租金却贵上许多。二话不说，她便与连粤名搬了过去。阿嬷挽留道，何苦搬去那里。北角多好，一家人多个照应。

袁美珍笑一笑，柔声说，阿嬷放心，我会睇实你嘅孙。

四

这一晚，连思睿回来时，已近午夜。她看见父亲躺靠在客厅的沙发上，知道是在等她。等得久了，人已经睡着。半张着嘴，头发散下来覆盖在眉眼上。在焦黄的灯光里头，一动不动，让她心里无端紧了一下。这时，她看见父亲身体挪动，大约姿态舒服了些，轻声打起了鼾。她才舒了口气。

桌上摆着一盘腽饼，还有已冷却下去的馅料。思睿拿起了馅料里的勺子，勺把也是冰冷的。

连粤名被自己急促的鼾声惊醒。他睁开眼睛，看见女儿坐在桌前，正大口地吃着一块腽饼。再一看，思睿竟是泪流满面。他不禁一慌，将自己坐直了，问，女？

思睿这才发觉，父亲醒过来，忙拉过纸巾擦擦脸，笑笑说，阿爸，咸咗啲哦。

连粤名站起身，给她倒了一杯水。开一开口，还是问，怎么了？

思睿愣一愣，说，岳安琪在"小摩"找了份工。投行真是青春饭，人老得多了。

连粤名说，同佢见面，唔开心？

思睿看他一眼，站起来，说，阿爸，我去冲凉了，好劫（粤语，疲劳，累）。你都早啲困。

连粤名看她走进浴室，顺脚穿上门口那双绣花拖鞋。水红色的影，在暗处一晃。

连思睿出生在坚尼地城，但在何翠苑长大。何翠苑，是连家购入的第一个物业，那是一九九九年。"九七"那年，政府刚刚推出"首置贷款计划"与"八万五"，便遇金融风暴。香港楼价插水，两年后每况愈下，新推楼盘无人问津。然而，此时袁美珍却看中了薄扶林道上的"何翠苑"，港大毗邻。连粤名说，这是个豪宅盘，买了要是跌了怎么办。袁美珍看他一眼，说，都像你这么想，永远买不到楼。全球利率下降，有排跌，跌我都认。连粤名看妻子目光坚毅，便点点头。

然而即使市况淡，这楼银码大，首付款并不够。连粤名想去跟阿嬷想办法。袁美珍说不要，何必动人棺材本。她便一个人去了甘德道，回来说，借到，明日去银行办按揭。连粤名看她神情怅然，便说，既如此，当年又何必放弃继承权。

袁美珍抬头望他一眼，说，一码归一码。

他们买进望北小单位，三百八十呎，却有一个大飘窗。一家人坐在窗上，看到山下，目光越过德辅道，便望到海。天高海阔，远远地有船只过往，似听到汽笛鸣响。

谁料到往后几年，楼价攀升，一往无前。时过千禧，他们的房子，价格升过一倍。思睿长大，三口人住得逼仄。连粤名升职加薪，想换楼。袁美珍说，仲未得！连粤名以为她妇人保守，便说，地产经纪都话，高处未够高，愈高仲难买。袁美珍说，听我讲。

他们便等。二〇〇三年，SARS暴发，殃及楼市，香港再现负资产。何翠苑亦难独善其身。连粤名叹气，因物业价值缩水。袁美珍却说，出手，换楼。连粤名说，你知"淘大"暴疫情，现时两房单位，五十多万都无人接手。今日不知明日事，你又知几时轮到我们。袁美珍说，我知。听我讲，换楼。

他们换到了八百呎单位。袁美珍用尽积蓄，兼卖掉手上几只蓝筹股，竟又凑出首期，买了皇后大道上云若大厦一个唐楼单位，夫妇联名。连粤名前所未有与她争吵，说，我日做夜做，也供不了两层楼。袁美珍看他一眼，一弹牙，掷出三个字："使你供？"转头便找了地产中介，将唐楼租了出去，以租养供。这样租了半年，疫情得控，楼市便回春。势如雨后新

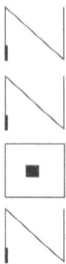

笋。两处物业，几个月内账面净升近百万元。身边知情的，纷纷向连粤名贺喜，说嫂夫人这份魄力，当真神勇。连粤名听了，笑笑说，佢啊，得个"勇"字！

以后隔开几年，储够了首期，便买一层楼，用的都是两人联名。连粤名自觉供得辛苦，但仍说，这样好，好似你对鞋，我哋总算是连理枝。袁美珍愣一愣，道，什么连理枝，这叫"长命契"。谁活得长，将来这楼都归谁。

买到第五层楼，搬到甘德道。她住过的家，如今只住着后母。两处房子，隔一个街口。连粤名说，干吗要买到这里，我们不开车，落去山下也不方便。

袁美珍打开窗子，用手使劲挥上一挥，像是要将夕阳最后的光线扫进来。她说，那女人住得，我阿妈都住得！

她说这话时，一把苍声，徐徐暗哑。不似她平日的开阔激越，倒如他人借她口发出。听得连粤名，后背生出一股凉。

明伦堂竞聘舍监，袁美珍要连粤名申请。连粤名初是不愿的。他刚刚评上了教授，论文与专著，加上教资委的科研项目，前几年殚精竭虑，终于可以松松骨。他便说，我们好不容易凑（粤语，照顾、抚养孩子）大仔女，如今又要凑别人的仔仔女女？

旁边的思睿也帮腔，我刚刚大学毕业，难不成又要住回大学去？

袁美珍不管。舍监可住在舍堂顶楼，几千呎的大单位，免费住。住进去，自己的家便可放租，每个月租金四五万进账，哪有如此好着数！

第二天是周末，连粤名起得很早。近些年，他对睡眠的需求越来越低。即使多晚睡，都会在晨光熹微中醒来。这时打开窗，能看见楼下的体育场，已有晨跑的人。天渐渐亮起，跑道上的人也多起来。自从大学对外开放，这体育场上便多了许多的日常烟火气。周末，甚至能看到举家出游。年轻的父母、年迈的祖父，或躬身，或蹲在跑道上，鼓励着正在蹒跚学步的幼儿。看台的一侧，成了菲佣们周末聚会的场所。远远便可以听到他们嘈嘈切切的谈笑声，以及丰富的肢体律动。在任何时候，他们都有难以言喻的欢乐。

这一点感染了连粤名，让他的心情好了一些。但他并未驻足太久，因为他要下山去。这成为他久长的习惯。即使距离他们最初搬来西环的生活，已有二十多年。但是每个周末的早晨，他都会穿过薄扶林道，搭西宝城的电梯，回到坚尼地城。那是他最初的住处。附近的一条暗巷里，有"炳记锅贴店"。

因为油锅架在靠门地方，还未走近，已闻到牛油膏腴的香气。门口排了小小的队，都是附近买早点的街坊。连粤名排到末尾，忽而听到有人唤他"教授"。一看，是"炳记"的老板。原先的老板炳叔年纪大了，已退休。生意传给了他儿子，是个精壮的中年汉子。老板当着众人面向连粤名招手，唤他，反让他有些不好意思。好在很快排到了他，老板说，照例八个牛肉锅贴、两碗酸辣汤？他点点头，拿出钱包。老板连忙一挡，说，教授，多亏你给我蕴仔写了推荐信，被圣彼得小学录取了。今日我请。说完，又夹起四个生煎包放进去。

老板顺口对后头的街坊说，你看如今什么世道，申请个小学，都要大学教授写推荐信，才得了一块敲门砖。连粤名一怔，嘴上道"恭喜"，心里也替他高兴，却不禁叹上一口气。近来在网上看到一个词叫"内卷"，才知比起自己半世竞争，如今一代是如何无望。

临了，老板说，教授，我哋做到下个月唔做了。

连粤名也不禁吃惊，因为"炳记"的生意，一直都很好，已成为西环的一块金字招牌。店里贴着复印的报纸，是城中哪个著名的美食节目来采访过；墙上又有数张照片，虽然都满是油烟，但清晰可辨是来帮衬过的明星。比如住在"弘都"的谢宝仪，都是常客。便问他为什么，他搔搔脑袋，说，铺租年年涨，如今银码好犀利，冇的赚啦。我阿姐开了间物流公司，我想去帮手。

连粤名脱口而出，这几十年的好手艺，不是可惜。

老板说，嗨，满汉全席都失传，我哋一行湿湿碎啦。

连粤名回到家，母女两个正在洗漱。连粤名将锅贴和生煎包摆在盘子里，在晨光中，是金灿灿的喜人颜色。酸辣汤也还热腾腾的。他倒上了两碟浙醋，坐下来，满意地叹一口气。

袁美珍匆匆望一眼，说，好油，我减肥。便去冰箱拿她的营养代餐。都是些菜叶和低卡的糙米。连粤名说，偶尔吃几口，再减不迟。

她摆摆手，用膝盖将冰箱一顶，自顾自就往自己房间走回去。

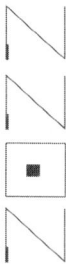

倒是思睿，一边戴隐形眼镜，一边嗅嗅鼻子，说，炳记？

连粤名点点头，看披散着头发的思睿，穿着睡衣，上面印着明黄色的皮卡丘，不事妆容。眼光有些散，不聚焦，像又回到孩提的稚拙样子。

连粤名见她用手拈起来便吃。本想阻止，但想想却终于没有出声，只看着她吃。女儿吃东西，随他幼时，也有儿童的贪婪相。没有了顾忌与矜持，而有知足独乐的一片天真。

他问，好吃吗？思睿喝了一口酸辣汤，腮帮鼓鼓的，不说话，只点头。

他想起那个遥远的冬夜，在曼彻斯特的偏巷里，叫"蓉香"的川菜馆。他坐在最靠里的一桌，独自吃一只火锅。他用筷子夹起一绺冬粉，吃得呼哧呼哧。近旁传来一个苍老的声音，原来是邻桌的白人老妇。她用英文对他说，孩子，看你吃得这么香，我食欲都好起来了。

他想着，不禁微笑了。倒是对面的思睿停下了筷子，看着他，是忧心忡忡的样子。他这才回过神来。思睿问，阿爸，你今天有空吗？

他说，有啊。

女儿将手上纸巾团在一起，旋即又展开，再团起来，掷到了桌上，好像下定一个决心。她说，阿爸，岳安琪约我去看巴塞尔展。她今天有事去不了，要不你陪我去？

连粤名看看女儿，轻轻说，好。

父女二人到了会展中心，大约因为是周末，正是人头涌动。连粤名对各种展览，并不是很感兴趣。在英国这么多年，大英博物馆竟然仅去过一次，而且只看了东方馆。看完并无太多心得，只是感叹所谓文明的迁移。所以，他对经世致用的香港人，居然对现代艺术抱有如此之大的热诚，是有些惊讶的。

入口处巨大的白色机翼，覆盖着厚厚的羽毛，像是一片停驻在半空的积雨云，臃肿沉厚，仿佛随时会坠落下来。下面的鼓风机，喷出微弱的气流，有些羽毛便飘扬起来，随后又落回到了机翼上。但是有一些似乎偏离了轨道，在空气中凝滞瞬间，便游离到了一旁，一片正落在连粤名的脚边。那巨大的翅膀便有几处破败，暴露出了金属的光泽。某处折射了一束光线，正射到连粤名的方向，不经意刺痛了他的眼睛。

展位由不同的艺廊组成，以白色复合板隔断，犹如冰冷而洁净的蜂巢。一些人，是画廊经纪、策展人或驻场的艺术家。他们或坐或站，藏在色泽鲜艳或者晦暗的衣服里，脸上有冷漠得宜的微笑，如人均一张的面具。

他和女儿默默地走着。思睿似乎并无念头在所经之处驻足。但是，间或会有一两个男女，停下来与她打招呼。一个浑身披挂着鲜肉色服饰、戴着头巾的黑女人，以热烈的语气叫住她，拥抱、亲吻，开始热烈地交谈。连粤名有些不适应这种热烈，带着热带的未经修饰的礼仪。他不禁退后一步，这女人便更像一块满是经络的、正待入煎锅的菲力牛排。然而她却流利地说着广东话。因为她太大声，连粤名数次听到了林昭的名字。他看到思睿的眼神终于躲闪了一下，似乎对这场对话已经意兴阑珊，看了一眼父亲，并且压低了声量。

连粤名走开了一些，他站在一幅犹如教堂穹顶的画前。艳异的蓝与黄，一圈又一圈，从稀疏到密集，以一种难以名状的向心力，最内是深不可测的旋涡。这旋涡如一个核心，吸引他，走近去。这才发现，那是一只深蓝色的蝴蝶。他抬起头，忽而发现，整幅画都是蝴蝶。成千上万的黄色、蓝色的蝴蝶翅膀，被肢解、重组，按照颜色拼嵌成这穹顶一般肃穆的圆周。唯一完整的，是那只深蓝色的蝴蝶尸体，在圆周的核心孤悬。这个意外的发现，有些触目惊心。他不禁躬身，看见旁边的标签，写着Blue Cube（蓝色立方）。

这时，他感到肩头被拍了一记。抬起头，看是个西装客。原来是"南华"的同事，音乐系的老李。他说，在这儿看到你，还真是"关公战秦琼"。连粤名被这个不伦不类的笑话，弄得不知摆个什么样的表情。说起来，老李可算是他的发小，自小也在春秧街长大，上同一间小学。祖籍上海，很早就移民，前些年才回流。便脱去了北角子弟的习气，变得洋派逼人。一年四季都是一身西装。但有趣的是，和很多"番书仔"爱在广东话里夹杂英文不同，他的言谈爱掺着一些普通话，还是卷起舌头的"京片子"。这多是拜他的北京太太所赐。据说这太太是一个相声世家的后人。所以昔日同学小聚，余兴节目便是老李的一段贯口。但连粤名并未见过李

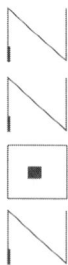

太太。此时老李身边一位女士，十分年轻。连粤名想想，究竟没造次。老李哈哈一笑，唔好乱噏！这是电影系的周博士，跟Professor Perry（佩里教授）研究伯格曼。

这位年轻女士对连粤名点点头，说，连教授，您好。

连粤名有点诧异。周博士笑笑，我有个学生，住在明伦堂，说自己舍堂的舍监先生，好得盖世无双。

这曲折而俏皮的恭维话，还是让连粤名心里熨帖了一下，同时佩服她的情商。周博士说，连教授也喜欢Damien Hirst（达米恩·赫斯特）？

连粤名茫然了一下，刚明白过来。老李煞风景地说，他哪里懂这个。你家里空调坏了，跟他说就算找对人。还有，他煎牛排是一把好手，我们在英国时……忽然，他似乎也被面前的一片蓝所吸引，喃喃地说，你说，这么多翘辫子的蝴蝶，就没个环保团体来投诉？

这时，思睿走过来，看见他，便唤，李叔叔。

他先是愣一下，然后上下打量说，Tiffany（蒂英尼）长这么大了吗？叫什么，女大十八变。继而眯起眼睛，用欣赏的口气说，还好，还好，长得既不随娘，又不随爹。

因这话突兀而尴尬，周博士脱口而出，打断了他，Leo（利奥）！

然而一刹那间，在场者都感到了一丝突如其来的暧昧。周博士自己先将声音矮了下去。一刹的安静后，还是老李哈哈大笑，说，看到没？怎么能叫李叔叔呢，活活把我叫老了。都要叫Leo。

又说了一些闲话，无非是有关大学改制，以及下学期要换校长的传闻。老李与连粤名约了下周末打球，便各奔东西。周博士临走时看向他们，微笑了一下。连粤名和思睿，在这笑中，都捕捉到了些微歉意。父女两个，望向他们的背影，没有说话。

大约又走了一程，思睿忽而停了下来。连粤名先前的预感越来越浓重。他看着思睿，说，女女。

思睿面向一张黑白照片，照片上是一对背靠背的男女。他们的头发绑在了一起，紧紧地。连粤名想起家乡村口两棵枝叶交缠的榕树。某一个夏天，当他陪阿嬷回到莆田，看到其中一棵遭到雷劈，树冠已经焦黑。照片的旁边有一张卡片。阿布拉莫维奇&乌雷，*Relation in Time*（《时间关系》），1977。

但是，女儿的目光并不在这照片上。越过层层的白色挡板，与交错的人群，连粤名也看到了远处有个坐在轮椅上的女人。这女人的轮廓让连粤名感到眼熟。思睿看一眼父亲，说，阿爸，你陪我过去。

他们走过去，越来越靠近时，连粤名在空气中闻到了人们重浊的汗味。他渐渐屏住了呼吸，因为他终于认出轮椅上的人的面目，是女儿的男友林昭。

他确认是他。这个曾经常出入于他们家的孩子，与思睿青梅竹马，整洁与安静，有一种难以言喻的、让长辈们心疼的体贴与本分。中学毕业后，林昭去了日本留学，学习艺术管理。再回来时，人长高了。头发也长了，还是很安静。来做客，无很多言语，与思睿坐在一起，仿佛一幅画。是那种日常的、无须多言的画。若是旧人，会以"静好"来形容。一眼可望过几十年，是人近暮年的温暖和砥实。阿嬷也喜欢，说，这孩子的手上，有一根青蓝色的血管，莆仙话叫"老脉"，作为男人，是顶靠得住的。

然而，连粤名已经一年没见到林昭了。思睿说，他经常出差，往返于欧洲和中国香港两地的艺廊。聚少离多。

他确信他看到的是林昭。但是，面前的这个人，披着斑斓的披肩。脸上有浓重的妆，人极其瘦和单薄，虽然撑持精神，却看得出是疲惫的。说话间，头不由自主地耷拉下来，像是一片枯萎的树叶。连粤名看到了他的手，连着一个轮椅上支起的吊瓶。那条青蓝血管，在惨白的手上突起，是蚯蚓样扭曲的叶脉。

连粤名侧过脸，看思睿脸上抽搐了一下。她轻轻说，阿爸，你看得没错。他现在是个女人，就快要成功了，只差一小步。

她默默地收敛了目光。她说，他没法再继续手术了。排异并发症，医生说，他还有四个月的时间。

连粤名感到，女儿将自己的手放在他手里。这手温暖而绵软，同她小时候一样。当她进幼儿园、参加会考，第一次走向钢琴比赛的舞台，她都会将她的手放在父亲手里。但长大以后，她似乎很少这样了。这感觉如此

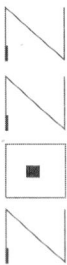

熟悉，连粤名本能一般，将女儿的手紧紧握住了。手心薄薄的汗，发着凉，也因为他的握持重新有了温度。思睿说，阿爸，我有了他的孩子，我要生下来。

对于连粤名的爽约，老李自然是牢骚满腹。因为他一向是个守信的人。

在曼彻斯特时，某周末他们几个人相约远足。清晨下了瓢泼大雨，所有人都默认取消了这次活动。但唯有一个人冒雨到达了集合地点，并且等了将近半个小时，是连粤名。

他接到老李的电话，低头看了眼已经穿好的白色球服。一摊番茄酱，正浓郁地流淌下来。鲜红的，像是含氧量丰沛的血。他伸出手，想拿一张纸巾擦一擦，却没留神，嘴角有突如其来的腥咸，也是血的味道。他望向客厅里的落地镜。他脸颊上如此清晰地，有一道弯折的红。并不恐怖，更似万圣节模样荒诞的偶人。

他去厨房拿过扫帚，将地板上的番茄酱与玻璃碴扫起来。然后抬起眼睛，看一眼袁美珍。袁美珍手还停在空中，似乎因刚才那个投掷的动作而无处安放。她静止地站着，像一尊雕塑，也正望向他。目光也似雕塑一般冰冷，将连粤名对视的眼光冷却、折断。

那一边，是穿着睡衣的思睿。她侧过身体靠在墙上，身上也溅上了番茄酱。睡衣上的皮卡丘，因为一些仓促的褶皱，面目狰狞。

思睿选择了一个不太好的时机，与母亲摊牌。

对于女儿，袁美珍一直心事莫名。这一点在思睿成年后，才慢慢凸显。尤其将儿子思哲送去了英国读中学，她才发现女儿的性情开始显山露水。大概因为思哲鸣放的性格，成为这对儿女的代言。思睿太安静，像一条终日食桑的蚕，你只能听见匀静的沙沙声，却忽略了成长。并且也忽略了她在成长中自我消化了许多东西。待你发现了她的长大，她已经将自己织成了一只茧。这只茧经纬密实，让人无法进入。

在以后的数年，袁美珍将自己锻造如森林中的猎手。她拥有了若兽类的敏锐嗅觉。是那种成熟而敏锐的母兽，可以在气息复杂的空气中，捕捉到极其轻微的荷尔蒙分子。她精确地掌握了思睿的月事，每当某个时候来临，那游动在室内的些微腥气都让她兴奋。

而更让她警惕的，是女儿的脸。女儿在脱去了孩子相之后，长成了一张她熟悉的脸。这张脸，既不像她，也不像连粤名。这张脸柔美，有着似江南人的圆润。眼里含笑，有主张。这是她母亲的脸。

她想，隔了这么久。这张脸终于又从她的生命里浮现出来。如此出其不意，又顺理成章。出于某种本能，她开始想要去呵护。然而，思睿却显然地，对这忽然的接近，存有疑虑。尽管她见过外婆那张模糊的照片，却只当是家庭历史的残迹，更不可想象自己成为一个已逝去者的附着。

思睿对母亲的疏离，与对父亲的亲近与依赖，同奏共鸣。这日益成为某种默契。

此时，袁美珍充分地相信，丈夫已和女儿成为共谋。她舔一下干涸的嘴唇，扬了扬手中的验孕报告。这时，空气中不单有番茄酱的腥咸，还有另一种来自雌性的丰熟的气味。她觉得自己的手抖动了一下。

思睿转过脸，轻蔑地看了母亲一眼，开始说话，和盘托出。

袁美珍听着听着，不禁有些走神。因为那丰熟的气味浓重起来，对她构成某种威胁。她看着女儿的口形翕动，但似乎已没有声音。她的目光不禁游离到了很远的地方。厨房的窗户，有暗影掠过。她很确信，那是一只山鹰。他们住在顶楼，有丰满的气流。山鹰不必扇动翅膀，即可翱翔。一圈又一圈地在空中盘旋，远远地飞过去，又飞回来。

忽然，她看见女儿停住了。思睿捂住嘴巴，跑去了洗手间。洗手间里传出一阵阵干呕的声音。袁美珍与连粤名对视了一眼，迅速地走到洗手间门口，将门锁上，抽出了钥匙。思睿开始拍打着门，发出惊天动地的哭喊。袁美珍看着连粤名，用一种渗血的眼神。

连思睿是在第二天的清晨，离开舍堂的。晨跑的学生，看着舍监的女儿走出了大门。他们记起，上次见到她还是在舍堂的High table dinner（高桌餐会）。当时她穿了一件宝蓝的晚礼服，仪态万千，坐在舍监的身边，对所有人亲切微笑。他们叫她学姐，因为她毕业于本校的医学院，据说已是令人艳羡的执牌牙医。此时，她低着头，拎着一只行李箱走出来，形容

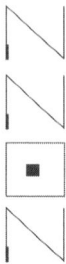

枯槁。在她上计程车的一刹那，他们看到她手背上有一块青紫。她拉下衬衫袖子，轻轻盖上了。

五

连粤名是在百年校园的教员餐厅，看到周令仪的。当时他正在吃一客咖喱饭。因为是上下午课程疲惫的间隙，需要这种浓烈的味道来醒神。他见周博士款款地走过来，身影在人群中闪动了一下，即时便不见了。

吃完饭，他走到了梁球踞大楼的平台上，竟然迎面又看见了周博士。她身后跟着几个学生，正在派发传单。这时的周令仪，把头发草草扎成个马尾辫，和学生们一样穿了件T恤衫，胸前写了个大大的"戏"字。人看起来便格外地年轻。她主动跟连粤名打了个招呼。连粤名低一低头，说，上次真是唔好意思，爽了约，屋企临时有事。

周博士摆一摆手，说，不过是打个球，你也知道Leo这人，惯爱虚张声势。

说完，她将一张传单放到他手里，说，下周的彩排，连教授没课就来捧个场。

说完了，利落地一转身。正离开，她忽微笑，轻说，我也喜欢吃咖喱。

连粤名一怔，瞬间便明白了，自己呼吸间残留着南亚气息。他一面有些愧意，却也知道是善意的提醒。因他接下来正要去一个校务委员会的重要会议。这间大学还保持着殖民地文化的某些遗风，些许势利，比如对礼仪的过分注重。

待周令仪走远，他举起那张海报看。上头写："戏中戏——《情，鉴》临演彩排观摩会。"周五下午两点，地点是在陆佑堂。围绕着文字的，是个穿旗袍的女人简笔的侧影，虚虚起伏的轮廓，让他心神漾了一漾。

周五下午，连粤名本来身心俱疲，但还是准时来到了陆佑堂。

这座古老的爱德华式建筑，曾经是南华大学的主楼。自从百年校区投入使用，主楼已渐寥落，学系搬迁，只保留了部分行政部门。红砖和麻石墙上爬满了经年的爬山虎，盛夏时节，宛如一座绿幕。这里便成为本港婚纱摄影的热门打卡点。但因是法定古迹，出于文保的考虑，千禧年后，这些爬山虎便被从墙上除去。却留下了藤蔓的遗迹，深深地蚀进墙体。远看去，是一张错综而斑驳的网，将这幢建筑密实地包裹了进去。

他踏上了十几级阶梯，走到了陆佑堂门口，看见陆佑的铜像。面相庄严，眼眶深陷。百多年前，这个马来富商建立了南华大学。关于这座铜像，流传一则传说。有学生在深夜时，看到铜像的眼睛里默然流出泪水。大约每个有年头的大学，都有一些鬼故事。南华大学的尤多。比如某个本港富商，捐助一座大楼，电梯有上无下，据说是为了超度他莫名病故的太太。这些故事的基调往往是阴晦且恐怖的。但是，唯独陆佑的故事，却只让人怅然与伤感。

他走进门去，看见涌动的都是人。迎面的舞台上，正垂挂着厚厚的紫红色天鹅绒幕布。高大的舍利安那式拱窗，有午后阳光照射进来。一些正照在了眼前，可以看见光线中飞舞的尘。自他毕业后，其实很少来这里。但一切，似乎都没有变。他抬起头，看见战后屋顶修补过的痕迹。这里见证过许多历史的高光时刻。那一年，孙中山卸任了"中华民国"的总统，重临香江，便在这舞台上发表演说，谈及在此修业，"极望诸生勉之"。更多的人进来了，他想象着幕布后正在发生的事。他知道，这里将上演这个国际导演选秀的尾声与高潮。他将一位已故作家的小说情节，重现于她的母校。作家对香港，并无很好的念想。她对这里的一切回忆，与战乱相关。这座大楼曾被征为临时医院，而她不得不和其他女生担任看护，直面生死。他想，当年他选修中文系的课程，有位教授提及这段往事，看了看窗外。于是，他第一次听说了陆佑流泪的故事。

连粤名想象着这一切，在幕布后会有怎样的演绎。然后在礼堂里挑选了一个安静的角落坐下。幕布徐徐拉开，他第一眼就看见了周令仪。她穿了一件碎花的短衫，肩头打着补丁。梳着一条独辫子，脸上却夸张地印了两团胭脂。后面的布景也很粗糙，有着一种粗制滥造的假。纸板裁成的树干，开着一两枝俗艳的桃花，甚至假得有些不合情理。他不禁讶异。他看周令仪，以夸张的形体举止，对一个战士装扮的男人，喁喁地说着话。那男子被化装得眉目粗黑，脸上也印着胭脂。台下响起了轰然的笑。然而，幕布后走出了更多的年轻人，村姑和战士，都如他们打扮，每个人脸上，都是凝重的表情。台下的人，渐渐也庄重了。随着对话，观众们渐渐明白，这正是导演的用心。这出戏中戏，是二十世纪四十年代的大学生，

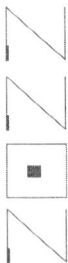

在母校的舞台上演练爱国话剧。而周令仪的角色，在正式拍摄时，将由女主角所取代。她的存在，是用来甄选适合拍摄的群众演员。然而，这话别的一场，其中的庄重乃至庄严，竟令台下的观众也感到了悲壮。

连粤名许久不看电影，更无从接触舞台剧。但此刻，舞台上的周令仪，却令他回想起了他的青春。那略懵懂的，在旁人看来可笑的青春。自己又何尝不是郑重其事地度过呢。这其中，也包含了恋爱。想到这里，他回忆起了那个微雨的除夕。他和袁美珍，依偎在狭窄的床上翻看一本相册。想到这里，他心里一阵酸楚。

演出结束，观众们散去。连粤名却觉得脚下如磐石，提不起来。他便索性又坐下来。渐渐地人走干净了。他这才发现，这礼堂前所未有的静和空。这时有人走过来，脚步声竟然远远地有了回响。

这人在他身旁停下。他抬起头，这人却坐下来。周令仪用一张卸妆棉使劲擦着脸上的油彩，一块胭脂突兀地蔓延到了嘴角。

她并没有说话，遥遥地看着台上，几个青年将那些貌似拙劣的布景抬下去。那株桃花斜躺着，枝条无力地垂下来。

连粤名轻轻说，周博士，难为你了。

周令仪侧过脸，看看他，笑问，怎么呢？

他说，这戏演得大智若愚，还得让自己先相信。

周令仪朗声大笑，笑完了，然后说，自己不信，怎么能让别人相信呢？

她开始在脸上拍爽肤水。油彩重浊的味道，渐渐褪去，代之以清凛的薄荷气息。

周令仪沉默了，她摘下那顶假发，将长长的黑色发辫，在手腕缠了一圈又一圈。许久后，她说，连教授，你还好吗？

连粤名微微地眯一眯眼睛，垂下头，将心中一些汹涌的东西按压了下去。他点一点头，说，谢谢。

他们都不再说话。那阔大的窗户，透过的光线也渐渐地暗淡了。但有一种红金色，穿过了这层暗淡，仍然稀疏地一点点地在地板上跳动。或许是远处院落里的棕榈树叶，又或许是花岗岩柱的反光。这光跳着跳着，也隐藏于更深的暗了。

下一周，连粤名出现在了课堂上，讲台上仍然放着那只硕大的保温杯。台下响起了剧烈的笑声。他说，同学们，我已经辞去了校委会的职务。非不能也，是不为也。

这时，校方的调查报告还未对外公布。在众人眼里，他这样做便有了挑衅的意味。他打开了保温杯，喝一口水，然后徐徐地将杯盖阖上。

自己不信，怎么能让别人相信呢？

他的口中漾起了枸杞与桂圆的香气，醇厚得很，让他的心也定了一定。从离家到穿过整个校园，罗汉果在茶里头载浮载沉，味道也渗出得刚刚好。这八宝茶，一清早，他先放上冰糖，除了上几味，还有党参、甘草、冰片和大红枣。用将不烫手的茶汤冲上，最后搁上两朵杭白菊。春用福鼎白、夏用安溪铁观音、秋用武夷岩茶，都是福建茶。茶色不同，四时有味，一切都刚刚好。

就在上一周，校委会上，他也这样打开，饮了一口。这只水壶，被主席质询，是否装有窃听装置。在会议上，他的话向来不多。他张一张口，终于没有说话，只是打开水壶，饮了一口。他知道，这和一个月前校委会会议录音内容被泄露有关。理学院院长催谷副校长人选，唇枪舌剑、触目惊心。当晚，这段过程的录音被放上校网，连同全文发表。次日，校委会被学生会代表集结围攻。主席说，与会委员手机上交，请问录音如何泄露。

他在众目睽睽之下，打开水壶，喝了一口。铁观音的味道在口中漫溢开来，连同罗汉果的回甘。醇厚、微涩，一切刚刚好。

这只水壶，被学生拍摄下来，一并贴在了校网上。促狭地取了个标题："一片冰心在玉壶"。他看了看，木然想，哪里有什么冰心，只有冰片。

袁美珍竟然也看见了，与他吵，说，连粤名，我现在出门买餸都被学生仔指指点点。你长得好本事，今天搞窃听，他日就要影人裙底。不如我哋快点离婚，费事下次港闻版见！

袁美珍将水壶扔进垃圾桶。半夜里，他悄没声，将水壶翻出来，细细地擦干净，收了起来。

那天在陆佑堂，演员谢幕时，他忽然感到口干舌燥。下意识地，在脚

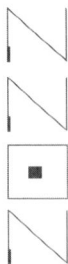

边找那只壶，没有摸到。他咽一口唾沫，舔舔自己的嘴唇。

他想起周博士的朗声大笑。自己不信，怎么能让别人相信呢？

这天落了堂，他走在百年校园里。学生们看见连教授。他们想起上个星期，这人还是全校笑柄，为何此时笑不出来。想一想，才发现这男人平日略佝偻的身形，目下竟是挺直的。他直着身体，拎着一只硕大水壶，走在尚算清澈的阳光里头。

连粤名回到办公室，看到桌上有一封campus mail（校园邮件）。没有寄件人，地址来自电影学院。拆开信封，里头竟是一本略发黄的杂志。上面贴着绿色便笺。他打开来，看到是一整页的广告。一个少年，穿着全身的白色网球服。这少年头发茂盛，微微卷曲。站在阳光底下，无拘束地笑，青春无敌。

六

连思睿到底还是回来，参加了阿嬷的丧礼。

阿嬷走得突然，但算得寿终正寝。前一天，连粤名还去看她。连粤名为她卷膶饼。她连吃得下五张，然后一边骂袁美珍半年没来看过她，越老越唔生性。

吃完了，阿嬷取下嘴上的假牙，说话就漏了风。骂人都用的气声，吟吟沉沉（粤语，指低声地喃喃自语），但中气也是盛的。

可就隔了一晚，人竟然就走了。菲佣姐姐都没有听见，走得无声无息。

阿嬷生前有交代，不在殡仪馆做追思会。她说如今北角红磡的"大酒店"，什么样的人都去烧。烧了活人都在一起哭。自己的孝子贤孙，都哭给了隔壁灵堂的人，好唔抵！

他们就在北角庵堂设灵，做一场法事。

来的都是相熟的乡亲，老少查某们，照例日出时分便来到庵堂，掀起大饭盖，准备下锅煮百人斋菜。太阳升起之时，乡里穿起佛袍，与方丈住持，同赞佛颂文。中段休场，乡亲端上生果、豆腐汤，有条不紊。乡里叔伯，木然对望、闲坐。呆呆地用眼神交流，以闽南语交谈，向对方借火，抽一口烟。自家老婆心不在焉，偷眼望手机，港股开市了。一切都熟悉。连粤名坐在缭绕的烟火里，看着头顶悬着"巍巍堂堂"和"慈航普度"的牌匾。木木然，依稀觉得阿嬷还在。阿嬷用莆仙话对他喊:"莫再看咯,来啊,来啊,准备绕佛啦!"

他眼神四围找阿嬷,却再找不见,不禁悲从中来。眼底一酸,却听见周围人轻声议论。他一抬头,看连思睿一身黑,走进来。他看着思睿,眼泪便忘了掉落。思睿走到了灵前,直接跪在了蒲团上。庵堂里一片静寂,连诵念经文的声音,都停下了。

思睿想弯下腰,对灵位磕头,可是太艰难。她于是一手支着身体,一手捧着隆起的腹部,轻轻弯一弯身子,口中说,太嬷嬷走好。你和这个玄外孙,一个太沉得住气,一个等不了。哪怕能见一面也好。

说完,便泪流满面。她也不擦,由着不停流,却一边护着肚子,就要站起来。膝盖却动不了。连粤名赶忙就要起身去扶,却被袁美珍一把死死拽住,用的是咬紧牙的劲儿。

还是旁边两个老妇人,见了便去将她扶起。思睿没有言语,转过身就往外走。这时,恰有一束阳光,打在庵堂里头。她便走进了那束光。身上起了一层毛茸茸的金色轮廓。本是清瘦的人,此时却是个圆润形状。小腿看得见有些肿,走得很慢,步子却笃定。

待女儿走出了庵堂,直到看不见,连粤名才收回眼光。袁美珍拽住他的手,也将将松开。他手腕上却还是生疼的。

四围旁人的眼睛,都长在他们两夫妇身上,针芒一样。

一个月后,思睿顺产了一个男孩。连粤名好说歹说,硬是将她接回了家里坐月子。

到了家门口,思睿和袁美珍,都硬着颈。眼神碰了一下,彼此撞得粉碎。思睿不愿进门。袁美珍咄咄地望着连粤名,不出声。

但那襁褓里的婴孩不知怎的,这时打了个哈欠,眼睛刚刚睁开,却对着袁美珍的脸,咯咯地笑起来。

袁美珍心神一软,便不再挡着门,转身回房去了。

连粤名将婴孩接过来,抱到怀里,自己都觉得抱得不舒适。孩子却不嫌,依然是冲他笑笑哟。他一阵心酸,想自己的外孙,刚生下来,便已懂得讨好人了。

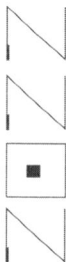

　　他亦知道，女儿在给阿嬷奔丧前一个月，才参加了另一个丧礼，是这孩子阿爸的。

　　连粤名和思睿，都没有带孩子的经验。

　　好在网上有的是教程，按部就班，亦步亦趋。怎么冲奶粉，怎么换尿片。未免有些七手八脚，半天算是有了一个囫囵。孩子竟然也一直没有哭。喝完了奶，径自睡去了。思睿将孩子轻轻放在婴儿床上。思睿的房，这大半年，还留着她走时的模样。是那种做惯了好学生的少女的房间。企企理理，除了一架钢琴，依墙摆的都是书，整洁紧凑，未有一丝逾矩与懈怠。此时房的正中，多了一张粉色的婴儿床，像是放在现实里的一个梦。连粤名看这婴孩，出生不久，便是一头丰盛乌黑的胎毛，微微卷曲。手长脚长。脸相不算丰腴，大约在母胎中营养都用来发育骨骼。眉目却很柔软，因为额的宽阔，天然是有些和泰的样子。耳垂也厚，不似思睿，也不似自己，是来自另一人的遗传。他见女儿慢慢伸出手，想在那耳垂上摸一摸，却旋即缩回了手。

　　思睿说，阿爸，你也累了，去歇一阵吧。

　　连粤名转身，却还是回头看一眼，恋恋地。看那婴孩轻蹙了眉头，嘴唇动一动，大概在发梦。他心头一软，暖暖地化了。思睿又轻轻说，阿爸，得闲为苏哈（粤语，指婴儿）起个名字吧。

　　他点点头。这是他的外孙，身上有自己的血，也有另一人的。他忽而生起些柔情，想要与她分享，一起为孩子命名。

　　思睿和思哲，是夫妇俩共同取的名。"思"字，是为纪念他未谋面的岳母。这对儿女，由袁美珍一手一脚带大。此刻，她匿在房里不出来。连粤名走到了房门口。

　　这间房，连粤名通常是不进去的。里面又传出了极其柔美的女声。连粤名知道，是老婆又开了直播。袁美珍在家做带货主播，已有一段时间。这声音出自变声器。袁美珍的声音原是很美的。他还记得，曼彻斯特那个微冷的除夕夜。袁美珍接着他五音不全的声音，唱那首《狮子山下》，清亮的嗓，好像甄妮的原声。如今老了，她的声音变得干涩而严厉，只能运用科技来拯救与改善。除了变声器，还有补光灯和开到最大的美颜。有一回，连粤名申请了一个账号，进入她的直播室。看到了一个面目陌生的女人，穿着和老婆一样的衣服，在推销一款脱毛器。那衣服是一件蓬蓬裙，袁美珍从海淘买来，质料粗劣。此时却焕发着华丽的丝质光泽。一样焕发光泽的陌生女人，年轻而鲜艳，长着挺秀细巧的鼻梁。连粤名想，真的是魔术啊。袁美珍最不满意的，就是自己扁塌的鼻子，曾经起意去隆鼻，终究被手术费所劝退。原来女人的愿望，如此简单就可实现。屏幕中的女人，用甜美而造作的声音在谢谢老板。他们为她刷着各种礼物，从火箭、游艇到玛莎拉蒂。连粤名想，这小小的手机屏幕，是辛德瑞拉午夜十二点前的城堡，是个迷你的仙境。他看着屏幕中的袁美珍，笑得如此由衷而满足。

连粤名曾经问袁美珍，为什么要做直播。袁美珍不屑地望他一眼，说，靠你那点工资过活，指拟你……揸兜都得啦（粤语，指望你……不如去要饭）。

对这言过其实的话，他习以为常。然而看着屏幕中的妻子，他忽然有些明白。他不禁伸出手指，按下右下方的红心，点了一个赞。然而，一分钟后，他就被踢出了直播室。

此时，房内安静了。他看一看墙上的挂钟，大约是直播结束了。他抬起手，想敲一敲门，但终于还是停下了。忽然，他听到剧烈的孩子的哭声，赶紧跑去了思睿的房间。他看到女儿抱着婴孩，惊慌失措。孩子正在大口地呕奶，刚才哭得声嘶力竭，此时却已有呼吸不畅的声音，气息在一点点弱下去。他也不禁有些慌，对思睿说，使唔使打999？

思睿机械地摇晃着孩子，眼神是乱的，望着外面正黑下去的天，张一张口说，BB唔好喊，唔好喊……

这时，忽然听到门"砰"的一声被打开了。袁美珍气势汹汹地走出来，道，使乜call白车？！

说罢，走到思睿跟前，一把抱过孩子，将他直起身体。对连粤名说，愣住做乜，快攞块毛巾过来。她叫连粤名将毛巾放在她左边肩膀，将孩子的下巴靠在肩头。然后托起孩子的屁股，将手弓起来弯成勺子的形状，

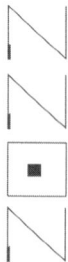

开始在他背上轻轻拍打。上上下下，一边画着圆圈，同时身体轻颤，嘴里发出"哦哦"的声音。孩子渐渐安静了，忽然咳一声，打了个响亮的嗝，一边吐出一大口奶。袁美珍没有停止动作，用手刀一下一下地在孩子背上抚弄，为他顺气。一套动作行云流水。孩子仰起脖子，又打了个嗝，这才舒服地埋下头，靠在了袁美珍耳边。慢慢闭上眼睛，睡着了。

待孩子呼吸停匀了。连粤名对思睿眨一眨眼，轻轻说，睇到未，都是阿嬷叻（粤语，指有能力，有本事）啩哦。

听到这里，袁美珍忽而变色，大声道，一个野仔，谁要做他阿嬷？！

说罢将孩子往思睿怀里狠狠一塞道，戇鸠（粤俚，形容人蠢、智力低下）到咁，点做人阿妈！

孩子大约被这动作弄疼了，终于震天响地哭起来。思睿一时气结道，我嘅仔死活，都不要他人理。咁你又过来？

袁美珍冷笑一声，说，我不过来？佢死咗，我间房不是变了凶宅？

连粤名站在原地，愣愣的，一时没反应过来究竟发生了什么事。待他回过神来，听到"砰"的一声响。袁美珍已经将那边的卧室门反锁上了。

孩子还在大哭着。他干干地对思睿一笑，说，你都知你阿妈份人，就是这样……不待他说完，思睿终于也哭了起来，说，阿爸，你唔好再讲了。

思睿将他推了出去，也将门关上了。

连粤名一个人，站在客厅里头，黑着灯。他在黑暗中站了许久，这才慢慢挪动了步子，走到阳台上去。外头黑漆漆的天，有一两点星，闪一闪，便躲到夜霾里去了。他弯下身，在角柜里摸索了一下，摸出了一包"红万"。这包烟是几年前他在角柜里发现的。大概是上一任舍监无意的遗留，只剩下了半包。他没有扔掉，就一直这么留着。这时候从里头抽出一根，就着厨房的火头，竟然点着了。他狠狠地抽了一口。他本是不抽烟的，烟吸到了肺里，来不及吐出来，辛辣地一漾。于是剧烈地咳嗽起来。待咳嗽平息了，他不甘心，又抽了一口，缓缓地，让那温暖在胸腔里停留了一下，这才慢慢地呼出来。这时竟有月亮出来了，月光底下，他面前就出现了一团浅浅的蓝雾。在这缭绕的雾中，他闭上了眼睛。依稀还能听见孩子断续的哭声，可还有别的声音。他辨认了一下，是钢琴声，拉赫玛尼诺夫的《第二钢琴协奏曲》。在这家里，他许久未听到过。此时也是断裂的，将静夜裁切得七零八落。

他在沙发上和衣睡了一夜。第二天清晨，收到了二妹连粤南的短信，让他去收拾阿嬷老屋里的东西。

他走到春秧街上，整条街市刚刚醒来。店铺开了门，照例僭越将摊位摆到车道上，生果档、鱼档，都是新鲜而清凛的味道。赶早市的人也在车道上。电车叮叮当当地开过来，人流便自然分开两边，任由电车开过去，然后又重新汇集起来。并不见一丝慌乱，进退有据，有条不紊。

"振南制面厂"的机器又轰隆作响起来。有些金属的摩擦声音，如同年迈人胸腔的共鸣。往前走几步，就消失在市声中了。连粤名这才觉出了饿来，便在南货店里买了一颗芋粿，一路吃着，一路往楼上走。

打开门，是一股子尘土味。这屋子空了不过一个多月，竟像是尘封了几年。但有一股子腥潮气，证实不久前还有人住过。阳台上，晾晒着女人遗留的衣物。菲佣姐姐来不及收拾清楚，慌张结算了工钱便走了。临走多要了一个月人工，说和个死人老太太睡了整晚上，这笔钱主家要给她冲冲喜。

阿嬷走了，留下了一种气味，那是长年的福鼎白茶浇灌出的。阿嬷说，自己脾气躁，要用白茶平息心火。白茶清洌，所以直到米寿，阿嬷身上也从未有过那种不新鲜的、带着颓败气息的老人味。他一边收拾，一边想。老辈人都惜物爱囤东西，瓶瓶罐罐、胶袋纸皮，尽是多而无当。阿嬷也囤，摆得密密实实。但细看看，竟没有一样是可有可无的。阿嬷房中的大柜，除了衣物，便是六个柜桶。打开来，每只里头都清清楚楚，分门别类。打开一个，便是一满格的记忆。一格里头放着各种票证和存折，还有房契。一格中摆有只蓝罐曲奇铁盒，里头用橡皮筋捆成一沓。连粤名一张一张地看。有三叔公一九七六年抵垒，办的临时身份证。有任剑辉和白雪仙，在新光戏院告别演出的戏票。有一九九〇年从罗湖坐长途汽车去莆仙的车票，那是连粤名最后一次陪阿嬷返乡。还有一张，打开来是火化证，上头的英文名字如拼音：Lin Tong Bo。连同保。他轻轻念出来，依稀记得这个人的名字。火化证里还夹着一张照片。这照片他没有见过。照片上是

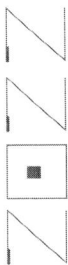

一对年轻男女。男的是个文气的样子，五官净朗，笑得不太舒展。他看出了自己眉目的出处；女的一条独辫子，长及胸前。眼很亮，铮铮的笑模样。这张照片泛黄有年头，中间对折过，又展平了。可男女之间还是有一道密密的痕。

"如可赎兮，人百其身。"大柜深处，还有一个包袱。扎得很紧，他费了一些力气才解开。里头有一只褓裸，虽然颜色暗淡，但可以辨得出是自己的。上头绣着石榴与水仙，阿嬷亲自绣的。还有一顶虎头帽，眼睛是塑胶的琥珀纽扣，也还是炯炯的。压在最底下的，是一双拖鞋。宝蓝缎的底，鸳鸯戏水。鞋头上已经磨破了，用同色的线补过。大约又被顶开了，还是半个窟窿。连粤名将这双鞋捧在胸前，心里忽一阵锐痛。

待他收拾好了，背上包就下楼去。到了楼下，才发现外头已经下起了密密的雨。雨越下越大，伴着浅浅的雷声。香港的冬天，很少有这样的雨。他怔怔地看了一会儿，才想起来上楼避一避，却将钥匙忘在了屋里。他正在门口踌躇，忽然听到身后有人轻轻唤，连教授。

他回过头，看到一个女人。女人也没有带伞，正掸着身上的雨滴，手里拎着一只篮子，看样子刚刚买餸回来。连粤名认出来是个街坊，便笑笑说，看我大头虾，将钥匙忘在了门里头。

他往外看去，雨更大了，形成一道帘幕，外头竟然什么也看不清了。女人也看着外面的雨，说，连教授，要不要上我那里避一避雨？

连粤名转过头，想起这个女人叫月华。是个外乡人，却也在这楼里住了十几年了。

她大约是楼上大只荣的续弦。大只荣做鳏夫好多年，待略上了年纪，攒了些钱，就北上做生意。生意并不见得做得有多好，还赔了钱，却从四川带回了这个女人。带回来后，他也并没有在家里待着，考了个两地车牌，给人跑运输。有回在深圳湾遇到了车祸，没来得及送医，当场就死了。旁人都以为，月华要卖了房子回乡下去。她倒没有，守在这儿，十几年也没跟别人。白天给人当保洁，晚上给人看更。赚的钱，贴补给老人院里大只荣的老窦。只是近年，有一种传说，说她晚上不看更了，做起另一种生意。有一回，住在明园西街的老姐妹，就是连粤名当初的房东，来探阿嬷，说起这桩事，脸上鄙夷而暧昧地笑。没等她说完，阿嬷一拍台面，说："收声喇，你道是一个女人过得容易？要是你死男人，揸兜都冇人理！"按说,多年的姐妹,何至于此? 对方脸上红一下白一下,拂袖而去。阿嬷也便横了一眼在场众人,厉色道,唔好系出边乱噏(粤语,乱说,胡说)!听到未?

女人见他不说话,定定望着门里头,便细声说,阿嬷人善,一路好走。

说罢便转过身去,走了几步,听见连粤名却跟上了她。开了门,走进去。屋里头简素清寒,并无许多过日子的气象。月华走到厨房里,将餸菜搁下。出来,叫连粤名坐,却看到他的目光远远地扫过。那里有些莹莹的小灯泡正闪着光,粉红的、金灿灿的。她于是走过去,将卧室的门轻轻掩上了。她给连粤名倒上茶,自己拿过了一只很大的柚子,用竹刀斜斜砍一下,然后将皮慢慢地剥下来。两个人望着外头的雨,没有要停的意思。从窗口望出去,整个北角都模模糊糊的,陌生得很。连粤名喝一口茶,味道很熟悉,说,福鼎白。月华点点头,还是阿嬷俾我的,从去年中秋喝到现在。这些年,我吃的用的,多亏了阿嬷照应。连教授,你知道吗? 我们自贡也产茶,叫"川红"。我们家种,最好的叫"早白尖"。我总想着,要回一趟家,给阿嬷带些来。可是,到现在也没回得成。阿嬷却走了。

月华说到这里,眼睛一红,低低头,沉默住。许久后,将手上剥好的柚子递给连粤名,手背在眼角上靠一靠。连粤名也不知说什么,过一阵,问她,你公公可好?

月华说,还好,就是身边离不开人。别人都不认识了,只认识我。大事小事,都叫"新抱"。老人院的姑娘,天天打电话叫我过去,说他不见我不肯吃饭。胃口倒很好,一个人能吃掉一大碗叉烧饭。

连粤名说,那很好。老不老,都是看胃口。吃不下饭,人才真老了。我阿嬷……

他终于没说下去。月华看出他的黯然,说,阿嬷是好福气的。教出了一个教授,教授又教出了一个医师。街坊多少人羡慕。平日里,阿嬷跟我们谈起你,中气都足了不少。

连粤名笑笑,说,可当着我的面,只是骂。

月华说,慈母多败儿。阿嬷是明事理的人。

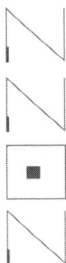

这时候雨渐渐小了，连粤名说，我该走了。忙站起来，却碰翻了桌子上的茶，全倒在了身上。连粤名说，我借一下洗手间。

走进去，按一下灯，却不亮。

月华递过一块毛巾，说，唔好意思。坏了好久了，找了很多回师傅。师傅嫌活儿小，都不肯上门。

连粤名看一眼说，我来试试。

他就搬来一只板凳，一只脚踏在凳上。不够高，他便踩到了浴缸沿子上。将灯拧下来，查看一下，叫月华将电闸关上，说，小问题。过了一会儿，他说，好了。就从凳子上下来。这时碰到什么，是轻柔的织物，在他脸上擦过。有一种柔润的气息，让他脚下软了一下。

月华拉开了电闸，洗手间里透亮的。他看到，原来浴缸的拉杆上，晾了一只胸罩。在灯光底下，是温暖的米白色。

他见到眼前的女人，脸庞也是温暖的米白色。也是一样的气息，瞬间在他的鼻腔里放大了数倍。他踉跄了一下，女人扶住了他。忽而有一种力量，在他体内奔涌了一下，摧枯拉朽般。他一把抱住了面前的女人。

事毕，他仍有些晕眩，看着头顶忽暗忽明、五颜六色的灯仔，疑心是在某个不知来处的圣诞夜，如此虚幻与美好。他闭上眼睛，忽而睁开了。他下床，从包里拿出那双陈旧的丽宫拖鞋，给女人穿上。女人迟疑了一下，还是穿上了。净白的身体，唯有脚上，闪着一两点的珠光，若隐若现。他体会到自己的壮大，在壮大间冲撞着这女人，恶狠狠地，攻城略地。

待他终于彻底地疲惫了，嗅觉却冷静下来。他觉得这室内的气息，无端地有些卑琐。半晌，他问女人，你闻过素馨花的味吗？女人转过头，看他，不知该说什么。他一个人走到洗手间，看到镜子里的自己，有些惊讶。他许久没有这样好好看过自己。镜子里是个半老的秃顶男人，两鬓斑白，双眼无神，有优柔而颓败的表情和体形。刚才，就这样，在一具陌生的也近衰颓的女体上盘桓。甚至，他注意到下体也有了几根白色的毛发。他忽而感到一阵羞愧。

他穿戴整齐，准备离开。想一想，从钱包里掏出了两张千元钞，递给女人。

连粤名说，对不起。

月华说，对不起？本来就是关起门来做生意。不偷又不抢，谁对不起谁。

她将他的手轻轻挡开，说，这些年，阿嬷给我的恩惠，不止这么多。

这时外面的雨，忽而又大起来，伴随狂风呼呼作响，竟把一扇窗户吹开了。月华走过去，将窗子关上。冷冷看了一会儿，回头说，不是我要留你，是天要留。

连粤名便也坐下来，倏然，喃喃说，下雨天留客天留我不留。

月华说，连教授，我读书少，但懂你说的。教我们小学语文的先生，是个大学生，没回城的知青。可巧他给我们讲过这个故事。同样一句话，看怎么说，谁来说，意思就大不同了。既然天留客，也是个缘分，一起吃个午饭吧。

连粤名愣愣地坐着，听到月华在厨房开了火头。不一会儿出来了，端出来一盘白灼生菜，淋上蚝油，和一碗紫菜蛋汤。又从微波炉里端出了一份烧味饭，外卖烧鹅。饭菜是一个人的量。她取了一只空碗，放在连粤名跟前，拨了大半进去。肉也是整齐的肉，留些边角和骨给自己。她便低头吃起来。连粤名不声不响，终于也吃起来。鹅肉有点老，有些甜腻，但味厚而丰腴，令人满足。连粤名在家，许久未吃过这样的饭。他似乎打破了某种禁忌，大口地吃起来。胃里充盈起来，湿湿的暖。

他回到家，原本准备了一些说辞。但袁美珍并不理睬他，只望他一眼，给股票经纪打电话，又给发货商追款，声音山响。

他轻轻推开思睿的房门，看母子两个都在睡觉。孩子将手指塞在口中，忽而震颤了一下，大概是做了个梦。

晚上，一家人坐在一桌，都不说话。倒是思睿先开了口。她说，爸，我想好了。这孩子，以后就叫林木。

下一个周末，连粤名又说去老屋。袁美珍问，还没收拾完？

他说，阿嬷几十年的东西，一时半会儿怎能收拾完？

他敲开月华的门。月华看一眼，让他进来，说，教授，你落下了一

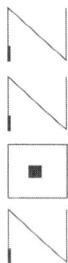

双鞋。

她回里屋，捧出那双鞋。连粤名看到鞋头的窟窿，已经补上了。衬了一块同色的缎，针脚密匝匝。

连粤名看月华脚上，有莹莹的珠光隐现，也是一双缎面拖鞋。

他将手里的东西，放到桌上，说，上次你请我吃了饭，我要还给你一餐。

这狭窄的厨房，因气窗上的排风扇也坏了，前所未有地烟气浓重。

月华看连粤名，利落地将食材拿出来，分门别类摆在碗里。就对他说，看不出连教授，上得课堂，也入得厨房。

连粤名笑笑，我自小跟阿嬷长大，日日看，什么都是看会的。

月华说，那我帮你打打下手。

连粤名推辞。她顿一下，便说，其实做年节，我也帮过阿嬷。看这些食材，大概也知道你要做什么。这道焖豆腐，胡萝卜、火腿、节瓜都要切丁，我总是会的。

连粤名便由她去了。厨房逼仄，两个人就靠得格外近。都不说话，近得能听见彼此的呼吸。月华埋着头洗菜，这时极其微弱的阳光，照进了厨房里。有一道，正落在她的脸上。两个人都不说话，只能听见水声和切菜的声音。久了，竟然听出了一种抑扬顿挫。两个人手势间的默契，倒好像已是相处多年的感觉。顺着那道光，连粤名望见了她眼角浅浅的皱纹。不知怎的，心里漾起了一阵暖。于他而言，这暖意也是久违的了。

待菜摆上了桌，已经是一个多钟后了。因为有道扁食汤。扁肉皮要用刀背将猪肉捶打去筋，再混上番薯粉揉匀，极其考功夫。这一碗盛上来，连粤名让月华尝一尝。月华吃一粒，脱口而出，味道和阿嬷做得一模一样。

连粤名说，我今天做的，都是阿嬷的真传。

月华叹一口气，说，焖豆腐、荔枝肉、海蛎饼，我本以为，阿嬷走后再也吃不上了。

连粤名说，你要喜欢吃，我可以教给你做。

月华说，我别的还好，就是煮馐的手势不大行。说起来，我倒是最念阿嬷做的膶饼。我看着不大难，教授有空教教我。

连粤名心头无端地痛一下。他想起了二十多年前，他东拼西凑，因陋就简做了一餐膶饼。有个女人，定定看着他说，别的我不管。这膶饼一世你只做给我吃。

许久，他回过神，对月华说，叫我阿名吧。

七

这一年的春天，副校长的任命终于尘埃落定。国际导演也完成了在南华大学的拍摄。据说这部新的影片，将要成为坎城电影节的开幕片，并参与主竞赛单元。

大学于是前所未有地安静了下来。虽是春天，吹面不寒，校园里倒有了一种入秋的萧瑟。

连粤名收到一张婚礼请柬，来自周博士。新郎是个不认识的外国名字。

连粤名想了想，决定还是去。

婚礼在圣约瑟教堂举行，只有一个冷餐会。并没有铺张摆酒，这倒是符合周令仪新派的作风。他原以为，参加婚礼的还有大学的其他同事。然而举目四顾，并没有一个熟悉的人，并且以西人居多。他不禁有些拘束。

新郎新娘来向他敬酒，他立即站起来，说着百年好合之类的客气话。周令仪哈哈大笑起来。新郎显然没有听懂，但也是凑趣地笑，笑得十分憨厚。这是个很俊俏的年轻人，但瞧上去脸相很嫩，是没经过什么历练的样子。能看得出，很爱周令仪。当着连粤名的面，也并不掩饰他的爱。他含情脉脉地望着自己的妻子，并且深深地亲吻。周令仪抱歉地微笑，对连粤名说，意大利人。

然而，后来的仪式上，伴郎发表演说，才知道他们是在艺穗会认识的，在一个朋友的farewell party（欢送会）。那不过是两个月之前的事情。

席间，周令仪单独走过来，看到连粤名又在张望。她敬他一杯酒，轻轻说，连教授，他不会来的，我们分手了。

她说得轻描淡写，如在陈述一个人所共知的事实。倒是连粤名不安起来，好像自己是个泄露秘密的人。周令仪望着他，眼神坦荡荡的。她说，我就要去欧洲定居了。方便的话，帮我跟Leo说一声。我用了一个月的时间，才教会我先生那段他教我的贯口。

说这些时，她始终在微笑。她望一望远处的太平山，说，香港多好

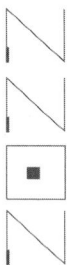

啊。说起来，我还真有点舍不得呢。

这年前后，经历了一些动荡。虽未算尘埃落定，但先前的混沌，渐渐显山露水。

院长和连粤名谈话，关于高分子研究所的周年庆典，却问及下一任的系主任人选。他知道自己早已过了少壮年纪，别无所想，只是重复往年一些和事佬的说辞。但是，院长话里话外，却是提醒他老骥伏枥的意思。他笑一笑，说，我最近一个舍监，都当得左支右绌，何谈管一个系。学生来来往往，自然都传开了，我未嫁女儿，却做了外公。屋企正是一地鸡毛。

院长自然是听到了风闻，但从连粤名自己嘴里说出来，心里还是一惊。他想这么个老实人，不声不响。如今不吐不快，却叫人骨鲠在喉。

连粤名从院长办公室走出，周身松泰，步履轻盈。路过教学楼外头的车道正在装修，几个印度裔工人突突地打着电钻，声音震耳。忽然停下来，他才听到一个工人正唱着支小调。大约来自家乡，音节简单，唱得如痴如醉。虽然一句都听不懂，这旋律却在连粤名耳畔萦绕不去。如同一句咒语，回环往复，他也不禁轻声吟唱。

在日复一日的日常里，思睿的孩子也长大了。连粤名未尝初为外祖父的喜悦，只觉自己无端地又老了一些。欣慰的是，家中隐隐地有一种和解的气氛。袁美珍开设了一个新的公众号，认证是"育儿专家"。订阅者寥寥无几。她将录制的短片链接发给了连粤名，不着一词。连粤名打开，看到了袁美珍抱着一个塑胶的婴儿，极其耐心地示范与讲解。短片中的妻子，不再有美颜。面色青黄，眼袋下垂，是这个年纪的女子，通常的老态与臃肿。但却有一种砥实与可靠，是他曾经熟悉的。那眼中的严厉，也柔软下来，甚而有一种母性。目光落在那婴儿公仔上，便是一层暖。

他终于醒悟，于是将链接发给了思睿。WhatsApp（一种用于智能手机的即时通信应用程序）并未回复，但显示已读。

这样许多次后，晚饭时，他看到思睿怀抱孩子的姿势，有了些微的改变。他抬起头，袁美珍的目光，也正落在女儿身上。紧蹙的眉头，略略舒展。

在某一个下午，他回到家，打开门，便听到外孙的哭声。他看到思睿从浴室中出来，正慌乱地擦着湿漉漉的头发。他们同时疾步走到卧室里，却看到阿木已停住哭声，以柔软的姿势，窝在袁美珍的肩头。袁美珍轻轻拍着孩子的背，面容松弛，嘴角有一丝笑意。待看到父女两个，便恢复了一种不耐的神情。看一眼思睿说道，论论尽尽（粤语，形容人笨手笨脚，行动不灵活），点做人阿妈！

然而，她说罢，并未将孩子塞到思睿怀里。倒是一边哄着阿木，一边向厅里走去。姿态熟稔而自然，像个平凡而怡然的外祖母。最终停在了露台前，指着露台外的鸽子，轻轻唱道，细路乖，睇鸽仔；上下飞，唔返来。

连粤名心头缓缓震动了一下，他回忆起，上次听到袁美珍唱这首童谣，已经是二十余年前了。年轻的母亲，粲然而略羞涩地对着自己第一个孩子唱。

过往的大半年，连粤名待在自己一手成立的高分子研究所。整合设备，建立团队，申请项目。虽然疲累，但却有一种淋漓与畅快，也是久违的了。他看着身边的年轻人，闻着仪器的金属味与隐隐的荷尔蒙混合的气息。依稀回到当年，虽无铁马冰河入梦来，但总也有些宏愿与抱负。这些抱负始终未曾与人分享，便逐渐蒙尘，连他自己看着都面目模糊。现在退休之前，院里允他远离政治，埋首这一处学术异托邦，竟让他有青春重回之感，只觉非殚精竭虑，无以为报。

某个黄昏，他穿过太古Pacific Place（太平洋广场），看到中庭贴有一张巨幅海报，正是那个国际导演的新片预告。男主角是个华人影帝，女主角名不见经传。

谍战与浪漫，都非他兴趣。然而，他愣一愣，不知为何，鬼使神差，竟然买了一张票，走进去。在进入放映厅之前，他被要求查验。工作人员抱歉一笑，说是防止有人将摄影机放在包里偷摄。"毕竟是近三个小时的足本三级片"，工作人员放他进去，却加上这一句。这句话并安慰不到他，反而让他有些心虚。

影片虽长，无冷场，见大师功力。其中必有内容，情事令人面红，谍战令人心跳。但是因为等待，似乎于他并未有强烈的触动。终于出现，是陆佑堂。简陋的舞台，桃花三两枝。他想起那个阳光尚好的下午。台上的人，生死离别，上演革命加爱情的戏码。女主角生涩而美丽的六角形脸庞，在想象中，不断叠合另一张脸。

在漠漠的黑暗中，他大着胆子，端详着银幕上的脸。无助而笃定，天

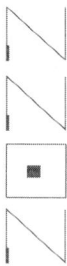

真而勇敢。另一张脸，神情别无二致。但没有憧憬，眼里有光，瞬息湮灭。

他看一对男女真刀真枪，贴身肉搏，无端起了反应。黑暗也掩藏了潮汐的欲望。事毕，他看女主角点起一支烟，着睡衣站在窗前。睡衣上开着大朵的金色鸢尾，缓缓滑下，脊背青白，长而优美的颈。

他回到家，已是夜半。他悄悄开门。思睿房间黑了，照例是睡了。近来他早出晚归，已是常态。无人关心，也无人以之为怪。

卧室里倒有一盏灯。他推开，见袁美珍躺在床上，好像也睡着了。手边摆着一张强积金的宣传单。这灯便不知是忘了关，还是为他留的。

袁美珍睡着了，人便松弛下来。光的柔和，抚平了脸上的褶皱，还有嘴角的法令纹。这法令纹里，集聚的平日里的一点狠，也隐没了。许久未见这女人的脸上，呈现出了一种憨态。这憨态是对世界不设防的，在香港女人脸上尤其稀见。他心中莫名产生一股柔情，他悄悄地上了床，从背后拥住妻子。这背让他有些许陌生，坚硬而厚实。他犹豫了一下。但是，同时间若有若无的香气，从女人的头发间散出，并渐浓郁。是素馨花的气味。这气息，是女人与自己信守的诺言。如二十多年前，还是让他心驰神往，进而迷离。那已经退潮枯败的欲望，出其不意地泛绿。他将下巴贴到妻子的颈项间，让那气味离自己近一点。热烘烘的，丰熟的，让他有一丝痒。呼吸也重浊。袁美珍并未避开，反而感到一点隐隐的贴近。这对彼此也是久违的。不知为何，刹那间，他心里出现"相濡以沫"这个词。他不再动作了，只想维持这一个静止。

不知过了多久，他几乎昏沉睡去，忽然听到了急促的声音，是一阵杂沓有序的脚步声。这段西班牙踢踏舞者的舞步，被袁美珍用作手机铃声已经多年。

他看见袁美珍"腾"地坐起身来，神经质地将他推开。

她接通电话，旋即便也放下。她看着他，眼里有光。

"那个女人终于死了。"她说。同时紧张地搓着手。连粤名看她身体微微颤抖，双颊潮红。

在袁美珍后母的葬礼上，连粤名再次见到了她的家人。上一回还是二十多年前，出现在婚礼上的，只有她同父异母的大弟袁尊生。

尊生的样子似乎并无变化，那时已是个持重成熟的青年，代表家庭出席长姊的婚礼，于他如同与年龄并不相称的使命。然而，他做得很好。礼貌周到，举止言行均无可指摘。还有一种令人舒服的雍容大气。就连最挑剔的阿嬷，在婚礼结束后，都放下了成见，说袁家大弟"好得、好生性"。他的得体，令众人似乎都忘却婚礼上缺了一方高堂的事实。特别是他代表女方致辞，为连家塑造了一个他们所不熟悉的袁美珍。这个袁美珍，是个独立而低调的都市丽人，不袭家世，溯流而行。他甚至表达了对他已去世的大娘的敬重，完成了他所塑造的完美长姊其来有自的逻辑。听完了这段致辞，众人将目光投向了连粤名，仿佛他是那个入深山得珍宝而不知的樵夫。

在这个过程中，袁美珍只是浅浅微笑，并未对大弟表现出任何言语和神情上的呼应。但连粤名当时想，这或许会是一个节点，代表着她与家庭的和解。

然而，第二天清晨，袁美珍在敬公婆茶之前，对连粤名说，她没有娘家回门的环节。她放弃了对父亲的继承权，袁家便陪她将这场戏做圆。

事实上，袁美珍的确没再回过家。她最后一次与大弟见面，是在西半山附近的一处私人会所。那是一九九九年，袁美珍与他借款，为筹满"何翠苑"的首期。

在丧礼上，连粤名第一次与袁美珍的整个家庭会面。确切地来说，是一个家族。他并未预料，袁美珍拥有一个庞大的家族，并有如此广泛的交游。在过去的这些年，袁美珍除了间或提到尊生这个名字，甚至对其他的弟妹未有只字。而显然，除此之外，她还有至少两位叔父和一个姑姑。这时以一种矜持的神情和她说话，丝毫不理会她身旁的连粤名。对连粤名而言，这是一个完全陌生的环境，这个环境反而让他自在，无须敷衍。他获得一种特权，可以理直气壮地做一个旁观者，环顾周遭。

然而，这个情形未几便被打破了。他看到一个花白头发的男士向他走来。他一眼认出是袁尊生。他似乎没有变，除了头发白了些，脸上还如青年时般光洁红润。举手投足，是优渥生活造就的良好修养。连粤名无法对尊生陌生。因为后者城中名人的身份，每周六十点档——《港人说法》的

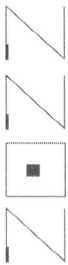

常驻嘉宾。

他看到这张名人的面庞，穿过陌生的众人的脸，向他飘浮而来。尊生亲切地唤他，姐夫。然后，就近将他介绍给近旁的来宾。他说，姐夫是南华大学的教授，研究高分子物理。然后以征询的目光，看一眼连粤名，说，姐夫，我没有说错吧。这都是你们科学家的事情，平常人哪说得清。

连粤名愣了一愣，恍惚于长久缺席于自己生活的妻弟，昨天是否刚刚见过。他也感到了身上有一些灼人的眼光。意识到，这意味着头发半秃、黑西装上还有褶皱的麻甩佬，忽然被人刮目相看。尊生将他引见给其他人，一如既往的得体周到。他不禁也打量。时光荏苒，和这个男人的会面，漫长的空白，竟然是在一个婚礼和一个葬礼之间。那时尊生不过是一个法律系实习生，如今已是国际知名律所KMC的合伙人。即使作为袁家的长子，并未继承家业，但丝毫没影响他的地位。比起二弟正疲于应付商界往来，此时他倒有了一种游刃左右的超然。因为他，这个葬礼未显得过分沉重，更像是带有暖意的追思。

面对宾客致辞，尊生提到了自己的父亲，说到他与母亲的相识。连粤名禁不住看一眼袁美珍。她的神色倒是很平静，一如当年在她自己的婚礼。听的过程中，连粤名有些走神，因为在这致辞中，他感觉到了某种套路和圆滑。这或许是律师的职业品行所致，他想。尊生在致辞中塑造了他父母的婚姻，一如多年前塑造自己同父异母的姐姐。他忽略了这桩婚姻门当户对的功利实质，而凸显了父亲的一往情深。台下的宾客唏嘘。连粤名想，这是多么完美的因势利导的案件重现。

因为走神，连粤名将目光落在尊生身后的遗像。活在袁美珍口中的女人，今天的主角。这是张无法激起他人仇恨的脸，与尊生面目类似，但更为平和，平和至平淡，甚而眼神有些恍惚。连粤名不知道，这是因在袁老先生身后，经受了长年的抑郁症折磨所致。这一点，袁美珍一直未告诉他。她需要她生命中的敌手，始终是个强者。

在致辞的尾声。连粤名看着妻子缓缓站了起来，然后转身，在众目睽睽中离开。尊生似乎停顿了一下。或许并未停顿，仅是连粤名的错觉。致辞便走向了华彩一般的收束。

回到家里，袁美珍立即将自己关在了房间里。隔着门，连粤名听到了一阵号嗝，继而安静。

思睿抱着阿木走出来，父女两个站在门口，对望了一眼。连粤名对思睿挥一挥手，让她回房去。在长久的寂然之后，传来极其细隐的啜泣声。

第二天清晨，袁美珍才从房里走出，竟还穿着参加丧仪的黑色套装。连粤名想，尽管袁美珍是个孤寒（粤语，吝啬，形容人过于节省）的人，却为了后母的丧礼定制了套装。这套装质地精良，剪裁得体，扬长避短。连粤名看妻子穿上套装的那一刻，双眼生辉，如同临阵的武士身着铠甲。

然而此时，穿在同一套衣服里的袁美珍，似乎整个人都坍塌了下去。套装皱巴巴地发着晦暗的黑。脸上的妆，被泪水冲洗得七零八落，冲出两道干枯灰黄的沟壑。她站在门廊处，发现了丈夫和女儿的目光。于是竭力将身形撑持，但似乎自己也感到徒劳，就放弃了。她用手背胡乱在脸上擦一把，掩饰已干涸的泪痕。在桌前坐下，她从连粤名手中抢过一块还未涂好果酱的面包，狠狠地咬了一口，咀嚼几下，然后用含混不清的声音说，佢点解要死？

连粤名看着她。她将面包掷在桌上，大声道，那个女人，佢点解要死？

说完这些，她好像泄了气，再一次地失声痛哭起来。

这次回到房间，她没有将门关上。晨光初至，厅里的光线，渐渐亮了起来。一束光沿着露台，投到了餐桌上，桌上有远方在风中摆动的稀疏树影。这光线朗净，似乎划破了令人压抑的安静。让父女俩都松了一口气。

这时，思睿轻声说，爸，孩子大咗，我想回去上班了。家里请个保姆带阿木吧，钱我自己出。

还未等连粤名应她，房间里传出一嘶哑女声：使乜晒钱请菲佣，我来带！

八

研究所出事，是在两个月后。

旁人都说，早前就有征兆。这高分子研究所的风水不好，前身是嘉风

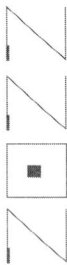

楼的一处货仓。日据时被征用，囚禁过东江纵队的几个队员，在附近行刑，胡乱埋掉了。因为北向，四围寸草不生，是极阴之地。连粤名是不信这个邪的。但先前做过化学系的实验室，莫名发生了爆炸案，有史有据。虽说已是十九世纪六十年代的事情，至今未调查清缘由，炸死了一个英籍的管理员，是确实的。所以研究所挂牌那一天，听几个老同事的建议，还是点红烛、上高香，摆了切乳猪的仪式。

后来谈起，连粤名自己都好笑，说，上香拜祖师爷，倒该有个名目，是拜保罗·弗洛里，还是爱因斯坦？

可就算这么着，还是出了事。

连粤名接到医院的电话，听完，愣愣地一闭眼睛。

许栩是他带的第一个博士生。研究所成立时，已在多伦多大学拿到Tenure（指"终身教授"，是在美国和加拿大等地的大学里对教授职位的一种保障系统，使得大学教授通过考核期被正式授予终身教授后没有正当法律上的原因其职位不会被终止），手中握有三项专利，前途大好。但听说导师需要人手，便毅然请辞，回来母校效力。连粤名看他毕业多年，还是那个白马轻裘的少年，毫无学院积习带来的圆滑和暮气，不禁欣慰。许栩加入研究所后，未负众望，短短一年间已申请到两个重点科研项目，发表了数篇SCI论文。长此以往，连粤名是有心让他接下研究所的重任。上回见院长，问及下一任系主任人选，连粤名当时未表态，但事后却专函推荐了许栩。按理说，这有违他低调的作风，但想一想，举贤不避亲。院长再见到他，便说，论学术，你这个学生是真好。但人事上，不怎么成熟啊。连粤名笑笑说，路遥知马力，多历练就好了。去年和威斯康星的研讨会，他操办的。办得如何，您有数。不像我，就不是管人的材料。

连粤名自然知道院长说的，是许栩张扬的个性，毫无乃师之风。因为恃才傲物，得罪了一些前辈。甚至博士论文答辩时，还被为难过。这些年在学术圈摸爬滚打，褪去了不少脾气，为人圆融了些。但一涉及学问，还是寸土不让的性格。

作为导师，连粤名明里暗里，也为他护航，当初是不想看到初出茅庐的才俊，便被汹涌的暗潮淹没。久了，其实心里有些羡慕，是为这孩子的不变。他总想，只要硬铮铮地硬下去，终有一日，能做那掌舵的人，立于暗潮之上，便无人可奈何了。

但他未免乐观。在周年庆典的前夕，院里的学术委员会收到一封实名举报信。举报人是美国一间社区大学的学者。举报的对象是许栩，直指他去年底发表的一篇Tier 1 Journal（重要期刊文章）涉嫌抄袭，列出了十多处比对性细节，为证确凿。对方发表的刊物名不见经传，但发表时间比许栩的这篇早了三个月。因这篇论文是研究所去年立项后的重大科研成果之一，兹事体大，学术委员会便成立了调查组，专司此事。

一切发展得太快，连粤名来不及反应。一周之后便要召开听证会。早晨他收到了许栩的邮件，说已经准备好发给文学院的appealing letter（说明函）。这十多处引证，有一半以上是来自他在夏威夷年会上发表的论文，他倒要问问这举报人的实验数据从何而来。

不等连粤名动作，院长已找到他，让他说服许栩，压下这封appealing letter。连粤名道，别的好说，但自证学术清白，有什么商量的余地？院长说，这些都交给委员会。此时自己申诉，无异于飞蛾扑火。

见连粤名茫然，院长犹豫一下，叹口气，你以为这个举报人是什么来头。他是莫里斯以往在密歇根时的学生。

连粤名一怔，脑海中映出一张牛肉色的脸。莫里斯教授是系里的老同事，退休已有四年。据说未拿到荣休资格，和数年前那起风起云涌的学院政治相关。当时物理系的系主任，即是如今的院长。也就是说，此次来者不善，恐怕没那么简单。

院长说，他是冲着我来的。树欲静而风不止，何必殃及池鱼。按住许栩，要保证研究所的周年庆典如期进行。

院长想的是近在眼前的研究所的声誉，许栩想的是学术清誉，似乎都没有错。这时候，连粤名接到老李的电话。老李说，退休生活淡出了鸟来，约他出来喝一杯。

两个人在中环一间居酒屋见面。老李似乎老了不少，大约是神情里少了许多的意气。但他一见面就嘲笑连粤名的外公相。连粤名看着他拿着酒杯的右手微微抖动，嘴角也有些歪斜。老李年初时小中风了一场，落下了后遗症。连粤名不确定，这是否与周令仪相关。但如今的老李，确不是

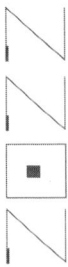

那个洋气的、浑身散发着古龙水气味的Leo了。他身上是件讲究的黑缎唐装，白色袖口上绣了L.&L.，是他与他太太姓氏的缩写。

连粤名说起近事。老李眯眯眼睛，说，本来我是写一副字给你共勉："两只麻甩佬，一对老学究。"如今看，不对。麻甩佬是我，老学究是你。这几年，我还是比你看透多了。我们系里两只乌眼鸡，以往在乐团争首席，后来在大学里争讲座教授。争到一半，死了一个。另一个高处不胜寒，去年也死了。我送他们两个字："挚敌"。

连粤名说，我倒是无所谓。可是老辈的恩怨，应在年轻人身上，还是欠公平。

老李摇摇头，说，儿孙自有儿孙福。不聋不哑，不做翁姑。

连粤名叹口气。老李说，不如我给你讲段古。

连粤名说，我正愁，你仲同我讲古？

老李说，听听无妨。当年我老婆肯嫁给我。上门见家长，没说一句，我岳丈先用这一段来考我。是个单口相声《解学士》。里头说个明朝才子，叫解缙。出身寒门，细个时读书好叻。解缙家对面是曹丞相的后花园，门对丞相的竹林。除夕，他就在门上贴了一副春联：门对千棵竹，家藏万卷书。丞相见了，想他好大口气，就叫人把竹砍掉。解缙呵呵一笑，于上下联各添一字：门对千棵竹短，家藏万卷书长。丞相更加恼火，这回下令把竹子连根挖掉。解缙不动声色，在上下联又添一字：门对千棵竹短无，家藏万卷书长有。

连粤名会心说，这个才子，还真会搞搞震。老李说，我就问你，这才子蚀底没？

连粤名说，佢蚀底？分明占了人便宜。

老李又问，那他得罪了人没？

连粤名说，得罪了？好像又谈不上。

老李说，当年我丈人问我，在这相声里头看到什么。我那阵普通话都说不利索，听得半懂不懂，只好说，看到我亲事黄了。他呢，哈哈大笑。说这后生真老实，就把女儿嫁给我了。

连粤名笑说，你要是人老实，猪乸会上树。

然而接下来，他愣一愣，忽而懂了，说，这是个好故事。

连粤名终于没来得及对许栩讲这个故事。他看到了许栩将写给文学院的appealing letter，电邮抄送给了他。他不禁有些光火，立即打了电话给许栩，但手机关机。

许栩的消息，是第二日清晨传来的。当时连粤名睡眼惺忪，立时间清醒了过来。当他赶到研究所时，空气中似乎还流淌着残余的乌头碱气味。在服毒之前，许栩给自己注射了肌松剂。这样在清洁工人发现他时，他嘴角上扬，脸上竟呈现出了柔美的微笑。

警方很快将凶案定性为自杀。因为在傍晚时，全校师生都收到许栩预定发送的邮件，是他的遗书。这封中英双语的遗书，遣词造句都非常准确，且文采斐然，令人不得不佩服许教授的语文造诣。更难得的是，其中颇有几分举重若轻的幽默，甚至用来陈述自己饱受抑郁症困扰已有六年的事实。

当然，这封信的后半部分，剑锋所向，是"南华"物理系多年的朋党之争，以及隐藏其下的学术腐败与利益输送。这是积重难返的卷裹，似乎少有人能独善其身。在这封信发酵一周之后，理学院院长与物理系系主任，分别递上辞呈。

信的末尾，他说唯一愧对的是自己的导师。

连粤名再见到许栩，是在一周后，又是个周五。那一天本来是研究所的周年庆典。

已成为植物人的许栩躺在床上，仍然微笑。这笑意或将永恒地凝固在他脸上。连粤名望着他，想，这孩子生前总和自己拗着劲，活得太紧张，总算让自己放松了下来。

他迅速地纠正并说服了自己，说许栩还活着，和他一样活在空气和阳光里头。只不过不用再为生活缠绕，如窗台上的一棵黄金葛。他看着许栩生动的脸，像是个装睡的人，嘴角憋着一股笑意，时时将要在他面前睁开眼睛。他看得很久了，看到窗外暮色苍茫。这张脸终于成了一张面具，不再是他的学生。与他同存于世，幽明两隔。

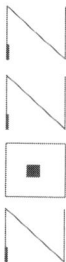

走出医院的时候，他遇到了月华。

女人手里拿着一个保温桶，看上去憔悴了些。她说，公公前两天进了一次ICU（重症监护室），抢救过来了。醒了，连她都不认了。

她遮掩了一下，他还是看到她眼角的伤痕。她的声音很轻，对他说话，神情与问候，也都是浅浅的。

他这才想起，已经许久没去北角了，便也未再见过月华。曾有那么半年的日夜，他们常坐在临窗的桌前，有时吃煲仔饭，有时是豉油鸡，都是味浓质厚的。窗外看出去，是万家灯火。由于楼距近，甚至能听到声响。父母责骂孩子的声音，年轻情侣的嬉闹。对面是新建的公屋，新移民多。这声音里便有南腔北调，共同积聚为浓重的烟火气。近在眼前，又恍若隔世，让他心里砥实。

不知为何，他不再去北角。不去了，便也好像从未发生过，留在了那一时、那一处。

月华于是对他浅浅点一下头，说，连教授，我先走了。

他听得一怔，定在了原地，看女人转身离开，走出了很远，消失在人群里头。他这才想起，她以往是叫他"阿名"。

九

四月时，连粤名送阿嬷骨灰回仙游县。

这是阿嬷生前凤愿。米寿时已经请定了佛塔的位，等着回去。

复活节假期，港人北上出行得多。高铁对面的男人，挈妇将雏，是不胜其烦的模样。那男孩哭闹够了，便看着连粤名。眼睛晶晶亮，又盯着连粤名手中的包裹。尽管连粤名将它包成礼盒模样，他眼睛却挪不开似的。终于问，里头装的是什么？

连粤名笑笑说，朱古力。

孩子便向他索要。

孩子爸爸呵斥，说，冇礼貌。一边对连粤名颔首致歉。

连粤名说，唔紧要。便从背包里真的拿出了一板朱古力给那孩子。

两下都算亲切，便攀谈起来。男人问他去哪里，他说，去仙游。

男人说，那我们同路。仙游一年一变，你回去怕不认得了。

连粤名说，我有三十年没回去了。

男人笑说，那是变得天翻地覆。我是以往的糖厂子弟，"文革"后跟亲戚去的香港。父母还都在，年年都回去。

连粤名依稀记得听阿嬷说过糖厂，就问他还在不在。

他说，早就没有了。关了也好，污染得乌烟瘴气。你去看看，如今木兰溪的水，清回去了。

连粤名就印象深刻一些，想起了这条河。想起那回阿嬷急躁躁，颠着小脚，一路骂着他，在乡野小道疾走，走得比他快，终于太阳落山前赶到了坂头村。阿嬷站在大桥上，眯着眼睛向河水上望。河两岸都是成熟的荔枝，红彤彤的一道弧。那时甘蔗也熟了，溪上有木船，运的都是甘蔗。甘蔗绑得密匝匝，船吃水很深。阿嬷说，当年要有咁多甘蔗，无饥荒，你阿公就不用逃去印尼。

那一回，阿嬷买了许多莆田糖厂产的"荔花牌"白砂糖回香港。送遍北角街坊，还有许多存在家里。吃不完，招蚂蚁；雨季招潮，结成块，比砖都结实。还是不肯丢弃。谁要是动，她就骂，骂得震天响。

想到这儿，连粤名喃喃，怎么就关了呢？

男人跟上他的话说，产业调整呗。一九九八年停产，一千多个工人下岗。我阿爸办了内退。我让他到香港来，死硬颈，说不甘心，要做糖厂的鬼。就辛苦我们来回跑。

车到了莆田站。

连粤名和男人一家一起出了站，在站口道别。连粤名站在太阳底下，等了许久，这才拨了电话过去。电话那头气喘吁吁，说，表叔，我的车在高速上被人追尾了。你和祖阿嬷等等啊。

连粤名听到电话那头嘈杂得很，还间或吵闹声音。忽然间就挂了。

他愣愣站在原地，这时一辆比亚迪在他跟前停住，车窗摇下来，是方才的男人。男人对他说，教授，我载你一程。

连粤名犹豫，说，不用麻烦，我等等。

男人头往后一扬，说，上车吧。送老人回去，耽误不得。

连粤名恍恍惚惚上了车，想起男人的话，问，造次了，你点知嘅？

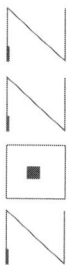

男人说，谁会这样毕恭毕敬，抱着一盒朱古力？

连粤名嗫嚅道，这怎么好。

男人摆摆手，唔好念多咗。我冇乜忌讳，当年我也是这样送舅公回乡的。

车到仙潭村，已是下傍晚。苍茫暮色。余晖里，连粤名认出村口那两棵枝叶交缠的榕树。他记得其中一棵遭到雷劈，树冠已经焦黑。然而在树干的中段，竟又生出了一丛旁枝，枝叶甚至已经粗壮葱茏。有气根曳曳垂下，已又落地生根。

村口有个黧黑的年轻后生，迎上前，怯怯问，堂叔公？

他茫然，后生说，我是阿胜嘅仔。

后生接过他的行李，道，阿爸的车拖去修，他接了你电话，叫我在村口迎着。

他才恍悟。打量下，后生说，叔公叫我发仔。您上次和祖阿嬷回来，我还没出生。

连粤名想，上次回来时，比这后生大不了多少。如今自己都是半老的人。

他跟着发仔，在村里走，周遭不认识。多了许多二层的小楼，都很排场，墙体用贝雕和蚝壳镶嵌作为装饰。好像也看不到什么田地。连粤名就问，还种不种甘蔗。

发仔说，不种了。我细路那阵时，糖厂就关了。种甘蔗做乜喔。

连粤名问，那还种什么？

发仔说，山上种茶叶，种蜜柚。大棚种巴西菇，都好过种甘蔗。

他们经过一处，门口写了"福胜工艺家具厂"，里头有宽绰的厂房，听得见隆隆机器运转的声音。发仔说，这是阿爸开的厂，我同老婆都在里头做工。

连粤名说，原来阿胜出息做老板了。

发仔挥挥手，谦虚地说，这样的厂，在我们村里有十几家。我们这个算小的。

说话间，就到了阿胜家。也是两层小楼，外头的院墙上也有贝雕装饰，镶拼成了醉八仙的图案，洋洋大观，一团锦簇。仔细一看，张果老却是倒坐在一架屁股喷火的飞机上，不知是谁的创意。

这时有个年轻女人，抱着孩子迎出来，是发仔的老婆招淑。

招淑灵秀模样，与发仔交代两句，便唤他叔公。这一唤，用的莆仙话。他才恍然想起，说，发仔，你先前同我说的广东话哦。

发仔摸摸头，说，我初中毕业，去东莞打工，学识讲广东话。怕叔公不会讲莆仙话了。

连粤名说，我怎会唔识？阿嬷日日夜夜同我讲。

他便改用莆仙话同俩夫妇交谈。倾谈过一阵，两下觉得有些词不达意。招淑说，叔公说的是老派莆仙话，这些说法，现今年轻人都不这样讲了。村里老人勉强听得。

连粤名说，阿嬷怎样讲，我就怎样讲。几十年过去，说话学成化石了。

他便跟着发仔上楼去。到了楼上，直进去了一间。里头竟然搭了一个很大的龛。发仔说，阿爸一早给祖阿嬷留了龛位，叫好师傅做了牌。今晚住一夜，明天就送她老人家去广胜寺。

连粤名在牌位前，恭敬放好阿嬷的骨灰坛。牌位上写着"连何氏秀英莲位"。

连粤名知道阿嬷娘家姓何。

何是仙游县的大姓，却来自异乡。传说仙游县以往叫清源，得名自安徽庐江何氏九兄弟为避淮南王刘安叛乱，陷居该县九鲤湖畔，炼丹得道，乘湖中鲤鱼羽化升天。以后就改叫仙游。阿嬷便总说自己是仙人后代。

发仔点上香，要和连粤名一齐拜拜。听到有人杂沓脚步，噔噔上楼来。听人叫他堂叔。回身一看，大头大脑的人，是阿胜。连粤名竟还记得他当年模样。除了老些，并未大变。阿胜不及和他寒暄，便叱责发仔。一边小心上前，将阿公牌位旁的另一牌位撤去。

连粤名看到那牌位上写的是："连荣氏"。

记得阿嬷说，当年她嫁给阿公，旁人都说大吉之姻，莲荷得藕。所以连粤名的阿爸小名叫阿藕。"六七"那年，阿爸出街给英国人乱枪打死。以后家里人便不再吃藕。阿嬷买拖鞋，倒还是爱买"鱼戏莲荷"。可有年始，也不再买，断了念想，以往的鞋也都收埋。后来，连粤名在庵堂听乡党阿金婆说，阿嬷知道阿公回了仙潭，还带了他印尼的老婆。

阿胜连连说，小孩子不懂事，不周到。堂叔和祖阿嬷莫怪罪。

连粤名说，也没什么。都算是团聚了。

阿胜说，不好。至少今晚，让祖阿嬷和太阿公，自己两个说说话。

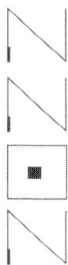

晚上，连粤名与阿胜一家人吃饭，又来了旁系几个亲戚。

招淑在旁头烧芋粿，包膶饼。将那面团在锅底一旋，再一擦，便是一张薄如纸的饼皮。手势很娴熟。

阿胜与连粤名喝酒，说，堂叔，我这个唷林姆（莆仙方言，指儿媳），是福安溪潭人。发仔打工认识的。来时上房活儿，蚵仔都不会煎，现在也做得似模似样。

他阿爹祥营，连粤名称堂哥。年近九十岁，耳朵半聋。大约听懂意思，便大声说，查某就要多做。

他对连粤名说，阿弟，你阿嬷当年在查某里是一等一，能做满堂流水席。你阿爸小我五岁，长在辈上。都还是小孩子，一齐玩到大。那年她刚嫁来，过年我磕头，叫她阿嬷。她笑笑脸就红，说哪来这么大个孙。我阿公长房，当年不放你阿公和四叔公去印尼，是看不得她年轻查某受活寡。多少人出去都回不来。那时还记得她眼湿湿，在屋檐下唤你阿爸回来吃膶饼。你阿爸吃，我也吃，往后许多年，没吃过这么好味的膶饼。

连粤名看他纵横老泪，混着醉态。亲戚们方才热闹，此时也就肃然。外头有溪声虫鸣，院落里头一株刺桐，花期将尽，间或簌簌落下，浅浅飘香。香味生涩，醒了醉饮者的心神。连粤名吃一口膶饼，细细咀嚼，也是五味杂陈。

月色朦胧，人散尽了。送罢了亲戚，连粤名回来，见招淑在堂厅里点一盏灯，上着绷架，俯身在飞针走线。连粤名不禁好奇，问发仔。

发仔说，我老婆是潭溪琴洋人。那整个村子，三百多户，没有查某不会织绣的。福安闽剧团，戏衣旦裙，八成都是这个村里制成。女仔从小眼看手做，绣桌围寿序，个个好身手。嫁给了我也闲不下来，你看这沙发巾、电视罩，都是她绣的。

连粤名这才打量那日常陈设，绣着花果百蝶，针线竟都十分精致。

招淑远望望他，笑笑，说叔公你先去歇着。明天还要早起身。

第二天清早，天蒙蒙亮，送阿嬷去广胜寺。

连粤名将骨灰坛由龛位取下。招淑从里屋出来，手里捧着一块织物，展开来，竟是金灿灿的一块织锦。

招淑两眼红红，有疲态，说从三个月前就开始织，织好了要上绣。可又有家具厂的工期，就耽搁了。其实只差了一面，昨夜赶工绣了出来。

连粤名端详那织锦，不禁心里一动。原来蓝色织锦正中是一尊金佛，面容慈正。周边是灿灿佛光，肃穆的圆中有圆。然而再仔细看，原来佛光里藏的全是佛手。佛有千手，各执法器，将金佛护于其间。他伸出手，摸那绵密针脚，只觉得这千手之佛，似曾相识。倏忽想起来，原来是早前在巴塞尔展上看到的那张巨大装置，如教堂穹顶。成千上万蝴蝶翅膀，艳异蓝黄，一圈又一圈如涟漪。最内深不可测，似旋涡，孤悬一只深蓝蝴蝶。

织锦正中的佛，面容忽而模糊，让他一阵眩晕。他问，这是什么？

招淑说，我听阿发说，祖阿嬷长年持斋信佛。我们村里的老人上路，都要由家里的媳妇手绣一块佛帐。叔婆是香港人，怕不会绣。祖阿嬷走时快百岁了，只有百岁人，才当得起这块"浮图"。

招淑静静地，用这块织锦，将骨灰坛裹起来，扎好说，按规矩，"浮图"送葬不入葬。叔公记得，送祖阿嬷入龛要取下来，带回家里挂上，可为生人添寿。

回途，没有了阿嬷伴着，连粤名孑然一身，却紧紧将背包端放胸前。里头放着那块"浮图"。

然而，他终于没有将"浮图"挂起来。

回到家里，灯黑着。卧室门反锁。

他敲敲思睿的门，也没有人应。轻轻一推，门开了。

房间里是空的。不是人不在，是所有的东西都搬空了。钢琴、家具、书籍，那些在思睿少女时代便严丝合缝地镶嵌于这房间中的陈设，都没有了。只留下一张床，空荡荡的，上面是一只不甚干净的维尼熊。

他想，这只熊是怎么出现了的？这是思睿当年获得全港钢琴大赛的青少年组亚军时，阿嬷送她的礼物。但中四时，已经找不到了。思睿因此哭了很久。它是怎么又出现在这里的呢？

连粤名退出房间，一点点地。恍惚间，他走到露台上。露台的窗开着，吹来一阵冷风，将他吹醒了。他这才想起，拨通了思睿的电话。

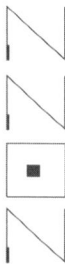

许久，思睿才接了电话。他说，女……你系边？

思睿的声音传来，冷冷地，像从很远的地方飘来。她说，唔使指拟我返去。

连粤名问，点解？

那边是漫长静默。久后，他听到了女儿哽咽的声音，阿爸，她要杀咗我嘅仔，你会唔知？

电话挂了，是嘀嘀长音。再拨过去，已经关机。

连粤名愣愣站在露台上。这时，他听到后面窸窣的声响。他回过头，看见袁美珍坐在黑暗中，正打开桌上他的包裹，从里边取出一块牛蒡饼，嚼食。袁美珍坐在黑暗中，发出咯吱咯吱的声响，平静、规律而细碎。像是一只昼伏夜出的啮齿动物。

他打开灯，看着自己的老婆，披散着头发，穿着已经陈旧发污的睡衣，正不紧不慢地咀嚼，两腮的肌肉机械律动。他走过去，看着她，问，你做咗啲乜？

她的目光落在桌上的一块饼渣上。她捡起来，吃掉，然后说，我困唔到，佢好嘈。

连粤名用颤抖的声音问，你给他吃了多少安眠药？

袁美珍看一眼他，说，我想困，困唔到。

她站起身，走出客厅，顺手将灯关上了。连粤名重将灯打开，他拦住了袁美珍，他握住她的肩膀，才发现女人脸上敷了厚厚的一层粉。他狠狠地说，你给木仔吃了半瓶药。你知唔知，你谋杀紧你嘅亲外孙。

他摇晃着她的肩膀，看她冷白脸上无表情，甚至皱纹都被白粉所掩盖。双眼的瞳仁却深不见底，空洞无内容。她在他的摇晃间，松弛无力，像一只破败人偶。

半年间，连粤名从未想过，要将袁美珍送往"青山"。

虽然他终于知道，袁美珍母系的精神病史，由来已久。他再次看到那个埋藏在景泰蓝香盒中的女人。所谓多年前的意外亡故，不过是用一条丝袜结果自己。

他打开香盒，看那张圆形小照。照片很老，上面印着一抹胭脂。外头镶着金丝绕成的枝叶，覆盖着莫可名状的月白花朵。不知为何，他忽而觉得此时袁美珍的面目，有些类似这张模糊照片。究竟哪里相像，说不清。

尊生望着他脸上的伤痕，有一种愧意的笑。仿佛是因为多年侥幸的欺瞒。他说，他可以将姐姐接回家里，雇专人照料。连粤名向他摇一摇头，说自己可以。

袁美珍在家中歇斯底里叫喊，终于被学生投诉。因思觉失调伴生脑退化，她数次从家偷跑出去，有次坐在舍堂门廊哭泣，引起校园围观。连粤名辞去了舍监的职务。一年后，又交了提前退休的申请。

他退还了买家订金，卖掉自己一处物业，清偿弟妹的业权份额，独自购下阿嬷的老屋。他和袁美珍搬进了老屋。

妹妹说，阿哥，要不要简单做个装修，去去老尘气？

他说，不用。

他如儿时，重新出没于北角。春秧街上，电车盘桓，两边的果档小贩，忙着收拾。街面上人潮分开，又聚拢。数次聚拢，一天便过去。

他去坚拿道东"振南面厂"买咸水面；去"同福南货号"买咸肉、火腿、芋粿、绿豆饼；他去马宝道，排档后在卖印尼杂货。老板娘为他留有自家制咖喱。他伸出手付钱。老板娘看他胳膊上有块瘀紫，关切问起。他笑笑，说，唔关事。

以后，他们便也不再问。他们熟悉这样一个连教授，微笑得宜，言辞恳切。总有一些或深或浅的伤痕，有时在脸上，有时在眉间。

他用新出的咖喱，给袁美珍做咖喱鸡。袁美珍安静地吃。吃了几口，笑了。他便也安慰。袁美珍掰下一只鸡腿，沾满了咖喱汁，脸上有孩童的颟顸神情。她拎起鸡腿，认真地看了一会儿，开始在自己的面颊上涂抹。姜黄色的咖喱汁，顺着她的脸颊流淌了下来。涂满了自己的整张脸，或许眼睛有些辣。忽然，她开始抓挠，同时剧烈嘶喊。连粤名知道，这时他才可以动作。他拿起毛巾，在袁美珍脸上擦拭。袁美珍想要推开他，并一口咬在他胳膊上。他皱了一下眉头，未停止动作。他看着自己的妻子，更深地咬下去。疼痛渐渐成为一种麻木。女人似乎也放松。声音渐渐低沉、细隐。喉头含混，如受伤的兽。

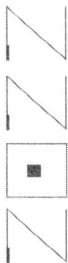

他更紧地抱住她，闭上眼睛。室内充盈着浓厚的咖喱气息，馥郁微辛，带一点难以名状的苦涩，不洁净，却有暖意。然而，久后，有另一种气息穿刺了这浓厚，一点点地进入了他的鼻腔。开始极其弱小，但慢慢清凛坚定。他睁开眼睛，才看到是近旁地柜上，有一束素馨花。是他三天前买的，已经有些枯败，星状的花朵边缘，现出铁锈色的红。

及至九月，花期未过。北角街上还有卖素馨花。大约是错落在铺档前的走街小贩，多半是年迈阿婆，绑成一束一束在卖，自己便也在襟头或发髻上插一朵。他看了就买，插在一只"郎酒"的瓶子里。瓶子也是阿嬷留下的，白瓷，觉得好看，与花辉映。

袁美珍精神好时，看着花，也欢喜。将鼻子凑上前去闻。目光柔软。神志稍混沌时，便撕扯花束，将那花瓣一粒粒扯下。目光仍是柔软的。

他在旁看着，由她。这时，他觉得这是他们未相识前的袁美珍。目光柔软，清澈温存。

在袁美珍睡着的下午，连粤名请了护工，照顾妻子。然后去阿嬷生前常去的庵堂。

他坐在缭绕的烟火里，看着头顶悬着"巍巍堂堂"和"慈航普度"的牌匾。但他不再听到阿嬷的声音唤他，叫他绕佛。外面阳光朗净，堂内可看见青烟旖旎而上。随师父念《大悲咒》。念罢，又念《往生咒》。这时，庵堂信众，多是有年纪的虔静人。空间有回响，如耳语。

再念罢，他坐在厅廊的蒲团上歇息。身旁的人，便开始闲谈。谈家庭，也谈子女。烟茶传递间，谈股票，也谈国是。谈三千烦恼，也谈一念无明。因多用莆仙话，是阿嬷说的那种，古老而诘屈。但始终声调嘈切，底色还是世俗。就为清冷的庵堂，布上一层暖。

这时候，点传师走过来，谢他观音诞上为北郊莲净寺修缮捐赠的香火。因为寄付瞩目，可上功德碑留名。问他镌谁的名，他想一想，报了袁美珍。

他又想一想，打开手机，将他拍下的那幅"浮图"给点传师看。师父仔细看一看，说，收好，不宜张挂。

他再想问，点传师合十行礼，退身而去。

他回到家时，是傍晚。家门洞开，他看见袁美珍不在床上。那个护工也不见了，他心头一凛。

他走到了走廊，四处张望。从消防通道上下逡巡。这时候，却看到来电，是月华。

他愣一愣，还是接了。月华说，连教授，阿嫂在我这里。

他上了一层楼，看到那扇斑驳绿漆的安全门，门头上尚贴着已褪色的春联。已很陌生了。住过来这么久，竟好像咫尺天涯。他伸出手，想按那门铃。门却开了。他的手还静止在门铃上。

他想起许多时日前，月华也这样提前为他开了门。她微笑说，认得他的脚步声。

此时，月华只是将他让进门里。他看到袁美珍，正坐在临门的沙发上。电视里翡翠台在播放六点档的卡通片。她目不转睛地看。袁美珍身上穿着一件粉红色的蓬蓬裙。他记得是许久前，她直播时穿过。是从海淘上买的，不知她如何翻找了出来。这件裙子质料粗疏，却是晚装的设计，紧紧裹在她身上，却暴露着肩颈，露出一截皱褶的、橘皮色晦暗皮肤。

连粤名忽而觉得一阵羞愧。月华说，我买菜回来，见阿嫂坐在楼梯口。我想是荡失路，就把她带回来了。

他向她致谢，却跟一句，你认得她？

月华点点头，说，阿嬷给我看过许多次，你们的全家福。

他这才看见，室内堆叠起一些纸箱，除了基本的日常用具，已经没有了多余陈设。他犹豫一下，问，你要搬？

月华依然点点头。他看一眼袁美珍的方向。这时卡通片结束了，在播一个厨艺节目。主持人师奶模样，教人做芋头扣肉，语调夸张、喧哗，眉飞色舞。袁美珍为她所吸引，也模仿她的动作，兴奋不已。

连粤名终于低声说，没听你说起过。

月华淡淡笑，说，你搬过来，不也没说过？

她走到袁美珍跟前，递给她一只剥开皮的广柑。一边说，上月公公过咗身，我无谓再留下。这里揾食艰难，还是回乡下去。

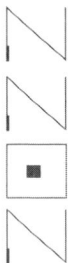

月华走进厨房，再出来，端着两杯茶。一杯递给连粤名。

教授，坐下喝杯茶吧。她说，我回了一趟自贡。家里还在种"川红"。这"早白尖"，阿嬷没喝上，你代她饮一杯。

连粤名便依窗坐下，喝一口茶。早白尖汤色浓亮，味也是醇厚的。窗外已发黑了，灯火渐成流光。他看到一个老妇，正将身子伸出卧室窗口，拍打窗外晾晒的被子。那被套的颜色灰扑扑的，应该洗过了许多水，也用过不少年头。老妇人用力地拍打。拍完了正面，拍反面，最后一使劲儿，将被子抱拢起，回到屋里。阖上窗子，顺手便将灯关上了。便是一片漆黑。

这一黑，似惊醒了连粤名。他放下茶杯，说，我该走了。

月华说，你等等。

她再回来，手里捧着一双鞋。鞋面暗淡，闪现莹莹珠光。上有经年老绣，是"鱼戏莲荷"。鞋头的窟窿补得巧。衬了一块同色的缎，针脚密匝匝。月华低声说，你每次来，都不记得带走。

连粤名想接过来，两个人的手，却碰在了一处。都迟钝一下。连粤名在女人手背上轻按上一按，说，保重。

十

那天从春秧街取道回家。连粤名其实是欣喜的。因为"鸿记"的老板，给他留了一块上好牛排。这牛肉经络分明，丰腴鲜嫩，有饱满的汁水。

自袁美珍生病后，她不再节食，也忘记营养师的嘱托。她的口味变得浓厚而饕餮。这让连粤名的厨艺，重新得以施展。他在路上想着，这块牛排，即使原料鲜美，还是浇上黑椒汁，才更为惹味。

他为牛排码上海盐跟粗粒胡椒。胡椒要即磨，才能锁味。然后用手轻轻按摩。他闭上眼睛，感到指尖为滑腻的肉质卷裹，辛香冷冽，冰火两重。

这时，他听到了外面的声响。来不及洗手，急忙走出去。

他先看到袁美珍的背影。她在地上摸索一下，又重新举着一把剪刀，正在剪着什么。剪得十分用力。

他上前，看到是阿嬷的那双拖鞋。一只已经拦腰剪断。而另一只在袁美珍的手中。他见她微笑着，正在用剪刀尖，细心挑起那块补过的鞋头针脚。大约因为补得太密，她挑得艰难。脸上的肌肉也一同绷紧。终于被她挑开。一条跃然的锦鲤，从眼睛处断为两截，身首异处。

连粤名一动未动。此时才想起去阻拦，要从她手中夺过剪刀。

他不记得那一刻是如何发生。他的印象，定格于袁美珍的神情。那是怎样的一张脸？他只记得，当血从她的脖子喷溅而出时，他似乎听到了簌簌的声响。他看到自己的妻子，脸相松弛，如云雾散。

等到袁美珍不再挣扎，他将她摆成了平躺的姿态。但颈项上的缺口，让他觉得触目。他走到卧室里，看见大衣柜的柜桶都敞开着。放着这双鞋的柜桶深处，正安静地摆放着一块织锦。

于是，他将那块"浮图"，铺在妻子的脸上，也遮盖住了她的颈项。他叹了口气，坐在了地上。他看到还是有一些血渗透出来，沿着浮图的圆周，一圈一弧。纷繁的法器，闪现金红，熠熠生辉。靛蓝入紫，正中深不见底的旋涡，一佛孤悬。

连粤名在打通了999后，才开始煎那块牛排。煎至五成，他想已经可以。他粗略地估算过了，这样警察来到时，他刚好可以吃完。

原载《十月》2022年第3期

点评

《浮图》延续着葛亮一贯的冷静、细腻、优雅的笔调，然而这又是一部不同于常见中篇小说风格的作品。中篇小说往往侧重于对故事的呈现，通过讲述一个相对完整的故事来承载作者的意图。而《浮图》在讲述风格上并不追求故事的完整性，而是通过大量的留白，将一个南渡香港的普通人的人生况味"浮图"般展现。

小说主人公连粤名自幼在北角长大，通过个人的努力终于在香港置办家业，成为真正的本地人。他生性淡泊，缺乏太强的规划性和进取心，然而生活本身给予他强烈的故事性。他卷入妻子袁美珍同原生家庭不动声色却持续一生的斗争中，他在学校的派系斗争中无端背锅，他在女儿的一场苦恋中艰难陪护，最终在妻子的发疯中沦陷。

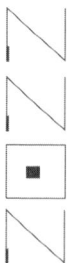

小说以其为人物主体，将其婚姻、情感、工作、子女、家族、乡情等不同侧面的生活内容一一勾勒，力图在多侧面中展现人物的命运及其困境。整部作品虽然内容庞多，但作者叙事克制，许多内容点到即止，不做深描，形成一种简约之美。

（崔庆蕾）

会飞的父亲/

尹学芸

1

父亲有一米七五的身高，你如果在他身后叫一声"老王"，他会欢喜地拉着你半天不放，好像这世界只有他一个老王，好像人家叫他老王就是对他最高的奖赏。

不知从什么时候起，家人也叫他老王。儿子或儿媳，"老王"两个字顺嘴就会溜出来。开始他接受这个称呼并不那么自如，后来就慢慢习惯了。

"云丫，你也叫我老王。"他笑眯眯地说。

这些年，我不止一次梦见他。奇怪的是，他总是影像模糊飘忽不定。我觉得，连我这种存了一百种想法的人，也不能想象他到底活成了什么样。或者，他早已不成样子了。如果按年岁算，即便他有好的医疗好的生活水准，也该走出这个地球了，更何况，这还只是我的痴心妄想。

王永利和王永全已经很多年不提他了。他们不提，我也不提。就像一个禁忌。我不提不是不想提，是怕不合时宜。我有过教训。父亲走失后的某一天，王永利破天荒地把王永全一家招呼过来吃了团圆饭。这顿团圆饭，是父亲梦寐以求的。父亲总在老大身后嘀咕，把老二一家叫过来，吃个团圆饭吧。他满面羞赧，像个明知是错也非说不可的孩子。老大置若罔闻。在老二家，父亲也这样说，老二也置若罔闻。两家没啥大矛盾，就是彼此不亲近。两个媳妇与生俱来的斗鸡眼，不可调和。母亲活过了七十二

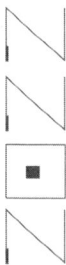

岁生日，她每天像受难的耶稣一样躺在床上。她的病我不忍细说，有一种痛叫生不如死，就是母亲这样。母亲去世后，父亲在两个儿子家轮换住，一个月搬一次家。有一次他悄悄问我，我能一直住在王永全家吗？我斩钉截铁说不能。搬出老宅是王永利和张圣文两口子的主意，为防父亲搬回去，他们把房子卖了。他们是老大，家里的事他们说了算。他们给出的理由是，村里的空房越来越多，不会总有买主。过了这个村，就没那个店，把王永全和刘厚英两口子气得不行，他们说老大两口子没安好心。这样的日子过了五个月，父亲去了镇上的养老院。是他自己要求去的，他夹了铺盖自己走了去，去了就不回来。三个月以后，在一个午夜自行消失了。我隐隐觉得这是父亲的阴谋，同他一起消失的还有屋里的一块门板。大家都说，他是骑着门板飞走了。父亲走失最初的那段时间，大家都觉得他早晚能回来。尤其到年节，院子里有响动，就有人跑出去看究竟。后来这种信心就殆尽了。他好不容易出去，大概不想回来了。我们都这样想。即使他走时已经年过八旬，我们依然这样想。从不想他已经不在了，或如何如何。也许就是因为父亲暂时缺位，王永利才有了责任和担当。王永全是铁道兵，退伍以后在村委找了事做。为了这顿饭，我特意从埠城买了肉肠回家。新蒸的肉肠热气腾腾，一家人都爱吃，父亲也爱吃。饭桌上容易触景生情，我说，这一家只有双星跟爷爷是一个属性。双星是王永利的孙子，上小学二年级。这话我已经很委婉了，张圣文还是撂下了脸。"我们家的虎跟老爷子的虎是一回事吗？他是啥年头的虎，我们是啥年头的虎，天壤之别！"这成语用得真对。我沉默了。一屋子的人都沉默了。我受不了这个氛围，起身出去了。后来张圣文跟我解释，说她心里一直不好受。父亲是从她家去的养老院，倒好像是他们故意把老爷子弄丢的。我一提，她就觉得是罪过。她花说柳说，我一直没吭气。我不愿意探究她真实的想法，有啥用呢。"别说了。"舒了口气后我说，"以后都别提了。"

我对小深说，如果有一天我从这个家里消失，你们谁也别去找我。

"你消失不了。"他头也不回地盯着电视。他是我儿子，那年上高一。"你又不属虎。"

"这跟属性没关系。"

"咋没关系。"荧屏一闪，他把电视关了，想是觉得我是在隐晦提醒他。"老虎才想回归山林，耗子的任务是打洞。"

"啥意思？"

"山林才能给老虎自由。"

他起身离了座位，门帘一闪，在我面前消失了。

2

我经常随处去漫游。一年消耗在路上的时间超过了我所有正经做事的时间。我越来越觉得自己不正经，或不那么正经。这种感觉偷偷的，小心地不让任何人知道。只要油箱加满油，我的小腿就开始紧绷，一脚油门踩到底的冲动我得百般遏制。这种感觉过去没有。十几年前，我骑木兰小摩托，再早蹬一辆凤凰大链套。开始是转周遭村庄，后来是转周遭的城镇。转周遭城镇的时候我喜欢在街头的小饭馆吃饭，隔窗看着某几个人围观电线杆上的寻人启事。那些启示有些是我贴的，有些是别人贴的。每个后来者，都自觉不遮挡前人的招贴。所以，电线杆就像纸糊的。不走在路上，不知道丢了那样多的人。也许他们早就自成了一个世界，过着不被打扰的生活。我经常这样想。蹬车的时候会觉得很飒。春或秋的季节，有风又不是很大，空气中有浓郁的栗花或节节草的气味。我为啥对它们印象深刻呢？为啥要忽略山刺玫、野菊花、野百合、格桑花的气味呢？是因为我曾在栗树底下乘凉，坐在节节草上歇脚。那时我这样想：我要是朵栗花就好了。我要是棵节节草就好了。兀自开花，兀自凋零，不为人知。我觉得，父亲就是这样想。这种感觉后来越来越强烈。遭遇很陡的一个上坡然后再下坡，从坡上俯冲时肋下自然就生出了翅膀。我梦见身上长出了洁白的羽毛，摸上去像骨骼一样润滑光凉，从一棵树梢飞到另一棵树梢，只在须臾之间。鸟除了觅食没有别的好想，谈情说爱除外。我有一个很好的网友在新疆，那里的沙漠很吸引我。当然，没有后来。我们不是鸟儿，飞不出固有的生活场域。估计他也这样想。再后来我突然想起自己是有驾驶本的人，然后又有了一辆二手车。开车的路上，看见哪里有老人聚堆我都过去坐一坐。从包里拿出父亲的照片："你们见过这个人吗？"

"见过。"一个清瘦的老人说，"十几年前的电线杆子上都是他的照片，电视里经常播寻找他的广告。我记得他那张脸，眼睛像长在额头

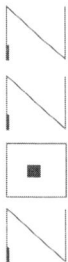

上。"父亲不过是有些吊眉吊眼，像舞台上了妆的演员。也许他知道这副脸孔不随众，我们兄妹三人都没能遗传。

其他老人也说见过。他们都坐在大大小小的石头上，膝盖抱在怀里，各色帽子遮住眉眼，只留出褐色的嘴唇和干瘪的两腮，像一组雕塑。

"你们喜欢远方吗？"

他们都摇头。我就知道他们这辈子都不会丢。他们的儿女也不会满世界去找。

"我认识你。"一个老人的脖子上显眼地有块白癜风，手背和胳膊也斑驳地呈耀眼的银白色。"当年你就来过，也是在这里，跟我们聊了半天。你要找的人是不是叫老王？"

电视台的寻人广告就是这样播报的。当时他们也问起父亲的全称，我说，他只记得自己叫老王，还有，他属虎。

我惶惶地左右看了下，怀疑自己是不是也失忆了。这个石坝底下，左手是一条下坡道，通往农田。路基下一米深的地方是一处房舍，我恍惚记起当年这家在给孩子办满月酒，是这位老人的孙子。

"您孙子多大了？"

"总有十多岁了。我记不清了。那年村里一共出生了六个孩子，只有他抽羊角风，没有活下来。"

我一惊。

老人朝向天空呢喃："老天收了我也好啊，可收的是一个孩子。"

"都是寿命。"清瘦的老人安慰说。

其他人一起点头。

我站起了身。我原本是蹲在老人跟前的。我习惯一条腿蹲下去，另一条腿的膝盖竖起来。我第一张照片就是这样的造型，十二岁，是小学毕业的合影照，我在第一排。这一排只有我是这样的蹲姿，英姿飒爽。这是父亲说的。我的那些女同学都撇着两条腿，做拉屎状。我牢牢记住了这个词，而且热爱了很多年。

"十几年前都找不到，现在根本不用找了。"长白癜风的老人说，为了表示轻飘，他特意扭了下头，一副云淡风轻样。

"该是去了他想去的地方。"清瘦的老人又说。

我蓦然记起他十几年前就是这样说。这话缓解了我内心不少焦虑。那时我经常整宿睡不好觉，人枯干得就像一把干柴。还不仅仅因为父亲走失，有天我上班的中途回家取东西，发现钟仁杰把一个女人带回了家。大红的高跟鞋放在玄关处，客厅却空无一人。后来我离开了那座房子，而且再没回去过。

"我今天打从这里路过。"站起来后我对那些老人笑笑，为自己的记性差不好意思，"你们多保重啊！"

过了腊月二十三，张圣文几乎一天一个电话。有时我会故意让电话打不通，她就打给弥落。"告诉她今年一定要回家过年，都多久没回来了……啥也别买，家里啥也不缺。跟小深一起回来就行……要不，弥落你也来？"

我隔三岔五回家过年，弥落跟我回去过一次，就再也不去了，她不喜欢张圣文。当然，张圣文也不喜欢她。弥落是我捡来的半截孩子，只有不足一米的身高。有一段，她总在花店外的垃圾箱里翻找食物，偶尔也找到一朵花戴在头上。那天我去丢垃圾，弥落把洒落在外的残枝败叶用手捧着收进了垃圾箱。

我把她带到了鲜花店，在隔壁的饭店给她买了几个热腾腾的猪肉馅包子。我以为她神经有问题，或痴呆茶傻，但通过交谈我发现她不是，她逃婚从河北的山里跑了出来。是在领结婚证的路上跑掉的。

家里是后娘，从十三岁就张罗把她嫁出去。有两次都差点嫁成了，她装傻，被人退了货。男人娶她这样的女人是为了繁养后代，如果后代没了指望，他们自然就灰心了。弥落对我说，她第一次去那人家里吃饭把一碗鸡块倒进了口袋里，说要带回家去给后娘吃。另一回进人家里就翻柜子，看他们把钱藏在哪里。后娘知道她是故意的，但那两户人家不知道。后娘恨得要死。

"为啥不嫁？"

"他们都好大年龄。第一个是个瘸子，第二个是瞎子。"

我从没跟她形成雇佣关系，她是一点一点浸润进来的。开始只在外边找点事做，扫地，收垃圾，给顾客打帘子。帮客人搬花时也偶尔进到门

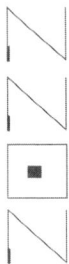

里，但从不在店里多停留。后来就不行了。我缺帮手，而我找不到合适的人帮忙。那时小深刚上幼儿园，我每周必须出去两天找父亲。

"这一年这么快就过去了。"她叹息着说，"明年你还要去找吗？"

我站在那幅地图前，这是她花一块钱从小贩手里买来的，是省内地图。每次我给她发工资，她都会买各种零碎装饰到店里。他说老王肯定就在这个地图的某个角落，化妆成了我不认识的模样，跟我捉迷藏。我同意她的观点。父亲就是一个玩心盛大的人，一辈子都活得心不在焉。想到他也许在哪里撞见了我，却破帽遮颜假装不认识，我悲从中来后又莞尔一笑。跑过的地方我都用铅笔画上记号，看见那些遍布的蝌蚪在上面浮游，我就想宣告：这些地方我都走过。

"过了年再说吧。"我隐忍地说。

我把电话打给张姐，跟她预定几斤肉肠。她家的肉肠是手工制作，我们已经吃了几十年。张姐说，节前的货已经订完了，只能等节后了。我说："不行，你得想想办法。"张姐家门前的电线杆我每年都去贴广告，很多跑102国道的大货司机能看到。张姐说："你话说得太晚了，做完这一批工人就放假了，毕竟人家也得过年。""你想想办法。"我恳求，"你比我有办法。"我又说。"那好吧。"张姐终于松了口气，她大概想到了我常年在路上奔波，有特殊用项，"我拆兑一下试试。"

节前的几天都很忙，祭奠亲人买束白菊花，成了越来越盛行的事。我也扎了一把，想顺便去看母亲。夏天，我带了一束紫菊，插了几棵在坟土上，万没想到的是，我秋天再去，那些紫菊都活了，开出了盛大的花朵，艳艳地朝向我。那一瞬间泪水滂沱，觉得那些花都转世了，在向我传递什么。

"那个人又来了。"弥落朝我努了下嘴，我没有朝那里看。最近他来得有点勤，有时候买束花，有时什么也不买，只是这里那里看看。

弥落响亮地说："钟先生，这里有新来的小葵花和四季梅，您买一束回家过年吧！"

3

父亲也许就在天上飞，跟着我的车。再早，跟着我的木兰摩托或凤凰大链套。风和天上的云彩知道我们有关联。那扇门板已经糟朽了，被风雨侵蚀成了古铜色，有粉尘颗粒状随风落到我的眼睑处，我能感觉出分量。

养老院是我的出发地。我把自行车或木兰摩托放到门外，穿越长长的走廊找到116房间，那扇崭新的木门吱嘎响，我从来不用邀请就自行推开。老崔腿脚不好，耳朵还背，他的床靠西墙，父亲的床靠东墙。那里的被褥放了三个月，被清理了。但迟迟没有新人搬进来。乡下有养老需求的人很多，但能住进来的很少，所以这家养老院总是显得寥落。每月千八百块钱对许多家庭也是沉重的负担。老崔比父亲小三岁，我跟他对话左右邻居都听得见。"老王没回来。"他说，"他那腿脚该走到外国去了。"

"他不会去外国。"

"他说早晚有一天要去远处。"

"他去不了外国。"

"他想去远处。"

"您没问他去远处干啥？"

"他说去远处唱大鼓，能挣不少钱。他尽说不着调的话。"

我心里黯淡了一下："他有没有提过我？"

"提了。"老崔说，"咋能不提呢。"老崔又说。

"他跟您还说过啥？"我转话题，不让他为难。

"借那门板用一用，用完了会还回来。"

"他要门板干啥？"

"骑着走，轻快些。"

然后，老崔神秘地说："他确实会飞，一眨眼的工夫他和门板就都不见了。"

"您记错了。"我说，"我上次来您不是这样说的，您没说一眨眼。"

"他就是会飞，否则怎么出那道大铁门？"

警察调取了监控录像，确实看见了午夜一团模糊的影像从大铁门的上方飞了出去。养老院的方院长认定那就是我的父亲。门板背在了背上，就像肋下生出了翅膀。图像放大再放大，漆黑的夜色中那不过是一团缥缈的物体，说是一团低空掠过的云彩也可以。

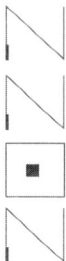

"有人看见过飞几米高的云彩吗？"方院长很激动。

我心里涌了一下，没说站山巅上云彩都是在脚下飞的。

张圣文跟方院长打了一架。要说打架这件事，全家人加在一起也抵不过张圣文有战斗力。她又哭又叫又闹，说院方对老人监管不到位，大门形同虚设，居然能在午夜随便出入，这哪里是养老院，分明是坑人院！老人虽然八十多，但身板像小伙子一样壮实，这要有个三长两短，简直让人没法活！方院长急得口吐白沫，她把大铁门关得严丝合缝给张圣文看，说晚上都上锁，谁都休想钻出去。老王走失是早有预谋，他今天不走明天也走，我们错就错在不该接收他。

"院里二十多位老人，没有一个是自己来的。我一直也没闹明白，他有儿有女，身体又那样好，为啥来养老院？"

张圣文愣了一下，气焰自动熄灭了。这样的事，闹到哪里也是不了了之。最后张圣文跟院方达成了怎样的协议我不得而知。刘厚英也不知道。她跟张圣文的性格正好相反，在场面上从不多说话。

"你觉得一个八十多岁的老人会背着门板飞出去吗？"我在王永全的耳边小声问。

王永全看了我一眼，似乎是在责怪我不该把这话问出口。

"凡事都有可能。"我自嘲。想起了哪部电影中的这句经典台词。

那时正是春天，外面的柳叶鹅黄，柳絮会从隔断墙源源不断飘进院子里，裹挟着粉白的桃花或杏花的气息，有蜜蜂在院里院外窜来窜去。那些老人只能在院子里巴巴地看一些摇动的树梢，他们出不了那道铁门。

"在哪里看还不都一样。"方院长有时会跟我说起父亲的执拗，"偏是他非要出去。实在没办法，在别人午睡的时候给他放一小会儿风，让服务员跟着他沿着路的一侧在街上走一个来回。他死活不回来。服务员威胁他，要是再不回去就不让你回去了，你家走吧。"方院长推了推鼻梁上的眼镜，说我父亲就怕让他回家。"要是老人都像他那样提要求，院方根本没法满足。我们一共才三个服务员，这是养老院，不是溜达院。"

"他那么喜欢到外边去，为啥执意要来养老院呢？"方院长镜片后的两眼盯紧我，好像这本身就有玄机。

"他有病。他没病的时候不这样。"

最后一次来看父亲我陪他在院子里转了转。楼房后边是一个大院落，有几件简单的健身器材，中间是盘成中国结的甬路，光滑而又平展，有时他们在这里搞智力游戏，看谁能用最短的时间从起点走到终点。父亲不肯参与，他说他不喜欢这种小孩子的勾当。"一棵树也没有。"父亲朝前后左右胡乱指，"栽一棵树也好啊。"我问他吃得怎么样，他不回答。我说给他带来了肉肠和别的食物，食堂的饭菜不可口，就自己垫补一下。父亲朝远处望，吧唧一下嘴说："栽一棵树也好啊！"

"栽啥树好？"

"栽啥树都好。"

"家里院墙内外都是树，"我小心地看了他一眼，"要不，咱回家？"

父亲奇怪地看了我一眼，不耐烦地说："你是谁？"潜台词是：为啥要跟我说这话？

我立时心虚了。那个属于父亲的院子已经属于别人了。

"我是老王。"他忽而又高兴了，拍着自己的胸脯说："我属虎。"

"我就知道你会买肉肠回来，你大哥这两天又馋得站不住脚了。"张圣文这话是夸张，她喜欢说夸张的话。打开后备厢，肉肠原本装在两个袋子里，被张圣文一胡噜，就捡进了一个袋子。

"那个是给二哥的……"我后悔没放在更荫蔽的地方。"今年话说晚了，人家都卖没了，老板娘从亲戚家拆兑出来几斤……"我赶忙解释。

"把他们叫过来，一起吃。"张圣文信誓旦旦。

我无奈地看着张圣文，她从不听别人说什么。

"别嫌我嘴碎，长兄如父，老嫂比母。爹妈不在了，这个家我不操持谁操持？"

但王永全和刘厚英并没有过来吃饭，他们说家里还有别的事。"一叫他们过来吃饭就磨叽，推三挡四，世界上都找不出那么别扭的人！"他们也的确从不回请王永利和张圣文，从本质上来说，他们不想与他们有关联。这就是真实的兄弟关系。打从刘厚英嫁过来张圣文就满腹牢骚，起初

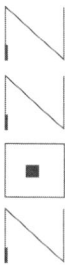

说她茶，配不上王永全。后来又说她奸，一肚子鬼算盘。其实我知道这局面是怎么形成的，刘厚英开始嫁过来时，早餐她给人端屋里，像老妈子一样。但有一样，她说婆婆坏话刘厚英永远不吭气。我就佩服刘厚英这样的人，用我妈的话说，叫"吃得重担得沉"，那意思有点像四两能拨千斤。

所谓家务事就是这些鸡毛蒜皮。日积月累攒到一块，就是碗大的疙瘩。

"小深咋没来？"

"他看店呢。"

"弥落呢？"

"她一个人忙不过来。"

"做生意哪在乎这一天半天，过年咋也该放几天假。你要是有自己的家，我就不这样操心了……还没合适的？"

我吸了吸鼻子，空气中一股子柴火味，也许是肉肠带来的。我不想说我有车有店有孩儿，我不是没家的人。但这话说出来会招致她更多的话，我只能闭嘴。

"男人家有那点事不算毛病，都啥时代了，别那么老封建。他想回来就让他回来，不冲别人，冲小深。"

"呸。"我推开后门吐了口唾沫。

"老王家的人就是犟。"她提高了些声音。"钟仁杰有啥不好？人家挣得比你还多！"

"我没挣到钱。"我说。

"把店扔给别人，挣多少也到不了你手里！"她恨铁不成钢的样，"在这一点上，钟仁杰比你强，人家兢兢业业，从不当甩手掌柜。"

"我没当甩手掌柜。"

"你一年看几天店？"她陡然提高了声音。

活人怕念叨。钟仁杰恰在这个时候打来电话，给哥嫂拜年。他总是礼数周全。张圣文说："我们都挺好，你也好吧？这一年也挣够本了，快好好歇几天，来年也好精神抖擞，更上一层楼……云丫在我这里呢，要不你们说说话？"

"够个屁本。"我一掌推开了递过来的手机。这两年最难的是餐饮，一年有半年不开张。疫情时代远没有花店生意好，他也就能糊弄张圣文。张圣文忙不迭地说："她现在有点不方便，咱们今天先到这儿，回头再联系……好好待小深，自己的孩子自己疼，老了谁也指望不上，还得至亲骨肉……"

王永利坐炕沿上，沉默的样子越来越像父亲。话说得却越来越像张圣文。他说今年的肉肠没去年的好吃，去年的不如前年的好吃。总之，一年不如一年。"肉肠还是那些配方，你们可能也吃腻了。"我塌着眼皮小声说。"大嫂总说你们多么爱吃。其实除了父母，别人爱吃都是假的。"

"我就是比喻一下。"他不耐烦，"钟仁杰没去店里找你？"

"我跟他没关系了。"

"小深也是他的孩子。"

"小深跟他有关系，我跟他没关系。"

"你这是什么话！"他恼了。

这些车轱辘话，每次见面都说。每次说气氛都不好，他觉得，我不听他的话就是不尊重他。这种想法他们夫妻互相影响，结果就是，彼此说话越来越不客气，也越来越让人焦虑和厌烦。张圣文端上来一桌热气腾腾的饭菜，那些盘碗里都摆出了造型。她先拍照，发完快手发抖音，叽叽嘎嘎笑得人头皮发麻。弄完了才发现没有倒红酒，"瞧我这记性，没酒不成席，这么好的饭菜咋能不喝两口呢。"

她扭着身子去拿红酒。我对王永利说："我的事不用你管。"

我终于说出了这句话。

到王永全家略坐了坐，我就开车出来了。刘厚英往我车里装碗肉、咯吱盒、黏豆包。我一再说不要，她非装不可。王永利袖着手站着，说你做生意没空做饭……比妈的手艺不差。我一下呆住了。我从小就跟王永全感情好。后来不开心也是因为父亲。父亲不愿意跟王永利住，赖在他家不走。我说，你就不能行行好，遂了咱爸的意？

他说，这不是我的事。是张圣文的事。她同意吗？

我知道她不同意。她是一个把脸面看得比天都大的人。父亲不去她家住，她死都不依。父亲去她家住，她一天到晚没个好脸色。这些我都能想象。所以我更愿意王永全看在父亲病了的份上担起这份责任。不是你想养，是父亲不愿意走。或者，你多养几个月，养到父亲想走的那一天，不

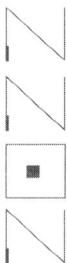

行吗？

"不行。"他斩钉截铁，他媳妇也斩钉截铁。

我也想把父亲接到城里来，可他不在我家住。"我有两个儿子，哪有住闺女家的道理。"他这样说，也这样做。有一次，他来城里瞧病，我勉强留下了他。夜里两点他就在客厅走溜溜，转天一大早，楼下的就找上门来……他们都是有道理的人，可他们的道理都是让人绝望的道理。想起那些道理，我就绝望。

张圣文说，父母在，你回家先看父母。父母不在，你得先来家看大哥。我们虽是平头百姓，可岁数在这儿。

王永全在村委做事，张圣文才有平头百姓的自称。话里话外夹枪带棒，那样一种难受能让人地老天荒。

那个时候父亲开始在两家轮官马。每次该去王永利家，他就像个孩子一样往门后躲。民间有俗语："养儿不养俩，养俩轮官马。"就是指父亲这种状况。这种情景产生民谣，就知道"官马"得尝多少凉薄。宁可不养俩儿也不愿意被当作官马轮，就知道"官马"有多不甘愿。

起因是，父亲经常做有违常规的事。天气冷了，他在屋里的地上用玉米骨头笼火。刚把火点着，就被王永利发现了。"堂屋里有炉子，院子里有煤，咋不知道把火生在炉子里？"

父亲可怜巴巴看着他的大儿子，清鼻涕从人中顺流而下。他两只大手张开来，想让儿子摸摸手有多凉。没人摸他的手，就像他听不懂火应该生在炉膛里一样。

他们先给房子找了买主，然后把父亲搬离了老宅。父亲一边走一边回头看，哭着说，你妈还在里边住着呢。

"装的。"王永利对我说。

"他拿钱去给儿子买房了。"王永全对我说，"他急等钱用。"

4

罕村离镇政府三里地。这是过去的说法。因为调直了乡村公路，现在好像比三里地要多些。路两边是整齐的麦田，小麦呈一片褐黄色，这是它们蛰伏的一种姿态和手段，然后在时令对的节气，齐鸦鸦呈现一种墨绿昭告世人。生命在固有的规则中像游龙般潜行，对得起所有的巴望。只是，人生太过漫长，麻烦多种多样，你不知道前边等着你的是什么，那个叫命运的东西，比命运本身无常。

高空中突然出现了一只风筝。蓝白格的羽翼优雅地舒展开，就像刻意留在对焦的镜头中。我嵌下车窗望向它，没有多么大的风，不知道它何以飞得那样高。看不见丝线，看不见扯动丝线的人，它处在一种恣意的忘我里，既是炫耀，也是倨傲。

我把车停在路旁的柳树下，车头朝向西。这里是一个小镇的建制，路南是中学、乡政府、卫生院，路北是老供销社、养老院和贸易货栈。老供销社曾经繁华，贸易货栈打从建起就堆放垃圾，如今那些建筑彻底死了。之所以把供销社加个"老"字，是因为我在这里上学时它就是座老建筑。砖瓦结构，有飞起的屋檐和雕刻的神兽，廊下黝黑的柱子有一搂粗。我的钱包里装着散碎银两，经常挺着腰板在里面出入，同学们都知道我是有钱人。那些零钱就是父亲给的。有一天，下课以后从校园跑出来，就看见父亲在供销社的台阶上坐着，就为了给我五块钱，让我买好吃的。我买了一毛钱的山楂片，是为了化整为零，这样鼓起来的钱包会让人有信心。父亲不当家，他手里难得有钱。只要手里有钱，他就会给我。后来我才知道这五块钱是他割草赚来的。手里没焐热，就给我送来了。那些零用钱让我的少年时光充盈而欢愉，只是夹杂了很多母亲对他的不满。她骂父亲往往捎上我，骂我也会捎上父亲。我俩分别坐在前后门槛上，看上去根本不属一个阵营。我小，但知道跟他同属一个阵营是得不偿失的事。因为我无论对他怎样，他都会对我好。养老院的双扇铁门紧闭着，旁边的白底黑字木牌脱了铆钉，斜倚在水泥墙上。我给它扶了扶正，才过来敲大门。半天没有声响，我用力推了推，大门纹丝不动。

"你找谁？"有个骑车人从这里过，用脚划着地停下车，跟我打招呼。

"方院长……还在这里工作吗？"

"早不在了。"他说，"养老院都解散了。"

我知道养老院解散了。我上次来，这里就一个看门人。现在，连看门人也没有了。

"养老院……为啥解散？"我问。

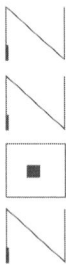

"没人来养老，又老出意外事故……乡下对这事儿还是缺乏认识，其实就是一个字：穷。"

他骑车飞也似的走了。

我呆呆地看着他的背影，不明白他为啥要停下说这几句话。不知他说的意外事故指的是哪些。在我的意识中，当然包括父亲飞走这回事。十几年过去了，因为匪夷所思，还有人记得。"瞧，他们家的人，大儿子，二儿子，老闺女，一个一个都像老王。"其实我们长得一点不像他，这是在被人刻意强化身份标识。围观的人指指点点，好像我们真个与众不同，下一刻也能飞走。"老王是个什么样的人？腿脚出奇地快，只要门口有人出入，他都能像小贼一样钻出去，看门的都发现不了。"

这不是真的。

"他总想逃跑。有一次我发现他大步朝洼地里走，方院长带人在后边追，他走路的速度比骑车的速度还快。"

"他为啥住养老院？"

"搁不得呗。家里有两儿一女，还让老人住养老院。早起两眼一睁看见的都是外人，甭说他受不了，搁我我也受不了。"

"他向往自由！"突然有个女孩尖声说。

我浑身一震，循声望去，几个服务员站在廊下的柱子前，表情木然。我有些怀疑这声音的来处，这声音没有惊扰任何人。我只想赶快离开这里，因为父亲可能还没走远。张圣文的撒泼搅乱了所有人的想法，让人误以为院方把父亲藏了起来。后来我想，张圣文也许是故意转移方向，她习惯扰乱视听。"不把人交出来，今天我就死在这儿，我说到做到！"她坐地上歇斯底里，鼻涕一把眼泪一把。王永利一副气糊涂了的样，脸色通红，扎撒着两只手不知该干点什么。王永全两口子也不知该干点什么。我也不知该干点什么了，我们都像热锅里的蚂蚁。

"世界这么大，你都去过哪儿？"父亲坐我身边这样问。"人生不长，干点喜欢干的。"他说这话时唯恐母亲听到，声音小得像蚊子。"在工厂上班有意思吗？"

没有哪句话让母亲喜欢。用母亲的话说，他生来就是不着调的人，说不出着调的话，做不出着调的事。这一点特别随祖上的根儿。从年轻到年老，他出走的次数真是数不胜数。就算出去赶大集，他也能在外晃悠一整天。我们家从来也不像别人家一样爹不回来不开饭，他在家里总显得可有可无。他说话时的样子尤其让人警惕，我盯看了他一眼，担心他会丢下母亲不管。母亲在床上躺着，形容枯槁。我说哪里都没去过。能去哪里呢！我边说得轻描淡写，边用眼睛的余光打量他，猜度过去的事情在他脑子里留下多少印迹。我年轻的时候也喜欢到处游荡，穷游到过很多地方。有次从敦煌回来，把最后几枚硬币丢进下水道，我几个同学都这样干。这些话题过去反复说起过，是他的记性越来越差了。

他一副懵懂样，我就放心了。我第一份工作是在工厂上班，拴人，挣钱还少。孩子也小，钟仁杰像天底下的某类男人一样不靠谱，我有时回家诉委屈。"不用吊在一棵树上。"他凑近了我，像在面授机宜，"世界上的路有千万条，不是只有一条路可走。""你走过几条？"我反问。"你不用在乎眼下好不好，要往长远里看，天无绝人之路。"没人重视他的话，他说的那些总显得大而无当。直到有一天，工厂面对分流，母亲让我死也要留在工厂，父亲叹息着说："人挪活树挪死。人这一辈子，不能死炕头埋炕脚。"

母亲猛熊一样扑上去，与他抓挠在一起。母亲恨他这些旁逸斜出的想法，岂止不着调，简直是害人。就是现在，想起当时的情景我还是会感伤。明知道厂里没前途还要死守，所有人都觉得应该这样。我第一次告诉自己，就听父亲这一回。

厂子搞了两次减员增效，第三次就把自己搞死了。钟仁杰串联一帮工友搞进京访，火车鸣了汽笛，却久久没有启动。原来火车司机接到了指令，上访者不下火车，他就不放下制动闸。

"都是我们连累了他。"母亲有一天突然这样说。她咳了一声，气若游丝，"否则他该走到天边上了。"

"去天边干啥？"

母亲不回答我，径自寥落地说："下辈子，他爱干啥就让他干啥吧。"

街上空无一人，只有风在巡视，从西到东。那两扇斑驳的酱紫色铁门威严地矗立，不容我越雷池。我没有父亲那样的本领，能从高高的顶端一

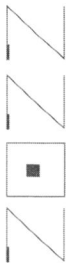

飞而过。我仰头朝上看，那只风筝飞了过来。就在我头顶的上空，翅膀一高一低地扇动。这回我看清了，是只蜻蜓。我心头一凛，大声招呼道："喂！"风筝似乎有感应，翻了个身，朝我视线之外漂移。其实它没飘多远，只是从低空拉高了，似乎是要隐遁。身形竖了起来，除了那一点蓝白格，我看不出它原来的形状。我沿着路边逆风走，踩着父亲蹒跚的脚印。路上落满了柳树细碎的枝条，在脚下发出清脆的咔嚓声。杏树和碧桃都在冬眠，它们在春天依次灿烂，也依次落进过父亲的眼里。我用父亲的眼光看，就发现它们像小孩一样会在风中跳舞。"真好看。"他发出的气声就在料峭的空气里回漾，毛茸茸地摩擦我的耳轮。他病了以后胆子变小了。说话越来越爱虚着声音，仿佛那些话都存在喉咙里，需要母亲反复喊，那些话才肯出来。"他就不像个属虎的人！"我问属虎的人什么样，映出的却是父亲怯生生的脸："张圣文又生气了？"

"就是不长记性！"大概又犯了什么错，张圣文在电话里气得连哭带嚷。每当父亲犯了错，她都会给我打电话。有一次居然因为父亲从厕所出来一边走一边系裤子。

"我让他系好裤子再出来，让你说，这有什么不对吗？"

5

十字路口是一道河堤，南北走向。母亲就住在河套地里，只有一米见方的地方。这里是落荒地，村里人口不多，但一辈一辈的人埋下来，到处都显得拥挤。下了河堤就是荒草甸子，比庄稼密实雄壮。它们都有齐胸高，虽说经过了一冬的西北风，枝叶残落，但挺着坚硬的骨骼，愈发显得精壮。我小心地分开它们，来到母亲瘦小的房子前，那些菊花的残骸还在，枯萎成了焦土色，像一张受难的脸。我拨开它们，把一束崭新的白菊花放上去，那张脸立刻就转圜了。

插了一炷香。小心地用冻土块护卫住，不让它歪斜。

香烟袅袅，我双手合十闭上了眼。

"还疼吗？"

"不疼了。这地方挺好的。"

这样的话我每次来都问。每次都能听到母亲绵软的回答。

可天气冷，屋子的四壁都结了冰霜。这样想，我就狠狠打了个哆嗦，恨不得把周围的干草都披挂上去。很多老人不抗冻，对冬天的畏惧就像蜕了壳的蝉，根本没有对春天的念想。太阳眩晕样地乜斜着眼，像是喝多了酒，散发的光芒有限。我把棉外套裹紧了些，缓缓蹲下身去。"我去看他了。"我说。我每次去看老王都会来这里知会一声。说去看不准确，其实就是想知道他回来没有。已经数不清有多少次，我进到养老院就直奔116房间，看门的都认识我。有时能碰到方院长，有时不会。有时能见到老崔，有时见不到。某一次，我还问了那几个服务员："老王失踪那天，是你说他向往自由吗？"她们都惶惶地摇头，拒绝承认。好像我在那话里面包藏了祸心。靠东墙的床上曾经有张军绿色的垫子，那是我买的，上面钉着许多褐色的菱形皮垫。那时我还骑大链套或小木兰，从这里走是种执念。无数次想去了也白去，埙城离这里二十多公里，骑大链套至少得一个小时零四十分钟。骑木兰也要一个小时，这些我都仔细统计过。放在一天里，这些时间都是白费。但最终还是要来。人的执念很可怕，我的执念就是来源于父亲。就像有一条无形的绳索在牵引，出了埙城，就觉得只有向南一条路可走。耳边呼呼生着风，风都鼓励我朝南走。在罕村村头再向西，面对一大片辽阔的庄稼地，穿过去，就是养老院。进到养老院有时说句话，有时啥也不说。说不说都没啥大紧，都改变不了什么。我在里面穿行的速度比风还快，甚至心虚得怕见到方院长和老崔，以及那几个服务员。我只想看那床铺一眼，看父亲是不是靠墙坐着。说来也怪，自打父亲走，那个床再没安顿过别人。

"越来越没年味了，你那个时候年节还有鞭炮响，今年王永利家连'福'字都没贴。"我把一块冻土抓到手里，一点一点捏碎。鸡蛋大的土块，只有中间颜色深些，那点潮气毛茸茸，里面藏着一颗草籽，像黑暗中的老鼠眼睛。

"王永全家也没贴。王永利有时自己写春联，上了年纪手就懒了，毛笔都该找不着了。"

"王永全懒得赶集，村委的事也忙，他们家除了扫房年年也没有节日氛围。"

母亲活着时不喜欢年过成这样，"这哪像过日子人家！"她怒气冲冲

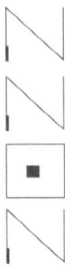

说，脸黑得就像灶王爷。她这个婆婆当得艰难，无论她说什么，刘厚英金口不开，张圣文我行我素，偏她是喜好管事的，有一年，嫌人家门口素净，到镇上买了春联。刚给王永利家贴上去，就被张圣文撕掉了。气得母亲坐街边石头上哭，给老二家买的春联也没去贴，后来不知所终。

"你管他们干啥呢。"父亲像吃了苦瓜一样咧着嘴，满脸的无奈。他手足无措地站在离母亲几步远的地方劝她回家。"我们把年过热闹，不跟他们热闹一样？"他低声下气地说服，身形也跟着向下一顿一顿，人都矮下了半截。母亲抢兜失火地跳起来回家了。父亲晚上开始糊纸灯笼，用铁丝做框架，用木板做灯碗，里面栽上蜡烛，红通通的满院子辉煌。一条街的人都过来看稀奇，说这老房子就像龙宫一样，说我妈披了一身红光从屋子里出来，就像龙母。

也不知我妈满不满意。她出来进去沉着脸，看也不看那些灯笼。但那些灯笼一直挂到正月十五。

她心里满意嘴里也不说。很多年后我才明白这个道理。

"您还记得吗？有一年他让窗棂开满了萝卜花。半截萝卜用线绳吊着拴窗棂上，萝卜依靠自身的养分长出长长的茎，关键是，我们谁也不知道他提前把萝卜藏在了哪里。过年的时候吊在窗棂上，一夜开满了小黄花。初一来拜年的挤了一屋子，外面冰天雪地，我们屋里就像春天，大家都说只有我们家才有过年的样子。"

我不知母亲的记忆里都有什么。如果按时下的观点，她该是负面思维的人。几乎没听她说起过高兴的事，许是这一生受的苦太多了，养成了性格中偏狭的成分。这种性格让她一生都不快乐。

"你快乐吗？"父亲有一回这样问我。

我不知该摇头还是该点头。那时我刚认识钟仁杰不久，每次回家他都陪我一起回来。母亲和张圣文都欢天喜地。家里有老姑娘，永远是她们的心头大患。但不知怎么回事，我总是打不起精神。

"一个人也可以很快乐。"他说得漫不经心。

我心里忽然一阵剧跳，似乎破解了什么密码。又一转念，似乎也没什么密码好破解。我像他一样不合时宜罢了。我四周看了一眼，一只鸟落在离我不远的草地上，东啄一下西啄一下。啄一下看我一眼。我甚至看见了它的小鼻孔，在寒气中喷出些许暖意。我晃了一下手，把它轰走了。

"现在闹疫情……哦，你那个时候只有鸡才闹疫情……"我想开个玩笑，却被冷风噎了一下。想起七只母鸡死在堂屋门口的情景，大人像吊丧，只有小孩子欢天喜地。家家飘炖母鸡的香味，那可真是好日子。"张圣文被憋得不行，疫情刚放开就往城里跑，骑个电动小摩托，王永利也不管她。有一天被车刮了一下，险些出大事。"我想说她去找钟仁杰，她进城没别的事，就是找钟仁杰，蹭他一顿饭，跟他说说闲话。想想还是算了。她活着，如果我不死，就不可能离婚。"我十五岁嫁过来，啥苦没吃过，啥罪没受过，不也熬过来了？"她们那代女人都讲究熬，熬过来了，熬死了，都是生命本身。她不想这世界有许多路可走，这一点跟父亲截然不同。我此刻才觉出那种不同的意义，天底下到处都是路的感觉，就是父亲传导给我的。

这里是河湾处，河里的冰发出脆裂声。原来是有人在上边走，冰上也是条路，通往河对岸。母亲走的时候也是这样的季节，天空灰白，雪似下不下。我使劲想父亲那天在干什么，却怎么也想不出。很多时候他太容易被忽略。他大个子，壮壮实实，却总是被忽略。对，我曾在堂屋撞了他一下，那是正要抬母亲往外走，我把沿路的椅子火速往一边拉。手肘撞到他时，才注意到他有一张张皇的脸。

就一个镜头。

父亲自打娶了母亲，家里才成了过日子人家。这话让我的耳朵起了茧子。听多了，有时我会揣摩，初嫁过来母亲就像只小小鸟，她自己则形容就像只小鸡子，腰都不敢伸。那时父亲成年不着家，他就像个陌生人。他挣回钱来总是交给奶奶，一文都不剩。在他眼里，母亲也是陌生人。后来情形改变是因为奶奶生病，或爷爷戒烟。爷爷抽了很多年大烟，抽得远近闻名。奶奶好赌，手里有仨瓜俩枣就在家坐不住，这在三里五村也有名。还或者她长了几岁，有了勇气和资本，敢在烟袋落下之前把脑袋拨楞开。但好日子没有几年，奶奶就得了噎嗝，吃不下东西，最后喝水都困难。"你不知道孩子没人拉巴有多难……将来你生孩子，没人管我管！"她大刺刺地说。我以为她真能管，我生小深正好赶上王永全生二胎，她一副肠子就扑了过去，根本就忘了女儿也在坐月子这回事。"那个哭吧精日夜不

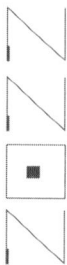

停歇，根本离不开人。我每天睁眼闭眼都是他在哭，忙得根本没闲工夫。"她解释理由，从来不隐晦每得一个王姓孙子的喜悦。结果，她得了一溜孙子，一家三个。我很不理解她观念中那种传宗接代的感觉和意识，就像她扮演的是父亲的角色。父亲隔三岔五来看我，穿一件雪花呢大衣，走进病房先呵呵地笑，人家都以为他是老干部。我因为剖腹产，伤口迟迟不愈合。"谁让你那么大岁数才结婚，三十多我都要抱孙子了。"这话说得没错，略微夸张些而已。事实是她抱孙子那年只四十一岁。"有啥好处呢？"我幽幽地怼了句。"总比你个光杆司令强。你老了小深才多大。"她振振有词。谁都没想到她走得那样早，她总说自己应该能借些寿，因为姥爷三十岁就去世了。如果没有疾病，这世界该有多祥和美好啊。

……果真这样吗？

母亲告诉我，她不想嫁给父亲，是姥姥跟人合谋把她嫁了。姥姥独自去相亲，从北往南走，父亲从南往北走，约到了叫王家浅的这个地方，这里出一种叫心里美的萝卜，媒婆就是这村的，是父亲的姑姑。姥姥盯着眼前这个白净的高身量后生，穿的长衫被风刮起来一角，露出一双沿着雪白边的新布鞋。姥姥心中的欢喜漾到脸上，自己的心咚咚直跳。姥姥问他多大？他说二十。姥姥满意地点点头。只比女儿大五岁，不算大。身子有些弱，但才刚二十，还没摔打出来呢。媒婆在一旁花言巧语，说娘家在罕村算一号，祖祖辈辈吃香喝辣。后来我妈用一句俗语形容："有钱顾嘴，麻绳系腿。"意思就是瞻前不顾后，奶奶爱赌，爷爷爱抽，三里五村找不出这样的人家。但当时姥姥被名叫王大方的青年迷住了，不单应下亲事，还应下了迎娶的日期。母亲哭了三天，她十五岁，下边有三个弟弟。母亲说，这家里我走了谁干活？姥姥说，你走了才会有人来干活。姥姥是精明人，不单打女儿的主意，还打女儿婆家的主意。嫁女儿挣些聘礼，大秋忙月再把姑爷和亲家公拐了来，这得几全齐美！但凡事都有意外，希望多大失望多大。先是媒婆瞒了她，王家哪里算一号，就是个破落户，吃了上顿没下顿。然后是父亲瞒了她，他不是二十岁，而是二十五岁。那就不是大五岁，而是大十岁。再有就是命运欺哄了她，等到大秋忙月，女儿不单拐不来姑爷，自己也分不开身回娘家。后来姥姥形容自己是赔了夫人又折兵，那时我都听得懂人话了。每年正月初四，王永利骑车把姥姥接来住闺女家，大家睡在一铺大炕上，父亲就在炕脚躺着，嘿嘿地乐。

如烟往事消散，大炕上欢声笑语。姥姥跟父亲谈得来，他们之间有说不完的话。

"我以后不会再去养老院了，那里关门了。"想了想，我又说，"门板还回去也没了用处，他不会再去那里了。"

6

我出来之前就打算好了。去养老院看一眼，是最后一眼。然后就死了这份心。其实这份心早死了，只是我让它存了一线希望。就像一眼泉，只剩最后一滴水。有这一滴水，那泉就是润的。"而眼下……"那里的情景我不忍说出来，母亲已经拧紧了眉头。每有不如意，她就把眉头蹙成蒜疙瘩，让人跟着心里紧张。年轻时的炮仗脾气，到老了收敛了些。除了心底守着顽固，轻易不表露出来。但心里的话都明白地写在脸上："我就知道你不愿意来看我，如果不去养老院，你根本不会来。你们爷俩从来都是一条心。"母亲促狭起来就像少女，她总是不失时机地表达对我的不满。

"我有空就来看您。"我抽噎了一下，干涩地说。

这些年我跑得太累了，有时候骑着车都能做梦。梦中闯到了羊群里，睁眼看，它们果然把我包围了，睁着湿润的眼睛朝我咩咩地叫。我试着想说句话，却发不出声音。直到那些羊走远，我才像还魂一样喊出了声，那些羊一只回头的也没有，仿佛，它们只是我眼前的背景。钟仁杰打从一开始就反对我满世界跑。他说你不是找人，你就是想跑，你爸也这样，你们一辈一辈地遗传。这话一听就是打从张圣文嘴里流出来的。但跟从钟仁杰嘴里出来不一样，格外伤人。我心里"腾"地一跳，羞愧得无地自容。我问自己，你是这样的吗？我张口结舌。这个时候我特别像父亲。羞愧，总是羞愧。工资七扣八扣，拿回来不够孩子的奶粉钱。我从来不伸手跟他要钱。父亲空手归来的时候也是这样，端着饭碗蹲在灶坑旁，连饭桌都不敢面对。母亲数落他，别人都能挣钱，你连个钱皮都挣不来，死废物一个。我们知道母亲说的是气话。即使是气话，父亲也听进去了。一家人都大咧咧吃饭，没人注意父亲的脸呈一种草木灰色。那天，父亲把小猪卖丢了，是队里的小猪。一个女人说，她男人在不远处，钱在男人手里，她去拿。抱着小猪悠悠地走了，再没回来。卖树苗人家挣钱他也没挣着，人家一还

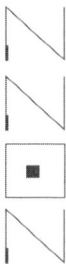

价，他就露出底数。出河工人家都按时回家了他过了几天才回来。说去看看远处的村庄什么样，然后，越走越远。这样那样的事，总是发生在父亲身上。他编的筐、织的席、编的篓都要多丑有多丑。背出去我们都嫌丢人。但有一样，他会唱大鼓。每有社员聚齐，就有人说："老王，来一段！"

父亲脸上都是笑，好像他一生就等着这一刻。他起身端站好，唱：

倾覆社稷力难禁

一力难扶枉伤心

可怜孝母忠君将

国破家亡玉石焚

……

大家都说不好听，换一段。他又唱：

风尘寄迹叹飘蓬

高怀德失时落魄似困虎蛰龙

遭不幸已经结发妻亡故

在膝下只有盘头女桂英

……

都说这样的段子不吉利，再换一段。父亲又唱：

义振纲常秉精忠

老臣肝胆玉壶冰

铮铮铁骨亡国恨

耿耿丹心照帝宫

还有人不满意，说这是为封建王朝唱赞歌。父亲只得又换了一段：

大厦将倾势堪伤

天心何苦助贼强

英雄空有诛贼志

独力难支柱断肠

……

　　队长走了过来，说老王，你这些唱词早过时了，就不会唱段革命的？大家也起哄，说老王不会唱革命的，从没听他唱过革命的。父亲用手掌抹了抹嘴，脸上是讨好的笑。他凝心聚力，终于唱出了口：

万展红旗迎风飘

凯歌阵阵入云霄

全国人民齐奋进

共产主义早来到

……

　　这下大家不闹了，都静下来听。他唱大鼓的样子认真到极致，仿佛面对的是台下万千观众。神情，身段，动作，都有章法。只是唱完他叹息着说了句："这哪叫鼓词。"他觉得，远没有那些老鼓词唱着带劲，只是队里那样多的人，他没有一个知音。

　　逢到这个时候，听众里一个我们家的人也没有。母亲不愿听，也影响到了王永利和王永全，仿佛这是个不名誉的事。真的，比看人家游街强不了多少。还有个说法，就像看耍猴的。这种印象日益深入，谁若提大鼓两个字，就像被人掌了脸，我们羞臊得恨不得找个地缝钻进去。后来，他适应革命形势，曾经自己编曲目，配合各种宣传。批林批孔，反击翻案风，大干快上，男女平等，计划生育，他捉个铅笔头写节目。这样的举动在家里也不受待见，我曾经看他在杂物间写，那里有个水泥柜，屋顶上都是蜘蛛网，空气中是一股呛鼻子的霉味。马灯昏暗的灯光从他脑顶的墙上辐射下来，把他的脸照成了古铜色，脸上有一层神圣的光。但马灯烧油，母亲

隔一会就喊一声，岑寂的夜里都是母亲关于节省的唠叨。有一回，他从城里买了只鼓回家，讪笑着刚进家门，母亲就骤然冷了脸，二话不说，找了把斧子把鼓劈了。

他是跟瞎子大伯长大的，瞎子就是唱大鼓书的。原本说好是过继，可大伯在他十九岁那年去世了。我上初中时去同学家，同学的母亲吃惊地说，你是罕村王大方的女儿？你爸扮上妆唱大鼓，好看又好听，一点也不像干庄稼活的，真是糟蹋呀。

我没看过父亲扮上妆唱大鼓的样子，这成了我此生最遗憾的事。我不是没机会，是不敢看。至于为什么不敢，时至今日我仍想不明白。我在学校是宣传队队员，排了一个表演唱叫《红缨枪》。我至今都记得歌词曲调和动作，曾代表公社到城里会演。"红缨枪，五尺长，红小兵，肩上扛……"那是一个大舞台，我们的节目准备充分，就栽在了舞台过大上。乐队把过门拉完了，我们还在舞台的一角，不敢往中间走。大礼堂一眼望不到边，底下黑乎乎一片，全是人。每一个人都是一分压力。乐队又拉一遍前奏，我们仍在边角打转转。情急之下老师冲上台去，把排在第一的我提拎到了舞台中央，身后的小伙伴才像羊屎豆一样勉强跟了上来，但仍没过半场。我们在台上瘸着腿跳舞，觉得这样就是在做舞蹈动作。台下一阵一阵地哄笑，我们甚至听不见胡琴声，红缨枪在空中啪啪地撞架，台上乱成了一锅粥。一个节目不知怎样就演完了。从台上下来，我就像踩在云朵上，褂子都汗湿了。刚回到观众席，就听报幕员说，接下来是大鼓书——《计划生育就是好》，创作表演者，王大方。"创作"两个字尤为重要，报幕员特意加重了语气。

也许就是受了报幕员的感染，场面立时安静了。或者，是我的脑子安静了，人变得又空洞又愚蠢，耳朵里都是被什么堵住了的呜咽声，根本听不见别的。仿佛是，我刚才受了惊吓，然后，更大的惊吓又来了。在这之前我不知道会演还有父亲。名字报出来，我就开始把腰弯成了弓，拼命往前排椅子底下扎。但仍觉得场内所有的目光都刺向我，他们都在不怀好意地笑。那样一个强大的阵容，根本就不是我小小的年龄能够承受。我的心蜷缩成了一团，身体一会儿像抽筋一样僵硬，一会儿像风吹落叶一样发抖，脊背上的冷汗顺垄沟流。那种没脸见人的难堪，一辈子再没经见过。空寂的礼堂突然响起了掌声，有人在叫好，父亲干净的声音抵达了礼堂的上空，形成了立体环绕。后边有个老师模样的人说："人家不愧是专业演员，声音太美了！"

有个同学尖声说："他是王云丫的爸！"

整个节目期间我再没敢抬头。我恨不得变成小鸡子，把自己缩进鸡蛋壳里。回来的路上老师说："听说你爸是东北鼓王，今天一见果然名不虚传。那形象，那台风，那嗓音，救了整场演出，可惜你们都不随他。"我的脸烧得厉害，觉得他是在变相批评我。今天演砸了，我作为排在第一的人，至少得负一半的责任。但"东北鼓王"这样的称呼我是第一次听说，不管他是什么"王"，他首先是王大方，我父亲。仅凭这一点，他就完蛋了。

我和父亲之间形成了别扭局面。他每次把目光投向我，我都不自觉地闪避。他也许有和我交流的欲望，但我没有，一点也没有。想到在礼堂的一幕内心就卷曲。还特别怕父亲问我："你听见我唱了吗？我唱得怎么样？"时间长不问，我又疑心他在台上看到了我弓着身子的样子，这让我心里越发难受，觉得自己像坏人，做了不名誉的事。有一天我妈不知想起了啥，问起我进城演出的情况，我回答得潦草而又不耐烦。我妈悄声问："你爸那天是不是也去了？"我平静地说："我出去解手了，没看见他。"我很长时间才走出那件事的阴影，以后再不想提。父亲自编的曲目讲的是一户人家重男轻女的故事，风趣幽默包袱不断，中间有一段数板，其中有这样几句：

> 我今年二三十
>
> 结婚整三年
>
> 生了孩子两个
>
> 都是花木兰
>
> 这两个孩子真让人喜欢
>
> 可就是有女没有男
>
> 生了二女不算完
>
> 全家都把男孩盼
>
> 为此我和爱人一商量
>
> 再生他一胎试试看
>
> ……

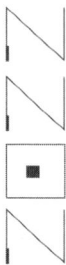

后来成了县里的保留节目，在各种场合表演。

我结婚那年，有一天突然心血来潮也想学一曲大鼓，问父亲要一首鼓词。他摇头苦笑说不记得了。他扯扯嘴角，似乎有胆汁汩汩流出。那些伤痛和难堪大概成了他体内活的生物，他不愿去碰触。我想起了小时候的那场演出，他受欢迎和赞美，我是知道的，但我把这些信息贪污了。即便母亲问起，我也没说实话。时至今日我仍理不清自己何以至此，来自家人的伤害大概是伤害构成的主要成分。

"我还是会去找你。"我望着灰蒙蒙的天空说。说来也怪，我话音未落，嗖地过来一阵风，就像在呼应我，就像父亲骑着门板从我头顶掠过。我惊惧地看着那股风的去处，发现它在一棵杨树的树梢停住了，那里挂着一个白色塑料袋。

袅袅香烟明明灭灭，特别像觑着的一只眼，与树梢对视。等它燃尽了，我起身往停车的地方走，才想起给母亲吃的肉肠忘在了车上。我每次来都会给母亲带一份，我不记得她还有什么别的癖好。她的一生，就是苦呵呵的一生，吃溲粥烂饭的一生。"若是给你爸带，你一准忘不了。"她促狭的语调裹在风中，就像是十五岁未嫁人的年纪。但这不是真的。我记性越来越差，怀疑父亲的病是不是已经传给了我。

我去车里把肉肠拿了过来。感觉那风还在树梢上停留。

7

小雪在若隐若现地飘。路上人少车少，逢到这个时候，我就会产生错觉。有人知道我此时奔在路上吗？骑大链套或小木兰的时候也是这样，走到偏远的地方，晨起晚归，路上经常空无一人。我也要使很大的劲才会想起自己是谁，为啥来到这里。有时候，我甚至感谢父亲给了我一个想当然的理由。因为我经常怀疑自己的目的到底是什么。钟仁杰或张圣文的声音会无缘无故地在空中响起："她就是爱往外跑，跟老王一样，遗传。"我有些难过，已经不羞愧了。后来连难过也消失了。没了父亲，他们都是跟我不相干的人。那天走到了临县，穿过一片小树林，突然撞见了一大片花海。那是百十亩矢车菊，像火焰一样跳荡。我"啊"地发出了一声叫，一屁股在垄背上跌坐了。我想，父亲如果撞见这片花海也会这样，把膝盖搂到胸前，在花丛中狠狠打个瞌睡。鼻孔里都是花粉的香味，与蜜蜂的嗡嗡声合到一处，简直要把天灵盖顶起。我梦见自己变成了一束花，被人种到了地里。而后长成了一棵花树，盛开得蓬蓬勃勃。父亲看着我笑。

短暂的令人眩晕的幸福经常突如其来，这都是父亲送我的礼物。有一次，我在河岸边遇到一个小姑娘，她瘸着腿吃力往上走，小脸抹得花瓜一样，看样子是累坏了。我停下木兰摩托把她抱了上来。她去河边喝水了，腮帮子上都是喝水留下的污渍，村庄还在很远的地方。"妈妈。"她在我怀里迟疑地喊了声，然后又坚定地望着我："妈妈！"

"你几岁？"

"五岁？"

"叫啥名？"

"珍珍。"

"出来是找妈妈的？"

她用袖子抹眼睛，眼圈红红的，鼻子一抽一抽的，尽是委屈。

我在村头把珍珍交给了来找她的奶奶，珍珍抱着我的腿，说啥也不放我走。"妈妈，妈妈。"她喊。奶奶说，这不是妈妈。珍珍努力仰头看我的脸，迟疑地把手松开了。

"她妈妈死了。"奶奶说，"这孩子是个实心眼，有人告诉她妈妈在远处，我一不留神她就往外跑。"

我大致算了算珍珍的年龄，现在已经是大姑娘了。应该接受了妈妈离去的现实。我不接受是因为事情不确定，父亲除了记性差，走的时候一切都很好。

何况，他是骑着门板飞走的，说早晚有一天要还回来。

叮当一声，有微信过来。沙漠里的昆虫留了一片小红点：嗨，虎年吉祥！

我赌你在开车。

又去找父亲了？

我看见流浪的老人都要喊一声，老王！有一回，我居然看见一位老人背着门板……

好吧，祝你们吉祥。

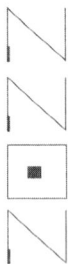

我谨守交通法规，没有回复他。但心底漾了一下，鼻子就酸了。我认识他已经八年了，但没见过面。有一次我问他，沙漠里的昆虫是什么。"是一种纳米布沙漠甲虫。"他说，"属昆虫纲，翅亚纲，鞘翅目。在干旱的沙漠中掌握了一种独特的获取水的方法，它们的翅膀上有一种超级亲水纹理，同时还有一种超级防水凹槽，可以从外界的风中吸取水蒸气。当亲水区的水珠越聚越多时，就会沿弓形后背滚落到嘴中。使它们成为自给自足的甲虫。"

"你也自给自足。"我说。

"所以我就是超级甲虫。"他很得意，"你呢？"

"腹足纲，蜗牛科，软体动物。"我说，"有触角两对，大的一对顶端有眼，分水生和陆生。我是水生。"

"为什么不是陆生？"

"总得有点技能呀。"我说。

我认识他的时候他做导游，后来注册了自己的旅游公司。我知道的就是这些。他也仅知道我开花店，丢失了父亲。每年要拿出许多时间在路上奔跑。我的昵称是水边的蜗牛。我们就是天地之间的两个符号，能走得长远，也许就源于从没见过面。但感觉中他像亲人，八年了，看见流浪的老人还要过去询问。源于我当年说过的一句话："他也许会去新疆。"

"你为啥不来新疆寻找？"

"也许有一天会的。"

这个想法一直在，但一直停留在"想法"这个层面。不是缺少勇气，是缺少动力。

有关父亲的事，我从不对人说起。但沙漠里的昆虫除外。很多个不眠之夜，他听我讲述有关父亲的种种，那些伤痛和难堪，我只肯说给陌生人。然后听他一声喟叹，他从来也不说你别找了，你找不到这样的话。王永利和王永全断断续续找了有一年，张圣文打从开始就说找不到，她觉得父亲是离家出走。我其实同意她的看法，但我不能说我同意。离家出走也不是不找的理由。

"找啥找，早就不在了。"后来，王永全这样说，王永利也这样说。

他们的观点也没法反驳，但这仍然不是不找的理由。或者，这种寻找不是父亲需要，而是我需要。

我说清楚了吗?

小腿一紧,脚下的油门踩到了家。车子发出刺耳的轰鸣,就像豪横的一声啸叫。红灯有效阻止了我的任性行为,一脚刹车踩下去,我跟车子都剧烈地朝前倾了一下。

从罕村到埙城只用了二十几分钟。雪越下越大,路上逐渐变得白茫茫。在雪花的缝隙隐约能窥见世界的样貌,它们都短暂地在视野间出现,又迅疾消失。就像我的车一样。在别人的眼睛里也是一闪而过。世界就是这样组成的。我们互不相干,但都是有机成分。我逐渐松弛了小腿,对撞进眼睛的第一栋高楼泛起温情。它只有四层,外表包着白瓷砖,像一个方头方脑的大面包,但对于年幼时的我,就是高楼大厦,把脖子仰到最大限度才能看到楼顶。父亲背着我踏上一级一级台阶,在卖布的柜台前停住了。"你喜欢哪个?"他歪着头问我。那些戳起来的花布捆都很亮眼,它们挤挤挨挨地站在木格子里,等着我挑选。我都喜欢啊。这个,那个。我胡乱指了一通。父亲说:"就要那个红花的吧,四尺。"售货员把红花布啪地放柜台上,用手一扯,那布捆就自动翻滚,然后捏住一角,用木尺一下一下量。"好了,四尺?"父亲迟疑了一下,又说,"四尺半吧。"

我永远都记得售货员刺啦刺啦撕布的声音,红的绒毛飞扬起来,像精灵在跳舞。撕下的红花布用尺子抽打着对折好,被草纸包成个圆筒,用牛皮纸筋捆起来,结出小提篮一样的麻花扣,倏地扔过来。他就喜欢看我穿花衣裳,两眼能笑成太阳花。这是我第一次进城,一路枕在布捆上,在他的后背上一会睡一会醒。

"今天看的啥戏?"

"《谢瑶环》。"

"里面讲的啥?"

"精忠报国。"

"对,谢瑶环也讲精忠报国。"

他朝上颠了我一下,两只手在我的屁股下勒紧了些。我那年大概有六岁,就那么心安理得趴在他背上,两只脚随意地耷拉着,两只手绳子样环住他的脖颈。看戏的时候则骑在他的肩膀上,人流涌动时,他用两只胳

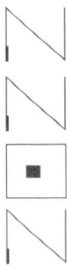

膊肘做支架，护卫住我。我们一早出来看戏，我妈不同意。他讪笑着一个劲央求，说我们看看就回，看看就回。我妈别过脸去，终于经不住他磨，"快去快回！"队里有辆突突响着的拖拉机，上边都是女人和孩子。他高大的身材坐车斗里很突兀，但脸上像蒙了光彩，都是遂了心愿的如意和满足。我理解，不单自己能进城看戏，还能带上我，他就是人生赢家。戏散场了，大家都往城外走，我们往城里走。一条街又一条街，一个巷子又一个巷子，每个门楼他都仔细看。我不知道他在看什么，但我愿意趴在背上跟着他。最后一站我们才走进百货大楼，从大楼里出来的时候他说："云丫穿上花袄会更漂亮，就像新疆小姑娘。"我便一心想我更漂亮的样子，像墙上年画里的女孩，脑后编着许多小辫子，跟一个骑毛驴的老爷爷，从遥远的新疆去北京送鸡蛋。"我没看见鸡蛋。""都在褡裢里装着，没画在画上。"没画上他是咋知道的？我一直都想不通。那张年画在我家东墙上贴了很多年，画里画外的内容都被我们琢磨遍了。骑驴的老头和扎满头辫子的姑娘陪着我长到十多岁，后来不知去向。那天我们一直走到大半夜，一边谈论《谢瑶环》，一边谈论新疆的辫子姑娘。我始终记得那个叫来俊臣的人，后来被武则天斩首了。他怕我睡着了，就起劲找话说。戏里的故事我不感兴趣，我对梳满头辫子的小姑娘感兴趣。"新疆在哪呢？"我迷糊着问。"新疆是世界上最远的地方，比东北还远。"他谈起了年轻时在东北，角角落落都走遍了，结交了很多人，遇到过很多稀奇古怪的事。奇怪的是，他一句也没谈大鼓。我对东北不感兴趣，我对新疆感兴趣。后来我才知道比新疆更远的地方还有很多。但父亲不这样看。"新疆在地球边上，多走一步，就迈到地球的背面去了。我们将来争取去那里。"他憧憬着说。我问去那里干啥。他说那是一个好地方，好地方都应该去看一看，才不枉活一回。

等一个红灯时，雪花像在绽放一样舞动出了情致。我回复沙漠里的昆虫："你的感觉真好，我的确在开车。而且，这里在下雪，每一朵雪花都很迷人。"

我没说别的。

母亲总说钱要花在刀刃上。比如，明天家里没盐了，或者给王永利说个媳妇。可父亲觉得凡是他花钱的地方，都是在刀刃上，哪怕给我买花衣裳。后来我才知道，买完红花布他一分也没剩，那是我妈让他捎条绒布的钱，给一家人做鞋面子用。

"我又没做别的用项。"父亲为难地辩解，意思是他没有乱花钱。

"这日子没法过了。王大方，我跟你拼了！"讲不通母亲就动武，一头撞过来时父亲没有防备，一下靠到了身后的门板上。灯火忽闪了一下，也被吓了一跳。母亲抖落开她以为是黑条绒的红花布，用力摔在炕上，花布遮住了我的脸，一股子机器的油污味扑鼻，我赶紧团起来躲到了被子深处。母亲的声音像母狼在啸叫，父亲只是一味地说："我忘了，我忘了。"

我不知道别人家的父母都是怎样搭配的，我们家，那叫一言难尽。从打我记事起，印象深的就是母亲扯着喉咙叫。她活过的这几十年，经常掰着指头数，一条街，没有比她更难的女人，没有比她更苦的女人，没有比她更穷的女人。母亲的意思是，家底不行，父亲又没本事。母亲痛说这些时，父亲永远不搭腔。你不知他在想些什么。仿佛母亲说的这些与他没有瓜葛。父亲成亲三天就走了，他去东北赶场，那里有他大伯打下的基业。一个村一个村地唱大鼓，在哪个村唱，就吃住在哪个村。村里总会把最暖的炕，最干净的被褥腾出来，安顿他。冰天雪地的日子，他是村里最受欢迎的人。

"他还差点被人招了女婿。村里有个财主，全家都迷他的大鼓，想把女儿许给他。我说，你在东北享福得了，回来干啥。"

"我家在这儿啊。"父亲说得认真，让你觉得他只认真理这一条线。

半年以后，父亲回来时长了满脸大胡子，母亲不认识他，问他找谁。父亲说："你是不是书香？"父亲也有点不认识母亲，他觉得母亲太过干瘦，比成亲的时候更像孩子。他给母亲买了件葱心绿的旗袍，让母亲换上。结果母亲烧火时蹲不下身，让奶奶骂了一顿。

那旗袍只上身这一次，后来被耗子嗑了。母亲说，耗子也喜欢漂亮衣物。

我觉得，那可能是父母之间最好的一段时光。父亲不单能挣钱，还买礼物，几十年后母亲说给我听，还藏不住笑意。嘴里说父亲蠢，给庄户女人买旗袍，让村里人笑掉大牙。但话里话外透着那么一点别人不能企及的傲娇。我特别遗憾那旗袍没有留下来，哪怕是被耗子嗑烂后的一块布片

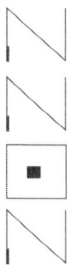

呢。父亲一辈子都是不合时宜的人。我感觉，他就在东北合时宜。返乡时，把自己的东西寄存在某一处，有人盼星星盼月亮地等他回去，然后他便从那家唱起。合作化以后村里不放他出去，母亲就把他锁屋里。他急得用脑袋撞墙，撞得眉骨开裂，血顺着眼角往下淌。母亲在外问："你还走不走？"他如果说走，母亲就坚决不开那把锁。"我想拉屎了，我不走行了吧？"他没拧过母亲和这个时代，屈服了。他心不在焉也许就是那时坐下的病，但在岁月更迭中，他身体越来越壮硕，总以身体好著称。

"你爸一辈子没打过我，也没骂过我。"母亲的满足有她自己的角度。在罕村，打老婆是家常便饭。气性大的，有投河跳井的。大多数被打以后该干啥干啥，越挨打越起劲干活。前一分钟还在嚎，后一分钟遇见了人，抹把脸就笑。"三天不打，上房揭瓦。"男人都振振有词。

父亲在家总抢着干活，做饭，洗衣服，缝鞋补袜，都是别人家男人不干的活计。这些，他都干得比母亲还好。可这些活计不算功劳，连母亲的眼也不入。母亲生气的时候就大声嚷："咋不干点爷们儿该干的！"

谁的一生都是一生。看雪花飘得那样自在，我心想，做一片雪花也挺好的。

8

千果花店就在鼓楼后边的一条胡同边上，这里叫柴家胡同。花店开在两间老房子里，日间也要开灯照明。天空晦暗便显得灯光温暖，檐下吊着的两只红灯笼也添了情致。穿鼓楼而过，弥落一眼就看见了我的车。她跑出来指挥我把车靠墙根停下，拉开车门迫不及待地说："你都知道了吧？"

"哦。"我说

她的红棉服敞着怀，露出了里边白色的高领衫，人因焦灼而显得紧巴。她的头发总是自己照着镜子剪，长短不齐。她的脸其实很耐看，长着精致的五官。可她总嫌自己矮："脸再怎么好看人也是个残废。"她自暴自弃的样。但我知道她偷偷买贵的化妆品，我假装不知道。

进到店里，顿觉空空如也。那些装切花的瓶瓶罐罐都空了，一枝玫瑰都不剩。一枝菊花都不剩。几盆镇店盆景也不见了踪影。小叶紫檀，三角梅，黄杨木，五针松……墙角就剩几棵发财树和几盆大叶子绿萝，都一副蠢像。那盆小叶紫檀跟了我几十年，是我从云南千辛万苦带回来的。我蹲下了身子。两手托着腮。脑子里轰隆隆地响，心也跟着突突突地跳。我非常害怕那颗心会从胸腔里蹦出来，它经常活跃得有些过分，我得小心地把它拢在怀里。逢到这个时候，我的嘴唇就一点一点青紫，面目跟着狰狞。弥落担心地看着我，窘迫地说："他说按标价走货，回头再结账……我说盆景是镇店用的，不出售。菊花不能用在饭店开业时，可小深说……"

帘子突然被掀开了，一个披着满头风雪的男孩子闯了进来。"有玫瑰吗？"

我和弥落几乎同时说："卖没了。"

男孩子朝里瞥了眼，"是不是要关张了？"

"不是。"我困难地站起了身，走过去解释，"遇见了大客户，今天给搬空了。"

"还是进货太少。"他有些遗憾地埋怨。"这附近就一家花店吧？"

"等明年吧。"我说。

"小深不让我找你，他说他会自己跟你讲……"弥落急于想把情况告诉我，惶惑地跟在我身后，把男孩子送了出去，"来的是辆皮卡，是他同学的车。若是钟先生来，如果不是一手交钱一手交货，我豁出命去也不会让他搬那些东西。"

我摆了摆手，不想听这些。

我强制着不让自己打摆子。看了眼手机，小深留了很多言。我在停车前看了一些。他说他搬过去住爸爸家了，那里离紫玫瑰饭庄近，可以帮些忙。"反正你那里也不需要我。"他赌气似的说。过去叫饭店，现在叫饭庄，这就是上档升级。赶在节前重新开业，年夜饭都订满了。小深说："花从外边买也是买，干脆都从千果花店搬过去，反正快过年了，你也不会有多少生意，这是一举两得的事。切花送给今晚来就餐的食客，我爸说，你跟弥落也来，大家热闹一下。"

后边有简短的一句话，是钟仁杰的声音："来吧，吃个团圆饭！"

"我们去吗？"弥落问。

"你说呢？"

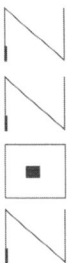

"……我熬了红枣山药粥，过一会儿就好了。"

我在空旷的屋里转了一圈，又转了一圈。即便紫玫瑰饭庄开业也用不了这许多花。搬空这里是小深的主意，我了解他。我站到了那张省内地图前，这能让我骤然起伏的心脏减缓一下强度。它贴在北墙上，下边是一个简陋的小吧台。记事本里有几笔没收回来的款子，眼下这笔最大的账，却不能记一笔，因为没必要。地图被我标得密密麻麻，从近到远，从西到东。有时我从外面回来弥落会提醒："还没画圈呢。"这些地名我越看越陌生，就好像没从那里走过。我突然有些紧张，反复看，那个找妈妈的女孩，树下坐着的老人，火焰似的矢车菊，路上撞见的一群羊……都在地图上浮现，记忆逐渐清晰明朗。"你就应该阻止他。"我终于定了心神，"花店是我们的，不是小深的。"

她有些意外地看我。

"对，是我们的。"我坚定了些。

"你在也不一定能阻止。"她小声咕哝。

"抢不过他就报警！"我突然拔高了声音，吓了弥落一跳。她孩子似的埋下了头，长短不齐的头发都从耳轮滑到了脸上。我一米六的身高，在她面前就像个巨人。就像被硌了一下，心突然就有些疼。命运就是这样吊诡，它让每个人都有痛点。活着成了一件隐忍的事，这没奈何。小深的痛点是，他越来越觉得单亲家庭对他是种伤害。尤其是，钟仁杰的第三次婚姻瓦解，让他看见了曙光。备考的那几个月，他每天去饭店吃小灶，人是经不住诱惑的，何况他还是个孩子。"你们为什么不能在一起，我们都有一个完整的家，不好吗？""你们不为我着想，也该为自己着想了。"小深的话越来越尖刻，他觉得自己长大了，有参与处理家庭事务的权利。我懒得跟他探讨。他五岁的时候我跟钟仁杰离婚，钟仁杰并未参与到他的成长中来。小深对离婚有异议，也是最近两年才有的事。他的执拗反映到这件事情上来，经常让我沮丧。我无论说什么，只要不复婚，就都是错的。这越来越成了标准。弥落说得对，我阻止不了小深，也不会阻止。说报警的话，根本就是扯淡。除了眼睁睁看着他搬空千果花店我做不来任何事。弥落总是怕小深，生着法子讨好他，可小深并不正眼看她。难道我就不怕小深吗？就如此刻，我完全可以接通手机骂他一顿，让他把东西怎么搬走的怎么送回来。但我不会那样做，说穿了，也是不敢。我很清楚，我即使那样做了也是枉然。除了加深与他的矛盾没有任何益处。小深希望我去找钟仁杰结账，这才是根本。我宁可不要那些切花和盆景，也不会去找他。这也是根本。

小深的变化好像是从上高中开始的。不，上初中的时候已经有了端倪。"你能不能让她走？"他第一次跟我说这话眼神躲闪。我吃惊地问为什么。"她多难看啊！"他说。我说弥落好看："小姨哪里难看了？"小深说："外面的人都叫她冬瓜，说你们家有个冬瓜。"有一次，他跟弥落起争执，小深说她人不人鬼不鬼，让我拍了一巴掌。从小到大我没动过他一根手指头。

"从上幼儿园她就开始接送你，亲小姨都不能做那样。"

"同学都以为她是亲小姨，我的脸让她丢尽了！"

我愕然。忽略了小深已经要脸这回事。他经常偷拿一枝玫瑰装书包里，去送女同学。

那些个日子就在不远处。骑大链套和小木兰的日子，我总是说走就走。花店和孩子都扔给弥落。有时我能看见她接小深回来。夕阳的斜晖里，他们走在鼓楼北的国槐大街上，小手牵着小手。她比小深高不了多少，但成年人的体态总能吸引别人好奇的目光。有人还会调戏她，突然摸一把她的屁股。我从没想过这对小深会构成伤害，意识到这一点，我心中充满苦涩。小时候他跟弥落亲，遇到事情先喊小姨然后再喊我。他跟弥落的感情随年龄增长递减，除了虚荣心，大概还有一些实际的算计。

"难怪这些年花店不赚钱，瞧你雇的那人。"

"她不是我雇的。"我说，"她是家里人。"

"你难道要养她一辈子？"

"不是我养她，是她在支撑花店。"

"你不好好做生意，天天跑外面干什么！"小深突然变得怒不可遏。

"你说我跑外面干什么？"我吃惊地看着他。

"你根本就是爱往外跑。"他气咻咻的样，"打着找人的旗号……找了这些年，你都找着什么了？"

我沉默。这话不是他的，是钟仁杰的，我听得出。他当年出轨也抱怨是因为我出去找人而忽略他的情感需求，这样的理由不单是他的，也是张

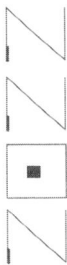

圣文的。我面对他们经常是一种无力感，其实我还知道他们的潜台词："人找回来又能怎样……"之后的局面尽可以脑补，没有哪个场景适宜一个年老的病人。也就是说，我即便千辛万苦把人找回来也无处安顿。我备受打击以致不甘心到疯狂就是在那个时段，玄关处的那双红色高跟鞋，像剜不去的病灶开出的腐败花朵，给了我最后的决心和最好的理由。

"我们离婚吧。"我对钟仁杰说。

"家里的存款给你，我要房子。"他冷酷地说。

"孩子呢？"

"随你便。"

"如果要房子就必须要孩子……"这话在我脑子里浮现，是想试一下他的底线。但到底我没有说出来。我是当妈的，有这样的想法都是罪过。

没想到小深会说出这样的话，父亲看见他吊起的眉梢会笑成八字，这是他五岁之前的事。我一直觉得过了青春期会好些，现在上了大一，他离我的期望越来越远了。

只是……我找着什么了吗？除了父亲，好像什么都找着了。否则，我怎么活过那些岁月？

父亲有过一次长时间的出走，把公社人武部都惊动了。一个披着军用大衣的人来我家，腰里插着盒子枪，把前院后院侦查了个遍。"家里最近都发生了啥事？"他问母亲。母亲说，大儿子说了媳妇，要八身半彩礼。涤纶、涤卡、冲呢、条绒、大绒、栽绒、哔叽、华达呢各一块面料。"家里给得起吗？"他问。母亲面露羞赧。就是因为给不起，才应这门亲事。若给得起，就寻别的亲事了。在这之前，王永利已经黄了四个媳妇，他二十五岁，有些黄怕了。那些女的都嫌我家穷，嫌父亲不会过日子。老王称呼的前边还有个"傻"字。一提傻老王，全村人都知道指的是他。王永利对王永全说："我说不上媳妇了。我得打一辈子光棍了。等着瞧吧，你也说不上媳妇，你也会打一辈子光棍。我们这样的人家，没有谁愿意嫁过来，我们会断子绝孙的。"他在西屋哭唧唧地说这话，正好被父亲听到了。父亲黑着的脸上倏然落下泪来，那泪珠像黑豆一样圆滚滚。我拿着毽子正好从堂屋穿过，也听见了王永利的话，觉得他有些矫情，说不上媳妇不说就是了，值当哭唧唧？我在父亲面前怔了片刻，跑前院去踢毽子了。

转天早上父亲迟迟不回来。母亲说，他拉个屎也没完没了，天生的懒驴上磨屎尿多。太阳抹亮了窗子他仍不回来，母亲去茅房找，去后园子找，又去河边找，哪里都没有。几天以后他仍不去队里上工，就成了头号新闻。有的说王大方逃跑了，像电影里的逃兵一样，有的说王大方寻短见了，像那些畏罪自杀的。我在上学路上就有人拦住问："村西的坑塘边上有一只鞋，是你爸的吗？"我放学赶紧往西坑跑，边跑边想父亲脚上鞋的模样。四周走遍了，也没找见那鞋。坑塘的边缘结着白色的浮冰，中间是一汪深绿色的水，飘着褐色的柳树叶子我脚下有只死麻雀，半个身子被嵌到了冰里。灰色的嘴巴张开着，像在淌涎水。太阳从头顶直射下来，脚下有一丝融化的印记。我踢了一脚死麻雀，嘴里说了句"真让人操心"，回家了。

父亲出走时还没进腊月，回来时麦苗都绿了。父亲胡子老脸破衣烂衫的样子半夜回家，把我们都惊着了。母亲的错愕和父亲的讪笑都是经典表情。母亲第一句话是："你咋邋遢成这样？"这几个月我家一直是闷闷的，很少谈论他。没人相信他自杀之类的话。他没有消息就是最好的消息。他就是出去溜达了，忘了回家。他以往经常这样，只不过这次时间久些。他对家以及家对他似乎都没那么紧要。他不在家饭桌上也就少只碗，母亲贴饼子要少放半瓢面，相比他挣的那些工分，好像也没多少损失。母亲提起来会骂两句，说他就愿意往远处跑，也不知远处有啥勾他的魂。父亲把布兜子往炕上一倒，那些揉皱的纸币和钢镚一起滚了出来，小山似的一堆。父亲一扒拉，两个大钢镚骨碌碌滚过来，就被我捂到了手心里。母亲瞥了一眼，我以为她会呵斥。显然，她把呵斥都忘了。她被这样多的钱震慑住了。她从没见过这样多的钱，而忽略了被我捂住的那两个。母亲问他哪来的，他说去东北挣一些，又讨回了一些旧债，就凑这么多，给王永利婆媳妇用。话没说完，就一头栽在了炕上，鼾声像打雷一样响。我妈菩萨一样坐炕沿上一动不动，盯着那钱，一直到天亮。

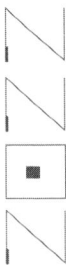

9

放上棋盘桌，弥落摆碗摆筷，热气腾腾的砂锅端了上来，还有两个凉拌小菜。门外的雪景已经有了模样，鼓楼成了凹凸有致的模型，在路灯的光影里，恍若天上之物。天空呈灰白的颜色，一片混沌。雪粉飞飞扬扬，落在唇边被我舔进了嘴里，沁凉沁凉地甜。我在银杏树下站了会儿，听见了雪粉彼此摩擦的沙沙声。听见了街灯挤眉弄眼的咔咔声。这个声音很轻微，整座城市大概只有我一个人能听到。街道成了一条雪路，路面抬高了不少，平展展一个脚印也没有。谁会成为第一个踩上去的人呢？想象中雪窝没过脚踝，有人在深一脚浅一脚朝这边走。我蹙起眉毛看，那里果然走着一个人，背上背着孩子。我们刚看了出戏，那出戏叫《谢瑶环》，讲的是武则天杀来俊臣的故事。那些锣鼓声被我们带了出来，和着脚步声一起哐哐哐、嚓嚓嚓。那白花花的无遮拦原来是一胡同阳光。"你长大了会记得这里。看，这里有个木牌。"木牌钉在灰色的墙体上，上面的四个字我认得一个"家"字，还认识一个"同"字。父亲往上颠了我一下，说："柴家胡同，这里叫柴家胡同。"那时的墙很矮，各家的花树从院子里探出头来，垂柳甩动着长胡须，在微风里拂漾。我说："这里真好看。"父亲说："对，到处都是风景。"

"养老院没风景。"父亲的烦躁挂在脸上，与在家里的卑微格外不同，"一棵树也没有。"我陪他在后院子转，那里是水泥砌起来的中国结，周围有几个零星的健身器材。父亲看着它们眼里尽是不屑。"你为啥要到这里来？"我的意思是，既然不喜欢，又何必来住养老院。父亲不回答我，他看别处。目光收回时嘴里说："你妈去哪了？"

我猜，他未必不知道我妈去哪了。是故意用这种方式转换话题。他坏死了那么多脑细胞，但潜意识中保护自己的功能残存。他来住养老院两个儿子都不同意。王永利气急败坏给我打电话，让我劝劝他。"我在这里住不了了。"他私密样地对我说，"他们一宿一宿折腾，不让我睡觉。""怎么折腾？"我问。"有人学狼叫。"他说，"就是想赶我走。"我问谁学狼叫。他说："你问问他们就知道了。"他随手一指。屋里只有王永利和张圣文我们四个人。

"装的，他就是装的。"王永利说。

我看了一眼张圣文。她一副世事洞明的样，似乎连这样的话都不屑说。

我也有些狐疑。他记性差，但似乎不该这样糊涂。他的糊涂也许就是装的。他想走，便调动一切力量和办法。否则，以他在家里一贯逆来顺受的性格，怎么可能冲破阻力做这样的决定？此刻站在雪地里，我叹了口气，王永利也许是对的。我们都小瞧他了。他先走出了第一步，然后又走出了第二步。这都是他提前谋划好的。他也许就是出去行走，而不是走失。想到他在外边天大地大的样子，我也羡慕啊！

我去车里拿了碗肉和咯吱盒，这都是刘厚英的杰作，王永全说她比我妈的手艺不差。我们家的男人就这么奇怪，王永利也这样夸张圣文。碗肉和咯吱盒在微波炉里转热了，端上了桌。总觉得缺点啥，想了想，又拿出一瓶红酒。

红酒是从新疆寄过来的。发货地是楼兰酒庄。"丝绸路上的酒庄传奇"，因为这句话，我迟迟不舍得开瓶。

"弥落，我们许个愿吧。"

"来年生意要好些。"

"争取找个人嫁了吧。"我开启瓶盖。

"你嫁了我再嫁。"

"我不嫁了。"

"我也不嫁了。"

其实我们都嫁不出去。这些话年年说，只是说说而已。这个世界越来越不缺单身女人，来买花的女人多是单身。用弥落的话说，不单身的女人都去菜市场了，她们都忙着给家人做菜。浊黄的灯光让人显得古旧，脸上汪出亘古的冷清。是缺了小深的缘故。他从小就在店里进进出出，帮着打帘子、搬花、结账。不知啥时就厌倦了。他长了满脸疙瘩，那些疙瘩连成片，有紫黑色的头，起劲往皮肉深处扩充，直抵牙帮骨。药也不知吃了多少，一点作用不起。我突然寒噤了一下，感觉那些疙瘩有些扎心，都似长给我看的。"我们这里是家吗？"他说。"我们是不是一辈子都要住在租来的房子里？""这有什么不好吗？"我无辜的样子不是装的。这样想，我就真的觉得我像父亲。我确实已经习惯了租住，而不觉得愧对小深。"全班没有一个人像我这样！"他简直是在吼，毛发奓起来，像只发狂的

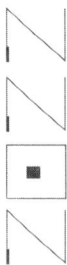

刺猬。他留了那样多的言我一条也没回。我不知道怎么回。我给弥落倒了一满杯，也给自己的水杯倒满。弥落兀自喝了一大口，呛出了眼泪。

"好喝？"

"好喝。"

我也喝了一口。来自沙漠的红酒甘冽香甜。也许，是我心里太过酸涩。

"我没地方可去啊。"弥落突然抽噎了一下。

"你想去哪？"

"没想去哪。"她有些不好意思。

"你哪也不用去。"我说。"柴家胡同多好，离鼓楼这样近，早晚能听见风铃声。这一条胡同都是切花爱好者，我们没开花店之前，他们从来也没有插花的习惯。有个老阿姨前几天还说，你们可别搬走啊，没有鲜花的日子没法过了。还有，这里住的都是老干部，他们买花从来不讨价还价。常说的一句话是，千果的花好看，大老远地运来，怎么卖那么便宜？零头不用找了。"

"你为啥不回钟先生那里？"

"不为啥。"我说，"不是好马不吃回头草那样简单。"我挡住了她想说的话，"人不是非要回到某处不可，日子是往前走的。不是吗？"

"他最近越来越勤，这周来了三次。如果你不在，他总是这样问，小深妈呢？就像你们还是一家人。"

"这不说明什么。"我说，"肯定是小深让他来的。"

"我知道。"弥落叹息样地说，"他又结了两次婚，一次比一次不如意。如果能生一儿半女，他也不会缠磨小深，也就不会找你。他这是年龄大了，也荒唐够了，要给自己找退路了。"

我点着弥落的脑袋，说你这小脑袋瓜，未免想得太多了。

"他的紫玫瑰饭店着实做得不错。"弥落犹疑地望着我，"大家都说他家的招牌菜好吃。"

"你想说什么？"

弥落赶紧摇头。

酒杯喝干又斟满，眼前逐渐迷离。弥落像个布娃娃坐我对面，如果不站起来，她真是个好看的女人。我知道她今天很受伤，她人小，心却重。哪件事做不好，会难受好几天。"这不怪你。"我看了眼空荡荡的花店，说来年我们再进新货，那些老货不要也罢。这么多年，从没像今年这样让人踏实，不让那些存货所累，可以过一个干净的年。否则，卖不掉的货总是让人挂念。

长出一口气，弥落说："你会去找他结账吗？"

"我们各自说一个秘密吧。"我觊觎样地看弥落，"你有秘密吗？"

弥落突然窘了一下，直通通地说："小弟来找过我，说爸没了，后娘瘫痪了，想让我回去伺候。姐你就回去照顾照顾吧。他说得可怜巴巴。他要外出打工，家里没人不行。就在外边的白果树底下，我把口袋里的钱都掏给了他，让他赶紧走。我说，你不要再来找我了，那里我永远都不会回去了。"

她总是把银杏叫白果。目光闪烁地看我，似是怕我责怪。

我把弥落的杯子倒满。弥落脸上已经有了明显的酒意。我感觉比她的酒意还深，因为眼前有了重影，手里的酒瓶来回摇晃，对准杯口有些难——也没有那样困难，是手可以下意识地抖。"我从来也没觉得爱过他，就是在厂里好歹认识了，好歹结了婚。觉得自己年龄大了，不结婚对不起家里人……就想那样将就着过下去了，可是不行。就是过不下去。我爸清楚这一点，他有一次来我家，正碰上他西装革履出去。我爸问他干啥去，他说，跳舞。"

"他身材是不错。"弥落说。

"年轻的时候荒唐。"我说，"很多人都有荒唐的时候。但有人能忍，是因为气味对。有人不能忍，是气味不对。那天我爸看出了端倪，一顿饭都没有吃好。他落寞地看着窗外，眼里都是心事。那时我们俩在一个厂上班，厂里效益不好，业余生活却丰富。我知道他跟谁好。但他的舞伴总换，我觉得他不会太出格。"

"他现在还会跳舞吗？"弥落的眼眉挑了一下。

"当年跳舞都疯狂，把家跳散的就不止一对。还有我认识的一个人，在书店当营业员，为了不让丈夫出去跳舞，每晚在他的饭里下药，当时是轰动的新闻。"

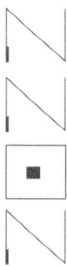

"舞厅我没进去过。"弥落落寞地说,"我只看过广场舞。"

我笑了笑。

"那些交谊舞我也喜欢。如果有一个好舞伴牵起你的手,真是非常享受。就因为他特别喜欢,就变成了我特别憎恶。还有,他只要回家来,就把电视开到最大声,只要有舞曲,手脚就闲不住。这也让我嫌恶。一个大男人,手脚整天抽风样地摆动,换谁谁也受不了。"

"没想到他干成了一番事业。"弥落说,"这不会有人想到。"弥落塌下眼皮嘀咕,"所以年轻时候的错不算错。你说呢?"

"嗤。"我不屑。那不过是个糊口的营生,算哪门子事业。饭店改叫饭庄,以后还可能叫酒楼,他是这样的人,崇尚所有高大上的称谓。但都改变不了餐饮店的性质。弥落觉得那是事业,多少有些搞笑。我默默喝了一口酒,心底发出了一声冷笑。这些话我从前没对人讲过,以后也不会了。

弥落也默默吞了一口酒,她的皮肤像紫葡萄一样流光溢彩。仿佛那些酒从毛孔里渗了出来。

"男人其实就那样。"弥落夹起一块肉放嘴里,仿佛多有见识一样。

"还有,他对那件事情要求高。"我沉浸在自己的意识里,觉得天地都在摇摆。往事像电影一帧一帧地闪过,屈辱的感觉居然还能回来。我使劲摇了下头,想晃掉那些不愉快。听说我和张圣文是姑嫂,他就总伺机来看表姐,把我妈拿捏得死死的。他那时喜欢戴大墨镜,留两撇小黑胡,身上是一种廉价香水味。"你十个加在一起也抵不上钟仁杰,别觉得自己怪不错。"我妈的打击让我无地自容。"一个老姑娘,死了祖坟都进不去,你不为我着想,也得为自己着想。"这话在我脑子里晃了一下,就溜得无影无踪。在我妈的意识里,只要我不出嫁,不嫁给张圣文的表弟,岂止我万劫不复,她也万劫不复。

"你明年还会出去找人吗?"弥落幽幽看着我。

我又喝了一大口酒,腮帮子鼓了起来,倒换着一点一点往下咽。我知道酒不是这样的喝法,是我想这样喝。牵起嘴角笑一下变成了困难的事,舌头明显不受使唤。

"你觉得呢?"我在想象中瞪着猩红的眼球。

"你其实知道你找不到。"

我看着弥落。

"很多年前你就知道。"

"那我为啥还要去找?"我朝空中呼出一口酒气。

"找不到是找不到。"弥落吸了一下鼻子,就像我们同时在做深呼吸,"还要去找是还要去找。"

10

张圣文扛着一把三股杈风风火火回家来,杈子往院子里一扔,叉腰喊:"老王,你给我说清楚!"

我妈正在堂屋烧火做饭,提着烧火棍就出去了。"咋了?"她问。

张圣文哭叫着说自己没脸见人了。原来队里的女人说闲话,说她是老王坐牢换来的。她已经结婚两年了,家里像颗夜明珠一样捧着她。可人是有这毛病的,越被捧着越不知道斤两,我就总有一种要被她踩倒地底下的感觉。

她要了八身半彩礼,是队里最值钱的媳妇,难说这不被人嫉妒。便有人编派王大方穷皮一个,慢说八身半,他家一身半也拿不起。眼看王永利要娶不起媳妇,王大方铤而走险,去东北偷了一个供销社,他在前边跑,警察在后边追。他把钱物藏在了一个地方,迎着向警察走去。他大概还使了些手段,给警察兜里塞了些东西。警察便没有没收赃物,还少判了他刑期。

我妈比张圣文还要风风火火,她冲到了大门口,嘴里不干不净地骂,手里的烧火棍抡起来,像风火轮一样旋转。看热闹的人堵到了我家门口,抱着胳膊嘻嘻地笑。我妈丢了烧火棍,也叉腰喊:"王大方,你给我说清楚,那些钱到底咋来的!"

我妈虚张声势,其实她怕我爸出来。如果我爸说那些钱是唱大鼓挣来的,那是要她命的事。所以院子里的人都心情复杂。张圣文鼻涕一把眼泪一把,说王家是一群骗子,合伙把她骗了来。把她一个清白人家的姑娘糟蹋了。她不怎么看得上王永利,总是吆三喝四地跟他讲话。我妈背后说王永利骨头软,但当着张圣文的面,跟王永利一样只会说迎合的话。

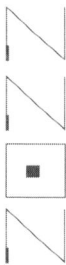

父亲把脑袋扎到了被垛里，对外边充耳不闻。他就是有这本事，即使处在风暴中心，也能自我形成屏障。他在东北怎么挣的钱，从来不提。我妈也不让他提。我有一个奇怪的感觉，他即使是去偷供销社，也比唱大鼓来得体面。不知这算什么心理，挣钱是一个摆不上台面的事。就像他在县城的大礼堂演出，那样受欢迎我也不敢看一样。照时下的观点，我们都不是心理健康的人，我们都是有病的人。张圣文蹲在那里哭，我妈站在那里叫，天上飘来锅盖大的一块云彩，把院子整个蒙住了。没人耐心瞅月朦胧鸟朦胧的场景，大家四散了。王永全是高中生，他蹲灶坑旁烧火，边烧火边看书，把一锅水烧干了。锅被烧得通红，锅盖冒起黑烟他才发现。王永利一晃一晃走过去，拉起张圣文。他起先一直猫在自己的屋子里，不敢，或不愿面对院子里的局面。张圣文两眼肿胀得像两颗水蜜桃，在王永利的手里打嘟噜吊，嘴里不住地说："我没脸活了，没脸活了。"

家里从此冰火两重天。只有我和王永全轻松些。我们俩读小说，看画报，抄手抄本，他抄一段我抄一段。背《红楼梦》里的判词，他背一段，我背一段。他喜欢"质本洁来还洁去"，我喜欢"一番风雨路三千"。后来他去当铁道兵，当兵期间娶了刘厚英，刘厚英一分彩礼也没要。她要一分彩礼王永全就不答应这门亲事，这身军装是好大的倚仗！张圣文很长时间不理父亲，有一次，父亲在外给人唱了一段大鼓，张圣文说他丢人。父亲问，我哪丢人了？张圣文抄起一个香脂瓶子砸了过去，父亲头一歪，瓶子擦着父亲的耳轮飞了过去，击到了墙上。从此，那墙上总有拳头大的一个坑。

那坑在墙上待了很多年，我们谁从那里出入都会朝上看一眼。似乎也没谁指摘张圣文，直到那房子翻修。张圣文的儿子们就睡在坑的下边，后来一个一个长大了。

日子过得提心吊胆。我每天放学回家，习惯在门外听动静，家里如果有人吵，我就去找同学玩。天黑了，估摸该吃饭了再回家。

雪把广场铺得厚实均匀，凸起的地方是喷泉外围一个圆环造型，像老天的一个杰作，把平展展的广场变得立体。我和弥落踉跄地跑出花店，城市都睡了，只有我们还醒着。城市也知道要过年了，路边的灯杆上挂着许多红灯笼，树木光秃的枝杈间挂着彩带。我们啪嗒啪嗒踩着雪，车辙里的雪是光滑的，趔趄的时候可以发出肆无忌惮的惊叫。

空气中弥漫着葡萄酒紫红色的香气，我和弥落就像会移动的两只酒瓶，让这一条街都醉醺醺的。这是城市的主干道，那些国槐古老而健硕。国槐的空当栽着蓝白格的灯杆，路灯不时挤眼睛，它好像也喝醉了。我们平时在店里忙碌，很少有心情看街景。每天忙碌到深夜，疲乏得风景撞上眼睛也看不见。从花店到广场大概只有五十米，穿过鼓楼下的那条横向街，我起身一跃，把自己放倒了。

“这哪里是冬天啊。”我嘴里咕哝，“连空气都是热的。”

“连雪都是热的。”我感觉到它们在我的嘴里燃烧得毕毕剥剥。我嚼咕了两下，吞咽了。嘴里又满满含进去一大口。“你也吃。”我对弥落说，“没有比雪更好吃的东西了。”肠胃咕噜一下，夹道欢迎雪。我咯咯笑了，“弥落，你还傻站着干什么？”

弥落在我身边躺下了，两手垫到脑后，脸朝向天。而我脸埋进雪里，心脏跟着广场一道起伏。埙城是座古城，许多大事都在这里发生。春秋时无终子国在这里建都。安禄山起兵叛唐在鼓楼隔壁的庙里誓师。清军入关三次屠城。地心里响着咣当咣当的锣鼓声，一队旌旗穿城而过。脑子里忽地闪过一些影像，纳米布沙漠甲虫什么样？

“我喝多了。”我想告诉他，“都赖你的酒。”

我不知道他长什么样，也从来不想知道。就像他不知道水边的蜗牛什么样一样。我们都有一个迷人的外壳。

我也不准备告诉弥落，残存的意识里，这是一件属于自己的秘密。

父亲已经离我很远了，从时间算，他或许已经走到地球边上了。那里的路从没人走过，撞进眼里的都是风景。父亲走得很艰辛，但一定走得很快乐。那样一种大自在大自由天下几人能有！我不是想找到他，而是想追上他的脚步。告诉他我找你不是为了找到你，我哪舍得让你回到过去！你一辈子总是面临困窘、难堪、轻贱、冷漠，我找到你是想告诉你，我其实是站在你这边的，因为我就是你！从骨子里，只有我像你！

只是我羞于承认。

眼睛突然就湿了。父亲骑着门板从天空掠过，哐哐哐地带着风声。我

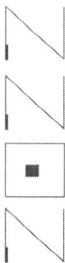

陡然翻过了身，天上乌涂一片，像是把鸡蛋打散了。

"你相信人会飞吗？"

"不相信。"

"老王会。"我戏谑地望着混沌的天空，嘴角牵起甜蜜的笑意，"他真的会飞，我一直相信他会飞。否则他出门为啥要带一块门板呢？"

"你谈过恋爱吗？"弥落细声问我。

我忽地起了鸡皮疙瘩。她不提我都忘了。

"也不知恋爱是啥滋味。"她叹息的样子说。

脑子里映出几张年轻的脸，他们都曾经跟我有过或深或浅的交往，但都无一例外地擦肩而过。照事后的眼光看，他们都强过钟仁杰，但年轻的时候有年轻时候的想法。

"你想恋爱了？"我问。

"你不想？"

我叹了口气。

"你是不愿意想。"弥落说，"你总觉得有比谈恋爱更重要的事，其实，那件事已经不重要了。"

我抓起一把雪盖到了弥落的脸上。弥落猫一样地不动弹。过了良久，那只猫说："活着到底是为了什么？"

我的脑子突然清醒了一下。弥落抢着说："活着就是为了走在寻找的路上。"

我们俩哈哈大笑。

我在整个春节打不起精神。打起的精神都是强装的。每天睁开眼睛先给小深发消息：今天过来吃饭吗？他开始回：不了。后来就不回了。他不回我也给他发。

"我炸了你爱吃的藕盒。"

"啥时返校？我给你订火车票。"

"你搬走那些花和盆景我不怪你，能装饰你爸的饭店也挺好的。"

我都要低三下四了。

但小深再不回复我。我去紫玫瑰饭庄找了他两次，都没看见他们父子。按时间算，他该返校了。"东北冷，我给你买了条棉毛裤，是你过来拿还是我送过去？"

水波不兴，就像石子投进了大海里。有一天，我突然发现他把我拉黑了。

我这才有些慌。给钟仁杰打电话，许久没人接听。再拨过去，我听了一段《铃儿响叮当》的彩铃，把手机挂掉了。后来钟仁杰发来短信，只有三个字：不方便。

11

我看着银行卡里的一串数字，是我存了很久准备用于小深的。学费，生活费，购置衣物的费用，年初年尾每年都要手忙脚乱一阵。看来他今年不需要了。我想，我从幼儿园管到现在，他是该有别的办法了。

有一天，长水二哥来到了店里。他高高的个子，背有些驼。若是直起来，他跟门框一样高。他说二嫂要过七十大寿，他特意进城买一束花。二哥笑眯眯地说："你二嫂说一辈子没人送过花，我说这回达到让你百分百满意。"罕村来的都是稀客，我喊弥落沏茶倒水，弥落却没有应。我把茶碗摆到廊下，掸了把椅子过去，让二哥歇脚。过去，他家跟我家老宅只隔一条过道，我回家经常过去串门。他养了许多长毛兔，剪下的兔毛装进塑料袋，像收了一袋子白云。后来他搬到了前街儿子那里。再后来又搬了回来，我却没了去老宅的理由，所以很多年没见他了。

连二哥都想起买花了，让我有点唏嘘。

"知道我当年为啥搬走吗？"二哥粉红的牙龈露出来，不笑也似笑。他是出了名的好脾气，一辈子没跟谁红过脸。"你妈一到夜里就叫。那不是叫，简直是嚎。因为疼，不疼的时候也闹，她是被病煎熬的。我们两口子都被闹出了神经官能症，一到夜里就犯惊息（失眠）。后来觉得总这样下去不是办法，我们总不能让你妈不闹吧，她是病人。后来我们才跟儿子商量，去他那里躲了几年。"

我端着茶壶的手抖了一下，这话题就像是不相干，已经过去太久，可分明妥妥地扎心。隔了过道他和二嫂都睡不好觉，父亲那几年是怎么熬过来的？似乎从没想过。他的记忆力就是那个时候开始衰退的，我经常担心他丢下母亲一个人出去逍遥。事实证明这样的事情从没发生过。"你爸越来越会做饭了，小鱼炸得又酥又脆。"母亲满意地向我表示。这一辈子，

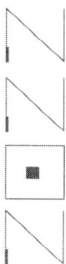

他让母亲满意的时候太少了。

"再活一回，他想干啥就让他干啥。想走多远就让他走多远。"母亲手背搭在额头，望着屋顶痴痴地说。"骨碌"一下，眼角淌下了泪珠。

我呆呆地看着。她越来越小的模样像个婴孩，很少不发牢骚的时候。我以为她这话是含了怨气，所以轻易不敢接话茬。

"总嫌我吃得少，早晨吃俩鸡蛋还嫌少。你以为我是母鸡吗？"母亲瞟了父亲一眼，神情简直是在撒娇。"谁都没有你爸煮的鸡蛋好吃，蛋黄熟了，却是软的。"

话说多了，我才弄懂母亲的意思。她确实是对父亲满意了。

"你爸把你妈伺候得好。我啥时过去串门，啥时灶里冒着烟。他用大锅烧水。我问烧水干啥用，他说给你大婶子擦身子。我说一天擦一回？他说一天要擦两三回，用热水敷一敷，血脉容易流通。这一点，儿女都做不到啊。"二哥感叹。

我脸有些发烧，这些事情他从没跟我说起过。我每次回家都是来去匆匆，要接送孩子，要照顾生意，连停靠一下的时间都没有。

"你知道他是什么时候开始生病的吗？"二哥喝了一口水，唇边显眼地沾着茶叶末子。"当时是夏天，我早起光着脖子在门口刷牙，见你爸端了个盆子从大河堤上下来了。我问，大叔这么早干啥去了？他说倒便盆。我说便盆应该倒猪圈里。您倒哪了？他想了想才指着大河的方向说，我倒猪圈了。我说猪圈不在那边。他有些着急，说刚才是在那边，我就是倒猪圈里了。后来反常的事情多了，人家前脚栽树，他后脚拔了栽到自家园子。问他为啥拔人家的树，他说没空赶集。你们都有空赶集。他可怜巴巴地说。他一辈子不占别人便宜，所以那时候大家就知道他病了，也没人跟他一般见识，把树苗拔走拉倒。后来我把院子里长出来的小树送给他栽。紫花槐，香椿树，桑树，木槿，榆树，柳树，都是孽根生或落籽长出来的，还没筷子粗。他像扎篱笆一样栽得密密麻麻，每天都浇水。转年苗木都活了，我又帮他移栽了一下，告诉他这些都能长成大树，要够间隔。你猜不着他说了句啥，他说，啥时能打副门板？"

"我说，再过十年二十年，别说打门板，打家具都行。"

"他为啥想打门板？"

"我没问。他总说不靠谱的话，听着就是了。"

"也许他那时就觉得骑着门板能飞。"我转过身去跟自己咕哝。

我给二哥的碗里添满了水。当年王永利气急败坏跟我说，爸去偷拔人家的树，栽自家园子里。把他们气坏了，觉得父亲这样做很丢脸。"也不跟我说，家里买不起几棵树苗吗？"我隐隐觉得哪里不对，可我不习惯发表意见。我发表意见会招来更多的责难，我怕父亲受委屈。那些树后来有的开了花，有的结了果。我偶尔回家只负责看一看。对，我还吃过香椿和桑葚。桑树椿树都爱长，一年就有拳头粗。桑树叶子上长灰色的野蚕，吐雪白的丝。没人知道父亲与门板能构成关系，当年的那些信息早就像风一样消散了。

"他不是个寻常人。"二哥叹息了一声，"他能飞大概是真的。"

我感激对冲二哥笑了下。"大家都说他废物。"

"他可不废物。他能做的事别人做不来。大叔的记性好，能背整本书。年轻的时候给人说书，挣了不少钱。在东北，大家都叫他'鼓王'。"

"你听谁说的？"我吃惊地问，恍惚记得小时候有人提起过。

"他自己说的。"二哥吹了下茶碗里的浮沫，小心地喝了一口。"他跟我说，老二，我早晚会重操旧业，只要我这口气在，我就会重操旧业。我说，你给我唱两口。我是说笑话，没想到他真唱。词我记不住，但真是好听。他唱了足足有十多分钟，那样大的年纪，气力一点不减，词滚瓜烂熟。他说这些年他都没丢下功夫，那是吃饭的本领，早晚都会用得上。我说你去哪唱？现在的人不爱听大鼓了，还去东北？他摇摇头。说东北都走遍了，再去也没意思了。他想去新疆，那里的人没听过大鼓，一定欢迎他。我说，新疆可远了，你去不了。他诡秘地说，老二，我告诉你个事你别告诉别人。我说，啥？他说，我会飞，飞到新疆根本不在话下。"

我在二哥的对面坐下了。

"后来听说他去住养老院，我就觉得奇怪。他去新疆我不奇怪，但他去养老院我觉得奇怪。"

"他是自愿去的。"

"我知道他是自愿去的。如果不从老宅搬走，他也就不会去。是你哥

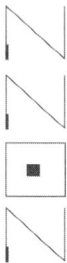

他们太孝顺了。"二哥话说得饶有意味。

"但不耽搁他想去新疆。"二哥补充了一句。

我默想了一下，点了点头。这层窗户纸从没有人捅破过。卖掉老宅是怕父亲回去，这是王永利当初给我的理由。

我给王永全打了一个电话。平复好久的情绪又有些激动。我原本想说父亲唱大鼓的事，想去新疆的事，这些你听说过吗？话到嘴边又咽了下去。我发现，这些我有点不愿意与人分享，自己的哥哥也不行。"长水二哥来我店里买花，给二嫂过七十大寿。他说那些年是因为受不了妈的叫声才搬走的，你知道吗？二哥都受不了，邻居都受不了，爸那些年是怎么受的，你想过吗？"我激动得有些战栗，但话努力说得温柔。王永全静默了有十秒，说都过去了那么久，你怎么想起说这个。"有什么办法呢，如果你二嫂得了那种病，我不一样也得受着。"

我怔了一下，把电话挂了。

12

我坐在廊下的小木椅上，额头晒着温暖的春阳。杨树毛不知从哪里飞了来，在我脸上拂来拂去。紫豆丁从砖缝里钻了出来，不甘愿地开了朵小花。它就像个勇敢的小姑娘，开得不管不顾。我突然心疼了一下。想起了幼时墙上贴的年画。那个满头小辫子的姑娘面朝里，我一直企图看清她的面庞。父亲的注意力应该不在她身上。那个白胡子老人，那头驴，以及驴背上的褡裢，父亲说，他们从遥远的新疆来，现在也不知走到哪了。这好像是上辈子的事，与眼下没啥瓜葛。不远处的主干道隆隆过着车，间或有骑电动车的人一闪而过。柴家胡同却很安静。越往里越安静。这不是一条笔直的胡同，中间折叠了一下，被一户人家的房山遮挡了，那户人家是老坐地户，姓柴。从我这里看，似乎是胡同的尽头。不是。它只是错了一下位，胡同可以一直穿到城西去，我送花的时候经常走。灰色的水泥墙在我面前横亘，里面是一家行政机关的院子。那里的女人穿得都很体面，比我体面。但她们都没有一个会飞的父亲，能骑着门板飞翔。我的嘴角慢慢嵌出一丝笑，甚至感觉到唇边流着口水。我伸出舌头舔了下，舔在了甜丝丝的棉花糖上。那是我买给小深的，他才会走。我把他留在了卖糕点的店铺里，让他靠在柜台上，请售货员照看一下。巨大的棉花糖遮住了他的脸，我回望时，看见了他小小的脚指头，豆豆一样从塑料凉鞋里冒出来。我朝售货员笑了一下，那是一位中年女人，看我的目光充满了同情。我走出了气味馥郁的糕点店，拐到了隔壁的电影院，从一个窄小的玻璃门进入到地下舞厅。那里的音乐震天响，彩色的条形灯光打在人身上，所有的人都光怪陆离。我穿过丛林一样的灯光来到了一对正在旋转的男女身边，大声说："你爸住院了！"他没有注意到我，热切地跟怀里的女人说着什么。待旋转过来时，我一把抓住了他的衣袖，用力朝外一扯，他把女人松开了，恼怒地说："你这是干什么！"

"你爸脑出血，住院了。你妈让我来找你。"

震耳欲聋的音乐突然卡住了，我嚷出的声音越发显得刺耳。所有红男绿女的目光都投向我，我像做了贼一样赶紧从舞厅溜了出来。

里面又开始轰鸣，脚下的水泥地都在抖动。

窸窸窣窣的一条裙子跑进了店里。是从我身边掠过去的。我惊了一下，本能地想站起身，脑子忽地一晕，心脏跟着就不规则地跳。我只得又坐下了。太阳的光影移了些，从我的额头移到了左肩胛。紫豆丁就开在我的左脚边，小小的花瓣朝向我，似在打招呼。"弥落。"我说。我用手背擦了擦嘴，这动作让我想起了老年人，只有七老八十的人才这样擦嘴。"我刚才好像做梦了，乱七八糟的。"我回头看向店里，那些红的黄的白的花朵在微微地晃，朝我探头探脑。"你吃了吗？"弥落忽然跳了出来，紫色的裙摆飘起来，像盛开的紫豆丁。我说吃过了，在隔壁买了几个包子。弥落低头收拾桌子上茶碗，我发现了她嘴唇上的残红、深色的眼影以及若隐若现的腮红。我困惑地看着她，不知啥时候她变了模样。

"你化妆了。"我说。

"你为啥化妆？"

"你化妆是给谁看的？"

这是心里话，却被我不知不觉说了出来。额头有些烫，跟着鼻子也堵塞。肯定刚才睡着的时候着风了。我注意到弥落的脸越发红了，眼神像蒲公英一样有影无形。"你去哪了？这么半天。"我努力想有多大工夫，好像二哥来之前就不见了踪影。这不是第一次了。她最近有点神出鬼没。

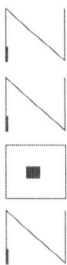

"你是不是恋爱了？"这话说出，我突然心跳了一下。

"人家就是出去吃个饭。"

她做了个鬼脸，心中的某些情绪欲盖弥彰。

"好吧，祝你心想事成。"我说。

向西，向西，向西。

我比父亲幸运，不用骑着门板也可以飞。车轮在马路上疾驰，我总要抑制一脚油门踩到家的冲动。弥落忽而亢奋，忽而沮丧。这让我觉得随时受不了。忧郁像春天的杨花一样会传染，我觉得自己都要抑郁了。那天她坐在花架子底下，一个人自言自语。"你说他会骗我吗？"顿了顿，又说，"可我真的很爱他，真的很爱他。"

"他是可怜我吧。"

她像虫子一样咕哝，把头埋在胳膊里，头顶上是一盆瓜叶菊，上面长满了紫骨朵。

我悄悄从门口撤离，往柴家胡同深处走。午后的胡同明晃晃，像是聚集了太阳所有的光。弥落已经跟我干了十几年，从开始我收留她，到她给我挑起这个店，我已经离不开她了。何况我每周还要出去一两次，到处跑。弥落总是把生意、家、孩子打理得井井有条。所以无论小深什么态度我也不会赶她走，我对自己说，亲姐妹又如何。我甚至想，我们也许就这样下去了，一直到老。她过去什么都不瞒我，现在是还没到告诉我的时候，我这样想。走到老柴家门口，后门吱扭开了，柴女士挂着拐杖出来了。"是云丫呀，我正要去你店里买花。""去吧。"我响声说。"弥落在店里，有啥要求跟她说。"她耳朵不好，我得确定能把声音送进她耳朵。我们第一次见面她就让我们叫她女士，她一辈子没结婚。柴女士年轻的时候是风云人物，这座城市都听她的。西行的决定就是在那一天做出的。我在城西走出了深幽的胡同，穿过一个自发形成的广场，登上了水库大坝。这座名叫"三八"的水库是女性的旗帜，前几年柴女士还年轻，经常到店里聊天。忆起她年轻的时候，吃不饱肚子，却可以几个月不回家。车上的泥土装得像小山一样，爬坡的时候根本看不见推车的人。人也是浑身泥土，就像是车的一部分。眼下水的闲适和光的色彩都在这一方区域，水里什么都有。青山、白云、佛塔、寺庙、僧侣，想什么有什么。

"我猜你此刻有些心神不宁，是不是在看水里的倒影？"

"我想去找你。"

"来吧。"

"来了也许就不走了。"

"新疆欢迎你。"

我在太阳地里笑了笑。不知这是一个怎样的人，就是觉得有趣。

"我去了新疆也不会找你。"我发自内心地说。

"好啊，那就在我隔壁开花店，卖不了的花统统插到我店里。"

玩笑开完了，心底也轻松了。我开始正视内心的蠢蠢欲动。我其实一直都想走一趟。晚走不如早走。也许沿路就是父亲看过的风景。也许父亲就等在某一处。也许新疆的土地上到处都是"咚咚"的鼓声。弥落需要调整，时间会给出答案。未来什么样，谁说都不算。弥落像个闯了祸的孩子，眼睛总围着我转。

"你啥时回来？"

"下一批货是定云南还是定海南？"

这些都不需要我回答，过去她也从来不问。

"小深跟我要钱了，我给还是不给？"

"不给。"我说，"让他跟我要。"

13

出了省界，心便开始飞翔。只要不想父亲，眼前便都是色彩。可如何会不想呢？有一回矛盾就是肉肠引起的。那年我刚参加工作，跟同事去看稀罕。那口老汤锅吊在两根铁柱中间，据说下面的炭火永远没熄过，已经百十年了。回家天已经黑了。陶瓷粥盆坐在桌子上，除了一碟咸菜，并无他物。两斤肉肠也只有四根。母亲说，快，给老大老二各送一根。我起身想去。母亲说，你累，让你爸去。父亲端了两根肉肠要走，被母亲拦下了。母亲又切了半根放到盘子里，说多给王永利家一截，他家孩子大了。母亲明里暗里偏向张圣文，不放过任何机会讨好她。母亲把余下的半截肉肠切得很精细，就像切宝物一样，装到一只大碗里。"你都挣钱了，以

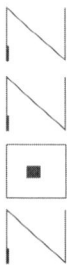

后咱家的日子就好过了。"她憧憬说。父亲很快就回来了，他刚进屋，张圣文也跟了进来。她在厨房踅了一圈，站在了饭桌前。张圣文说："给我家半根肉肠是啥意思，我们吃不吃都行。"她眼睛左右撒目，让屋里的空气陡然变得难堪。一家人都怕张圣文生气，她生起气来不单没完没了，还容易节外生枝。父亲刚要说话，张圣文又说："哪有送半根给人的道理，我还以为半路让谁给吃了。"

就是这样一件芝麻绿豆大的事，后来又衍生了许多故事。那些派生出去的枝节又混合了其他养分，酿成了大大小小的矛盾。矛盾的焦点都集中到了父亲头上。无法言说。真的是无法言说。就是现在，我也是种幻灭感。那些生出的是非让人无法下咽。那时特别奇怪，家家乌烟瘴气。真的，不独我们家。其实就源于一个字：穷。但我们家好像极端些。后来导致了我年年回家买肉肠。母亲活着的时候督促我，他们的确都喜欢吃。为了买够斤两，我那个月甚至要节衣缩食。可那些肉肠并没有让家庭更祥和更安宁，直到现在，那些肉肠已经变成了鸡肋，我还在买。这都是我的错，我如果从没买过，矛盾肯定就是另一种走向，父亲就不会背了难以启齿的污名。

我要说，一个人走在路上不是多恐怖的事。见到服务区一定要停一停。油表始终保持在合理区间。晚阳从正西的方向打过来，我就是迎着它走，我喜欢看着它越变越大，身后的距离就越来越远。除了弥落偶尔给我发个短信，没有任何人联络我。也许，我现在已经失踪了，像当年父亲那样，只是别人还不知道。这种感觉让人莫名轻松。

我临出来之前看了眼墙上的地图，那是弥落买的，上面有我圈的许多记号。邻县、邻市、邻省，我们曾经展开地毯式搜索，所有电视台在相同的时间段滚动播出寻人广告，但父亲一直在跟我们捉迷藏。

父亲的身份证在我手里。那种早年的老人身份证，信息是手写的，头像就像布告上的通缉人物，眉眼模糊。第一代身份证所有的照片都像通缉人物，不像第二代或第三代，人越照越俊。我把父亲的身份证和我自己的身份证都放在小包的夹层里。不放心，又拿出来看了一眼。惊奇地发现父亲的出生日期是1924年1月15日。当然这不是真的，我们每年八月节给他过生日。出于好奇，我打开了智能手机，又有了惊人发现。1924年是甲子鼠年。我愣了一下，再看父亲身份证，没错，那上面是父亲。只是，父亲属虎。如果万年历不错的话，父亲应该出生在1926年，那年才是丙寅虎年。

这是我出来之前的一个小插曲,拿起手机想打个电话,却发现没有听我掰扯的人。岁月流过经年,我不知道还有谁对这个感兴趣。就像掉进了时光隧道,一下让人变得哭的力气都没有。

有人擦着路边的栏杆走。起初我以为是个动物,凭常识,高速上不可能有行人。距离越来越近,我才发现是个流浪者。头戴一顶巴拿马帽,长长的头发披到了肩上。一根木棍前后各挑一个袋子,都鼓鼓囊囊。也许是源于长途跋涉,他的腿严重地成O字形,他坚忍不拔往前走,每一步都似在踉跄。出于好奇我减缓了车速,居然听到了他在唱:

> 欲演慈祥仁爱君
>
> 旧事重提也伤神
>
> 满目干戈哭国破
>
> 一身云水叹无痕
>
> 天心有意绝贤主
>
> 蛰龙迹渺海天深
>
> 破衲头遁迹空门今古恨
>
> 苦坏了避难逃灾皇帝建文
>
> ……

虽然他也会唱大鼓,但我知道他不是父亲。父亲不会走在路上,他一定是在云层里穿行,身边往来的都是鸟儿。

原载《收获》2022年第6期

点评

尹学芸在这篇作品中塑造了一个独特的父亲形象,这位父亲与以往文学作品中常常出现的作为家庭顶梁柱的父亲形象不同,而是一

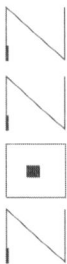

个与时代、与家庭与日常生活总是存在疏离感的一位父亲。父亲热爱艺术，会唱大鼓，有艺术天分，然而，这些特质品质与日常生活之间存在隔膜甚至是背离，于整个家庭的建设而言，并无太多益处。因此，父亲在乡邻之间、在家庭之中总是处于被轻视的弱势地位。父亲的意外消失让"我"重新开始对父亲的性格、人生进行审视，在不断地寻找父亲的路上，"我"越来越理解了父亲的种种看似反常的举动。父亲其实一直活在自己的价值观念和生活逻辑中，他并非对于子女没有大爱，并非对于家庭没有担当，只是他的这些情感总是以非常态的形式显现。包括父亲的消失，也是他去追寻理想生活的一种方式，尽管生死未卜，但这一行为是沿着他自己的生命逻辑做出的。在现实生活中，其实不乏类似于父亲这样性格的人物存在，能否被周围的人尤其是家庭之内的人理解就变得至关重要。小说中的父亲一生都活在周围人的误解和嘲笑中，但他最终获得了"我"的理解，这无疑是一个令人欣慰的结局。

（崔庆蕾）

弯道超车 /

／张学东

一

路程将过半，骤然扯起一股子狂风，那风卷如陀螺状，自远而近旋得好生邪性，阵风足有七八级强，一味地忽东忽西无头无脑只顾到处混掀乱撞，颇像一群酩酊烂醉的酒徒，所到之处搞得天地似要逆转，不知拍碎了多少无辜的门窗玻璃，掀翻了路边多少架巨幅广告牌，卷走了多少瓦片和铝塑棚板，这么狂飙了一通，动静委实式大，似乎对苍生难以交代，才勉为其难地丢下一阵可怜巴巴的黄泥点子，美其名曰春雨——眼下即便是色拉油也没有春雨这般金贵——只好让漫天的尘埃沙砾挟着微乎其微的降水，击打在倒霉的车顶上，竟也砰砰作响了。顷刻之间，公路上的车辆，一个个都跟从泥坑里爬出来似的，泥头土脑，如丧考妣，好不晦气。驾驶员只顾可劲地喷射着蓝兮兮的玻璃水，胶皮雨刮子神经质地来来回回摆动，仿佛不是在刮玻璃，而是刮在粗粝的砂锅底上，吱吱，嘎嘎，磨得人耳根疼。好不容易刮出扇子面大小的一片视线，前方顺着公路的方向，忽地闪出一个较大弧度的弯道，司机便瞅准时机，猛踩一脚油门，快速向内圈里变道，这样应该可以轻而易举地超过很多辆车了。哪知前车肉得荒唐，关键时刻竟一下趴了窝，该死，司机再想收住刹车为时已晚，车头就结结实实顶上前车的屁股，咣啷一下，惊愕未消，不料自己的车尾也被后来者重撞了一记，司机整个上身毫无防备地往前猛冲，侥幸被安全带揪住，人才不至于飞出窗外。即便如是，司机的前额和鼻梁都狠狠磕到方向盘上，一串红血跟开香槟酒似的，喷喷薄薄蹿冒出来，血腥味立刻加剧了疼痛，叫人泪奔，忍不住骂娘。

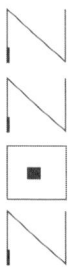

哎呀，奚老师……您要不要紧呀？一直静坐在后排的魏雅丽惶惶地发问，显然，刚才那两下猛烈撞击，她已感同身受了，所幸她是坐在驾驶员后方位置，仅仅是脑瓜磕在了前排的座椅靠背上，属于软着陆并无大碍，可年轻女人已变颜变色，大惊小怪起来。——哇，都流血了！奚老师，您的鼻子碰破了，流了好多血呵……年轻女性接连释放出比现实更惶恐的气息，霎时之间，恐惧便像传染病似的，在车厢内弥漫开来，好像老师的伤势已严重到不可救药的地步。奚鸣久下意识地抬起一只手背，象征性地揩了一把上嘴唇，果然，他那只有些苍白文弱的手背上，立刻红出一种境界，叫身后的女学生看了，愈发胆战。魏雅丽慌不迭地从自己背包里摸出纸巾包，胡乱扯出几片，探着细长柔软的身子，递到那只血糊糊的手掌上。奚鸣久便有些粗鲁地抓过纸片，迅疾地拭着鼻孔和嘴角，血还在淌，似乎刚才的猛烈震荡，促使鼻腔内里的所有管道突然爆破，最后，他只好将那纸团了团，随手捏成条状，一个劲往鼻孔里塞戳，由于用力太猛，竟戳痛了腔壁，他疼得咧嘴嗷嗷两声，真想咒谁骂谁，真想逮住什么东西狂砸一番解气，但考虑到魏雅丽就坐在车上，到底隐忍作罢了，一个完全失态的导师，会让学生怎么看呢？

她可是自己一手带了三年的研究生，也是此届学生里最好使唤的一个，关键是性格温和做事勤勉，领悟力极高，废话又少，说任劳任怨也不为过，因此他手里的两个国家级选题都拉她参与进来，平时除了上课时间，她确实都在帮他整理资料、起草论文，当然主要思路由他出，她只是按照他的提纲先搭架子做粗轮廓，细部的问题再慢慢由他补充润色完善。皆为这个缘由，这两年除了正常授课，他的一切校外学术活动都会拉上她一同参加。这种时候，她会临时充当他的一个贴身私人秘书，替他联络协调，帮他打理诸多琐事。再者，他的讲座多半为即兴发挥不带稿子的。他固执地认为，一切书面发言都是可疑的，一个搞学术的人，随时随地都可能产生新的思想，那就好比电光火花一般，写在纸上的东西未免僵化死板缺乏创新。但这样的思想火花也会转瞬即逝，所以，魏雅丽随行要做的就是，始终陪同在现场，随时记录导师的那些重要言论，或思想火花。当然，这姑娘的电脑速记本领超强，她那灵巧细嫩的女性手指，犹如技艺高超的钢琴演奏家，敲击键盘时简直让人眼花缭乱，这也是他看好她的一个原因。通常他开车带着她，他会一路开一路讲，信马由缰，她则坐在旁边，不时地点头并细细做着笔记，这也每每激发他的灵感，说起话来总有点行云流水的架势。不久前，在国内某核心学术刊物上，他发表的那篇有关课题的阶段性成果，正是在这样的情形下鼓捣出来的。所谓处处留心皆学问，当年周游列国的孔夫子，其一生最重要的思想言论，都是日常跟自己的学生随口讲出来的，被细心的颜回做了记录，真正的学问家并非大家想象中的那么深奥难懂，他们更善于深入浅出信手拈来。

今天的行程也不例外，前期的事宜都是魏雅丽在帮着做，他此行的任务有二，一是给下面一个二级学会的成立和挂牌剪彩揭幕，二是为与会者做一场精彩生动的学术讲座。其实，他起初是不太乐意的，一则这个山区地级市的学院多年前有他的本科授课点，过去他几乎每逢周末都要下去跑一趟，该校教学环境实在简陋，桌椅板凳总是吱吱扭扭乱响，而且连台像样的投影仪都没有，简直像个贫困的乡村中学；二则这里一个主管教学的副院长是个不学无术的家伙，老眨着一双贼兮兮的三角眼，见人下意识佝着虾米腰，说话前毫无缘由地吸口气憋在喉头像个烟鬼，满身猥琐相，关键是言语粗鄙，满嘴只会跑火车，最擅长的学术唯有溜须拍马顺风接屁，他打骨子里瞧不起这种浅薄之辈，可他又深知，如今各个学院里不都充斥着这样的人物吗？高校去行政化的文件不知转发了几箩筐，可一切只是聋子的耳朵形同虚设，最终还不是外行管理内行，占着茅坑不拉屎，小人永远得志，沐猴而冠……这些他都习以为常了，好在这几年他一心带研究生做课题，没有那么强烈的升迁欲望，说心里话，他是不太适合当官的。这回出行还是魏雅丽最终说动了他，据说她的一个亲叔伯今年刚调入这个山区地级市学院任了专职书记，于是便通过侄女的这层特殊关系，希望他这个省城的大专家能拨冗前来传经送宝。奚鸣久思虑再三，觉得不好驳学生的面子，毕竟这两年她替导师做了大量扎实细致的工作，于情于理都该去应付一下。好在活动安排在周末，不会冲突到正常的教学时间，权当是利用周末两日出门散散心了。

塞入纸团的鼻孔勉强止了血。刚才，你没事吧？奚鸣久瓮着鼻音说话，声音模模糊糊，嘴上像蒙着片塑料膜，但魏雅丽还是听到了，连忙冲老师摇摇头，说，奚老师我没事……咱们跟人家追尾了吧？她的口气还是那么张皇失措。奚鸣久不再吱声，自个推开车门，一只手捂着鼻孔，表情痛苦地钻出车外。连同自己在内的三辆肇事车，都停在一个较大的弯道

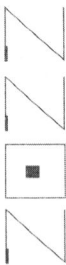

上，他的车头保险杠有一端脱落了下来，就像过冬的破棉帽似的，耷拉下一只耳遮子，对方车倒是安然无恙，他追上的是一辆银灰色半新不旧的货车，车厢堆满了破旧的冰箱床垫家具之类，此车底盘高些，车厢又都是铁家伙，很经得起撞。再扭过身去瞧车尾，情况也不很糟，只是被撞出两个拳头深的坑，对方是辆花里胡哨的越野车，挂牌照的位置顶上他的车屁股，那车仅仅是蓝底牌照瘪出个弧度。倒霉，喝凉水都塞牙缝！这时，前后两辆车的车主也都纷纷跳下来，黑着脸仔细查看着各自的车况，一高一矮，一壮一瘦，奚鸣久还没跟他俩开口，魏雅丽却把扎着干练马尾的脑袋从车窗伸出来喊道，奚老师，学院那边来电话了，他们都在宾馆等着呢，问咱们什么时候能到，说是等着给您接风洗尘。

　　奚鸣久使劲清了清腥涩的嗓子，又很用力地朝路边吐了一口，落地竟是红红的一坨。矮个农民工模样的货车司机，从里到外邋里邋遢颇像个土行孙，一个劲拿脏黑的大手，摸弄着奚鸣久车头那几乎要脱落下来的保险杠，嘴里跟做梦似的咕哝道，不关我事啊，真的，不关我事啊，都怪这破车的离合器不尿行，动不动就熄火……我也是给人家打工的，身上可没啥钱啊！说着，竟把两只裤兜的内里一同掏了出来给他展示。最可气的是，追了他车尾的越野车司机，这家伙人高马大，乜斜着三角眼，摆出一副强词夺理的嘴脸，喂，我说你到底会不会开车，脑子短路呢，眼珠往哪瞅呢，一准是跟车上的小姑娘打情骂俏吧，真他妈害人害己。说着，就拿色眯眯的眼光往魏雅丽那边逗摸。秀才遇上匪，占理也无理，连环追尾这事能怪哪一个人吗？若是前面的货车不趴窝，他也不会睁眼撞上去，有心理论一番，可实在没有多余时间耗在这里，要知道活动主办方正在催呢。奚鸣久明白，想让这俩家伙拿钱修车比杀了他们还难，反正自己的车保的是全险，就掏出手机拨通保险公司电话。

　　汽车再跑起来，就显得有些焦躁，间或能听到一串不太和谐的噪音，或许是车头那块被撞伤的保险杠在不住呻吟。魏雅丽心里很有些忐忑和内疚，这事若不是她从中一个劲说和，老师根本不会驱车前往，也就不至于摊上这倒霉事了。想到这，她忙压低声音自责说，老师，都怪我自己多事，早知如此，真不该答应叔伯那边……她话刚说了一半，手机复又唱起歌来，这回是她那个当书记的叔伯亲自打来的，问她奚专家饮食方面有什么偏好，平时都爱喝点什么酒，她想问问老师，可又怕打扰了他开车，就说，老师口味应该偏甜淡，不怎么吃辣椒，对了他好像最爱吃桂花糯米藕，至于酒嘛，喝点儿红的应该可以。电话那边，叔伯雷厉风行，已经开始吩咐服务员下单了，电话声音嘈杂，间或还能听到嬉笑声，看来陪客们早都到齐了，围在一旁随声附和呢。

紧赶慢赶，当然还是迟到了，可俗语又讲，贵宾必晚至，似乎是恰到好处。魏雅丽的叔伯早率领一干人等，眼巴巴垂手侍立于宾馆旋转门两侧，好在天光已黑尽，借着夜色掩映，轿车的那副落魄相并未叫人察觉，奚鸣久一下车，大伙便众星捧月般将他团团围拢，十几双肥肥瘦瘦的手，都迫不及待伸过来，抓住他可劲地摇晃，晃得右臂都有些酸麻了。魏雅丽趁机去前台办了入住手续，听服务员说，早在昨日便给预留了最好的豪华套房和标间。魏叔伯满脸堆笑道，那先请奚专家上房间放行李，擦把脸，然后请去二楼的群贤居用餐。奚鸣久求之不得，他的鼻孔里堵满了腥乎乎的血痂，得赶紧去清理一下，一路上他觉得呼吸都很困难。

房间大得超乎了想象。他环视一周，便把随身的背包往沙发上胡乱一扔，一头扎进洗浴间，水龙头开至最大，奔放的水流声中，将脸部完全浸入水池，鼻孔被清水持续一冲，干涸的乌血就汩汩地洇染开来，霎时间，那洁白的面盆便红得惊悚了。追尾这种事他遇到过一两次，均无甚大碍，但今天还是有些严重，毕竟见血了，血尽管来自身体，可一流出来，就有些险恶不祥的味道。他顺手提起镀银手柄释放了污水，下水管咕噜噜叫着，像是竭力吞噬这一池不祥的血水和灾祸。眼前，那面古典的鹅蛋形大镂花铜镜中，浮现出一张湿淋淋的中年男人的脸，睿智和方正中，带着几分中国文人特有的柔弱与不羁，看着竟有几分不真实。他尽量凑近镜面细细审视，鼻梁正中果然有小拇指甲盖大小的淤青，他左右对照端详，还好表皮并未破损，不然明天的讲座上，那么多双眼睛盯着究竟不雅，师者表也，破了相又众目睽睽，怎么说也有辱斯文。他想着，顺手拉过雪白蓬松的干毛巾，轻轻拭掉脸上那一层密集的水珠。

这时，来自裤兜的一股力量将大腿面震得直发麻，以为电话是魏雅丽在催他下楼用餐，看时却是赵婉。他一皱眉，又把手机款款搁下，任由它在茶几的玻璃面上嗡嗡隆隆振颤移动。这个女人总是习惯小题大做，针眼大的事，常常要吵上天去。有时，他真为自己的这场婚姻感到几分悲

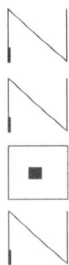

哀，跟赵婉的结合，恐怕是他此生最大的谬误，说句掏心窝的话，当初他真的是没有怎么爱上赵婉，可谁让人家是系主任的千金呢。他当年刚分配到这所大学的中文系，浮萍似的一个年轻人，一点儿根基都没有。亏得系主任视他为同门弟子，他俩确属北方师大毕业的，也许就是基于这样的一层相隔甚远的师承关系，赵主任从不把他当外人，上班时嘘寒问暖，下了班偶尔还喊他到家里吃顿便饭。他呢，倒也嘴甜手勤，去了就巴巴地钻进厨房剥葱剥蒜，管主任的老婆唤作师母，脏活累活抢着干，一来二去，这两口子就中意上他了。关键是，他们膝下有个独生女，天生不是那种读书的料，见了文字就嚷头痛，亏了爹妈在高校工作，高考下来便仗着老脸，在校办工厂给她谋了差事，据说在那个几十人的印刷厂里，她倒是颇能干的，加之为人也泼辣，没多久还就混成个兵头将尾。时不时地，师母会在奚鸣久耳边多唠叨几句女儿的事，说这丫头不知随了谁，倒不像教师家庭的孩子，更像个五大三粗的贫下中农。又说，她手里没个大学文凭，将来迟早怕要吃亏的，有心让她报个自考夜大什么的，她死活听不进大人的劝。这话让他记住了，老觉得主任两口子那么优待他，理应替人家分分忧愁才是。于是，下一回再去主任家，便怀揣了一项使命，没事尽量跟赵婉多搭讪多交流，厂里忙不忙啦，工作累不累啦，车间有多少个人啦，你当主任人家服气不服气……要想当好领导啊，知识结构很重要，将来一定是知识决定命运的，诸如此类。慢慢地，滴水穿石，春风化雨，彼此又属同龄人，异性又总会相吸，赵婉竟被他说动了心，答应要是他肯来家里帮助补习，她或许可以考虑学个自考什么的。后来发生的一切顺理成章，他就成了赵婉的义务辅导员，每周见面次数基本固定，她的闺房成了间小教室，孤男寡女老趴在一张写字台前，耳鬓厮磨久矣，加之主任两口子又从中挤眉弄眼穿针引线。有时，他们故意把两个年轻人单独留在家中，有时呢，又搞两张电影票，说是让他俩上街去换换脑子。寒来暑往，终于，他就做了赵主任家的女婿。尽管这段婚姻不是他想要的，可后来他还是因此获得了许多实惠，赵主任确实没有亏待他，进修深造的宝贵机会给他争取上了，读完硕士还不满三十岁，他又在核心期刊发表了两篇很有分量的论文，副教授职称也顺利解决了，还当上了系里的一个研究组组长，再后来赵主任退二线，老头又私下里去找领导说情，算是举贤不避亲，肥水不流外人田吧，先给女婿任了代理系主任，没过两年就破格转正了，再后来适逢高校合并风潮，他们系鸟枪换炮，新成立了人文学院，不过这次他可没有当上一把手，只任了个教学副院长，倒是一个从外校合并过来的大腹便便的家伙成了新领导，大伙也是道听途说，人家在厅里可是有好大背景的哟。老丈人给他打气，说他还年轻，以后机会还有的是。

是魏雅丽摁响了门铃。奚老师，这是给您的，晚上睡觉前喷一喷，能消肿，很管用的。原来是一管云南白药喷剂，他迟疑地伸手去接药瓶的时候，魏雅丽的眼睛还紧紧盯着他的鼻梁看呢，好像那里真的给撞塌了似的。她看上去还有些上气不接下气的样子，他就猜到，她刚跑出去帮他买药了。他满口称谢，说其实根本没什么大碍，魏雅丽更是一脸的愧相，好像她真是罪魁祸首一般忐忑难安。他呢只得回身，先把药瓶放茶几上，便拔出电源插槽里的房卡，跟魏雅丽一起朝电梯口走去。

魏雅丽这个年纪的女孩总是香甜曼妙，让人不由得想到浪漫的春天和盛开的花儿，全不像妻子总是油腻腻的。说心里话，他现在越来越不想回那个家，越来越不愿去面对赵婉，就连刚才她的电话他也懒得去接听，即便接了，他好歹连两句话也插不进去，妻子的嘴巴比机关枪火力还猛，不分青红皂白，上来先是一通狂扫滥射，怨他整天不操心家里的事，怨儿子这不好那不好，好像孩子是他们从垃圾箱里捡来的，怨她命苦整天管了老的又要顾及小的。儿子读高三，大考迫在眉睫，不幸的是孩子似乎遗传了不良的基因，爱上网打游戏，搞女朋友也很拿手，就是死活不爱学习，让他复习功课比杀了他还难。赵婉管儿子管得那叫一个阶级斗争，儿子见了她跟老鼠见猫似的，娘俩三句话没讲够准戗起来，每回一吵，赵婉先就失去理智，完全毁掉了做母亲的样子，把她过去在校办工厂当车间主任的那套全抖搂出来，一点不讲方式方法，粗鲁蛮横的封建家长作风，儿子索性来个反锁房门，塞上耳机，整晚不再搭理她。这种时候，他若在家，她必来向他求援，说，你别成天就知道看书看书看书，也管管你儿子好不好，他要是考不上大学，到时候我看你这个大教授的脸往哪搁？问题是，他若有板有眼摆事实讲道理，跟儿子摆一顿龙门阵，她又压根瞧不上眼，还会在一旁阴阳怪气，哼，我看你纯粹是对牛弹琴，你这当老子的，就该给他点颜色瞧瞧。这种情况下呢，他也只能摇头无语，间或发两声苦笑。刚才赵婉的电话，十之八九又为儿子那点儿破事，他不学习、又玩手机、蹲在

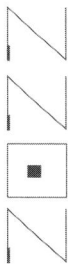

厕所老半天不出来……好像这一切，都是他这个当父亲暗中指使的，因此他明智而果断地选择不接，接了不知又要生出多少闲气。

很多时候，越是此类山区小地方，宴请场面越是搞得热烈而又烦琐。尤其是，当大伙把你奉为一个光鲜人物的时候，所有的奉承寒暄斟酒布菜，就会齐头并进成倍而来，往往让客人应接不暇招架无力，说白了奚鸣久毕竟是久居象牙塔里的教书先生，对于这种觥筹交错的场面，应酬起来未免显得局促。魏雅丽的叔伯属于那类很健谈的地方小官员，甭看他天生模样有些清瘦，骨子里却透着十分的精明和老练，其余的陪客多半是他院里的得力下属，个个习惯于点头哈腰谄笑可掬。另有几位则是魏叔伯的莫逆之交，那些恭维之词多半是通过这些人的嘴巴，不失时机又恰到好处地传递过来。魏叔伯紧挨着主宾席位，他既掌控全局，又很善于见缝插针，每道菜品上桌，他必然要不厌其烦地替奚鸣久挑这夹那，并头头是道地介绍菜肴的烹制方法和营养价值，给人一种平日极善养生的美食家印象。主人还要一再提议，今晚机会纯属千载难逢，大伙要好好敬一敬从省城请来的大专家。又说，咱们这个地方水浅洼小，能把奚院长这样的贵宾请来实属三生有幸，这次也让咱们的学院和即将成立的学会沾一沾大师的光彩。奚鸣久本来就不胜酒力，这阵早已涨红了脸面，他忙起身打断魏叔伯的话，说，领导实在是谬赞了，吓死我也不敢妄称什么大师，我不过是在教学一线多混了几个年头，实在是见识浅薄，学术不精，还望大家多多包涵，多多担待啊。

魏叔伯笑盈盈地接过话头，继续无原则地漫谈下去。奚专家为人真是太谦虚了，我老早就听说呀，光你亲自主持过的国家级课题，怕是就有十几个吧，而且，你本人还是咱省里重点学科带头人，像你这么年轻有为，又这么低调的正教授，恐怕我们全省也挑不出几个。这番言辞又引得大伙一阵唏嘘咋舌，于是乎，都又轮着番儿围拢过来，毕恭毕敬地给他敬酒，表达仰慕之情。坐在奚鸣久对面下首位置的一位陪客，也应景地提起了那篇《人文学科不应放弃知识分子的精神高度》，说奚教授的这篇大作，他先后拜读了不下十遍，每每温习总有醍醐灌顶般的大彻大悟。至此，席间便又引发了众人的一场激情洋溢的大讨论。

那篇文章发表于新千年之初，当时奚鸣久的论文方向是研究"五四"以来知识分子的重要著述和他们的信件回忆录等，胡适之、傅斯年、鲁迅以及后来从西南联大涌现出的像穆旦等一批文人，他们个个都堪称民族的脊梁，那个时代战乱频仍朝不保夕，知识分子经常流离失所，却产生了对我们这个民族至今都影响深远的人文精神，正如鲁迅先生在其诗里所言"铁肩担道义，妙手著文章"。奚鸣久当年正在北京读研，也算血气方刚，一篇洋洋洒洒的文章诞生了，矛头直指当代人文学科普遍缺乏精神高度的问题，论文发表后反响强烈，尤其得到了北方师大那个著名导师的褒奖。他的导师绝对属于那种不苟言笑的老学究，对于在读硕士发表论文基本持反对态度，但那次却破天荒地对他表示赞赏："……一旦功利主义的色彩，涂满了人文学科领域的每一面墙壁上，我们的所有研究不过是在趋名逐利，未来，它将给整个学科领域乃至社会注入一种懒洋洋混生活的精神毒剂……小奚你这个观点确实新颖而有力，你的文章恰好一针见血地指出了我们面临的这种困境，实在是难能可贵后生可畏也！"

现在，已然微醺中的奚鸣久，听到众人七嘴八舌发表恭维之词，心里忽然有种说不出的感觉。十多年前，那个喜欢埋头钻研，成天瞎琢磨的年轻人，竟让他有些自惭形秽，那时的他做梦都想着学成归来，干一番大事业，如今他虽说也是小有成就生活安逸，可说心里话，他一点儿也不喜欢现在的自己，或者说，跟自己文章里所倡导的那种人文精神相比，他简直就是在苟延残喘，浪费时间和生命，所谓的课题研究和重点项目，不过是仗着过去的成绩单，觍着一张老脸混饭吃罢了，平心而论，这些年他做过的所有课题，没有一个是他自己称心满意的，也没有一个是他真正喜欢去做的，说到底，不过是为了动辄几万、几十万元的科研经费瞎忙乎。有钱能使鬼推磨，不会挣钱的教授不是好商人，难怪学生们私下里管自己的导师统统唤作老板，类似的铜臭味可以说充斥着高校的种种学科领域，他知道自己早就完蛋了，再也写不出那么有血性有气魄有真知灼见的好文章了。

酒足饭饱，腿脚便有些摇摆不稳了。魏叔伯还一个劲客套着，实在是没有把省城请来的大专家陪好，还请奚教授多多海涵。魏雅丽心细如发，觉得不能再让老师这样混喝下去了，而且自己理应护送他回房间去，她是生怕老师半路再摔上一跤，磕着碰着了不妙。魏雅丽很有些过意不去，连连说都怪叔伯他们胡乱劝酒，她事先明明交代过的，奚老师不大能喝酒，

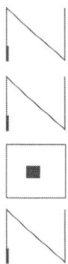

可他们居然还上好几瓶五粮液。奚鸣久垂头眯眼不以为然。他的身子不受控制般地直往下出溜，她忙凑上去撑住了他。

　　奚鸣久确实醉意愈浓，脚底下一如捣蒜，步子跟跟跄跄。魏雅丽将老师连拖带拽地弄进了房间。奚鸣久几乎软绵绵地仰面倒在了宽大雪白的双人床上，嘴角跟黑猩猩似的，调皮地往上翻翘着，嘟嘟囔囔，眼神虚迷，神情荒诞，似乎已丧失了全部意识。魏雅丽本来打算出门走人，可转念一想，觉得很有必要烧点开水，怎么也该给老师沏杯浓茶，好让他解解酒劲。于是，她又钻进卫生间，稀里哗啦清洗不锈钢水壶，她听网上传说，宾馆里的烧水壶最是恶心，一些心术不端的家伙，居然会把它当夜壶用，想到这些，她觉得自己就要吐了，因此洗涮得格外卖力。

　　恰在这时，门铃叮咚叮咚响了起来，魏雅丽稍一怔，心想这么晚了怎么还有人打扰，她犹豫的工夫，门铃再度不耐烦地嚷叫起来，她想或许是客房服务员也说不定，就径自去拉开房门。一个约莫五十岁光景相貌平平的矮胖男子，天生一张泛着青铜色的圆脸盘，皮肤却是疙疙瘩瘩的，极像放久了的青橘子皮，神情多少有些鬼祟，手里拎着个花里胡哨的手提袋，来人几乎是贴着房门站立的。对方看见魏雅丽的时候，显然有点儿惊讶，因为开门的不是奚教授本人，而是一个年轻貌美的大姑娘，一时间那张橘子皮脸急剧变化着，能看出来他的犹疑不定和惊讶，要不要立刻掉头走开，但最后他还是探头探脑地，竭力向房间内张望了一下，奚鸣久的一只脚就胡乱耷拉在床尾。

　　这时，魏雅丽已经开口问话了，您好，是找奚教授的吧？来人这才收回猎奇的长脖颈，重新站立端正，同时又堆出一副唯唯诺诺的笑脸道，对，对，其实也没啥要紧事，我正好给奚教授带了点土特产，不成敬意得很，要是不方便的话，我就不进去了。魏雅丽迅速扫了一眼，是只鼓鼓囊囊的塑料手提袋，上面印着一个搔首弄姿的外国女模特，应该是女士内衣类的包装袋，心里顿时觉得有些滑稽可笑。原来是这样呀，不过，奚教授已经躺下了，今天他喝得有点多了。魏雅丽淡淡地说，内心实在有些讨厌这位不速之客，关键是这个家伙让她觉得有些不舒服，女性的直觉告诉她，此人深夜造访，一定是有所企图的，深更半夜拎着个花里胡哨的袋子敲人家的房门，亏他想得出来！魏雅丽想到这，忙又补充道，太晚了，不方便，要不明天吧，您还是当面交给他最好。

　　拎袋子的男人很有些大失所望，但并不急于马上撤退，眼珠子有些狡黠地来回转动着，一张青橘子皮脸上的笑容弄得更加可怜兮兮，那些疙里疙瘩的小麻点儿，好像皆要撑破老皮，钻出来集体抗议似的。那您看……这样行不，东西请无论如何先收下，我可是老早就拎来了，只是一直没有合适的时机。说着，他把袋子放在地上，又敏捷地从里面翻腾出一个透明的浅绿色文稿袋，能看出来那里面装着厚厚一摞子打印稿。……这是我这两年写的一篇论文，这回好不容易得见奚教授本人，我是真心恳请他能抽出空来，给我些指导，哪怕只是帮着随便看看……对方终于吭吭哧哧地将来意表达了。

　　果然不出所料，魏雅丽倒也不觉得很奇怪，这两年她跟随老师鞍前马后，类似的情况并不鲜见，一则奚鸣久长期担任这一领域职称评审库的专家评委，同时又是学院那家公开出版发行的学刊编委会主任，有很多人都想通过他来推荐发表论文。魏雅丽有些为难地回头朝房间扫了一眼，老师被酒精折磨得昏昏沉沉，这种时候想弄醒他肯定没戏，再说那也太无理了，要知道老师休息不好，会直接影响明天的活动和讲座。未等她做出最后的决定，青橘子皮脸却趁机丢下手提袋，几乎是头也不回地快速跑开了。魏雅丽反应过来忙追出几步，她连声朝对方的背影喂喂叫着，但已于事无补，那人几乎以落荒而逃的速度，眨眼便消失在走廊尽头了。无奈之下，她只好咕哝两声，不情愿地将那手提袋拎回房间里，之后悉心沏好了茶水，搁在床头柜上。

　　翌日清晨，师生二人在酒店的西餐厅共进早餐。魏雅丽关切地瞅了瞅奚鸣久的鼻梁，虽然那个小红印子隐约可见，可明显没有昨天那么刺眼了。她又探身问坐在餐桌对面的奚鸣久，昨晚有人给老师送礼物，我放在写字台上了，您看到了吧？奚鸣久刚好把一只剥好的茶叶蛋塞进嘴里，听她这样问，就鼓着腮帮子回答，我还正纳闷呢，怎么睡了一觉，多出个奇怪的袋子，以为是你落下的呢。魏雅丽便想到了那个搔首弄姿的女模特头像，于是忙做了个鬼脸，表情不无诡秘地解释，她原本也是想拒绝的，可那人太执拗了，竟扔下东西跑了，老师你说滑稽不滑稽？奚鸣久又问，那人没说他是谁，或者，留了什么话吗？魏雅丽这才把来客的作为原原本本学了一遍，奚鸣久听罢有些不屑地摇了摇头，说以后但凡遇到这种事，

最好的办法是让他们赶紧拎上东西走人。我哪有那么多闲工夫，再说，这种人的文章根本不值得去看，不过是苟延残喘胡诌八扯而已。魏雅丽不无赞同地点点头，我猜也是，尤其是那个人，给人一种非常浮夸非常猥琐的印象，尤其他那张麻不拉唧的绿脸，看着叫人心里怪发毛的。奚鸣久抻着脖子咽下最后一口鸡蛋，然后端起冒着热气的牛奶杯，连着喝了几大口，才说，见怪不怪其怪自败，咱们这个学科到处都是这种人，要笔杆子没有笔杆子，要嘴头子没有嘴头子，整天就惦记着怎么拉关系跑门路，他们的论文多半都是网上荡下来拼凑出来的，有几次我去参加省上的专家评审会，看到的所谓论文，简直就是一堆垃圾。

上午的活动安排得紧凑有序，作为重要嘉宾的奚鸣久，从身着旗袍个头高挑的礼仪小姐手里，接过一把崭新黑亮的剪刀，和身为该院领导的魏叔伯联手为二级学会剪彩揭幕，那块蒙着鲜艳红绸布的金字牌匾一经掀开，在场的人顿时欢呼雀跃起来，跟事先彩排过一样。这纯粹是一个形式，象征性远远大于实际意义，至于震耳欲聋的锣鼓声、迫击炮式的礼炮声，倒是货真价实的，那些升腾在半空中的灰色烟雾久久不散，有一瞬间，竟然翳蔽了早晨灿烂的朝阳，使得这个专科学院和在场者都蒙上一片淡淡的阴云。魏叔伯在随后慷慨激昂的致辞中，至少三次提到了奚鸣久的大名，无非是说他如何关心本院二级学会的筹备事宜，如何不辞辛苦亲临现场指导，云云。短暂的剪彩仪式结束后，大伙鱼贯入场，三百人的报告厅倒也座无虚席。奚鸣久登台后才注意到，除了头两排是在职老师模样的观众之外，后面坐的皆是在校学生，那些大孩子一早就让他们从宿舍的被窝里提溜起来，此刻依旧睡意蒙眬哈欠连天，奚鸣久觉得这些学生还真有点儿可怜，丰富的夜生活和虚拟的网络世界，把学生们造就成夜晚不休白天不醒的一代，周六让起大早，实在是难为他们了。他忽然想起一句话来：无端地占用别人的时间，等同于图财害命。所以，在接下来的讲座中，他尽量节约时间，完全抛开了之前拟定的那个题目，而是剑走偏锋，大谈特谈昨天傍晚汽车追尾的事情。他突然提高声音讲，大伙恐怕还不知道吧，我可是冒着生命危险，前来出席这场重大活动的！就在昨天来的路上，遇到一个很大的弯道，我当时也是赶路心切，很想超过前面的货车，因为它的车厢里装得满满当当很挡视线，当我看到前方有弯道时，便以为机会来了，我想利用弯道迅速超越前面的货车，可我的车技太差了，我高估了自己，加上天公也不作美，飞沙走石的，所以就稀里糊涂跟人家追尾了，而后面的越野车，也穷追不舍地追了我的尾，可谓腹背受敌啊，我当时的感觉糟透了，但我只能认栽，这纯属咎由自取，谁让我学艺不精，还心存侥幸呢。

这番完全出乎所有人意料的开场白，首先引起了在座大学生们的兴趣，他们一个个像在听好玩的脱口秀似的，突然爆发出阵阵掌声，以至于那些软塌塌地趴在桌上昏昏欲睡的孩子，又都挣扎着挺直了腰板，原本有些死气沉沉的会场，气氛竟然空前活跃起来。于是，奚鸣久清了清嗓子，接着阐述他自己的观点：大家可能都知道"弯道超车"这个说法吧，我想除非你的车里藏了足量的海洛因，或者你严重超速并且还酒驾，警察可能随时会抓住你，让你吃几天牢饭，不然的话，你干吗想要在弯道超一次车、冒一次险呢？总结别人的经验，吸取失败的教训，尽量少走些弯路，我们做学问也是如此。但在更多的情形下，我认为"弯道超车"是个伪命题，它具有很强的诱惑力，可往往也成了投机取巧的代名词。经验告诉我们，弯道超车时一定要在特定时间内想方设法走直线，因为两点之间直线线段最短，所有的车都想在同一时间，利用那个内圈最奇缺的短路线，也就是实现理想化的直线行驶。其实，这样一来，你就把别人逼迫到外圈更长的弧线上，让别人无可奈何去走曲线，难道人家没长脑子，还是比你更蠢吗？不，只要在路上，只要还想前进，谁都不甘示弱，谁都想跑得更快、想更节约时间，但很多时候实践却证明，弯道超车其实是行不通的，搞不好就会车毁人亡！大伙一定在电视节目里看过非常刺激的F1汽车方程赛吧？危险和灾难多数时候都出现在弯道处，那种惨痛的代价屡见不鲜。说到底，我们做学问搞研究也是一样的，其实这个行当真的没有什么捷径可走，除了踏踏实实埋头苦心钻研之外，假如你总想着超越别人，最好还能踩着什么人的肩膀上去，我想只有一种人的肩膀，是乐见你去踩的，那就是我们的前辈学者，尤其是那些真正经得起时间检验的大师们……

毫无疑问，在所有的听众里，魏雅丽依旧是听得最专注的一个，同时她在笔记本电脑里，手指轻快地记录下奚鸣久的讲话内容。有时，她真觉得十根手指简直不够用，导师的每一次即兴讲座都那么精彩，今天更是发挥得淋漓尽致，"弯道超车"她还是头一回听老师讲，联想到昨天追尾的情形，让她这个当事者依然心有余悸。不过，她真的非常佩服奚老师这

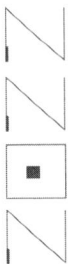

种融会贯通举一反三的能力，哪怕是生活中极寻常的一件小事，到了奚老师的思想里，就会变得深刻起来。

二

西北的初夏，总是说来就来没有过渡，一来便毫不容情地置春天于死地。校园里那些没日没夜开着的各色花儿，忽然间匿了踪影，剩下的只有云朵或毛团似的柳絮和杨花儿，恼人地在操场在道旁在人脚背上飘来滚去，还不到六月，天气就热得一塌糊涂。每年这个时间段，奚鸣久会尽量减少外出活动，集中精力在学校忙乎一阵子，主要来应付毕业生的论文答辩，学校自打跻身211系列之后，本科连续几年不断扩招，研究生也在逐年增加。古代叫招贤纳士，广聚天下英才，多多益善。可现在的扩招完全不是那么回事，学校有学校的考量，最主要的动机还是经济利益，因为上级教育部门的投入不够，下面的学校就得八仙过海各显神通，美其名曰搞创收，于是想方设法办些巧立名目的特色班来赚钱。学校扩张后招进的学生越多，收入的各项费用也就越多，学校的日子也就越好过，这好比医院收的病人越多，床位越不够用，效益才会越好。奚鸣久过去每届能带十来个研究生就很了不起了，如今门槛降低了，已然要突破四十人了，而且还在逐年上升，他有时真的感到奇怪，社会真的需要那么多研究生吗？又有多少个领域，值得这些初出茅庐的孩子去搞研究呢？与招生规模不断扩大形成鲜明对比的倒是，学生的社会就业率始终低迷，仅他带过的两届研究生来说，几年前毕业的至今还高不成低不就在社会上漂着呢。他们院里毕业的一个很优秀的本科生，在某家知名国企干了不到两年，又一门心思回炉来当他的研究生弟子了，用学生自己的话说，与其整天给别人打工看老板脸色，挣那点可怜巴巴的毫无尊严的小钱，还真不如待在学校里，再读几年研究生自在快活呢。

奚鸣久兼任学部论文答辩委员会的主任，委员会一共七名工作人员，包括两个正教授、三个副教授，另外还有两名得力的助教，工作量不小，论文得提前逐篇审读，预设好答辩题目，现场提问要有针对性和可操作性，题目太难学生会吃不消，过于简单会让人觉得导师水平太次，过关率是早就确定好的，现场打分只是个手续问题，每届都会有那么几个倒霉蛋，当然最主要的指标，还是要看论文质量，现场面试和作答仅仅作为一个参考，至于那些从网上胡乱下载写得驴唇不对马嘴的，或者，干脆连最起码的论点论据都搞不清楚的，基本上可以一票否决。每年等盲审阶段一过，奚鸣久会提前把他负责的本科生论文交给魏雅丽，让她先认认真真过一遍，一来可以锻炼她的评判水平，二来也算是替自己的导师分分忧。最后，魏雅丽再把她自己觉得不错的论文提交给导师，由他一一审阅定夺。至于那些连魏雅丽都读不下去的狗屁文章，奚鸣久就完全不必再浪费宝贵时间了。答辩会基本上都安排在五月的最后一周，然后学部还要召开专门会议，研究确定优秀论文的档次，并根据学业和研究水平授予学位等，这两项工作对于奚鸣久来说不过是按部就班，但对于那些即将走上社会的应届毕业生来说，却意义重大，所以，校领导就很重视论文答辩情况，非要开几次动员会什么的，苦口婆心地提醒各位论文指导老师，一定要督促毕业生高度重视认真撰写一丝不苟。当然，这种时候，难免有托关系找熟人的，人情这东西不论到哪里都是避不开的，这也是我们最大的国情，有时一天能收到十几条类似的短信：某某学生参加毕业答辩，其论文题目是什么，请奚院长多多关照。关系较好的，奚鸣久一般会给回复两个字：明白。明白的意思是，事情他知晓了，但并不做任何保证，除非论文写得还过得去，他也希望对方能明白自己的处境，学校的要求是：一视同仁，公开透明。现在的情况往往是，每个年轻人都想尽快找条捷径，可问题是那样一来必然会有人吃亏，照顾了你就意味着要忽略别人，毕业论文虽说还不能称作什么学术成果，可他也不想搞得怨声载道，至少要做到相对公正吧。

今年这阵子非要说有什么特别的，那就是由奚鸣久亲自指导的一篇本科论文，不幸被教育部门抽到了，上面一次又一次提出修改意见，什么论点不够精练不够突出，什么论据过于浮泛和苍白，更可气的是，等把这些问题基本上消灭掉了，那些人又鸡蛋里挑骨头，指出这篇论文的结构有严重的缺陷，意思是需要重新谋篇布局。说良心话，奚鸣久觉得这篇文章立意还是相当不错的，算是这届本科毕业生里较出色的一篇，可他挡不住人家吹毛求疵步步紧逼的眼光，只好陪着那个倒霉蛋学生，一遍遍修改完善。这样审来审去，改来改去，他倒没有说什么呢，本科生自己就快崩溃了，整日唉声叹气，活活把自己弄成个小老头样，哭丧着脸说，怎么点儿

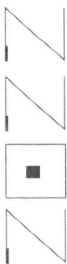

这么背啊，偏偏抽上了他的，还说再这样改下去，准得吐血啊。奚鸣久心里也颇多怨言，对于这种论文抽查制度他也无可奈何，没被抽上的师生欢天喜地，被抽上的就自认倒霉吧，他能做的就是尽可能帮那学生渡过难关，好让对方赶紧拿证走人。有天深夜两点，本科生给他发信息，说只要导师能让他的论文通过，让他掏多少钱都愿意，言外之意是自己实在改不动了，最好能由导师亲自代笔。奚鸣久哭笑不得，只回复了对方一个"囧"字表情。他深知世上有些东西是无法替代的，比如，自己的儿子也正在艰难地备战高考，这更是一座陡峭凶险的独木桥，千军万马都得打这里掩杀而过，你若冲不过去，只能听天由命了，而他这个当父亲的，同样也是爱莫能助。

其实，早在几年前，他就看到这一步了，儿子注定不是学习的料，他自己给辅导过，家教也请过几拨，课外补习班也上过不老少，所有能想到的招数都尝试遍了，最终儿子依然故我，好成绩永远跟他无缘，倒是硬生生把儿子跟老婆的关系弄得像乌眼鸡，见了面就相互乱掐，在赵婉无休止的埋怨声中，儿子的模拟成绩不进反退，令人担忧。他们学院有些老师的孩子，初中一毕业就送到国外去了，说是去留洋深造，其实说白了就是考不上高中，只好花大价钱打发出国。他不是没有动过这个念头，只是每次一提到出国的事，赵婉就摆出一张臭脸，瞪着双杏核眼跟他戗，你疯了，出哪门子国？就他那点水平连中文都没搞定，还想出国？再说咱们哪来那么多钱，一年二十万，去偷去抢啊，要不干脆把我卖了吧！

有一晚，他趁赵婉出门跟以前的工友聚会，便悄悄主动钻进儿子的房间。儿子已然被老婆搞得条件反射草木皆兵，所以对他也全无好声气，痛苦地皱着小眉头，眼皮都懒得抬一下，长着好几颗顽固粉刺的小脸上，挂满了抵触而不屑的阴云，那感觉真是极不耐烦。奚鸣久还没来得及张口，儿子就送给他当头一棒：拜托了，老爸，好不容易她今晚不在家，你就不能让我耳根子稍微清净那么一会会儿？他心里比谁都清楚，儿子的感受是真实贴切的，巴不得他妈天天都不回家才好呢，孩子的学习劲头，也许就是在赵婉长年累月的唠叨声中消失殆尽的，他真的不能，也不想再给自己的孩子任何压力了。他搞教育多年，深知逆反心理的破坏性，可有些话他不能不说，也不得不说，因此，接下来他几乎有些死皮赖脸，这绝对不是他奚鸣久的风格。他很不知趣地往儿子身旁的床沿一坐，然后，故作深情地将一只大手搭在儿子的肩膀上，儿子立马逆反地扭了一下身体。他尽量让自己的语调低沉稳妥慈爱，说出的话不夹带一丁点火气，也没有任何一丝居高临下的味道。

其实呀，爸爸很清楚你现在的处境，我绝不想给你什么压力，说白了学习只是个过程，考大学也不是唯一的出路，这些年你妈跟你说得太多太多了，以至于爸爸总觉得对你无话可说，可你毕竟是我儿子，我是个大学教授不假，你要是考不上大学，我也许会难过，但这一点都不影响我们父子之间的关系，因为爸爸很清楚，眼下大学里也不都是人才，恰恰相反，有时混日子的蠢材似乎也不在少数。儿子听到这里，那只原本僵硬的肩膀竟有了些应和的微动，在奚鸣久的轻微摩挲下松弛多了，儿子甚至把那张阴郁的小脸慢慢侧向了身后的父亲。奚鸣久盯着那张有些桀骜和叛逆的青春脸庞接着说，今天我最想说的是，你其实已经是个男子汉了，你想不想考大学，或者，你今后想做其他任何事情都可以，因为终有一天你要离开我们，或者，我和你妈也会离开你的，你唯一需要想明白的事，就是你将来怎样去生活，而且，这生活完全不是为了我和你妈高兴，仅仅是，让你自己感到满意就好。那晚的谈话到此为止，应该说做到了言简意赅意味深长，他确实不想长篇大论，因为说多了定会适得其反，他只想在不刺激到儿子的前提下，适时地敲醒他。儿子始终没有插话或打断他，作为父亲他觉得儿子应该是听进去了，至少没有当面反驳什么，这已是难能可贵了。

好景不长，就在奚鸣久外出汽车追尾当晚，适逢儿子的生日，赵婉特意给儿子多做了两道拿手菜，还精心地下了一碗长寿面。赵婉说，这是你高考前的最后一个生日，咱们一定得好好过，今天吹蜡烛前，你一定要好好许个心愿，给妈考个好学校……本来过生日就过生日，可赵婉一说到考学啦复习啦加油啦，就跟打了鸡血似的，没完没了牵三扯四。儿子赌气，一个人抱着蛋糕猛吃，等赵婉从厨房端出最后一道菜，儿子却抹抹嘴说他已经吃饱了，至于那十八根象征着年岁的彩色蜡烛，都被儿子随手丢进垃圾篓里。那晚后面的情形也就可想而知。

答辩会的最后一场，奚鸣久还没有离开会议室，有个陌生男人径自找到学院里来。那个人后背蹭着黑色铁艺栏杆，就站在外面的走廊里，肩上斜挎着一个土里土气的皮包，黑色的漆面已磨得不成样子了，隐约透出内里的粗粝的皮革，看上去，它像是转战南北至少背了半个世纪；天气虽然

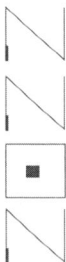

已经很热了，可男人身上依旧捂着件深咖色皱皱巴巴的西服外套，给人一种规范得有些迂腐、滑稽得简直可笑的印象。奚鸣久一走出来，那人立刻踊跃小跑，三两步冲到他面前，没等奚鸣久伸出手臂，对方早已自来熟地探过身子，弓弯着虾米腰，一把抓住了他的手。对方的那双手汗津津的，接触后有种很不清洁的黏湿感。奚教授，您好，您好，啊呀呀，今儿可算是见到您真神了！男人一迭声地寒暄，口气卑微而夸张，尤其是那张疙里疙瘩的青橘子皮脸，霎时间挤出既兴奋又幸运的谄笑。奚鸣久有些丈二和尚摸不着头脑，他不觉得自己认识对方，想了几想，确实一点儿印象也没有，或许只是某个学生的家长。对不起——您是？青橘子皮脸男人听他这样发问，马上接过话头说，上次，就是今年四月初，您不是上我们二级学会那边剪过一个彩，那天我可是认认真真听完了您的讲座，哎呀怎么讲呢，实在是三生有幸啊，奚教授您讲得实在太精彩了，说句掏心窝子的话，我这辈子还从没听过那么好的讲座，真是胜读十年书啊……

至此，奚鸣久依旧一头雾水，不过他倒是想到那晚盛情的酒宴，自己实在是喝得有点儿高了，或许这人也是其中的陪客之一，只不过印象模糊，于是面带微笑地冲对方点点头，又直截了当地问他来学校有何贵干。青橘子皮脸男人的灿烂笑容突然僵了那么一下，仿佛受了寒霜洗劫的茄子，光泽度顷刻间不复存在，但他还是让自己眯缝着眼睛，尽量保持某种笑的可能，嘴角嗫嚅着，又像是被奚鸣久不冷不热的两次发问，打蒙了头脑而无所适从。如此迟疑了片刻，他终于像是鼓足了全部的勇气道，您可真是贵人多忘事哟，那个装土特产的纸袋，您还记得吧？那是我专门送给您的一点土特产聊表心意，里面有我写的文章，那晚可都让放在您休息的宾馆房间里啦。奚鸣久皱着眉头，思忖了半晌，依稀仿佛记得魏雅丽跟他提过此事，但问题是那个袋子到底放在哪里鬼才晓得，也许当时被他丢在宾馆房间里，也许后来让什么人顺手拿走了，总之，他是一点儿也记不起来对方送过他什么东西。哦，是这样啊……他迟缓而含糊地应了一声，表情多少变得有些冷淡起来。对方立刻抓住他的这一有效回应，竟有些急不可耐地问道，那么我的文章，不知奚专家过目过没有……不怕您笑话，这一个来月啊，我是吃不香睡不着，一直眼巴巴在等您的消息呢，那稿子的最后一页，我特意留了联系方式，您知道像我这样的年纪，上有老下有小，工作又贼忙，想抽空写点东西，太不容易了，所以啊，我做梦都想听听奚专家的高见，希望能得到您的批评和指导，这对我来说那简直是……

不必再听这人啰唆下去，奚鸣久完全明白对方的意图。几年前，由他们主办的学刊被评定为核心期刊，每年出版四期，每期最多能容纳二十篇文章，这里面包括省内外的博士硕士论文，还有本系统教师和社科领域的文职人员，为了评职称、晋级、聘期考核、申报项目和奖项，也都需要在上面发表一两篇论文，现在编辑部积压下的稿件，恐怕再过两年也发不完，他心知肚明，所有这一切其实都是学术GDP惹的祸。在这个神奇的体制下，人人两眼都盯着核心和论文，很多时候他简直感到茫然，好像学术一抓一大把，什么样的人都可以搞出点名堂来，可他再清楚不过，学刊发表的东西，十之八九都是生存的需要，都是利益的砝码，唯独跟学术成果丝毫不沾边儿。偶尔他去参加学刊的编委会，那里的两名编辑非常苦恼，总跟他嚷嚷说，关系稿太多了，整天都是托人说情的电话和短信，现在不光是一个拼爹时代，更是一个拼名校、拼导师、拼核心的时代。此时此刻，他稍加思忖道，真是抱歉得很，最近一直忙于学生论文答辩，你说的文章我确实还没来得及看，如果没有别的事，我还要进去继续开会，大伙都在等我，不好意思，就请您自便吧。

这天下班后，奚鸣久快走到家门口时，老远便听见赵婉那副尖锐刺耳的大嗓门了。答辩这种事虽说只是走走过场，可也得一个学生一个学生过，程序是死板的，人往那里一坐就是一整天，好不容易可以回去休息休息，没想到家里又搞得乌烟瘴气的。他一时无可奈何，硬着头皮去敲门，估计赵婉正在气头上，压根听不见他的声音，她一吵起来就像一门机关炮，哒哒哒哒，只顾自己发射得痛快。他犹犹豫豫在裤兜里摸钥匙，除了几片纸巾什么也没有，这才想起来钥匙应该落在办公室里了，刚才会议结束有些晚了，他是直接走回家的。这倒让他感到几分侥幸，此刻若进去正好撞在枪口上，赵婉必定又牵三挂四地寻他的不是。他侧耳凑近猫眼处探听，老婆正在吵，儿子还在叫，奚鸣久不由得长叹了口气，他扭头径直往楼下走去，眼不见心不烦，他实在没有那么多精力跟那娘俩干耗着。哪知他闷着头刚走出楼道几步，迎面正碰上那个斜挎旧皮包的中年男人，很明显对方也许正打算来家中造访。男人冲他龇了龇牙，那张青橘子皮脸上的笑很有些勉为其难，但还是尽可能让它们努力绽放。真巧啊奚教授，我

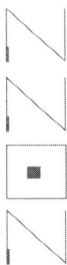

正发愁不知该去哪找您呢。奚鸣久听见对方这样的说话方式，心里顿时有种疙疙瘩瘩的感觉，显然下午在走廊里自己的答复他并不满意，于是又一路逶迤寻上门来继续纠缠。不好意思，我这阵临时有个急事，需要出去一趟，那件事回头再谈……这次不等他把话说尽，青橘子皮脸倒是手疾眼快，连忙拉开胸前那个皮挎包的拉链，然后把一沓子还没来得及装订好的打印稿取出来，感觉双手像捧着一卷神圣的经书，径直呈到他面前。奚专家，我知道您日理万机的，我刚才抽空跑到学校外面，又重新打印了一份，这样您可以拿回家抽空帮我看看了。奚鸣久的脸色多少有些不自然，因为从对方的眼神和举动中能看出来，这人大概已经明白他弄丢了上次的稿子，所以才赶着去打印了，这阵又急急忙忙送到家里来，一旦别人把你的内心看透了，那你的面子也就成问题了。

奚鸣久迟疑地盯着那摞雪白的稿纸，像盯着一件极不祥的物件，大概有几秒钟时间都无动于衷，更没有伸出手去接的意思。刚才，我不是跟你说得很清楚了吗？最近学院一直忙答辩的事，有太多学生的论文需要审读，即便我想给你看，那恐怕也得等到放暑假以后了，至少最近真的一点儿空也挤不出来，所以，还是请你先回去吧。他觉得自己必须快刀斩乱麻，否则，这个家伙一定不会轻易放过他的。青橘子皮脸依旧双手端着那摞稿子，像极了电视剧里捧着一摞子奏折，脸色阴晴不定的秉笔大太监，但他一点儿也没有退却的意思，反而是以守为攻步步紧逼。奚专家，反正东西已经打出来了，还是麻烦您给收下好不好，就算给我个面子吧。对方的语气既可怜巴巴又不依不饶。

奚鸣久突然恼了，他完全有理由断定，这种人又赖又难缠，他们根本不可能把精力都用在撰写论文这件事上，他们最擅长的就是托关系找门路像个社会活动家，他们笃信只要有熟人就能开后门，说到底这就是当前学术腐败的症结所在，什么板凳须坐十年冷，什么为天地立心、为生民立命、为往圣继绝学，在他们这里全都是瞎扯淡，只要有捷径可走，谁还愿意下苦功夫呢。就连眼前这个跟自己八竿子都打不着的人，仅仅因为半夜三更冒冒失失去宾馆送过一次什么土特产，就固执地认为，他奚鸣久必须马上帮他看文章，最好能第一时间在学刊上推荐发表出来，这简直是白日做梦，他绝对不能惯他们这种坏毛病，否则，那将是对自己人格的侮辱。脑筋转到这里，奚鸣久几乎毫不留情地转过身逃走了，把那个难缠的推销员独自丢在身后。那一刻，他忽然体会到几分悲哀，这可是在自己的家门口，他竟然有种落荒而逃的错觉。事实上，这一个下午他都在逃避类似的纠缠，在答辩会之前，他连续接过几个熟人或朋友的来电，包括魏雅丽的那个叔伯，无外乎需要他照顾某某学生，他尽量婉转措辞，说能帮上的话一定，其实他并不太想那样做，他脑海中不时会浮现出弯道超车的惊魂一刻。

　　黄昏时分，大学校园里算是最热闹的时候，林荫道上青年男女熙来攘往勾肩搭背，篮球场排球场人影攒动，不时会传来乒乒乓乓的击球声，更远处的绿茵场上，正在进行一场院系间的足球对抗赛，啦啦队扯着嗓子为某某学院摇旗呐喊，只要远离教室和那些难啃的书本，这些年轻人浑身都有使不完的力气。自打工作以后，奚鸣久一直没有离开过校园，最先住的是教工单身宿舍，就是那种呆头呆脑的简易筒子楼，后来结婚恰好赶上福利分房的末班车，加之岳父一家算是大学里的老人，私下里给总务处房管科头头送去两瓶好酒和一条云烟，将近八十平方米的楼房就顺顺当当分给了他们小两口。这套三室一厅的房子，现在看起来格局小了些，赵婉总是嚷嚷着说要换房子，说她身边的谁谁又在哪个新楼盘买了一百好几十平方米的大房子，说她都不好意思跟别人说，自己还蜷缩在学校的鸽子笼里。奚鸣久不以为然，他觉得学校的房子是小了点儿，可工作起来方便，再说学校还有很多福利可以享受，比如免费的图书馆，比如每天可以去开水房打开水，随时去职工澡堂洗澡，平时懒了累了不想做饭，也可以直接去吃食堂。想到食堂，他的肚子还真有点儿饿了，既然不愿意回家面对老婆孩子，干脆去混食堂吧，于是，他就近钻进运动场区对面的学生饭堂。前来吃饭的学生稀稀拉拉，现在的孩子有非常丰富的夜生活，大学周边的烧烤店量贩式KTV以及万达广场层出不穷，足够年轻人释放充裕过剩的荷尔蒙，所以但凡有些经济实力的，都不愿意一日三餐死守着学生饭堂。他的餐盘里点了两素一荤，外加一份米饭，一碗免费蛋花汤，找个安静些的角落坐下来吃，尽量避开学生的目光。说心里话，食堂的饭菜味同嚼蜡，西芹炒百合像是用开水煮的，所谓百合稀碎得难以寻觅；红烧茄子，几乎就是炸面块和番茄汁汇在一起，红兮兮的很像某种动物的血块；更可笑的是鱼香肉丝，尽是胡萝卜丝青椒丝和笋丝，鬼知道金贵的肉丝躲到哪里去了。

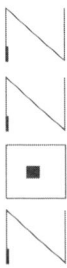

他正皱着眉头扒拉饭菜，有人径直朝这边走过来。奚老师，您怎么也吃食堂呀？魏雅丽放下不锈钢餐盘，款款在他对面坐了。不会是下基层调研，想体验一下我们的学生伙食吧？魏雅丽不无俏皮地冲他笑着。奚鸣久又想到刚才那档子事，便问她还记不记得送土特产的那个人。魏雅丽停下筷子想想，说，不就是那个想让老师帮忙发表论文的人吗？不过他给人的印象，不大像是做学问的样子，倒更像一个十足的投机分子。奚鸣久点头称是，又问，那个什么土特产，我怎么一点印象也没有？魏雅丽撇了撇嘴，老师是不是忙糊涂了，那天咱们从叔伯那边赶回来，不是直接去了4S店吗？您当时整理汽车后备厢，好像顺手把那个袋子，就是人家给你的土特产，给了那个负责修车的师傅了，您还说请人家尽快把车弄好，我看那个小师傅拿了礼物，乐得屁颠颠的，当即承诺说，翻过天一准让您把车满意地开回家。奚鸣久不无恍然地张了张嘴，一时无语。难怪自己对那篇论文毫无印象，准是连带土特产一并给了4S店的师傅了。心里多少有些不自在了，毕竟算是接受了礼品，却没能帮人家什么忙，联想到下午自己的态度，似乎是有些过分了。但当着自己学生的面，他可没有说漏嘴，那样魏雅丽又会怎么想呢？

三

高考成绩发榜了，儿子居然上了二本线，居然，还富余了那么零点五分，简直可说是超常发挥，这是奚鸣久他们美梦里也梦不到的。可夫妻两个的好心情并没能维持多久，随着填报志愿的事情，家里很快就出现了新的危机，勉强上线并不等于进了二本的保险箱，恰恰相反，零点五分的微弱优势几乎等于零，换句话说，要想上一所稍微像样点儿的本科学校，简直势比登天。眼下最好的办法是退而求其次，尽量去选报专科学校，可是那些专科学校基本上没有什么好专业可选的，动不动冠以潍坊、淮阴、自贡、泰州、江门之类的某某学院名称，几乎听都没听过，让做家长的觉得那么陌生和不靠谱，就像是一堆野鸡大学，夫妻两个闷着头选来挑去，几乎找不出一个称心如意的，他们又开始唉声叹气，又开始怨天尤人，甚至开始相互指责。儿子倒像个置身事外的旁观者，往往在父母闹嚷得不可开交时，猛不丁塞进一句：我说你俩烦不烦，上什么大学还不都一样，不就是个过程吗？随便选一家就行了，又不指望在那里待上一辈子。奚鸣久觉得，儿子说的也不是全无道理，便很耐心地问他倾向于哪所学校。儿子胸有成竹，马上爽快地回答道，要是真的让我选，就报杭州的那家动漫学院吧！未等奚鸣久表态，赵婉早已杏眼圆翻道，放屁！你小子胡扯啥呢，去学什么小孩子家家的动画？上那样不靠谱的学校，将来找工作的时候，人家怎么看你？奚鸣久生怕娘俩饧起来没完，忙从裤兜掏出一百元，觉得少了点，便又加了一张赶紧塞给儿子，花钱买个消停吧，他实在是要被这娘俩吵晕了。儿子当即穿戴停当，欢天喜地吹着口哨出门。

哪知儿子前脚下楼，赵婉又神经质地猛拍一把自己的窄脑门，说都怪那个坏蛋，把大人给气糊涂了，差点忘了一件大事。说着，她眼珠瞪得溜圆，整个人跟打了鸡血似的质问奚鸣久，喂，你难道一点都不知情吗？咱们学校不是跟南都科大联合搞了个委培项目吗？就是把过了分数线的子弟先招进咱们自己的学校，然后可以直接去南都科大念书，将来的毕业文凭上，同时加盖两所大学的公章。奚鸣久当然清楚这个所谓的委培项目，说白了，人家那就是教育对口帮扶这个西北小地方的。可那也不是谁想去就能去的，首先高考分数得相对过得去，其次是名额非常有限，要知道学校很多老师，都拿一双黑眼珠子死死盯着呢，就拿奚鸣久他们学院来说，就有一把手的千金，还有两名副教授的孩子，可谓狼多肉少。之前，他之所以对此事一直持淡漠的态度，因为他一直觉得，以儿子的现状大抵是没什么戏的，他实在犯不着跟别人争抢什么。此刻，赵婉的提醒倒也让他眼前多少亮了一下，但也就是一下，很快那希望之光就变得异常暗淡，几近于黑暗了。所以，他不无泄气地说，这件事人家八辈子前就下手了，咱们临时才想着去抱这只佛脚，恐怕黄花菜都凉了。赵婉却不以为然，试都不试，你怎么知道呢？反正，咱儿子既然过了分数线，你又是正教授和副院长，学校领导总得考虑一下吧？奚鸣久思忖了一会儿，说，据我所知，仅就我们院来讲，今年好几个子女都参加了高考，而且人家的分数都比咱们儿子高出一些，这第一关怕都过不了，又何必多费口舌呢。赵婉听了顿时火气就蹿到了眉毛梢上，你怎么那么窝囊，这可是咱儿子一辈子的大事，绝对不能随随便便说放弃，难道你真的由着儿子的性子，去念什么狗屁动漫？他一时被怼得无语了，这种时候，他知道自己浑身是口，也辩不过老婆的，在她的一厢情愿和蛮不讲理的强弓硬弩之下，他只能甘拜下风。赵

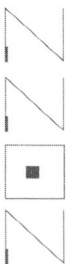

婉早已急匆匆跑进卧室，窸窸窣窣更换出门的衣服了，他听见女人在隔壁冲他发出最后一道指令，喂，我的大院长同志，别光在书房傻坐着了，赶紧打两个电话吧，先找人咨询一下，看看那个项目具体进展到什么程度了。最后一语倒是提醒了他，问一问当然还是可以的。

然而，不问还好，几个电话打下来，奚鸣久真就一点脾气也没有了，其实这也是他预料中的局面。今年南都科大只给学校调剂了三个名额，严重的僧多粥少，简直可以说不够塞牙缝的。关键是，学校负责此事的那个处长反复强调说，一个名额基本已经内定，只余留两个公开选拔，而现在候选的应届子弟考生竟然多达二十五个，这还不包括奚鸣久的儿子。赵婉听了他的转述，气不打一处来，她翻动白眼球愤愤地说，还有没有王法了，既然是三个名额，就应该按照规定公平选拔，凭什么让那些不要脸的先私下里占去一个？奚鸣久摇头苦笑道，世上哪有那么多公平的事，这不是明摆着的吗，领导也是人，是人就有子女亲友需要照顾，再说这个扶持项目，本来就是校方的头头们出面谈下来的，人家关键时候分一杯羹，应该没什么大错吧，所以我说咱们还是抱平常心，看开些吧，当务之急，还是给儿子把志愿填好为妥。赵婉一面狠狠咬了咬下嘴唇，一面使劲发狠说，不行，咱们不能便宜了那帮家伙，我现在就找我爸去，再让老爷子那边也使使劲，他毕竟是学校的老人，他们不看鱼情，总得看看水情吧。奚鸣久很不以为然，说老爷子都退下来这么多年了，何苦又去麻烦他呢？再说人去茶凉，现今谁还能把他老人家放在眼里呢，没的自取其辱。赵婉双手卡着腰继续坚持己见，你懂什么，瘦死的骆驼比马大，咱们总不能坐在这里干等吧。就在出门前一秒，她又强扭过脸来嘱咐他，要好好动动脑子，别只会坐在家里袖手旁观。奚鸣久很腻味地点了一下头。

书房里一旦安静下来，奚鸣久的思绪便又漫漶起来。他不禁又记起去年的暑期，儿子待在家里无所事事，又死活不肯去老婆安排的那些乱七八糟的辅导班，正好他们院里有一个出差的机会，他临时决定带着儿子去趟北京。那次爷俩乘兴游览了一番北京的名胜古迹之后，他就把儿子带到了自己曾经读书的那所大学。正值假期，校园里空空荡荡的，看到最多的就是一群群鸟雀，在操场和绿地上饶有兴趣地跳来跳去，活像一个个小丑在随性表演。学校规模变大了，当年上课的那幢教学楼也做了很大的改进和装修，外表贴上了深咖色的墙面砖，显示出一种既庄重又浓郁的学院气。后来的参观多少有些浮皮潦草，不过儿子始终陪伴着他，从一楼走到了五楼，甚至走到了他当初待过几年的那间教室门口，隔着玻璃窗，朝里面观望了一阵，他记得很清楚，过去墙上贴着许多名人警句，比如就有周总理的"为中华之崛起而读书"，还有什么"书籍是人类进步的阶梯"啦，"时间就是金钱，知识就是力量"啦，诸如此类。现在这些东西统统不见影了，他想，或许时代真的变了，这些思想也跟着一块过时了。后来，爷俩坐上了回家的飞机，用餐的时候，儿子像是很不经意地，咕哝着腮帮子道，其实老爸你们学校挺酷的，我将来要是能上这样一所大学，就好了。那一刻，他竟忽然有几分感动，就为儿子这句话。他和赵婉结婚，并且把这个鲜活的生命带到这个世界上来，现在儿子终于长大了，完全不像老婆常说的那样，儿子不知道饭香屁臭，恰恰相反，这个少年分明已经有了自己的判断和选择。儿女自有儿女的福，做家长的可不能包办一切，他总是这样告诫自己，关键时候父母只要对孩子稍加引导便足矣。

魏雅丽的电话突如其来，奚鸣久一接听便感觉到哪里不对劲，电话那头的女学生竟带着很重的哭腔：奚老师……这阵方便吗……您最好能过来一趟……电话就此唐突地挂断了，女学生不安焦灼甚至是痛苦的话音，分明还在耳边久久回旋。他从来没听过魏雅丽这样跟自己讲话，这个姑娘给他的印象总是淡定和优雅的，正如她自己的名字那样。估计是遇到什么麻烦了，电话里又不便讲，或者，她遭到某个男生的骚扰，到了他们这种年纪，交朋友搞对象再正常不过，同居一室的也不在少数，偶尔出现一些偏激的情况也在所难免。就说上个学期吧，他们院里便有一女生想不开，硬是爬到十层高的教学主楼的顶上寻死觅活，后来经多方劝阻营救总算没出大事。据说，跟该女生谈了近三年的男朋友，一朝有了新欢，便一去不回头了，问题是那新欢的颜值并不高，可重要的是，人家的父母都很有背景，将来他们可以让那个男生留在省城，并且有份体面的工作……奚鸣久这样胡乱想着，早已经快速下楼，大步流星地穿过家属区，然后径直朝着魏雅丽所住的那栋研究生公寓走去。

周六下午的学生公寓门口，显得冷冷清清，除了几排摆放歪斜的破旧自行车，很少有什么学生来回走动，连传达室也锁门闭窗，估计那个守门人兼搞卫生的妇女，又去澡堂开心地洗浴了。奚鸣久一口气爬上楼去，五

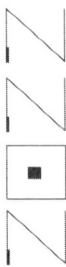

楼走廊尽头最后一间寝室，之前他来过两次，一次是院里有急事电话联系不到魏雅丽，还有一回是魏雅丽请了病假，作为导师他特意拎了一袋水果前来探望。此刻刚一敲门，里面马上传来一个尖细而紧张的声音：谁呀？奚鸣久应声说是他，房门才被谨小慎微地从里面拉开一道缝隙，女学生的脸上挂满了惊惶和无助，更让他感到吃惊的是，寝室的地板上白花花一片A4纸，给人一种触目惊心的印象。这到底是怎么了？奚鸣久诧异地发问时，脑子里忽然滑过一片阴影，潜意识里似乎已经猜出了八九分。他盯着遍地的打印文稿，又抬眼瞧瞧那张受到惊吓而显得十分苍白的女生的脸。那个人疯了！他……他……话刚出口，魏雅丽的脸颊莫名地红了一下，竟欲言又止。他是谁？他到底对你干了什么？你快说呀！奚鸣久嘴里这样急切地发问，心里已愈发地分明了，不用问一定是关于那篇狗屁论文的事，也许他最清楚不过，那件事并没有完结。

魏雅丽没有立刻回答，而是转过身幽幽地走到靠窗边，然后在自己的床铺沿默默坐下，她顺手从枕畔抓过一包心相印牌纸巾，抽出几张很用力地擤鼻子，女生发出那种呜噜呜噜极不和谐的响音，让人心里很不舒服。……我不知道，他是怎么找到这里的，他进门就质问我，到底有没有把那个袋子交给奚老师，他还说他……他……知道我和你的事……我刚才确实很生气，我说请你不要血口喷人，奚教授可不是那样的人，哪知他突然像个神经病狂笑起来，那笑声真够邪恶的，他说你们不要以为谁是傻瓜，你们俩要是没那种事，你一个大姑娘家深更半夜怎么会赖在你老师的房间里……还有，你们学校有几个男老师会陪着女学生一起在食堂里吃饭的。这个家伙一定是疯了，他简直是无理取闹，我真的给气急了，我说你要是再不走，我可要打电话报警了……后来临走前，他居然还厚颜无耻地说，让我务必把这些稿子亲手交给你，他说，请转告你的导师，他必须看我的论文，他答应了别人，不能出尔反尔……我当时根本不想去接他的东西，他一定是恼羞成怒了，猛地一扬手，把这些东西撒了一地……呜呜……

面对女学生稀里哗啦的眼泪，奚鸣久一时间感到束手无策。这个女研究生跟了自己三年时间，她的心性和品行，他基本上还是了解的，她做事一丝不苟，对导师的话可谓言听计从，更重要的是，她确实是一个品学兼优的好学生，她能考取他的研究生就是最好的证明。过去三年来，她至少帮着导师完成了两个重点课题，这里面甚至包括部分论文的起草和校对工作。令他没想到的是，因为自己一时不慎，竟让女学生背了这么大一口黑锅，这实在是让人感到尴尬和懊恼。联想到数日前，他和老婆正忙着陪孩子参加高考，可谓一人冲锋，全家上阵掩护，一刻也不敢懈怠。他在象牙塔待久了，乍一看到成百上千的家长，拥堵在考点外的那个场面，他不由得吃了一惊，高考在那一刻变成了迷阵，变成了黑洞，变成了洪水猛兽，儿子正被一股巨大的蛮力无情吞没。那个橘子皮脸男人忽然给他发了一条短信，询问他的论文有没有下文，他当时焦头烂额，实在没心情搭理这事，后来对方等不及了，干脆又直接打来电话，也被他断然拒绝接听了。冥冥中，他觉得这个男人太难缠，最好的方法还是避而远之为妙。

但是，就在儿子高考的最后一天，那男人的电话又一次次纠缠过来。当时正好在饭桌上，大概是出于女性的直觉，赵婉似乎看出了什么端倪。于是，她很奇怪地瞥了他一眼，你不会是有什么猫腻吧？最近怎么老有电话打来，可你为啥老不接，怕被别人听见，还是你心里有鬼？再不就是你在外面有人了？他觉得老婆又好气又好笑。对，就是的，我在外面有人了。他半开玩笑半赌气地怼了一句。老婆顿时杏眼怒睁像要吃人，竟猛地一下，把手里油腻腻的筷子直戳戳向他的喉咙顶来。你敢！信不信我戳死你？仿佛鬼使神差，这时，那个讨厌的电话又卷土重来。当时，正在气头上的他，也是想作势给这个愚蠢的女人看看，于是他把手机置了免提。他倒要让赵婉听听，究竟是不是他在外面有猫腻了，女人有时候真是世界上最奇怪最不可理喻的动物，她们似乎不用大脑来思考问题，而仅仅是依靠什么狗屁直觉。喂，你到底找谁，有话快说！他几乎恶狠狠地对着自己的手机屏大吼道。显然，电话那头的人愣了几秒，但很快就恢复了造访者的镇定。是我是我，奚教授您可真是贵人多忘事，没别的意思，我就是想问问，那个论文不知您最近看了没？有没有发表的可能？还请您这个大专家多多关照关照。对方的口气始终极尽讨好意味，然而，奚鸣久胸口憋着的怒火再也按捺不住了。关照什么？我已经跟你说过八百遍了，最近我真的很忙很忙，学校的事，学生的事，孩子的事，我哪有片刻闲工夫看你的论文？请你理解一下，好不好？！说完，他毅然决然地把那该死的电话摁掉了。一旁的赵婉大张着嘴，很吃惊地望着他，好像突然间，不认识一向斯

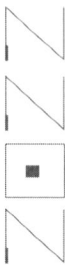

文惯了的丈夫。

真是万万想不到，现在这个厚颜无耻的男人，居然会毫无原则冒冒失失地闯入女学生宿舍里来。更让他没有料到的是，这个卑鄙的家伙居然想要挟一个无辜的大学生来逼他就范，这是怎样的一个世界，他简直不能理解也无法想象。一个知识分子，既可以埋下头去专心致志撰写学术论文，同时，又可以挖空心思不惜使用任何一种卑劣的手段，试图寻找一条所谓的捷径，只为让自己的论文得以快速发表，为此便可以罔顾知识分子的品行和操守。这应该是他执教近二十年来，头一次遇到这么龌龊透顶的事情。恶心而又无耻！这件事表面上看是针对魏雅丽的，而更大程度上是在质疑他这个导师，是对自己师德的践踏。那混蛋简直是一个人渣！不，也许他连人渣都不是，他只是学术领域的一个顽疾和毒瘤，是发展到晚期的癌细胞已无药可救。无耻而又恶心！这种人的存在，只是更清醒地告诉人们，学术领域遭受到了多么可怕的破坏和玷污。对方一定是有备而来的，橘子皮脸男人非常清楚地掌握了他和他的学生的行动轨迹，当初在酒店里，他也许就早有预谋，为什么非得选在深更半夜，鬼鬼祟祟拎着一个装了土特产的袋子跑来敲门，而后又三番五次闯进校园来骚扰和纠缠。可见这个人的内心多么阴暗并且心思缜密。这可以说是一种赤裸裸的野蛮入侵，是可忍孰不可忍，奚鸣久再次严重告诫自己，这件事也许没有那么简单，他可不想束手就擒，自己必须得采取一些必要的措施了。

好半晌，魏雅丽还坐在床沿边默默地抹眼泪，地板上鼻涕纸团扔了好大一摊，他觉得女人总是善于用眼泪来对付这个世界。可这个世界是残酷的，就像有句歌词，莫斯科不相信眼泪。没错！生活从来就不相信什么狗屁眼泪。他一边理智地思忖，一边默默蹲下身去，一片一片把那些打印稿捡拾起来。终于，他在那厚厚的一摞乱七八糟的稿纸中，找到了最后一页，即印有作者简介和电话号码的一页。眼下，他只需拿走这一页就够了，其余的被他胡乱丢在魏雅丽的书桌上。你放心吧，我会尽快处理好这件事的。他尽量让自己冷静地说出这句话。一离开女学生的宿舍，奚鸣久便迫不及待地给橘子皮脸男人拨电话。可恶的是，那个电话号码总是石沉大海一般没有应答。后来千呼万唤总算是接通了，他几乎全身发力劈头盖脸地骂将过去。他深知，对付这样一个无赖，就得使用非常手段，卑鄙是卑鄙者的通行证，跟这种人没有什么话好讲的，就该真刀真枪针针见血，直到把他彻底击溃为止。可是，等他一通怒火发泄得差不多的时候，才从电话那端异常尖锐地传来一个陌生女人的声音。对方已然怒不可遏大嚷大叫起来，喂，你到底找谁？狗东西你打错了吧……蠢货！他唯一能想象的是，电话那头的人在莫名其妙挨了他一通臭骂之后怒火中烧的样子。假如电话线足够爬过来一个人的话，相信对方一定会不顾一切，即便千里万里也要立刻爬过来，然后左右开弓扇他一顿大耳光子，吐他满身口水，直到他哭爹叫娘跪地苦苦求饶为止。他一时泄了气，泄气的原因非常简单，因为当你终于找到了发泄的对象，然后不顾一切地把自己心中的愤懑一股脑地吐出来，老半天，你却发现，你根本找错了对象，甚至连男女都没有分清，你就把你的火焰燃烧到了一个无辜者的身上，并由此招来了无辜者更加有力的火力反扑。

某个瞬间，奚鸣久不禁觉得自己滑稽得有些可笑，就是那种一门心思想要找什么人玩命决斗，而最终只是跟空气进行了一番毫无意义的较量，他根本不及大战风车的堂吉诃德，因为人们总能在对方的身上，看到古代游侠执着而又无畏的精神，而他自己实在是乏善可陈。现在，他终于意识到作为一个知识分子，或者说作为一名大学教授，其实他自己有时候真的是非常无能，也非常虚弱的。换句话说，在课堂上，他奚鸣久天南地北海阔天空无所不知侃侃而谈游刃有余，经常引得满堂彩，他的学生简直要把他当偶像来崇拜了，可是，只要回到家，面对老婆，面对儿子，面对凌乱的一地鸡毛，他总是感到无能为力，感到无比渺小。这种深深的无力感如影随形，让人耿耿于怀，此时此刻，这种糟糕透顶的感觉又油然而生，他仿佛一下子跌入了黑漆漆的万丈深渊，永生永世也爬不上来了。

去他的论文吧，去他的橘子皮脸男人！奚鸣久觉得自己多么像一个无能而又歇斯底里的妇人，突然将那张印了错误电话号码的纸片撕得粉碎，然后奋力抛向了路边的杂草丛中。这一刻，一个知识分子的理智，在雪片一样的纸屑中丧失殆尽。

如同一只困兽，奚鸣久在周末静寂的校园里蒙头蒙脑转来转去，此刻那个混蛋若是正好让他撞个正着，他一定会毫不犹豫地冲上去，就跟刚才撕碎纸片一样把对方撕得粉碎，可现在满目所见皆是灰头土脸的楼宇和没心没肺的草木，这是他执教了多年的大学校园，他一度热爱这份工作和这所校园，他觉得做一名大学教师是他今生最正确的选择，然而此时此刻他

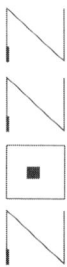

不但讨厌眼中的所有景象，他甚至开始讨厌自己的教师职业，因为教育也许并不能改良人性。启蒙时代的哲学家们曾以为，随着教育的普及和科学技术不断进步，在未来人性一定会得到极大的改善和提高，显然这样的论断太过于乐观了，根本经不起时间的检验，现实中人性黑洞依旧深不见底令人齿寒。这样漫无目的地瞎转悠了一圈，最终他的心又像一面湖水逐渐平复下来。某一瞬间，他甚至又记起胡适先生在文章里说过"年纪越大就越觉得容忍比自由更重要"的话来，当然他无意于同大先生比较，但好歹自己也是个大学教授，不能让一个不相干的混蛋随随便便把自己打败，思之再三他不得不去麻烦另一个人。

可以说，整个事件都是从春天里的那次邀请开始发酵的，真是烧香惹出鬼来，倘若没有那次剪彩和讲座，一切根本不会发生。奚鸣久强压住内心的火气，也仅在电话里简单形容了一下橘子皮男人的相貌，及其纠缠不清的行事风格，当然他压根没好意思提及魏雅丽的事。电话那头，精于世故的魏叔伯迟疑了一会儿，说原来是那个二百五呀，好几年前因为副高职称没给评上，他跟院里领导和系里同事关系闹得很僵，整天不安心工作，就琢磨着四处找人告状，惹得一些主管部门很是头疼，上面责令学校务必把这个人盯紧些，别让他到处乱跑，后来学校经过研究，给了他一个警告处分，还扣了半年的绩效工资，没想到这人脑子好像受到点儿刺激，成天神神道道不务正业，也可能他只是假装成那个样子唬人的，一个眼看奔五的人了，就那么吊儿郎当混日子，学校安排的工作他是今来明不来的，反正只要他不再出去瞎折腾，大伙也就睁一眼闭一眼吧。话虽不多，可奚鸣久已然从魏叔伯的口气中，听出了那种鄙夷不屑和无可奈何，一时反倒让他没了脾气，想想看，你跟一个神经病又有什么好计较的呢？所谓好鞋不踩臭狗屎，况且，他实在是不好意思再跟魏叔伯诉说自己快被折磨疯了，那样一来，人家该怎么看他？你的抗打击能力也太低了点吧，充其量一个不着调的落寞秀才，就让你束手无策几乎发疯？收起电话，奚鸣久心里已经想好了方案，索性买些当地的土特产，再通过邮局寄还给那个橘子皮脸男人也就是了，这叫礼尚往来互不相欠，必要的话，可以留下只字片语，一则对他的信任表示感谢，二则可以委婉地告知，那个论文已经拜读了，限于学刊版面太紧，还请另投他处为妥。事不宜迟，奚鸣久决定马上出门去办。

这天晚上，赵婉一回到家里便以功臣自居，她说办法都是靠人琢磨出来的，活人不该让尿憋死！老婆果然是雷厉风行，儿子的事似乎有了点儿眉目。不用猜，她肯定又软硬兼施鼓动着老爷子，给学校主管那个南都科大对口项目的副校长打了电话，对方曾是老爷子当年一手带出来的本科弟子，在学校师承关系大于天，自己的学生一朝发迹了，做老师的自然也有些体面，对方已口头答应会认真考虑的。赵婉一面高声亮嗓侃侃而谈，一面开始翻箱倒柜，一时间弄得房间里的那些老灰尘不得安宁，后来她总算捂着口鼻干咳着，从吊柜里搜腾出来一个礼品盒来，她又拿抹布将盒子外表仔细擦拭一新，才拿一根手指指着红得耀眼的礼品盒对奚鸣久说，接下来，你这个院长该出马了。

奚鸣久不解地瞥了她一眼，又瞄瞄放在客厅中央的东西，他隐隐记起，这玩意好像是上学期某个学生家长，在教师节那天特意跑来送给他的。今晚就劳驾你拎上它，去那个副校长家走一趟，求人办事嘛，咱们总得先有个姿态吧。奚鸣久腻味地摇头道，这又是干吗？不年不节的，再说，我跟人家素无深交，我可不能……未等言毕，赵婉的一双杏目早已怒视成牛眼，喂，你到底还算不算是个做父亲的？眼看儿子人生走到了最关键的一步，你好意思说自己不去？！奚鸣久沉默了片刻，继续字斟句酌地分辩道，既然人家答应会考虑的，那也得给人家点儿时间不是？我们这样兴师动众连夜造访，恐怕会适得其反。狗屁！你没听过礼多人不怪吗？历朝历代当官的都不打送礼的，人家是副校长，又是你的顶头上司，你去送礼一举两得，说不定往后还能关照你升迁呢。升迁？简直是异想天开，就凭这么一个过了期的二手礼品盒？他嘴里有些不依不饶。奚鸣久，老娘为了儿子的事腿都跑细了，这阵子可没力气跟你浪费唾沫，反正今晚去也得去，不去也得去，你自己掂量着办吧！老婆已气急败坏，忽然将手中湿乎乎的抹布团重重地掷在地上，然后扭头气哼哼跑进了卧室，并反手甩合上房门。

四

奚鸣久虽是主管教学的副院长，但事务性的工作一件也不会少，高校就是这么一种神奇的所在，这里学者不像学者，官员又不像官员，即便是过去苦心孤诣做学问的老师，其最终的追求往往还是落实到一官半职，似

乎教授的名衔听起来总是没有院长那么气派。学校接下来是一个相对漫长的暑假，院里跟赶集似的大大小小开了一堆会，研究本学期遗留下的若干问题，有教学方面的，有人事变动的，有下学期新生入学报到和接待问题及具体的人员安排，甚至还有利用暑假对旧阶梯教室进行一次大规模改造和装修的事宜。好在经过一番鏖战，那个倒霉蛋学生的本科论文总算勉强通关，关键时刻奚鸣久甚至亲自上阵捉刀，这种违背原则的事，他一再告诫自己下不为例，但这次之所以违规操作原因有三：一是不想自己打自己的脸，毕竟那篇论文起初他还是看好的。二来，院里的实际情况是，教授们铆足了劲争着抢着去当导师，或顶破脑袋去抢重点课题，这些项目的确能带来更多的实惠，所谓名利双收，多数老师是很不情愿去带本科学生的，费心出力还不讨好。奚鸣久作为主抓教学的院领导，不能只是在会上唱高调号召大家，他自己这两年也主动带头，至少坚持给一个班的本科生上课，当然他也希望由自己开始，能逐步扭转学校这种不良局面。三是，儿子上大学的事已让人不胜其烦，而赵婉对他的不满情绪更是与日俱增，他必须尽快腾出手来配合家里的琐事。今天的会议才刚开了个头，奚鸣久就被工作人员唤了出来，说会客室里有人正在等他，看样子很着急。随后，他就看见那张令人生厌的青橘子皮脸了。

奇怪的是，这个男人的规模近乎病态地缩小了一圈，整个人呆头呆脑蜷在会客室的灰色沙发上，双手煞有介事地，搂抱着胸前那个同样猥猥琐琐的旧皮包，好像那是一个非常重要的道具，没有导演的指令，他是绝对不会轻易撒手的，一双孤注一掷的眼睛，死鱼般盯着自己的指甲盖，就那么眼观鼻鼻观心，呆坐不动，或胸有成竹地摆出一副可怜相。奚鸣久马上警惕起来，跟遭遇过猎人穷追不舍的兔子般畏首畏尾，又如同碰见骇人的瘟神避之唯恐不及，鲁迅先生杂文里写的"纠缠如毒蛇，执着如怨鬼"的句子瞬间印入脑海，迫使他不得不快速搜索着应对接下来可能出现的尴尬局面的方法。可是，对方却不像头两回见面那样，迫不及待迎上前来握手弯腰寒暄，只是委委顿顿站起来，可腿脚却像是被神奇的黏液吸附住了，半天也没有过来跟奚鸣久握一下手，相反，他一味地那么扭捏局促，以至于竟有些站立不稳，脸上亦不再如先前那样堆出浮夸的谄笑，而是有些阴晴不定，叫人难以捉摸，又或者只是刚被这里的工作人员劈头盖脸剋过，一时半会儿还没有缓过神来，只是暗自委顿和恓惶着。奚鸣久不由得暗自忖度，八成是自己寄去的邮件以及那张简短的字条起了作用，可以说论文让他理由充分地否了，又实属有理有据无懈可击，看来这回这家伙该闭嘴了，他此行的目的，也许仅仅是，为了表达最起码的内疚和感激之情。会客室雪白的墙壁上有一大块日光的金色投影，宽大的玻璃幕墙挡不住外面的灼热暑气，让人气喘吁吁又无精打采。奚鸣久指了指沙发，示意对方还是坐下来说话，他自己也就近在一只单人沙发上跷起了二郎腿。对方始终眼神低垂心事重重，半天，好不容易才在原来的位置落座了，可双手依旧牢牢抱住那只陈旧不堪的黑皮包，仿佛那里装有一笔数目惊人的巨款，这印象反倒让人有些好笑。

奚鸣久刚想单刀直入，若又是为了稿子的事最好免谈，哪知手机却不合时宜地在裤兜里强震起来，掏出来看时，竟是副校长的，最近为给儿子争取上南都科大的名额，包括老岳父在内，他们一家可没少叨扰人家。副校长快人快语开门见山，说贵公子的高考成绩等资料，都已经传到南都科大了，专等人家那边做最终审定了。奚鸣久实在不想当着青橘子皮脸谈论这些，那样的话自己的软肋无疑会被对方洞察，所以他急忙退身来到走廊里听电话，尽可能压低嗓音，感激不尽的话自然说了一箩筐。副校长说先别忙着谢他，眼下还有件事要麻烦奚大教授呢。奚鸣久便有些诚惶诚恐，忙回答说谈不上什么麻烦，校长有事尽管吩咐就是。对方这才言归正传，他老家有个曲里拐弯的亲戚托他，说是二级学会那边的一个老师写了篇文章，听说此人很不容易，想请奚教授好好把把关，可能的话提携一下。副校长言简意赅，没一句废话，末了，又道，我让那个老师直接去找你，估计这阵快到你们学院了，那就有劳奚院长了。

简直像挨了当头一棍，奚鸣久一时蒙了，整个人怔在走廊里，时间停滞，不知何去何从，陆续有过往的师生跟他频频微笑打招呼，他却表情僵硬几乎毫无反应。他原以为这件事早该画上句号了，哪知折腾了一大圈，不但没有结束的意思，到头来反而性质升级变本加厉，竟然隆重到连这所大学的校长也要亲自出面干预了，这着实令他始料未及。至此他方才明了，刚才那个家伙为什么表现得那么沉稳，一语不发，原来是搬出强大后盾来了，人家无须发言，只要坐在这里一切将顺理成章。这可真叫牵着不走打着倒退，现在奚鸣久自己完全处于一种很糟糕的被动局面，眼前这张他早就不想再看哪怕一眼的疙里疙瘩的老脸，简直成了他最难以摆脱的梦

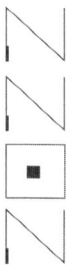

魇，于是他少不得又搜刮枯肠绞尽脑汁寻找对策，可他忽然发觉，自己的智商和情商似乎都不足以对付此人此事了。

也就在头一天下午，奚鸣久去给研究生上本学期最后一堂课，并给学生布置了下学期的学习任务，他苦口婆心叮嘱大家要充分利用假期，将他开具的书单和资料一网打尽，他再三强调说研三在即青春苦短，同学们务必要珍惜这最后的一段学习时光，争取能够顺利完成论文和答辩，他甚至还列举了那个倒霉蛋的本科论文，希望大家能引以为戒。魏雅丽是在课后悄无声息走进他办公室的，她竟然毫不避讳开口就问，奚老师您到底看没看过那篇论文？他当时的表情带有一丝惊讶和愠怒，仿佛在说，我疯了，为什么要看？但嘴里还是轻描淡写地支吾着，这事已经过去了，不用她再操心，让她还是安心搞好自己的学业。魏雅丽的脸上始终挂着一层倔强而执拗的神情，她犹豫了一会儿，终究还是鼓足勇气对他说，奚老师，也许我们不该对人家抱有成见，一码归一码，至少应该先看看他写的东西。奚鸣久拧了拧眉头，不由得上下打量自己的得意门生，要知道过去几年，她可从来没用这种口气跟自己讲话，他料定她肯定是迫于某种人为的压力，才违心地看了那个家伙的论文。令他感到不解的是，这姑娘缘何给他来了个一百八十度大转弯，几天前她还被那个坏人伤害得鼻涕一把眼泪一把，痛不欲生，可短短不足一周时间，她却主动跑来劝他该既往不咎以文取人。

是不是他又来学校骚扰你了？一定是，对不对？我就知道那混蛋不会善罢甘休！怒火一下子又在他的胸腔中升腾起来，他甚至开始后悔，自己压根不该给对方寄去什么土特产，这样的举动无异于助纣为虐。

不……他没有。女学生的声音压得很低很稳，但那带有质疑性质的目光更加明亮有力，像是要竭力照亮什么，自始至终盯着奚鸣久那张阴沉似水的脸。我只是觉得，那篇论文完全达到了发表的水平……不等她把话说完，他忽地用力一挥手，就此打住了她的话头。得了吧，就凭他？妈的，这种人要能写出好东西，恐怕狗都不要吃屎了！他头一回在女弟子跟前大声地说了粗话，然而，女学生的态度依旧坚定而执着，颇有青年学子为谁振臂请愿的架势。奚老师，反正我觉得吧，您最好还是能抽空看一看……奚鸣久几乎非常严厉地瞪了女学生两秒钟。让他生气的倒不是魏雅丽跑来一个劲劝他该怎么做，而是她那种开始质询一切的独特眼神，以及想要捍卫什么的决心。一个在读研究生又懂得些什么，不过是纸上谈兵罢了，他不需要一个指手画脚的学生，更不需要她跑来告诉自己到底什么才是好文章，对于那个可恶的家伙，只需听其言观其行就足矣，反正他奚鸣久绝不会浪费哪怕一秒钟的时间，去看这种人的只字片语。

师生俩至此不欢而散。

这一整天，奚鸣久始终处在两种强大势力的博弈之间，如果心平气和地接受现实，那将意味着对野蛮入侵者的极大宽容和放纵，换句话说，也就是对自我尊严的极度漠视，对学术净土的肆意践踏；如果断然拒绝了副校长的电话嘱托，得罪领导肯定在所难免，关键是儿子上学的事会不会因此泡汤？他也深知自己绝非铁板一块刀枪不入，只要想到儿子，想到老婆那张唠唠叨叨令人厌烦的嘴，想到家和才能万事兴的古训，一切似乎都可以忍受，当年韩信可以受胯下之辱，自己怎么就不能抹下面子睁一眼闭一眼？可是，一旦想起魏雅丽那日涕泪横流饱受屈辱的样子，他的腹内就开始翻江倒海，这狗东西竟然质疑他纯洁的师生友谊，如此鸡鸣狗盗，如此不堪入耳，他奚鸣久还要尽释前嫌，装作什么也没有发生过，然后微笑着接过人家的文章，按照领导的指示点灯熬油连夜审读，那他这辈子真是愧为人师了！当然，最令他无法容忍的还有，那家伙不知动用了何种手段（现在他完全有理由相信，对方确实具备这样的黑暗能量，在他看来，这种人普遍有个通病，那就是不择手段长于钻营，只要有利可图便无孔不入——一如蚊蝇吸血），居然鬼使神差地让他的女弟子看完了那篇狗屁文章，并且还试图说服导师就范……这样的撕扯注定会叫人发疯。

下班后奚鸣久没有立刻回家。他把自己一个人锁在副院长室，抽屉里有一盒早就拆包的中华香烟，也不知存放了多长时间，他拿出来寡淡无聊地抽了一根又一根，烟这玩意放久了再抽，总有种在烧干树棍的感觉，房间里充斥着呛人的木屑味。烟雾毫无章法地在眼前弥漫开，思路似乎逐渐清晰些了，奚鸣久瞥了一眼桌上那只鼓鼓囊囊的透明文稿袋，他的目光立刻又跳闪到别处，仿佛那是一只潘多拉盒子，一旦打开就再也合不上了。但问题是他愈是不想看，目光愈是被它所牵引，那玩意就四平八稳煞有介事地摆在眼前，既有点要抗议什么的架势，又像在冲他窃喜和坏笑，或者随时提醒他，在这社会的阴暗角落里，藏着怎样灰色的人群。这样困顿地

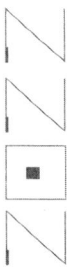

不知待了多久，奚鸣久最后终于抓起桌上的手机，很冷静地给魏雅丽去了条短信，让她就那篇论文的读后感编条信息发过来。

也就一根烟的工夫，便收到了女学生的一条很长的手机信息，可以说条分缕析头头是道，在充分肯定了文章的优长之后，魏雅丽同时也指出语言文字略显滞涩，前后论据似有相互重复的地方，另外观点新则新矣，但未免有失偏颇之嫌，如能进一步修改完善，定是篇好文章。奚鸣久看罢，只给女学生回复了一个"知"字，才起身推开身后的那扇大窗户，看不见的晚风挟来白昼的黏稠余热，叫人浑身有种发蒙发沉的不清爽感。从他这个角度，正好可以清楚地看到，那坐落在学院中央广场的大型汉白玉圣人石雕，孔夫子面朝东方，额头宽阔，两眼如炬，须髯飘逸。他自然很清楚，就在那雕像近旁，另有一块半人高的长方形斜面石刻，上面用楷体字整齐镌刻着《大学》开篇文字：

大学之道，在明明德，在亲民，在止于至善。知止而后有定，定而后能静，静而后能安，安而后能虑，虑而后能得。物有本末，事有始终，知所先后，则近道矣。

他沉思着，嘴里莫名地咕哝一句：道可道，非常道啊。便顺手掐灭了最后一只烟蒂，然后啪地弹向窗外。那火星似要启蒙什么，划出一道微弱的弧线，雕像四周已一派晦暗，天地仿佛混沌初开的模样（那时天未生仲尼，万古如长夜，民众蒙昧无知，抑或只是朴拙率真）。

以短信的方式敷衍了副校长的关切之后，奚鸣久总算换来了短暂的安宁。这种做法虽然有失一名教师的德行，但事出有因，横竖是没有别的好选择了，按理说君子当成人之美，可他更确信，臭草终究是臭草，注定成为不了芳兰。再说，谁让那个家伙逼人太甚，简直无所不用其极嘛，他奚鸣久这样做实属无奈之举。学校终于放了假，魏雅丽来跟导师辞别，几次话到嘴边，奚鸣久很想问一下，到底是何原因让她看完那篇论文的，但终究还是不好意思再提，他怕女学生会反问老师对文章的见解，而他至今尚一字未看。因此，师生之间似乎出现了一种心照不宣的默契，都三缄其口避而不谈此事。临别时，魏雅丽很无心地说了句，其实我叔伯那边还是很闭塞的，那个地方人好像都是一根筋。一根筋的说法十分形象，奚鸣久揣摩了良久，也许本质上她是在替那个家伙开脱吧，问题是她为什么要帮他？要知道那家伙损人利己且出言不逊，根本不值得她伸手援助。这倒让他想起了那篇有关农夫和蛇的著名寓言，冻僵了的毒蛇依旧是毒蛇，何况那家伙并没有冻死，分明还在那里上蹿下跳异常活跃呢。

不久，厅里办了个高校干部暑期研修班，魏叔伯应邀从山区来省城报到后，便马不停蹄赶往大学附近，精心挑选了一家很有特色的酒楼，诚邀奚鸣久共进晚餐。菜未上齐，魏叔伯就一个劲地跟奚鸣久作起揖来，说实在对不住啊，没想到那个二百五到底把你麻缠上了，听说这狗东西日能得还攀上了高枝，我把他叫到办公室狠狠地刺了一顿，让他最好夹紧尾巴做人，别异想天开做白日梦了。奚鸣久苦笑着摇摇头，说其实也没什么，原本是想等放了暑假抽空看的，可那人也太心急了些，好像谁都欠他似的。魏叔伯愤愤道，奚专家，这事一开始你就该告诉我，要是早知道的话，我非把他拾掇得服服帖帖不可，看他还敢不敢乱炸刺。奚鸣久摆摆手说，那倒也不必，其实就是想在我们学刊发篇文章，这个也能理解，只是做事的方式方法实在不敢恭维。魏叔伯听了气得鼓鼓的，他叮嘱道，可千万别让他在学刊上发东西，要是真的如了他的愿，到时候不知又会惹出啥幺蛾子来。想想，又说，对这种贱皮子绝不能心慈手软，他还敢跑去麻缠我侄女，真是岂有此理！奚鸣久方才知晓魏雅丽回家后，将这件事原原本本跟叔伯讲了，这反倒让他觉得自己太失职，事情毕竟因他而起，怪他处理不当才殃及女学生，少不得当着魏叔伯的面，一再罚酒赔罪。

当晚酒至半酣，魏叔伯红头涨脸侧过身，连连拍抚着奚鸣久的肩膀头道，不瞒老弟，上次的揭牌活动搞得非常成功，这全都仰仗你这个大专家莅临指导，我们市上的领导对此也十分满意……我眼看五十冒尖了，俗话说人往高处走嘛，有机会还想蹦跶着往别处挪挪，这山沟沟里实在没啥待头，所以往后啊，少不了还要劳烦奚专家多多提携关照啊。说着，便从身旁空椅子上拎过一个事先准备好的茅台酒礼盒，硬塞到奚鸣久手上。……我自己的兵我没管好，这点小意思权当赔礼谢罪了。魏叔伯口音很重地喷着酒气说话，突然又无法抑制地打了个响亮的饱嗝。

五

这个暑假注定愉快不起来。南都科大今年仅在奚鸣久他们学校的子

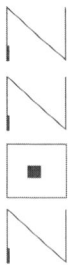

弟中招了一名学生，儿子的分数根本不在人家的考虑范畴，现在看来，副校长不过是顺水推舟公事公办，充其量，也就是让儿子跟着其他考生走了个过场，结果还是一样的。赵婉气得一整天不吃不喝，仰面躺在床上，眼珠子直勾勾盯着天花板，有时嘴里还莫名其妙地呼喘几声粗气，再发狠地补上一句，骗子！都是些骗子！奶奶的，吃人不吐骨头！奚鸣久不得不好言宽慰，算了吧，气大要伤身的，打铁还需自身硬不是，这也怪不得旁人。赵婉腾棱一下翻身坐起，带火的眼光有些疯魔地瞪住他，半晌才叫道，这回你满意了吧？！奚鸣久说，你这叫什么话，儿子去不成南都，我的心情跟你一样难受。赵婉无声地再剜他一眼，二话不说又直挺挺倒在床上，她还顺手扯过白被单，把自己遮了个严严实实，她人本来就精瘦，如此样貌看着怪瘆人的。

幸亏当初志愿填得还不错，末了，儿子总算被外地一所专科院校录取了，赶紧又上网细细脑补了一遍，除了不是所谓的985和211系列之外，其他各项指标和硬件都还说得过去。儿子终于有了离开家尤其是离开母亲的资本，一张小脸乐得跟过年似的。得到通知后，他便跳着脚，嘴里冒出的第一句话是：哈哈，这回再不用跟我妈玩猫和老鼠的游戏了。奚鸣久赶忙给儿子递眼色，意思是你妈这两天气不顺，千万别再火上浇油了。儿子呢只图嘴巴快活，继续嘚瑟，这回我走人了，我妈该眼不见心不烦，省得成天给咱们扮祥林嫂，老爸你也该解放一下喽……哪知赵婉在厨房里偏听得真切，突然摔锅砸盆地闹将起来。好你个小没良心的，谁是祥林嫂，我藏了猫为谁，还不是为了你个小王八蛋，你但凡少上点网，少打点游戏，也不会落得今天这步田地啊……儿子深不以为然，抻着脖颈顶嘴道，我有那么悲催吗？好歹我还有大学可念，而且还是我自己最喜欢的计算机专业！你呢？还不是家庭妇女一个，整天就知道唠唠叨叨，让人心烦，真不知，我爸这辈子是怎么熬过来的！奚鸣久再想拦阻，为时已晚，赵婉像只咆哮的母狮子直扑向儿子。

……重重挨了两记嘴巴的儿子，涨红着小脸，一赌气便甩门跑下楼去。奚鸣久连拖鞋都没更换，也紧跟着撵出家门。儿子跑得太快了，简直像一匹挨了鞭挞的野马，转眼就冲出楼门，奔向家属区的甬道了。奚鸣久显然不是儿子的对手，好在假期校园空空如也，大约跑了五分钟光景，前面就是那个古老的转盘路，往南的方向即可离开大学校园上街去，于是奚鸣久疾跑几步，想借着拐弯的机会，追上去拽住儿子，他不能让孩子浑身挟着一股火气和怨愤跑到外面去。他知道这个年龄段的孩子，逆反心理几乎达到了极致，稍有不慎，就会做出可怕的举动，到那时候一切都晚了。自从任了教授之后，这十来年他的腿脚从来没有像今天这样卖力地奔跑过，这一刻他的心脏跑得比腿脚还要快，血液一时间仿佛全部聚集到心房里，心跳成一只响鼓，咚隆咚隆咚……就在他终于伸手便可以抓住儿子的一刹那，他的下腹那里猛地一阵绞痛，那疼竟来得那么地锥心彻骨，好像这辈子从来没有那么疼过，伸出的右手臂跟慢动作似的垂落下来，他不得不慢下脚步，他再也跑不动了，豆粒大的汗珠子，已密密麻麻爬满额头，他虚弱得简直像个老妪，只是嘴里有气无力地喊着儿子的名字。他希望儿子能听到他的话，急忙站住，无奈何，那疼痛来得太过强烈了，他觉得自己就像中了猎人枪弹的兔子，身体的某个部位咔嚓一下突然断裂了，他再也发不出一丝声音，唯独两只手紧紧抱捂着腰腹处，整个人就那么一轱辘，跌翻在转盘路的弯道上。

尽管身体动弹不得，但意识却相当清晰犹如水洗。奚鸣久心里明白，自己就奄奄一息地躺在了学校这个再熟悉不过的转盘路的内圈里，这条平坦的道路他已经走了二十多年，他从来没想过自己会在这里栽跟头。也许，他骨子里就是一个善于投机取巧的人。十多年前，他之所以决定跟自己并不喜欢的赵婉委曲求全结合，希图的不过是人家赵主任的提携和时时关照，应该说正是那次捷径，让他实现了人生道路上的一次成功的提速和超车，在较短时间内，他确实超越了系里很多年轻人，从而顺利得到了大家梦寐以求的职称和职位，设若没有当初的联姻，今天的他还不知是个什么样子呢。眼下，他到底没有追上儿子，可他的心始终跟着儿子一起奔跑，想到儿子即将离家远赴异地求学，想到儿子将来也会面临诸多的诱惑和选择，想到未来终有一天，儿子也会像今天的他，再也追不上自己的孩子，内心真是百感交集，忽然有种很潮湿很酸楚的东西，慢慢渗出并将他淹没……头顶的天空依旧像往日那样闪闪烁烁，阳光依旧像往日那样灼热刺眼，他就那么表情痛苦肢体扭曲地俯卧在马路边上，一大片黑蚂蚁悄无声息地在他身边爬来爬去，一副如临大敌的样子，不清楚到底在慌乱什么，也许，仅仅是他这个庞然大物訇然倒地时，一下子惊骇到这些微小生物了。

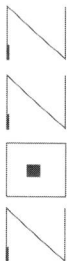

奚鸣久住进了医院，动了一次不大不小的手术，他的盲肠下端那个蚯蚓状的几厘米突起，也就是阑尾被医生切除掉了。其实，这玩意在人的消化过程中没有什么作用，但是一旦遭到病菌、寄生虫或其他异物侵入时，阑尾又极易发炎，造成患者右下腹剧烈疼痛、抽搐等症状。大夫的科普倒让奚鸣久陷入深思，这正是病毒的一次野蛮入侵，手术获得成功，他很快就能安然无恙了，但似乎总能隐隐感觉到身体的某种不适，尽管医生一再强调，阑尾对人体毫无益处，可它毕竟朝夕相处地跟随了自己半辈子啊。他转念，便又联想到现实之中，那些叫人纠结和头疼的野蛮入侵者，那些社会暗角落里的人和事，如果也能像手术刀那样毫不留情地切除，也许生活远比现在美妙得多。

一个人躺在病床上，身体受到限制，却无法控制住胡思乱想。每次家里闹得天翻地覆的时候，他其实都无数次地想到了要跟赵婉离婚，而且，当时的决心几乎是刻不容缓和铁定了的，多一天也不想再跟这个女人过下去了。可是现在，看到赵婉成天忙前忙后精心服侍他的身影，以及那双母牛样潮湿内疚的眼睛，他的心又软了，他不敢想象万一赵婉听到那两个敏感的字眼，会做出怎样惊天动地的壮举？以赵婉的性子，非要跟他闹到天上去才肯罢休吧。由此，他也更加深切地洞悉了自己性格中优柔寡断的一面，这就是他的宿命，一如当初接受了这桩自己并不满意的婚姻，每一个人不过是局限性的现实存在。现在他有什么资格瞧不起那个橘子皮脸男人，人家不过是想发一篇论文，他却横加阻挠上纲上线，此刻扪心自问，自己的所作所为难道就无可指摘？他不是完人，或许他曾试图追求完美，但在人生的关键几步，他都习惯性地选择抄近道，依附了裙带关系，向权力和欲望低下了高贵的头颅。说白了，他不过是高校体制里的一个爬虫，与那些被他鄙视过的人本质上并无二致。也许魏雅丽是对的，他对橘子皮脸男人的态度打一开始就很有问题，如果当初他能看看对方的论文，或者用一种相对温和的方式解决，事情一定不会闹到如此狼狈的地步，而他一直粗暴地选择了无视甚至是蔑视的态度，终究激怒了对方，以至于殃及自己的女学生。设若橘子皮脸男人最初是由副校长直接引荐过来的，那他还会这样无礼地对待他、不屑于看那篇论文吗？直到这一刻，他才深深意识到，一直以来他对别人的态度总是这样，其实他打骨子里就瞧不起赵婉，她作为他的人生伴侣，不过是替他生育儿子操持家务，他从来没有从精神的层面去看待她和关心她，老婆在他生活中更像一个女佣，而他时常还对她报以冷嘲热讽。很多时候，他把研究生也看成是自己的私人助手和免费劳工，不停地吩咐他们做这做那，起草论文、整理录音、校对文稿，甚至帮他打理日常琐事，他从来没有认真地考虑过那些学生的感受……他就是这样一个既自我又自私的人。

这回倒是儿子表现出了前所未有的乖顺，他不再跟他妈吵嘴，也绝不那么阴阳怪气和愤世嫉俗，他还主动上医院来给奚鸣久送饭。这种时候，爷俩都有点少言寡语，四目相对总有点难为情，在一场特殊的较量中，父亲彻头彻尾输给了儿子，而且，输得似乎很不光彩。儿子赢得了比赛，内心却背负了不小的愧疚。奚鸣久能觉察到儿子脸上不同于以往的那种表情，也许儿子很想跟他说声对不起的，却迟迟未能开口。

出院那天，儿子竟然试图要把奚鸣久背上楼去。儿子闷头闷脑走到他面前，忽然弯下脊背道，老爸，我背你上去吧。他冲儿子淡淡地一笑，又用手揉揉他尚显稚嫩的肩膀头，故作轻松地说，小子，我有那么老了吗？赵婉在一旁插话：背你也是应该的。他能听出老婆的语气，几乎就是在说，还不都是这个坏蛋，害得你挨了一刀。赵婉的性格就是这样，凡事都好强，即便是跟自己的孩子，也要分出个山高水低，真是江山易改本性难移。奚鸣久一把揽住儿子的肩膀，尽量装得底气十足的样子。老爸有你这根拐杖，足矣。于是，赵婉拎着住院用的物品率先上楼回家，他则扶着儿子，一步步慢慢地往楼上爬，尽管腹部的隐痛尚在，但他心里感到些许慰藉。或许经过这件事之后，儿子真的就要长大了。成长，总需要一些标志性的事件，假如这次也能算得上的话。

六

新学期的头几日，学校并不能一下子秩序井然，相反，院里系里总是兵荒马乱的，那些年轻的新面孔，不时出现在各种场合，初来乍到的大一学生，尚未完全褪去中学时代的稚嫩模样，对这所大学充满了好奇和疑惑。待短暂的军训过后，他们被西北的烈日晒得皮肤黝黑，就连爱美的女孩子也不例外，当老师们第一次在课堂上看到这些黑瘦且懵懂的面孔时，总有种奇怪的感觉，似乎这些孩子根本不应该坐在大学的教室里。每当这种时候，奚鸣久自然而然会想起自己的儿子，想到千里之外的某座陌生城

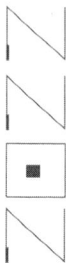

市里，儿子也跟眼前这些大学生一样，正襟危坐，双眼懵懂，他的心里就会泛起一丝丝牵绊，他不是一个多愁善感的人，更不会像赵婉那样，儿子一旦不在身边，又终日唉声叹气以泪洗面。但是现在的他，还真是有点想儿子了，也许该静下心，抽空好好寄上一封家书，告诉儿子要光明磊落，要踏实勤奋，要好自为之，尤其要学会善待身边的人和事……大学生活毕竟是人生最关键的一步。

忙碌了一整天，奚鸣久总算能在办公室里坐下来了。最新一期学刊已经款款摆放在案头上，他顺手拿起来，像往常那样漫不经心地浏览着目录。这时候，某个人的名字赫然闯入他的视线，继而，那张疙里疙瘩的青橘子皮脸，也像是被刊印在上面，正有些诡秘地冲他挑眉而乐。

没错，几个月以来，他一直竭力抵制的那个梦魇一样的东西，已然白纸黑字，千真万确，变成了活生生的现实。文章开头还有一小段编者按，原本出自他的女学生魏雅丽手机短信上的话，现在却张冠李戴安上了他的大名：奚鸣久教授认为，该论文语言质朴，观点犀利，论述严谨，尤其是对当下学科领域普遍缺失的人文关怀问题给予抨击和反思……文章出自一名基层普通教师之手，实属难能可贵……

奚鸣久被一种庞大的荒谬感团团包围，连带着当然还有他对这所大学以及这个学科领域的巨大怀疑。他兀自想起"螳臂当车"这个成语，禁不住发出一声怪笑，继而，他又无比真切地感悟到，这辆战车之所以如此强势不可一世，其实也有他的"功绩"，二十年来他既是车上的乘客，又是它的驭手，是他们所有人共同铸造了这样的体制战车，而他却不明就里，甚至自不量力地想要抵制它，这未免太可笑了。他从来没有像今天这么清醒地意识到，自从做了系主任的女婿那天起，他始终被牢牢地绑在这辆车上，如若抵制，首先应该抵制的就是他自己！而那本崭新的、散发着刺鼻油墨味的高校出版物，就堂而皇之地摊开在他面前，活像是一面凯旋的旗帜，雪白纸页上的方正宋体文字行行列列黑如蚁阵。某一瞬间，这些玩意突然开始在他眼前急遽蠕动起来，那些黑点儿愈来愈浓愈来愈密，也愈来愈恣睢汹涌，最后，几乎要将奚鸣久连同他身后这座校园一并淹没了。

原载《当代》2022年第4期

点评

　　《弯道超车》是一篇知识分子题材小说。以高校知识分子为人物主体，讲述了这一群体在学术生活和现实生活中所遭受的重重围困，同时通过人物的境遇和挣扎，展现了当下高校的一些乱象以及一些带有普遍性的社会问题。

　　吴鸣久是小说的主要人物，作品围绕他在学术生活和现实生活两个方面的经历展开。在学术研究上，他是一个有着个人追求的人，一篇充满锐气和朝气的《人文学科不应放弃知识分子的精神高度》显示了他的理想抱负。然而，进入高校后，他在不自觉中走进了系主任一家的生活，事业上得到诸多关照成为系领导，生活上也因娶了系主任的女儿而同他们高度关联在一起。在现实生活中，他同妻子赵婉的文化背景及性格均差异巨大，尤其在儿子的教育培养问题上，存在很大分歧，常常出现争执，令他焦头烂额。吴鸣久的困境显示出一个知识分子在人到中年时可能面临的生活困境。与此同时，更具意义价值的是他在学术事业中面临的困境，由于事业成功他占据了重要位置，握有一定的权力，在论文答辩、论文发表等方面总是有各种请托，而这是与他的精神理想相背离的，他一直追求的是知识分子的独立性，强调学术研究应该扎扎实实，一步一个脚印，不应该"弯道超车"走捷径，他对这种现象充满了厌恶和批判，然而，身处现实关系之网，他又不能完全按照自己的想法去处理这些事情，深陷困境。难能可贵的是，在他批判人人都想走捷径、想弯道超车的同时，他也把批判的矛头指向了自己，显示了一种知识分子的自省精神，他意识到自己当下所面临的问题正是早些年一种不自觉的弯道超车的行为所导致的后果，尽管他在最初并没有明确的自觉性和目的性，却在本质上是同样的性质。

　　小说通过吴鸣久这一人物展示了一个群体的生存状态和精神困境，具有强烈的现实性，但这种困境无疑又具有超越这个群体的普遍性，这种追求弯道超车的现象并不仅仅存在于某一学科、某一高校、某一群体，而是一种带有普遍性的不良现象。作者敏锐地捕捉到了这一现象和问题，并以小说的形式精彩揭示出来。

（崔庆蕾）

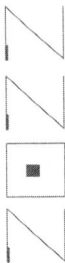

南方巴赫 /

/ 郑小驴

……

睡吧，你太过劳累的身体，

你的墓穴与石碑

将为这不安的良心

化作舒适的枕头，

化作灵魂的安息之所。

我们无比幸福地在那里安睡。

——巴赫《马太受难曲》

1

冬季的征兵体检通过后，我一下空闲起来，时间成了廉价的消耗品。那会离入伍还有一个多月，父亲见我整日无所事事，说索性去考个驾照吧，将来也用得着。这倒也不是坏主意。我喜欢车，卧室墙上贴满了各种汽车海报。报刊亭每期的《汽车周刊》，我都不会错过。保时捷911、奥迪RS7都心仪已久，再不济来辆斯巴鲁也行。我想哪天中五百万便将梦想清单全部清零。这个念头常让我心旌摇曳，感觉随时都能拿下其中的某一款。只有路过驾校时，我才冷却下来，我想我连个驾照都没有，即使给我一辆法拉利也没法开。

家里没车。小姨夫倒有辆即将报废老福田，我偷偷试过一回，哐当哐当，车门都关不紧，大脚油门下去我担心会散架。那也能叫车？每当这时，我就会想起表哥，想起他那台两厢版的标致206。至少它称得上是台车。

表哥徐三焘，绰号"三岛"，一个奇怪的名字。他是省城都市报的编辑，我们家族中为数不多的大学生，也是我从小被要求学习效仿的榜样。我父亲经常一副恨铁不成钢的样子，"你要有你表哥一根手指头那么争气也好了！"听多了，他自然而然就成了我的假想敌。表哥在长沙，离我所在的县城有三百多公里。平常很少回家，和家族往来寥寥。他不苟言笑，身材矮胖，戴一副深度近视眼镜。至少我没看出他多有水平。但父亲对他很是敬重，总让我多和表哥联系，说他受过高等教育，又是省城编辑，见多识广，凡事多向他请教准没错。

我们加过QQ，但没说几句话。他永远那副不咸不淡的样子，三棒槌打不出一个响屁，我看着就有些来气。再加上他大我近一轮，我们也缺少共同语言。他三十岁的人了，至今未婚，好像也没听说处过对象。对于感情，他始终讳莫如深。每逢亲戚要给他介绍对象，他总是冷冰冰地一口拒绝。"我的事就不劳烦你们插手了。"亲戚们碰了一鼻子灰，次数多了，也觉得他有些奇怪，就不再热脸去贴冷屁股了。

父亲和县武装部提前疏通了关系，入伍的事八九不离十，剩下就是分配去哪的问题了。他觉得有必要征询下三岛的意见，于是给他打了电话。也不知道他们聊了些什么，第二天父亲突然对我说，你去找下你表哥吧，他家旁边新开了家驾校，新学员有优惠活动，你顺便把驾照考了。

这个决定让我颇感意外。一旦父亲决定了的事情，我很难违抗。父亲在小区经营棋牌室，他热爱麻将，常通宵达旦，盘下这家棋牌室后，打麻将变得更加名正言顺起来。但不挣钱，经常入不敷出。好在母亲的小卖店还可以补贴些家用，不至于陷入窘境。

父亲没读过什么书，也没别的本事，自然将表哥视为我的榜样。我从小成绩也不好，高考无望，当兵好歹也是条路子。据说为当兵这事，父亲还费了老大力气，不光送了一笔不菲的钱不说，为了陪好武装部长，还低声下气地频繁敬酒，不胜酒力的他很快醉得一塌糊涂。我想，十八岁了，去省城见见世面，这没什么不好。

2

三岛开着那辆蓝色的标致206，从长途汽车站接我回家。他穿军绿色的休闲套装，那头留了多年的标志性长发变成了短寸，我差点没认出他

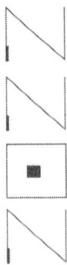

来。我的行李不多，只有一个阿迪达斯背包，他将背包放进后座，拍拍我肩膀说，啊，一年不见，长高不少啊，有一米七五了吧？我点点头，我其实不止一米七五呢，一米七七了。我没再说什么，钻进车，差点磕着头。

两厢紧凑型汽车，手动挡，空间不大，甚至称得上局促。他开得很慢，拘谨地握着方向盘，不知道的人还以为他是新手。换挡的时候，三岛的手臂偶尔会触碰到我。我悄悄侧了侧身，将胳膊支着车窗。车内饰相当朴素，没有那些花哨的玩偶、佛珠、红绸装饰。当然也没车载香水。车行驶了一段时间，他打开音乐，节奏轻缓，一段长长的伴奏，半天没出现一句歌词。我听得有些着急，问他有没有周杰伦的歌？他从鼻子哼了声"没有"。那样子仿佛周杰伦是他情敌。我又问，S.H.E呢？谁？他充满疑惑地瞟了我眼。我也就不再问了。我想，他可能压根没听说过S.H.E。他路上向我交代了些事，说他经常夜班，会给我门锁密码。叮嘱我不要带陌生人来家。我说放心吧，这边我一个人都不认识呢。

"你抽烟吗？"等红绿灯时，他的手搭在方向盘上，突然侧过脸，似笑非笑地看着我。我琢磨着他的表情，将差点脱口而出的答案又生生咽了回去。我心想，都十八岁了，怎么不抽烟呢，班上几个玩得好的，常去教学楼的天台抽。我偶尔也偷父亲的烟抽，抽他常抽的精白沙。有回我躲在洗手间偷抽了一根，被他发现，被罚在客厅跪了整宿，两个膝盖跪得红肿，我妈替我求情都不管用。我猜测三岛也许听说过这件糗事才故意这样问的。我摇摇头，朝他咧嘴一笑说："不抽。"我心想，不抽，不代表没抽过。他没再问什么，掏出一根芙蓉王，点燃，叼在嘴上，挂挡起步，轰了脚油门，206飞快汇入车流。还别说，开手动挡，还真有点儿爷们，很酷。后来考驾照时，我义无反顾地选了手动挡。

三岛住的小区看上去已有些年头，两居室，装修简朴，但收拾得还算整洁，不像想象中的单身汉那么邋遢。皮质沙发，实木家具，一台很大的索尼电视。到处都是书。早就听说他家藏书颇丰。无事的时候，他常宅在家里读书，看碟。我们高中历史老师家里也有好几个书柜，但和三岛相比，立马相形见绌。我还没见过谁的藏书能和三岛相比的。他的两居室，从客厅到卧室，全是书柜。甚至马桶边都码满了书。我扫了眼书目，哲学、文学、历史、社科，五花八门，很惭愧，我竟然一本都没听说过。

他让我睡书房。书房不大，三面墙全是定制的松木书柜，剩余的空间勉强能摆一张书桌和一张单人床。书不仅占据了三岛的时间，也侵占了他的空间。书桌上摆着一台旧电脑，老款的飞利浦显示器，颜色已经泛黄，占去半个桌面。我心想，都流行液晶显示器，这种老旧显示器早该淘汰了。"电脑很卡，没法玩游戏……"他像向我暗示什么。"你平时需要电脑吗？"我摇摇头。他仿佛松了口气。"你如果要玩游戏，附近就有网吧。"我说没问题。

驾校离居所仅一墙之隔，果然很近。站在五楼的阳台，整个驾校一览无余。他说一个月前，那里还是一片荒地，长满了苎麻和鹅掌楸，藤蔓丛生，藏着数不清的麻雀，起飞时遮天蔽日，发出呼哨般的响声。他描述的这些现在都变成了铁皮房、桩杆、绕饼、单边桥，水泥场地画满了黄白停车线，墙根停着一排捷达教练车。兴许驾校刚开业没多久，偌大的练车场冷冷清清，只有两辆教练车在蠕动。我观察了下，五分钟不到，那个笨拙的学员已经熄了不下十次火。练车场回响着教练的怒吼：说了多少遍，记得踩离合器！老捷达重启，车头剧烈地抖动，像头受伤的公牛，再次熄了火。教练气得不再说话，索性点燃一根烟，手搭车窗，一股愤怒的浓烟从鼻腔喷薄而出。

三岛带我去驾校报名。小区和驾校之间新开了道门，穿墙而过，无须绕行，非常便捷。墙根有株木芙蓉，姹紫嫣红，正是芙蓉怒放的季节。三岛突然扭头问我，"洛阳亲友如相问，一片冰心在玉壶"这首诗的篇名叫什么？真是一个突如其来的怪问题。我挠了挠头，一脸窘迫，回答不上来。我向来就以不爱读书著称，成绩很少及过格。他显得不太满意，"这首诗叫《芙蓉楼送辛渐》，王昌龄当时就是在你们老家写的——"他还想说什么，后半句被生生咽下了。在我老家写的我就必须记住吗？都过去一千多年了，跟我又有什么关系？我心里默默抵触道。

从铁门进去，穿过空旷的练车场，尽头便是接待室。一个中年女人站在前台，负责向我们介绍业务。兴许是刚开张，生源还不太好，最终承诺

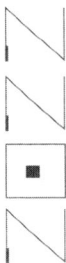

给八折的优惠，随到随学，不满意可以申请更换教练。三岛说，折扣还能再低一点吗？我们就住附近。女人听后，脸上流露出很痛苦的表情，说已经按照最低折扣优惠了。三岛没再说什么，掏出手机，走出了接待室。一根烟的工夫，一个年轻人开着辆教练车赶了过来。三岛随他一块走进接待室。

出来时，三岛让我叫他陈哥。"他是你教练。你跟陈哥好好学。"那人朝我笑笑，宽下巴，粗眉毛，笑起来眼睛眯成一条缝，顶多大我三五岁的样子，嘴唇上一圈黄茸毛，想必还未曾动过剃须刀。

"一个月能拿到驾照吗？"我说。

他笑笑，说每个人情况都不一样。我也觉得这个问题傻不拉几的。他们站在门口寒暄，抽烟，聊了些NBA的话题。我听见了他们聊到科比和姚明，我对篮球没什么兴趣。那是一辆白色的桑塔纳2000，手动挡。车没熄火，电台正播放着周杰伦的歌，汽车钥匙的挂坠是个红脸光屁股的蜡笔小新。包浆的真皮方向盘透着柔和的光泽。主驾位虚位以待，它等着我上车。我幻想驾车在郊区公路飞驰的样子，路上车流稀少，车里播放着我最爱的音乐。深踩一脚油门，车如脱缰的野马，它能载我去任何我想去的地方。

他终于察觉到了我的神态，走了过来。

"叫什么名字？"

"金宏明。"

"上车吧。"他将手指向主驾，自己一屁股坐上副驾。

"以前开过车吗？"

我赶紧摇头。

他开始向我讲解方向盘、油门和制动踏板、变速杆、安全带、远近灯以及后视镜的作用。讲得很耐心。我心想，没吃过猪肉还没见过猪跑？这些还需要你来教？我耐住性子听完，他说今天就到此，明天开始过来练车。

"好的，谢谢陈哥。"

这声哥倒没白叫。驾校最终给我打了六折，比其他学员要低，多亏陈教练的照顾。父亲给我的三千块钱学费，最终还余下一千。这笔钱当然是不打算还回去的。我将钱来回数了遍，藏在背包内侧的袋子里，心里觉得莫名踏实。长这么大，我还未曾独自支配过这么多钱。有了这笔钱，接下来的时间就好打发了。我是个不怎么爱运动的人，勉强谈得上的运动，莫过于和高中同学去街头打几局桌球或去溜冰场。有时溜冰我都觉得累。去网吧玩魔兽世界和CS算是我为数不多的兴趣爱好。确定冬季入伍后，我每天睡得晚，父母也睁只眼闭只眼，懒得说我。他们也许认为，进了部队这个大熔炉，有的是机会锻炼我。

三岛所在的报社离家不算太远，两公里距离。他是报社编辑，须常年值晚班。他晚睡晚起，不反感值晚班，值晚班反倒是他为数不多的工作乐趣之一。他通常下午五点出门，正好避开下班高峰期，开着他的206，前往报社。有时他也在家里做饭。厨艺谈不上太好，只会几道家常菜，西红柿鸡蛋、青椒肉片、醋熘土豆丝等。他问我厨艺怎样？我说只会煮面条。

如果喝点啤酒，他会选择坐公交车去报社。天气晴和的日子，偶尔也步行，权当锻炼身体。回来通常都很晚，凌晨两点以后，甚至清晨。有几回，我从睡梦中醒来，听到窸窸窣窣的洗漱声。他通常会看会书再睡。碰上喜欢的球赛，他会看场球。他是梅西的铁杆球迷。球赛结束，意味着第二天清晨已经到来。再过半小时，我的生物钟会响起，那是多年寄宿学校留下的后遗症。那时我会选择起床，去住处附近的"无名粉店"吃米粉，要份辣椒炒肉的码子，再加份煎蛋，填满消化一空的胃。遇到阴冷的雨天，我也懒得起床，索性就那么醒着。直到晨勃和膀胱满胀的尿意让我必须做出二选一，去洗手间，或继续躺在床上，幻想那些女人的身体。

其实我对女人远谈不上有多深的了解。铁蛋和二毛第一次给我看扑克牌上的裸体女人时，我还面红耳赤。他们的神情多少带点嘲讽。我还是童子之身，这点是确凿无疑的。他们早已深谙其道。我知道上河街一带有几家发廊，夜里闪烁着暧昧的灯火，穿着妖娆的女人站在门口，摇摆着腰肢转着呼啦圈。空气中混杂着一股石楠花和劣质香水的味道，成年女性挑逗的目光轻浮又深不可测。我想铁蛋和二毛就是被那种目光捕获的。

我和三岛自然不会讨论这些话题。我们就像生活在两个不同时区的人，我醒来时他刚入睡，我练完车回来，他已经收拾停当，准备去上夜班

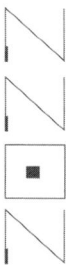

了。有时一天也碰不着面。他从来不带女人回家过夜。好像也没有女性朋友。至少我在场时，一次也没聊到女人的话题。

3

秋老虎走了，天气逐渐削薄。空气清冽，朝霞翻涌，一个理想的秋日清晨呈现眼前。我起床坐在窗前，望着空旷的驾校发了会儿呆，几辆教练车靠墙根一字排开。我知道这天陈教练休息。我不知接下来该做些什么。

一条河将这个城市分成两半，他说我们这边叫河西，对岸是河东。他建议没事的时候出去走走。秋意正浓，去岳麓山看看红叶，或去橘子洲头，一直走到尽头，便能看到主席的头像。我对红叶和头像统统没有兴趣，但出来透透气，这个主意倒也不坏。我独自出去过两回，去市中心，转了两趟公交后，很快晕头转向。这个城市对我来说，过于庞大和陌生。我站在水泥森林，给三岛打电话求援，第一次他让我原地等待，他开车接我回家。过河的时候，我看到了秋意笼罩的岳麓山，他问我上去过没有？我摇摇头，我说对爬山不感兴趣，他便也不再说什么。后来再迷路，他直接让我打辆出租车回来。

我起身去洗手间，主卧的门是敞开的，三岛还没回来。这段时间，他回来得越来越晚。我从茶几上的烟盒里抽出一根香烟，去洗手间，坐在马桶上，顺手打开排气扇。我只是偶尔偷抽他的香烟。我不像他有烟瘾，每天要抽一包。以前，我和铁蛋、二毛他们也常聚一块抽烟，但从不过肺。他们嘲笑我"假装在抽烟"，示范我怎样将烟吞入肺部，再化作两道白练，从鼻孔中喷射出来。那样的确很酷，吸引女孩子。但我还是按照我的方式抽烟。

这次我尝试将烟深深吸入肺部。我拼命忍住咳嗽，憋着气，想到这儿没一个我认识的朋友，内心顿时腾起一阵莫名的孤独，情绪坠入谷底。在秋末这个冷清的早晨，孤独就像萦绕弥漫开来的烟雾，将我团团缠绕。我吸完最后一口烟，将烟蒂丢进马桶，按下冲水键。我就是那个瞬间突然想起艾米莉的。

艾米莉是我通过"漂流瓶"认识的网友，QQ名叫Emily，我不知道她名字，也没她其他联系方式。她的头像很少亮起，经常处于隐身状态，碰巧都在线时，我们就会聊一会，在百十号的QQ好友中，她算得上一个神秘的角色。

某天夜里，我收到一个漂流瓶。"你想听个故事吗？"我问什么故事。对方回答，真实的事，但有点儿那个……我说什么意思？对方回答，试试就知道了。我的好奇心一下就被勾住了。我说那就试试吧。我主动给了QQ号，但对方似乎更喜欢用漂流瓶的方式讲述。

她说以前有一座山，上面有很多的洞，有的深不可测，洞底四通八达，相互贯通，是个巨大的迷宫。趴在洞口往下看，黑漆漆的，什么也不看见，喊一声，声音一下发散开来，再大的呼喊也会变得软弱无力。这样的洞，大人是严禁她们靠近的，掉下去就没命了。当然，也有一些较浅的洞，没那么危险。她知道有一个洞，洞口正巧长着一株茂盛的野猕猴桃，她们经常顺着野猕猴桃的藤蔓攀爬，在洞里玩捉迷藏的游戏，有时也会把从家里偷出大人的香烟、化妆品、零钱，藏在那儿，纯属好奇。

"有一年冬天，"她说，"一只羊掉进了那个洞里。摔下来时一条腿瘸了，脖子上还系着绳子。那些人准备牵回去宰杀，她趁人没留神，在路上挣脱绳索跑掉了。她知道不拼命跑，被追上就死定了，所以他们追了一路，怎么找也没找着，天黑后只得悻悻而归。"

即使隔着屏幕，我也能感觉到她有着超凡的讲述能力。

"那是一只温顺漂亮的小山羊，抚摸她会发出咩咩的叫声，湿漉漉的眼睛望着我。我喜欢那只羊，无论出于独自占有还是保护的心理，我都不能让他们捕获这个秘密。一旦被发现，他们会毫不犹豫地宰了她。我见过宰羊的场面，很血腥残忍。我从不吃羊肉。

"村里人都在议论这只羊的下落。我假装不知情，偷偷带了食物，去洞里给她喂食。我还试着用绳子给她扎紧伤口。她一直咩咩地叫着，心都给她叫软了。我会和她说话，抚摸她的头，说些无法和别人分享的秘密。

"那只羊是我忠实的听众，她侧耳倾听，目光柔软，透过她清澈的瞳仁，能直抵她的内心。我想如果每天都这样，那也蛮好。以后，我每天都会去那个山洞。那儿成了我的私密乐园。在她面前，不管我如何恣意妄为，无法无天，她都不会与我计较。直到有一天，山洞里多了一只和她一模一样的羊。"

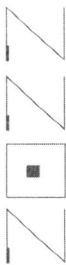

怎么回事？我回复道。

"我不知道那只羊是怎么进来的，总之下次去时，山洞就多了一只羊，这已是铁定的事实。我反复对比，两只羊的外观毫无差别，无论大小，形状，甚至眼神。连我一时也难以分辨。我一向厌恶那些一模一样的东西，看上去自己仿佛就是对方的一件复制品。意识到这点时，我有点难以忍受了。你要知道，人们在看待一模一样的东西时，心情总会复杂而微妙，会更加小心谨慎，生恐厚此薄彼。其实这种刻意的平衡，对彼此都不公平。正是出于这种考虑，我必须要捍卫这只羊的独特性。毕竟在这个世界，独一无二的东西最为珍贵。"

她陷入长时间的沉默。我有点被这个故事吸引了，问她后来呢？羊获救没？她没回答我，而是反问我："你觉得要怎样才能捍卫她的独特性呢？"

我说不知道，催促她接着讲。她不再回应，而是直接下了线。

我以为她就这样永远消失了，几天后的一个深夜，她却主动添加我为QQ好友。她头像是一只小羊羔。她说很抱歉，那天故事没讲完就下线了。我给她留言，问她那只羊后来怎样了，她说有机会再讲。我讨厌这种被吊胃口的感觉，催问了几次，兴许被我问烦了吧，她干脆把我拉黑了。几天后，不知出于何种考虑，她又主动添加了我。这一来回，搞得我不敢再喋喋不休，继续追问下去了。

我是那种好奇心一旦被激发，便一发不可收拾的人。我进她的空间，浏览最新的动态。她偶尔会上传一些自拍照。她有双漂亮的杏仁眼，黑白分明，目光清澈，又似乎暗含一丝忧郁。说真的，这双眼睛很有点儿让人过目难忘。我依稀记得有回聊天，她说她经常去长沙，有机会来长沙，说不定能见上面。想起这个细节，我有些激动起来，虽然不奢望能见上面，至少对这个乏味的清晨来说，不再那么无聊了。

我打开三岛的电脑，开机足等了两分钟，机箱风扇剧烈抖动，吱吱作响，像极风烛残年的哮喘病人。要不是艾米莉，我才不屑动他的电脑，网吧清一色的大液晶屏，速度比这台破电脑快得多。但我现在就想给艾米莉留言。没准运气好，她也在线呢。何况大清早跑去网吧，多少让人有些奇怪。

电脑设置了密码。我输入三岛的手机号、生日，密码错误。又试了门锁密码，依然错误。我胡乱操作一通，统统失败了。没辙了。我关掉电脑，狠狠拍了下键盘，响声将自己也吓一跳。有这个必要吗，不就一台破电脑嘛。我甚至怀疑，这个密码是为我单独设置的。

4

我给艾米莉留言，告诉她我也在长沙。她的灰色头像始终一动不动。从网吧出来，我去对面的无名粉店吃粉。心里焦躁，再次燃起想抽烟的念头。隔壁就是小卖店。我在熟悉的红塔山、精白沙、芙蓉王之间犹豫不决，最终买了一包从未抽过的万宝路。十八岁以来，这是我头一回主动买烟抽。我对万宝路浓烈的薄荷味倍感不适，我蹲下身，发出歇斯底里的咳嗽，眼泪都快呛出来了。一只黑猫突然从绿化带闪出，琥珀色眼球，冷冷地审视我，瞳孔射出束束幽光。我被它看得有些心烦，将烟蒂弹向它，它弓身钻进绿化带，转眼就没了身影。

三岛给我电话，说他临时要出趟短差，晚上不回家。不知怎的，这个电话让我有种如释重负之感。我无所事事，又钻进网吧，玩了一下午的"CS"，每次都选择恐怖分子一方，安装完定时炸弹，就躲在角落里向警察打冷枪，经常被一枪爆头。输多赢少。我把恐怖分子的脸都丢光了。无聊透顶时，艾米莉的QQ头像终于动起来。

"你来长沙了？"她说。

我说是的，来了快个把礼拜了，一个人也不认识，快要无聊死了。

"我也一样，改天过来找你玩吧。"她说。

我说好啊，我给了她电话号码。她发来一个鬼脸。我以为她也会给我电话号码，但没有。我自然又问起山洞中的羊。她说下回见面聊吧，匆匆下了线。我有种被戏弄似的失落感。她的QQ空间新上传了几张狗的照片。艾米莉抱着一只雪纳瑞，坐在沙发上。她家的客厅很大，枝形吊灯，高大的落地窗，波斯地毯，皮沙发，很大的电视。家境应该不错。我想到我家的寒碜样，住在混乱嘈杂的农贸市场，连件像样的家具都没有，父亲白天夜里都泡在棋牌室，顿时有些泄气。

我没奢望艾米莉会来看我。对她来说，我不过一个来路不明的网友。从网吧出来，天快黑了。那是一条法桐夹道的街道，两边停满违停的车辆，已是深秋季节，法桐黄白相间，像极一幅风景画。一阵夜风袭来，吹

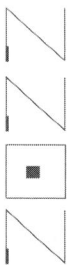

得违停车辆挡风玻璃上的枯叶瑟瑟发抖。我将卫衣帽子罩住头，双手插兜，慢慢往住处方向走去。

我是在离住处最近的路口看到三岛的206的。206正在等红绿灯，排在最前头。我一眼就能判定那辆车是属于三岛的。副驾坐着一个女人。他们正在欢声谈笑。三岛抽烟，女人将车窗开了一道缝。她穿着卡其色的风衣，酒红色的围脖，戴着硕大的环形耳环，三十岁上下。不知三岛说了什么，女人笑着用拳头捶了他两下，看起来风情万种。绿灯亮起，206缓缓加速，很快消失在暮色中的街头。我茫然望向昏黄亮起的街灯，远处高大的建筑和法桐投下光怪陆离的光影。我呆立许久，像个小偷，偷窥了他们刚才的所有举动。

夜里我早早睡下，脑海里尽是些乱七八糟的念头。父亲打来电话，说今年兵源方向是新疆、西藏和云南。都是边疆省份。我听从新疆退伍的老兵讲，那儿自然环境恶劣，高海拔，条件十分艰苦。我希望能分到云南。我表姐一家都在昆明，她说昆明终日阳光明媚，四季如春。我喜欢天气好的地方。然而被分到西藏新疆我也没辙，毕竟军人以服从命令为天职。想到这个，我睡意全无，索性坐在窗前抽烟。窗外一轮明亮的上弦月，草丛响彻秋虫的鸣叫。月光穿透树梢，与树影相互咬合，彼此纠缠。我将烟头抽得红亮，窗玻璃上映出扭曲的烟雾。我想起扑克牌上的那些女人。想起三岛和那个戴耳环的女人，他们究竟什么关系，此刻又在做什么。

5

十一月份中旬，我顺利通过了科目二的考试。倒车入库、侧方停车、直角转弯、曲线行驶均是一气呵成，唯有坡道定点停车和起步，腿抖得厉害，离合器没控制好，车终究熄了火，第二次才得以通过。

毫无疑问，我是教练喜欢的那种学员，每个动作教一两遍就心领神会，操作规范，加减挡位从不拖泥带水。其他学员私下里没少给陈教练送香烟、槟榔，希望能少挨教练的批评，多练几把车。我一次也没送过。也许是我学得不错，再加上有三岛这层关系，陈教练待我很客气。有时甚至让我给其他学员做示范，讲解动作要领。踩离合器，挂挡，起步，加速，换挡，注意看左右反光镜……还别说，我讲起来还头头是道，很像那么回事。

通过科目二后，我满怀信心，对接下来的科目三充满期待。这不是我盲目自信，连陈教练也是这样认为的。我开着他那辆桑塔纳2000，在练车场绕了两圈后，他说："放心吧，像你这样的基础，科目三小菜一碟。"

我希望月底前能拿到驾照。练车丝毫不敢懈怠。何况近水楼台先得月，每天起床，吃完早餐，我总是第一个出现在练车场。我的车技越来越熟练，加减挡之间察觉不出什么滞碍。

陈教练开玩笑说："金宏明，可以啦，回家歇着吧，把练车机会让给这些菜鸟们。"我并没有那样做。之所以那么勤快地练车，是因为我迷上了驾驶。一手搭着方向盘，一手操纵挡位，汽车缓缓启动……那种感觉让人妙不可言。哪怕只是摸一摸方向盘也行。他们说越是新手，车瘾越大。我依然坚持每天练车。

连日秋高气爽的好天气，三岛最近常步行上班。他回来得很晚，有时上午才回家。我们一块看欧冠淘汰赛的回放，梅西的任意球刁钻地飞进了对方球网时，他说最近单位比较忙，需要加班，办公室有行军床。我悄悄瞟了他一眼，很想告诉他，我看见那个女人了。

每次楼下看到三岛的206，我都会深深看上几眼。206的尾灯，亮起时像一双小巧玲珑的眼睛。我很想驾驶它。这个念头随着科目二的顺利通过，变得更加强烈起来。三岛自然不会同意的，理由不用多说，我连驾照都没拿到，无证驾驶是违法的。206还有一把备用钥匙，他藏在玄关抽屉的收纳盒中。我很早就发现了这个秘密。

我偶尔会用备用钥匙打开车门，坐在上面感受一番。和破烂不堪的教练车相比，206的挡位要丝滑得多。有时我会启动车辆，抓紧方向盘，深踩离合器，想象驾驶206上路的情景。我喜欢车内的感觉，安全，私密，踏实。这是独属于自己的空间，神圣不可侵犯。有天我随手翻阅三岛的藏书，对上面一句话深以为然。……汽车是工作地点和家的无人地带，最快乐的时光就是一个人开车在家和公司的路上。我不知道三岛是否看过这本书，是否体验到书上描述的那种快乐。

有时我也好奇地翻翻206的手套箱和扶手箱。里面装着一些保险票据，报社出入证、饭店优惠券、停车票等。我在椅套袋发现了两只尚未使

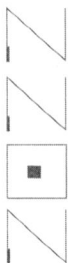

用的冈本牌避孕套。偶尔后座上还有几根女人的长发，发质柔软，黑色，栗色，或卷发都有。我屏气敛息，想象他们在车上交臂叠股的情形。非常刺激。

这是三岛的秘密，他要是发觉我悄悄动了他的车，肯定会大为光火。熄火，锁好车，再将车钥匙物归原处。我尽量避免在车内待的时间太长，留下什么蛛丝马迹。

我是个什么事情都想弄个水落石出的人。我知道这样不好，好奇害死猫，但总克制不住自己。那台电脑总让我想起那个无法破译的密码。试过好几回，密码都不对。我盯着硕大的显示器，无计可施，它的存在对我构成了一种无言的挑衅：小子，你有种就把密码破了吧？屡次失败，终于激起我的斗志。我发誓一定破译它，尤其想到硬盘里或许还有些别的秘密时，我的好奇心更加强烈起来。

一次回家输门锁密码，脑海突然灵光一闪。187433，我早就在电脑上试过了，是错的。但这回我稍微调整了一下，将首位数改成2，287433，输完，敲击回车键，谢天谢地，密码正确！我差点跳起来，我真是个天才。我相信电脑密码原先和门锁密码是一致的，他为了不让我登陆，做了小小的改动。小样，这也隐瞒得过我？我浏览着电脑硬盘资料，许久都没法平复心情。

这里是三岛的另外一个家，文件、照片、电影和音乐，将500G的硬盘空间占据得所剩无几。我对他写的文章压根不感兴趣，都是些随笔，篇幅还不短，我看不懂，也缺乏耐心。我的注意力都集中在电影和照片上。他并不是一个爱照相的人，自己的照片并不多。我从他寥寥几张照片中看到一个更为年轻的三岛，那时他还是一头长发，身材消瘦，穿着天蓝色的牛仔裤，白色运动鞋，和现在判若两人。我快速浏览了下，都是些和朋友爬山，郊外踏青，餐馆聚餐的合影。我以为会看到车上那个女人的照片，找了许久，没有找到。

有一个分区，全是电影。我扫了眼，连部好莱坞大片都没有，全是《四月三日两天》《我略知她一二》《樱桃的滋味》诸如此类的文艺片。没有凶杀，没有爆炸，没有打斗，没有色情，这让我大失所望。

我试图找些单身汉电脑里常备的那种影片，饭岛爱啦、苍井空啦、波多野结衣啦都行，结果也没有。也许狡猾的三岛将这些影片进行了隐藏，藏在一些毫不起眼的文件夹中。我不甘心，一个个文件夹来回排查。我不相信他的电脑会比车内还干净。

我的耐心终于收到了回报，当我打开某个毫不起眼的"新建文件夹"时，仿佛俄罗斯套娃，马上又弹出新的"新建文件夹"，我锲而不舍，一路追踪，直到第五个"新建文件夹"，他终于露出马脚。我想如果不去当兵，也许我会是一个优秀的侦探。

里面全是一些令人瞠目结舌的性爱视频和照片。我认识的那个男主角，和不同的女人在书房，卧室，沙发，洗手间交媾。

我明白他不想让我碰他电脑的原因了。一共十二个女人。很多露了脸，也有刻意遮挡住镜头的。有几个很年轻的女孩，像醉死一样，失去了意识，躺在床上任由他摆弄。我不知道他为什么要记录这些。我像刚认识三岛，他让我琢磨不透，无比陌生。

6

十一月份底，寒意料峭，从西伯利亚南下的寒流席卷了整个城市。街上的法桐一天比一天斑驳，离光杆司令只差一夜西风了。我换上羽绒服，依然感觉冷飕飕的。艾米莉联系我时，我正好在网吧。她给我留言，中午有时间没？我一会过来找你玩去。我倍感惊诧，一时不敢相信，我说今天有空啦？她说是啊，我答应过来找你玩的嘛，何况今天是我生日。我不知道她为什么要强调今天是她生日这件事。还没等我想好如何回复，对话框又弹出一条她的信息：怎么，不欢迎啊？我赶紧说，生日快乐，热烈欢迎！我告诉了她地址，她说你等着，我一天没吃东西了，快饿扁了。我一会到了给你电话。她竟然还记着我的电话号码，这让我心头一热。

艾米莉从出租车里走下来，她穿着一件灰色毛衣，卡通针织手套，背个帆布包，看到我时，她略迟疑了一下，我朝她挥挥手，她便慢慢朝我走来。她比照片更漂亮些。个子高挑，身材稍显瘦削，皮肤极白，很长时间没见过阳光了，隐约能看见脖子上乌青的毛细血管。黑白分明的双眼，掠过一抹浅浅的笑意。我说吃什么好呢？她说都行。她的声音很轻，我需要集中注意力才听得清。我们并肩走着，路人纷纷侧目，这让我感到有些骄傲，他们一定把这个漂亮女孩认为是我女朋友吧。

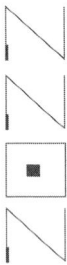

我请她去肯德基。她看起来是真饿了，点了两个汉堡、炸鸡腿和大杯可乐。但仅吃了半个汉堡，她就停止了进食。我说你不是饿吗，就吃这么点？她用纸巾擦拭嘴角，说已经吃饱了。她说话时眉头往上扬了扬，看上去有些俏皮。"我跟后妈闹翻了，偷偷跑出来的。他们肯定被气疯了。"我说从家跑出来的？她点点头，纠正说，"不是从长沙，从永州跑上来的。"

我没去过永州，不过课本上学过，永州之野产异蛇，黑质而白章，触草木尽死。我怕蛇，对这句话印象深刻。"真有那么多蛇吗？"她扑哧一笑："矿山很多蛇啊，你怕蛇啊？"我如实相告，所有动物中，我最怕的是蛇。她说："那你怕不怕鬼？"我说没见过鬼，要是见了，估计也是怕的吧。"那我哪天要变成鬼你怕不怕？"我望着她漂亮的眼眸，说如果是你，那估计是不怕的吧。她观察着我的反应，突然放声大笑："那你等着吧。"

她说在长沙上学，父母住永州。她平时两边来回跑。母亲几年前去世，父亲迅速再婚。她和后妈关系恶劣，在她的描述中，那是一个母夜叉。前天她的狗丢了，她怀疑是后妈故意搞丢的，后妈对狗毛过敏，一直厌恶她养狗。她和后妈大吵了一架，作为报复，负气离家出走时，她顺手拿了她一点东西。具体是什么东西她没说。"她现在肯定暴跳如雷哈哈！"为了证明所言非虚，她掏出手机。"我关了一天机了，他们不可能找得到我。"她的手机是新款的诺基亚E63，黑色，钢琴烤漆，很漂亮，是我羡慕已久的一款手机。她大大咧咧地扔桌面上，问我多大，我说刚满十八。她耸了耸肩说，相差一点点而已，我不会叫你哥的。我问一点点是多少？她神秘一笑，就是一点点。她和网上的艾米莉看起来更像是两个人。有那么一刻，我努力想将她和艾米莉融为一体，还是觉得格格不入。我再次小心地问起那只羊的结局，她想了一会才想起来似的，用一种不容置疑的口吻向我说道："我想告诉你时，自然就会告诉你的，但你别问，OK？"

从肯德基出来，我们一路闲逛。路过一家宠物店，她非拉我进去看一圈不可。告诉我各种动物名称：萨摩耶、雪纳瑞、泰迪、边牧犬、苏格兰折耳猫、曼切堪猫、龙猫、金刚鹦鹉……如数家珍。她蹲下来，抚摸一只雪纳瑞的头，长时间审视狗的眼睛。她问我养狗没，我说从没养过。她说你应该养一只狗试试。见我疑惑不解，她站起身说："狗不像人，从不撒谎。"听起来莫名其妙。

从宠物店出来，我们沿街溜达，走到驾校附近时，我想起三岛今天去湘潭出差，家里应该没人。我装着不经意的样子说："我就住旁边，要不要上去坐一会？"她说家里有什么好玩的？我犹豫了下，说："别的没有，倒是有很多书，就像一个小型图书馆。"她哦了一声，说，"有《小王子》没？"尽管我没听说过这本书，还是含糊其辞地说："应该有吧。"

那天驾校练车的人并不多，两台老捷达正慢腾腾地倒车入库，期间熄了几次火。我没看到陈教练，也没看到其他熟面孔的学员。我很想告诉她，我就在这儿练的车，刚通过科二的考试，我是这批学员中最优秀的。

206停在楼下，三岛最近刚洗了车，灰头土脸的车身焕然一新，镀铬条擦得锃亮，看上去精神抖擞。她像是看出了什么，问我这是你的车吗？我说是表哥的。她俏皮地拍了拍车屁股。

我想每个初次造访三岛房间的人，都会发出类似的感叹，哇，这么多书啊！她们的目光顺着书脊一路扫去，最后会问：这么多书，你都看过吗？我第一次进三岛的住所时，就是这么问的。那天他没给我答案，仿佛这是一个无须回答的蠢问题。后来我想明白了，对于一个喜欢藏书之人来说，就像我小时候爱好集邮一样，收藏的过程本身就是一种快乐，光是这点就足够了。当然，他要是知道我偷偷带陌生人回家，还不晓得怎样数落我。

"都是你的书吗？"她问我。我摇摇头，说是表哥的。她问表哥是做什么的，我说那是一个怪人，她说怎么怪了？我答不上来，只好说他是报刊编辑。

《小王子》自然是没找着。从卷帙浩繁的书籍中找本想要的书绝非易事，即使有这本书，一时半会恐怕也难以发现。窗外一片银灰，雨意渐浓，果然淅淅沥沥下起了小雨，天气预报说，受西伯利亚寒流影响，未来几天还会持续降温。我开了电暖器，关紧门窗，几分钟后，书房逐渐暖和了些。她坐床沿，从书柜随手抽出一本小说，像发现了什么似的，哈哈大笑起来。我凑向前，问怎么啦？她指了指书名，《献给艾米莉的一朵玫瑰

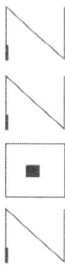

花》，作者是个外国人。

"这是献给我的玫瑰花，今天正好生日，巧了。"

她调整了一下身姿，轻声朗诵起来。

艾米莉·格里尔小姐过世了，全镇的人都去送丧：男子们是出于敬慕之情，因为一个纪念碑倒下了。妇女们呢，则大多数出于好奇心，想看看她屋子的内部……

她念了一段，将书放下，头朝后仰，露出白皙的脖颈和精致的白金项链。"原来艾米莉死了。我宣布收回刚才的话。"她陷入沉思，目光透着一丝深不可测的忧戚，仿佛是朝往事敞开的伤口。她的样子比我还小，但举止之间总是透着一种让我捉摸不定的神秘感。那种感觉紧紧地拽住我。像件精美易碎的瓷器，冰凉而富有光泽。我感觉内心某处突然坍塌了。在我十八岁的人生里，还未曾有过哪个女生带给我这么大的破坏力。有那么一会儿，我们谁也没说话。窗外的雨水，孩童的哭闹，教练车的轰鸣，仿佛都和我们无关，整个世界只剩我们两人。怎么形容此时的情景呢，我搜肠刮肚，也只想到"心有灵犀""心心相印"诸如此类的俗套话语。我想换成三岛，他肯定能想到更加优美文雅的诗句吧。但一想到三岛，我情不自禁地望向那台电脑。我飞快将他从脑海中驱逐出去，唯恐他亵渎此刻圣洁美好的时光。

她将书合拢，问我能不能将这本书送给她。"就当是送我的生日礼物吧。"她这么一说，我自然更加不好拒绝了。我想三岛书架上这么多的书，少了一本他也察觉不到。我说送你了。她将书小心地放进背包，道了谢。这时她说，我们就这么宅着吗？我说去哪逛呢？我能想到的城里女孩们玩的游乐项目，摩天轮啦、卡丁车啦、游乐场啦，都被她一一否决了。

"那些没意思，再说天气也不好。"

除了这些，我就不知道还能做什么了。在老家，他们会带女孩子去打桌球，溜冰，网吧包通宵，或去沅江划船。这里是她的主场，她要比我熟悉得多。

"你会开车吗？"她突然问我。

"哦。"我嘟囔着。她大概领会错了意思，以为我是会开车的。

"我想到一个好地方，我们开车上那去吧！"她为突然想起的点子兴奋起来，一副马上出发的样子。

"什么地方啊？"我说。

她神秘兮兮地说："先保密，说出来就没意思了。我晓得路，我们走吧！"

我犹豫着要不要告诉她，其实我还没拿到驾照呢。再说，车也不是我的，三岛要是发现我开走了他的车，这事可比带陌生人回家严重得多。可要在这个关头说出实情，的确令人扫兴。看到那双充满期待的眼睛，我就晓得我无法拒绝了。我心一横，不就是开个车吗，没来这之前，我不也把小姨夫的破福田开上路，最后又顺顺利利开回来了吗？何况，我已经通过了科目二的考试，挂挡，加减速以及基本的交通规则，都已经弄得一清二楚了。

我说好吧，反正今天你生日，你是老大，都听你的。这句话听得她心花怒放起来。我们迅速下楼，启动车。她坐副驾，拉上安全带，说："我晓得路，这儿离西二环很近，我们先上西二环再说。"我心想，西二环又在哪啊？

7

严格意义上讲，那是我第一回开车上路。小姨夫的老福田，我开过最远的一回，也不过是从建材城开回家，相距不过四五百米，而且是夜里，路上压根没几辆车。

"你不晓得你就住在西二环边上吗？"艾米莉说。我真的不晓得。晓得又如何，我从没想过会驾车上二环。她给我导航，留意路过的每块指示牌。我将车速控制在四十码，在二挡和三挡间来回切换。"看到了，在那。"我顺着她手指的方向拐进匝道，朝右上坡，汇入主干道。不是西二环。她有点儿沮丧，"刚才明明看到西二环字样了。"我不知道西二环在哪，但我确定我的右侧就是湘江。我们沿江而上，一路朝北驶去。有一阵，雨越下得有些大，慌乱中我将雨刮调至最大挡。它拼命挥舞着翅膀，我们面前眼花缭乱。我将车速放得很慢，不断有人超车。脾气暴躁的司机拼命朝我按喇叭，再一脚油门，扬长而去。态度嚣张且极具挑衅性。我想

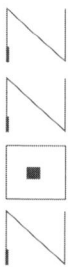

起一句话，路怒族眼中只有两类司机：开得比他快的傻逼和开得比他慢的傻逼。

"看来你是个菜鸟嘛。"她揶揄道。我没理睬，暗地里深踩油门，码表的指针通电似的往上跳，不断升挡，迅速超过几辆车后，我拍了拍方向盘说，"怎么样？"

用不着她表扬，我自觉开得还行。驾驶了一段路程过后，我对206愈发熟悉，换挡、加减速、变道都得心应手。有她在身旁，我希望能一直这样开下去，这种感觉真好。

越往北，雨势越小，到后来逐渐停了，乌云密布的天空突然开了个豁口，露出一抹久违的阳光。我们心情大好。她说来点音乐吧。真是个好主意，开车怎么能没有音乐呢？一段节奏轻柔的旋律响起。和三岛接我那天的旋律很像，但我是音盲，大小提琴和钢琴都区分不出来。她靠着头枕，身体微微蜷缩，倒像沉醉在音律当中。"你听巴赫啊？"她说。我不知道谁是巴赫。他让我讨厌。"听起来像巴赫的《哥德堡变奏曲》，巴赫晚年的作品，长期被人忽视，直到上世纪五十年代，才逐渐走红，是巴赫作品中最重要的变奏曲……"

我如听天书一般。"你怎么知道这些的？"她告诉我，她母亲是个古典音乐的发烧友，生前很痴迷巴赫，她在世时，曾教她弹过几年钢琴，所以对古典音乐多少懂一点。她说《哥德堡变奏曲》全作品包含了30个变奏，主题反复。每三个变奏为一组，每组最后一曲都是卡农曲。

我欣赏不来那么高雅的东西。我只喜欢周杰伦。我耐住性子听了一会，就像听催眠曲，我说，求你了，去翻翻手套箱，看有没有别的CD吧。她找到几张，不知道三岛是哪根神经错乱了，竟然全是巴赫。

巴赫，巴赫，去他妈的巴赫。我心里暗自诅咒道。

不过聊胜于无，总比沉默好，再说轻柔缓和的音乐，也适合聊天。她告诉我，母亲和妹妹是在她九岁那年意外去世的。母亲晚饭后和往常那样，带妹妹出门散步，她一向讨厌和母亲散步，母亲一直用汗津津的手牵着她，不许她乱跑。她宁愿待在家看电视。那天傍晚，她目睹母亲牵着妹妹走出家门，消失于黄昏的暮霭中。她们再也没回来。时隔多年，她还记得妹妹那天灰色外套上的卡通画和红手套。出门时，妹妹还不忘回头朝她挥了挥手，扮了个鬼脸。再看到母亲时，是在距离家几百米的地方，她被一辆车撞飞。母亲临死前在地上写了一个血字"钅"，字没写完，就落了气，而妹妹则不知所终。三天后，他们在山上发现了她，那时她已经没了生命体征。她怎么出现在山上？谁是肇事者？留下一个永远未解的谜团。

我脑海里想着这起耸人听闻的事故，一时难以置信。她茫然地望着前方，两侧的树篱飞速从眼前掠过，讲这些的时候，她语气冷漠，甚至带着一丝憎恶的神色，称得上有些诡异。我在想带"钅"字旁的字，想了一会，实在太多了。说到妹妹时，她说会后悔，她和妹妹几乎形影不离，那天妹妹本不想去散步的，她想陪她一块看《猫和老鼠》，但被母亲拉去散步了。她说怀疑母亲写的也许是"钧"，因为父亲的名字里，就有一个"钧"字。她说母亲性格比较敏感，常疑心父亲在外面有了人，父亲性格暴躁，说话很容易上头。母亲曾被父亲一巴掌打得耳膜穿孔、脑震荡，在长沙住了很长时间的院。两人的感情在一次次争吵不休中消耗一空了。

"你怀疑父亲是凶手？"我张大嘴说。

"那也未必，我父亲那天在深圳。但他知道我怀疑过他。"她露出一丝诡异的眼神，摇了摇头说，"我要把这些告诉警察，他不死也会脱层皮。不过嘛……他倒是很能挣钱，我总不能断了家里财路。我又不傻。"讲这些时，她始终瞪着前方，甚至没朝我看一眼，完全不顾我的一脸惊讶。

她父亲经营一座铷矿，是当地的纳税大户。我头一回听说这种矿产，她解释说那是一种稀有金属矿产，光电管、电光源、X-线图像增强器等都会用到它。她说父亲在矿区不远的地方建了个庄园，像一个村庄那么大。里面有别墅和娱乐场，一应俱全，还养了一匹马，她给它取了个名字叫"医生"。她说等念完高中，她就会出国留学，至于是去英国还是美国，暂时还没想好。她说母亲死后，父亲又迅速结了婚，是一位比母亲更年轻的漂亮女军官。因为有这层背景，父亲的矿产生意没出过什么差错。我不知道她为何要和我讲这些。她调整了下坐姿，朝我轻轻一笑说，不讲这些了啊。我说，还去那个地方吗？她说，当然去啊，大方向准没错的，也在北边。我说到底是个什么地方？她说，一片坟墓。

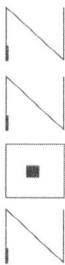

她察觉到我的震惊和诧异，解释说："别紧张，不是你想的那种坟墓。"

"那是什么？"

"一会你就知道了。"

那是一片荒无人烟的欧式别墅区，坐落在一个山谷，面积足有千多亩，主体已经完工，尚未安装门窗，按照步骤，接下来是相关的装修环节。但不知是资金链断裂，还是别的原因，没再继续下去。她说是"坟墓"，倒也讲得通。别墅看上去已经荒废好些年头，茂密的杂草从房顶冒出，藤蔓盘踞着外墙面，蓬蒿、芭茅、野生珙桐、蕨类植物割据着各个角落。锈迹斑斑的铁艺装饰物，龟裂的水泥墙，触目惊心的青苔，让这片别墅区呈现出一种诡异和颓败之美。

我们停好车，拨开芭茅，拾阶而上，站在一处别墅的露台上。

四周视野开阔，满眼秋色，正是漫山红叶，丛林尽染之时，一切让人赏心悦目。空气通透度再高点，兴许能看见远处的湘江。周围异常静谧，连声狗叫都没有。我吹了声呼哨，声音一波波荡漾开来，传出很远。受惊的鸟儿不断从灌木丛中跃起，发出嗖嗖的掠翅声。

"坟墓"虽已残破不堪，但造型讲究，环境幽静，重新装修一下，依然是有钱人的好归宿。我说，有点可惜啊，就这么荒废了。她说，都十来年了，老板当年欠了一屁股债，最后自杀了，房子彻底烂了尾。我说你怎么知道的？她沉默了一会，叹了口气说，很巧，我们脚下的这栋房子，就是我妈生前以我的名义买的。如果不是因为烂尾，我很可能现在就住在这里。她说每次和后妈闹翻，就想来这里看看。

"这栋房子能让我想起她们。这是她们留给我的一份念想。"她眼眶泛红，极力克制着即将崩溃的情绪。我一时举手无措，不知如何安慰她。她问我带纸巾没，我慌乱地伸进口袋，掏出香烟、打火机、车钥匙和游戏币，但没有纸巾。她说给我来一根。我愣了下才反应过来，背过风，点了烟，递给她。

她抽烟的样子看起来很娴熟。"常抽吗？"我说。她摇摇头。"只是突然想来一根而已。"我当然明白，我说我偶尔也如此。她撸了撸鼻子，突然说："不抽了。不然她们会难过的。"她很快将烟掐灭了，"每年的生日我都会来这里，今天谢谢你陪我度过。"很认真的样子。我赶紧说："这算什么。"

她说趁天还没黑，给我来张照片做纪念吧。她开了机，让我用她的手机拍照。

我笨手笨脚地拍了几张。我用的还是最老款的诺基亚，除了电话和短信，啥也干不了。她教我对焦，构图，按下拍摄键。其间很多条短信弹出来，她不看，索性抠出了SIM卡。落日余晖中，我们自拍了一张合影。我们靠得很近，脸几乎要贴一块了，我能感受到她的呼吸和少女身上独有的青春气息。她的发梢从我的脸颊拂过。这让我怦然心动。十八岁以来，我还从没和女生靠得那么近。

最后一抹夕阳奋力穿透云层，给颓败的别墅群镀上一层金箔。看上去金碧辉煌，一切又恢复了活力。我想起回光返照就是这般光景。太阳迅速地往地平线沉没，光影黯然下来，四周蒙上一层青蓝。这时她飞快地朝我脸颊吻过来。一切如此突然，我根本来不及反应，她的嘴唇柔软，湿润，霸道，盖印章似的，带着点不容分说的压迫感。她将我的手探入她的内衣，握住她小巧圆润的乳房。那是我人生第一次抚摸女人。我笨拙地回应，有点儿喘不过气来，感觉某个部位胀得厉害，快要爆炸了。当我逐渐找到某种默契并主动出击时，她突然猛地一把将我推开。"留着下回吧。"她悄声说道。她转身沉默地望向青烟迷蒙的群山，层峦叠嶂的剪影在暮色中愈发迷人。我努力确认她的眼神，看起来一切都那么正常，仿佛刚才什么都没发生。

8

薄暮时分我们开始返城。在车上，她忍不住回望了一眼身后的建筑群。我开了灯，小心驾驶着206，心里还想着刚才的那惊心动魄的一幕。一切发生得太突然了。我心里淌过一种从未有过的情愫。我说不上来那是一种怎样的感觉，她的那句话，给我留下无穷的遐想。她安静地坐在副驾上。我开了音乐，熟悉的旋律响起，这回巴赫不再那么难以忍受，有那么一会，我沉浸在想象的世界，还差点走了神。

我问她晚上想吃点什么？火锅，剁椒鱼头，比萨？她一一摇头。"那到底想吃什么吗？"她说："我现在一点不饿。"她侧过身，凝视着我。我想起她当时看雪纳瑞也是这种眼神。我说你不会难受吗？她轻轻笑了。"我睡得很少，也不感到很饿，已经习以为常了。"

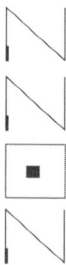

她问我未来有什么打算。我告诉她，我已经是一名准新兵了。对于即将到来的兵营生活，我还是满怀期待的。只要能逃离那个早已厌倦的小县城怎么都行。她问我去哪当兵。我说还没定，也许是新疆。她说，新疆好啊，听说那儿的星空很漂亮，你去了替我多看眼星空啊。我说，给你摘颗回来都没问题。她轻笑，说我们要两年以后才能见哦。你回来会来找我的对吧？我心里还想着"下回"呢，我说当然啊，我问她两年后在哪见？她沉默了一会说，长沙？很快摇头否定，你来矿山也说不定。我没想到她会这样说。就在我说的那个山洞见怎样？她调皮地向我眨了眨眼。我拍了拍方向盘，附和说好。

有一阵，公路和湘江靠得很近。她问我能不能停下车。时值秋末，河流枯瘦，深蓝的夜空下，细长的江面泛起灰白的波光。我们下了防波堤，朝干涸的河床腹地走去。龟裂的河床，覆盖着无限蔓延的龟纹，我们一直走到水边，她才停住脚步。夜空下，水流轻缓，仔细听，似有呜咽之声。她蹲下，将手伸入水流，不紧不慢地拍打着浪花，突然心事重重的样子。我一旁抽烟，不敢惊动她。她回头说，每朵浪花都会回来，对吧？我愣了下，不知所然。她说，湘江汇入洞庭，再入长江，最终流向大海，对吧？我点点头说是的。大海蒸发，再经过水循环，进入大气层，化作雨水，汇入江河，浪花不就回来了吗？我想起高中地理，似乎是这么个道理。她高掬起一捧水，水柱在灰鼠色的暮霭中闪闪发亮。反复几次，她像玩腻了，直起身，说回吧。

回去路上，她斜躺着，很疲惫的样子。有好几次我以为她睡着了，侧头看她时，发现她一直醒着。天已黑透，车在城郊行驶着，前方灯火通明，跨江大桥像把闪光的长弓，横卧江面。我想用不着半小时，就能进入主城区了。

车祸就是那时发生的。一团黑影突然从路旁冲了出来，我尚未做出反应，听见砰的一声闷响，什么东西撞在汽车的保险杠部位，继而听见了狗的哀鸣声。

一只小黑狗，躺在206的左后侧，身体微微抽搐，看起来已经没救了。我的大脑一片空白，只听见一个指令：赶紧跑！我情不自禁地开始加速，将油门踩到底，206发出轰鸣，转速表指针飙升到4000转我才想起换挡。我听见她在尖叫，用力拍打我，命令我快点停车。我不能停车。离它越远越安全。我害怕鲜血淋漓的狗，害怕愤怒的狗主人，害怕赶来的交警。我没法告诉她，我还没拿到驾照呢。

她在哽咽，一切糟糕透了。车进城区，她的情绪才缓和过来。她问我刚才为什么不停车？我说，撞得那么厉害，无论如何也没救了。她目不转睛地盯视我，仿佛要将我看穿。我被她盯得非常不自在。我说，我不是故意的，刚才我太害怕了。我懊恼地拍打着方向盘，狂躁起来。

"不管怎样，我们至少应该查看一下它的伤势。"

我说是的，我错了。

"不管怎样，你不能任由它躺在那儿汩汩地流血……"

我说我怎么办？它都这样了。我鼻子发酸，感觉快要哭了。

"我要是你，我就会倒车，将它彻底碾死。你要知道帮人解脱，也是件积德的事。"

我惊讶地望向她，她眼神涣散，茫然望向前方闪烁的街灯，挡风玻璃映现着扭曲的波纹光影，远处橘子洲狭长的剪影横卧江心，领袖的头像在夜空中闪闪发光。

此后，她不再说话，仿佛事情就这样过去了。她让我在潇湘中路的岔路口放下她。我说我送你回家，她坚持说不用，她会打车回家。

她下了车，临时像想起什么，敲了敲车窗。我放下玻璃。她探身说，"尽管刚才发生了点小插曲，但还是要谢谢你，陪我度过一个难忘的生日。"我正想说点什么，她突然话锋一转说，"忘了告诉你答案了，那只羊后来死了。"我说是哪只羊？她说："摔伤的那只。"这大大出乎我的意料，我说为什么是这一只呢？她浅浅一笑说："她伤得有点重，活着对她来说也是一种折磨。况且两只看起来一模一样的，留下一只不就行了吗？"说完，她朝我挥挥手，不顾我一脸的愕然，快步穿过斑马线，消失在大学城茫茫夜色中。

我将206开回住处，下车时发现她的手机落在座位上。我想起来，我还没有她电话号码，甚至连她姓名都不知道呢。我问过她，她说叫她艾米莉就行，大家都这么叫。我想她有我的号码，很快就会联系我，到时我会把手机还给她。

206的保险杠撞凹了一点，但没想象的严重，不仔细看，看不出来。

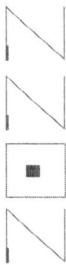

撞击处沾着狗毛和血迹，我找来矿泉水，简单冲洗了一下。三岛已经在家等着我了，他冷冷地瞅着我，等着我主动解释。我想没什么好说的。要杀要剐随便。我将备用钥匙放归原处，换鞋，脱掉外套，一言不发地坐在沙发上。他也许从没见我这副样子，或被我阴沉沉的眼神镇住了，只说了一句，你还没拿到驾照，怎么能随便开车呢？我说，不会有下次了。我回到书房，一头栽倒在床上。

9

我一直等着艾米莉的电话。奇怪的是，一连几天都没有她的消息，仿佛她把手机这事彻底遗忘了。我在QQ上给她留言，也音讯全无。手机足有九成新，像刚使用没多久，一点划痕都没有。手机的SIM卡已经拔掉。里面存着傍晚拍的几张照片和一段奇怪的录音，除此什么都没有，甚至电话簿都是空白的，像是被刻意清理过，什么痕迹都没留下。之所以说那段录音奇怪，因为录音没有显示时间，也没有什么内容。我听了几遍，疑似拧开的水龙头或别的流水声，但也不确定。我以为会听到说话声或别的，却什么也没有。这让我百思不得其解。我想兴许是误录吧。

想她的时候，我会看我们的合影，她侧身靠着我，漂亮的杏仁眼满含笑意。我想那一刻，她是快乐的。这样想时，我也会感到些许的欣慰，觉得这份快乐里，和我多少也有点关系。我猜测她被什么事牵绊，或者被家人接回永州去了。

父亲给我打来电话，告诉我入伍的时间确定下来了，去云南大理，十二月初就得出发。去大理，不是新疆，对于这个结果，父亲很满意。不知道怎的，我突然有些小小的失落，我觉得去新疆也蛮好的。他问我车练得怎样了，我说还行，已经过了科目二。我看了日期，如果能顺利预约考试，时间刚好来得及。

我把想法告诉了三岛。他说了一通鼓励我的话，说在部队好好表现，争取考个军校，最好是能提干，留在部队。又说驾校那边他会打好招呼，预约考试的事无须担心。他和颜悦色，心情看上去很好，仿佛我即将搬走对他而言，是再好不过的事。我想起那台破电脑，无疑更加印证了自己的看法。

科目三的考试时间最终确定下来。考前一天，我在道路上进行了最后的模拟考试。起步，加减挡，直线行驶，变更车道……所有步骤都行云流水。陈教练看上去比我还有信心。"金宏明，不要紧张，你绝对没问题。"他兴许听三岛讲过我私自无证驾驶的事了，还不忘调侃我，"拿了驾照才能上路哦。"

我等着艾米莉的电话。她始终没有联系我。手机电池即将耗尽，我买回万能充电器，将手机充满电。夜里我一遍遍看着我们的照片，无数点滴涌过来。我仔细揣摩她在江边说的那些话，觉得眼前是一个巨大的黑洞，神秘叵测，要将我吞没。我又在想，如果当时把车停下来，还能不能挽救回那只受伤的狗？她是不是因为这件事，生我的气，所以一直不理睬我？我甚至想过，倒车将狗彻底碾死，她会做出怎样的反应。我想了很多，总是有些地方觉得让人摸不着头脑。我后来想到那篇小说，特意去网上搜来读了。

"她死在楼下一间屋子里，笨重的胡桃木床上还挂着床帏，她那长满铁灰头发的头枕着的枕头由于用了多年而又不见阳光，已经黄得发霉了……"

我没读懂那篇古怪的外国小说，书中的艾米莉让我产生不适。夜里做了一宿的噩梦。梦中，一只恶狗死死地追咬我，怎么也甩不掉。

十二月初，一个阴冷的早晨，我被安排第一个考试。上车时，副驾已经坐着一个黑胖的考官了。他一言不发地坐在那，嚼着槟榔，腮帮子一鼓一鼓的。车内响起"请学员做好考试准备，并进行指纹验证"的口令，我系好安全带，遵照各项指令，起步，路口右转弯，掉头，直行通过路口，加减挡操作……一切有条不紊地进行，等红绿灯时，我甚至拉上手刹，松掉离合器。我看上去就像一个驾轮老手。我甚至看到考官略带肯定的眼神。就在即将大功告成的当头，一只流浪狗突然从街边蹿了过来，一闪就不见了身影。我心一慌，车头剧烈抖动，熄了火。考官命令我重启，靠边停车。我们下了车，发现狗安然无恙，它已经跑到马路对面去了。我想，这难道是报应吗？我气鼓鼓地瞪着它，真想把这狗日的一脚踹死。"你还剩一次考试机会。"考官说。

我没有把握住第二次机会。原因很简单，忘记系安全带就起步了。败在这个小细节上，实在憋屈至极。我涨红了脸，眼泪都快下来了。考官倒

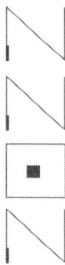

是没忘安慰我，"你车技不错，但粗心了点，等着下回补考吧。"

我将考试挂掉的消息告诉陈教练，他一副不可思议的样子。他说补考最快也要等到十二月中旬了。我算了下时间，那时候我应该已经在新兵营稍息、立正、齐步走了。

仿佛是出于安慰或告别，临走前，三岛请我去吃了顿重庆火锅。席间还有一个学生模样的女生，三岛说那是他新带的实习生，一所师范学院新闻系的大四学生。她拘谨地坐在他对面，毕恭毕敬地一口一个徐老师，殷勤地给他烫菜，敬酒。我看着那张稚气未消的脸，比我大不了多少，说话时还会脸红。我一下想起三岛电脑里的那些女生。她们只是他积攒的一张张邮票。无论如何，我也没法将她和她们的样子联系一起。尽管我很想告诉她，远离你面前这个混蛋，他会想方设法去睡你。但我知道我不能。他们喝酒，聊天，谈笑，我从头到尾，闷声不响地吞咽着食物，羊肉卷、鸭肠、黄喉、毛肚、豆皮，这些我钟爱的食材，它们远比这个世界诱人可爱。

10

我们在教导队进行三个月的新兵训练。每天重复着列队，齐步，操练枪支，投掷手榴弹，打靶，拉练和战术演习。那是我头一回尝试真枪实弹，QSW06手枪、QBZ95式自动步枪、QBU88精确射击步枪、QJB95-1机枪都轮了个遍。所有枪械中，我最喜欢QBZ95式自动步枪，稳且准，后坐力也不大。10环，5发子弹，我最好的一次，打靶成绩45。对QSW06手枪有心理阴影，后坐力大，震得虎口发麻，好几次直接脱靶。

总算熬过三个月的魔鬼式训练，回到大理营区，还没来得及喘口气，我便被单独派往坦克基地练习装甲车，进行为期一个月的驾驶学习。被选为驾驶员，这或多或少得益于我有了一定的驾驶基础。新兵班一共九人，只有我摸过方向盘。

驾驶ZSL-92B型轮式装甲输送车这个庞然大物，需要点技术。ZSL-92B一共十个挡位，两个空挡，起步时需先轰油门，再踩离合器挂挡，和开206差别很大。我的教官是一位有十六年军龄的老兵，西藏人，皮肤黝黑，像刚从煤矿爬出来。我起先叫他张班长，关系混熟了，也叫他老张。老张技术过硬，能直接五挡起步，全连百来号人，只有他能做到。他烟瘾很大，一天两包"红河"。那段时间，我没少给他买红河。我的烟瘾也逐渐大起来。将烟深吸入肺，再酝酿一会，最后从鼻孔喷射出来，感觉浑身每个毛孔都舒张开来。

驾驶ZSL-92B，会有种君临天下、势不可挡的霸气感。ZSL-92底盘采用等轴距6×6驱动方式，车体为装甲钢制全封闭式浮壳结构。毕竟驾驶的是十几吨的大家伙，小汽车在它面前跟玩具一样。有回我不小心碰倒一棵桉树，一点都没察觉，直到战友喊我才晓得。听开坦克的老兵吹牛，一切障碍物在他们看来都是纸老虎，当然在他们眼里，ZSL-92B又是小老弟了。不过我庆幸没有去开坦克，我体验过一回，里面比ZSL-92还闷热，蒸桑拿似的，而且有股很难闻的柴油味。一个月后，我已经能熟练驾ZSL-92B，便前往318高地与连队集合驻训。

那儿离大理营区有七八十公里，最高海拔4700米。他们给318取了个古怪的绰号叫"教之栋"，谁也说不出这代表什么。我们驻扎在一个山麓坝，海拔两千八百米，周围人迹罕至，几天见不着一个老乡。营房前方的山麓上立着一台风力发电机，像个孤独的巨人，每天冷清地旋转着转子叶片。

我喜欢夜里站岗，抬头就是浩瀚的银河。像天鹅绒上撒满钻石，星光璀璨，触手可及。偶尔也能看见彗星，拖着长长的尾巴滑过天际。我想用不着去新疆，这儿的星空同样美得让人窒息。那样的夜晚，我会想起艾米莉，想她那双漂亮的杏仁眼，想起答应过她，要替她多看一眼星空。

我们彻底失去了联系。三个月的新兵训练，我连大理城区都没逛过一回，甭提给她QQ留言了。驻防到教之栋后，更加与世隔绝，连手机信号都没有。但我一直带着她的手机，时间久了，觉得这是件信物，我甚至怀疑，她是不是故意落在车座上的？睹物思人，看到它，我就会想起艾米莉，回味她说过的每句话，她身上有种神秘感让我欲罢不能。我也会想起她可人的模样，想起她湿热的吻，高挑的身材，小巧圆润的乳房，不禁让我心旌摇曳。有几回，我梦见了她。在梦中我们热烈地拥吻，她变成了扑克牌上的女人。醒来我发现内裤湿透，竟然梦遗了。这让我羞报不已。

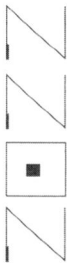

我始终坚信，总有一天，我们会恢复联系，就像她从隐身状态突然亮起头像，分享她的近况和一些隐秘的心事。再说，我还等着她的"下回"呢。

第二年，我们换防至德宏边境。那儿海拔要低得多，气候温润，满眼都是葳蕤茂盛的亚热带植物。我们驻训在一所废弃的橡胶厂房，四周种满芒果和木瓜，猛一吸鼻子，能闻到一股淡淡的芒果味儿。海南来的战友教我们打边炉，从老乡那买回羊肉，和着豆腐、木瓜一块炖。木瓜炖烂，整锅羊肉汤清甜。我们还学会了像本地人那样吃酸木瓜，削皮，切成小块，蘸上盐巴和干辣椒粉。咬一口，酸得浑身打哆嗦。

ZSL-92能将我们班一次性装满。通常我负责驾驶，旁边坐班长，他是通信手，炮手坐炮台，后排由副班长带队，左边坐俩步枪手，右边坐正副机枪手、火箭筒手。班长是福建人，讲话有点大舌头，咬字不清，刚来时我有些听不清，背地里开过他口音的玩笑，不知谁嚼舌头，把他得罪了，后来没少给我小鞋穿。某个周末，他看见了我的E63，问我能不能借他玩会游戏。如果是其他手机，我会毫不犹豫借给他，但这个手机对我而言，意义非凡，我不想有人碰它。我没有答应他，算是把他彻底惹毛了。

在部队的生活简单且单调，每天重复着日常训练，偶尔打场篮球或搞点烧烤。周末，如果驻训的地方离居民生活区不太远，可以请假分批外出。一次四人，四小时。我利用这宝贵的四小时，除了购买日常生活用品和吃饭，我还会去趟网吧。她的QQ头像一如既往，都是灰色的。我给她的留言，一次也没回复过。她的QQ空间的动态也未曾更新过。我还是经常会想起她。这份思念并未随着时间的推移而变淡，反而变得更为浓烈。在最难熬的那段时间里，艾米莉俨然成了我的精神支柱。握着E63，就像握着她的手，我能感受到她身上独特的少女气息。

我和关系最要好的老丁说起过和艾米莉的故事。他是湖南老乡，邵阳人，平时对我还比较关照。他听了我们的故事，不无遗憾地说，"你当时就应该一鼓作气，把她拿下的。"没多久，全班都听说了这个故事，他们艳羡的语气不无讥讽，"退伍后赶紧把她搞定吧，以后你就是矿老板的女婿了。"听着有些刺耳。我晓得那是出于嫉妒。我后来再也没和老丁分享过秘密。

我想起三岛的话，在部队好好表现，争取考个军校，最好能提干并留下来。去了部队，我才晓得对于一个开棋牌室的家庭来说，那些只是美好的梦想。我只想快点儿退伍。尤其后来和班长关系闹僵后，连周末外出他都百般刁难，总是会有层出不穷的杂活等着我去干，保养、擦洗车辆啦，内务卫生啦，随便一个理由就可以左右我。

一个周末，我请了假，去城区购置完生活用品，理完发，还剩余点时间，于是又去了网吧。艾米莉依旧没有消息，倒是QQ邮箱里多了一封陌生人的邮件。

"你是男人吗？"只有一句无头无尾的话。我以为是漂流瓶，随手回复是的。"那就好。我可不可以和你分享一个秘密？"对方也在线，很快回复。我说没问题。对方于是给我发来了一段长长的文字。

"我的秘密是九岁那年夏天开始的。起因是我吃了太多的冰镇西瓜，正是午休时刻，别的小朋友都已睡着，我挺着浑圆的肚皮，浑身是劲，怎么也无法入眠，于是我和她说起悄悄话，直到老师把我们请去办公室，体罚我们站在办公室面壁思过。我反正也睡不着，有她一块陪罚，倒也无所谓。老师说，反正你俩也睡不着，就在这好好站着吧。他打着哈欠去外间午休了，我们如释重负，继续说着悄悄话儿。正对我们的墙上，挂着一只黑色的钟。能听见指针清脆的跳动，每一下都干净利索。起先我们有说有笑，觉得时间并不难熬。后来膀胱渐渐膨胀，我感觉到了强烈的尿意，就像一个慢慢蓄满的蓄水池，水一点点地溢满，再不打开阀门，将有崩溃的危险。她似乎毫无察觉，依旧兴致盎然地和我说着话。她的声音变得越来越缥缈，倒是墙上的指针声音越来越刺耳，每一下都像在敲打我的天灵盖。为了不显得失态，我悄悄夹紧大腿，用指尖狠狠掐着手心，试图用疼痛来转移尿意。我随声附和她的谈笑，极力掩饰身体的不适。我不知道当时为何要选择坚忍，是不想打断她眉飞色舞的雅兴还是羞于向正在外间午休的老师请假？总之，我决定就这样咬牙坚持下去。我将大腿夹得越来越紧，手心、手背被掐得乌青，头上的指针不再清脆，愈发沉重，滞碍，我的脑门因为高度紧张而微微冒汗。她似乎察觉到了我的异样，眼神透出一丝关切。我示意她继续讲下去。她在讲蜡笔小新，正在兴头上，我不想打断她。于是她收回目光，恢复了讲述。出于掩饰和附和，我甚至笑出声。

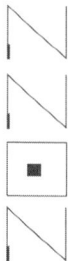

我的注意力全在膀胱上。我必须时刻集中注意力，才不让满满的蓄水池溢出。这时，一种奇怪的感觉从膀胱往上延伸，沿脊椎骨直通我的脑门，我的身体突然被一股神秘的电流击中了。在极致的难受中，我体验到了一丝隐秘的快感。这股快感非常强烈，难以描述，我的身体忍不住微微地抖动。她探询式地望着我，我极力挤出一个微笑。这时外面响起一阵急促的铃声，午休结束，我的身体仿佛得到了某种指令，哗的一声蹲下去，汹涌的洪水肆意喷射，我再也坚持不下去，在急促的铃声以及她惊诧的目光中，我翻着白眼体验到了人生第一次高潮。她脸上泛起一阵潮红，仿佛洞悉了我的内心。不仅是失禁这件事，而是她也察觉到了那股隐秘的电流，这让我感到羞臊和后怕。尽管她发誓会替我保守秘密，但我还是不想让另外的人知道这事，即使是她。"

邮件写到这里就没了。后来呢？我忍不住对她所说的"她"产生了好奇。对方没了音讯，像是下线了。几天后，我再次收到对方的回复，不知是她误解了我的意思还是索性不予理睬，她继续写道：

"这种事，但凡开了头，便会变得欲罢不能。我开始频繁地体验这股隐秘的电流。为了追求那种极致的感受，我后来尝试当着陌生男生这样做。将他们邀请到一些荒凉僻静的地方，我穿着裙子和隔尿垫，在强烈的尿意中紧夹双腿，努力装作什么事都没有的样子，在他们浑然不觉间达到高潮。越是危险的地方，就越紧张和刺激，那股隐秘的电流就来得越强烈。当然，临界点也随着危险的系数而增加，这事有时甚至发生在课堂上。这个秘密从未被人发觉，除了她。每次看到她，就觉得她的目光耐人寻味，在她面前，我就是一个透明人。我越来越自卑，自觉罪孽深重，但我完全没办法停止，一次次挣扎，最后还是忍不住要去做那件事。可悲的是，我永远无法摆脱她。因为我们彼此都是对方的'影子'，一个人是无法摆脱她的影子的，除非她再也无法动弹，影子才会死去。"

最后一封邮件带有附件，是个视频，只看得见她的下半身。她解下裤子，猛地蹲下去，一股赤黄的尿液汹涌而出，将脚下的泥土迅速冲出一个拳头大的凹坑。她微微地颤抖，显然整个身心都沉浸在排泄的快感中。我呆若木鸡，这猝不及防的一幕震惊得让我说不出话来。她向我表示了歉意，"……在陌生人面前，我总控制不住要这样做。这种事当然不能让身边人知道。好在可以借助漂流瓶和给陌生人发邮件的方式，总之，每次做完，内心多少会得到一些释放。谢谢你。"

我给她QQ，但她并没加我。我问她为什么要给我发这种邮件。我们认识吗？她回答，我们只是陌生人，你不要再打听了。此后再也没收到过她的邮件。

11

2011年冬天，我结束了两年的兵营生活，返回长沙。两年弹指间，但对我来说，却显得异常漫长。在瞭望星空的那些夜晚，我会一次次地想起艾米莉。想她此刻正在做什么？她和家人的关系是否还那么紧张？她是否还经常长时间不吃不睡？

我随身一直携带着她的手机。人们总是喜欢新鲜事物，之前备受追捧的诺基亚已经无人问津，iPhone成了时髦货。看新闻，有人为了买一台iPhone4，甚至不惜卖肾。听来不可思议。我的退伍费将近三万元，买一台iPhone绰绰有余。但那不是我迫切的。我迫切的是尽快见到艾米莉。我有很多疑惑，无论如何，我也要见一见她。我将SIM卡插入E63，彻底取代了我的旧手机。

三岛的变化最大。两年不见，他不仅搬迁了新居，结了婚，还生了儿子。甫一听说，我惊诧得说不出话来。父亲说，你在长沙，无论如何也要去祝贺一下。

我买了些水果，准备了一份贺礼。三岛的新家靠近西站，一个新小区，四室两厅，比原来的两室居宽敞明亮许多。两年未见，他胖了些，发际线后撤得更明显。我们坐在沙发上喝茶，聊天。他说老婆上班去了，是一位财税局的公务员，湘西人。言语中不无自豪之感。我看了一眼客厅墙上挂的婚纱照，尽管经过了摄影师后期不懈地努力，我还是一眼能断定，那是一个姿色平平的女人。满脸肥肉，三角眼，而且看起来很凶。我不晓得他为何选了这么个女人结婚。我还以为他会为了某种理想一直单身下去呢。

婴儿醒来，发出大声哭号，他急匆匆跑进卧室，小心抱哄。一个肉嘟嘟的小男婴。小眼睛，塌鼻子，脸上的器官被肥肉挤成一团。我抱了抱

他，他小嘴一咧，哭得更起劲了。谈不上可爱，甚至有点丑陋。给婴儿喂完奶粉，哄睡后，他带我参观了一圈新家，介绍他家昂贵的进口地板、中央空调、地暖和新风系统。我说，你的那些书呢？每个房间都没有看到书。他愣了下，说全处理掉了。那套房子也卖了。我说，书全处理掉了？他说，打包转让给了一个做房地产的老板了。他有个大会所，需要一些书来充门面，卖了十五万块钱，给我老婆换了辆车，正好够首付，她很高兴。我说，你不是很喜欢看书的吗？他笑笑说，看那么多书，到头来也没卵用。现在每天带孩子，也没时间精力，老婆是学财务的，她也不爱看书，说书里有螨虫，对宝宝皮肤不好，索性就处理掉了。他大概是不想再谈这个话题，呷啜了一口茶，呵呵一笑说，处理了也好，你看我现在的生活，老婆孩子热炕头，生活不就应该这样嘛。

他问我接下来有什么计划和打算。我说暂时还没想好。他听说了那笔退伍费，建议我拿着这笔钱去学门技术，或者读个函授大学，提升下学历。

"毕竟才二十岁，这个社会很残酷，没有关系和资本，就只能凭自己本事。"

我望着墙上的婚纱照，心里一阵冷笑。我很想问问他，那个实习生后来去哪了，觉得突兀，忍住了。我奉上贺礼，他要挽留我吃晚饭，说嫂子一会就下班了，我推说还约了朋友。我问他最近能不能借用下他的车。这回他大度给了我车钥匙，说你尽管开，不急着还。颇有些自豪地说，你嫂子也有车，平时都是开她的宝马。兴许是受不了他那副得意样儿，临走前我终于忍不住说，那台电脑呢？什么电脑？他一下愣住，脸部表情瞬间僵化，眼神也明显不自然起来。就是书房的电脑，你还设了密码，我报复似的朝他眨了眨眼，笑着走了出去。他像被点了穴位似的，呆立门口，甚至忘了和我告别。

我开上206，沿湘江一路向北驶去。两年没开206，有些陌生感了。和ZSL-92相比，它太小了，就像一个小玩意儿。我打开音乐，蹦出来的竟然是庞龙的《两只蝴蝶》，亲爱的，你慢慢飞，小心前面带刺的玫瑰……我哑然失笑，心想这世界他妈的到底怎么了。不就两年时间嘛，变化怎么这么大。两年前，也是开着这辆车，也是这条路，也是这样的时节，载着艾米莉前往"坟墓"的情景依然历历在目。我还记得每个细节，我们说的每句话，撞死的狗，巴赫的《哥德堡变奏曲》，耳畔仿佛还能听见雨刮在挡风玻璃上发出的摩擦声。

我沿着记忆的轨迹，情不自禁地朝"坟墓"方向开去。

一条崭新宽敞的双车道取代了当年破败的单行道。隔着老远我就看到了"翠峰府邸"的房地产招牌，我记得当年好像不叫这个名字。当我抵达当年的记忆之处时，被眼前的景象彻底惊呆了。不知道被施了什么魔法，那批荒废的别墅，经过重新装修后，焕然一新，芭茅、野生珙桐、蓬蒿、蕨类植物荡然无存，取而代之的是婆娑的棕榈、金桂、佛肚竹、蒲葵、垂序商陆。小区已经有人入住，高大的落地窗透出暖黄的灯火。我摁响两年前那栋楼的门铃，一个保姆模样的女人开的门，她问我找谁，我说这里有没有一个永州女孩？她一脸诧异，摇头说没有。这时从客厅探出一个更年轻的身影，看起来像女主人模样。我说，你们是永州人吗？被她用长沙话否定了。她说她们家祖辈都是地道的本地人，也没人去过永州。当我还想再问点什么，门已经不客气地关上了。

回去的路上，我觉得仿佛就像做了一场梦。物是人非，除了206和E63是真实的，一切都如此梦幻。

经过当年那个地方时，我停了车，走下防波堤，再次朝河床腹地走去。和两年前略有点不同，这年冬季雨水充沛，河道要比两年前宽出不少。我走到河岸，点燃一根万宝路，想起两年前，她将手伸进水中，拍打浪花的情景。每朵浪花都会回到原处吗？这听起来更像是一个禅宗或哲学的问题。我将手伸进水里，拍打着水面，高高掬起一捧水。水从指缝流走时，我猛地一震，突然想到了那段录音。我掏出手机，对比录音，二者似乎相似，但又觉得略有不同。录音后段，水流急促，更像是受到外力的挤压，喷射而出。这倒让我联想起陌生人发我的那段神秘的视频了。我无论如何也没法将艾米莉和那段视频联系在一起。这不可能。

12

我问三岛，能不能把206转让给我。他说你现在每天都要用车吗？我说有辆车会方便些，更何况他添置了新车，这台206大多数处于闲置状态。206已经突破九万公里数，车龄也好几年了。我让他按照市场行情，报个价格。他说你拿着开就是了，报什么价，显得生分了。我打听了行情

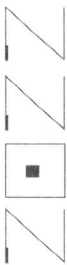

价，还是坚持给了他两万元。见面的时候，他一副惶恐不安的样子，一个劲地试探我。起先他对设了密码的电脑显得信心十足，直到我暗示门禁的密码时，他才神色大变，眼神立刻流露出哀求之色，显然他担心我会泄露他的秘史。我尽量装糊涂，说了些模棱两可的话。我想他一定恨透我了。第二天，我收到银行短信，账户上莫名其妙了两万块钱。我想应该是他打给我的。果然，很快就接到了他的电话。他说，老弟，这两万块钱，当是哥给你的起步资金，人的一生很漫长，会经历很多事情，男人嘛，也难免会犯很多的错，睁只眼闭只眼，看透不说破，生活才能继续，是吧？我说哥，听明白了，我很赞同你的观点。他连夸我懂事，悟性高，以后必会成就一番事业。拿到车钥匙后，我将三岛电话拉入黑名单。我解释不清原因，我只知道我必须这么做，总之我不想和这个人再扯上什么关系。

拥有一台真正意义上属于自己的车，这对我而言意义非凡。我将206做了彻底精洗，前后保险杠重新刷了油漆，凹陷处做了钣金，换了新的座椅套和轮胎。三岛的痕迹荡然无存了。我每天驾驶着206，有时连睡觉都在车上对付。有了车，就像有了家。我的活动半径也大了很多。期间回了趟家，父母催我赶紧找份工作，我胡乱答应着。

我还有更重要的事要做。

我在网上搜到几家钶矿，按照艾米莉的描述一一排查。电话打过去，有的几年前就已倒闭，有的连电话都是错的。有一家我觉得有点相似，电话接通，我问老板是不是有个叫艾米莉的女儿，对方明显愣了下，误以为我在戏弄他老板，问候了我一番十八代祖宗，啪地挂断了电话。几家钶矿都没了线索，我有些沮丧。闲极无聊，看到一家"金山冶炼"的招聘信息，这个矿看起来和艾米莉描述的倒有几分像，但不是钶矿，是铅锌矿。公司就在永州境内，我浏览了招聘信息，近期正好需要招聘一批安保人员，退伍军人优先。我记下电话号码，拨打过去。电话那头听完我的自我介绍，说："金先生，有兴趣的话，不妨这两天就过来面试一下吧。"

这当然是再好不过了。我开着206，从长沙一路南下。几天前在一家音像店，我买到了巴赫的CD，前往南方的路途中，我一路听着巴赫的《马太受难曲》。我依然听不出什么味道，但这是属于南方的巴赫，艾米莉的巴赫。我甚至还特意去搜了搜巴赫的生平，这么去听的时候，又有了不同的意义。

促使我下决心去永州，还有件蹊跷的事。当我再次访问艾米莉的QQ空间时，发现已经被人设置了访问权限。我查看她的资料，发现头像换成了加勒比海盗的骷髅头，性别男，个人签名变成了一串火星文。这很不像艾米莉的风格。空间需要输入密码才能申请访问。我尝试了很久，最终也没辙。这比破译那台电脑难多了。尽管最终没能破译，我还是有些振奋，至少近期有人登录过这个账号。我决定第二天就去永州。

矿区距离永州市区一百多公里。下高速，走县道，再转入一条蜿蜒曲折的小山路。一路沿溪而行，穿过一个个陌生幽静的峡谷，几经周折后，终于看到了"金山冶炼"醒目的招牌。周围荒无人烟，只听得到各种机器的轰鸣，整个山谷都被搅响了。

通往矿山是条土路，很快我就看到了蓝皮钢构厂房、重型板式给料机、皮带运输机、锤式破碎机、砂泵、运矿车，一群采矿工正在忙碌，我说明来意，他们说我搞错了，这儿是采矿区。一个矿工向我指了指前方，"翻过那个山头，你就能看到公司了。"

我站在山头，底下是一大片盆地，有屋舍，篮球场，网球场，菜圃一片葱郁，一条小溪蜿蜒穿过。和山背后的矿山相比，这里仿佛世外桃源。我想这是不是艾米莉描述的庄园？一会能不能见着她？她是不是已经将我忘了个一干二净？

一个大高个负责面试我。他穿西服，身材挺拔，四十岁上下，面相威严。从他的步伐我可以断定，这人一定是退伍军人。我简单介绍了一些家庭和在部队的情况。他对我开装甲车比较感兴趣，问我如果换成别的车，车技如何？我说没有问题。在部队两年，勇士、霸道我都试过。听完后他说，我们这里严格按照军事化管理，这点你能接受吗？我说当然没问题，我刚退伍，生活作息依然保持部队那套。他严肃的脸终于挤出一团笑意，说很多人都受不了这点，所以这次只招退伍军人。又聊了工作要求和待遇食宿，特意强调这儿的待遇不错，比广东都高，而且食宿全包。我当然都没问题。我心想，即使一分钱不给，我也愿意留下来。我来这儿又不是图

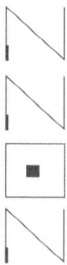

这份工作。

办好入职手续后，我换了身行头，黑色安保制服，白手套，警棍，皮靴。立正、跨立、稍息、齐步走、敬礼……从军人到保安，几乎没有过渡的痕迹。他带我四处参观了一下，庄园占地几百亩，分生活区，工作区，休闲娱乐区，食堂、菜圃、澡堂、篮球场、网球场、游泳池一应俱全。他告诉我，网球场和游泳池是老板专用的。那栋豪华的法式别墅就位于网球场侧方，绿荫掩映，旁边停着一辆路虎卫士、陆巡5700和一辆红色悍马。果然是矿老板的做派。他告诉我，这是老板的住宅区，没有老板的指令，谁也不能靠近这栋别墅。

安保队一共十人，相当部队一个班的建制规模。我们的头儿就是面试我的那个大高个，全名赵京华，背地里都叫他"赵精华"。都清一色的退伍军人。除我刚退役不久，其他人都是退役好几年的老兵，都比我大。我们的工作是负责矿区的安保，处理一些突发事件，对付偷懒闹事的矿工啊，前来寻事滋事的混混啊，保护老板一家的安全等等。换一句话说，我们是一群专为老板"了难"的人。头儿交代，见了老板和夫人要敬礼，大声喊首长好。遇到不听话的，狠狠收拾就是，有老板担着，不用怕。

我开车来这应聘的事让他们产生了好奇心，纷纷问我，怎么跑这里来了。我说，你们不也一样嘛。他们说，你都有车了。问我206多少钱买的。我说一辆破车，值不了几个钱。也是实情。他们说老板还有一台路虎揽胜，三百多万，V8，5.0的排量，光那辆车就能在长沙买套别墅了。

河南人小李大我两岁，也在云南服的役，因为这层关系，我们能聊会天。一连几天，我都没见着老板。别墅夜里也没开灯光，想必没人。我问小李，怎么没见老板？小李说，老板不是经常住这儿，他很多地方都有房产，有时住永州，有时住长沙，有时住深圳。他说，他都来了一年了，也没见着过几回。我问他，老板一家几口人。他说四口人，老板叫祁宏钧，夫人是位军官，一子一女，都在长沙上学。我说是"钅"字旁的钧吗？他点点头。我说女儿多大？他瞥了我一眼，揶揄道，还是嫩苗呢，小学还没毕业。和小李混得更熟点后，我问他认不认识艾米莉。我给他看了照片。他摇了摇头，说从没见过这么个人。我问四周是不是很多蛇？他说大冬天的，有蛇也冬眠了。我又问，老板是不是养了匹马，他一脸疑惑，说从没见过马。我有些纳闷起来。

我在庄园四处晃悠，希望能突然碰见艾米莉。大多数人和小李一样，谁也没听过"艾米莉"。当我问起老板的婚姻，有没有离过婚时，他们神色一下变得讳莫如深。问我为啥老打听老板的情况？他们的语气带着一丝警惕。谨慎起见，我暂时放弃了探问。

几天后，老板回来了。开着那台他们说得神乎其神的路虎揽胜。司机停好车，给他们开门。老板先下车，黑色羽绒服，黑皮鞋，披着一条羊绒围巾。随后下车的是一位少妇，穿着套裙，身材曼妙。我听见头儿大声喊，全体列队，敬礼，首长好！我也赶紧敬礼，跟着喊，首长好。老板没朝我们这边看，径直朝别墅走去。

不久我就被老板叫往办公室，头儿也在，头儿说，这是刚招聘的保安，小金，退役不久，才二十岁，在部队开装甲车的。老板饶有兴趣地望我一眼说，开装甲车和越野车有什么区别？我琢磨着这句话什么意思，我说装甲车和越野车毕竟不同……我吞吞吐吐说了几句，被老板打断，说有啥不同的，在这儿你把越野车当装甲车开就对了。老板和头儿哈哈大笑起来，问我明白了没有？我赶紧点头说明白了。那是我第一次见到老板。

那几天陆续来了几批前来视察矿山的领导，迎来送往多起来。庄园有一个能容纳三十人用餐的巨大包厢。老板花高价聘请的厨师，擅长湘菜和粤菜。在这儿能吃到外面酒店也难吃得上的各种山珍野味，麂子、野猪、娃娃鱼、穿山甲、大雁。厨房忙不赢时，我们也会当下手，传递菜肴，更换骨碟，端茶倒酒。那些人酒量都很惊人，有时一顿饭要喝掉整箱茅台。一些特殊宴请的场合，老板夫人会换上两杠一星的军装，陪老板应酬。她善饮，说话不拖泥带水，50毫升的分酒器，能一饮而尽，赢得满堂喝彩。看得出是个强势的女人。我想艾米莉为什么要说她是"母夜叉"了。酒局通常很晚才结束，留下满盘狼藉，交由我们来料理。有时我也负责接送客人，通常是开那辆陆巡，将宾客接到庄园用完餐，再送回酒店。我车开得稳，平时谨言慎行，渐渐赢得了老板和头儿的信任。

13

几天后，负责给老板开车的司机因为家中亲人过世，需请假回家奔

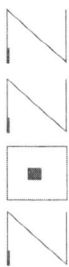

丧，我便临时顶替他，成了老板的司机。当然这也许是老板有意的安排，借此机会来考察我。那是我第一次开如此昂贵的汽车。三百多万的高级货，路感和质感的确非同寻常，车就是人的一张脸，老板的这张脸无疑是尊贵的象征。他沉默地坐进专属的后座，让我播放"四大天王"的歌曲，看得出他对张学友情有独钟。即使他什么也不说，我也能感觉背后透来的无声的威严。我小心驾驶着车，生怕出什么差池，惹他勃然大怒。只有一次，当我指着中央后视镜上悬挂的全家福恭维他有一双可爱漂亮的儿女，他笑了，紧绷的脸部线条骤然变得松弛，露出一副慈祥和善的神态。他问我在部队表现如何，有没有谈对象和一些家庭情况。我小心翼翼，尽可能回答得让他满意。我很想就着这个话题打听一下艾米莉的情况，话到嘴边，又硬生生吞了回去。理智告诉我，这纯属自找麻烦。

清洗车辆时，我发现了后备厢的棒球棍、狼牙棒和砍刀。看到那些沉甸甸的家伙，我感到后脑勺发凉。

一天夜里，我和小李送完客人回酒店，结束了一天的工作。我说请他宵个夜，他愉快地接受了。几瓶啤酒下肚，可聊的话题便多了起来。有意无意之间，我就聊到了后备厢的那些东西。小李心直口快地说，这有什么稀奇的嘛，你刚来，还没见识过比砍刀更厉害的家伙呢。我说什么家伙？他说你是退伍军人，难道不懂么。我说搞那么多家伙干啥，又不是打仗。他说那都是老板用血换来的教训。见我惊诧的样子，小李便说起了老板的一家的遭遇。小李说那是几年前的事了，老板的一对双胞胎女儿被人绑架，三天后才被人在一个废弃的矿井里发现，大女儿受了点惊吓，倒没大碍，小女儿的头部和腿都有摔伤，伤势很重，最终没有救过来。据说两姐妹趁看守的绑匪睡着，偷偷解开绳子跑出来，最后双双跌进了矿井。这件事曾经轰动一时，周围很多人都知道，对老板刺激很大。他很忌讳别人谈论这事，尤其在矿产公司。之前矿上的安保远不像现在这么严格，自打出事之后，老板聘请了一批保安，都是些退伍军人，各种家伙都备齐，矿上再没出过事。

小李说完，我心里一下就豁然开朗了。怪不得他们对我打听老板的事讳莫如深，原来是因为这个。我说那老板的大女儿呢？小李说，我也才刚来一年，从没见过呢。我想再提艾米莉，但想到他看过了艾米莉的照片，忍住了。我说矿山是不是有很多废弃的矿井？小李点头说是，听说以前更多，不小心掉下去，喊天天不应喊地地不灵，饿死了都没人发现。这两年上面要求严格起来，都做了封存，比以前安全多了。他好心告诫我，在矿上最好少打听，老板很忌惮这个，一旦被老板知道，不仅仅是开除了事，搞不好吃不了兜着走。我向小李敬了满杯的酒，感激他的忠告。

没事时，我就往矿山转悠。矿山的制高点视野开阔，晴朗的时日，能看到远处葱郁的丘陵地带和种满农作物的田地。一条平缓的小溪紧挨庄园，蜿蜒东去，几只鹅鸭在水面闲适地游弋，偶尔嘎嘎地拍打翅膀，洁白的羽毛在阳光下闪闪发亮。我虽对乡村生活并不陌生，但这片田园风光依然称得上几分迷人。

被铁栅栏封死的矿洞有好几处，有些被杂草掩盖，轻易不太容易发觉。扒开杂草丛，探头下看，洞底漆黑，深不见底，如巨兽贪婪的大嘴，冒着寒意，随时有被吞噬的危险。我想，即使好奇心再强的人，也不敢贸然下去一探究竟吧。这当然不是艾米莉描述的那个山洞。她说的那个山洞旁边有棵野猕猴桃。我必须找到那棵野猕猴桃。触目所及，满山都是枯黄的芒草、柳枝稷和芭茅，劲风拂起，吹得四周草木窸窣作响。

那棵野猕猴桃被茂盛的茅草遮掩，叶子早已落光，黄褐色的藤枝静伏草丛，不凑得很近，很难发现。确定就是那个洞时，我的心猛然抖动起来。

洞口被铁条焊死了。我返程找来工具，颇费了点力气，才将铁条撬开。是个L型洞，并不算深，垂直深度三米左右，洞底一览无余，什么也没有。要不是艾米莉之前的描述，我也觉得没有下去的必要。洞壁有几个凸出来的坎，正好借力，我抓着野猕猴桃的枝蔓，下到洞底，这才发现底下别有洞天，往里还有一个更大的洞，很隐蔽，在上面根本无法察觉。洞底散发着一股潮湿腐朽的气息。我打开手机的"手电筒"，地面散落着饼干盒、口红、绳子、红手套、电动小斑马、手电筒等，像一个小型储藏室。黑暗中，我不小心踢到一个东西，那东西一骨碌向前滚去。是瓶"地西泮"安眠药，已经空瓶。我顺着光源继续往山洞深处摸索，猛地一抬头，看到一个人背壁而坐，手上抓着一本书。即使是军人、血气方刚的无神论者，甫一看到这个惊悚场面，我一时也吓得魂飞魄散，一屁股跌坐在

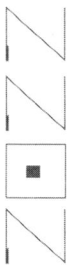

地，许久说不出话来。

是一个女玩具人偶，脸上涂满口红，手上那本书很眼熟，正是艾米莉从三岛书房带走的那本小说。看到眼前这诡异可怖的一幕，我的心剧烈地颤抖，感到脊椎骨阵阵发凉，冷汗从毛孔奔涌而出。我双腿发软，几乎连滚带爬。脑海只有一个念头，赶紧出去。洞壁湿滑，藤枝来回摇晃，上去的难度比我想象的大得多。我尝试了很多次，使出浑身解数才爬上山洞。此时已是夜里十点钟了，头顶寒月高悬，映衬着澄碧的夜空，整座矿山死一般沉寂。我筋疲力尽，瘫坐在地，全身被汗浸透，想到这就是她说的那个隐秘乐园、心灵的避难所，一时百感交集，一股不可名状的情绪笼罩心头。

14

元旦节前一天，老板派我和头儿去趟长沙，将他的一对儿女接过来团聚。

男孩不爱说话，六年级，个头已经到我肩头了。女孩一上车就叽叽喳喳，说个不停。兄妹长相都随母亲，容貌和艾米莉大相径庭。回去途中，车进服务区加油，头儿和男孩去洗手间，女孩不肯下车，就待在车上。我给车加满油，趁他们还没回来，我问她叫什么名字，她说叫祁蒙，平时都叫她蒙蒙。我问她今年多大了？她说九岁了。我说，你是不是还有个姐姐？她明显犹豫了下，看了我一眼，小声说是的。我望着她说，你姐姐现在哪？她皱着眉，像被我戳中痛处，憎恶地瞪着我。我提高了声调，她现在在哪啊？她摇摇头，眼泪汪汪，说姐姐走了。我说怎么走了？她说，姐姐走了快两年了。我怔住，过了许久才反应过来，我想我的样子把她吓住了。我看到头儿和男孩正快步朝车走来。

天色阴沉，朔风卷地，天气预报说今晚将迎来年末的最大一场雪。越往南，天气愈加糟糕，有些地段已经结冰。天空灰暗，细雪如粉，落地即化。我汗津津地握着方向盘，一路心神不宁，心想女孩说的"走了"到底是什么个意思？又想到山洞中那瓶地西泮，顿时心乱如麻。下高速时，大雪纷飞，朔风席卷着雪花，已是一望无垠的洁白世界。雪覆盖了郊野的农田、屋舍、草木，覆盖了南方的山川、河岸，覆盖了世间万物。回到庄园，天已黑透，两个孩子兴奋地跳下车，跑去庭院堆雪人打雪仗去了。

饭点已过，食堂冷冷清清，他们早已吃完散尽。我要了份关东煮、花生米和一瓶牛二，找了个角落坐下，慢慢喝着。食堂师傅过来问我需不需要加餐，一会要收摊了，我说不用，随便吃点就行。我一点胃口没有。一个人喝啊？他讪笑说。我不太想搭理，说，冷，喝一点暖暖身。见我语气冷淡，他转身走了。

我开始想小女孩说的"走了"是什么意思。难道死了？怎么死的？为什么会死？几杯酒下肚，我心里涌出无数疑问号。我望向窗外，大雪已停，积雪映照的夜空微微发白。外边在放烟花，2012年即将到来。一束束烟花冲天而起，将夜空点燃。璀璨，炫目，热闹，无聊。我想起前几年看过的一部好莱坞电影，2012年，太阳活动异常，地球内部的能量平衡系统面临崩溃，玛雅人的预言即将实现，人类将遭遇灭顶之灾。当时觉得很恐慌，现在我倒希望2012早点来。一斤装的牛二很快下肚，我摇摇晃晃站起来，朝雪夜走去。烟花还在继续，我听到欢呼声，抬头一望，夜空中绽放出一条腾飞的金龙。我裹紧棉衣，酒精夹杂着冷意，胃一阵痉挛，脑海却全是艾米莉的影子。

我看到停靠在墙脚的206，它被厚厚的积雪包裹，膨胀了一圈。我胡乱清理了挡风玻璃上的冰雪，坐进206，点了支烟。车内冷得发抖，我开了暖风。熟悉的旋律响起，我全身心沉浸在巴赫《马太受难曲》的世界中，虽然依旧听不出名堂，借着酒劲，这次却听得百感交集。我情不自禁地想起当年艾米莉坐副驾的情景，音容犹在，恍如昨日。一切如此清晰，如此鲜活，如此真实，看上去就像一场不真实的梦。

老板一家似乎还没休息，别墅的窗户透出暖黄的灯火。我凝望那片灯火，有那么片刻，我想窗户背后兴许也有双眼睛在望向我。我感觉浑身发烫得厉害，紧咬牙关，依然忍不住微微颤抖。也许感冒了，也许喝多了。我顾不得那么多了。我必须上去看一看。我打开手套箱，一顿乱摸，想找点东西壮胆。我摸到了手电筒、CD和一把梅花螺丝刀。我抓了螺丝刀，趁他们的注意力被璀璨的烟花吸引，立马下车，踉跄地翻过绿篱，围栏，潜入了别墅的后花园。

一楼所有门窗都关得严严实实，无从下手。摸了一圈，最后才从洗衣房找到突破口，那儿只关了一扇纱窗。我用螺丝刀弄开一道口子，弓身钻

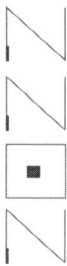

了进去。后背汗津津的，但我一点也不害怕。我脑海只有一个念想，那双眼睛就躲在窗户后面。我顺着楼梯，爬上二楼。熟悉的水晶枝形吊灯，波斯地毯，高级真皮沙发，和艾米莉照片中的一样。但照片终归是照片。置身这奢华的空间，我才真正感受到自身的渺小和卑微。

他们正在看电视，见到是我，都吃了一惊。她说，你怎么进来的？老板注意到了我手上的螺丝刀，将女儿轻轻揽入怀中。我有些语无伦次，一刹那，脑海乱作一团，突然不知道该说什么好。她闻到了我身上刺鼻的酒气，说你是不是喝多了？我说，我想了解……了解下情况。她说，滚出去。她的语气透着军人不容置疑的威严。我说，我想知道艾米莉最后怎么了。老板愕然，说，谁？我说，艾米莉。她说，这里没人叫艾米莉。我被她倨傲的眼神一下激怒，提高声音说，就是你们的大女儿，她叫艾米莉，她怎么了？！他们惊讶地互望一眼，没回答我，空气凝滞一般。我急躁起来，催促道，她到底怎么了？她们交换了下眼色，仿佛确证了什么，她眼帘耷下又迅速抬起，冷冷地望着我笑，你说的是祁诗灵吧？这个小贱货，两年前偷走了我好几件贵重的首饰，还拿了保险柜里好几万现金，现在还不知道在哪浪，我也正想找她呢。

她越这副气定神闲的模样我越生气。我朝她怒吼，这不可能，你撒谎。她拖长声调，她怎么了嘛？我用螺丝刀指着她的脸骂道，你装什么糊涂？都是你害的，你这个母夜叉。听到"母夜叉"三字，她再也坐不住了，打断我说，小子你给我嘴巴放干净点，别血口喷人，一会来人了，我看怎么收拾你。老板面无表情，向她挥了挥手，小金喝多了，你不要再说了。

我感觉骑虎难下，一股莫名的焦躁推着我向前，失控之下，我砸碎了茶几上的玻璃杯。这一下，满屋子都静了下来。我说，雪纳瑞呢？是不是你故意弄丢的？她收敛起刚才的神态，眼睛闪过一丝警觉，什么雪纳瑞？我说，艾米莉养的那只狗，是不是你故意丢的？她摇头否定，说艾米莉从不养狗。我说，你不要不承认，艾米莉都告诉我了，就是你干的。她听后目光复杂，害怕进一步刺激我，索性选择了沉默。

我将螺丝刀指向老板，你也一样，你更不是什么好鸟。他沉得住气，不作回应。直到我说，是不是你派人撞死了艾米莉她妈，然后和这个狐狸精结的婚？他才阴沉沉地说，你别胡说八道，她母亲活得好好的。我说，什么胡说八道了？祁宏钧，你他妈的就是凶手，你不仅害死了你老婆，还毁了你女儿，你就是个人渣。他被我这句话激怒，将女儿推向旁边，抓起茶几上笨重的烟灰缸，劈头盖脸地朝我砸来，我偏头躲过。酒意涌上来，我挥舞螺丝刀，只觉得自己就是正义在握的审判官，眼前的罪恶让我怒不可遏。混乱中，我朝他手掌狠狠划了一道口子。他捂着受伤的手，面部器官愤怒地扭成一团。

她害怕起来，说我被祁诗灵这个小贱货骗了。她母亲现在永州，过得好好的，祁诗灵小时候受过点刺激，脑子有点儿不正常，你听到的都是她的幻想。她的眼神夹杂着怨愤，死死盯着我，不像撒谎的样子。我看她一眼，感觉胜利的天平在朝她的方向微微倾斜，便没勇气再看。酒已醒大半，我陷入迷茫和纠结之中，搞不懂谁说的才是真的。

两个小孩放声大哭，惶恐不安地望着我。出于对螺丝刀的忌惮，他们只是怨怨地瞪我，一时不敢轻举妄动。我泄了气，说那又怎样呢，她可能已经死了，我再也见不着她了，我去过那个山洞，我说着都快哭了……听到"山洞"，老板的脸色瞬间变得阴沉可怖起来，什么山洞？你他妈的再胡说八道，我一会弄死你！我赶紧振作起来，指着他，勒令他不许动。但已经不起作用，盛怒之下，他抓起茶几、沙发上一切可抓的东西朝我雨点般砸来，香蕉、干果、果盆、遥控器、靠垫……我左右躲闪，有些狼狈不堪。他没什么东西可扔了，依然不解气，指着我吼，你个狗日的，你不过老子发工资养的一条狗，吃豹子胆了，竟敢动老子，我今晚一定让你死在这里！

老板咆哮如雷，每一句都像在念紧箍咒。我的酒意彻底醒了。我怎能如此冲动草率呢？懊恼中，我听到外面传来纷乱急骤的脚步声。"别让那小子跑了，抓住他！"我想整个保安队都冲我而来了。想到他们手中的家伙，想到老板接下来将会怎样处置我，我慌张起来，一股从未有过的恐惧牢牢地攫取我。我胡乱挥舞螺丝刀，赶紧夺门而出，朝206飞奔而去。

打开车门，大脚油门，206发出一声怒吼，飞也似的朝大门方向冲去。拦我的人四散开来，纷纷躲避，大声勒令我下车。有人打开车门，差点把我拽出来。我甩掉他们，撞开铁门，朝茫茫野外疾驰。后面车灯乱射，长长的灯柱刺破夜空，好几辆车紧随其后。我知道搞砸了，这下捅了

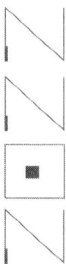

马蜂窝，一切变得不可收拾。我脑海一片空白，顾不上再想别的了。加速，加速，向前，向前。我将油门踏板踩到底，负荷的发动机发出歇斯底里的嘶吼。

雪继续在下。细细的雪粒借着风势，在灯光中急速旋转，飞舞，跳跃。四周一片白茫，整个南方都在乱雪纷飞。我已经多年没见过这么大的雪了。零点已过，2012年的钟声敲响。熟悉的旋律中，我紧握方向盘，就像紧握自己的命运。我没有方向，也没有目的地，但我必须驾驶我的车，在这个雪夜一直开下去，开下去……

原载《十月》2022年第6期

点评

　　《南方巴赫》是一篇充满痛感的作品。作品讲述了一个乡村少年在青春期的迷茫与伤痛，以及自我的反抗与释放。"我"在入伍前的间隙第一次来到城市，被父亲一辈视为榜样的"三岛"并不能给我人生的指引，相反，他的种种行为让"我"陷入更深的迷茫之中。而一段网络之缘带来的懵懂情感成为"我"的精神指引，"我"由此卷入到另一个人的故事中去。小说充盈着一种在陌生的环境中的孤独迷茫之感，这种感觉既因城乡之差异带来（"我"与艾米莉的感情同样也含着这种差异），也因主要人物的年龄而生，在人物与环境之间，始终存在着一种压迫性，迫使人物不得不勉强回应或行动，而这些回应或行动又形成了新的问题，给人物带来心灵的冲击或伤害，使人物充满了疼痛感。小说的结尾是开放式的，人物并没有因为冲动而落入深渊或者迎来转机，但可以预见的是，支撑着他的爱情期待终于还是落空了。一切似乎回到了原点，但心灵的伤痕却清晰可见。郑小驴用一种略显沉重、紧张的笔触，写出了转型期中国被掩埋在时代皱褶里的小人物的精神状态，呈现了一种独特的生命和时代景观。

（崔庆蕾）

大地因此有了意境/

/傅泽刚

一

乌蒙山皱纹里，摸爬滚打的云C3768伤痕累累，这辆久经考验的微型车，喘着粗气，晃到山边地角时，椅子村就到了。肥硕的包家兴，费力一剥，终于从车门剥落出来，滚圆，像车下的蛋。而精瘦的麻元增脚一落地，就捂着肚子，哇哇地呕，没呕出胃物，却恶狠狠地砸出一句话：狗娘养的路，鸡扒狗啃的样儿，把老子身子骨都抖散喽。

听了麻元增的话，包家兴说，脚都没站稳就骂上了，老辈人都说了，住惯的山坡不嫌陡，有的人，不就是打了几天工吗，装个啥，是不是呀，要骂、要跩，就别回来，是不是呀。

知道姓包的数落自己，麻元增瞪圆眼睛。包家兴没给他喘息的机会，指着牛背山说，被狗爪子刨伤的山疤，就是你的罪证，要说最对不起这坨地的人，就是你。

麻元增看了一眼，从牛背山顶到山脚，灰裸一片，那是自己开矿刨垮的山体，都八九年了，还那样醒目。有人揪住此事不放，说他破坏环境，他也因此被重罚。因看山，他不小心踩到一堆牛粪，啪，一个跟跄，脸就贴到了地上。牛羊猪粪在路两旁排着长队，他吸了一下鼻子，气味浓稠。侄子麻小坡曾说过，这是乡土息气。麻小坡是大学生，他的言论让村人扎实笑了一回。

看个锤子。麻元增从地上爬起，瞪了包家兴一眼。

你不是锤子，你就是一根钢钎。包家兴哈哈地笑。

包、麻两人，一胖一瘦，数岁相当，从小厮尿拌泥巴耍在一起，整天

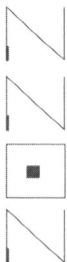

死缠烂打，竟然也缠出了友情。活了几十年，也掐了几十年，说不上大矛盾，斗气和不服输倒是常有的。

穿着西装的包家兴，摇晃着滚圆的身子，背着双手，抬着头，哼着小调走向村公所。看他那范儿，麻元增像喝了潲水，心里不舒服，不就是个村主任吗，整得跟县长一样。

很快，一阵尖锐的响声传来，像利箭般刺耳，麻元增下意识地捂住耳朵，循声望去，一棵青冈树上，不同方向绑着两只喇叭，像树长出的耳朵。这耳朵，不听音，只负责唱歌说话。先唱《在希望的田野上》，一阵咳嗽后，才跳出包家兴的声音：喂喂，喂，椅子村的全体村民注意喽，我刚从乡里开会回来，这次会议实打实重要，乡长传达了县政府关于丧葬问题的文件。文件说，移风易俗，文明丧葬，绿色办丧。要求六月一日后落气的人，全部火化，不得土葬，硬要土葬的，罚，重罚。

这时，大学生麻小坡走来，帮麻元增拎过包，说，二叔，我正准备去接你呢。麻元增没理小坡，而是捡起一块石子，砸向喇叭。只听当的一声，喇叭哑了。

麻小坡说，二叔啊，人家高音喇叭又没惹你。

麻元增瞪大眼睛说，怎么没惹我？你爷快不行了，不早不迟，他姓包的这个时候来个新规定，不是跟我们过不去吗？

二叔呀，你听我说。

一边去，帮谁说话呀，虽说你是姓包的助理，但你是麻家人。

麻小坡扶了下眼镜，不敢再说啥。他是麻元增侄儿，大学毕业后回村当了村干部，给村主任包家兴当助理。

麻小坡对麻元增说，你自己回家吧，村主任回来了，我得去村公所。

望着小坡的背影，麻元增哼了一声。进家门时，麻元增被又高又厚的门槛绊倒，弄得乌子狗汪汪叫，包甩到地上，东西洒了一地，全是药。他没有捡拾药品，而是问：爹咋样了？老婆孔显彩边拾药边说，还能啥子样，都三四天不省人事喽。

我买药了，爹有救了。

孔显彩说，药有啥用，医生都叫我们准备后事了。

老婆的话像把凿子，麻元增心脏有了疼的感觉。他直愣愣地走到床边，拉住老爷子的手，喊了两声爹。老爷子没反应。被麻元增这一喊，乌子狗没了声音，连它也知趣，这种时候，懂得主人心思，满眼凄凉。乌子狗三岁多，因颜色灰不溜秋，就得了这个名。

麻元增掏出手机，给云C3768打了电话："山区路霸，我爹病重，现在去乡医院，请你跑一趟哈。"

"山区路霸"说："正在修路，太阳也要落山喽，咋跑哦？"

"我给双倍的钱还不行吗，我马上到。"

"山区路霸"是3768的谐音，椅子村人省事，不仅叫微型车"山区路霸"，也这样称呼司机。

没等"山区路霸"回应，麻元增背起老爷子就走。腰长腿短的孔显彩没拦住他，在后面大呼小叫地追。一前一后，抓抓扯扯，村人见状，都明白事由，夸麻元增是大孝子。

麻元增弓着背，跑得比一头受惊的野猪还快，快到"山区路霸"时，被赶来的麻小坡拦住。小坡甩了一下茂盛的头发，扶了一下眼镜说，二叔，医生说爷爷的时间不多了，才叫我们接回来的。没等小坡说完，麻元增板起脸，说，医生算个啥，爹是我爹，我说咋的就咋的。

麻小坡面有难色地说，可是，这也是爷爷的愿望呀，是爷爷要我们接他回家的。

听小坡这样说，麻元增像触了电。小坡知道最后一句起了作用，他用大学生的智慧阻止了二叔，心中暗喜。赶上来的孔显彩，帮着把老爷子扶到小坡背上，小坡背起爷爷，一溜烟往回跑。孔显彩拉住麻元增，说，还不暴（填）肚子？家里饭都熟了。

麻元增嗯了一声，没动。孔显彩拉着他就往回走。

吃饭时，孔显彩感觉哪儿不对劲，突然想起了缘由，说，鸟都归窝了，"希望的田野"咋还不叫嘞？听老婆这样说，麻元增笑了，他说，姓包的还会叫就日怪了。孔显彩睁大眼，问，啥子意思吗？麻元增扬起头，哼哼，啥意思？老子把包家兴的高音喇叭打哑了。

小坡冷冷地说，二叔呀，孙书记都说了，广播是我们村的有效公务，喇叭是号角，是生产力，它天天风里雨里站着，扯着嗓子，告诉我们大事小事，鼓舞我们的干劲，还每天唱"希望的田野"，功劳苦劳都有，为何

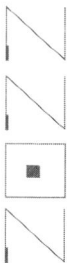

要打它嘛。

是呀，有本事，你打包家兴去。孔显彩帮腔。

麻元增哼哼了两声，说，打"包子"？别脏了我的手，啥文明丧葬，说个锤子，早不文明，晚不文明，偏偏我麻家老爷子躺床上了，就来文明了，我要找孙书记反映。

麻小坡说，你就别给孙书记添乱了，他到县里开会去了。二叔呀，政府不是针对我家爷爷，这是移风易俗。有史以来，人死了，都砌个坟包，现在满山遍野都是坟。再不制止，我们椅子村就成坟场了，哪还见得到青山绿水。二叔，你想想，人死了，烧成灰，装进饭盒大的盒子，往公墓一放，就安顿了，还有专人管理。这是社会进步，是文明。

孔显彩一脸苦涩地说，小坡哦，文明的事，婶不懂，要说把你爷烧了，装进饭盒，咋个说道，我心里都不安顿。娃哦，你就忍心啊？那可是你亲爷。

小坡本想开导婶，只听麻元增叹了一声气，一副无奈的样子。孔显彩对他说，你打工打出毛病来了，这也算事呀，你又不是不晓得，包家兴嘴里跑出来的话，跟屁股里跑出的气一样。

二

每次喇叭响起，开唱都是《在希望的田野上》，故而在村人嘴皮子上，广播就成了"希望的田野"。这是椅子村最著名的公务，一般是包村主任亲自操作，早中晚各一次。喇叭不响的那天，包主任不是病了，就是外出了。

房背炊烟吐露时，正是"希望的田野"响起时。但那天早上，"希望的田野"像在沉睡，直到中午过后，青冈子树才哇的一声，"希望的田野"唱开了。稍后，是包主任响如惊雷的声音：喂喂喂，各位村民注意啦，今晚上哈，村公所开全村大会，原则上，十八岁以上村民全部参加。如不能全参加的，至少一家来一个，不能来的，就把你家狗呀猫呀叫来，如狗猫不能来，你就猫狗不如。不得缺席哈，不得请假哈，今晚说大事。啥子是大事？跟大家骨头扯着筋的就是大事，是不是呀。

可以生病吗？可以住院吗？麻元增边听边说，跑到房外，捡起一块石子，但没砸出去，而是恶狠狠地说了一句，老子就不去。

还是去一趟吧。孔显彩说。

我去个锤子，要去你去。

我们妇道人家听不出个名堂的。

他能讲出啥子名堂？狗嘴里还能吐出象牙呀？

难说是退耕还林款的事嘞，不去就不知道他们咋整。

退耕还林是小坡负责，问小坡就行。

小坡只是村主任助理，还得听村主任的。

听老婆这样说，麻元增咂了一下嘴巴，说，我去就我去，老子倒要看看，他姓包的放的是不是人屁。

椅子村，汉彝两族聚居地，包姓是彝，麻姓是汉。两姓两族间，时有冲突和纷争，所幸没升级到不可调和的程度。按老祖宗定下的族规，不许汉彝通婚，但时间冲淡了一切，汉彝通婚逐渐得到默认，这也给包、麻两姓注入了溶剂。

虽是两族，民宅却差不多，都是彝族风格的土撑房，平顶、土墙，或者下为土墙、上为木板，房顶晒谷物，阳光下，金样黄。不管土墙或木板，墙面都被熏黑，斑斑驳驳地浸着岁月和时光。只有村中的村公所，石料外墙，是昔日传教士留下的教堂，透出几分威严，俗称石屋子，多年来一直村用。

和城里的高楼大厦比，石屋子小得可怜，而门侧的牌子，却和省政府的一般大小，白底红字，红朗朗的，老远就看得见。虽说是石屋子，还是村政府，但猪牛羊粪气味照样弥漫，"乡土气息"无孔不入。

那晚，会议堂坐满村民，老老少少、男男女女，或蹲或站，黑乎乎的一片。在昏黄的灯光中，烟雾以钴蓝色姿态散步。当麻元增从烟雾中钻出时，他堂弟麻元有对他说，哥呀，你刚回来，该歇着，咋来了？

来听一下姓包的怎么放屁。麻元增冷阴阴地说。

听了麻元增的话，一旁的包有福不快，哼了一声，说，脸上无肉，必定是个怪物，这可不是我说的，哈哈。

说个锤子，谁是怪物？麻元增瘦脸一拉，挤成缝的眼睛突然一睁：你龟儿子肉多，到街上多卖两个钱。

两人的话，像导火线，在场的包、麻两姓人，很快成对峙之势。麻小

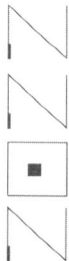

坡走来，制止麻元增和麻家人，麻元增给小坡面子，气氛平息下来。

会议开始，包家兴要小坡先说坟山的情况。麻小坡看了一眼会场，说，我小时候的印象中，椅子山是层层良田，只有侧面的赶场坡是坟山，明清两朝的坟都有。我们的老祖宗，全集中到这里，老坟是历史形成的，就不说了。现在的情况是，赶场坡没地了，大家就满山遍野地埋人，良田越来越少，坟堆越来越多。特别是近几年，有的村民拔了退耕还林的树苗，为活人修坟。为老人尽孝，我们不反对，但大家看看，整座椅子山成坟场了，这不是死人跟活人争地吗？此风不刹住，活人就没地了。

小坡一番话，说得村民心里凉飕飕的。

包家兴咳嗽了几声，不是感冒，是习惯，他讲话前，总要清清嗓，意思是示意大家安静，他要讲话了。他说了死人火化的事，然后要求村民写保证书。

写保证书不吉利呀，人死了不能埋，哪里出的规矩？椅子村不兴这一套。包家兴话一出口，会场如一锅油汤，全翻了花，起身的、拍屁股的、质问的，甚至骂娘的，一样不少。包家兴一脸焦烂地说，乡长说了，县长说的，这次动真格的，哪个龟儿子胆敢顶牛，叫他吃不完兜着走。

到底是乡长说的，还是县长说的，把舌根捋清楚。有人质问包家兴，其他人跟着附和，是呀，把话说清楚。

包主任，如果没有正经话，我可要回家了，老婆还等着我睡觉呢。麻元增一脸认真地说。话音一落，周围的笑声嘎嘎地围过来。他扬起脸，一脸正经地说，笑啥，我老婆真的等我回家睡觉呢，不信，你们问她去。

走，我们问麻元增老婆去，哈哈。一伙人拥向门外，包家兴大吼一声，谁敢走，扣谁的退耕还林款。

村主任的话，像一个糍粑，走到门口的人被黏住了。村民你看我、我看你，默默地回到座位。看到村人回来，包家兴缓和下来，说，早点儿散会也是可以的，但，大家给我记好喽，六月一日后死了人，以落气为准，到时别给老子用土埋，要用火烧，谁敢土埋，挖出来烧。

"谁敢挖我家的坟，我就挖他房子。"此话从人堆里蹿出来，牛就顶到了顶，顶得钢钎碰锤子，火星子冒。包家兴知道是麻元增说的，就扒开人堆，对麻元增说，不想要退耕还林款了？

不是我要，是你该给。麻元增表情严肃地说。

包家兴哈哈一笑：哼哼，打工打出能耐了。

那当然，在省城哪样没见过？逛大街，一不小心，左边撞到一个科长，右边撞到一个处长。进茅厕撒尿，旁边还站着厅长市长呢。你知道啥是市长？管县长的就是市长。所以，别拿退耕还林款说事，款子今天下来，你不能明天给我，不然，我告你拖欠退耕还林款，让你这村主任当不成。

你是村主任，还是我是村主任？倒教训起我来了！

村主任咋了？村主任是公仆，我才是主人。

主人？哈哈。包家兴大笑。

你还别不信，你问乡长去，他敢不承认自己是百姓公仆吗？

说完，麻元增边走边哈哈笑。看着他的精瘦背影，包家兴没办法，就给自己找了个台阶，说，事情也说透了，六月一号以后死人，全盘火化，散会。

顶了包家兴的牛，麻元增心情舒畅，哼着小调就回了家。一进门，乌子狗摇着尾巴扑上来。孔显彩凑上来，说，退耕还林款的事咋说？

麻元增哼了一声说，头发长见识短，只知道钱。

不说钱说啥子嘛？

人家说的是死人火化的事嘞。

我以为说啥子嘞，这种事，以前说得多了，结果呢，话一出口，就被风吹走。昨天还说自己进城见过世面，你的世面见到哪儿去喽。

孔显彩奚落麻元增一向不要本钱，麻元增可是椅子村的铁嘴，哪承想，山外有山，他被老婆说得一愣一愣的。

三

第二天一早，青冈子树上的喇叭，扯长脖子叫唤。包家兴拖声噎气地说，昨晚邻村一伙人，拔走了我村拐子湾栽下的树苗。村民们提高警惕啊，谁家的地谁负责，树苗哪儿丢的，就在哪儿补上。

负责？说得好听，谁负责？麻元增嘟囔。

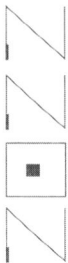

两袋烟工夫后，门外的乌子开始叫唤，边叫边退进门里。看到包家兴走来，麻元增回头骂乌子，弱成这样，不就是一个村主任吗？

包家兴挺着大肚子，身后跟着调解员和民兵营长。调解员个子虽小，但能说会道，能把裂缝说缝拢了，能熨帖人心、化解矛盾；民兵营长个子大，往人面前一站，就是一座山。一文一武、一大一小，是村主任身边的"军政要员"。

包家兴一进门就说，你家看家狗，小归小，还尽职尽责，过路可以，进你家门不易，它叫得比它主人还凶。

哪有村主任尽职尽责呀，天天喇叭里又吼又叫的，还深入基层访贫问苦呢。麻元增脸上掠过一丝不清不明的笑意。

不说狗的事了。

狗才说事。

你骂我？

我是想说，我说事我就是狗。

管你怎么说，我不管狗事，只管人事。刚才听到喇叭叫了吗，我念了一遍乡政府的文件，本来我可以不来的，但考虑到你家情况特殊，我不得不来呀。

我家情况怎么特殊了？

你家老爷子不是从医院抬回来了吗，这样说吧，从医院走出来的，没事，从医院抬回来的，有事。

你说的是人话吗？你家老爷子才有事呢。

我家老爷子一顿两碗饭，虽说八十有三，身子骨结实得很，不用你操心。

俗话说，天有不测风云，人有旦夕祸福，这种事别夸海口。

不跟你浑，我把丑话说在先，不该入土就不能入土，该烧就烧，不能违反政府规定。

麻元增刚要回敬，被灶门前出来的孔显彩拉住。她边捞起围腰擦手边说，包主任呀，一点儿余地都没有吗？

包家兴指着调解员和民兵营长，对麻元增和孔显彩说，没有，不信你问他们。

大个子营长连忙点头。小个子调解员说，不仅我们村，全乡全县，大到全国，都是一盘棋，把绿色丧葬和文明植树当成民心工程，让山体成树林，而不是坟林。老祖宗们在山上，东一个西一个，单门独户，说得难听一点儿，摆个龙门阵、冲个话壳子都不方便。以后把落气的人烧成精，集中在公墓。公墓是啥？公墓就是他们的村庄，这样，串门也方便。

对对对，就是调解员说的意思。包家兴接过话头，心头却在想，麻家老爷子命如游丝，没多少天了，安葬问题，横在眼睫毛下。上面把话说死了的，如果麻元增挖坑埋人，自己这个村主任就黄（被罢免）了。他知道麻元增的脾气，来硬的不如来软的，所以，看到孔显彩，像看到了救星，风一吹，他脸上就堆了笑，说，他麻二嫂啊，你不是三天两头问退耕还林款吗，你家老人按文明丧葬进火化场，第一批退耕款下来，我给你开个后门，最先发你家。

真的？

我一个村主任还骗你？

看到孔显彩的反应，包家兴知道事情有转机，虽说麻元增不轻易听她的，但里外配合，总是有效的。他把火化场电话给了孔显彩，侧过身子，指着麻元增，压低声音对孔显彩说，到时别让元增犯浑，事来了，拨火化场电话就成，他们会来车，简单得很。按我说的做，你会第一个领到退耕还林款。

说到最后一句时，包家兴提高了嗓门，并看了一眼麻元增，然后走到麻老爷子病床前，意味深长地对麻元增说，看在我们一起长大的分上，我劝你一句，和政策对着干，最后吃黄连的是自己。

包家兴撂下这句话，带着"一高一矮"走了。

看着包家兴的背影，孔显彩对麻元增说，来真的了，你说咋办吧？

不是还没到六月一日吗，急啥子嘛，真来了，兵来将挡，水来土掩。麻元增嘴上这样说，心里却在考虑父亲的后事。

椅子山形如一把椅子，靠背、扶手、落座，样样俱全，人坐在上面，脚就伸到山底的关河。河边小山包簇拥，按祭祀先生的说法，那是膝下儿孙满堂之意。包家坟地正好在椅子落座上，是最好的风水。麻元增早已看好父亲坟地，在包家坟地后侧，地势虽高一台，却没包家的正。

包家兴重风水，为守住这块宝地，早在十年前，就为自己父亲备修了向天坟。他最不满的是，九年前，麻元增开山刨矿，把右侧的牛背山刨得

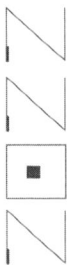

光秃秃，像椅子右边扶手被磨损，让人看了不舒服。

向天坟是彝族冢，因顶部有凹槽，像只眼面向苍天而得名。向天坟被称为东方金字塔，兼有彝族十月太阳历观象功能，观测太阳定冬夏、斗柄指向定寒暑。石材墓冠上的八角图案，代表彝族十月太阳历"八方之年"周期纪年法，以十二属相轮回纪日，三个属相周期为一个时段（月），即三十六日为一个月；三十个属相周期为一年，一年五季，每季二月，共十个月，三百六十天；十个月终了，另加五天叫作"过年日"，全年三百六十五天。每隔三年多加一天"过年日"，即现在说的闰年（闰日），为三百六十六天。在十月太阳历中，彝族先民精确推算出地球绕太阳一周的周期为365.25天。

国内外彝学专家称，彝族十月太阳历，优于古巴比伦和古埃及的"太阳历"、墨西哥的"玛雅太阳历"、印度的"太阴历"和中国汉族的"阴历"。很多国外历法学者甚至说，早知有中国彝族十月太阳历，世上通用的公历，就不必以耶稣诞辰为纪元年，彝族的十月太阳历比通用公历还精确科学，用高科技测算的太阳回归周期与彝族十月太阳历基本一致。

包家兴父亲的坟冢用了最好的青石材，圆环形，五沿阶石冢，近两人高。碑是藏青石，檐头中央雕了火龙，两头是虎；拜台阔似小广场，立有十根石柱，代表着十个月。阳光下，石柱的投影位置及长短，能准确标出季节和一天的具体时间，这就是彝族十月太阳历法。

坟正面有梯，周围有栏，整座坟场气度非凡，神秘威严。当年，包家兴花大钱，请六十多岁的祭祀先生设计。先生用尽智慧和心力，建成了这座规模宏大的向天坟。

有人说，村主任咋了，凭啥修那么大的坟山？乡领导警言相告，包家兴认了错，考虑到是十年前修的坟，乡民一定程度上也能理解，乡领导也没咋的。

麻元增心里嘀咕，只要你姓包的敢埋人，我也敢。他找来三叔和堂弟麻元有，共商父亲后事。怕小坡制止，他没让小坡知道。商量好后，麻元有带人悄悄上山，开山打石修坟。

此事最终还是被小坡知道，他坚决反对爷爷土葬，第一时间找到麻元增，说了火化的种种好处。

麻元增说，只有土葬才对得起你爷。

小坡说，我是村干部，是村主任助理，我的村建和发展方略，就是保护生态，退耕还林、绿化荒山。我向县里乡里写了报告，把椅子山打造成旅游景区，要做到这一点，首要任务是清理坟场，严禁土葬，把坟山变为青山。听说县政府很重视我建旅游景区的报告，这是我个人的理想，也是政府的工作，你们应该为我着想。

麻元有说，不是说百善孝为先吗，我只是在尽孝，爷是你亲爷，你就忍心把他烧喽？哼哼，我还真不能为你着想。

小坡皱起眉头，不知如何解释，说，政府拨出专款保护生态，退耕还林，就是最大的行善，是为老百姓谋幸福的千年大计。倡导火葬，是为了不占用人的居住和生态环境，是人类文明进步的需要。道理都跟你说过了，你怎么就一点儿也听不进去呢？

麻元增要小坡抓紧时间结婚，小坡沉下脸说，如果控制不住土葬，不能把椅子山变为青山，我麻小坡誓不结婚。椅子山青山绿水日，才是我的结婚大喜时。

你少给我讲大道理，别把婚事当儿戏，你结婚是我麻家的大事，是你爹临终时托付给我的。再说了，你要为人家包枝儿考虑。

说谁谁到，正说着，包枝儿就来了。她接过麻元增的话说，二叔，小坡的意思，就是我的意思，我听他的。麻元增哼了一声：又来个不着调的人。

包枝儿和小坡从小学到中学一直是同学，高中毕业，小坡考上大学，她进村小做了民办教师，两人一直有联系。小坡回到椅子村当村干部，两人就公开了恋爱关系。

小坡正要和包枝儿离开，麻元增拉住他说，我管不了你，你去跟你爷说道。这只是一句气话，却没想到，病床上的老爷子似乎有了感应，睁了一下眼。麻元增高兴得叫了一声爹，一家人围上去。麻元增拉着父亲的手说，爹啊，您都好几天没睁眼了，醒来就好，现在日子好过了，我们盼着您老人家多有些年头，过岁月享清福。

麻老爷子动了一下嘴，麻元增叫小坡请村医。村医很快赶来，扒开老爷子的眼皮，号了脉，然后离开。麻元增问，怎么走了，啥情况呀？

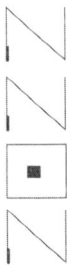

准备后事吧。

你乱说啥啊，我爹都睁眼了。

是呀，我爷都睁眼了呀。小坡也怀疑村医的说法。

如果我没看错，老爷子熬不过这几天。

四

五月三十一日，乍晴还阴，风一阵，云一阵，麻元增心里风起云涌，村医的话，乌云一样涌来。他心里清楚，没把握的事，村医不会乱说，父亲随时都有落气的可能，所以，他没离开家半步。

一家人围着老爷子，啥事也没发生。没想到，下午四点刚过，本不是"希望的田野"的时间，青冈子树上的喇叭意外响了，却吱吱哇哇半天没放歌曲。

包家兴搞什么鬼？

有人想搞清事端，就跑去村公所，这才看到门边有讣告：各位乡亲，各位父老，现向大家报告一个不幸消息，包主任的父亲包老爷子，于今天下午四点过七分，突发心肌梗死，驾鹤西去了，享年八十三岁。包主任跟村委会沟通后，决定自家悼念，遵守有关规定，不受理人情，不扰乡民。

消息一经传出，麻元增抬头看了一眼，说，我昨日说啥了，天有不测风云，竟被我言中了。

村民们议论纷纷，昨天好好的人，今天怎么落气了？别人不知道，包家兴心里清楚，老爷子的心脏问题，已经存在多年。

一般村民家有事，大家都会有所表示，何况是村主任家，虽说包主任表示不受理礼金，但村民还是到包家赶人情。这是椅子村长期形成的习惯。

赶人情，就是送礼钱，红白喜事都一样，一百、三百、五百不等，不封顶，也无下限。不过，村主任家的事，村民自然不敢小觑。果然，不仅椅子村，方圆十公里内邻村的人也来了。包家兴制止不了，就打电话向乡长保证，事后一定将收到的礼金一一退还。

为了答谢村民，包家兴杀了一头猪、一只羊，帮厨的足有十多人。不管哪种表情、哪种心情，椅子村都像过节一样热闹。

麻元有看着包老爷子的遗像，突然想到，包老爷子出殡，一定是六月一号以后。包主任传达文件时，不是说埋了的也要挖出来烧吗，这回，倒要看看包主任怎么个烧法。麻元有话一出口，就在人群里溅起波澜，人们抱着极大兴趣，等着看包村主任怎么个葬法。

麻元增不敢离开老爷子。他叫麻小坡买来火炮儿，孔显彩也准备好了寿衣，就连棺材也准备好了。说棺材不好听，就当成老爷子的新房吧。

听说老爷子快不行了，麻元增的三叔和几个族人赶来，屋里聚了好多人。事到如今，父亲的安葬问题摆在面前，麻元增下意识地掏出手机，看了一眼时间。再过三个小时就是六月一号，这个时间，让他看得皱起了眉头。

麻元增并不惧怕包主任，让他纠结的，是他不想和政府对着干。父亲没多少时辰了，他不希望那个时刻过早到来，但转念又想，如果父亲的人生就在这两天终结，不如让注定的事发生在今晚十二点之前，这样，就可以理直气壮地为父亲土葬。所以，他心里有了隐秘的企盼，这种企盼有违良心道德，他为此纠结、自责和不安。爹是自己的爹，不该有这种企盼啊。

他一脸焦虑，时不时在父亲鼻孔处试探，感受着父亲均匀悠缓的鼻息，想着六月一号的逼近，他心里焦躁烦乱，像跳着几只蛐蛐。

生活中，不管什么样的等待，都是一件难熬的事。他甚至想用刀砍断二十四点和六月一日的连接，让该发生的事在六月一日之前发生。时间嘀嗒嘀嗒往前赶着路，而父亲躺在床上，无声无息。

他问，火炮儿准备好了吗？

小坡说，准备好了，我还跟包主任要了火化场的电话，到时联系他们。

麻元增说，一边去，谁叫你联系火化场？元有，棺房准备好了吗？

麻元有说，准备好了，二哥放心。

一旁的孔显彩说，寿衣寿鞋也都准备好了。

麻元有悄声告诉麻元增，棺房幸好上了山，不然现在民兵守着路，还上不去呢。

不远处的小坡，听到了两人的话，他看了一下表，说，二叔，如果爷

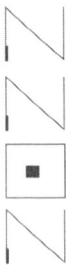

爷明天以后归驾，就必须火化，这是硬性规定，不要难为我。

我不为难你，你装着不知道，没你的事。说完，麻元增上下眼皮开始打架，最终闭上，说不清是否睡着，总之，他看到了老爷子。老爷子对他说，你哥死得早，你要多关心小坡，把小坡当自己儿子待。

人老了，话就多，这个还用你说呀，小坡上大学时，我再穷也挪出钱供他。再说了，他现在大学毕业了，有出息了，用不着我给钱了。

父亲有气无力地翻了一下身，又说，我这一辈子，生在哪儿活在哪儿，没挪过窝，生儿育女，尽到了为人父的责任。让我不安的是，我没置下像样的房子。房是啥？是窝，光有人没有房，不能算家。我现在干不动了，盖房子的事就落到你们儿孙身上了。

现在不是有住的嘛，你操这些闲心干啥子，我进城打工，不就是为挣钱盖房子吗？听了父亲的话，麻元增埋怨父亲说。

父亲叹了一口气，说，我老了，想清静，不想和你们住一起。我活了一辈子，也没啥其他想法，就巴不得你们给我盖座房子，不用多大，能安身就行，也不用多好的风水，只要在椅子山就行。

说完，老父亲抹了一把泪，呆呆地望着麻元增。麻元增不太明白父亲的意思，刚想问，听到有人吵吵嚷嚷，就醒了。

原来是个梦，麻元增端起杯子，喝了一口水，想起梦中的情景，脸上恍恍惚惚，满腹心事地把梦中的事告诉三叔。三叔说，这不是明摆着的吗，你爹要你给他砌个坟冢。

听了三叔的话，联想到梦中的情景，麻元增心里不是滋味。老爷子这一生，善以待人，与世无争。愧意袭上心头，越这样想，就越觉得该给老爷子一个体面的安葬，让父亲入土为安。所以，麻元增对床上的父亲说，您老人家放心，您要的房，我们已在山上修好了。

看小坡不在，麻元增把元有拉到一边，悄声说，土葬老爷子的事，我们得想个办法，不能让小坡知道。

不让他知道，不可能呀，麻元有一脸为难。麻元增说我有办法，然后凑近元有耳朵说了悄悄话，听得元有连连点头。

时间一点一点地过去，麻元增不时伸手到老爷子鼻孔上试探，微弱的气息时断时续。他举起另一只手，时时准备叫人放火炮儿，当微弱的热气拂过指头时，举起的手又放下。他叹了口气说，还说老爷子过不了今天，这村医的话呀，也不能全信。

时间驶进了又浓又稠的深夜，那里亮着两颗星，不是夜的眼睛，是包家兴门前两颗三百瓦的灯泡。村里人影晃动，乌子狗时不时叫两声，叫声清脆，椅子村久久没有睡去。

还差二十分钟十二点时，乌子狗叫了两声，麻元增没在意，包家兴却意外地出现，后面跟着麻小坡。

包主任父亲刚过世，可谓百事缠身，还来关心自家老人的病情，麻元增有些感动，但他没表露，倒是孔显彩搬出凳子。包家兴没坐，走到麻老爷子病床前，弯腰察看，然后要麻小坡以他村主任的名义，把村医请来。

孔显彩一边说谢谢，一边倒茶、递烟。看小坡反应迟缓，包家兴瞪了一眼，小坡才支支吾吾说了爷爷的情况。包家兴语重心长，说了一通尽孝尽终的道理，小坡这才出了门。

看麻元增表情冷淡，孔显彩给他递了个眼色，麻元增明白老婆的意思，就开了腔，说，我还没来得及去你家赶人情，你主任大人却来了。

包家兴倒也通情达理，说，谁家没个大事小事，你这不也守着老爷子吗，是不是呀，理解的，理解的。你别多想，我们呀，都是做儿子的，要尽孝道，虽然我父亲故去，但作为村主任，你麻元增家有事，我怎么也该来看看，不然我就不称职，你说是不是呀。别看我们平时尿不到一个壶里去，见面就掐，但俗话说不打不亲嘛。试想一下，如果两个人见面，话也不说了，掐也不掐，那只有一种可能，俩人关系到头了，你说是不是呀。

是，是，村主任就是水平高，没和我们家瘦猴计较。孔显彩点头说道。

别说孔显彩感动，听了包家兴的话，麻元增脸上也阴转晴，平日能说会道的他，竟然语无伦次，说话都结巴了：村、村主任，你家有事体，你忙、忙去吧。

正说着，乌子狗又叫了两声，小坡带着村医进了门。包家兴对医生

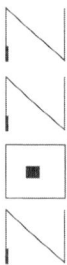

说，你得尽力医治，让麻老爷子多活些日子。

村医一脸苦相地点头，无话。他给麻老爷子又号脉，又翻眼察看，然后伸出手表看了一眼。当时屋里静得像沉到夜的底部，只剩下时间的走动声。

众人无话，包家兴抽着烟，时不时看一眼手表。麻元增望着村医，他并不指望村医能妙手回春，只想知道父亲的病情。

村医的手，从麻老爷子手腕上收回，一脸寡淡地对包主任说，我的任务完成了。

大家都不明白村医的意思，当他对麻元增说节哀顺变时，人们才反应过来，麻老爷子已经寿终正寝。村医起身要走，被包家兴拉住，问，你看看现在什么时辰？村医亮出手腕看了一眼表，说，十二点过两分。

包家兴说，也就是说已经是六月一日了，对吧？村医不理解村主任的意图，说，是呀，十二点，也就是二十四点一过，就是新的一天了，怎么了？

包家兴没回答村医，而是回头对麻元增说，对不起，现在已是六月一日，快给县火化场打电话吧。他们二十四小时服务，灵车随叫随到。节哀吧，有要我帮忙的地方，尽管开腔。我那边有事，先走一步了。

看到包家兴离去的背影，麻元增才反应过来，原来姓包的到自己家，是黄鼠狼给鸡拜年，没安好心，算计着老爷子火化的事。

小坡掏出手机，准备给火化场电话，麻元增说还是我打吧，你去放火炮儿。

小坡提着火炮儿，噼噼啪啪地放开了。火炮声响起，哭声也响起。在众人的哭声里，孔显彩的哭情绪饱满，抑扬顿挫，每一句结尾处都拖长声音，然后转几个弯，把悲痛的情绪推到了极致。连夜色也在哭声中抖动起来。

五

椅子村一夜未眠。

遇到两个大户人家办丧事，热闹是自然的，有的人往返两家赶人情，这种情况，在村史上不多。

准确地说，包家兴是天亮时才睡着的。昨晚，他从麻元增家回来，就找出早已写好的碑文，斟词酌句地改，然后交给石匠，并要石匠二号晚上刻好。之后，他把灵堂交给他大哥，倒头睡去。

刚睡着一个多小时，老婆大翠就来敲门。包家兴睡得深，没反应，大翠加大力度，里面终于有了动静：敲个锤子，有事找大哥。

"就敲你这个锤子，是乡长来了。"

听说乡长来了，包家兴翻身爬起，边揉眼睛边快步走出房门。见乡长坐在灵堂门口，他一个箭步上去，握手，一脸感动地说，从乡上过来，一路都在修路，乱七八糟，乡长赶来不易，这个人情，大得我担不起啊。

乡长说，老人家活了八十多岁，是高寿，节哀吧。我来，也是为了工作，县里批了麻小坡的报告，决定在你们椅子村开发旅游。开完会，你们孙书记陪县长到市里争取资金。我先来吹个风，你忙就不开会了，叫麻小坡来，我简单说一下。

麻小坡赶到，听乡长说自己的报告批下来了，心里高兴。乡长说，县里成立了椅子乡景区开发办公室，很快来规划测量。小坡是规划组成员，乡长要他出一个规划设计文案，小坡应承下来。两人正谈文案的事，不断有村民来送礼金，包家兴慌了，赶紧对乡长说，我打电话向您报告过，我做了登记，事后就退还礼金，请乡长放心，我用党性保证。

乡长叹了口气，语重心长地说，每家都有红白喜事，互相帮忙是应该的，但你是村主任，我是乡长，我们都要注意呀，收人情钱，万万不允许。

包家兴接连点头，称乡长说得对。乡长说，我得带头，就不能赶你家人情了，请理解。包家兴说当然理解，并表示，今后要加大文明办丧的宣传，制止赶人情这种事。

乡长走进灵堂，没有跪，弯腰低头三鞠躬致哀，包家兴下跪回礼。刚礼毕，包家兴就看到麻元增走来，后面跟着乌子狗。可能喜欢热闹，乌子摇头摆尾窜进了帮厨的人群里。

看着麻元增一步步走近，包家兴知道早晚得有这一刻，如何应对麻元增，他早就想好了对策。空气一度紧张。

没想到，麻元增掏出两张钞票，而包家兴怎么也不收。麻元增说，我有一事相求。

乡里乡亲的，啥事，你说。

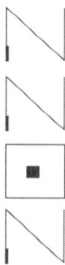

我知道你家老爷子要土葬，也请你放我们一马，让我家老爷子也入土为安。

包家兴说，我家老爷子过世时间为五月三十一日，你家老爷子是六月一日，按规定，麻老爷子必须火化，你要我开后门，后门关死了，政策不允许啊，伙计。

可你家老爷子出殡时间是六月一号以后呀。

规定是按人落气时间算，跟出殡时间没关系。

如果你硬要这样说，我就要提醒村主任了，我家老爷子过世时间是五月三十一日晚二十三点五十八，距六月一日还差两分钟。

你搞错没有，你老爷子过世时间是三十一号晚上十二点过两分，也就是六月一号零点两分，当时还看了表的嘛。

两人各执己见，争得脸红脖子粗。最后，两人要乡长评理，一旁的乡长被两人搞蒙了，不便定断。他把包家兴拉到一边，悄声说，你家山上修的向天坟，占地面积大，是以前修的，我就不追究责任了，但向天坟是火葬坟嘛，你是村主任，带头把自己老人火化了，再放进向天坟，事态不就平息了？

乡长，向天坟是土、火两葬的结合体，您知道的。我们这里的彝族，自清初起，就不火葬了，渐渐成了规矩，我总不能破了规矩吧。我家老爷子土葬，在政策允许范围内，我们都做好了土葬准备。再说了，老爷子不是我一个人的，您叫改，我做不了主啊。

听包家兴这样说，乡长急了，说，你可是我们全乡职级最高的村主任，和副乡长一个级别，政策摆在这里，你自己处理，我走了。

看乡长要走，麻元增说，乡长，包家兴是村主任，平时啥子都是他说了算，我们都依他。今天这事，乡长要给我们老百姓做主呀。我家老爷子的过世时间，明明是六月一号还差两分，村主任硬要说是过了两分，这不是欺负老百姓吗？

开玩笑，你以为乡长会相信你？告诉你，怕你耍赖，那晚我叫了村医，当时村医还看了时间，叫村医来做证。

听包家兴这样说，乡长心里松了口气，既然有证人，还听你俩废话？他对两人说，你们不必吵了，叫村医来。

包家兴转身叫调解员请村医。不到一袋烟工夫，调解员带着村医出现在乡长面前。乡长手一挥说，去村公所。

几个人跟在后面，乡长转身叫包、麻两人回避，调解员带乡长和村医进了村公所。村医以一个医生的职业操守，说了那晚的真实情况，调解员做了笔录，村医按了手印后，乡长就叫他回去了。之后，乡长叫来包、麻两人，把村医证词给两人看。麻元增看得一脸沉郁，而包家兴却抑制不住心中的快意，刚要说什么，被乡长制止了。

乡长说，情况已弄清，按政策执行吧。

包家兴没能留住乡长吃饭，把乡长送到村口，说，实在对不起乡长，路上，您又要受颠簸之苦了。

乡长说，快了，再有半年多，高等级公路就修好了，到那时，想颠都没机会了。现在颠一下也不错，帮助消化。说完，乡长上了等在那里的车，一溜烟走了。

包家兴挥着手，直到车消失在山弯，才和调解员转身往回走。没想到，麻元增堵在他家门口。包家兴说，元增还有事吗？麻元增说，我山上坟都修好了，你说咋整？

包家兴说，刚才乡长不是说了吗，按规定火化。

你是村主任，我只找你。麻元增说。

包家兴说，我已经说了无数遍，按规定火化。这样好了，公事公办，你找调解员，他专门负责调解这些事，请你不要再来麻烦我，我很忙。

听了包家兴的话，麻元增火气往上冲，说，你要我火化老爷子，可以，但你老爷子不能土埋。

包家兴没理麻元增，转身走了。麻元增追上去，被调解员堵住，劝他要冷静，听乡长的，按政策办。还说村主任已和你老婆说好，只要你火化，第一个给你发退耕还林款。

这话被赶来的三叔听到，他拍着麻元增肩膀说，不管他包家兴烧不烧，我们麻家不能烧。多年前，岩头寨钱家老头，到石灰窑背石灰，被熏倒在窑火里，等发现，人已烧成灰。之后，人丁丰旺的钱家，后代就稀疏下来。老辈人说了，不管活人死人，被烧后，人的精血就没了，前辈精血没了，后辈人也就没了。你把你爹烧了，你就不怕血脉断了？

三叔的话，说得人头皮发麻，在场的人，都伸了舌头。麻元增说烧爹不是自己的意思，是村主任逼的。

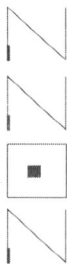

正说着，几声狗叫传来，麻元增看过去，心提到了嗓子眼，乌子已经躺在地上，身下汪着一摊血。

麻元增抱起乌子，乌子伸了一下脖子，哼了两声后，再没动弹。麻元增全身气血上冲，头快成了一座活火山。

哪个龟儿子干的，给老子站出来！他的话不是说出来的，是吼出来的。

包家兴的老婆大翠，提着刀从厨房出来，说，麻瘦猴，你龟儿子骂谁？

听大翠这样说，麻元增认定是她打死了狗。两人吵开了，包家兴赶到，拉住大翠。麻元增一手抱着乌子，一手揪住包家兴怒吼道，你们为啥子打死我的乌子，它只是一只狗，你们有本事朝我来。

麻元增的阵势，让包家兴退后两步。调解员和村民拉住麻元增，包家兴才镇定下来。他对麻元增说，别赖我，我没打死乌子狗。说完，他转身问，谁打死了乌子？没人回应。过了一会儿，一个村民凑近他耳朵，说了实情。他出了口粗气，走近麻元增，说，元增啊，我已经弄清情况，是乌子狗到肉锅里偷吃，一锅肉全被它糟蹋了。正在切菜的厨师发现了，急得一刀砸过去，本想撵开它，却砍到了乌子头上。

包家兴的话，并没有让麻元增消气，他从大翠手中夺过菜刀，包家兴提腿就跑。他知道，疯头上的麻元增，啥都干得出来。闻讯赶到的小坡一把抱住麻元增，拉他往回走。麻元增挣扎着回头说，你姓包的记好喽，你欠我一条命，如果你同意土葬我老爷子，我们就两清，要不答应，就一命还一命。

看着麻元增的背影，包家兴松了一口气，对民兵营长说，你派人封山守路，严防麻家人进山埋人。

没必要吧，村主任。民兵营长说。

包家兴哼了一声，说，事情放在开始，我由他怎么埋，但事已至此，我说了不算了。乡长指示过，按政策办，不按政策办，就把我办了，我不能违背乡长指示啊。我虽然说过，谁把人埋进土里，就叫谁挖出来，但等麻元增真把人埋进地里，再叫他挖出来就难了。所以，防止狗急跳墙，守好上牛敞坪的路，事态一冒芽，就把它摘喽，不然就被动了。

那要守到啥时候呀？民兵营长一脸茫然地问。

等麻家火化了尸体就撤。包家兴说。

六

乌子事件，像一个乌色仇恨，闷在麻元增心里，他咬牙切齿地说，不管你姓包的火葬还是土葬，老子都要土葬，一个村主任算个锤子，皇帝老子管不着。

包家兴备了三百元，准备硬着头皮去麻家送礼金，心想，你送我两百，我要回送你三百，谁叫我是村主任嘞。

他估计，麻元增还没消火，搞不好有一场纠纷，甚至动手，如果这样，自己该怎么办，自然不能和他一般见识，该让就让，而有一点，不能让他家土葬。

麻家同样杀猪宰羊，规模不比包家小，有人说两家都冲，把丧事办成了擂台。不知麻元增有意回避，还是真有事，包家兴没见到他，麻小坡叫人找，也没找到，就自己接待了包家兴。

小坡呀，你是文化人，你要劝一下你二叔，要他知道火化的好处。

村主任，我一直在劝，嘴皮都磨起泡了。小坡无可奈何地说。

劝要有效果，你叔侄俩真是稀奇了，一个在搞绿化，一个在破坏生态，小坡啊，你要是能把生态的树，栽到你二叔心里就好了。

包家兴边说边交礼金，之后，就准备离开麻家。正在麻家帮厨的包枝儿，见了村主任就往后缩，包家兴对她说，枝儿，躲啥嘞，你来麻家帮忙，是好事呀，说明我们包麻两姓一家亲，是不是呀。

叔，你真这样想呀？包枝儿蹑手蹑脚，从人群里扬出身子。

我是一村之主任，是整个椅子村的家长，难道我要分出经纬？是不是呀？

那你为啥指使人打死乌子狗？枝儿穷追不放。

你这丫头，看你说的，我正找麻元增解释嘞。

说完，包家兴递给小坡两百元钱，要他转给麻元增，算是狗的赔偿。

您都交了人亲钱，狗钱就不必了。小坡推让着。

这是给你二叔的，表达一哈我的歉意，小坡呀，你现在跟枝儿好，我举双手同意，枝儿可是我们包家的公主啊，也只有你才配得上，你有出

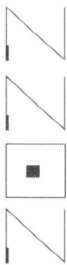

息，上了大学，还回到村里，立志为家乡人民造福，你父亲走得早，要是他知道这些事，该有多高兴。

谢谢村主任。

改一哈口，你应跟着枝儿，叫我二叔，我那边也忙，我得回去了。

好的，谢谢二叔，我就不留你了，您慢走。

听包家兴这样说，枝儿心里舒畅，准备跟着回包家，走出十多步，包家兴对她说，你还是回麻家帮忙吧。枝儿想了想说，好吧，我正在帮厨呢。说着就往回走，包家兴想了想，又叫住她，悄声对她说，我是一村之主任，要无条件地执行国家政策规定，火化的事，乡里下了死命令，你是老师，应该理解二叔，有件事，你必须帮我，如果麻家定要土葬，你要提前告诉我。

那我成什么人了？

你成什么人都是我亲侄女。

您老就不能饶了他们吗？

我说了不算。

一根筋。

我就一根筋，没办法，谁叫我是村主任嘞。

平时不逢赶街天，街上冷清，而那天，虽不赶街，却因包麻两家办丧事，街上鸡鸣狗吠，人影稠密。

椅子村是个自然村，有几千户人家，就椅子街上就有几百户，通往各村小组的路，像蛛网，村主任家有事，附近村民不会没反应。包家兴背着手，一路都在打招呼。手机突然响起，看是乡长名字，他不想接，多半是要他火葬父亲，或者要他退回人亲钱，但不接不行，结果乡长告诉他，首笔退耕还林款已经下发，要各村查收，并及时发给村民，以此推动退耕还林。

在你来我往的谈话中，周围的村民，知道了电话内容，结束电话，就有人问开了，包家兴三言两语应付了事，逃进了里屋。那时，他心里全是土葬火葬的事，就在天快黑下来时，他跟麻小坡拨了电话，要他叫孔显彩来一趟。

姓包的葫芦里卖什么药，孔显彩一路猜着。看她来了，包家兴和调解员把她叫到安静处，调解员最先说了话，探问了有关麻老爷子安葬的事，问麻元增最后怎么考虑的？孔显彩摇摇头，说，爹是麻元增的爹，怎么安葬是他的事。

见孔显彩在应付，一脸严肃的包家兴说了话。

第一笔退耕还林款，今天到了。

哦，今日是叫我来领款吗？孔显彩脸上显了彩。

村委会决定后天发放，但款子来得不多，只有少部分家庭能领到。

我家穷，第一批会发给我家吧？

我不绕弯子，如果你们火化你家老爷子，后天第一家领到钱的就是你，如果你家不火化，对不起，以后再说。

我做不了主呀。

村人都知道，他麻元增虽说是头牛，犟到哪匹坡都不知道，但有时候也是耙耳朵，事情说清楚了，你看着办吧。

这事不一样，我试一哈，先说好了，如果他同意火化，你就第一个发给我退耕还林款。

我一村之主任，还会骗你？

孔显彩相信姓包的，急忙回了家。

七

包、麻两家请同一个先生看日子，出殡时间，都是六月三号巳时，就是上午九到十一点之间。而在那天早上八点半，人们看到对面山上，有人砍树，这还了得，森林受法律保护，包村主任急了，叫负责生态和绿化的小坡去抓人，虽然爷爷出殡在即，但小坡没办法，带着民兵营长去了山上。

包家九点准时出殡。八点半时，人们就开始站队，五十多个花圈排了老长。放火炮儿的，抬棺木的都已到位，就连陪丧的公鸡，也蹲到了棺材上，男家属排在棺材前，女家属排在棺材后。

九时整，火炮儿在队伍前后两头炸开，把空气炸出了大大小小的窟窿，震荡山谷。祭祀先生在烟雾中浮现出来，只听他一声吆喝，起驾。腰扎红带的八个壮汉，吼着出殡调，抬起棺木，一条龙游向村东。行至村中坝子时，迎面走来了麻家出殡队伍。麻家队伍没有包家的长，麻老爷子不是躺在棺材里，而是躺在一副担架上，被白色床单盖住，外层罩了一个豪

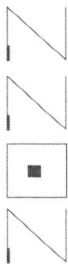

华纸屋。

麻元增抱着他父亲的遗像，身后是一长串抽泣的家属和亲属，孔显彩身子随哭声起伏，时而向天，时而面地，大幅度的动作，撼天动地。

两支队伍交混在一起，只能从行走的方向，辨出其所属，哭声交织，分不清为谁而哭，有的妇女哭着哭着，就走错了方向，麻家的跟着包家走，包家的跟着麻家走，走了一段，才发现走错了队伍。

包家兴和麻元增对撞过时，没招呼，好像都沉浸在失父的痛苦中。两支队伍渐行渐远，包家兴和包有福耳语后，包有福就离开队伍，跟在向西的麻家送葬队伍后面。到村西头时，他看见"山区路霸"停在场园上，旁边有一辆中巴车，车上下来两个戴口罩穿白大褂的人，准备接过担架，却被麻元友等人谢绝，自己将老爷子送进灵车后底厢。

送葬人群陆续返回，麻元增等人坐上灵车，直到灵车开走，包有福才打回转，他追上包家送葬队伍时，已经到了坟山，他把麻家情况告诉了包家兴，包家兴心里的石头，才彻底落了地。

只要麻家老爷子火化，自己就好向上级交代，自己仕途也不受影响，年底晋升的事，基本板上钉钉。自己和麻元增掐了几十年，暗地里斗了几十年，这次变了个人似的，再没纠缠乌子狗的事，还火化了自己爹老，包家兴突然觉得对不住麻元增，他准备事后，找麻元增喝酒，缝补一下关系。

包家兴扫了一眼坟山，满眼好山好风水，只是麻元增创伤的山体，让他看一次骂一次麻瘦猴。

按祭祀先生的说法，包家坟正南有一座孤立的山峰，东、西、北三面都有山，但包父坟所在地矮，南面孤峰的高度和向天坟之间，形成一个天象距离，根据当地纬度粗略估算，当夏至前后，日中时的峰影，正投射在向天坟的顶口，另外，向天坟北面尤为开阔，在夏天的晚上，斗柄南指时，正在坟顶上面，彝族最重视的天象是太阳和北斗星，包父的坟，定向时间是白天午时，定在北斗七星中最亮的一颗上。在此坟西南五百米处向东北望去，与此地夏至日出地平线方位一致。

祭祀先生说，他当年设计此坟时，花了很长时间现场测定，如今祭祀先生近八十岁，被人扶着上山，气喘吁吁，走到包家兴面前，他指着坟山，对包家兴说，包主任，不是我设计的就吹嘘，如此气度非凡的坟山，别说方圆几十里，就是全乡全县，甚至更大范围内都有不起。

祭祀先生的话，让包家兴心里熨帖，包家兴双手抱拳，向祭祀先生致谢。

随后，在祭祀先生的指挥下，入墓仪式开始。按当地习俗，家亲先拜天拜地拜坟，一至跪到故人入墓，再拜。包家兴走到坟冢前，其他人跟了过去，男性靠坟跪，女性跪外围，包家人丁兴旺，一大片人全跪下，拜天拜地，磕头作揖，个个面色凝重，悲不堪言，给坟场罩上一层肃穆气氛。

人一跪下，坟冢不仅越显高大，还透出威严，面对父亲未来的住所，包家兴一脸虔诚，把跪拜和作揖做到了极致。

拜毕，人们都围着坟冢，祭祀先生走近坟碑，碑上的字清清楚楚，新魏体苍劲有力，老先生一字一句，大声读着碑文，读得神采飞扬。碑文出自包家兴自己之手，那一刻，包家兴突然觉得自己文采了得，都可以当作家了。

当读到落款时，祭祀先生提高嗓门，加重语气读道：孝子包家兴（村主任，相当于副科级）拜立。

听着括号内职务，包家兴心里百花绽放，这是光宗耀祖的事啊，他脸上浮出一丝满足的神情。

念毕碑文，祭祀先生手持经典，口中念念有词，时不时，抓一把纸钱抛向空中，之后，他带着助手，走上向天坟顶部，顶部是八方图案，代表彝族十月太阳历的八方周期纪年法。当揭开凹槽上的石板时，助手惊住了，祭祀先生低头一看，脸色突变。跪在下面的包家兴看在眼里，却不敢站起来，祭祀先生一脸惊慌地走下来，和他耳语之后，他一怔，站起身，和祭祀先生一起，上了坟顶。

包家兴完全不相信自己的眼睛，因为向天坟的凹槽里躺着一只狗，仔细辨认后，他全身血气冲上头冲，眼里充血爆红，怒目瞪睛，他咬牙切齿地从牙缝里射出一句：麻元增，你这个狗杂种，老子饶不了你。

包家兴骂麻元增，一点不过分，因为他老爷子坟里躺着的，是麻元增家的乌子狗，和尚头上的虱子，明摆着是姓麻的干的，还以为他不计较乌子狗的事，哪知道他竟干出这等伤天害理的事，天理不容啊。

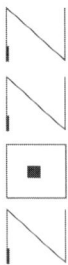

此事脏了家门，辱了宗祖，按椅子村人的话说，是欺祖。

千刀万剐麻瘦猴。

五马分尸麻瘦猴。

私娃子板板麻瘦猴。

一时间，包家坟地，骂声四起，包家兴老婆大翠骂得最恶毒，她说，天呀，搞半天，刚才我们不是把死狗当祖宗拜了吗。

此话一出口，被众人瞪了眼，所有人都不舒服，会不会说话？包家兴向她扬起手，却没打下去。

"找姓麻的算账去！"有人拿着锄头、砍刀就要下山，被祭祀先生拦住，先生说，等把包公入土请安后，再找麻元增理论也不迟。他走近包家兴，说，村主任息怒，事已至此，别无选择，好在此事可解，不必过分愤怒担忧。

祭祀先生的话，像云开雾散，包家兴一脸虔诚地说，先生，包家就仰仗您了。众人都期待地看着先生，先生叫人备好火炮儿，再把钱纸堆于坟头，浇上酒，他面朝苍天，正口中念念有词时，他突然蹿了几下，差点倒下，被助手扶住，他脸色苍白地说，没事。

祭祀先生喘着粗气，略停了一分钟，又拿着点燃的钱纸绕坟三圈，把火头丢入坟头，浸酒的钱纸哗的一声燃烧起来，整座坟头火色茂旺，阳气当空。

八

乌子狗事件，在椅子村一带传开，让包家兴无颜见人，虽说此事已被祭祀先生化解，但一个家族的奇耻大辱，谁也化解不了，他心里闩着一根扁担，一个复仇计划在他心里酝酿。

回来的孙书记，知道乌子狗事件后，劝他想开一点，一村之主任，不能跟村民过于计较，眼下开发景区是头等大事，不能分散精力。包家兴点点头，表示不影响工作。

孙书记是省直机关下派的驻村第一书记，三十多岁，一身夹克，一个平头，显得干练、精神。来椅子村不到一年，发誓三年内，让椅子村全面脱贫。县里考虑过，易地搬迁椅子村，但他请县里放弃这一考虑，椅子村不存在地质环境恶劣问题，只是偏远一些，他下决心改变椅子村面貌，让椅子村成为世外桃源，他的想法，和先到一年的小坡，一拍即合，可以说，小坡的绿色致富设想，一直处于冷冻期，直到他来，事情才渐渐有了起色。

就乌子狗一事，孙书记批评了麻元增，麻也觉得自己做过了头，心生悔意和自责，向包家兴承认了错误，而包家兴脸色凝重，没有反应。

小坡不理解麻元增的做法，两人关系一度恶化。他两头受气，包家兴也不理他，还叫来包枝儿，要她离开小坡，给他们的恋爱，亮了红灯，枝儿回敬说，叔呀，您把麻元增千刀万剐，我不拦您，如果要我离开小坡，办不到，你不是说过，小坡是有志有文化的好青年吗。包家兴恶狠狠地说，这事不得商量，只要他姓麻，就不准你和他来往，更不许和他通婚。

枝儿一气之下，出了门。

那天，上厕所的包家兴，突然计上心头，有了报复麻元增的办法。椅子村厕所简陋，在大坑上搭圈养猪，只留一条空隙当厕所，所以双脚不能跨两边，只能一边蹲，因蹲下不稳当，就在蹲坑前栽根木桩，供蹲下时扶用，一般如厕者，都会抱住木桩，以求稳当。

包家兴指使人，深夜潜进麻家厕所，把蹲坑前的扶桩锯下又放到原位，扫去木屑，恢复原样。包家兴相信，有早起上厕习惯的麻元增，一定会抱着木桩倒进粪塘。

果然，第二天，麻元增沉溺粪塘的事，在椅子村传开。谁整了自己，麻元增心里清楚，人们也自有断论。包家兴暗自高兴，他估计麻元增一定会找他算账，到时再好好教训他，而奇怪的是，麻元增啥事没有，而本来准备以此出气的包家兴，没出着气，心里极不舒服。

麻元增不闹事，并不是修养好，而是出事后，他找孙书记告状，孙书记说不管谁干的，都要拿出证据，他自然拿不出证据。书记平复了他的情绪，要他此事到此为止。而孙书记找到包家兴，包家兴既不承认，也不否认。最后，孙书记马下脸，说，老包啊，你一个村主任，竟然，算了，我不说你了，你自己好好想想，总之，气也出了，此事就此打住。

孙书记放老包一马，有一定道理，因没证据，不能把老包怎么样，再说了，眼下工作繁重，这些小事放一边，模糊一些也好。倒是他收人亲钱的事，不能马虎，要监督他还清，然后告示村民。当他问及此事时，包家

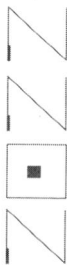

兴说基本上都还了，少量的因对方拒收，正在做工作。

而事情一波未平，又起一波。

那天，从上山守灵的族人口中，小坡知道了爷爷土葬的事。自己是长孙，这么大的事，却竟然不知。梳理了几天来发生的事后，小坡才恍然大悟，回忆起出殡那天，山上乱砍乱伐，小坡被派去抓人。偷树人是邻村人，理直气壮地说，是麻元增叫他砍的，小坡不信，带此人回村对质。

见到麻元增，那人先开了口。

麻二哥，我说是你叫我砍的树，他们不信。

开始麻元增死不认账，被那人抵到墙角后才说，我可没叫你真砍，只要你闹出点动静。

可我穷啊，麻二哥，一不做二不休，放倒两棵卖钱，反正抓着也没事。

怎么没事，现在事不是来了吗。

哈哈，麻助理是你侄儿，他管林业，难道还会有事？

当时小坡怒目瞪睛，问麻元增为何这样？麻元增始终没说出用意。怎样处理麻元增？小坡很为难，最后，他上报包家兴，包家兴听后，拍案而起，认为报复机会终于到了，你这个麻瘦猴，这回死定了。他气都没喘一下，将此事上报林业站，麻元增和盗树人被罚，罚得麻元增叫爹喊娘。

时至今日，小坡终于明白，当初麻元增是调虎离山，目的是支走他，不让他知道爷爷土葬的真相。

而当麻老爷子土葬的事，传到包家兴耳朵里时，他回不过神，怎么也不相信。为弄清情况，包家兴叫包有福一探究竟。那晚，趁着夜色，包有福带着几个包家子弟，悄然上山。说来也怪，几人竟然在坟场迷了路，左撞是坟，右拐是坟，在坟堆里跌跌撞撞，当看到远处一团飘摇的火光时，包有福心里发怵，那该不是传说中的鬼火吧？越这样想，越想弄个明白，等靠近时，才看清是麻家新坟的油灯。按村俗，新坟撑灯三天三夜，包有福估算了一下，已经四天过去，油灯还亮着。

包有福等人来到坟前，锄落铲起，叮叮当当干了起来。在飘摇微弱的灯光下，人影晃荡，弄出了一些诡异的动静。

或许，这个夜晚本该属于诡异，接下来的情景，让包有福几人目瞪口呆，因为麻家老爷子真切地躺在坟里，确认后，包有福掏出手机，拍了照片，又盖上棺盖，将坟复原。

咋回事呀？麻家老爷子土葬的事，真是石破天惊，在椅子村溅起波澜。当初送葬时，大家亲眼看到麻老爷子被送上火化车，麻家人一同去了火化厂，到头来，麻老爷子没被火化，而是躺在山中坟里。此事触动了椅子村的神经，人们奔走相告，传播的过程，就是不断演义的过程，传到最后，自然就有了灵异的成分。

包家兴一气之下，找来民兵营长训了一顿，问他怎么守的路？营长支支吾吾，答非所问，嘴上强调自己忠于职守，心里却想起那晚的情景。

二号下午，轮到营长把守进山路。那段路旁，正是他家的地，地里的几棵樱桃，正是果熟飘红时，过路人顺手攀摘是常事，所以，那天下午，他挑水带洗菜，既完成村里的任务，又守住了自家的樱桃，直到天色擦黑，他才回家。

麻家哪有上山埋人，姓包的就是无聊。他边走边嘀咕时，就看到苞谷林在晃动，之所以引起他注意，是他判断那里有人，一定是向着自家樱桃去的，他跟了过去。

苞谷林里，一个背影背着东西，寒寒窣窣往前蹿，到了樱桃树下就停了。果然是偷樱桃的，什么人这么大胆，竟然偷到我营长头上来了。营长做好了抓偷的准备。那人背的东西，是绑在背夹子上的，他杵着打杵歇气。背夹子和打杵（形似丁字拐杖），村人用于背东西的工具，已停用多年，竟然又被麻元增用上了，他背上的东西，直挺挺的。那人喘了几口粗气，又继续往山上走。到赶场坡脚时，那人停下，把背上的东西，小心靠在路坎上，然后坐下抽烟，当他划亮火柴时，营长才看清，他竟然是麻元增。

这个麻瘦猴啊，自家死了爹老，不在家守着，跑出来干啥子嘛？营长想看个究竟，所以没惊动。

一支烟抽完后，麻元增看了看四周，再背起背夹子，上了赶场坡。

像专门给麻元增照夜路，月亮出得早，山路像一条银亮的蛇影，蜿蜒于坡上。在上一道坎时，麻元增跌了一跤，营长想上去帮他，但最终还是没有。大约一分钟后，麻元增试着爬起来，试了几次，却怎么也起不来，

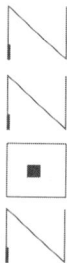

他始终不让背上的东西挨到地面，小心翼翼地往上挣，能感觉得到，他费了很大的力，用打杵拼命一撑，他终于站起来，说站也不准确，他的腰背弯成一把弓，垂到地面的手，在地上抓爬，拼力往上。

爬上赶场坡，他同样小心地靠稳背夹子，松了一口气，一阵轻言细语，像清澈的月光，在轻风中传来，像是和背夹子上的东西说话，营长一句也没听清。

刚才上坡时，体力消耗的原因，虽说路平坦了一些，麻元增还是快不起来。其实，他背上的东西，体积不大，却重。

终于，麻元增在一座坟堆旁停下，放下背上的东西，营长知道这是他为他父亲修的坟，他到这里干什么？营长警惕起来，只见麻元增跪在那堆东西面前，说，对不起您老人家了，本应体体面面送您上山，人家不让，我只有这样了，等明年您的忌日，我再热热闹闹，为您老人家做道场超度。

营长目不转睛，眼前发生的一切，让他目瞪口呆。他平时和麻元增关系不和，再加上职责，按理说应制止磨元增，但他却像一个旁观者，没想到他出现时，麻元增并不意外，对他说，我早就知道你跟在后面，要咋个处置，随便。

看着喘粗气、冒大汗的麻元增，营长说，虽说我俩以前有些摩擦，但老辈人说了，百善孝为先，我不能难为一个尽孝的人，就当我啥都没看见。说着，营长鬼使神差，竟然帮助麻元增，将麻老爷子放入棺中。那时正是六月初，麻老爷子四周，难免气味熏人，别说营长，麻元增也时不时反胃。

想到这里，营长全身打战，是那晚的情景悚人？还是怕被村主任知道真相？总之，他心里七上八下。

包家兴并不知道，三号送上灵车的，只是和人一般大小的木头，灵车只开出几里路，麻元增付了灵车费，再给火化厂两职工每人三百劳务费，取出那截木头，就打道回府了。是否火化，是丧家的事，火化厂不能强迫，事情就这样处理了。

知道爷爷没有火化，小坡不再理麻元增，欺骗自己事小，违反政府规定事大，小坡真想挖出爷爷火化，而实际上，他进退两难，不能挖出爷爷，也不能对麻元增怎么样。

有了麻家土葬的事，包家兴认为报复机会到了。你龟儿子辱我祖宗，还狗胆包天，欺骗政府，不把你整进班房，老子誓不为人。这样一想，他马上找到孙书记，说了麻元增土葬的事，孙书记说此事必须处理，就通知支委班子开会，商量的结果是，要麻元增重新火葬其父，而上报到乡政府的报告，迟迟没有答复。

半月过去，乡政府终于有了动静。乡长来到椅子村，宣布一事：因开辟椅子村真武庙、跳墩河、飞马瀑及牛敞坪一带为旅游区，景区开发办通知，区内所有不当建筑和坟墓，全部拆除和迁出，政府按坟头补贴，每坟三千元。火着枪响，两天后，测量规划人员进入场地。

这哪是解决啊，没有达到报复目的不说，还要毁了自家坟山，这不是要我和麻元增同归于尽吗，这不公平，我包家坟大，至少八九万才能建好，麻家坟小，三千多元就能解决。

包家兴心里不畅，找到孙书记和乡长，乡长语重心长地对他说，旅游开发是大事，你包麻两家坟地是小，乌子狗事件，说白了是民事纠纷，虽说土葬触犯了新规定，即使解决，也要你们迁出坟地之后，眼下，我们要做的，是迁出区内所有不良建筑和坟墓，你是村主任，要带头啊，不仅迁出自家坟，还要动员其他村民迁坟。

其他村民？难道要我说服麻元增？包家兴摇摇头，脸上浮起苦笑。

孙书记对老包说，必须说服麻元增，你先和他说说，不行，我再找他谈。

乡长说，说服村民最好的方法，是以身作则，退一万步说，到时麻元增不迁，我自有办法治他，我就不相信，他再蛮横，还会无法无天？

听了乡长的话，包家兴叹了口息。

最后，他们把希望寄托在小坡身上。小坡了解自己二叔脾性，就想出一个办法，取出自己所有积蓄，交给麻元增，说是乡里第一批退耕还林款，给他的目的是希望他迁坟，而麻元增接过钱，哼哼了两声，说，一码归一码，钱是我的钱，跟迁坟没关系。

小坡说迁坟是迟早的事，不如带个头。麻元增摇摇头说，我不是村主任，带啥头？找姓包的带头去。看麻元增油盐不进，小坡只好找到三爷，说服他迁出景区所有麻家坟，三爷摇摇头，不迁，这事没得商量。最后没办法，小坡只有说，如果你们不迁坟，我就不结婚。

砸出这句话，小坡就出了门。结婚是传宗接代的大事，以拒婚要挟，应该有效。可能这句话真起了作用，三爷当即找到麻元增，商量迁坟

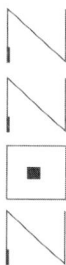

的事。

麻元增心里清楚，包家老爷子的坟排场大，估计姓包的不会迁，所以，他放出话，只要包主任迁坟，我麻元增也绝不含糊。

此话就是个"车"，将了包家兴一军，将他抵到墙角，全村人都看着他。

九

开发办召开迁坟会，要求景区内的所有坟，统一迁至山拐子。那里在椅子山偏背处，要风水没风水，撂谁都不愿迁。看村民都阴着脸，孙书记强调，在一周内迁出，另加六百元奖励。俗话说，瞎子见钱，眼睁开，可椅子村村民却不吃这一套。

村民无心开会，会场异常沉闷。看包家兴低着头，吧嗒吧嗒抽烟，开发办主任请他带头说话，包家兴皱着眉头，说，我是村主任，当然要执行上级指示。他向村民们说，椅子村藏在乌蒙山深处，地处云贵高原和四川平原过渡地段，所以山奇水秀，风景安逸得很，而长期得不到发展，交通也不便，外面的人进不来，我们枉有好山好水好风景啊，现在，政府开发椅子村，这是大事，好事，是千载难逢的发展机会，我们要积极配合，迁出坟包包。

听了包家兴的话，开发办主任乘东风，借题发挥，说，村主任说得好，希望村民像村主任一样顾全大局，大家都表个态，最迟什么时候迁坟。

村民没说话，而是看着包家兴，孙书记这才意识到老包没表态，就对包家兴说，村主任带个头，你家什么时候迁坟？

包家兴说，这事没问题，迁坟时间，我回去跟族人商量。

村主任表了态，孙书记问身边的麻元增，麻元增说，村主任什么时候迁，我们就什么时候迁。说完，借故头疼离去。

会后十多天，不见有人迁坟，开发办开始上门做工作，最先来到包主任家，包家兴答应，第二天就迁坟，而这时，包有福和六十二岁的大哥、七十多岁的三叔赶来，骂包家兴不是包家子弟，竟然答应迁祖坟。开发办主任语重心长，再次向他们说了开发景区的意义，及迁坟的必要性，见包家人不表态，开发办一工作人员硬着劲说，坟必须迁，迟迁不如早迁。听了此话，一直没说话的包大哥，先是喉咙里轰轰的，一股气流往上冒，然后射出一句脏话：哪个龟儿子杂种敢扒我家祖坟，老子跟他拼命。

包大哥的话，激怒了开发办的人，他们就发出最后通牒，限村民五日内迁坟，不然，推土机开进坟场，全部清理。

"你龟儿子敢！"包大哥操起扁担，打向工作人员，被包家兴挡住，要他冷静，而包大哥无法冷静，当第二次举起扁担时，被开发办工作人员拖住一搡，包大哥倒在地上，头砸到石磨上，血流不止。开发办主任赶紧扶起他，批评工作人员，并向包大哥认错。一旁的包有福，一边高喊政府打人，一边和工作人员扭打起来。这时赶来的孙书记，听到包有福这样说，就对他说，事情经过，我都看到了，不是政府打人，政府绝不会打人，虽说开发办不等同政府，但开发办也没打人。

孙书记要带包大哥去卫生所，包大哥死活不去，孙书记劝走开发办的人后，跑回自己屋子，找来酒精和纱布，亲自给包大哥包扎，然后拉包家兴到一边说话，他俩显然是说迁坟的事，老包不断点头，说完话后，孙书记和包家人告辞。见孙书记离去，包有福要包家兴硬起来，不能迁坟。

包家兴再也不能忍受族人的顽固，拉下脸，对包有福说，事到如今，你还这么蠢，你要我怎么硬，我能硬过椅子村的发展大趋势吗？这事没得商量，我是村主任，应带头迁坟，包家的坟，明天必须全部迁出。

下午三点过，乡长出现在椅子村。以往乡长每次来，都预先电话通知，这次不通知，连孙书记也不知道，说明事情特殊。包家兴意识到，乡长是带着不满情绪来的，果然，乡长直奔包家兴家，孙书记小跑着跟了上来，包家兴也作好了挨批评的准备。

乡长一脸严肃，包家兴不自然地笑着，然后拨通调解员手机，叫他过来，却不料，跑来的调解员，第一件事就说，祭祀先生过世了。

听到祭祀先生的死讯，包家兴叹了一口息，调解员说，今后没人看风水和为死者超度了，乡长无限感慨地说，他的去世，还真有一些意味，宣告旧风俗结束，至于新风尚何时深入人心，要看大家的努力了，暂不议此事，还是说正事吧。听乡长说迁坟的事，包家兴汇报了情况，也说了和开发办冲突的事。乡长眉头一皱，说，此事放一边，我想知道，你家的坟，什么时候迁？

包家兴没犹豫，向乡长保证，第二天把包家坟全部迁出。乡长步步紧

逼，说，很好，不仅你家的坟，景区里的所有坟都必须迁出。涉及所有坟，包家兴迟疑了一下，看了看孙书记，孙书记对乡长说，我们尽最大努力说服村民。

乡长点点头，说，迁坟费用由乡政府负责，我明天到场出劳动力。乡长说自己出劳动力，实际上是将了包家兴一军。

说完，乡长拉走孙书记，包家兴留他吃饭，他回头说，今天省里来了专家，开发办要我和孙书记陪一下，本来你也该一起陪的，但你还是准备明天迁坟的事吧，对了，明天的事小不了，这种时候，"希望的田野"应该发声。

乡长，你不说，我也会在喇叭里吆喝的。

他们分手后，包家兴直接去了村委会，打开喇叭，一曲《在希望的田野上》后，他扯起大嗓门：各位么乡亲，立起耳朵听一哈，椅子村周边，岩子对岩子，看么还是好看嘞，就是长不出庄稼，只长风景，是不是呀，现在政府要我们脱贫致富，开发风景，啥是风景，风景就是钱，到时候么，城里人来了，别的不说，他们总要吃饭喝水吧，总要看风景吧，有的还会住下来，我们要做好服务，自然喽，这一切，他们都得掏钱，有了钱，我们不就脱贫致富了吗？但人家城里人，不是来帮你上坟的，是不是呀，想要发家致富的，给我听好了，凡是景区内的坟，五天内必须全部迁出，现在我宣布，我包家祖坟，包括我老爷子才入土的新坟，一座城堡咋了，我包家兴明天照样迁出，欢迎乡亲们现场监督，景区内有坟的乡亲，不要拖哈，爽性点，像我一样，明天就迁，开发办雇劳力。麻瘦猴，你龟儿子说过，只要我迁，你就迁，我明天等着你。

说完广播，包家兴对旁边的小坡说，你二叔何时迁坟，就看你的了。

听包主任这样说，小坡叹了口息。事逼到墙角，小坡硬着头皮回到二叔家，刚说迁坟的事，就被他二叔打断，什么开山育林，什么景区开发，什么开发旅游，都是你麻小坡的馊主意，是你向县政府打报告的结果，这回好了，连自家祖坟都搭上了，你那鸟报告，往直里说，就是祸国殃民。

小坡说，二叔，你可以骂我，但不能不迁坟，更不能说是祸国殃民，您应该听到了，包主任在广播上将您军，你也说过，他迁你就迁，他明天迁，你也应该明天迁，二叔您不能食言啊。

他将军咋了？他算老几？

二叔，包主任家的坟，像座城堡，你以为他愿意迁？是没法呀，不迁不行，他这一带头，不仅落个好名声，政府也高兴，每坟还能多得六百元奖励嘞。

孔显彩走过来说，我们坟小，政府给三千元，再加上六百元奖励，重修一座坟不贴本，怎么说都划算，他包家就不同了，重新修那么大的坟，政府给的钱哪够呀。

听老婆和小坡这样说，麻元增默不作声，吧嗒吧嗒地抽烟。

第二日早上，麻小坡陪着孙书记，和开发办的人，早早来到坟山，等着包家兴，结果，没见包家兴，麻元增却扛着锄头来了，身后是几个麻家子弟。看到他们，小坡心里高兴，脸上也有了光彩，没想到自己麻家抢了头彩。他走上去，握着麻元增的手，说，你真是我的好二叔，谢谢您。然后凑上去，小声说，二叔，这种时候，我们麻家就要抢在前面，不能后于包家。

麻元增眨了眨眼，没说话，掏出烟，点上一支，吧嗒吧嗒地抽上了。乡长和开发办主任赶到，表扬了麻元增的积极性。半小时过去，看没动静，小坡试探性地说，二叔，是不是可以开始了？

麻元增起身看了一眼山下，说，姓包的没来，我着什么急。

从麻元增话里，小坡明白了他的意思，就对孙书记说自己下山找包家兴，刚走到岩口，包家兴就来了，小坡迎上去，说，村主任，就等您了。

看到包家兴，麻元增对麻家人说，动起来，别让人家抢先动锄。说着，自己就下了第一锄，第一锄没下到坟头，而是落在拜台，第二锄下去时，他瞟了一眼包家兴，包家兴正面有难色地对乡长说话。

这时九点半，来了很多村人，其中不少乡政府雇来的佣工，那阵势，一场迁坟大战即将开始，而看到包家兴没动，村人坐等静观，就连麻元增也停了下来，耗在坟地。最后，乡长再没说话，用眼睛直视包家兴，一旁的孙书记，拨了老包一下，老包心里发怵，这才向族人挥手，带头挖下第一锄。见状，麻元增嗖的一下蹿起身，锄头动得比谁都快。

早起动土，是麻元增想了一晚的结果，哪能让姓包的先动手，吃屎也要赶头口，不为六百元奖励，只为赌口气，好名头不能让姓包的全占了。麻元增跪在麻老爷子坟前，说，对不住您老人家了，才让您老人家入土安生，就来打扰您了。

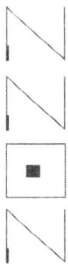

巨大的包老爷子坟前，包家兴叹了口息，说，还是先动外围的石柱吧。目标明确，佣工们很快放倒两棵石柱，正要放倒第三棵石柱时，不知谁在身后说了一声"打住"。众人回头一看，乡长陪着两人走来，其中一个满头花白的老人，走到包家坟前看了又看，包家兴问谁呀，乡长没理他，孙书记告诉他，省里来的彝文化专家。

十分钟后，专家把乡长和开发办主任拉到一边，嘀咕了一阵，之后，开发办主任叫包家兴停下，包家兴不明白地问，是所有坟都停下吗？开发办主任说，暂停令尊这一所坟，其他全部迁出。

几天后，包家兴得到正式通知，经县人民政府研究决定，免迁包家兴父亲一坟。原来，经专家鉴定，此坟是彝文化的结晶，是至今规模最大最能代表彝族十月太阳历文化的向天坟，祭祀先生去世，以后不再有这样的向天坟了，故，此坟珍贵，可作旅游景点存留，供游人观光。

得知这一消息，包家兴一家高兴了，麻元增心里却不舒服，早知这样，带啥头迁坟呢，山拐子那坨地，可不是什么好风水。

十

一年后，一直在省城打工的麻元增，作出一个重要决定，那就是，回村帮扶麻小坡，这不是一个随性和偶然的决定，而是事出有因。

几个月前，麻元增接到孔显彩电话，说村里又发给她一笔退耕还林款，数额和小坡当初给的一样，怎么回事，难道重复发放？麻元增电话问小坡，小坡只好说出真相，得知当初小坡掏私人腰包给他钱，麻元增很感动，自己虽是小坡二叔，但在为人处世方面，应向小坡学习。

麻元增叫孔显彩把钱还给小坡，而小坡没接，说就当是回报二叔的养育之恩，推让间，事情一度放下，但麻元增却在考虑怎样用这笔钱。

到村班子换届，麻小坡成为候选人，包家兴没在意，心想，小坡虽有文化，毕竟是个毛头小伙，要和自己抗衡，还嫩了点，而结果出乎他所料，大学生麻小坡，以绝对优势当选村主任，并兼景区管理所所长。

听到小坡当选的消息，麻元增马上作出决定，回村帮扶小坡。一想到小坡正在绿化家乡，他就把小坡借故给的退耕还林款，买了石榴和龙眼树苗。他咨询过，当年自己刨矿破了植被的牛背山，地质干燥，属弱碱性石子地，适合种石榴和龙眼树，两样都属经济果树，即能绿化荒山，又能带来经济效益。

通往椅子村的路，不再是七跷八拱的弹石路，而是高等级公路，这是全省重点扶贫项目，经过三年修筑，终于建成。通车那天，省市相关领导赶来剪彩，并向社会宣告，这条穿越高山峡谷的公路，是沿线山民奔小康的直通大道。柏油路面，平整宽敞，路况好了，麻元增不再像以前那样呕吐，村道也成了水泥路面，再没了猪牛羊粪，自然，就没了小坡形容的乡土气息，一想到小坡说的乡土气息，他脸上绽了笑。

看到麻元增带来的果苗，孙书记感叹地说，牛背山是绿化死角，石榴和龙眼树正适应这一带地性，真是应急应需。

近期小坡忙得不可开交，他利用景区优势，准备打造苗圃基地，这是新的扶贫项目，他全力以赴。

到椅子村景区游玩的人多起来，"山区路霸"也多起来，藏在大山皱褶里的风景，终于杜鹃一样，向世人绽放。"包家向天坟"是景点之一，包氏家族因此名声大振。看了向天坟，很多人才知道，世上还有一年十个月的历法，人们对彝族十月太阳历，充满好奇。所以，向天坟前，免不了人头攒动，这些人既不拜坟，更不祭祖，政府也没给一分钱补贴。看到自家坟前人来人往，并对着拍照，大翠心里不舒服，更不平衡，就想到了收费。

于是，五十七岁的大翠，穿上她最喜欢的粉红衣服，戴上戒指，还抹了口红，坐守在向天坟入口处，面前立了一牌，牌上写着：观坟叁元，拍照加叁元。

她不识字，而人民币票面大小，她比教授还认得准，所以收钱的事，她一点不含糊。一天下来，大翠回到家，掏出一堆零票，数了又数，两百多元嘞，大翠一脸旺喜。她对包家兴说，明日是双休日，生意会更好，你估一哈，会有多少进账？包家兴摇摇头，她神秘地亮开手掌，说，起码这个数。

五十？

五百。

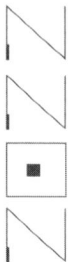

　　说出这个数字时，大翠眼里闪过一丝光亮，连包家兴也对这个双休日，有了期待，但转念又想，他觉得此事不妥，应向孙书记和小坡报告。

　　第二天，大翠来到向天坟，看收费牌子被人拨了，她气愤地四处张望，哪个私娃子杂种干的哦，给老娘站出来。

　　没想到，正在种树的小坡，从树背后站出来，说收费牌是他拨的，并笑着说，二婶，你别生气，听我说两句，县文旅局和乡里规定，景区实行一次性收费，所有景点不二次收费，再加上二叔是老村主任，你收费影响不好，更重要的是……

　　小坡还没说完，就看到包家兴追来，并上气不接下气地说，小坡村主任，你说得对，我劝不住你二婶，你多给她说说。小坡说，二叔，那我就接着说了，我认为是这样，游客来观坟，或者拍照，是对彝族十月太阳历文化的敬仰，也说明了彝文化的价值，如果先祖在天有灵，也会因此高兴，但如果用先祖赚钱，就有所不恭，也不道德，如果赚钱，二婶何如开个商店，或者餐馆。

　　小坡一席话，听得包家兴连连称是，而大翠却说，你小坡主任咋不开商店饭馆赚钱呀？包家兴马上打住她的话，说，妇道人家，一村之主任哪能干这些，忙的都是大事，管理景区和苗圃，就是提高村里GDP，村里事千头万绪不说，就绿化荒山一项，就是造福子孙后代的千年大计。

　　大翠说，什么鸡的屁，我不懂。

　　包家兴哈哈一笑，纠正说，不是鸡的屁，是GDP，这是洋文，你当然不懂，GDP就是钱，GDP越高，你收到的分红就越多，这次明白了吧？

　　两人的对话，让小坡笑起来，他对包家兴说，包二叔，我们下午开个会，商量一下绿化工作组的事，请您老参加。包家兴自然满口应承。

　　下午的会，由孙书记主持，主要选出绿化工作组组长，两个候选人，麻元增和包家兴，为避嫌，小坡没想让麻元增当组长，但麻元增自费为村里买果苗的事，为他赢得了好声名，大家认为他对椅子村有贡献，所以选举结果，他比包家兴多一票，按理说，得票多的当选，而小坡却认为包家兴是老村主任，有工作经验，有号召力，更适合此项工作。

　　最终，孙书记和麻小坡商议后，以得票多少任命，麻元增任组长，包家兴任副组长。小坡说，生态文明是千秋大业，县里乡里都成立了绿化工作组，过几天，县里将组织人员到我村植树造林，我村绿化工作组的工作，即时启动，包括苗圃，下一步建立网站，从网上推销果苗树苗，不仅绿化椅子山，我们将绿色推向全国，做大生态绿化产业，为椅子村脱贫致富做贡献。

听了小坡的话，大家兴奋起来，包家兴拍着麻元增肩膀说，老伙计，我给你当助手。麻元增哈哈一笑，说，包大人，我哪敢啊。

散会后，麻元增拉住包家兴，说，晚饭我请你喝两杯。

包家兴笑了笑，说，喝就喝，你以为你能喝过我吗？

孙书记趁热打铁，说，喝了不就知道了？我当裁判，我提酒来为两位助兴。

这不是握手言和吗，小坡高兴了，就说晚上他请客。

酒桌上，三杯两盏，就喝出了状态，麻元增举起一杯酒，对包家兴说，以前多有得罪，包老爷子坟头的欺祖事，是我做过了头，今天我麻瘦猴向你道嫌，请你大人不计小人过，以此酒为罚，我向你赔不是。包家兴哈哈一笑，说，我不也让你掉进粪坑了吗？扯平了。

听两人说到此事，小坡把两人的手握在一起，说，两位二叔在上，容晚辈说一句，俗话说，化怨解仇不为敌，冤家能成好兄弟，以前的事就不说了，我都和包枝儿结婚了，包麻两姓一家亲，请两位二叔辅佑小坡，小坡呢，当好孙书记的助手，我们共同为改变椅子村面貌，共同为椅子村脱贫致富办实事，干杯。

麻元增和包家兴同声赞同，四人共同举杯。那个夜晚，被酒融化，其乐融融。大家边喝酒，边商量绿化的事，孙书记说绿化工作不留死角，两年内，将椅子村及周边全线绿化，其中牛背山是重中之重，医治刨矿创伤，迫在眉睫。

第二天清晨，"希望的田野"如约响起，《在希望的田野上》一曲终了，传出小坡的声音，他先通告了绿化工作组的成立，然后对村民说，以前满山遍野的坟堆，就像大地身上的脓疮，是脓疮，就必须医治，只有土地健康了，我们的生活才会健康，现在坟堆迁走，留下坟窝，每个坟窝都必须种上树，再者，牛背山的创伤，是我们一直以来的心病，已到必须解决的时候了。退耕还林，绿化荒山，是政府的重要工作，近期县里组织一批志愿者帮扶我们植树，我们椅子村人更要努力，相信不远的将来，我们

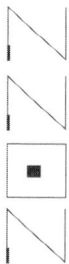

一定会给土地穿上一件漂亮衣服，什么是土地的漂亮衣服，树木植被就是土地的漂亮衣服。

习惯了包家兴的方言，再听小坡的普通话，乡亲们不免有些不习惯，不过大家很快就适应了。大学生说话就是不同，不是把猪牛羊粪气味说成乡土气息，就是把树木草植说成大地的衣服，呵呵，我们这些种树的，不就成了裁缝师和衣娘了吗？

乡亲们边听边笑谈，也边议论。

那天，椅子村像过节，县城开来三辆大巴，孙书记到大巴车前，迎接一百多名植树志愿者，他简短致辞欢迎感谢后，就把他们分至赶场坡、牛敞坪坟窝区域和牛背山，麻元增负责牛背山，包家兴负责坟窝区。

而小坡正在调度村民，看到村道上走来一队人马，全是村小师生，走在前面的包枝儿老师对小坡说，报告小坡村主任，我们村小全体师生向你报到，请安排我们工作。

一脸惊喜的小坡说，怎么没事先告诉我呢，枝儿说，告诉你了还算惊喜吗？小坡说，说得也是。他转身对村小师生说，欢迎你们，谢谢你们，这样吧，你们到前面那块相对平整的区域，为刚种下的树苗浇水。有了任务，枝儿带着师生们忙了起来。

那时正是春天。整个牛背山和坟窝地带，到处人影晃动，特别是学生们的到来，让荒芜的坟窝地和牛背山，有了新气象，五颜六色的人群，像原野上突然开出的杜鹃，有人挖坑，有人下苗，有人培土，有人担水，包枝儿带着孩子们边干活边唱歌：

我们的家乡

在希望的田野上

炊烟在新建的住房上飘荡

小河在美丽的村庄旁流淌

……

歌声在原野上回荡，像透明的阳光和飞翔的五彩鸟群，随延绵起伏的山峦飞向远方，地平线随之铺展到了天地尽头，大地因此有了韵味和意境。

点评/

　　《大地因此有了意境》是一篇描写新时代云南山区农村发展的作品。新时代中国农村正在经历山乡巨变，作家如何把握和书写新时代农村的变化是考验当代作家的时代命题。作者截取了农村生活和农村工作的几个横断面来书写这种变化以及变化的过程。椅子村是云南乌蒙山区的一个偏僻村落，包姓和麻姓是两大家族，但彼此并不和睦。为了推动农村发展，在返乡大学生麻小坡的建议下，基层政府采纳并制定了建设旅游风景区的发展规划，这一规划的实施既是农村发展的蓝图，也是对于旧的风俗习惯的改造。作品的故事即围绕这一发展规划的落地实施而展开。建设新农村，需要改掉旧习俗，比如由土葬改为火葬，包、麻两大家族围绕这一问题展开明争暗斗。为了旅游风景区建设，需要集体迁坟，两大家族又是进行了斗智斗勇。小说既讲述了新的发展规划在农村落地的艰难过程，也呈现了乡村共同体内部的一些传统习俗特征。作品充满戏剧性和故事性，是新时代边疆山村发展的一个时代缩影。作品中塑造的包家兴、麻元增、麻小坡等人物也都颇具时代特征，是新时代乡村治理者、传统村民以及新一代返乡大学生的典型代表，形象而生动，令人印象深刻。

（崔庆蕾）

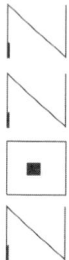